WOLF
SERNO

Große Elbstraße 7

rütten & loening

WOLF
SERNO

Große Elbstraße 7

Liebe in dunkler Zeit

ROMAN

rütten & loening

MIX
Papier aus verantwortungsvollen Quellen
FSC® C083411
www.fsc.org

ISBN 978-3-352-00926-6

Rütten & Loening ist eine Marke der Aufbau Verlag GmbH & Co. KG

1. Auflage 2021

Gesetzt aus der Whitman durch Greiner & Reichel, Köln
Druck und Binden CPI books GmbH, Leck, Germany
Printed in Germany

www.aufbau-verlag.de

Stadt Hamburg, Vielbegabte, Freie!
So reich an Bürgersinn und Treue,
So reich an Fleiß und Regsamkeit,
Dein Lob erschalle weit und breit!
Heil über dir, Heil über dir, Hammonia, Hammonia!
O wie so wirkend stehst du da! ...*

* Zweite Strophe der Hamburg-Hymne nach der Urfassung von Georg Nikolaus Bärmann. Albert Methfessel vertonte den Text. Die Hymne wurde erstmals im Jahre 1828 von der *Hamburger Liedertafel* gesungen.

Auch diesmal für mein Rudel
aus Zweibeinern und Vierbeinern:
Micky, Olli und Magda

Und für Fiedler, Buschmann, Sumo und Eddi,
die schon auf der anderen Seite
der Straße gehen

ERSTER TEIL

24. Oktober 1934
bis 14. Februar 1939

KAPITEL 1

Florence Haiden hätte nicht gedacht, dass Hamburg sie so grau empfangen würde. Sie stand an der Reling des Passagierdampfers *Albert Ballin* und beobachtete, wie das große Schiff sich langsam an den Landungsbrücken vorbeischob und weiter in Richtung Überseebrücke glitt. Eine Woche Atlantiküberquerung lag hinter ihr, und trotz der späten Oktobertage war das Wetter überwiegend freundlich gewesen. Und nun dieser Nieselregen!

Flo zog die Kapuze ihres Capes fester ins Gesicht und beschloss, sich nicht die Laune verderben zu lassen. Immerhin kehrte sie an jenen Ort zurück, an dem sie vor fünfunddreißig Jahren geboren wurde. Ein Ort, über den sie jedoch nicht viel wusste. Ein paar Postkarten hatte sie gesehen, die das Rathaus, die Reeperbahn und das Eingangstor von Hagenbeck's Tierpark zeigten, ein paar Erzählungen ihres Vaters hatte sie gehört, die von den alten Zeiten auf St. Pauli handelten, und ein paar Briefe hatte sie gelesen, die von ihrer Tante Vicki stammten. Das war schon alles. Gegen New York schien Hamburg ein trübes Nest zu sein.

Tante Vicki war auch der Grund, warum Dad und sie die Überfahrt nach Deutschland angetreten hatten. Doktor Viktoria Dreyer, wie Tante Vicki eigentlich hieß, ging es sehr schlecht, nachdem ihr Mann Hannes vor nicht einmal drei Monaten an einem Myokardinfarkt gestorben war. Die Trauer um den geliebten Gatten hatte ihr jeden Lebensmut genommen. *Sie ist nur noch Haut und Knochen. Will niemanden mehr sehen! Benno, du musst unbedingt kommen!* So stand es in dem Telegramm, das Willi Höller, ein alter Freund der Familie, vor vierzehn Tagen an Flos Vater geschickt hatte.

Ein Räuspern hinter Flos Rücken riss sie aus ihren Gedanken.

Sie wandte sich um und erblickte Frederik Rosen. Rosen war ein Mann Mitte vierzig, blond wie ein Wikinger, mit einem tätowierten Anker auf dem Unterarm. Er kam aus Hirtshals in Nordjütland, wo seine Familie seit Generationen Fischfang betrieb. »Ich wollte mich nur rasch von Ihnen verabschieden und Ihnen alles Gute wünschen«, sagte er.

»Das ist nett von Ihnen, Frederik. Alles Gute auch für Sie.«

»Tja, dann …« Rosen zögerte. Er machte Anstalten, sie zu umarmen, unterließ es aber. Stattdessen gab er ihr förmlich die Hand. »Ich muss noch ein paar Sachen packen. Leben Sie wohl, Flo. Ich werde Sie nie vergessen.« Hastig entfernte er sich.

Flo blickte ihm nach. Dass sie ihn kennengelernt hatte, war mehr einem Zufall zu verdanken, da Rosen eine Kabine Zweiter Klasse gebucht hatte, während sie und ihr Vater eine Suite bewohnten. Doch am dritten Tag der Überfahrt hatte ein Shuffleboard-Turnier für die Passagiere der Ersten Klasse stattgefunden, das aus Mangel an Teilnehmern mit Fahrgästen aus den unteren Decks komplettiert worden war. Darunter war auch Frederik Rosen gewesen.

Gleich zu Beginn hatte er sie gebeten, ihn Frederik zu nennen, da sie bei dem Spiel ein Zweierteam bildeten.

Sie hatte nichts dagegen gehabt. »Ich werde Flo gerufen, Flo wie Florence.«

»Mein Beruf ist übrigens ähnlich wie der Ihre.«

»Woher kennen Sie meinen Beruf?«, hatte sie gefragt.

»Ich muss gestehen, ich habe einen Kellner bestochen, damit er herausfindet, wie Sie heißen. Der Rest war einfach: Aus der Passagierliste geht hervor, dass eine gewisse Florence Haiden den amerikanischen Doktorgrad hat und Augenärztin ist.«

»Dann haben Sie auch herausgefunden, dass mein Vater Kunstmaler ist?«

»Das habe ich. Aber der Name Benno Haiden war mir schon vorher ein Begriff. Er ist ein berühmter Mann.«

»Und Sie? Sind Sie auch Ophtalmologe?«

»O nein!« Frederik hatte gelacht. »Ich bin Epithetiker. Ich habe mich auf die Anfertigung künstlicher Augen spezialisiert. Man kann sie aus Glas, Porzellan, Gummi oder Metall herstellen, je nachdem. Ziel ist immer, das Ergebnis so natürlich wie möglich aussehen zu lassen.«

»Wie interessant.«

»Ach, nicht der Rede wert. Allerdings sind in den letzten Jahren einige Beiträge über meine Arbeiten in der Fachliteratur erschienen, weshalb ich einen Ruf an die Augenklinik des Universitätskrankenhauses Eppendorf erhielt. Eine große Ehre. Ich werde dort Leiter der Prothesenwerkstatt sein. Darf ich fragen, was Sie nach Hamburg führt?«

»Ein Verwandtenbesuch«, hatte Flo vage geantwortet und war froh gewesen, dass sie in diesem Augenblick aufgefordert wurde, mit dem Cue ihren ersten Disk zu schießen. Der Anlass, warum sie und ihr Vater unterwegs waren, ging niemanden etwas an.

Bei dem Turnier hatten sie und Frederik den zweiten Platz belegt, was der Däne mit einem eiskalten Aalborg Akvavit in der Bordbar begießen wollte.

»Lieber nicht«, hatte Flo gesagt. »Ich trinke eigentlich nie Schnaps.«

»Aber heute ist ein besonderer Tag, weil wir uns kennengelernt haben!«

Der Barkeeper hatte gefragt, ob der Dame vielleicht mit einem Cocktail gedient sei, und die Karte überreicht. Darauf stand: *Probieren Sie unsere beliebte White Lady für RM 2,50, Angebot gilt nur während der Passage New York – Hamburg, 18. bis 24. Oktober 1934.*

»Nein, danke. Wenn schon, dann einen Whisky.«

»Darf es eine bestimmte Marke sein?«

»Ja, ich nehme einen Cutty Sark.«

»Für den Herrn auch einen?«

»Ich schließe mich an.«

»*Cheers* und *Skål!*« Während sie tranken, hatte Frederik wissen wollen, warum sie als Amerikanerin einen schottischen Whisky bevorzuge.

»Das ist eine eigene Geschichte.«

»Ich verstehe. Würden Sie mir die Geschichte bei unserem nächsten Treffen erzählen?«

»Es ist besser, wenn wir uns nicht wieder treffen, Frederik.«

»Warum nicht, Flo?«

»Ich bin noch nicht so weit. Ich muss Abstand gewinnen.«

Er hatte ihre Hand genommen und gefragt: »Abstand, wovon?«

Sie hatte ihm die Hand entzogen. »Bitte nicht. Es tut mir leid. Auch das ist eine eigene Geschichte.«

Danach war Flo ihm noch ein paar Mal begegnet. Ob der Zufall dabei eine Rolle spielte oder ob Absicht dahintersteckte, wusste sie nicht. Sie wusste nur, dass sie ihn nett fand, aber nicht in ihn verliebt war. Und sie war keineswegs sicher, jemals wieder lieben zu können.

Ein Zittern ging durch den riesigen Schiffsleib. Die *Albert Ballin* hatte die Überseebrücke fast erreicht. Auf den Planken der hohen Stahlbogenkonstruktion drängten sich die Menschen unter einem Wald von Regenschirmen. Flo schaute aus nach Willi Höller, der das Telegramm an ihren Vater geschickt hatte und sie abholen wollte.

Plötzlich klopfte ihr eine Hand auf die Schulter.

Flo fuhr herum. Ihr Vater stand da. »Mein Gott, hast du mich erschreckt, Dad!«

Benno lächelte vielsagend. »Ich bin's nur. Hast du deinen Verehrer, diesen blonden Wikinger, erwartet?«

»Frederik ist nicht mein Verehrer.«

»Ist er es nicht? Na ja, jedenfalls glänzt er durch Abwesenheit. Hast du Willi schon entdeckt?«

»Wie denn, ich sehe nur Regenschirme.«

Benno kniff die Augen zusammen und spähte in die Menschenmenge. »Dahinten, bei dem Zeitungskiosk, da steht einer, der seinen Schirm dauernd in die Luft stößt. Das könnte er sein. Ob er uns erkannt hat?«

»Ich weiß nicht.«

Benno formte die Hände zu einem Trichter und brüllte, ohne sich um die anderen Passagiere zu kümmern: »Willi, bist du's? Hummel, Hummel!«

»Mors, Mors!« erklang die Antwort aus der Ferne. Der Schirm tanzte noch heftiger auf und nieder.

»Er ist es!« Benno winkte. »Bis gleich!«

Er nahm Flo bei der Hand. »Komm unter Deck, wir verlassen das Schiff. Der Kabinensteward hat sich schon um die Koffer gekümmert. Bin gespannt, wie sich Hamburg unter den Füßen anfühlt.«

»Ich auch«, sagte Flo.

Trotz seiner fünfundachtzig Jahre war Willi Höller immer noch eine imposante Erscheinung. Er war eins neunzig groß und hatte dichtes schlohweißes Haar, das an den Seiten in einen mächtigen Vollbart überging. »Ich glaub, es pieselt nicht mehr«, sagte er. »Wurde auch höchste Zeit.« Er klappte den Schirm zu und gab ihn der zierlichen älteren Frau an seiner Seite. »Halt mal.«

Die Frau hieß Vira. Sie war mit Willi weder verheiratet noch verwandt, aber beide standen sich sehr nahe. Früher hatte sie im *Glückskeller* gearbeitet, einem Bordell, das Willi in den zwanziger Jahren während der großen Inflation verkaufen musste, weil kaum ein Freier mehr in der Lage gewesen war, den »Losverkäuferinnen« viele Milliarden Reichsmark für einen Besuch zu bezahlen.

Heute besaß Willi nur noch die Kneipe direkt nebenan, die offiziell *Höller's Hölle* hieß, doch von jedermann auf dem Kiez nur *Hölle* genannt wurde. Die *Hölle* lag an der Nordseite des

Spielbudenplatzes und war in den bewegten Zeiten um die Jahrhundertwende Anlaufstelle und Rettungsanker für neugierige Reeperbahnbummler, gestrandete Matrosenliebchen und verfolgte Sozialdemokraten gewesen. Sie hatte gute und schlechte Jahre überstanden und war genauso sturmerprobt wie die Gäste, die bei ihr ein und aus gingen. In all der Zeit hatte Willi wie ein Fels in der Brandung hinter dem Tresen gestanden, aber in den letzten Monaten wollten die Knie nicht mehr so recht, weshalb er auf einem hohen Stuhl saß, dem »Ansitz«, wie er ihn nannte, während Vira für ihn den Laden schmiss.

»Siehst du den Schrankkoffer da?«, fragte Willi und zeigte auf ein mannshohes schwarzes Ungetüm, das von drei umlaufenden Stoßleisten geschützt wurde. »Der muss Benno gehören. Er hat ihn von uns zum Abschied bekommen, damals, als er mit Anni und der kleinen Flo nach Amerika auswandern wollte. Dass er den immer noch hat! Erinnerst du dich?«

»Tu ich«, antwortete Vira mit piepsiger Stimme. »Der ist nicht zu übersehen.«

»Lass uns hingehen, Benno und Flo kommen sicher gleich die Gangway runter. Wir stellen uns hinter den Koffer und überraschen sie.«

Sie strebten durch die Menge zu dem Ungetüm, Willi auf einen Stock gestützt, Vira den Regenschirm in der Hand. Als sie den Koffer erreichten, sahen sie, dass weitere Gepäckstücke der Haidens danebengestellt worden waren, darunter einige Taschen und eine große Seekiste mit Messingbeschlägen an den Ecken. Die Kiste war grün, auf dem Deckel prangte ein kunstvoll gemaltes Segelschiff, dessen Name *Cutty Sark* lautete. »Da brat mir doch einer einen Storch«, brummte Willi. »Die olle Kiste gibt es immer noch. Wenn ich mich recht erinnere, gehörte sie mal Flos Mutter Anni. Anni wiederum hatte sie ihrem Vater Cord abgeschnackt, der mal auf der *Cutty Sark* gefahren ist. Nun steht das Ding wieder hier. Wahrscheinlich hat Flo ihre Sachen da drin.«

»Ich glaub, da kommt Benno«, piepste Vira. »Er hat ’n Cowboyhut auf dem Kopf und ’ne junge Frau im Schlepptau.«

»Das wird Flo sein. Nichts wie hinter den Koffer.«

Sie versteckten sich, bis Benno und Flo heranwaren, und traten einen Schritt vor. »Na, Maler Klecksel, mal wieder im Lande?«, dröhnte Willi.

Vira kicherte.

Benno stand da wie angewurzelt. Dann strahlte er über das ganze Gesicht. »Mensch, Willi, bist du’s wirklich nach so langer Zeit?«

»Bin ich, Junge.«

»Du siehst keinen Tag älter aus als fünfunddreißig Jahre später.«

»Danke für die Blumen. Dafür wirst du bestimmt hundert.«

»Meinst du?«

»Ja, siehst heute schon aus wie neunundneunzig.«

Nach diesem kleinen Geplänkel, das nur ihre Verlegenheit überbrücken sollte, umarmten sie sich herzlich. Auch Vira nahm Flo in die Arme und sagte mit ihrer hohen Stimme: »Willkommen in Hamburg.«

»Oh, danke.« Flo schlug die Kapuze ihres Capes zurück. Dichtes blondes Haar quoll hervor und fiel auf ihre Schultern. Ein Sonnenstrahl, der in diesem Augenblick durch die Wolkendecke brach, ließ es wie Gold glänzen.

Willi pfiff anerkennend. *»Dünnerslag!«*

»Wie?« Flo blickte fragend.

»Ach nichts, mien Deern, das war Plattdüütsch. Ich wollte nur sagen, du bist genauso hübsch wie Anni, deine Mutter, damals war. Nur dass du grüne Augen hast und Sommersprossen auf der Nase. Steht dir aber gut!«

Flo lachte. »Du bringst mich ein bisschen in Verlegenheit, Onkel Willi.«

»Sagtest du gerade ›Onkel‹?« Willi blickte entrüstet. »Mach mich nicht älter, als ich sowieso schon bin. Für dich bin ich Willi, in Ordnung?«

»Okay … Willi.«

»Na, dann an mein Herz!« Willi drückte Flo kurz und heftig an seine breite Brust und meinte: »Ihr müsst noch den Zoll- und Einreisekram erledigen. Vira und ich warten hinter dem Gebäude auf euch. Ach, Moment mal, ihr braucht ja noch jemanden, der euch die Koffer schleppt.« Er winkte einen Mann mit einer Schottschen Karre heran. *»He, Hein, fohr den schwatten Kaventsmann un dat annere Tüch för de Herrschaften no'n Toll, kloar?«*

»Jo, geiht kloar, Willi.«

Benno meinte: »Du scheinst ja immer noch sehr bekannt zu sein auf St. Pauli.«

»Bin ich. Wie 'n bunter Hund.«

»Ich glaub, wir nehmen besser zwei Droschken, eine für die Koffer, eine für uns«, sagte Willi eine halbe Stunde später. »Ist vielleicht besser, wenn wir erst mal in die *Hölle* fahren und nicht gleich in die Große Elbstraße. Eine kleine Stärkung würde euch guttun, dachte ich, und Vicki weiß ja sowieso nicht, dass ihr kommt.«

»Eine kleine Stärkung hört sich gut an«, sagte Benno.

»Meint ihr nicht, es wäre besser, gleich zu Tante Vicki zu fahren, wo es ihr doch so schlecht geht?«, wandte Flo ein.

Willi winkte ab. »Ach, die freut sich noch früh genug. Und kleiner ist die Überraschung später auch nicht. Die Überraschung ist doch der Witz bei der ganzen Sache. Hättet ihr euch angekündigt, wäre die Aufregung groß gewesen, und sie hätte das ganze Haus auf den Kopf gestellt. Glaub mir, Flo, es ist besser so.«

»Wenn du meinst.«

Zu viert bestiegen sie die Droschke und fuhren nach St. Pauli. Während Willi und Benno über alte Zeiten und ehemalige Bekannte sprachen, starrte Vira schweigend vor sich hin. Sie war freundlich, aber nicht sehr gesprächig, vielleicht auch ein bisschen befangen, weil sie es gewesen war, die Benno damals das erste »Glückslos« seines Lebens verkauft hatte.

Flo blickte aus dem Fenster und ließ die Eindrücke Hamburgs auf sich wirken. Der Wagen fuhr nach Westen, immer nah am Ufer der Norderelbe entlang, und erreichte kurz darauf die Landungsbrücken mit dem Glockenturm und dem Eingang zum Elbtunnel. Beides kannte Flo schon aus der Schiffsperspektive, nur die Masten mit den roten Hakenkreuzfahnen waren ihr nicht aufgefallen. Von Nahem wirkten die Gebäude viel beeindruckender, auch wenn sie im Vergleich zu den Wolkenkratzern auf der 5th Avenue winzig klein waren. Dafür wurden sie umweht von dem Geruch nach Teer, Salz und Ferne. Flo kurbelte das Fenster herunter und sog die Luft tief ein. Vielleicht liebte sie den Geruch so sehr, weil ihre Mutter in Finkenwerder groß geworden war, bevor sie Benno heiratete.

Bei dem Gedanken an ihre Mutter fiel ein Schatten auf Flos Gesicht, und das nicht nur, weil in diesem Augenblick die Sonne wieder hinter den Wolken verschwand. Anni war vor acht Jahren auf tragische Weise ums Leben gekommen. Sie hatte mit Benno und Flo an der alljährlich stattfindenden *Macy's Thanksgiving Day Parade* teilgenommen, einer Veranstaltung mit Tausenden jubelnder New Yorker. Irgendein Verrückter hatte trotz strikten Verbots ein paar Freudenschüsse abgegeben, woraufhin ein Pferd durchgegangen war und Anni überrannt hatte. Zwei Tage später war sie im Hospital ihren Verletzungen erlegen. Noch in derselben Woche hatte Flo ihr Apartment am Central Park aufgegeben und war wieder zu ihrem Vater gezogen. Sie fühlte sich für ihn verantwortlich, denn bei allem künstlerischen Erfolg war er immer der große Junge geblieben, der einen weiblichen Halt brauchte.

»Es dauert nicht mehr lange«, sagte Benno. »Wir sind schon in der Davidstraße. Da vorn kreuzt die Kastanienallee, die erkenne ich wieder, obwohl sich vieles verändert hat.«

»Das kannst du laut sagen. Viele neue Fassaden, und überall sticht einem das Hakenkreuz ins Auge, aber die *Hölle* steht nach wie vor«, brummte Willi und wandte sich an den Fahrer: »Wenn wir die Reeperbahn erreicht haben, biegst du nach rechts ab.«

»Ich weiß, wo die *Hölle* ist«, entgegnete der Fahrer.

»Da hast du ja nochmal Glück gehabt.«

Benno grinste. »Früher oder später landen wir alle in der *Hölle*, was?«

Die restlichen Minuten vergingen schweigend.

Als die Fahrer der beiden Droschken sämtliche Koffer mit vereinten Kräften auf den Bürgersteig gehievt und Willi trotz Bennos Protest bezahlt hatte, hörten sie plötzlich, wie jemand hinter ihnen seltsame Worte rief: *»Seid mir gegrüßt, befreund'te Scharen, die mir zur See Begleiter waren ...!«*

Benno und Flo guckten verdutzt.

Die Stimme gehörte einer dunkelhaarigen, kräftigen Frau unbestimmbaren Alters, die einen schwarzen Mantel trug, dazu eine Melone mit bunten Papierblumen auf dem Kopf. Sie hockte auf einer Fischkiste und hatte einen Korb mit geräucherten Aalen vor sich.

»Lass gut sein, Aale-Edith«, sagte Willi. »Das sind Benno und Flo, die gehören gewissermaßen zur Familie. Denen musst du nichts verkaufen.«

»Meinst du?« Aale-Edith deutete auf ihre Ware und begann unbeirrt zu singen: *»Alle Vögel sind schon da, Aale, Aale, Aale ...!* Ein Stück vom Schwanz, junger Mann? Mit einer Mark bist du dabei. Den Kurzen dazu gibt's in der *Hölle!*«

Benno lachte. »Junger Mann? Ist lange her, dass eine so schöne Frau das zu mir gesagt hat. Nimmst du auch Dollars?«

»Ich nehm alles, was ich kriegen kann.«

Benno steckte ihr einen Dollarschein zu. »Den Aal behalt man, ich mag nicht so fett.«

»Und ich mag nichts geschenkt. Entweder du nimmst den Aal, oder du kannst dir dein Geld sonst wohin stecken.«

Willi mischte sich ein. »Nun sei mal nicht so kratzbürstig, mach doch Feierabend für heute und komm mit rein.«

»Nee, ich sitz hier bis sechs, wie immer.«

»Wie du meinst.« Willi pfiff auf zwei Fingern und rief: »Schatzi, komm mal raus!«

Die Tür zur *Hölle* ging auf, ein junger Mann erschien. Er war neunundzwanzig Jahre alt, von drahtiger Gestalt und trug eine Nickelbrille, die ihn harmlos und ein wenig professoral aussehen ließ. Doch das täuschte. In Wirklichkeit war Schatzi ziemlich gewitzt, um nicht zu sagen, mit allen Wassern gewaschen – ein Umstand, der auf St. Pauli überlebenswichtig sein konnte. Er war der Sohn von Vira und bezeichnete sich selbst als Seitensprung seiner Mutter, da diese eigentlich nur Frauen liebte. Schatzi dagegen liebte nur Männer, was aber kaum einer wusste. Wenn Schatzi nicht gerade in der *Hölle* kellnerte, war er Billettabreißer und Mädchen für alles im *Panoptikum* schräg gegenüber.

»Was gibt's, Willi?«, fragte er.

»Jede Menge Koffer.« Willi deutete auf das Gepäck. »Das sind übrigens Benno und Flo, von denen ich dir erzählt hab.«

»Willkommen am Tor zur *Hölle.*« Schatzi grinste. »Lass mich raten, Willi: Ich soll mich um die Koffer kümmern.«

»Du bist ein Blitzmerker.«

»Das haben wir gleich.« Schatzi verschwand und kam Augenblicke später mit ein paar kräftig gebauten Gästen zurück. »Bringt das Zeug rein, Willi gibt euch dafür einen aus.«

Im Handumdrehen war sämtliches Gepäck in die Kneipe getragen.

Willi machte gute Miene zu Schatzis Großzügigkeit und geleitete seine Freunde die Stufe hinunter in den Schankraum. »Mach dich auf was gefasst«, sagte er zu Flo.

KAPITEL 2

Flo und Benno blickten sich in der schummrigen Kneipe um, die nur von mehreren Positionslaternen auf den Tischen und zwei Kasemattenfenstern in der gegenüberliegenden Wand erhellt wurde. Am Ende des Tresens stand eine Teekiste aus Kalkutta, auf der ein Grammophon mit Schalltrichter Platz gefunden hatte. Davor lagen ein Päckchen mit Langspielnadeln und mehrere Schellackplatten. Von der Decke hing ein Haifischgebiss herab, daneben baumelten ein Kugelfisch und zwei mächtige Schildkrötenpanzer, die dem Raum die Anmutung einer Tropfsteinhöhle gaben. Die Abbildung der Seespinne an der Wand mit den freizügigen Liebesakten an den Enden ihrer zehn Schreitbeine war verblasst. Irgendjemand hatte einen Fächer australischer Jagdbumerangs und ein Didgeridoo darüber gehängt. Von den sieben Früchten der Seychellenpalme, die Benno einst liebevoll bemalt hatte und auf diese Weise zu prallen Weiberhintern werden ließ, blätterte die Farbe ab. Zwei von ihnen zeigten überhaupt keine Farbe, sie glänzten, als wären sie aus Wachs.

Flo besah sich alles genau und staunte. Sie kannte einige teure Nachtclubs in Manhattan, auch zwei oder drei *Barrel Houses* an der Lower East Side, aber so etwas wie diese Hamburger Kneipe hatte sie noch nie gesehen. Doch die eigenartige Mischung aus maritimen und exotischen Stücken gefiel ihr.

»Wer hat denn die zwei strammen Damengesäße aus Wachs geformt?«, fragte Benno. Er sagte absichtlich »Damengesäße«, weil er in Flos Begleitung war. Sonst hätte er wohl von »Weiberärschen« gesprochen.

»Ich.« Schatzi grinste schief. »Drüben im *Panoptikum* hab ich sie gemacht. Aber eigentlich sollen sie Jungspopos darstellen.«

Benno stutzte. »Auch gut.«

Vira zapfte unterdessen Biere.

Willi hatte auf seinem Ansitz hinter dem Tresen Platz genommen und betrachtete die Szenerie von oben. Er zündete sich eine Overstolz an und hustete ein paar Mal.

»Qualm nicht so viel«, piepste Vira.

»Seit wann rauchst du denn?«, fragte Benno.

»Hab's mir auf meine alten Tage angewöhnt. Der Lunge von einem schwarzen Schauermann macht das nichts aus.«

»Was ist ein schwarzer Schauermann?«, fragte Flo.

»Ein Hafenarbeiter, der Kohlen in Körben oder Säcken schleppt. Ich war Viz einer Fünf-Mann-Gang, spezialisiert auf den Transport von Nusskohle. Aber das ist lange her.« Willi nahm einen tiefen Zug. »Genug gesabbelt, zur Begrüßung nehmen wir erst mal einen zur Brust. Vira, gib mal jedem ein Helles, auch den anderen Gästen.«

Alle hoben das Bierglas und tranken auf den Besuch aus dem fernen Amerika. Nur Schatzi machte eine Ausnahme, er bevorzugte Danziger Goldwasser.

Anschließend fragte Willi, ob jemand Hunger hätte. In seinem Hause ständen allerdings nur Soleier, Rollmöpse und Frikadellen auf der Speisekarte. Da Benno und Flo seit dem Frühstück an Bord nichts mehr gegessen hatten, zögerten sie nicht lange und griffen zu.

Danach sagte Willi: »Schatzi, kassier mal bei den Gästen ab, wir wollen unter uns sein.«

Als das geschehen war, stieg Willi von seinem Ansitz herab und setzte sich zu Benno und Flo an den Tisch. »So, und nun erzählt mal, wie es euch in all den Jahren ergangen ist.«

Benno trank einen Schluck Bier. »Dass Anni, Flo und ich nach der Ankunft in New York erst mal viele trockene Brötchen essen mussten, weißt du ja.«

Willi nickte. »Ja, das weiß ich, obwohl du nie ein großer Briefeschreiber warst.«

»Zuerst hab ich uns mit dem Zeichnen von Comics über Wasser gehalten.«

»Comics?«

»Das sind Bildergeschichten mit Sprechblasen. Nicht gerade das, was ich mir erträumt hatte. Doch mit der Zeit erlangte ich einige Berühmtheit. Die Comics waren das Sprungbrett, um endlich das malen zu können, was ich schon immer wollte. In der 88. Straße, Ecke Riverside Drive richtete ich mir ein Atelier ein und lernte kurz darauf Joshua Brickstein kennen, einen Galeristen, der seine Räume am Times Square hat. Josh rührte kräftig die Reklametrommel für mich, dann machte er eine erste Ausstellung mit meinen Bildern und verkaufte auf Anhieb ein paar. Er riet mir, nicht mehr unter dem Namen ›Bernhard zur Haiden‹ zu malen, sondern mich einfach ›Benno Haiden‹ zu nennen, weil die Amerikaner das besser aussprechen könnten.«

Benno hielt inne, trank einen weiteren Schluck Bier und fuhr fort: »Seitdem läuft es wie von selbst. Es ist verrückt: Wenn du erst mal einen Namen hast, kannst du malen, was du willst, es wird dir aus den Händen gerissen.«

»Dann nagst du ja nicht am Hungertuch«, stellte Willi fest. »Ich nehme an, die Malerei hat dir auch über den Verlust von Annis Tod hinweggeholfen?«

»Das hat sie. Und nicht zu vergessen Flo. Sie ist in den dunkelsten Stunden an meiner Seite gewesen und eine wunderbare Tochter.« Benno ergriff Flos Hand und drückte sie.

»Ach, lass doch, Dad«, wehrte Flo verlegen ab.

Willi zündete sich eine weitere Overstolz an. »Und du, Frau Doktor, was hast du so getrieben?«

Flo lächelte. »Wenn du ›Frau Doktor‹ zu mir sagst, Willi, ist das ziemlich ungewohnt. In Amerika redet man Ärzte einfach nur mit ›Doc‹ an. ›Doc Flo‹ haben mich alle im Kings County Hospital genannt, wo ich nach dem Studium und der Promotion anfing. Das war 1927, und ich war eine der ersten Augenärztinnen dort. Schade, dass Mom das nicht mehr erlebt hat.«

»Ja, sie wäre sehr stolz auf dich gewesen«, bestätigte Benno. »Und sie hätte sicher gern die Riesenparty miterlebt, die ich für dich in meinem Atelier veranstaltet habe.«

»Wie feiert man denn Partys in New York?«, wollte Vira wissen.

»Oh«, rief Benno augenzwinkernd, »wild und ausgiebig! Und meistens im Regen.«

»Im Regen?«

»Im Konfettiregen. Die Stadt ist ein Babylon der verschiedensten Volksgruppen. Kein Tag im Jahr, an dem nicht gefeiert würde. Mal sind es die Italiener, mal die Chinesen, mal die Holländer, mal die Iren, mal ... Herrgott, ich weiß gar nicht, wer sonst noch alles Festivitäten veranstaltet. Es gibt sogar eine deutsche Kolonie.«

»Eine deutsche Kolonie?« Willi drückte seine Zigarette aus und wurde von Vira daran gehindert, sich eine neue anzuzünden. »Davon musst du uns erzählen.«

»Okay.« Benno ließ sich von Schatzi ein weiteres Bier bringen und begann, von Flo unterstützt, ausführlich über die verschiedenen Landsmannschaften, ihre Brauchtümer, die Paraden, die Umzüge und all die anderen Vergnügungen in der großen Stadt zu berichten.

Darüber verging die Zeit wie im Fluge, irgendwann sah Flo auf die Uhr und rief erschrocken: »Großer Gott, es ist schon fünf! Wir sollten dringend zu Tante Vicki aufbrechen, sonst wird es zu spät, und wir müssen uns irgendwo ein Hotelzimmer suchen.«

Das wollte Benno auf keinen Fall. »Unsinn. Wir fahren gleich los und überraschen sie. Genau wie geplant.«

»Wenn du meinst, Dad.«

Hastig verabschiedeten sie sich von den Freunden.

Benno überlegte. »Ich glaube, wir lassen den Schrankkoffer erst mal bei dir, Willi. Da sind sowieso nur sperrige Sachen drin.«

»Ist gut, Junge. Ich lass euch eine Droschke holen.«

Augenblicke später trat Benno vor die Tür und erblickte Aale-Edith, die noch immer auf ihrer Kiste saß und Fisch feilbot. Er ging auf sie zu und sagte: »Ich stelle gerade fest, dass ich Heißhunger auf ein Stück fetten Aal habe. Würdest du mir eins verkaufen?«

Aale-Edith verzog keine Miene. »Warum nicht? Hier ist ’n besonders schönes Stück. Macht zwei Dollar.«

»Nanu? Vorhin wärst du noch mit einem Dollar zufrieden gewesen.«

»Vorhin ist vorbei.«

Benno wollte protestieren, besann sich jedoch anders. Irgendwie reizte ihn Aale-Ediths spröde, eigenwillige Art. Sie war eine Herausforderung, denn normalerweise konnte er mit seinem Charme fast jede Frau einwickeln. »Soso, zwei Dollar. Wie sagte mein Vater immer? Mit dem Preise steigt die Achtung.« Er gab ihr das Geld, nahm den in Butterbrotpapier eingewickelten Aal und kletterte in die Kraftdroschke, die unterdessen herangewinkt und mit dem Gepäck beladen worden war.

Flo stieg auf der anderen Seite ein.

»Auf Wiedersehen, Aale-Edith.«

»Adschüs, ihr zwei.«

Während das Automobil in Richtung Königstraße Fahrt aufnahm, hörten sie hinter sich Aale-Ediths Lied, als wäre es ein Abschiedsgruß: *»Alle Vögel sind schon da, Aale, Aale, Aale …«*

Vor dem Haus Große Elbstraße 7 bezahlte Benno den Fahrer und drückte ihm das Stück Aal in die Hand.

»Was soll ich damit?«

»Nehmen Sie’s als Trinkgeld. Ich habe zwei Dollar dafür bezahlt.«

»So viel?«

»Ja, wenn Sie noch etwas tun wollen, tragen Sie das Gepäck vor die Tür.«

»Jawoll, der Herr.«

Während der Chauffeur mit den Taschen und Kisten beschäftigt war, betrachtete Flo das große Anwesen. Der zweistöckige Bau im Gründerzeitstil bestand aus einem linken und einem rechten Flügel, dazwischen lag der Haupteingang, zu dem fünf Marmorstufen emporführten. Haufen von Herbstlaub lagen darauf, die niemand weggeharkt hatte. Insgesamt schien das Haus schon bessere Tage gesehen zu haben, davon zeugten nicht nur die verwitterte Fassade mit den bröckelnden Portalsäulen, sondern auch die rissige Farbe der alten Fenster. Hier also wohnte ihre Tante.

»Klingel mal, Vicki wird Augen machen«, sagte Benno.

Flo klingelte.

Sie warteten eine Weile, aber es tat sich nichts.

»Versuch's noch mal.«

Flo gehorchte.

Als wiederum nichts geschah, sagte Benno: »Ich kann mir nicht vorstellen, dass in diesem Riesenhaus keine Menschenseele ist. Ich gehe mal nach hinten in den Garten. Früher gab es da einen Anbau für die Gärtner. Vielleicht wohnt da einer, der uns helfen kann.«

Benno verschwand und ließ Flo mit den Gepäckstücken allein. Nach einer Weile hörte sie seine Stimme: »Komm bitte zum Nebeneingang.«

Flo ging zum Nebeneingang. Benno stand da mit einem schnauzbärtigen Mann. »Das ist Piotr«, sagte er. »Piotr ist Pole und hat einen Schlüssel für die Tür. Er meint, die Köchin und das Mädchen seien schon weg, aber Frau Doktor Dreyer müsste eigentlich im Haus sein.«

»Bitte, schließen Sie auf«, befahl Flo.

Piotr zögerte.

»Machen Sie sich keine Sorgen. Es hat alles seine Ordnung, ich bin die Nichte der Hausherrin.«

»Und ich der Bruder«, ergänzte Benno. »Sie können unser Gepäck vom Haupteingang holen und hineintragen.«

»*Tak jest.*« Der Gärtner schloss auf und entfernte sich.

»Ich gehe besser vor«, sagte Benno. »Es ist zwar eine Ewigkeit her, dass ich zuletzt hier war, aber ich weiß noch, dass in diesem Flügel Vaters Arbeitszimmer lag, gleich nebenan war die Bibliothek.«

Sie gingen durch beide Räume und trafen niemanden an. Genauso sah es im anderen Flügel aus, der ehemals den Großen Salon beherbergt hatte, danach aber in einen Behandlungsraum für Patienten umfunktioniert worden war. Mehrere Regale mit Literatur, zwei Medizinschränke, ein Röntgenapparat, ein Leuchtkasten zum Studium der Aufnahmen, eine Personenwaage, eine Untersuchungsliege, ein Schreibtisch – alles war da, was ein Mediziner zur Ausübung seines Berufes brauchte. Nur Vicki fehlte.

»Vielleicht ist sie oben?«, vermutete Benno. »Mag sein, dass sie dort wieder wohnt, nachdem Hannes gestorben ist.«

Im ersten Stock fanden sie den Kleinen Salon, in dem seinerzeit einzelne Gäste zu Tee und Gebäck gebeten wurden. Er war ebenso verwaist wie das eheliche Schlafzimmer der Großeltern. Daneben lag Vickis Mädchenzimmer. Auch hier war sie nicht, doch das Einzelbett sah benutzt aus. Einige Kleidungsstücke lagen auf dem Boden. Flo betrachtete sie nachdenklich und fragte: »Wohin führt die Tür dort?«

»Ins große Bad.«

»Schauen wir auch da mal nach.« Flo drückte die Klinke nieder und ging vor. Dann blieb sie wie angewurzelt stehen. In der gefüllten Wanne lag eine Frau. Und vor der Wanne lag ein Messer. Das bleiche Gesicht der Frau bildete einen scharfen Gegensatz zu dem hellroten Blut, dessen Spritzer überall den Kachelboden bedeckten.

»Um Gottes willen«, stammelte Benno. »Es ist Vicki, sie ist tot!«

KAPITEL 3

Flo hielt zwei Finger an die Halsschlagader der bleichen Frau in der Wanne. »Tante Vicki ist nicht tot, sondern bewusstlos«, stellte sie sachlich fest. Wie immer, wenn es drauf ankam, war alle Anspannung von ihr abgefallen. Sie handelte ruhig und überlegt.

»Nicht tot?«, fragte Benno ungläubig.

»Nein, sie hat sich die linke Pulsader aufgeschnitten und sehr viel Blut verloren. Wir müssen schnell handeln, damit es nicht zu spät ist. Hast du ein Taschentuch?«

»Ja, hier.«

»Falte es zwei Mal und presse es so fest du kannst auf die Wunde.«

»Sofort.«

»So ist es gut. Und halte den Unterarm hoch.«

»Mache ich.« Benno erledigte alles in fliegender Hast. Die Blutung kam zum Stillstand.

»Presse weiter, Dad! Im Zweifel mehr zum Herzen hin. Das machst du sehr schön. Aber wir sind noch nicht fertig. Wir müssen einen Druckverband herstellen und brauchen dazu eine Mullbinde. Wahrscheinlich finden wir sie unten in der Praxis, aber es bleibt keine Zeit, sie zu holen.«

»Und nun?«

»Überlässt du mir deine Krawatte.« Flo zog den langen seidenen Binder aus Bennos Kragen heraus und wickelte ihn stramm um das als Druckpolster dienende Taschentuch. Sie verknotete ihr Werk und erklärte: »Der Verband muss fest, aber nicht zu fest sitzen, damit kein Blutstau entsteht. Hilf mir,

Tante Vicki aus der Wanne zu heben. Wir legen sie drüben auf ihr Bett.«

»Okay.«

Benno trat an das Kopfende der Wanne und fasste Vicki unter die Arme, Flo ergriff die Beine. Gemeinsam wuchteten sie den Körper aus dem blutigen Badewasser heraus und schleppten ihn hinüber ins andere Zimmer. Als die Bewusstlose gebettet war, holte Flo mehrere Kissen und legte sie unter die Beine, um diese zu erhöhen. Dann schlug sie Vicki mehrmals mit der flachen Hand gegen die Wange. »Tante Vicki, wach auf! Tante Vicki, hörst du mich?«

Keine Reaktion. Nur Vickis Lider flatterten leicht.

»Ich glaube, es ist zwecklos.« Benno seufzte. »Wenn wir nur ein wenig früher da gewesen wären! Wir brauchen dringend einen Arzt.«

»Das bin ich selbst.« Flos Stimme klang schroffer, als sie wollte. »Was wir brauchen, ist ein Hospital. Lauf runter und rufe einen Krankenwagen. Ich habe im Behandlungsraum ein Telefon gesehen.«

Benno wandte sich zum Gehen, aber Flo hielt ihn zurück. »Und sage Piotr, er soll einen Bohnenkaffee aufgießen und hierher bringen.«

»Ja, Flo.«

Als Benno verschwunden war, setzte Flo sich auf den Bettrand. Abermals schlug sie gegen die Wange der Bewusstlosen und abermals vergebens. Doch es war buchstäblich lebensnotwendig, dass die Verletzte wieder wach wurde. Sie durfte nicht hinüberdämmern in eine andere Welt. Ihr Herz musste weiterschlagen! Flo überzeugte sich, dass der Druckverband hielt und sagte: »Ich werde jetzt so lange zu dir sprechen, Tante Vicki, bis du ein Lebenszeichen von dir gibst. Wahrscheinlich ist es egal, was ich sage, es kommt in erster Linie darauf an, dass du meine Stimme hörst. Sie soll dich beruhigen und dich fühlen lassen, dass jemand für dich da ist. Ich will, dass du nicht aufgibst. Du musst leben wollen! Ich habe nicht die weite Reise über das

Meer gemacht, damit du jetzt von uns gehst. Das Leben hält sicher noch viele schöne Stunden für dich bereit. Ich bin jünger als du, und ich habe bei Weitem nicht die Erfahrung wie du, aber ich weiß, wie es ist, wenn die Welt über einem zusammenbricht, weil man einen geliebten Mann verloren hat. Glaubst du, es wäre in Hannes' Sinn gewesen, dass du Selbstmord begehst? Siehst du, er hätte gewollt, dass du weiterlebst. Er hätte gewollt, dass du deinen Bruder und deine Nichte triffst und mit ihnen schöne Stunden verbringst. Bitte, komm zu dir, damit Dad und ich uns nicht für alle Zeit Vorwürfe machen müssen, weil wir zu spät gekommen sind.«

»Alles erledigt!« Benno kam atemlos zur Tür herein. »Der Krankenwagen müsste unterwegs sein, und hier ist der Kaffee.« Er hielt ein Tablett mit einer Kanne und zwei Tassen hoch.

»Danke, Dad. Eigentlich wollte ich Tante Vicki einen Schluck einflößen, aber ich fürchte, es wird nicht gelingen. Sie reagiert einfach nicht. Du kannst das Tablett auf der Fensterbank abstellen.«

Benno nickte. Er war stehengeblieben und schaute ernst drein. Dann wandelte sich sein Gesichtsausdruck. Erst wirkte er verblüfft, dann erstaunt – und dann ließ er das Tablett fast fallen. »Flo, sieh nur! Vicki scheint wach zu werden …«

Flo folgte seinem Blick. Vicki hatte die Augen aufgeschlagen. Ein Lächeln des Erkennens trat auf ihre Lippen. Ihr Mund bewegte sich und formte tonlose Worte.

»Sag jetzt nichts, Tante Vicki.« Flo jubelte innerlich. »Es wird dir bestimmt bald besser gehen.«

»Ja, es wird dir bestimmt bald besser gehen«, bekräftigte Benno.

In diesem Augenblick ertönte auf der Straße das Martinshorn des Krankenwagens.

»Ich war so verzweifelt, ich wusste nicht mehr ein noch aus«, sagte Vicki eine Woche später zu Flo. Sie war noch immer sehr schwach und musste sich schonen. »Wenn du und Benno nicht gewesen wärt, läge ich jetzt neben Hannes auf dem Ohlsdorfer Friedhof und nicht hier auf der Chirurgischen Abteilung in Eppendorf.«

»Es ist ja noch mal gut gegangen.« Flo sah Vicki teilnahmsvoll an. Dass ihre Tante überlebt hatte, war keineswegs selbstverständlich gewesen und zu einem großen Teil auch der Transfusionsmedizin zu verdanken. Die Schwestern und Pfleger, allen voran der Stationsarzt Doktor Schellhammer, hatten von einem kleinen Wunder gesprochen, als Vicki nach vierundzwanzig Stunden endgültig über den Berg war.

»Ja, das ist es.« Vicki trug noch immer einen dicken Verband um das linke Handgelenk. »Nachdem du und Benno extra über den großen Teich gekommen seid, um mir zu helfen, kann ich es selbst nicht mehr begreifen, dass ich Schluss machen wollte. Aber ich sah an jenem Nachmittag einfach keinen anderen Ausweg mehr. Ich war so verzweifelt. Alles kam an diesem Tag zusammen: die Trauer um Hannes, das verlorene Glück, die Einsamkeit …«

»Einsamkeit? Aber du hast doch sicher gute Freunde?«

Vicki nickte. »Sicher, ein paar. Auch die Leute vom Kiez, allen voran Willi. Aber ich habe mich in den Monaten nach Hannes' Tod völlig abgekapselt, wollte niemanden sehen, da blieben immer mehr Freunde weg.«

Flo streichelte Vickis verbundenen Arm. »Ich schlage vor, du stehst auf, und wir machen einen kleinen Rundgang. Es gibt so viele Wege auf dem Klinikgelände, und die frische Luft wird dir guttun.«

Arm in Arm gingen sie langsam zu einem kleinen Rondell in der Mitte des Areals, das allgemein »Marktplatz« genannt wurde, und setzten sich dort auf eine Bank. »Dann kamen noch die Geldsorgen hinzu«, nahm Vicki den Faden wieder auf. »Hannes war ein hervorragender Arzt, Mediziner aus Berufung, doch Geld bedeutete ihm nichts. Er hätte jeden Patienten am liebsten umsonst behandelt. Und Papierkram hasste er. Wenn ich nicht ein Auge drauf gehabt hätte, wären manchmal überhaupt keine Rechnungen geschrieben worden. Wie oft habe ich zu ihm gesagt: ›Hannes, Liebster, du hast ein großes Haus zu unterhalten, vergiss das nicht! Du hast eine Köchin, eine Haushaltshilfe, einen Gärtner, und du hast nicht zuletzt mich, deine Frau und Assistentin. Das alles verursacht hohe Kosten, jeden Monat.‹ Dann gelobte er hoch und heilig Besserung, aber nach ein paar Wochen war es wieder das alte Lied.«

»Aber hättest du nicht selbst als Ärztin arbeiten und Geld verdienen können? Soviel ich weiß, hast du deinen Doktor im Jahre 1913 gemacht und dir damit einen lang ersehnten Wunsch erfüllt.«

»Das stimmt.« Vicki seufzte. Sie kramte in der Tasche nach einem Stückchen Brot und warf es vor die Ligustersträucher am Rande des Marktplatzes. »Aber wer hätte Hannes dann assistiert? Wer die Karteikarten geführt, die Termine gemacht, die Röntgenbilder archiviert, die Instrumente sterilisiert und so weiter? Du bist selbst Ärztin, Flo, und weißt, wie vielfältig die Aufgaben einer Helferin sind. Ich hätte wahrscheinlich hauptsächlich gearbeitet, um sie bezahlen zu können. Nein, es blieb danach alles beim Alten. Aber die Genugtuung, es geschafft zu haben, eine Doktorin der Medizin zu werden, die hatte ich.«

Ein Spatz flog aus dem Ligusterstrauch heraus, landete neben dem Brotstückchen und begann, daran herumzupicken.

»Hättest du nicht jemanden entlassen können, zum Beispiel die Köchin?«, fragte Flo.

»Dann hätte ich selber kochen müssen, und ich war noch nie gut am Herd. Aber wahrscheinlich hast du recht. Vielleicht hätte ich der Haushaltshilfe kündigen sollen. Vielleicht auch Piotr, dem Gärtner. Doch was hätte das an der Gesamtsituation geändert? Nichts.« Wieder seufzte Vicki. »Vielleicht fragst du dich, warum ich mich nicht bemüht habe, nach Hannes' Tod eine Approbation zu bekommen, um selbst zu praktizieren. Die Wahrheit ist: Ich leide an Multipler Sklerose.«

»Da hast MS?« Flo war erschüttert.

»Ich weiß es seit sieben Jahren. Ich glaube, Hannes wusste es schon länger, weil er die Symptome richtig einschätzte. Ich hatte seinerzeit ein taubes Gefühl im Oberschenkel, was ich aber nicht weiter beachtete. Später kam eine Beeinträchtigung der Sehfähigkeit hinzu, die aber wieder vollständig verschwand. Als Augenärztin kennst du diese Anzeichen sicher.«

»Ja, sie sind mir bekannt.«

Der Spatz hatte Gesellschaft bekommen, gemeinsam zerrupften die kleinen Vögel das Stück Brot und schwirrten damit in alle Richtungen davon. Flo sah es kaum, sie war zu abgelenkt durch das, was sie gerade gehört hatte.

»MS ist nicht heilbar«, sagte Vicki. »Ich muss jederzeit damit rechnen, dass die Symptome wieder auftreten, dann sogar stärker als zuvor. Das ist der Grund, warum ich als Ärztin nicht arbeiten kann.«

»Du Arme!« Flo schloss Vicki spontan in die Arme. »Bei dir kam wirklich alles zusammen. Vielleicht hätte ich an deiner Stelle genauso gehandelt.«

Vicki schüttelte den Kopf. »Sag das nicht. Du bist eine junge, starke Frau.«

»Ich werde demnächst sechsunddreißig.«

»Siehst aber aus wie sechsundzwanzig. Glaub mir, du hast dein Leben noch vor dir. Du wirst einen Mann und viele Kinder bekommen.«

»Nein.«

»Nein?« Vicki schaute Flo forschend an. »Glaubst du nicht an die große Liebe?«

»Nicht mehr.«

»Magst du mir erzählen, warum das so ist?«

Flo zögerte. Sie hatte bislang mit niemandem darüber gesprochen. »Er ist ein elender Mistkerl!«, platzte sie schließlich heraus.

Vicki wartete.

»Ein elender Mistkerl, der mich vier Jahre lang an der Nase

herumgeführt hat. Heute weiß ich, dass er nur mit mir ins Bett wollte, mehr nicht. Er war Arzt am Kings County Hospital, wo auch ich arbeitete, und machte mir von Anfang an schöne Augen. Er überhäufte mich mit kleinen Geschenken, war charmant, unterhaltsam, intelligent. Zur Mittagspause trafen wir uns regelmäßig in einem billigen Hotel zwei Straßen weiter und … nun, du kannst dir schon denken, was wir da taten. Er sprach vom Heiraten und von einer rosigen Zukunft und wollte am liebsten jeden Tag mit mir zusammen sein. Nur am Wochenende nicht. Das hätte mich eigentlich stutzig machen müssen, aber ich schwebte auf Wolke sieben und war blind. Bis ich eines Mittags im Hotel nicht ihn, sondern seine Frau antraf. Sie war sehr ruhig und gefasst, sie sagte, sie hätte nur durch einen Zufall von unserer Beziehung erfahren. Dann fing sie an zu weinen, zeigte mir Bilder von den gemeinsamen Kindern und bat mich, ihr nicht den Mann zu nehmen und ihre Ehe zu zerstören.«

»Das muss eine schreckliche Situation für dich gewesen sein«, sagte Vicki mitfühlend.

»Für mich brach eine Welt zusammen. Ich war wie vor den Kopf gestoßen. Ich meldete mich krank. Tagelang lief ich nur herum und konnte keinen klaren Gedanken fassen. Die Wunde, die mir der Mistkerl geschlagen hatte, war einfach zu tief. Am meisten aber ärgerte ich mich über mich selbst. Welch dumme Gans war ich gewesen, dass ich die ganze Zeit nichts gemerkt hatte! Dann, Gott sei Dank, meinte Dad vor ein paar Wochen, ich solle mit nach Deutschland kommen, es ginge dir sehr schlecht, und im Übrigen würde mir die Ablenkung guttun.«

Flo atmete tief durch. »Tja, so ist alles gekommen, Tante Vicki.«

»Tja, so ist alles gekommen«, wiederholte Vicki sinnend. »Das gilt wohl für uns beide.« Dann lächelte sie. »Jedenfalls bin ich sehr froh, dass du mir das Leben gerettet hast.«

»Ich habe nicht viel dazu beigetragen.«

»Doch, das hast du, und ich danke dir.« Vicki nahm Flos Hand und drückte sie. »Ich möchte, dass wir Freundinnen sind, und zu einer Freundin sagt man nicht ›Tante Vicki‹, sondern nur ›Vicki‹. Einverstanden?«

»Oh, ja.« Flos Augen leuchteten.

»Würdest du mich jetzt wieder in mein Bett bringen? Ich bin etwas müde.«

»Aber gern, Vicki!«

KAPITEL 4

Benno und Schatzi standen vor der Werkbank im alten Atelier des Hauses Große Elbstraße 7. Benno hatte den Raum einst mithilfe des Gärtners Jakub eingerichtet. Jakub war ein wenig schlicht, aber sehr stark gewesen. Er hatte die Mauer zwischen dem Mansardenstübchen und Annis alter Kammer eingerissen, um mehr Platz zu schaffen. Außerdem hatte er unter der Anleitung eines Tischlers zwei weitere Fenster ins Dach eingebaut, damit mehr Tageslicht in den Raum kam.

Ebendieses Licht fiel nun auf die Werkbank und erhellte zwei kürbisgroße Gebilde, die den Früchten der Seychellenpalme aufs Haar glichen. »Die Ärsche sind gut gelungen«, lobte Benno. »Hast du sie wirklich ganz allein gemacht?«

»Ich hatte eine Hilfe.« Schatzi grinste.

»Lass mich raten: Hat jemand aus dem *Panoptikum* mit Hand angelegt?«

»Das kann man so nicht sagen.« Schatzis Grinsen wurde breiter. »Ich habe einen Bekannten mit einem sehr knackigen Popo. Den stellte er mir freundlicherweise für einen Abdruck zur Verfügung. Der Rest war einfach.«

Benno musste lachen. »Du bist nicht auf den Kopf gefallen, stimmt's?«

»›Gewusst, wie. Darauf kommt's an‹, hat mein Vater immer gesagt.«

»Wer war dein Vater? Vielleicht kenne ich ihn?«

»Vater starb vor zehn oder elf Jahren, weil er zu viel und zu oft ins Glas geguckt hatte. Er war der beste Gast in seiner eigenen Kneipe. Die Kneipe gibt es heute nicht mehr, sie hieß *Sie-*

benmeilenstiefel und lag am Ende der Reeperbahn, in der Herrenweide.«

»Ich werd verrückt!«, entfuhr es Benno. »Dann war dein Vater Amandus Schuh, den alle Welt ›Mandi‹ nannte. Mandi war damals der Meinung, seine Kneipe könne nicht *Schuh's Eck* oder *Bei Schuh* oder ähnlich heißen, das würde blöd klingen. Deshalb kam er auf *Siebenmeilenstiefel*. Mein Gott, ich kannte ihn gut. Wie klein die Welt doch ist.«

»Und auf der Reeperbahn ist sie noch kleiner. Als Vater unter der Erde war, kam Vira zu mir und sagte, sie hätte mit Willi gesprochen, ich könne in der *Hölle* anfangen. Das wäre praktisch, und es wäre auch näher zum *Panoptikum*. Tja, so hat sich alles ergeben.«

»Okay, jetzt aber ran ans Werk. Wird Zeit, deine Jungspopöchen anzumalen. Vorher jedoch müssen wir sie aufspießen und fixieren.«

Schatzi erschauerte. »O Gott, wie sich das anhört!«

Jetzt war es an Benno zu grinsen. »Wir stecken sie auf ein Stück Besenstiel und klemmen sie daran in den Schraubstock, dann können wir sie in einem Arbeitsgang von allen Seiten anmalen.«

»Verstehe.«

Danach begann Benno, einen Hautton aus Aquarellfarben anzumischen. »Ursprünglich waren es sieben Seychellenfrüchte, die ich damals bemalte«, sagte er. »Wo sind eigentlich die zwei geblieben, die durch diese ersetzt werden sollen?«

»Die hingen immer vor dem Eingang zum *Glückskeller*.«

»Ach ja, ich erinnere mich.« Benno machte den ersten Pinselstrich.

»Als Willi den *Glückskeller* 1923 verkaufen musste, verschwanden sie spurlos. Es war eine traurige Zeit. Drei Billionen Mark hat Willi für den Puff bekommen, und eine Woche später war das Geld nur noch ein Bier wert.«

Benno malte weiter. »Bei uns in den USA hättest du zu dem Zeitpunkt überhaupt kein Bier kaufen können. Jedenfalls nicht offiziell. Wir hatten die Prohibition. Herstellung, Transport und Verkauf von Alkohol waren streng verboten. Natürlich fand der Mann auf der Straße trotzdem Mittel und Wege, an sein Bier oder an seinen Whisky zu kommen. Wie sagte Mandi, dein Vater, so richtig? ›Gewusst, wie. Darauf kommt's an.‹«

»Genau. Und deshalb habe ich in der Puppenwerkstatt vom *Panoptikum* eine tüchtige Portion Wachs mitgehen lassen. Es gibt über dreihundert Figuren, an denen ständig was ausgebessert werden muss, da fällt ein bisschen Wachs mehr oder weniger gar nicht auf.«

»Sehr clever. Willst du auch mal?« Benno hielt Schatzi den Pinsel hin.

Schatzi nahm ihn und machte seinen ersten Pinselstrich. Er war hoch konzentriert, seine Zungenspitze wanderte hin und her.

»Nur zu, nicht so zögerlich. Wenn man Flächen malt, geht man vor wie beim Harken: lang der Strich und kurz die Pause. Und vergiss nicht, zwischendurch den Pinsel in die Farbe einzutauchen.«

»Ja, Benno.« Schatzi machte weiter.

»Siehst du, es geht doch. Aus dir wird nochmal ein richtiger Kunstmaler.«

»Mach dich nur lustig.«

»Aller Anfang ist schwer. Ich werde noch ein zartes Grau für die Falte zwischen den Pobacken anmischen, dann bekommt das Ganze mehr Gesicht.«

»Mehr Gesicht?« Schatzi prustete los, und der Pinsel rutschte ihm aus. Ein hässlicher Streifen entstand.

»Das macht nichts«, sagte Benno. »Lass mich den Rest erledigen. Ich denke, das wird ein Prachtexemplar.«

Nachdem sie auch den zweiten Kürbis bemalt hatten, sagte Benno: »Beide Stücke bekommen noch einen durchsichtigen Schutzlack, damit die Farbe hält. Allerdings passiert das erst morgen, weil sie richtig trocken sein müssen. Bleibt die Frage, wo wir sie hinhängen, wenn sie fertig sind.«

»Vielleicht über den Eingang zur *Hölle?*«, schlug Schatzi vor.

»Warum nicht? Wir müssen vorher nur Willi fragen. Aber der wird nichts dagegen haben, wenn seine Kneipe verschönert wird.«

»Bestimmt nicht. Dieses Haus hätte übrigens auch mal eine Verschönerung nötig. Sieht alles ein bisschen runtergekommen aus.«

»Ist mir auch schon aufgefallen. Hilf mir mal, die Pinsel auszuwaschen und die Aquarellfarben wegzuräumen.« Nachdem das geschehen war, sagte Benno: »Dieses alte Gemäuer liegt mir am Herzen, mehr als ich dachte. Wenn ich mich entschließen würde, für längere Zeit in Deutschland zu bleiben, könnte ich mir vorstellen, es renovieren zu lassen.«

»Das würde wohl niemanden mehr als Vicki freuen.« Schatzi stellte sich auf die Zehenspitzen, um das Glas mit den ausgewaschenen Pinseln in ein Regal zu stellen. Dabei rutschten seine Ärmel herab, und mehrere kunstvoll gestochene Tätowierungen wurden sichtbar.

Benno erkannte Schlangen und Drachen in verschiedenen Farben. Sein künstlerisches Auge fühlte sich angesprochen. »Wer hat denn die Tattoos gemacht?«, fragte er.

»Christian Warlich in seiner Kneipe.«

Benno wunderte sich. »Ein Kneipenwirt, der tätowiert? Wo gibt's denn so was?«

»Nur auf St. Pauli«, antwortete Schatzi nicht ohne Stolz. »Christian hat seinen Laden in der Kieler Straße. Solltest du hingehen, grüß schön von mir.«

»Vielleicht mache ich das, denn die Tattoos sind wirklich gut, das habe ich sofort gesehen. Aber zuerst gehen wir jetzt mal runter. Bin gespannt, ob es in diesem Frauenhaushalt was Anständiges zu trinken gibt.«

Als sie die Treppe hinabstiegen, blieb Schatzi plötzlich stehen und ergriff Bennos Arm. »Ich glaube, wir sind ein gutes Gespann«, sagte er leise.

Benno blickte ihn direkt an. »Ja, Schatzi, das sind wir, aber mehr auch nicht.«

Es war neun Uhr abends. Benno trug die alte Joppe, mit der er damals immer umhergezogen war, dazu seinen Cowboyhut, einen Stetson. Langsam ging er die Reeperbahn hinunter. Viel hatte sich in den Jahren nicht verändert. Noch immer war die Straße wie ein schlafender Riese, der Nacht für Nacht erwachte, ein bunter, greller Ort, an dem Huren sich feilboten, Strichjungen flanierten und Rauschgift unter der Hand verkauft wurde. Aber auch ein Platz der Lichtspielhäuser, der Varietés, des bürgerlichen Amüsements. Tagsüber dagegen wirkte die sündige Meile meist öde und trist. Doch Benno störte das nicht. Er liebte die Gegend. An der Ecke Talstraße bog er nach Norden ab, schlenderte vorbei an den pittoresken chinesischen Läden und wandte sich nach links in die Kieler Straße, die zu jener Zeit noch weit nach St. Pauli hineinreichte. Vor dem Haus Nummer 44 blieb er stehen. *Schankwirtschaft* stand in großen Lettern über dem Schaufenster. Von innen waren mehrere Pappschilder gegen die Scheibe geklebt. Darauf war zu lesen: *Steche alles in sämtl. Farben nur elektrisch an allen Stellen.* Und: *Streng reell.* Und: *Giftfrei!* Dazu einige beispielhafte Abbildungen. Ein Schmetterling, eine Meerjungfrau, ein Totenkopf.

Benno betrat die Wirtschaft. Wie in jeder Kneipe füllten mehrere Tische den Raum, dazu Stühle, Bänke und ein Garderobenständer. Im Hintergrund, neben einer durch einen roten Vorhang abgeteilten Ecke, befand sich der Tresen. Doch damit endeten schon die Gemeinsamkeiten. Anders als in der *Hölle* mit ihrer bunten Mischung aus Seegetier und Jagdwaffen hingen hier große Schwarz-Weiß-Porträts tätowierter Kunden an den Wänden, dazu unzählige Postkarten und Briefe aus aller Welt, teils vergilbt, teils zerknickt, von Absendern, die Warlich hatten grüßen oder ihm für seine Künste danken wollen.

Benno hängte den Stetson an den Garderobenständer, steuerte den Tresen an und bestellte ein Bier. Von hier aus konnte er einen Blick in die Ecke hinter dem roten Vorhang werfen. Ein Mann, der wie ein Gentleman aussah, stand da. Anfang vierzig, glatte Haare, Anzug, Schlips. Konnte das Warlich sein? Offenbar ja, denn er legte in diesem Augenblick eine elektrische Tätowiermaschine aus der Hand, mit der er ein Hamburg-Panorama auf der Brust eines Kunden begonnen hatte. »In ein paar Tagen ist nichts mehr rot, Erwin«, sagte er. »Entzünden wird sich auch nichts, keine Sorge, nur ab und zu ein bisschen Nivea oder Penatencreme drauf, das langt.«

»Danke, Christian.« Der Kunde zögerte. »Das mit dem Bezahlen … Ich bin gerade etwas klamm.«

»Zahlen kannst du am Schluss, du hast noch drei Sitzungen vor dir. Wir sehen uns nächste Woche wieder. Mach's gut.«

»Danke.« Der Kunde zog sich an und verschwand.

Benno beobachtete, wie Warlich sein Instrumentarium mit bedächtigen Bewegungen zur Seite räumte. Dann sah er auf. Ihre Blicke trafen sich. »Du siehst aus, als wärst du nicht nur zum Biertrinken hier«, sagte Warlich.

»Erraten«, antwortete Benno. »Ich wollte den Mann kennenlernen, der Schatzi die Schlangen und Drachen auf den Arm tätowiert hat.«

»Meinst du Schatzi von der *Hölle?*«

»Genau den. Ich soll schön grüßen.«

»Grüß zurück. Und nun willst du auch Schlangen und Drachen?«

»Nein. Zumindest noch nicht. Ich wollte dir nur sagen, dass ich deine Arbeiten sehr schön finde.«

»Danke.« Warlich lächelte zum ersten Mal. »Wer bist du überhaupt? So wie du aussiehst, könntest du von hier sein, aber ich habe dich noch nie gesehen.«

»Ich bin Benno.«

»Ich bin Christian.«

Sie gaben sich die Hand. Benno stellte zu seiner Überraschung fest, dass Warlichs Handrücken kunstvoll tätowiert waren. So etwas hatte er bisher nur bei Polynesiern gesehen. Der Wirt winkte dem Mädchen hinterm Tresen zu. »Mach mir auch ein Bier fertig, Käthe.«

Nachdem sie gemeinsam getrunken hatten, sagte Benno: »Ich bin ein alter Freund von Willi Höller. Bin Ende der neunziger Jahre nach New York ausgewandert, um dort mein Glück zu machen, und nur für einen längeren Besuch in Hamburg.«

»Was, du lebst in New York?«

»So ist es.«

»Ich war auch mal eine Zeit lang in New York, da hätten wir uns eigentlich treffen können.«

Benno trank einen Schluck und grinste. »Stimmt, wo die Stadt doch so klein ist.«

»Nur sechseinhalb Millionen Einwohner.«

Beide lachten.

»Aber die Stadt ist mir in guter Erinnerung«, nahm Warlich den Faden wieder auf. »Ich habe dort meine elektrische Tätowiermaschine erworben, zurzeit ist sie die Einzige ihrer Art in Deutschland. Willst du sie mal sehen?«

»Aber ja!«

Warlich machte eine einladende Geste. »Dann darf ich dich in mein *Atelier moderner Tätowierungen* bitten. Es beginnt gleich hinter diesem Vorhang.«

»Die Tätowiermaschine ist sicherer, schmerzärmer und hygienischer als die herkömmliche Methode«, erklärte er wenig später, stellte sie an und zeigte ausführlich ihre Handhabung.

»Das glaube ich dir«, versicherte Benno, »aber um ehrlich zu sein, interessiere ich mich weniger für den Apparat, sondern mehr für die Werke, die du damit stichst.«

»So, so.« Warlich blickte spöttisch. »Willst du mir etwa Konkurrenz machen?«

Benno lachte. »Nein, wirklich nicht. Ich habe meinen eigenen Broterwerb.«

»Und was machst du so?«

»Ich male Bilder. Mein vollständiger Name ist Benno Haiden. Meine Werke werden in New York bei Joshua Brickstein ausgestellt.«

Daraufhin schwieg Warlich. Dann sagte er: »Ich glaube, ich muss dir Abbitte leisten. Ich kenne einige deiner Werke, und ich bewundere sie. Ich könnte nie so malen. Es ist eine Ehre für mich, dass du meine Tattoos magst.«

Benno hob sein Glas. »Glaub mir, es ist umgekehrt genauso. Ich könnte nie so gute Tattoos stechen. So ist es halt im Leben, der eine kann dies, der andere das. Wenn alle das Gleiche könnten, wär's doch langweilig. Prost!«

»Prost, Benno. Nett, dass du das sagst. Dann werde ich dir jetzt einige meiner Vorlagenbücher zeigen.«

»Gerne.«

Kurz darauf kam Benno aus dem Staunen nicht mehr heraus. Was er sah, waren keine ungelenk skizzierten Figuren, sondern mit meisterhaftem Strich gemalte Motive, perspektivisch genau, farblich fein nuanciert: Adlerköpfe, Schwerter, Flaggen, Drachen, Anker, Schiffe. Alles in jeglicher Form und Farbe. Barbusige Südseeschönheiten, lachende Matrosenbräute, finstere Seeräuber, Geishas mit Fächer, Indianer mit Kopfschmuck … Am meisten aber beeindruckten ihn mehrere Hautpräparate, handtellergroße Lappen, bei denen es sich um abgelöste Tätowierungen handelte. »Wie hast du das fertiggebracht?«, fragte er.

»Mit einer von mir entwickelten scharfen Spezialflüssigkeit«, antwortete Warlich. »Sie muss mehrmals aufgetragen werden, dann lässt sich die Haut abziehen, mitsamt dem unbeschädigten Motiv.«

»Ein bisschen makaber, aber faszinierend.« Benno verzog das Gesicht. »Tut das weh?«

»Ja, es ist eine schmerzhafte Prozedur.«

»Dann plädiere ich dafür, die Tätowierungen an ihrem Platz zu lassen.«

Warlich schmunzelte. »Ich auch. Da kommen sie am besten zur Geltung. Am liebsten lasse ich mich inspirieren von asiatischen und amerikanischen Motiven. Ich strebe immer nach Erweiterungen meines Bildmaterials. In letzter Zeit nimmt allerdings die Zahl der Kunden zu, die sich den Hitlerkopf stechen lassen. Bärtchen auf der Oberlippe. Scheitel rechts, wie mit dem Beil gezogen. Oder die beiden SS-Runen. Oder den Totenkopf.«

»Du sagst das, als gäbe es schönere Motive.«

Warlichs Miene verdüsterte sich. »Glaubst du das nicht auch?«

Benno schwieg. Dann nickte er. »Die Deutschen sind mir fremd geworden. Als ich fortging, herrschte der Kaiser. Jetzt gibt es den Herrn Hitler. Zwischen beiden liegen Welten. Ach, apropos: Ich habe mal eine Reise in die Südsee gemacht, zu den Marquesas-Inseln, weil einer meiner Lieblingsmaler, Gauguin, auf Hiva Oa begraben ist. Dort habe ich die Tätowierkunst der Insulaner kennengelernt, ihre vielfältigen Motive und deren Bedeutung. Ich habe von damals noch ein paar Skizzen. Allerdings befinden die sich in New York, doch ich könnte sie aus dem Kopf nachzeichnen, falls du willst.«

»Und ob!«

Da nichts anderes so schnell greifbar war, zeichnete Benno ein paar Motive auf mehrere Bierdeckel, unter anderem das an ein Labyrinth erinnernde Marquesas-Kreuz.

Warlich war begeistert. »Es geht doch nichts über die einfachen, jahrhundertealten Formen! Erlaubst du, dass ich sie in mein Repertoire aufnehme?«

»Na klar.«

»Darauf steht noch ein Pils und ein Kurzer auf meine Rechnung, was meinst du?«

»Kann nicht schaden.«

Nachdem sie das Bier getrunken, den Schnaps gekippt und sich danach noch einmal dasselbe gegönnt hatten, sagte Benno: »Besser, wenn ich jetzt die Kurve kratze, sonst krieg ich noch

Schlagseite. Muss in die Große Elbstraße 7. Schlafe dort in meinem Atelier.«

»Das heißt, du willst kein Tattoo von mir? Ich würde dir ’nen Sonderpreis machen.«

»Doch, schon. Aber ich weiß noch nicht genau, was. *Byebye*, Cristian.«

»Adschüs, Benno.«

KAPITEL 5

Benno nieste und schnäuzte sich geräuschvoll mit dem Taschentuch. Er hatte sich eine Erkältung zugezogen, und er wusste auch, warum. Schuld waren die zugigen Fenster in seinem alten Atelier, wo er sich ein Lager aufgeschlagen hatte. Außerdem schrieb man Ende November, es herrschte Grippewetter. Er knüllte das Tuch zusammen, stopfte es in die Hosentasche und beschloss, hinunter in die Bibliothek zu gehen.

Dort traf er Flo an. »Was machst du denn hier?«, fragte er.

»Ich belese mich über die Multiple Sklerose«, antwortete Flo.

»Wieso das denn?«

»Weil Vicki an dieser Krankheit leidet.«

»Woher weißt du das?«

»Weil sie es mir gesagt hat.«

»Aber man sieht ihr gar nichts an!«

»Noch nicht, doch die Symptome, die sie hatte, waren eindeutig. Und was machst du hier unten, Dad?«

»Ich wollte nach einem Kognak gegen meine Erkältung Ausschau halten. Dein Großvater hatte hier früher immer welchen versteckt. Hinter *Meyer's Konversations-Lexikon*, Band 18, *Schöneberg bis Sternbedeckung*. Ah, da steht ja tatsächlich noch eine Flasche. Ob die letzten fünfunddreißig Jahre dem Hennessy geschadet haben?«

»Dad, manchmal bist du unmöglich. Ich erzähle dir, dass Vicki MS hat, und du denkst an nichts anderes als Kognak.«

»Du hast recht, was ist schon ein Schnupfen gegen MS. Meinst du, wir können ihr irgendwie helfen?«

»Die Krankheit ist nicht heilbar, sie kann jedoch sehr langsam verlaufen. Sicher dürfte sich ein glückliches Umfeld positiv auswirken.«

»Was wirkt sich positiv aus?« Vicki betrat in diesem Augenblick die Bibliothek. Sie war vor zwei Wochen aus dem Universitätskrankenhaus Eppendorf entlassen worden und fühlte sich wieder recht sicher auf den Beinen.

Benno stellte sein Kognakglas ab und nahm sie in die Arme. »Eigentlich dürfte ich das nicht, weil ich erkältet bin«, sagte er, »aber Vicki hat mir gerade von deiner MS erzählt.«

»Und hinzugefügt, dass ein glückliches Umfeld die Krankheit günstig beeinflussen kann«, ergänzte Flo.

Vicki war gerührt. »Macht euch doch nicht so viele Gedanken um mich. Seitdem ihr hier seid, geht es mir schon viel besser. Und wo ich euch gerade zusammen antreffe: Ich wollte etwas mit euch besprechen.«

Sie nahmen in den tiefen Ledersesseln Platz. Vicki betätigte die altertümliche Zugklingel, und Dörthe, die Haushaltshilfe, erschien. »Bitte, bringen Sie meiner Nichte und mir einen Earl Grey.«

Dörthe war eine pummelige Barmbekerin, Anfang zwanzig, und zu ihrem großen Kummer noch unverheiratet. »Mach ich, Frau Doktor. Sollen es die guten Wedgwood-Tassen sein?«

»Ja, nehmen Sie die nur.«

Dörthe verschwand.

»Worum geht's denn?« Benno trank einen großen Schluck und nickte anerkennend. Der Kognak hatte nichts an Geschmack verloren.

»Es geht darum, dass mich dieses Haus jeden Monat eine Stange Geld kostet, Geld, das ich auf die Dauer nicht habe«, begann Vicki das Gespräch. »Schon bevor ihr kamt, habe ich häufig überlegt, ob ich es nicht verkaufen soll. Aber ich möchte das nicht ohne euer Einverständnis tun. Benno hat hier schließlich seine Kindheit und Jugend verbracht.«

Benno nickte. »Ganz recht. Und nicht zu vergessen: Flos

Mutter kennengelernt. Anni war damals erst achtzehn Jahre alt.«

»Es müssen schöne Zeiten gewesen sein«, meinte Flo.

»Das waren sie. Nicht nur im milden Lichte der Erinnerung.«

»Der Tee wäre da.« Dörthe stand in der Tür.

»Stellen Sie ihn auf das Lyra-Tischchen.«

Dörthe setzte das Tablett ab. »Kommen Sie allein zurecht, Frau Doktor?«

»Ja, wir bedienen uns selbst. Danke.«

Dörthe rückte eine kleine Sanduhr neben die Teekanne und entfernte sich.

»Ja, alles hat seine Zeit«, sagte Vicki und beobachtete, wie der feine Marmorstaub vom oberen in den unteren Kolben der Sanduhr rieselte. »Und ich denke, es ist Zeit zu verkaufen. Vielleicht könnte ich mit euch zurück nach New York gehen. Außer euch habe ich doch keine nähere Verwandtschaft mehr. Das wäre ein neuer Anfang.«

Benno trank einen weiteren Schluck Kognak. »So schnell schießen die Preußen nicht.«

»Die Preußen?« Vicki schaute bitter. »Die sind schon lange nicht mehr am Ruder. Und auch die Weimarer Republik ist passé. Ich habe mich nie besonders für Politik interessiert, aber seit die braunen Herren das Sagen haben, geht es mit der Demokratie bergab. Das sieht ein Blinder mit dem Krückstock. Dieser Hitler vereinigt viel zu viel Macht auf seine Person. Seit Hindenburgs Tod ist er Führer, Reichskanzler, NSDAP-Chef, höchster Richter und Befehlshaber der Reichswehr in einem.«

Benno machte eine wegwerfende Bewegung. »Ach, die hohen Häupter kommen und gehen. Irgendwann verschwinden die Hakenkreuze auch wieder.«

Flo sagte: »Ich glaube, der Tee hat genug gezogen, die Sanduhr ist durchgelaufen.« Sie begann, den Earl Grey einzuschenken.

Die Frauen tranken mit spitzen Lippen.

Benno schenkte sich einen Kognak nach. »Wenn ich eben sagte, so schnell schießen die Preußen nicht, dann meinte ich den Hausverkauf, Vicki. Ich habe gar nicht mehr gewusst, wie viel mich mit Hamburg und der Großen Elbstraße verbindet. Ich fühle mich sehr wohl hier, trotz des Nazi-Brimboriums, das zeitweise veranstaltet wird.«

»Was willst du damit sagen, Dad?«, fragte Flo.

»Ich will damit in aller Bescheidenheit sagen, dass ich ein wohlhabender Mann bin. Josh, mein Galerist, telegrafierte mir gestern, er habe wieder mehrere meiner Gemälde zu einem stolzen Preis verkauft. Meine Bilder, sagte er, stiegen ständig im Wert. Vielleicht, weil ein Maler mit deutschem Hintergrund, der sich der modernen Kunst verschrieben hat, etwas Besonderes in New York ist. Kurzum: Ich kann es mir leisten, mein Vaterhaus mit ein paar tausend Dollar wieder auf Vordermann bringen zu lassen. Vorausgesetzt, du bist einverstanden Vicki, schließlich gehört es dir.«

Vicki hatte es die Sprache verschlagen. Ihre Hand zitterte vor Aufregung, als sie die Teetasse absetzte. »Ist das dein Ernst?«

Benno grinste. »Mein blutiger. Wir Geschwister müssen doch zusammenhalten, nicht wahr? Außerdem beabsichtige ich, für längere Zeit hierzubleiben.«

»Ich kann es noch gar nicht fassen!« Vicki strahlte. »Vor drei Wochen war ich fast tot, und nun sieht die Zukunft so rosig aus, ich …« Sie hielt inne und wandte sich an Flo: »Was sagst du denn überhaupt dazu?«

Flo zuckte mit den Schultern. Dann lächelte sie. »Für mich sind Dads Pläne genauso neu. Aber er ist schon immer von spontanem Entschluss gewesen, insofern wundert es mich nicht. Ich habe noch nicht darüber nachgedacht, aber ich glaube, gegen eine berufliche Auszeit wäre nichts einzuwenden. Ich bleibe fürs Erste bei dir, Vicki.«

»Dann wäre ja alles geklärt.« Benno wirkte sehr zufrieden. Er wollte den Kognakschwenker zum zweiten Mal nachfüllen, unterließ es jedoch, als er Vickis Blick sah. Er wusste von früher, dass sie es hasste, wenn er zu tief ins Glas schaute. »Allerdings muss ich eine Bedingung stellen: Wie ihr wisst, bin ich Künstler und kein Kaufmann, deshalb bitte ich euch beide, sich um die Bauarbeiten zu kümmern. Frauen können sowieso besser organisieren.«

Vicki und Flo sahen sich an.

»Da hat er recht«, sagte Vicki.

»Packen wir's an«, sagte Flo.

»Es ist schwerer, als ich es mir vorgestellt habe«, sagte Flo einige Tage später. »Auf unsere Anzeige im *Hamburger Fremdenblatt* haben sich nur vier Architekten gemeldet. Einer ist gar nicht gekommen, drei haben sich immerhin das Haus angesehen. Der Erste meinte, der Auftrag wäre zu unbedeutend für sein Büro, der Zweite sagte, er könne, wenn überhaupt, frühestens in acht Monaten anfangen, und der Dritte versicherte, eine Renovierung würde sich bei der alten Bausubstanz nicht mehr lohnen. Was sollen wir nur machen? Weiter inserieren?«

Vicki seufzte. »Ich glaube nicht, dass eine weitere Anzeige mehr Erfolg bringen wird. Ich habe schon daran gedacht, die Handwerker selbst zu beauftragen, doch ich fürchte, wir verstehen von den Arbeiten zu wenig. Außerdem nimmt man Frauen oftmals nicht für voll – immer noch nicht. Ist das eigentlich bei euch in New York auch so?«

»Es ist überall dasselbe, Vicki. Ich habe es am eigenen Leib erfahren, als ich Ärztin wurde. Ich musste mich lange durchbeißen, um anerkannt zu werden.«

Beide Frauen saßen unten in der Küche bei Agnes, der Köchin, die etwas Deftiges für den Abend zubereitete. Es sollte Pannfisch mit Bratkartoffeln geben. Die Kartoffeln mit dem Speck und den Zwiebeln brutzelten schon vor sich hin, während Agnes die Seelachsstücke in Mehl wendete und in eine zweite Pfanne gab. Das Gericht wurde auf ausdrücklichen

Wunsch Bennos zubereitet, der mal wieder etwas typisch Hamburgisches essen wollte.

»Was sagen wir Benno bloß?«, grübelte Vicki. »Wir können doch nicht zugeben, dass wir mit der Aufgabe nicht klarkommen.«

»Lewinsky«, warf Agnes ein.

»Bitte?« Vicki verstand nicht.

Agnes schwenkte die Pfanne, um die Bratkartoffeln zu wenden. »Lewinsky, der Steinmetz. Der hat doch vor ein paar Jahren zwei Stufen von der Marmortreppe neu gemacht.«

»Ja, und?«, fragte Flo.

»Vielleicht kann der sich die Säulen und die Fenstersimse vornehmen, das wär doch schon mal was.«

»Da haben Sie eigentlich recht«, sagte Flo nachdenklich.

»Und was ist mit den anderen Gewerken?«, fragte Vicki zweifelnd.

»Kommt Zeit, kommt Rat«, sagte Flo. »Wo hat dieser Lewinsky denn seine Werkstatt?«

»Ein paar hundert Meter weiter die Straße runter, hinter der Seemannsmission«, antwortete Agnes.

»Ich gehe morgen hin«, sagte Flo.

Agnes meldete: »Der Pannfisch ist gleich so weit. Hoffentlich kommt Herr Haiden nicht wieder zu spät, ich hab ihm extra noch gesagt, um sieben steht das Essen auf dem Tisch.« Sie begann, die angerichteten Teller in den Speiseaufzug zu stellen.

»Das wäre nichts Ungewöhnliches«, meinte Flo. »In letzter Zeit ist er häufig auf St. Pauli und vergisst gern die Zeit, wenn er nicht gerade oben im Atelier malt.«

In diesem Augenblick öffnete sich die Küchentür. »Da bin ich!«, rief Benno fröhlich. »Alle Wohlgerüche Arabiens haben mich heruntergelockt. Gibt es das, was ich mir erträumt habe?«

»Ja, Pannfisch«, sagte Agnes.

Es war Montag, der dritte Dezember. Am Morgen hatte noch die Sonne geschienen, doch danach waren Wolken von Westen aufgezogen. Nieselwetter herrschte, wie Flo es schon kannte. Sie hatte die Kapuze ihres Capes über den Kopf gestülpt und stapfte durch den Regen nach Westen, vorbei an der Seemannsmission und weiter, bis sie an ein Gebäude kam, vor dem alle möglichen Gegenstände aus Stein zur Schau gestellt wurden. Sie erkannte Säulen, Brunnen, Kamine, Grabsteine und anderes. Meister Lewinsky schien sehr vielseitig zu sein. Sie betrat die Werkstatt.

Drinnen roch es nach Staub und Stein. Eine lange Werkbank mit einigen unfertigen Stücken tat sich vor ihr auf. Daneben befand sich eine Steinkreissäge. In der Mitte, auf einem hölzernen Podest, stand eine gotische Kreuzblume aus Sandstein, die von einem Mann im schwarzen Kittel bearbeitet wurde. Er trug eine Schutzbrille und hielt eine Art Klopfholz mit Meißel in den Händen. Flo fiel auf, dass er die Arme weit von sich streckte, während er vorsichtige Schläge mit dem Klopfholz ausführte.

Sie wartete eine Weile, bis er sie bemerkte.

»Sind Sie Meister Lewinsky?«, fragte Flo.

Der Mann nahm die Brille ab und schaute sie verblüfft an. Er war vielleicht vierzig Jahre alt, hatte lockiges schwarzes Haar und wirkte mit seinem schmalen Gesicht und dem markanten Mund ausgesprochen männlich.

»O nein«, sagte er. »Der Meister ist in seinem Büro. Dort hinten, am Ende der Werkstatt und dann gleich links. Ich bringe Sie gerne hin.«

»Danke, das ist nicht nötig«, sagte Flo.

Sie fand den Weg und klopfte an. Auf ein freundliches »Herein« hin öffnete sie die Tür und sah einen älteren Mann am Schreibtisch sitzen. Er mochte fünfzig oder fünfundfünfzig Jahre alt sein. Um ihn herum herrschte ein Chaos aus Papieren, Akten, Plänen und Zeitungen. Auf einem der vielen Stapel lag zuoberst das *Hamburger Fremdenblatt.* Mein Gott, dachte Flo, wenn der Mann so arbeitet wie er Ordnung hält, dann bin ich hier fehl am Platze.

Doch sie konnte den Gedanken nicht weiterverfolgen, denn der Meister bot ihr mit einer ausholenden Geste den einzigen Stuhl im Raum an.

»Lewinsky«, stellte er sich vor und fügte hinzu: »Lassen Sie sich durch das Tohuwabohu hier nicht beirren. Was kann ich für Sie tun?«

Flo zögerte. Aber da sie schon vor ihm stand, konnte sie schlecht wieder gehen. Also setzte sie sich und sagte: »Ich bin Florence Haiden, die Nichte von Frau Doktor Dreyer. Sie haben schon für sie gearbeitet und zwei Marmorstufen vor dem Haus Große Elbstraße 7 ausgewechselt.«

»Ich erinnere mich.«

»Das gesamte Gebäude ist renovierungsbedürftig, außen wie innen. Die Fassade, das Dach, die Fenster, die Elektrik, die Wasserrohre, alles muss erneuert werden. Wir dachten, wir könnten wenigstens schon mit den Steinmetzarbeiten beginnen, damit ein Anfang gemacht ist. Für die anderen Gewerke sind Sie ja nicht zuständig.«

»Das stimmt«, bestätigte Lewinsky.

»Oder kennen Sie einen Architekten, der alle Arbeiten steuern würde?«

»Vielleicht«, sagte Lewinsky. »Es müsste ein Architekt sein, der mit einem jüdischen Steinmetz wie mir einverstanden ist. Wie Sie wissen, lebt der Mensch nicht nur von Brot allein, deshalb muss die Frage gestattet sein, ob die Witwe Dreyer das alles bezahlen kann.«

»Sie nicht. Aber ihr Bruder, das heißt, mein Vater. Er ist Amerikaner wie ich und zahlt mit Dollars.«

Lewinsky stand auf, ein Zeichen, dass er das Gespräch für beendet hielt. »Mit Dollars? Das ist Musik in meinen Ohren. Ich versuche, Ihnen morgen gegen zehn einen mir bekannten Architekten vorbeizuschicken. Mit dem können Sie alles besprechen.«

»Oh, wirklich? Vielen Dank!«
Lewinsky gab ihr die Hand. »*Shalom*, junge Frau.«
»Auf Wiedersehen, Meister.«

KAPITEL 6

Am nächsten Morgen, pünktlich um zehn, klingelte es an der großen Eingangstür. Flo öffnete und sah sich einem Mann gegenüber, der groß gewachsen war, ein schmales Gesicht hatte und einen markanten Mund.

»Sie?«

»Ja.« Er deutete eine Verbeugung an. »Der staubige Mann, der gestern die Kreuzblume bearbeitet hat.«

»Entschuldigung, aber Meister Lewinsky hatte mir einen Architekten in Aussicht gestellt.«

»Ich bin Architekt.«

»Äh, nun gut. Kommen Sie erst mal rein.«

Flo lotste den Mann in die Bibliothek, wo sie ihm einen der tiefen Sessel anbot. Obwohl es ihr egal sein konnte, musste sie zugeben, dass er ziemlich gut aussah, noch besser als gestern in seinem Kittel voller Steinmehl. »Möchten Sie vielleicht einen Kognak trinken?«, fragte sie und dachte an den Hennessy, den Benno hinter Band 18 von *Meyer's Konversations-Lexikon* hervorgezaubert hatte.

»So früh am Tag?« Er lächelte. »Lieber nicht.«

»Ach so, ja, natürlich.« Sie ärgerte sich über die dumme Frage. »Möchten Sie einen Kaffee oder einen Tee?«

»Nur ein Glas Wasser, ich will Ihnen keine Umstände machen.«

»Nein, nein, das tun Sie nicht. Wir haben leider kein Sodawasser, sondern nur welches aus der Leitung.«

»Oh, kein Problem. Es gibt nichts Besseres als frisches, klares Wasser.«

»Ich werde dem Mädchen läuten.«

»Vielen Dank.« Er sah sich um. »Sie haben viele Bücher hier.«

»Sie gehörten meinem Großvater.«

Dörthe erschien, lächelte den Ankömmling länger als notwendig an und zog wieder ab, nachdem Flo ihr zwei Mal hatte sagen müssen, sie möge einen Krug mit Wasser und ein Glas holen.

Eine Stille entstand, in der beide vorgaben, auf die Bücherreihen zu blicken. Flo lagen viele Fragen auf der Zunge, aber sie wusste nicht, wie sie das Gespräch beginnen sollte. Dann kam ihr der rettende Gedanke: »Am besten hole ich rasch meine Tante dazu. Allein kann ich sowieso nichts entscheiden. Entschuldigen Sie mich bitte.«

»Aber gern.«

Flo fand Vicki im Garten. Sie besprach gerade mit Piotr, wo das Hochbeet mit dem Baum- und Strauchschnitt angelegt werden sollte. Als sie hörte, dass ein Architekt in der Bibliothek auf sie warte, fragte sie: »Ein Architekt? Wieso hast du mir nichts von ihm erzählt?«

»Ich wusste nicht, ob es klappen würde, als Meister Lewinsky sagte, er wüsste vielleicht jemanden. Doch er scheint einen gefunden zu haben.«

»Wie sieht er denn aus?«

»Ganz passabel.«

»Ich muss mir rasch die Hände waschen und mich ein bisschen landfein machen. Ich kann dem Mann doch nicht in der Gartenschürze gegenübertreten. Geh nur schon vor.«

»Nein, ich warte auf dich. Wir gehen zusammen.«

»Wie du willst.«

Wenig später betraten beide Frauen die Bibliothek. »Vielen Dank, dass Sie gekommen sind«, sagte Vicki zur Begrüßung. »Ich bin Doktor Dreyer, die Eigentümerin dieses Hauses. Meine Nichte Doktor Florence Haiden kennen Sie ja bereits.«

Der Mann stellte sein Wasserglas ab und erhob sich. »Sehr angenehm, Frau Doktor. Mein Name ist Götz Vahrenfeld. Ich bin Architekt.« Mit einem Seitenblick auf Flo fügte er hinzu: »Ich habe an der Berner Fachhochschule studiert. Doch manchmal betätige ich mich auch als Steinmetz.«

»Wie interessant.« Vicki und Flo setzten sich. Auch Vahrenfeld nahm Platz.

»Es ist nicht leicht, für die Arbeiten an diesem Haus einen Architekten zu finden«, sprach Vicki weiter, »umso froher wären wir, wenn Sie den Auftrag ausführen könnten.« Sie trank einen Schluck Tee, den Dörthe seltsamerweise von sich aus gebracht hatte, und wandte sich an Flo. »So ist es doch, nicht wahr?«

»Gewiss.« Flo war Vicki dankbar, dass sie die Gesprächsführung übernommen hatte. Sie selbst war in geschäftlichen Verhandlungen nicht sehr geübt.

»Wenn Meister Lewinsky Sie schickt, ist das eine gute Empfehlung«, fuhr Vicki fort, »denn ich schätze seine Arbeit. Dennoch muss ich Sie nach Ihren Referenzen fragen.«

»Selbstverständlich. Ich habe unter anderem als Architekt die Werkbundsiedlung Neubühl bei Zürich mit konzipiert und den Bau überwacht. Wenn Sie wünschen, kann ich entsprechende Belege beibringen.«

Vicki überlegte. »Die können Sie mir bei Gelegenheit zeigen. Doch warum arbeiten Sie als Steinmetz bei Meister Lewinsky?«

»Weil ich seit einigen Wochen bei ihm wohne. Da mache ich mich gerne nützlich.«

»Nun gut.« Vicki hatte beschlossen, es mit Vahrenfeld zu versuchen. Sie blickte Flo fragend an, und diese nickte unmerklich. »Wann könnten Sie denn anfangen?«

»Wenn Sie wollen, sofort.« Vahrenfeld stand auf und zog einen Notizblock hervor. »Ich möchte mir einen Überblick verschaffen, was die notwendigen Arbeiten anbetrifft. Der nächste Schritt wäre ein Gespräch mit guten Handwerkern, die nicht schachern. Danach würde ich Ihnen sagen, welche Kosten ungefähr auf Sie zukämen.«

»Einverstanden«, sagte Vicki.

»Wann hören wir wieder etwas von Ihnen?«, fragte Flo.

»Ich denke, Ende der Woche.«

Am darauffolgenden Sonnabend überreichte Götz Vahrenfeld einen Umschlag mit allen Aufstellungen und Berechnungen. Dörthe nahm das Kuvert errötend in Empfang, da Vicki und Flo in der Stadt waren. Sie wollten im Warenhaus *Tietz* am Jungfernstieg einen Hut und einen Wintermantel für Flo kaufen.

Am Nachmittag studierten sie die Papiere und mussten ein paar Mal schlucken, als sie den voraussichtlichen Preis für sämtliche Arbeiten sahen. Er belief sich auf rund siebzigtausend Reichsmark. »Puh«, meinte Flo, »ich weiß nicht, ob Dad das wirklich bezahlen wird.«

»Wie viel ist es denn umgerechnet?«, fragte Vicki.

»Achtundzwanzig-, vielleicht dreißigtausend Dollar. Genau weiß ich es nicht. Wir werden Dad nachher beim Abendessen fragen.«

Doch wie sich zeigte, war Benno nicht sehr beeindruckt von der hohen Summe. Er sagte nur: »Dreißigtausend? So viel hat mein letztes Bild eingebracht. Legt nur los, mir ist alles recht.«

»Wirklich, Dad?«, fragte Flo.

»Ja, solange als Erstes die zugigen Fenster in meinem Atelier erneuert werden.«

Fünf Werktage später, am Freitag, dem vierzehnten Dezember, war bereits erstaunlich viel geschehen. Die Handwerker hatten sich die Klinke in die Hand gegeben. Die Tischlerei Goldblatt war als Erste angerückt, hatte die neuen Fenster für Bennos

Atelier ausgemessen und sich selbsttätig mit der Glaserei Abelsohn in Verbindung gesetzt, um das Endprodukt rascher fertigstellen zu können. Die neuen Fenster sollten schon in der kommenden Woche eingesetzt werden.

Danach war die Klempnerei Schloma erschienen und hatte eine Bestandsaufnahme von sämtlichen Wasserrohren und Hähnen gemacht, wobei alles, was noch gut war, berücksichtigt wurde, um die Kosten kleinzuhalten.

Ähnlich verfuhr Elektromeister Süssermann, der sich am selben Tag die gummiisolierten Kupferdrähte in den alten Bleirohren anschaute, und zu dem Schluss kam, dass eine komplette Erneuerung aller Leitungen unumgänglich sei, die meisten Schalter und Steckdosen allerdings noch verwendet werden könnten.

Der Maurer Ehrenreich und Meister Lewinsky fuhren in Ehrenreichs Tempo-Dreiradwagen vor, um zu besprechen, welche Arbeiten an der alten Fassade und dem übrigen Gemäuer anfallen würden und was noch erledigt werden könnte, bevor der erste Frost einsetzte.

Außer ihnen kamen noch Maler, Stukkateure, Parkettleger, Heizungsmonteure und manche andere.

So herrschte in und um das alte Haus noch vor dem Weihnachtsfest Hochbetrieb, und bei all diesen Aktivitäten organisierte, koordinierte und kümmerte sich Götz Vahrenfeld in einem Maße um die Dinge, als gehöre das gesamte Anwesen ihm.

Es blieb nicht aus, dass er sich dabei häufig mit Flo abstimmen musste, weshalb beide übereingekommen waren, sich mit dem »Hamburger Sie« anzureden – einer Kombination zwischen der Nennung beim Vornamen und dem steifen Sie.

Es war gegen fünf Uhr nachmittags an diesem Freitag, als Götz noch immer messend und prüfend um das Haus herumlief, während die Handwerker schon den Heimweg angetreten hatten.

»Machen Sie Schluss, und kommen Sie herein, Götz!«, rief

Flo aus dem Fenster der Bibliothek. »Hier wartet ein heißer Tee auf Sie.«

»Oh, das wäre doch nicht nötig gewesen.« Er klappte den Zollstock zusammen und betrat das Haus.

»Doch, das war nötig«, sagte Flo, als er ihr gegenübersaß. »Sie sind ja völlig durchgefroren.«

»Ach, nicht der Rede wert.« Er blickte auf die Tasse mit dem heißen, dampfenden Getränk, die auf dem Lyra-Tischchen vor ihm stand. »Welche Sorte ist es denn heute?«

Flo hatte schon den ersten Schluck getrunken. »Raten Sie mal.«

Er probierte und furchte nachdenklich die Stirn. Es war zu einer Art Spiel zwischen ihnen geworden, dass er die Geschmacksrichtung herausfinden musste. »Darjeeling?«

»Den hatten wir vor drei Tagen.«

Er pustete und versuchte es noch einmal. »Ceylon?«

»Den hatten wir gestern.«

»Dann vielleicht Assam?«

»Falsch.«

Er machte eine hilflose Geste. »Ich gebe auf.«

»Sie hätten es schon an der Farbe erkennen können. Es ist grüner Tee.«

»Jedenfalls schmeckt er.« Götz trank einen größeren Schluck, weil die Temperatur es inzwischen zuließ. Dann sah er Flo in die Augen. »Es tut mir leid, dass ich so schlecht im Raten bin, wo Sie sich so viel Mühe geben.«

»Das mache ich aus reinem Eigennutz. Ein kranker Architekt nützt uns nichts.«

»Meinen Sie das wirklich?«

Flo lächelte. »Ja, natürlich.«

Am darauffolgenden Montagnachmittag wurden die bereits vorgestrichenen Fenster eingebaut. Benno sah es mit Freude und empfahl sich, um ein Bierchen in Christian Warlichs Schankwirtschaft zu trinken. Beide hatten sich angefreundet und sprachen viel über Formen und Farben, über die Kunst im Allgemeinen und die Kunst in New York im Besonderen.

Zwei Stunden später tranken auch Flo und Götz ihren Tee. »Das müsste Oolong aus China sein«, sagte Götz.

»Richtig!« Flo freute sich. »Sie mausern sich zum Teekenner.«

»Halb so wild.« Er blickte sie an.

Sie schaute zur Seite und räusperte sich. »Wie kommt es eigentlich, dass die neuen Atelierfenster so schnell fertig sind? Normalerweise dauert so etwas doch Wochen, wenn nicht Monate.«

»Das stimmt. In diesem Fall kommt uns aber zugute, dass die Betriebe nicht ausgelastet sind und gewissermaßen über Nacht anfangen konnten.«

»Wie das?«

Götz stellte seine Tasse zurück auf das Lyra-Tischchen und ließ sich von Flo nachschenken. »Es sind durchweg jüdisch geführte Familienbetriebe. Sie machen schon lange keinen Reibach mehr, denn es mangelt ihnen an Aufträgen. Sicher kennen Sie die Aufforderung der Nationalsozialisten zum Judenboykott vom ersten April 1933: *Deutsche! Wehrt Euch! Kauft nicht bei Juden!* Für jüdische Handwerker gilt sinngemäß dasselbe.«

Auf Flos Stirn entstand eine Falte. »Ja, ich meine mich zu erinnern. In der *New York Times* stand ein großer Artikel darüber. Vater und ich lasen ihn, und Dad meinte, der Beitrag behandele einen Missstand, der in der jüdischen Gemeinde mit Sorge diskutiert würde. Doch egal: Ich glaube nicht, dass wir uns von den Nazis vorschreiben lassen wollen, wer für uns arbeitet.«

»Das ehrt Sie. Ich war mir sicher, dass Sie so denken.« Er überlegte. »Wie es scheint, wird es grüne Weihnachten geben, das bedeutet, wenn wir in dieser Woche mehrere regenfreie Tage haben, könnte ich den Endanstrich für die Fenster machen lassen. Warten Sie, ich will sehen, wie das mit den anderen Terminen zu vereinbaren ist.« Götz holte seinen Notizblock hervor und hielt ihn auf Armeslänge von sich, um seine Aufzeichnungen besser lesen zu können. »Es könnte am Mittwoch oder Donnerstag klappen.«

»Wunderbar, mein Vater wird sich freuen. Vorher sollten wir aber hinüber in den Behandlungsraum meines verstorbenen Onkels gehen.«

»Warum das?« Götz verstand nicht.

»Sie haben ganz offensichtlich eine Presbyopie, eine Altersweitsichtigkeit, weil sie ihre Notizen beim Lesen so weit von sich halten müssen.«

Götz schaute betroffen. »So alt bin ich doch noch gar nicht. Ich bin letzten Monat einundvierzig geworden.«

»Dann sind Sie ein Skorpion?«

»Stimmt, und was sind Sie?«

»Eine Skorpionfrau.«

Er lachte. »Ein Skorpionmann und eine Skorpionfrau, was für ein Zufall! Ich bin am zehnten November geboren.«

»Genau wie ich.«

»Wirklich?« Er nahm sie spontan in die Arme und drückte sie an sich. Merkte aber im selben Moment, dass er zu weit gegangen war. »Oh, ich bitte um Verzeihung.«

»Ach, das macht nichts.« Flos Herz klopfte wie wild. »Äh, was ich sagen wollte: Die Altersweitsichtigkeit ist ein völlig natürlicher Prozess, wissen Sie. Niemand bleibt davon verschont. Für die Augenlinse wird es mit den Jahren schwieriger, sich auf unterschiedliche Entfernungen einzustellen.« Flo merkte, wie sie ihre Fassung wiedergewann; der kleine Exkurs in die Augenheilkunde gab ihr Sicherheit. Sie fuhr fort: »Die Linse verliert im Alter an Elastizität. Buchstaben und Zahlen verschwimmen in der Nähe. Lassen Sie uns hinübergehen in den Behandlungsraum. Dort hängt eine Sehprobentafel mit Buchstabenreihen an der Wand.«

Sie gingen hinüber und machten Licht. Flo deutete auf die Tafel. »Das ist sie. Setzen Sie sich da drüben hin. Glauben Sie, es ist hell genug?«

»Ich denke schon.«

»Dann wollen wir beginnen.«

Die Tafel bestand aus sieben Zeilen, die ein pyramidenförmiges Bild ergaben, die ersten drei Zeilen sahen so aus:

H

B U A

L I X Z R C

Flo deutete mit dem Finger auf die Buchstaben, und Götz hatte keine Schwierigkeiten, sie richtig zu erkennen. Bei der sechsten Zeile allerdings hatte er zwei Mal Schwierigkeiten und verwechselte ein D mit einem O und ein M mit einem N. Die siebte und letzte Zeile wies zwölf Buchstaben auf, die sehr klein waren, sie hießen: O – M – R – A – P – X – U – D – K – M – T – Y. Flo glaubte nicht, dass Götz sehr viele richtig nennen würde, aber sein Gesicht wirkte sehr zuversichtlich. Langsam fuhr ihr Finger über die Zeile, und ohne zu zögern, las er mit: »I – C – H – L – I – E – B – E – D – I – C – H.«

Dann schaute er sie ruhig an. Von den Buchstaben stimmte kein einziger, und doch schien er sich seiner Sache ganz sicher zu sein.

Flo war völlig verwirrt. Hatte sie ihn richtig verstanden?

Er lächelte.

Sie stotterte: »Es ist alles in Ordnung, Sie brauchen nur eine Lesebrille.«

Die Frage, ob Götz »Ich liebe dich« aus Zufall oder aus Absicht buchstabiert hatte, beschäftigte Flo in den nächsten Tagen immer wieder. Es war ein ständiges Auf und Ab ihrer Gefühle. Einerseits war es ein glückseliger Moment gewesen, als er sie in die Arme nahm, nachdem sie ihr gemeinsames Geburtsdatum festgestellt hatten, und sie wollte nur zu gern glauben, dass er sie liebte. Andererseits war das Ganze vielleicht ein Irrtum. Oder hatte er sich nur einen Scherz erlaubt, um zu sehen, wie sie reagierte? Auf jeden Fall wollte sie niemals wieder von einem Mann enttäuscht werden. Die Affäre mit dem Mistkerl vom Kings County Hospital reichte ihr ein für alle Mal.

In der Folge ging sie Götz aus dem Weg. Die abendliche Teestunde entfiel.

Doch am Donnerstag, als die Atelierfenster den letzten Anstrich erhalten hatten, begegnete sie Götz auf der Treppe. Er hatte eine Aktentasche mit Unterlagen dabei und sagte: »Die Fenster sind fertig. Drücken Sie die Daumen, dass es in den nächsten vierundzwanzig Stunden trocken bleibt, Flo.«

»Das mache ich.«

Sie wollte weitergehen, aber er hielt sie auf. »Warten Sie. Meister Lewinskys Frau Judith hat mir etwas für Sie mitgegeben.« Er holte ein Paket aus der Tasche und schlug das Papier zurück. »Das sind gefüllte Krapfen. Judith meinte, sie würden gut zu einer Tasse Tee passen.«

»Äh, ja. Das ist sehr nett.«

Er lächelte. »Wir könnten es so machen: Ich versuche, die Teesorte herauszuschmecken, und Sie dürfen drei Mal raten, welche Füllung in den Krapfen ist.«

Flo gab ihre Zurückhaltung auf. »Gehen Sie schon vor in die Bibliothek, ich sage Dörthe Bescheid, welche Mischung sie aufbrühen soll.«

»Gern.«

Als Dörthe zehn Minuten später den Tee servierte und Götz dabei anhimmelte, war Flo noch immer befangen. Wie sollte sie sich verhalten? Sie beschloss, so zu tun, als hätte der Sehtest nie stattgefunden. Während der Tee zog, schaltete sie die Deckenlampe aus und schob das Tablett auf dem Lyra-Tischchen ein wenig zur Seite, damit der Adventskranz dort Platz fand. Sie zündete drei Kerzen an, die ein weiches, warmes Licht verbreiteten. Dann wartete sie. Wie würde er das Gespräch beginnen?

»Sie werden *Sufganiyah* genannt«, sagte er.

»Wie?«

»Ich meine die Krapfen. Sie sind in Öl gebacken und, wie Sie sehen, mit Puderzucker bestreut. Die *Sufganiyah* ist eine jüdische Spezialität, die in diesen Tagen auf der ganzen Welt aus Anlass des Chanukka-Festes gegessen wird.«

»Oh, das ist interessant.«

»Die Christen feiern Weihnachten, die Juden Chanukka. Es ist ein Familienfest zum Gedenken an die Wiedereinweihung des zweiten Tempels in Jerusalem und dauert acht Tage. An jedem Tag wird ein weiteres Licht entzündet, bis am Ende alle acht Lichter brennen. Es ist also ganz ähnlich wie mit den vier Adventskerzen, die nacheinander an den Sonntagen vor Weihnachten angesteckt werden. Wollen Sie jetzt raten, womit die *Sufganiyah*-Krapfen gefüllt sind?«

»Erst sind Sie dran. Der Tee ist so weit.« Flo goss ein.

Er pustete und kostete vorsichtig. »Assam!«

»Richtig. Sie machen Fortschritte.«

»Nun Sie. Was ist drin?«

»Hm.« Flo überlegte. »In New York gibt es einen deutschen Bäcker, der nennt die Krapfen Berliner. Gefüllt sind sie mit Konfitüre. Ich tippe also auf Marmelade.«

Götz blickte zerknirscht. »Sie haben es auf Anhieb gewusst. Wie langweilig.«

Flo musste lachen. Ihr Herz flog ihm zu, ob sie wollte oder nicht.

»Jedes Mal wenn Sie lachen, geht die Sonne auf.« Er stellte die Teetasse weg und beugte sich zu ihr herüber. »Wollen wir uns eine *Sufganiyah* teilen?«

»Ich … weiß nicht.«

Er nahm eine, biss sie in der Mitte durch und gab ihr die andere Hälfte.

Sie probierte.

»Was schmecken Sie?«

Flo schloss die Augen. »Hm … Kirsche?«

Sie fühlte, wie seine Hand sanft über ihre Wange strich. »Ja, Kirsche«, sagte er leise.

Flo hielt die Augen geschlossen. Würde er sie jetzt küssen? Ihr Herz klopfte.

Nichts geschah.

Sie öffnete die Augen. Er stand da, die Aktentasche unter den Arm geklemmt. »Ich muss jetzt gehen. Es war sehr schön«, murmelte er.

Am zweiundzwanzigsten Dezember, einem Sonnabend, stand er im Kleinen Salon und prüfte eingehend den reparierten Kronleuchter, der zum Fest wieder aufgehängt werden sollte. Er trug eine neue randlose Brille und sagte: »Es war gar nicht so leicht, die sechs defekten Lüsterweibchen zu ersetzen, aber ein bisschen Glück gehört immer dazu.«

»Lüsterweibchen?«, fragte Flo stirnrunzelnd.

»So nennt man die gläsernen Figuren, aus denen der klassische Leuchter besteht«, erklärte er. »Er wird für Sie und die Ihren in den kommenden Feiertagen das angemessene Licht spenden. Falls wir uns bis dahin nicht mehr sehen: Frohe Weihnachten!«

»Frohe Weihnachten«, erwiderte Flo frostig. Auf keinen Fall wollte sie sich nochmals näher mit ihm einlassen. Sie war es leid, von ihm an der Nase herumgeführt zu werden.

»Die Arbeiten werden zwischen Weihnachten und Neujahr ruhen. Doch ich denke, im April, spätestens im Mai nächsten Jahres, wird alles fertig sein. Es hängt natürlich davon ab, wie stark die Temperaturen im Winter sinken.«

»Natürlich.«

Er nahm die Brille ab und musterte sie. In seinem Blick lag etwas seltsam Trauriges. »Flo, ich verstehe, dass Sie verärgert sind, doch glauben Sie mir, wenn ich nur könnte, wie ich wollte …«, hob er an.

»Ja?«

»Nun, es gibt da etwas, das zwischen uns steht…«

»Hören Sie auf!«, rief Flo wütend. »Sie brauchen mir nicht zu erzählen, dass Sie verheiratet sind. Für wie blöd halten Sie mich eigentlich?«

Dann ließ sie ihn stehen.

KAPITEL 7

Benno hatte sich in der Großen Freiheit an *Gunda's Stand* ein Fischbrötchen gekauft. Endlich etwas Herzhaftes nach all dem Süßkram über die Festtage! Vicki und Flo hatten es sich nicht nehmen lassen, mehrere Christstollen zu backen, dazu Dutzende von Keksen, Plätzchen und vielerlei mehr. Am Nachmittag des Heiligen Abends hatte es die Naschereien gegeben, danach traditionell Würstchen mit Kartoffelsalat, am ersten Weihnachtstag eine Gans und am zweiten Gänseklein, dazu Rote Grütze mit Sahne.

Das Personal war wie immer zuerst beschenkt worden: Piotr hatte ein Päckchen Shag-Tabak für die Pfeife bekommen, Agnes einen Muff, der allerdings bei den relativ warmen Temperaturen kaum zum Einsatz kommen würde, und Dörthe zwei Paar Socken von *Tietz* am Jungfernstieg, da Vicki der Meinung war, nichts wirke so vorbeugend gegen eine Erkältung wie warme Füße. Sie selbst hatte von Benno und Flo einen Kaschmirschal bekommen, Benno von seinen »Mädels« Pinsel und Ölfarben, Flo von Vicki ein reich illustriertes Werk *Der Starstich im Wandel der Zeiten* und von Benno ein Buch über die Kunst der japanischen Teezeremonie. Letzteres war ein Wink mit dem Zaunpfahl, da Benno ihre häufigen Teestunden mit Vahrenfeld für Schäferstündchen hielt. Flo war nicht besonders erfreut über die Anspielung gewesen, aber Benno hatte sich nichts weiter dabei gedacht.

Er biss kräftig in das Fischbrötchen und bog kauend von der Großen Freiheit in die Reeperbahn ab. Sein Ziel war die *Hölle*. Rasch nahm er zwei, drei weitere Bissen, denn er war sicher,

Aale-Edith würde es nicht gerne sehen, dass er bei der Konkurrenz gekauft hatte. Aber alles musste mal ausprobiert werden, und Gunda war weitaus weniger kratzbürstig als Aale-Edith.

Da kam sie auch schon in sein Blickfeld. Sie saß wie immer auf ihrer Kiste und bot ihre Ware feil.

Benno schluckte den letzten Bissen hinunter und wollte sie begrüßen, doch sie kam ihm zuvor und rief: *»Wanderer, kommst du nach Sparta, verkündige dorten, du habest mich hier sitzen sehen, wie das Gesetz es befahl.«*

»Schon gut, Aale-Edith, ich …«

»Alle meine Aale schwimmen in der See, schwimmen in der See, Köpfchen in das Wasser, Schwänzchen in die Höh' …«

Benno gab ihr eine Mark, um den Gesang zu stoppen, und erhielt dafür ein Stückchen Aal in Butterbrotpapier. »Ich finde, deine Melone mit den bunten Papierblumen sieht heute im Morgenlicht besonders keck aus«, sagte er und versuchte auf diese Weise, ihr ein Lächeln zu entlocken.

»Du siehst heute Morgen auch nicht gut aus.«

»Ich meinte es ernst, Aale-Edith!«

»Ich auch.«

Benno gab es auf und stieg zwischen den links und rechts aufgehängten Jungspopöchen hinab in die *Hölle*, wo er freudig von Willi, Vira und Schatzi begrüßt wurde. Nachdem man sich allseits versichert hatte, Weihnachten und Neujahr gut überstanden zu haben, übergab Benno den Aal an Willi und sagte: »Das Stück kann Aale-Edith nochmal verkaufen.«

»Geht klar, Benno.« Willi öffnete den neuen Bosch-Kühlschrank mit der zylindrischen Form und legte das Stück zu den Schnaps- und Kömbuddeln. »Willst du was trinken?«

»Ja, ein Bier. Ich setze mich da rüber an den Zweiertisch.«

»Allein? Warum das denn?«

»Ich warte auf Flo. Hab was mit ihr zu besprechen.«

»Na, denn man tau.«

Benno nahm Platz und spülte mit dem ersten Schluck Bier den Fischbrötchengeschmack hinunter.

»Da bin ich.«

Flo stand vor ihm und blickte ihn fragend an. Sie hatte Ringe unter den Augen, aber Benno fiel es nicht weiter auf. »Setz dich«, sagte er.

Sie nahm ihm gegenüber Platz und bestellte bei Schatzi einen Apfelsaft. »Was gibt's denn so Wichtiges?«, fragte sie.

»Ich wollte dir mitteilen«, begann Benno etwas förmlich, »dass ich vorgestern meine Aufenthaltsgenehmigung von der zuständigen Behörde erhalten habe. Zusammen mit der Information, dass deine ebenfalls erteilt wurde.«

Flo runzelte die Stirn. »Das hättest du mir auch zu Hause sagen können.«

»Hätte ich. Wollte ich aber nicht. Na, erst mal Prost.«

Sie tranken.

Benno setzte das Glas ab. »Ich wollte dir noch etwas anderes sagen: Es ist nämlich so, dass ich Weihnachten 1898 auch hier gesessen habe, genau an diesem Tisch, über dem seit Ewigkeiten der Kugelfisch und das Haigebiss hängen.«

Flo betrachtete den Tisch. Nach so vielen Jahren war das Holz verwittert, voller Glasränder und Brandflecken durch glimmende Zigaretten. »Ja, und? Das ist lange her.«

»Du warst gerade geboren, aber das wusste ich nicht.«

»Wieso nicht?«

»Deine Mutter und ich waren zu dem Zeitpunkt auseinander. Sie lebte wieder auf Finkenwerder, und ich traute mich nicht, zu ihr zu gehen, weil ich Angst hatte, erfahren zu müssen, dass sie einen anderen hat.«

»Und dann bist du doch zu Mom gegangen?«

»Ja, weil ein Mann an diesen Tisch kam und sich zu mir setzte. Genau auf den Platz, an dem du jetzt sitzt. Es war Cord Janssen.«

»Was, Moms Vater?«

»Genau.« Benno trank einen großen Schluck Bier. »Der, von dem deine Mutter die Seekiste mit dem Bild der *Cutty Sark* hatte, und die du jetzt hast. Er hat mir die Augen geöffnet, welch ein Hornochse ich war, mich mit deiner Mutter zu entzweien. Dann nahm er mich mit auf seinen Schlepper, und wir fuhren rüber nach Finkenwerder. So hat sich alles wieder eingerenkt. Es war der Tag, an dem ich dich zum ersten Mal gesehen habe.« Benno seufzte. »Und das schönste Weihnachtsfest, das ich jemals erlebt habe.«

Flo nahm Bennos Hand. »Das ist ja eine richtige Liebesgeschichte mit Happy End, Dad.«

»Ja, das ist sie. Ich wünschte, du würdest endlich auch dein Glück finden.«

»Ach, Dad. Ich habe mit Männern nichts mehr am Hut. Die können mir alle gestohlen bleiben.«

»Sag das nicht, du bist erst sechsunddreißig, da kann noch einer kommen. Was ist eigentlich mit diesem Götz Vahrenfeld? Ich finde, ihr würdet zusammenpassen.«

»Er ist ein guter Architekt, mehr nicht.«

»Verstehe. Schade.«

Eine Weile saßen sie schweigend da, während Flo noch immer Bennos Hand hielt. Dann stand sie auf und küsste ihn auf die Stirn. »Danke, Dad, dass du mir das alles erzählt hast, aber ich muss jetzt gehen. Vicki wollte mit mir besprechen, ob wir die Einrichtung von Hannes' Behandlungsraum weggeben oder doch behalten. Die alten Gegenstände wecken immer wieder die Erinnerung an ihn, und das belastet sie sehr.«

»Ja, ja, geh nur.« Benno blickte ihr nach. Eine schöne, junge Frau, deren Anblick jedes Männerauge erfreuen musste. »Irgendwann wirst auch du einen finden«, murmelte er. »Ich hoffe nur, es ist dann der Richtige.«

Einige Tage später – Flo überwachte gerade mit Vicki den Abtransport des alten Röntgengerätes und weiterer Praxisgegenstände – kam wie immer morgens Stuth, der Briefträger, vorbei. Er tippte mit dem Finger an die Schirmmütze und übergab ein Bündel Briefe. Zu Flos Überraschung war auch ein Schreiben für sie dabei. Der Brief war von Frederik Rosen, dem Epithetiker, und datierte vom siebten Januar 1935. Er schrieb, es sei nicht leicht gewesen, ihre Anschrift zu ermitteln, aber im Universitätskrankenhaus gebe es noch einige ältere Mitarbeiterinnen, die sich an die ehemalige Erika-Schwester Viktoria zur Haiden erinnern könnten. Er selbst habe leider seine Stelle verloren, kaum dass er sie angetreten hatte, da er Halbjude sei. Dies sei der Klinikleitung wohl nicht klar gewesen, als sie ihm das Angebot machte, nach Hamburg zu kommen. Trotzdem gehe es ihm gut, er habe eine private Anstellung bei einem jüdischen Augenarzt in Wandsbek gefunden. Der eigentliche Grund seines Schreibens sei jedoch, dass Professor Behr, der Chef der Augenklinik, einen tüchtigen Kollegen suche. Er habe sich erlaubt, Behr von ihr zu erzählen, und dieser habe sich interessiert gezeigt. Vielleicht sei das etwas für sie? In jedem Fall dächte er gern an die gemeinsamen Begegnungen auf der *Albert Ballin* zurück. Er wünsche ihr für die Zukunft alles Gute und grüße sie herzlich …

Flo legte das Schreiben aus der Hand. Ihr erster Gedanke war Ablehnung. Sie hatte ihre Karriere am Kings County Hospital nach der bitteren Liebesaffäre aufgegeben und wenig Lust, dieselbe Erfahrung an anderer Stelle noch einmal zu machen. Dazu kam die Enttäuschung durch Götz Vahrenfeld, der zwar weiterhin um sie bemüht war, sich aber jedes Mal eine Abfuhr holte. Nein, von Männern hatte sie genug. Sie war entschlossen, die nächsten Monate, wenn nicht Jahre an der Seite Vickis zu verbringen, ihrer guten Freundin und liebevollen Tante.

Flo legte den Brief beiseite und nahm ihn wenig später wieder zur Hand. Andererseits, dachte sie, hatte die Aussicht auf die Möglichkeit, wieder Menschen zu heilen, ja, vielleicht sogar forscherisch tätig zu sein, durchaus etwas Verlockendes. Dazu kam die Möglichkeit, Götz Vahrenfeld aus dem Weg zu gehen. Wie sollte sie sich entscheiden?

Am selben Abend vertraute sie sich Vicki an. Sie zeigte ihrer Tante den Brief und sagte: »Ich brauche deinen Rat, irgendwie komme ich mit meinen Gedanken nicht weiter. Glaubst du nicht auch, dass ich in diesem Haus viel mehr gebraucht werde als in einem Krankenhaus?«

»Denkst du da an mich oder an die Renovierungsarbeiten?«, fragte Vicki zurück. Die Frauen saßen in Vickis Mädchenzimmer und tranken Glühwein, denn draußen waren die Temperaturen gefallen, und es hatte den ersten Schnee gegeben.

»An beides«, antwortete Flo.

»Auf mich brauchst du keine Rücksicht zu nehmen. Mir geht es gut.« Vicki riss ein Streichholz an, entzündete das Licht im Stövchen und blies das Hölzchen aus.

»Ich wusste, dass du das sagen würdest.«

»Mir geht es wirklich so gut wie seit Langem nicht mehr. Tagtäglich renne ich mindestens zehn Mal im Haus die große Treppe rauf und runter. Ich habe mittlerweile eine Lunge wie ein Pferd und Oberschenkel wie ein Ochse.«

Flo lachte. »Du übertreibst. Und du vergisst, wie viele Arbeiten in deinem Haus noch erledigt werden müssen. Es wird noch Monate dauern, bis alles fertig ist.«

»Das macht nichts. Außerdem haben wir ja Götz Vahrenfeld. Der kümmert sich rührend um jedes Detail. Wo wir gerade von ihm reden: Ich habe den Eindruck, ihr seid euch in letzter Zeit nicht grün. Ständig geht ihr euch aus dem Weg. Vielleicht wäre deshalb ein Tapetenwechsel für dich nicht schlecht.«

»Hm, schon möglich.«

»Und was willst du machen, wenn das Haus renoviert ist? Bei mir auf dem Schoß sitzen? Piotr beim Unkrautjäten helfen? Du bist doch viel zu jung, um nicht noch einmal etwas Neues zu beginnen.«

»Vielleicht hast du recht.« Flo schenkte von dem Glühwein nach und stellte die Karaffe zurück auf das Stövchen. »Aber ich habe kein gutes Gefühl dabei.«

Vicki trank einen Schluck. »Gefühle! Die kannst du doch

erst empfinden, nachdem du bei Professor Behr warst. Der Mann hat einen tadellosen Ruf und reißt nicht gleich bei jedem ›Heil Hitler!‹ den Arm hoch. Außerdem ist eine Bewerbung unverbindlich. Wenn dir das Angebot nicht gefällt, kannst du immer noch absagen.«

»Du meinst also, ich sollte mich bei ihm vorstellen?«

Vicki lächelte aufmunternd. »Ich denke, du musst es sogar.«

An der Haltestelle Martinistraße stieg Flo aus und ging die wenigen Schritte bis zu dem roten Backsteinbau, der aus zwei Stockwerken und einem Dachgeschoss bestand. Das also war die Augenklinik des Universitätskrankenhauses Eppendorf. Ein imposanter Komplex mit gerader Front, der allein durch seine Größe beeindruckte. Da sie etwas zu früh war, beschloss sie, das Gebäude zu umrunden, um sich einen Überblick zu verschaffen. Sie passierte den Schlagbaum, der das Gelände zur Curschmannstraße hin absperrte, und gelangte zur Rückseite, an der sich ein weitläufiger Garten erstreckte. Nach dem Schneefall der letzten Tage schien es, als läge er unter einem dichten weißen Teppich. Am Rande des Gartens befand sich eine Liegehalle, in der die Patienten im Sommer Erholung an der frischen Luft finden mochten. Flo ließ den Blick weiter schweifen und erkannte, dass der gesamte Komplex hufeisenförmig angelegt war – mit zwei großen Flügeln auf jeder Seite.

Unwillkürlich dachte sie an ihre Erfahrungen im Kings County Hospital und fragte sich, ob in einem vergleichbar großen Haus überhaupt Platz für menschliche Wärme und Zuwendung war.

Sie kehrte um und betrat den Haupteingang. Auf ihre Frage, wo sie Professor Behr finden könne, erhielt sie freundlich Auskunft, der Chef habe sein Büro im Erdgeschoss, gleich neben den Räumen für den Lehrbetrieb. Allerdings sei der Herr Professor sehr beschäftigt, obwohl er dienstags nicht operiere. Ohne Termin sei leider nichts zu machen.

»Ich habe einen Termin«, entgegnete Flo. »Um acht Uhr dreißig.«

Oh, das sei etwas anderes. Das Büro befinde sich im rechten Flügel, ganz am Ende, nicht zu verfehlen.

»Danke.«

Im Büro erfuhr Flo, dass der Professor noch in einer Frühbesprechung sei. Sie möge bitte auf dem Flur warten, es könne nicht mehr lange dauern.

Flo setzte sich auf einen Stuhl und blätterte im *Deutschen Ärzteblatt*, ohne sich jedoch richtig konzentrieren zu können. Ihre Gedanken waren bei dem kommenden Bewerbungsgespräch. Sie war sich noch immer nicht sicher, ob sie die Anstellung als Augenärztin wirklich wollte.

»Sie warten wahrscheinlich auf Professor Behr«, sagte eine freundliche Stimme.

Flo sah auf und blickte in das faltige Gesicht eines älteren Herrn. »Ja, so ist es.«

»Ich hörte, eine junge Dame wolle sich heute Morgen bei ihm als Augenärztin vorstellen. Ich nehme an, das sind Sie?«

»Ja, ich bin Doktor Florence Haiden.«

»Ich bin Professor Wilbrand.« Der alte Herr lächelte. »Allerdings nicht mehr in Amt und Würden. Ich war der Vorgänger von Professor Behr und habe das Glück, hier weiter einen Raum nutzen zu dürfen. Ich nenne den Raum mein ›Emerituszimmer‹. Kommen Sie doch für einen Augenblick herein, hier draußen auf dem Gang ist es so ungemütlich.«

Flo zögerte. Wilbrand war sehr nett, aber sie befürchtete, Behr zu verpassen, wenn sie mit dem alten Herrn sprach.

Der schien ihre Gedanken zu erraten. »Die Sekretärin wird mich anrufen, wenn es soweit ist. Kommen Sie schon.«

Das Emerituszimmer war sehr klein, eher eine Klause, doch Wilbrand schien es vollauf zu genügen. »Möchten Sie einen Hagebuttentee?«, fragte er, als Flo sich auf den einzigen freien Stuhl gesetzt hatte. »Er hat fünf Minuten gezogen, so wie ich es liebe.«

»Nein, vielen Dank.«

Wilbrand schenkte sich eine Tasse ein und sagte, während er an seinem Arbeitstisch Platz nahm: »Bewerbungen sind immer auch Glückssache – für beide Seiten. Darf ich fragen, wo Sie studiert haben?«

»In New York, am William Smith College.«

»Oh, das ist interessant. Eine amerikanische Augenärztin, die in Hamburg arbeiten will! Da liegen mir viele Fragen auf der Zunge, aber ich stelle sie nicht, damit Sie nicht alles zwei Mal beantworten müssen. Sollten Sie jedoch in unserer Augenklinik anfangen, werden Sie neben den modernsten Einrichtungen etwas finden, das mindestens ebenso wichtig ist: nämlich die Art und Weise, wie wir hier miteinander umgehen. Sie werden feststellen, dass ein besonderer Geist in diesen Räumen herrscht, eine Atmosphäre, die gut ist.«

Wilbrand hielt inne und sprach dann fast wie zu sich selbst: »Umso mehr haben viele bedauert, dass uns einige Kollegen in der Vergangenheit verlassen mussten – aus Gründen, die ich nicht näher erläutern will.«

Flo schwieg.

»Doch die Zeiten sind wie eine Sinuskurve: Mal schwingt die Amplitude nach oben, mal nach unten.«

»Und in welche Richtung zeigt sie in diesen Tagen, Herr Professor?«

Wilbrand trank einen Schluck seines roten Gebräus. »Das kommt auf den Blickwinkel des Betrachters an. Wichtig ist nur, dass man stets bemüht ist, sein Bestes zu geben. Selbst wenn die Kräfte schwinden und die Knochen morscher werden. Meine Lebensdevise war immer: Im kleinsten Punkte die volle Kraft! Deshalb setze ich alles daran, noch meinen *I. Ergänzungsband zur Neurologie des Auges* fertigzustellen.«

»Das verstehe ich.«

»Wollen Sie nicht doch eine Tasse Hagebuttentee?«

Das Telefon auf dem Arbeitstisch läutete. Wilbrand nahm den Hörer ab, lauschte und nickte. »Ja, Carl, ich schicke sie zu dir.«

Flo erhob sich. »Ich nehme an, der Herr Professor lässt bitten?«

Wilbrand stand ebenfalls auf und gab ihr die Hand. »So ist es, Frau Kollegin. Ich habe hier zwar nicht mehr das Sagen, aber ich würde es sehr begrüßen, wenn mit Ihnen frisches Blut in die Abteilung käme. Viel Glück!«

»Danke, Herr Professor.«

KAPITEL 8

Das Chefzimmer von Professor Behr wies im Großen und Ganzen nur zwei Gegenstände auf, die einen Hinweis auf den Beruf seines Nutzers gaben: das farbige Schaubild des *Nervus opticus* über dem wuchtigen Schreibtisch sowie eine der ersten von Carl Zeiss in Jena hergestellten Spaltlampen, die in einer Glasvitrine ausgestellt war.

»Der Amtsschimmel wiehert überall«, sagte Behr, nachdem er Flo freundlich begrüßt und ihr einen Stuhl angeboten hatte. »Sonst hätte die Personalstelle es wohl nicht versäumt, den Epithetiker Rosen nach seinem Ariernachweis zu fragen, bevor man ihm die Leitung der Prothesenwerkstatt anbot. Ich bedaure, dass er uns verlassen musste. Er machte auf mich einen tadellosen Eindruck, und er war es auch, der mir von Ihnen erzählt hat.«

Flo lächelte, Behrs Offenheit gefiel ihr. »Frederik Rosen schrieb mir in einem Brief, dass Sie einen Augenarzt suchen.«

»Tja, und nun sitzt eine Augenärztin vor mir.« Behr rückte die Hornbrille zurecht, die in seinem blassen Gesicht wie ein Ausrufezeichen wirkte. »Ein *M. D.* oder *Medical Doctor*, wie man bei Ihnen in Amerika sagt. Nun, die Zeugnisse und Zertifikate über Ihre Befähigungen, die Sie mir freundlicherweise schon vor zwei Tagen zur Verfügung stellten, sind über jeden Zweifel erhaben. Allerdings muss ich eines von vornherein deutlich machen: Ein festes Arbeitsverhältnis an unserer Klinik ist für eine US-amerikanische Ärztin leider nicht möglich. Dies sagte mir zumindest der Kollege Demme. Er ist Vertrauensmann der NSDAP-Reichsleitung, und seine Meinung zählt.«

»Ich verstehe.« Flo fragte sich, warum sie hier saß, wenn eine Zusammenarbeit nicht möglich war.

»Doch wenn Sie einverstanden sind, können wir über eine freie Mitarbeit reden.«

»Eine freie Mitarbeit?« Daran hatte Flo noch gar nicht gedacht.

»Sie würden natürlich genauso in die Dienstpläne und den Klinikalltag integriert sein wie Ihre Kollegen, nur Ihre Bezahlung erfolgte gegen Rechnung. Sie könnten jederzeit aufhören und sozusagen Ihr eigener Herr bleiben.«

Der Gedanke gefiel Flo.

»Doch ich denke mir, Sie würden gar nicht aufhören wollen.«

»Wie meinen Sie das?«

»Mein Eindruck ist, dass Sie zu uns passen.«

»Oh, das würde mich freuen. Professor Wilbrand erzählte mir bereits, wie viel Wert hier auf einen guten Umgangston gelegt wird.«

»Er hat diese Anstalt zu dem gemacht, was sie ist. Wollen Sie einen Kaffee? Ich trinke um diese Zeit immer eine Tasse, damit ich besser in Schwung komme.«

»Gern.«

»Schwarz?«

»Ja, bitte.«

Der Kaffee kam im Handumdrehen. Die Sekretärin, Frau Berkholz, hatte ihn schon vorbereitet. Behr trank. »Der erste Schluck ist immer der beste, nicht wahr? Sagen Sie, hat Ihnen Professor Wilbrand vorhin von seinem Hagebuttentee angeboten?«

»Das hat er. Aber ich habe dankend abgelehnt.«

»Dazu kann ich Ihnen nur gratulieren! Der Aufguss ist viel zu gesund, als dass er schmecken könnte.«

Flo lachte.

»Bevor wir weiterreden, verraten Sie mir, warum Sie so fließend Deutsch sprechen.«

»Meine Mutter stammte aus Finkenwerder. Sie sprach mit mir in New York ausschließlich Deutsch, ebenso mein Vater, der Hamburger ist und mit meiner Mutter und mir im Jahre 1899 auswanderte. Ursprünglich hieß er Bernhard zur Haiden.«

Behr nickte. »Bevor er in den Staaten ein berühmter Maler wurde und sich Benno Haiden nannte.« Mit einem Lächeln fügte er hinzu: »Es ist nicht so, dass hiesige Mediziner sich nur für die hehre deutsche Kunst interessierten. Doch sagen Sie mir: Warum würde es Sie reizen, in unserer Klinik anzufangen?«

Flo trank einen Schluck Kaffee, um Zeit für die Antwort zu gewinnen. Dann sagte sie: »Ich hoffe, es klingt nicht zu pathetisch, aber ich habe es immer als großes Glück empfunden, Menschen heilen zu können. Und hier scheinen die Voraussetzungen dafür gegeben zu sein.«

»Das ist in der Tat so.«

»Darf ich eine Bitte äußern, Herr Professor?«

»Selbstverständlich.«

»Ich würde gern die Einrichtungen Ihrer Klinik nutzen, um außerhalb meiner Dienstzeit forscherisch tätig zu sein.«

Behr rückte an seiner Hornbrille. »Nun, das wäre nicht ungewöhnlich. Ich selbst beschäftige mich mit der Ophthalmo-Neurologie – ebenso, wie Professor Wilbrand es noch tut, und Oberarzt Schwerdtner erarbeitet eine Studie über die altersabhängige Makuladegeneration. Ich hätte also nichts dagegen, sofern der normale Betrieb nicht darunter leidet. Was wäre denn Gegenstand Ihrer Forschung?«

»Ich möchte eine Augenlinse entwickeln, die nach der Staroperation intraokular eingesetzt werden kann.«

Behr blickte überrascht, dann amüsiert. »Heißt das, Sie wollen die gute alte Starbrille abschaffen? Da haben Sie sich ja einiges vorgenommen.«

»Ich weiß, dass es ein langer Weg sein wird. Und ich weiß auch, dass es immer wieder vergebliche Versuche in dieser Richtung gegeben hat. Doch ich denke, ich habe eine Idee, wie es gelingen könnte.«

»Da bin ich aber gespannt.« Behr war jetzt interessiert, wurde jedoch von Frau Berkholz, seiner ebenso tüchtigen wie eifrigen Sekretärin, abgelenkt.

»Verzeihung, Chef.«

»Was gibt's denn, Hölzchen? Sie sehen doch …«

»Schwester Thaddäa fragt, ob Sie einen Obolus für Oberarzt Schwerdtner beisteuern wollen. Wir möchten ihm einen Montblanc-Füllfederhalter schenken; er hat doch morgen Geburtstag.«

»Ja, aber nicht jetzt.«

Hölzchen verschwand.

»Bitte, fahren Sie fort«, sagte Behr.

Flo trank den letzten Schluck und schob die Kaffeetasse beiseite. »Neben anderen Schwierigkeiten dürfte das Hauptproblem bei einer künstlichen Linse das richtige Material sein. Ich denke, man sollte es mit Plastik versuchen.«

»Mit Plastik? Diesem neumodischen Stoff?« Behr blickte zweifelnd.

»Die Idee ist mir gekommen, nachdem im Sommer 33 ein amerikanischer Pilot ins Kings County Hospital eingewiesen wurde. Sein Name war Miller, Lieutenant Miller. Er hatte als Freiwilliger im Chaco-Krieg zwischen Bolivien und Paraguay gekämpft und war im Februar des gleichen Jahres abgeschossen worden. Der Grund für seine Einlieferung war ein schlecht heilender Beindurchschuss mit beginnender Gewebsnekrose, doch er hatte auch einige Splitterverletzungen im Auge, die von der zerborstenen Flugzeugkanzel herrührten. Meine Kollegen konnten das Bein retten, danach wurde Miller auf meine Station verlegt. Ich untersuchte ihn eingehend, und mir fiel auf, dass die winzigen Splitterstückchen auch nach mehreren Monaten keine Abstoßreaktion ausgelöst hatten. Folglich, dachte ich, müsste versucht werden, eine Linse aus dem Plastikmaterial der Flugzeugkapsel herzustellen und sie wie ein Brillenglas zu schleifen. Anschließend würde die Linse in den Kapselsack des Auges implantiert werden.«

Behr dachte nach. »Auf den ersten Blick wirkt Ihre Idee verrückt. Aber es wäre nicht das erste Mal, dass ein medizinischer Meilenstein durch eine einfache Beobachtung angestoßen würde. Erlauben Sie mir eine Frage?«

»Natürlich, Herr Professor.«

»Warum haben Sie Ihre Idee nicht im Kings County Hospital weiterverfolgt?«

»Ich hatte private Gründe, mit meinem Vater nach Hamburg zu kommen.« Flo zögerte. Dann sprach sie weiter: »Seine Schwester, also meine Tante, war nach dem Tode ihres Mannes stark suizidgefährdet. Gott sei Dank geht es ihr nun wieder gut, trotzdem beabsichtigen Vater und ich, für längere Zeit in Deutschland zu bleiben.«

»Das freut mich. Kann es sein, dass Ihre Tante in den neunziger Jahren hier als Erika-Schwester gearbeitet hat? Der Name zur Haiden wird von älteren Schwestern noch manchmal genannt.«

»Ja, das hat sie. Und sie denkt gern an diese Zeit zurück.«

»Dann besteht ja eine Verbindung zwischen Ihnen und dem heutigen Krankenhaus.« Behr dachte mit einiger Wehmut an den beliebten und bewährten Verein der Erika-Schwestern zurück, der vor nicht einmal zwei Jahren aufgelöst werden musste. Heute war das weibliche Pflegepersonal in der *Reichsfachschaft Deutscher Schwestern und Pflegerinnen* organisiert. Nicht unbedingt eine Verbesserung, wie manche meinten. Das Gleiche galt für das *Gesetz zur Wiederherstellung des Berufsbeamtentums*, demzufolge mehr als ein Dutzend jüdische Ärzte der Medizinischen Fakultät Hamburgs entlassen worden waren. Nun ja, es half nichts, es würden auch wieder andere Zeiten kommen, und der Betrieb musste weitergehen … Laut sagte er: »Tja, Frau Kollegin, um es kurz zu machen: Ich würde mich freuen, Sie am ersten Februar in unserer Mitte begrüßen zu dürfen. Was meinen Sie?«

Er stand auf und streckte Flo die Hand entgegen.

Flo erhob sich ebenfalls und schlug ein. »Ich sage Ja.«

»Fein. Den ganzen Papierkram und so weiter erledigen Sie am besten mit Hölzchen, ich meine, mit Frau Berkholz. Sie wird Ihnen auch das gesamte Haus mit seinen Einrichtungen zeigen.«

»Vielen Dank, Herr Professor.«

»An Ihrem ersten Arbeitstag werde ich Sie persönlich den anderen Kollegen vorstellen.«

»Ich freue mich darauf, Herr Professor.«

»Die Freude ist ganz meinerseits.«

»Sie sagen am besten einfach ›Hölzchen‹ zu mir, Frau Doktor, das tun alle hier«, meinte Frau Berkholz mit schelmischem Augenaufschlag zu Flo, nachdem sie gemeinsam in das Kellergeschoss des Klinikgebäudes hinabgestiegen waren.

»Gern ... Hölzchen«, antwortete Flo.

»Wir arbeiten uns von unten nach oben.« Hölzchen, eine kleine, mollige Mittvierzigerin mit Marlene-Dietrich-Frisur, ging mit raschen Trippelschritten voran. »Hier befinden sich die Laboratoriums- und Bestrahlungsräume. Es sind gesonderte anatomische, bakteriologische, fotografische und tierexperimentelle Räume, die mit den besten Apparaten ausgestattet wurden.« In Hölzchens Stimme schwang Stolz mit, während sie auf mehrere Tauch-, Gefrier- und einfache Mikrotome wies.

Flo betrachtete eines der Mikrotome und fragte: »Wie dünn kann ein Schnittpräparat mit diesem Gerät hergestellt werden?«

»Das dürfen Sie mich nicht fragen.« Hölzchen blickte irritiert. »Ich weiß nur, wie die Dinger heißen.«

»Schon gut.« Flo sah auch so, dass die Apparate vergleichbar modern waren wie die im Kings County Hospital.

»Es geht weiter.« Hölzchen stand bereits im nächsten Raum. »Die fotografische Abteilung verfügt über Geräte zur Mikro-, Makro- und Augenhintergrundfotografie«, ratterte sie herunter. Offenbar war es nicht das erste Mal, dass sie einem neuen

Mitarbeiter das Haus zeigte. »Und hier, Frau Doktor, haben wir einen eigenen Raum zur Vornahme von Lichtsinnprüfungen, ein weiterer, da drüben, dient zur Durchführung von Bestrahlungen, zum Beispiel durch die Birch-Hirschfeldsche Lampe.«

»Aha«, sagte Flo. Von der Birch-Hirschfeldschen Bestrahlungslampe hatte sie noch nie gehört. Doch es war wohl zwecklos, Hölzchen nach ihrer Wirkfunktion zu fragen.

Inzwischen strebte die eifrige Sekretärin bereits hinauf ins Erdgeschoss. Sie erklärte: »Hier befinden sich die Poliklinik für ambulante Fälle mit den entsprechenden Behandlungsräumen, ferner die Räume für den Lehrbetrieb, die Operationsräume, das Ruhezimmer der Ärzte, die Bibliothek, das Büro vom Chef, das Sie ja schon kennen, dazu Oberarzt Schwerdtners Raum, das Emerituszimmer vom alten Professor Wilbrand und die Kinderstation.«

Immer wieder freundlich grüßend und bei Gelegenheit die neue Frau Doktor vorstellend, schritt sie mit Flo die einzelnen Abteilungen ab, wobei sie die Operationsräume und die Privatbüros der Ärzte aussparte. Auf der Kinderstation jedoch machte sie einen Augenblick halt, denn im Aufenthaltsraum ging es fröhlich zu. Dort wurde gemalt, gespielt und gesungen. Einige der Kleinen trugen eine Schielbrille, bei anderen war ein Auge abgedeckt, um die Sehkraft des offenen, schwächeren Auges zu stärken. Auch einige Mütter waren anwesend. Hölzchen senkte die Stimme und sagte: »Eigentlich gelten hier ebenfalls die normalen Besuchszeiten, aber auf der Kinderstation nehmen wir es nicht so genau.«

Im ersten Stock zeigte sie die Männerstation, die hauptsächlich aus einem langen Flur mit abgehenden Krankenzimmern bestand, grüßte die Stationsschwester Johanna und bat um die Erlaubnis, einen der Räume zeigen zu dürfen. In einem Vierbettzimmer lagen drei ältere Männer. Zwei waren am Grauen Star operiert worden, der dritte hatte einen Eingriff am Tränenkanal vor sich. Flo grüßte freundlich und fragte nach dem Befinden. »So weit gut, Frau Doktor«, war die Antwort.

Im zweiten Stock befand sich die Frauenstation. Auch hier konnte Flo sich einen Überblick verschaffen. Mit Freude registrierte sie die Fürsorglichkeit der Schwestern und die Zufriedenheit der Patientinnen. Der emeritierte Professor Wilbrand hatte recht gehabt: Im Augenklinikum Eppendorf herrschte eine gute Atmosphäre.

»Das Dachgeschoss ganz oben ist unwichtig, Frau Doktor. Da befinden sich noch Labormaterial, Reserveräume, altes Mobiliar und ausrangiertes Gerät. Ich schlage vor, wir gehen jetzt hinunter in mein Sekretariat, um das Schriftliche in Angriff zu nehmen. Sie ahnen ja nicht, was die Beschäftigung eines neuen Mitarbeiters für einen Verwaltungsaufwand bedeutet. Anschließend schicke ich Sie dann zur Personalstelle.«

»Einverstanden, Hölzchen.«

»Ach, noch eins: Ich werde Sie in den nächsten Tagen benachrichtigen, wann Sie den Termin bei Doktor Demme haben.«

»Doktor Demme?«

»Er ist einer von drei Vertrauensmännern der NSDAP-Reichsleitung an der Medizinischen Fakultät Hamburg.«

»Ich erinnere mich. Professor Behr erwähnte ihn.«

»Doktor Demme ist Leiter der Neurologischen Abteilung am Allgemeinen Krankenhaus Barmbek. Die genaue Adresse gebe ich Ihnen noch.«

»Danke, Hölzchen.« Flo fragte sich, was Demme von ihr wollte.

Doch das sollte sie bald genug erfahren.

Das Dienstzimmer des Vertrauensmannes Doktor Demme unterschied sich stark von Professor Behrs Büro. Es wirkte kalt und abweisend, und über dem Schreibtisch, hinter dem Demme thronte, hing nicht das Schaubild des menschlichen Sehnervs, des *Nervus opticus*, sondern ein Schwarz-Weiß-Foto Hitlers. Daneben ein Schild mit der Aufschrift *Alles für Deutschland!*

Ein weiterer Gegensatz war, dass Demme unter seinem weißen Arztkittel nicht Zivil trug, sondern die Uniform eines Hauptsturmführers der SA – der »Sturmabteilung«, die beim Aufstieg der Nationalsozialisten in den zwanziger Jahren eine wichtige Rolle gespielt hatte.

»Einen Moment noch«, sagte er zu Flo, die vor ihm stand, und schlitzte mit dem Brieföffner ein Kuvert auf. Er holte das Schreiben hervor und las in aller Ruhe.

Flo setzte sich unaufgefordert.

Demme ließ das Schreiben sinken und sah, dass sein Gast Platz genommen hatte. »Sie haben es sich also schon gemütlich gemacht«, stellte er fest und schlug die Beine übereinander, wobei eine braune Reithose und Langschäfter sichtbar wurden. »Entschuldigen Sie, ich wollte nicht unhöflich sein, aber dieses Schreiben ist sehr wichtig, vom Gauleiter persönlich.«

Flo schwieg, was sollte sie auch dazu sagen? Sie musterte ihr Gegenüber, einen blonden Mann mit schmalem Schädel, der ungefähr in ihrem Alter war, und dachte sich ihr Teil.

»Wie ich höre, streben Sie eine freie Mitarbeit bei Professor Behr in seiner Augenklinik an«, begann Demme das Gespräch. »Und ich höre ferner, dass Sie Amerikanerin sind.« Er lächelte kurz und fuhr fort: »Wenn es nicht so wäre, würde ich Ihnen sagen, dass deutsche Frauen von uns Nationalsozialisten lieber als Mütter am heimischen Herd gesehen werden.«

Darauf fiel Flo erst recht nichts ein.

»Aber das nur nebenbei. Darf ich fragen, welche Qualifikationen Sie haben und was Sie veranlasst hat, sich bei Professor Behr zu bewerben?«

Flo erklärte es ihm kurz. Doch Demme fragte nach. Nochmals. Und nochmals. Er schien alles ganz genau wissen zu wollen. Anders als bei Professor Behr kam Flo sich vor, als würde sie examiniert. Schließlich sagte sie, nur mühsam ihren Unmut unterdrückend: »Ich habe das alles schon erschöpfend beantwortet, meine sämtlichen Unterlagen befinden sich in der Augenklinik Eppendorf.«

»Irrtum.« Überlegen lächelnd hielt Demme eine Akte hoch. »Sie befinden sich hier bei mir, zur Einsichtnahme.«

»Wenn Sie schon alles wissen, warum fragen Sie mich dann?«

Demme legte die Akte beiseite. Seine Stimme bekam etwas Geschäftiges. »Das müssen Sie verstehen, Frau Haiden. Unser Ziel, und damit meine ich das Ziel der Partei, ist es, das Heilwesen in Deutschland mit nationalistischem Geist zu durchdringen. Um das zu erreichen, sind ausführliche Gespräche notwendig. Und da schadet es auch nicht, wenn Dinge zwei Mal vorgetragen werden müssen. Ich bitte um Ihr Verständnis«.

Flo war drauf und dran zu gehen.

»Unabhängig davon, dass eine deutsche Augenärztin ebenso ihre Stelle einnehmen könnte: Was reizt Sie denn an der Position in Eppendorf?«

»Die Möglichkeit zu forschen.«

»Ach? Was wollen Sie denn erforschen?«

»Das wissen Sie nicht? Es müsste doch eigentlich in Ihren Unterlagen stehen?«

Das war offenbar nicht der Fall. Demme runzelte die Stirn. »Sagen Sie es mir trotzdem.«

Flo berichtete kurz über ihren Forschungswunsch zur Entwicklung einer Kunststofflinse.

»Eine Kunststofflinse?« Zum ersten Mal wirkte Demme interessiert.

Flo erklärte die vielfältigen Vorteile einer solchen Linse.

Demme hörte aufmerksam zu. Doch sein Interesse war eher einseitig: Dank seiner Position wusste er, dass im Auftrag der Wehrmacht die luftfahrtmedizinische Forschung verdeckt vorangetrieben wurde, um eine neue, schlagkräftige deutsche Luftwaffe aufzubauen. In diesem Zusammenhang konnte es von großem Vorteil sein, eine künstliche Linse zu besitzen, die verwundeten Piloten das Augenlicht wiedergab – sowohl für die Luftwaffe als auch für ihn. Er musste nur zu gegebener Zeit deutlich machen, dass die Initiative für die Entwicklung auf ihn zurückzuführen war.

»Nun«, sagte er, als Flo geendet hatte, »ich bin der Letzte, der sinnvolle Forschungsarbeit nicht fördern würde. Sehr unterstützenswert, Ihr Vorhaben, sehr unterstützenswert! Allerdings muss ich Sie darauf hinweisen, dass seit einem Jahr das neue *Hamburger Hochschulgesetz* gilt. Darin ist Folgendes festgelegt: Bei der Verleihung von Dozenturen muss darauf geachtet werden, dass die in den Lehrkörper Aufzunehmenden neben wissenschaftlicher Tüchtigkeit charakterlich geeignet und politisch zuverlässig sind. Zwar werden Sie nicht dem Lehrkörper angehören, aber Sie wollen wissenschaftlich arbeiten. Ich bitte Sie deshalb, sich an die entsprechenden Richtlinien zu halten.«

Flo lag die Frage auf der Zunge, was ihre wissenschaftliche Arbeit mit Politik zu tun habe, aber sie schwieg.

»Tja, wie gesagt, Fau Haiden, ich will Ihnen keine Steine in den Weg legen, im Gegenteil: Ich wünsche Ihnen viel Erfolg. Bitte halten Sie mich über die Fortschritte bei der Linsenentwicklung auf dem Laufenden.«

»Wie Sie wünschen.«

Demme stand auf und gab ihr die Hand. Es war ein schlaffer, feuchter Händedruck.

Während Flo hinausging, wurde ihr plötzlich eines klar: Die Unterredung mit Demme war ihre eigentliche Bewerbung gewesen. Doch wollte sie die Stelle in der Augenklinik überhaupt noch? Der Vertrauensmann der NSDAP hatte ihre Vorfreude weitgehend getrübt. Andererseits: Was scherten sie Demme und die Partei? Es kam letztendlich nur darauf an, wieder als Ärztin arbeiten zu können, und die Atmosphäre in Behrs Augenklinik war offen und freundlich gewesen.

Tief in Gedanken fuhr Flo zurück in die Große Elbstraße.

KAPITEL 9

Benno saß in seinem Atelier und genoss das helle Licht, das die Aprilsonne durch die neuen Fenster sandte. Auf seiner Staffelei entstand ein Selbstporträt, das Josh, sein Galerist, erbeten hatte. *»Ich weiß«*, hatte er telegrafiert, *»es ist nicht das, was Du malen willst, aber Du solltest es versuchen. Hier in New York gibt es einige Leute, die dafür sehr viel Geld zahlen würden. Wie sagst Du immer? Geld mag ich leiden. Übrigens: Ich könnte auch eine begrenzte Auflage des Werks reproduzieren lassen. Was hältst Du davon?«*

Benno legte die Farbpalette auf dem Rolltischchen ab und betrachtete sein Konterfei. Er wusste nicht genau, ob sein Gesicht wirklich so unansehnlich war oder ob nur der Pinsel streikte, weil es um seine eigene Person ging. Auf jeden Fall gefiel er sich nicht. Seine gute Laune schwand. Überdies störte ihn der Geselle von Elektromeister Süssermann. Der Mann wollte ein Kraftstromkabel ins Atelier legen, damit Benno auch nach Sonnenuntergang bei tagesähnlichem Licht weitermalen konnte. Ausgerechnet jetzt.

Benno beschloss, das Feld zu räumen. Der Baulärm im Haus ging ihm sowieso auf die Nerven. Zeit, sich mal wieder auf St. Pauli umzusehen. Er erinnerte sich, dass im *Nobiskino* ein neuer Film gezeigt wurde: *Triumph des Willens* von einer gewissen Leni Riefenstahl. Das klang verlockend.

Wie sich herausstellte, bestand der Film aus beeindruckenden Bildern, dennoch war er nicht nach Bennos Geschmack. In seinen Augen war er eine einzige Aneinanderreihung von Paraden, Aufzügen, Reden, von Deutschland als kommender Großmacht und von seinem heilbringenden Führer.

Nach einer halben Stunde verließ Benno das Lichtspielhaus und trat wieder auf die Straße. Wenigstens das Wetter war schön, 18 Grad, viel Sonne, einige Wolken. Er umging ein paar Pfützen und strebte zum *Grenzfass*, wo er ein oder zwei Bierchen der Marke Elbschloss trank. Dieserart gestärkt, streifte er durch die Herbertstraße, die er von früher kannte. Damals hatte sie Heinrichstraße geheißen und noch keine Sichtblenden an beiden Enden gehabt. Doch die »Damen«, die ihre Reize hinter großen Fenstern darboten, waren immer noch vom gleichen Schlag. Eine von ihnen, die neben einem Plakat mit der Aufschrift *Sonja, frisch aus Berlin eingetroffen* saß, rief ihm zu: »Na, Cowboy, bist ja lang wie 'n Spargel, willste mal stechen?«

»Nee, lass mal.«

Benno gelangte wieder auf die Reeperbahn. Am Spielbudenplatz 26 machte er halt und betrachtete die Hausfassade. Früher hatte hier Hein Köllisch, der bekannte Sänger und Spaßmacher, sein Etablissement *Im siebenten Himmel* betrieben, heute stand da in großen Lettern: *Deutschlands modernstes Sportbad.* Ein Emailleschild darunter versprach *Beigeschlossene Gastronomie!* Benno fand, nach der Herbertstraße sollte ihm eine kleine Abkühlung guttun; eine Badehose würde er wohl ausleihen können. Wenig später schwamm er ein paar Runden, duschte und trank in der »beigeschlossenen« Gastronomie ein weiteres Bierchen. Dann strebte er weiter nach Osten und sah kurz darauf Schatzi am Eingang des *Panoptikums* stehen. Er kaufte ein Billett und ließ es von ihm abreißen. Dann machte er eine Runde durch die Ausstellung. Nachdem er die Puppen eingehend studiert hatte, kam er wieder zum Eingang und fragte: »Wo habt ihr denn den sonst so allgegenwärtigen Herrn Hitler gelassen?«

Schatzi grinste. »Der Führer wünscht nicht, unter so viel Toten ausgestellt zu werden. Aber was nicht ist, kann ja noch werden.«

Benno lachte. »Ist drüben in der *Hölle* was los?«

»Sonnabendnachmittag um drei? Nee, nicht viel. Wie geht's Vicki?«

»Die ist selig, weil ihr Haus wieder auf Vordermann gebracht wird. Im Mai soll alles fertig sein. Dann mach ich drei Kreuze.«

»Und Flo?«

»Die sehe ich kaum. Wenn ich morgens aufstehe, ist sie schon los in die Klinik. Ich glaube, sie stürzt sich in die Arbeit, um den Architekten, diesen Vahrenfeld, zu vergessen. Ich weiß gar nicht, warum, der ist eigentlich ganz nett. Na ja, sie muss selber wissen, was sie will.«

»Du sagst es.«

»Grüß Willi und die Mädels. Ich komme demnächst mal wieder vorbei. Mach's gut, Schatzi.«

»Du auch.«

Benno schlenderte in Richtung Binnenalster, bummelte durch die Colonnaden und sah eine Traube Menschen vor einem Laden stehen, kichernd und miteinander tuschelnd. Über dem Schaufenster stand *Hamburger Bücherstube*, und in dem Schaufenster prangte ein Bild Hitlers, umrahmt von zwanzig Exemplaren eines Südsee-Reiseberichts. Die Titelseite zeigte einen Palmenstamm mit einer dunklen Schönheit. Was hatte das mit Hitler zu tun? Benno trat näher heran, um den Titel zu lesen. Er lautete: *Heitere Stunden mit braunen Menschen.*

Benno schmunzelte, drängte sich durch die Leute und betrat den Laden. Drinnen war niemand zu sehen außer einem Mann im gut sitzenden Zweireiher, offenbar der Besitzer. Sein Name war Felix Jud. Jud drückte rasch seine Zigarette aus und wandte sich dem vermeintlichen Kunden zu. »Was kann ich für Sie tun, mein Herr?«

»Ich muss Ihnen sagen, dass ich die Gestaltung Ihres Schaufensters außerordentlich gelungen finde.«

Jud verzog keine Miene. Er war ein hagerer, rothaariger Mann Mitte dreißig, mit hoher Stirn und markanter Nase, der glatt als Lord durchgegangen wäre. »Wir schreiben heute den zwanzigsten April, Führers Geburtstag, mein Herr. Angesichts dieses hohen Feiertages haben alle Buchhändler von der Reichsschrifttumskammer die Anweisung erhalten, Sonderfenster zum Geburtstag Adolf Hitlers zu gestalten.«

»Aha.«

Juds Miene wirkte immer noch gleichmütig, doch in seinen Augen saß der Spott. Hinter ihm über der Kasse war ein weiterer Hitlerkopf zu sehen, diesmal jedoch integriert in ein Gemälde, das den Diktator als mittelalterlichen Ritter hoch zu Ross zeigte.

Benno grinste.

Jud folgte seinem Blick und erklärte: »Es handelt sich vermutlich um das martialische Werk *Der Bannerträger* des Südtiroler Malers Hubert Lanzinger.«

»Ist das entartete Kunst?«

Jud schürzte die Lippen. »Sagen wir so: Es dient der Abschreckung.«

»Vielleicht wäre es besser, den Führer auf einem schwarzen Pferd in gebeugter Haltung zu zeigen?«

»Wie meinen Sie?«

»Ich denke da an ein Bild von Gauguin, *Ruperupe* heißt es. Es entstand 1899 in der Südsee, und der Reiter mit dem Pferd symbolisiert den Tod…«

Jud nickte verständnisinnig. »Und die drei Südseegrazien daneben stehen mit ihren Früchten und Blumen für das Leben.«

»Genauso wie die Hündin mit den Welpen zu Füßen des düsteren Reiters.«

Jud taute nun sichtlich auf. »Sie scheinen sich gut auszukennen, darf ich fragen, wer Sie sind und was Sie beruflich machen?«

»Ich bin Kunstmaler«, erklärte Benno bereitwillig. »Mein Name ist Benno Haiden.«

»Benno Haiden?« Jud überlegte. »Natürlich! Ich habe von Ihnen gehört. Darf ich Ihnen etwas zu trinken anbieten?«

»Nichts lieber als das.«

Jud bedeutete seiner Mitarbeiterin, sie möge den Verkauf im Laden übernehmen, und führte Benno in das Hinterzimmer. »Stört es sie, wenn ich rauche?«

»Aber nein.«

»Rauchen Sie nicht?«

Benno schüttelte den Kopf. »Nicht mehr. Ich finde, das Zigarettenaroma verträgt sich nicht mit dem Geruch der Ölfarben.«

Jud steckte sich eine Muratti an, öffnete die Glastür eines Wandschränkchens und fragte: »Whisky, Kognak, Gin, Rum, Wodka, Grappa ...?«

»Sie sind gut bestückt, das muss der Neid Ihnen lassen! Ich nehme einen Kognak.«

»Ich auch.«

Sie setzten sich, prosteten sich zu und tranken.

Jud setzte sein Glas ab. »Ich bin nicht nur ein Bücherwurm, sondern auch ein großer Freund der Malerei«, begann er. »Bitte erzählen Sie mir von Ihrer Kunst.«

Benno lehnte sich zurück und schlug die Beine übereinander. Das kleine Hinterzimmer mit seinem Spirituosenschatz an der Wand gefiel ihm. »Eigentlich fing alles auf St. Pauli an«, sagte er, »und damit, dass ich die Wände einer Kneipe namens *Höller's Hölle* mit üppigen Brüsten und prallen Gesäßen bemalte, um den Umsatz anzukurbeln. Später genügte mir das nicht mehr. Ich wollte wie van Gogh und Gauguin malen und ein Studium an der damaligen Staatlichen Kunstgewerbeschule beginnen. Doch aus vielerlei Gründen wurde daraus nichts. Schließlich bin ich mit Frau und Kind nach New York ausgewandert, um dort mein Glück zu machen. Heute habe ich einige Berühmtheit erlangt.«

»In welchem Stil malen Sie?«

»Man könnte ihn der klassischen Moderne zurechnen, vielleicht mit einem Schuss Expressionismus und einer ähnlich starken Farbwahl, wie Emil Nolde sie bevorzugt.«

»Nolde?« Jud runzelte die Stirn und schnippte die Asche von seiner Zigarette. »Ich schätze seine Bilder, aber anders als Sie wäre er wohl kaum zu mir in den Laden gekommen, um mir zu sagen, dass ihm mein Schaufenster gefällt.«

»Meinen Sie? Warum?«

»Weil er den Nazis sehr verbunden ist. Eine Persiflage des von ihm bewunderten Führers würde er kaum gutheißen.«

»Ich kenne Nolde nur als Maler.«

Jud schenkte von dem Kognak – es war ein Courvoisier – großzügig nach. »Das ging mir auch so. Bis ich hörte, Nolde habe im letzten August den *Aufruf der Kulturschaffenden* unterschrieben, um zu bekräftigen, dass er sich zu des Führers Gefolgschaft zählt. Seitdem fehlt er in unserem kleinen Zirkel, der sich von Zeit zu Zeit in diesem Raum trifft.«

Benno sah Jud direkt an. »Verzeihen Sie, dass ich so offen frage: Sollte es Ihnen wie mir ergehen, dass Sie wenig von den Nazis halten?«

Jud hielt dem Blick stand. »Unser Zirkel ist ein Kreis aus Malern, Dichtern und Schriftstellern, die Hitler und seine braunen Horden zutiefst verachten. Der Stechschritt, die Fackelzüge, die Hakenkreuze und die nicht enden wollende Deutschtümelei, die diese Narren nicht davon abhält, einen kleinen österreichischen Meldegänger aus dem Weltkrieg zu verherrlichen – das alles stößt uns ab.«

»So geht's mir auch.«

»Dazu kommt der Judenhass. Der Boykott der jüdischen Geschäfte in unserer schönen Stadt begann im April 33. Da habe ich persönlich ein Pferdefuhrwerk mit zahllosen Plakaten durch die Mönckebergstraße fahren sehen. Auf dem größten Schild stand: *Kauft Spielzeug nur im Deutschen Fachgeschäft.* Absender waren die Fachschaften der Spielwarenhändler und der Korbwaren- und Kinderwagenhändler. Ein Witz, wenn's nicht so traurig wäre.«

Benno nickte nachdenklich. »Wo wir gerade davon reden: Haben Sie als Jude nicht auch Probleme?«

Der Buchhändler zündete sich eine neue Muratti an und schüttelte den Kopf. »Ich bin kein Jude, ich heiße nur Jud.«

»Und haben Sie nie an eine Namensänderung gedacht?«

Jud lächelte. »Persil bleibt Persil, und Jud bleibt Jud.«

»Respekt! Machen Sie sich denn überhaupt keine Sorgen um Ihre Sicherheit?«

»Manchmal schon.« Jud nahm einen tiefen Zug. »Aber ich halte es mit dem Steinklopferhanns aus Anzengrubers Komödie *Die Kreuzelschreiber*. Der hat auch gesagt: ›Es kann dir nix g'schehn!‹«

In diesem Augenblick steckte die Mitarbeiterin ihren Kopf durch die Tür. »Herr Jud, da ist ein Kunde, der gern ein Buch hätte von …« Sie hielt inne und schaute unsicher in Bennos Richtung.

Jud winkte ab. »Nennen Sie ruhig den Autor, wir sind unter uns.«

»Jack London.«

»Gut, ich komme.« Jud erhob sich. »Jack London gehört zu den Schriftstellern, deren Werke von den Nationalsozialisten verboten wurden. Ich verkaufe sie trotzdem. Und nun entschuldigen Sie mich bitte, die Pflicht ruft. Ach, bevor ich es vergesse: Hätten Sie Interesse, dabei zu sein, wenn sich unser Zirkel das nächste Mal trifft?«

Benno zögerte keine Sekunde. »Es wäre mir eine Ehre.«

Am Vorabend zum ersten Mai, dem *Tag der nationalen Arbeit*, wie die Nazis ihn nannten, erschien ein Besucher an der Tür zum Haus an der Großen Elbstraße 7. Er trug die Uniform der SA: Schaftmütze mit Sturmriemen, braunes Hemd, rote Kampfbinde mit Hakenkreuz am linken Ärmel, Schulterriemen, Lederkoppel, Reithosen und Stiefel. Hinter der imposanten Fassade verbarg sich ein schmächtiger Jüngling, der gerade neunzehn geworden war. Er hieß Torben Timm und war ein Junge aus der Nachbarschaft.

Torben klingelte und wanderte auf und ab, während er wartete.

Nach einiger Zeit ging die Tür auf. »Ja?«, fragte Dörthe.

»Ich muss mit der Frau Doktor sprechen, dringend«, sagte Torben.

»Mit welcher?«, fragte Dörthe. »Wir haben zwei.«

»Mit Frau Doktor Dreyer.«

Dörthe taxierte Torben, sah die Pickel in seinem Gesicht und befand ihn für zu jung, um ihn interessant zu finden. »Kommen Sie rein. Sie können in der Bibliothek warten, ich hole die Frau Doktor.«

»Das ist aber eine Überraschung, Torben«, sagte Vicki, als sie in die Bibliothek kam. »Wie geht es dir?«

Torben hatte sich erhoben und streckte sich. »Heil Hitler«, sagte er steif. »Ich bin Sturmmann Timm der SA und bitte, mich zu siezen.«

Vicki unterdrückte ein amüsiertes Lächeln. Torben hatte als kleiner Junge mit anderen Kindern in ihrem Garten spielen dürfen, weil Hannes und sie 1918 ihren einzigen Sohn Justus auf tragische Weise verloren hatten. Das fröhliche Geschrei der Rasselbande hatte ihnen seinerzeit ein wenig über die Trauer um Justus hinweggeholfen. Nun stand eines dieser Kinder vor ihr und wollte gesiezt werden.

»Selbstverständlich«, sagte Vicki. »Darf ich Ihnen einen Platz anbieten?«

»Ich stehe lieber.«

»Wie Sie wünschen.« Vicki schickte Dörthe mit einem Blick hinaus. »Worum geht es?«

Torben fingerte umständlich einen Zettel aus seiner Brusttasche und las ab: »Goldblatt, Abelsohn, Schloma, Süssermann, Ehrenreich, Lewinsky – sagen Ihnen diese Namen etwas?«

Vicki blickte überrascht. »Sicher, das sind die Firmen, die in meinem Haus Renovierungsarbeiten durchführen.«

»Jüdische Firmen!« Torben reckte das Kinn vor. »Es ist eine Anzeige bei der Ortsgruppenleitung erstattet worden. Ortsgruppenleiter Krause fordert Sie durch mich auf, sämtliche Arbeiten umgehend einzustellen.«

»Sagten Sie gerade, eine Anzeige sei gegen mich erstattet worden?« Vicki blickte ungläubig. Früher hatten alle Anwohner in der Großen Elbstraße ein gutes, teilweise sogar freundschaftliches Verhältnis miteinander gehabt. Einen Nachbarn zu denunzieren wäre undenkbar gewesen. Doch nach der Machtergreifung durch die Nazis hatte sich vieles geändert. »Wer war das?«

»Darüber kann ich keine Auskunft geben.«

Vicki dachte nach. Der Ortsgruppenleiter Krause hatte vor seiner Parteikarriere als Fischausnehmer in der Fischauktionshalle gegenüber gearbeitet. Im Jahre 28 oder 29 war es gewesen, als ihm das Messer ausrutschte und man ihn mit einem stark blutenden Schnitt im Unterarm zu Hannes in die Praxis brachte. Hannes hatte ihn kunstgerecht verbunden und ihm eine schmerzstillende Spritze verabreicht. Danach hatte Krause sich sehr dankbar gezeigt und hin und wieder ein schönes Stück Lachs oder Kabeljaurücken vorbeigebracht. So gesehen, hatte er keinen Grund, ihr etwas Böses zu wollen. Auf der anderen Seite musste er einer Anzeige natürlich nachgehen. Dass er es nicht selbst tat, sondern jemanden schickte, der noch grün hinter den Ohren war, mochte ein Zeichen dafür sein, dass noch nicht aller Tage Abend war.

»Kann ich Sie einen Augenblick sprechen? Oh, Verzeihung, wenn ich störe …« Götz Vahrenfeld war hereingekommen und hatte den Besucher gesehen.

»Bleiben Sie ruhig hier, Götz«, sagte Vicki. »Wir besprechen gerade etwas, das auch Sie betrifft.«

»Worum geht es?«

Vicki erklärte es ihm.

Götz atmete tief durch. Ihn packte der Zorn über die Nazis, die ihre Nase in alles hineinsteckten, aber er ließ sich nichts anmerken und sagte höflich: »Melden Sie Ortsgruppenleiter Krause, dass die Arbeiten abgeschlossen sind.«

»Das werde ich!« Torben schien erleichtert zu sein, dass die Sache sich so schnell erledigt hatte.

»Allerdings«, fuhr Götz fort, »wird es noch zwei Wochen dauern, bis alles Gerät und alle Materialien von der Baustelle entfernt worden sind.«

»Jawohl.«

Vicki sagte: »Dann grüßen Sie Krause von mir.«

»Jawohl. Heil Hitler!«

Nachdem sie mit Götz den Besucher zur Tür gebracht hatte, fragte sie: »Dauert es wirklich noch so lange, um hier klar Schiff zu machen?«

Götz lächelte schief. »Natürlich nicht. Wir brauchen die Zeit bis zur endgültigen Fertigstellung.«

»Das dachte ich mir. Ich hoffe nur, dass Krause das nicht ahnt.«

»Und wenn doch?«

»Kann er mir – oder besser uns – erhebliche Unannehmlichkeiten machen. Der Arm der Partei reicht weit. Er kann die Dinge aber auch auf sich beruhen lassen, weil er diesem Haus gewogen ist – und weil es der einfachste Weg für alle ist. Warten wir's ab.«

»Was sollen wir abwarten?« Flo war hereingekommen und hängte in der Garderobe Hut und Mantel auf. Erst dann entdeckte sie Götz. Ihr Gesicht verdunkelte sich. Sie wollte an ihm vorbei und die Treppe hinaufeilen, aber Vicki hielt sie zurück. »Es kann sein, dass Ärger ins Haus steht«, sagte sie. »Das betrifft auch dich.«

Flo tat so, als richte sie ihre Haare im Spiegel. »Ja? Worum geht es?«

»Das kann dir Götz am besten erklären. Vielleicht bei einem Kaffee in der Küche?«, schlug Vicki vor. »Mich müsst ihr allerdings entschuldigen, ich habe noch zu tun.« Das stimmte natürlich nicht, aber vielleicht führte die neue Situation dazu, dass beide sich endlich einmal aussprachen. Verstohlen lächelnd entfernte sie sich.

Als sie gegangen war, herrschte angespannte Stille. Flo wäre am liebsten fortgerannt, das hätte jedoch wie eine Flucht ausgesehen und kam nicht infrage. Götz hatte ihr etwas zu sagen, etwas Unangenehmes. Bei einem Kaffee in der Küche. »Mir ist nicht nach Kaffee«, sagte sie.

»Vielleicht nach einem Tee? Ich wette, ich erkenne jede Sorte.«

»Mir ist auch nicht nach Tee.«

»Dann sollten wir uns wenigstens setzen. Am besten in der Bibliothek. Im Stehen redet es sich schlecht.«

»Wie Sie meinen.«

Als sie saßen, sagte Götz: »Eigentlich hätten Sie den jungen SA-Mann noch sehen müssen. Er ist nur ein paar Sekunden vor Ihnen zur Tür hinaus.«

»Was für ein SA-Mann?«

Götz erklärte ihr, was Torben Timm gewollt hatte und welche Schwierigkeiten sich damit verbanden.

»Schaffen wir es denn, in zwei Wochen fertig zu sein?«, fragte Flo zweifelnd.

»Wir müssen es! Ich bin sicher, dass Krause ab jetzt jeden Arbeitsschritt von seinen Leuten beobachten lässt. Gott sei Dank hat er keine rechtliche Handhabe, uns an der Arbeit zu hindern, aber die Situation ist auch so prekär genug. Doch wenn das Wetter mitspielt, werden wir's schaffen. Ich will gleich nach dem Maifeiertag mit den Meistern sprechen. Es sind prächtige Menschen, die gemeinsam an einem Strang ziehen.«

Flo seufzte. »Wenn doch alles schon vorbei wäre.«

»Ich glaube, ich würde sehr traurig sein, wenn alles vorbei wäre.«

Flo schwieg.

»Ich meine damit nicht nur die Arbeiten am Haus.«

Wieder entstand eine Stille zwischen ihnen. Dann räusperte sich Götz: »Ich wollte Ihnen nur sagen, dass ich nicht verheiratet bin.«

»Ich weiß nicht, wovon Sie sprechen.«

»Doch, Sie wissen es. Ich sagte zu Ihnen, es stünde etwas zwischen uns, etwas, das ich nicht ändern kann.«

»Und wenn schon!«

»Flo, bitte, lassen Sie mich erkl…«

»Ach, hören Sie doch auf, mich an der Nase herumzuführen!« Sie sprang auf. »Haben Sie gestohlen, betrogen oder jemanden erschlagen? Haben Sie im Gefängnis gesessen oder das Vaterland verraten?«

»Nichts von alledem.«

»Wie beruhigend! Aber ich will es gar nicht wissen!«

Flo stürmte hinaus und schlug krachend die Tür hinter sich zu.

KAPITEL 10

Einer Einladung Juds folgend, suchte Benno an einem der nächsten Abende wieder die kleine *Bücherstube* auf. Jud begrüßte ihn wie einen alten Bekannten und führte ihn in das Hinterzimmer, das er schon kannte. Dort saßen sechs oder sieben Künstler unterschiedlichen Alters, die ihn neugierig musterten. Auch Paula Gans, eine tschechische Malerin, war darunter.

Jud stellte Benno mit einigen launigen Worten vor und erklärte, er sei einer von jenen, dem die Schaufenstergestaltung mit den Reiseberichten *Heitere Stunden mit braunen Menschen* besonders gut gefallen habe.

Schmunzeln und Nicken in der Runde.

»Benno, nehmen Sie doch da drüben Platz. Trinken Sie ein Glas von dem Lübecker Rotspon mit?«

»Gern.«

»Ich hoffe, Sie fühlen sich wohl in dieser Enge?«

»Aber ja. Es ist angenehm, mal nicht von Hakenkreuzen umgeben zu sein.«

Erneutes Schmunzeln.

Benno sah sich in dem kleinen Raum um. Jud hatte mehrere Stühle aufstellen lassen und den Schreibtisch in eine Ecke gerückt. Die auf diese Weise frei gewordene Fläche war klein, doch groß genug, einem schlanken Mann mit schwarzem Vollbart und Halbbrille Platz zu bieten. Er war Jude, sein Name Ignaz Litterfas.

»Ignaz wird heute für uns die Ballade *Von des Cortez Leuten* vortragen. Ein frühes Werk Bertolt Brechts, das einigen Raum für Interpretationen freilässt«, kündigte Jud vielsagend an. »In der Diskussion danach werden wir Gelegenheit haben, unseren neuen Gast näher kennenzulernen.«

Bennos Nachbar, der Maler Heinrich Stegemann, schenkte ihm ein Glas ein und flüsterte: »Willkommen in der Runde, Prost.«

»Danke, Prost.«

»Willst du auch eine?« Stegemann bot ihm eine Juno an.

Benno zögerte. Doch weil die Mehrzahl der Zuhörer rauchte, beschloss er, eine Ausnahme zu machen. »Danke.«

Stegemann gab ihm Feuer. »Wir duzen uns alle hier, musst du wissen, sind ja unter uns. Nur Felix braucht mit dem Du meistens ein bisschen länger.«

»Verstehe.« Benno grinste und nahm einen Zug. Die Juno schmeckte angenehm würzig, nicht so parfümiert wie viele amerikanische Zigaretten. Vor ihm räusperte sich Ignaz. Es wurde still. Dann begann der Jude, mit klarer Stimme die Verse der Ballade zu deklamieren. Sie handelte von einigen Männern des spanischen Eroberers Cortez, die in den Wald von Mexiko eindringen und singend und trinkend die Nacht verbringen. Vom Holz des benachbarten Sumpfes schlagen sie knorrige, armdicke Äste ab und entfachen ein Feuer, um Ochsenfleisch zu braten. Die Nacht ist kühl und grün, die Sterne sind groß. Sie schlingen das gewürzte Fleisch hinunter und fallen in einen rauschhaften Schlaf. Während sie schlafen, werden sie, ohne es zu merken, immer mehr von den sie umwuchernden Ästen eingeschlossen. Am Morgen können sie schon nichts mehr gegen das unbezwingbar weiterwachsende Geäst ausrichten. Der Himmel über ihnen ist kaum noch zu sehen. Süßlicher Blütengeruch liegt in der Luft. Angstvoll sitzen sie wie Affen in Käfigen, vor Hunger matt. Der Tag vergeht und eine weitere Nacht …

Ignaz hielt kurz inne, um dann die letzten acht Verse der Ballade vorzutragen:

»Den nächsten Tag stieg Singen aus dem Wald,
Dumpf und verhallt. Sie sangen sich wohl zu.
Nachts ward es stiller. Auch die Ochsen schwiegen.
Gen Morgen war es, als ob Tiere brüllten
Doch ziemlich weit weg. Später kamen Stunden
Wo es ganz still war. Langsam fraß der Wald
In leichtem Wind, bei guter Sonne, still
Die Wiesen in den nächsten Wochen auf.«

Einige Sekunden verrannen. Dann folgte gedämpfter Applaus. Die Anwesenden ließen das Gehörte auf sich wirken. Schließlich drückte Jud seine Zigarette aus und sagte: »Wer das hört, kann sich vielleicht denken, warum die Nazis Brechts sämtliche Werke verboten haben und er selbst ins Exil gehen musste.«

»Es kommt darauf an, wie man die Ballade versteht«, meinte Ralf Diener, ein Maler, der seit der Machtergreifung als Werkzeugmacher arbeitete.

»Und wie verstehst du sie?«, fragte Paula.

»Als Mahnmal gegen den Imperialismus.«

Ignaz hatte sich in der Zwischenzeit gesetzt und nippte an seinem Wein. »Ich habe es beim Vortragen mehr als Kampf zwischen dem Guten und dem Bösen erlebt«, sagt er nachdenklich. »Die Bösen sind die Soldaten, die den Wald zerstören, die Guten sind die armdicken Äste. Erst werden sie geschlagen, gequält, verbrannt. Dann bündeln sie ihre Kräfte und schnüren den Eindringlingen langsam die Luft ab.«

»So sehe ich es auch«, sagte Benno. »Eine Analogie.«

»Eine Analogie für was?«, fragte Paula.

Stegemann neben Benno zündete sich eine Zigarette an, es war die dritte oder vierte. »Die Eindringlinge sind die Nazis. Die Äste sind das Volk. Die Nazis machen sich im Wald breit, nehmen ihn in Besitz, sind trunken vor Macht, doch die Äste, die so wehrlos wirken, sind auf die Dauer stärker, sie kreisen die Nazis ein, eng, immer enger, bis die Nazis und ihr Einfluss vom Erdboden verschwunden sind. Denkt an die letzten Zeilen: *Langsam fraß der Wald in leichtem Wind, bei guter Sonne, still die Wiesen in den nächsten Wochen auf.*«

»Willst du damit sagen, das Tausendjährige Reich ist dem Untergang geweiht?«

»Früher oder später, ja«, schaltete Ignaz sich wieder ein. »Der deutsche Wald mit seinem Geäst ist stärker. Er hat schon Kaiser und Könige kommen und gehen sehen. Er wird auch einen kriegslüsternen Führer überleben.«

»Dein Wort in Gottes Ohr, Ignaz«, sagte Jud. »Ich hoffe, Hitler und seine braunen Truppen werden auch ohne Krieg vom Erdboden verschwinden, aber ich fürchte, ein neuer Weltenbrand wird unumgänglich sein.«

»So schwarz sehe ich das nicht«, wandte Stegemann ein. »Hitler hasst zwar die Juden und die Kommunisten, aber er wird nicht so verrückt sein, die Sowjetunion anzugreifen.«

»Vielleicht doch? Dem Mann ist alles zuzutrauen ...«

Der weitere Abend verging mit einer lebhaften Diskussion über die Wahrscheinlichkeit eines kommenden Krieges.

Erst spät verabschiedete Benno sich. Er war sehr nachdenklich. Stegemann begleitete ihn ein Stück auf seinem Heimweg und sagte, er bewundere Bennos Werk.

»Ich mische Farben und pinsele sie auf die Leinwand, genau wie du«, antwortete Benno. »Vielleicht bin ich ein bisschen berühmter, aber mit der Berühmtheit ist es so eine Sache: Häufig sind es nur ein paar Zeitungsartikel, die sie auslösen, und wenn sie eine Zeit lang ausbleiben, verschwindet der Ruhm wieder wie von selbst.«

Stegemann schnaufte. Er musste sich anstrengen, Bennos Tempo mitzuhalten. »Vielleicht hast du recht. In jedem Fall würde ich dein Werk gern näher kennenlernen, denn mir ist vorhin eine Idee gekommen.«

»Was für eine Idee?«

Stegemann blieb stehen. Ob aus Atemnot oder um seinen Worten mehr Gewicht zu verleihen, blieb offen. »Ich könnte mir vorstellen, mit deinen Werken eine Ausstellung zu machen. Sie würde im Herbst in der Neuen Rabenstraße 25 stattfinden, dem Sitz vom *Kunstverein in Hamburg.*«

Benno war angenehm überrascht. »Wirklich?«

Stegemann lächelte. »Ja, wirklich. Zufällig bin ich der Ausstellungsleiter des Kunstvereins, und Friedrich Muthmann, der Direktor, wird die Idee sicher gutheißen.«

Benno fühlte sich geschmeichelt. »Tja, ich weiß gar nicht, ob ich genügend Arbeiten zusammenkriege. Ich müsste mal mit Josh, meinem Galeristen in New York, sprechen, damit er einiges über den großen Teich schickt, aus meinem Atelier in Manhattan.«

»Das heißt, du sagst Ja?«

»Ja.«

»Mensch, ich freue mich!«

»Ich auch.«

»Gut, Benno. Da vorn trennen sich unsere Wege. Ich melde mich wieder bei dir. Es gibt viel zu besprechen. Adschüs.«

»*Bye*, Heinrich.«

Einen Tag nach Vickis Geburtstag am dreizehnten Mai – sie war dreiundsechzig geworden, und die Feier hatte im kleinsten Kreise stattgefunden – sagte Professor Behr zu Flo: »Es gibt da ein kleines Mädchen auf der Kinderstation, Hilda Aschermann, drei Jahre alt. Die Kleine hat eine einseitige Amblyopie auskuriert.«

Flo nickte. »Ich weiß, Herr Professor. Wir haben gestern die Augenklappe über ihrem stärkeren Auge entfernt und festgestellt, dass die Sehschwäche des anderen Auges behoben wurde. Was ist mit Hildchen?«

»Ich hatte den Eltern vorgeschlagen, nach erfolgter Amblyopie-Behandlung eine Schieloperation durchzuführen, und sie waren einverstanden. Ich denke, ich werde den Eingriff morgen früh vornehmen, und Sie sollen mir assistieren. Spricht irgendetwas dagegen?«

»Aber nein, Herr Professor.« Flo wusste: Behr zu unterstützen war eine Ehre, die nicht jedem zuteil wurde. Doch sie ließ sich ihre Freude nicht anmerken.

»Sie haben so etwas ja auch schon in Amerika gemacht.«

»Gewiss.«

»Gut, laut OP-Plan sehen wir uns dann um acht.«

Am anderen Morgen hatte der Narkosearzt Schäfer die kleine Patientin bereits in Schlaf versetzt, neugierig beobachtet von drei Studenten, die der Operation beiwohnen durften. Sie waren gespannt auf die ersten Handgriffe Behrs, doch dieser begann seine Demonstration mit einer Frage: »Können Sie mit dem Namen Carl Koller etwas anfangen?«

Das konnte keiner.

»Koller war ein jüdischer Augenarzt. Er studierte in Wien, durfte dort aber nicht Karriere machen, weil ein Kollege ihn als ›Jude‹ beschimpft hatte und Koller ihn deshalb zum Säbelduell forderte. Koller blieb unverletzt, sein Kontrahent jedoch trug tiefe Wunden davon. Koller emigrierte später nach New York, weshalb er Frau Doktor Haiden, die heute die Assistenz übernimmt, eigentlich bekannt sein müsste. Ist es so, Flo?«

»Ja, Herr Professor.«

»Bevor Koller nach New York ging – und deshalb erzähle ich das alles –, gelang es ihm im Jahre 1884 als Erstem, eine Lokalanästhesie in der Ophthalmologie durchzuführen. Er gab einige Tropfen Kokainlösung ins Auge, um die Reflexbewegungen zu unterbinden und dadurch ein erfolgreiches Operieren zu ermöglichen.«

Die Studenten nickten eifrig.

»Aber das nur nebenbei. Heute geht es um eine Schieloperation. Sie dauert in der Regel fünfzehn bis zwanzig Minuten, diesmal womöglich etwas länger, weil ich Ihnen den einen oder anderen Schritt erklären werde.«

»Jawohl«, erklang es dumpf unter den Gesichtsmasken.

»Bei der Schieloperation wird der Schielwinkel des erkrankten Auges so weit gerichtet, bis die Augenachse parallel zum gesunden Auge steht. Zu stark ziehende Augenmuskeln werden am Augapfel zurückgelagert, zu schwache Muskeln gestrafft. In unserem Fall nehmen wir am linken Auge eine Rücklagerung des nach innen ziehenden Muskels vor. Wir nennen ihn *Musculus rectus medialis.*«

Behr wies Flo an, mit der Lidsperre den Augapfel freizulegen, und öffnete die Bindehaut über der Sehne des Muskels durch einen Schnitt.

»Wir unterfahren die Sehne mit einem Haken und ziehen den Muskel etwas nach vorne – die Sehne ist nun sichtbar. Erkennen Sie die Blutgefäße auf der Oberfläche?«

»Jawohl.«

»Schön.«

Flo reichte Behr eine Klemme.

Behr fasste die Sehne mit der Klemme. »Ich veröde jetzt die Blutgefäße, damit es beim Abtrennen der Sehne nicht blutet.«

Flo reichte Behr eine Schere.

»Ich trenne die Sehne von der Augapfelwand ab und vermesse auf ihr die Operationsstrecke mit einem Zirkel. An den dieserart festgelegten Punkten lege ich nun zwei selbstauflösende Fäden aus Catgut vor.«

Nachdem das geschehen war, entfernte Flo die Klemme.

Behr arbeitete konzentriert weiter und dozierte dabei: »An den vorbereiteten Fäden wird der neue Sehnenansatz an der Augapfelwand vernäht.« Mit geschickten, hundertfach geübten Bewegungen setzte er seine Beschreibung in die Tat um.

»Der Ansatz der Sehne ist nun um 5 Millimeter rückgelagert«, verkündete er. »Zum Schluss wird die zuvor gelöste Bindehaut wieder nach vorne zur Hornhaut gezogen und mit selbstauflösenden Fäden fixiert. Hat jemand dazu eine Frage?«

Das war nicht der Fall.

»Wie lange hat die Operation gedauert?«

»Einundzwanzig Minuten, Herr Professor?«, murmelte einer der Studenten.

»Schön.« Behr schickte die Studenten aus dem OP-Raum und wandte sich an den Narkosearzt. »Holen Sie die Kleine wieder in die Wirklichkeit zurück, Schäfer, und veranlassen Sie alles Weitere.«

»Gern, Herr Professor.«

Behr nahm Flo mit auf den Gang hinaus und schaute zur Uhr. »Noch eine halbe Stunde bis zur nächsten OP. Ich war sehr zufrieden mit Ihnen, Flo. Gehen wir so lange in die Kantine und trinken einen Kaffee?«

»Sehr gern, Herr Professor.« Flo strahlte. »Ich lade Sie ein.«

Vorsichtig nahm Flo den Verband über Hildchens Auge ab. Die Kleine war sehr tapfer und gab keinen Mucks von sich. Im Krankenzimmer herrschte gedämpftes Licht. Hildchen blinzelte ein paar Mal.

»Tut dir das Auge weh?«

»Nee.«

Behr und die Stationsschwester, die im Hintergrund standen, schmunzelten. Die Kleine war wirklich goldig.

»Ich habe eine Überraschung für dich.« Flo holte Hildchens Handpuppe, einen Kasper, unter der Bettdecke hervor. »Weißt du, wer das ist?«

»Mein Kasper!« Hildchen blickte auf die Puppe und freute sich.

Flo freute sich ebenfalls. Sie hatte gesehen, dass beide Pupillen parallel zueinander standen. Ihre kleine Patientin schielte nicht mehr. »Kannst du den Kasper gut sehen?«

»Ja.«

Flo ließ die Handpuppe in die Hände klatschen: *»Trarara, der Kasper, der ist wieder da!«*, sang sie, während die Puppe an Hildchens Kopf vorüberwanderte. Erst in die eine Richtung, dann in die andere. Die Pupillen der Kleinen folgten der Figur bei jeder Bewegung.

Flo stellte es mit Genugtuung fest. »Hier, Hildchen, nimm

deinen Kasper. Der muss jetzt schlafen. Und du auch. Gute Nacht. Morgen sehe ich wieder nach dir.«

Leise entfernte Flo sich, gefolgt von Behr und der Schwester.

Einige Tage nach der Operation fand eine orthoptische Untersuchung statt, eine neue Ausmessung der Augäpfel, nach der sich Behr sehr zufrieden zeigte. »Die *bulbi* stehen parallel, so soll es sein«, sagte er zu Flo. »Für alle Fälle muss aber weiterhin beobachtet werden, ob ein Auge bevorzugt wird und ob die Amblyopiebehandlung gegebenenfalls fortgesetzt werden muss.«

»Jawohl, Herr Professor.«

Behr wandte sich zum Gehen, hielt aber inne. »Ach, da fällt mir ein: Wie kommen Sie eigentlich mit Ihrer Forschung voran, Flo? Man hört ja gar nichts.«

Flo zuckte mit den Schultern. »Da gibt es leider noch nicht viel zu berichten, Herr Professor. Ich stehe mit der Entwicklungsabteilung der Firma Zeiss in Verbindung, zwecks Schleifen der Linse. Doch alles ist noch Theorie, weil in der Praxis der richtige Kunststoff fehlt. Es ist nicht leicht, an das entsprechende Material heranzukommen.«

»Erzählen Sie.«

»Ich habe ein wenig recherchiert, Herr Professor. Das Akrylglas wurde ziemlich zeitgleich um 1928 in Deutschland, England und Spanien erfunden. Leider weiß ich nicht mehr, welchen Flugzeugtyp der amerikanische Pilot flog und welcher Art das Akrylglas der Kanzel war, doch ich gehe davon aus, dass das Material in deutschen Flugzeugen identisch oder zumindest sehr ähnlich ist. Leider scheint alles, was mit militärischem Gerät zu tun hat, streng geheim zu sein, was die Beschaffung nicht gerade erleichtert.«

»Das ist wohl so.« Behr dachte nach. Dann schnippte er mit den Fingern. »Vielleicht habe ich eine Idee«, sagte er. »Fragen Sie doch mal Demme, den Vertrauensmann, der ist ein hohes

Tier bei der SA. Ich könnte mir vorstellen, dass der genug Vitamin B hat, um Ihnen zu helfen.«

»Vitamin B?«, fragte Flo.

Behr lächelte. »Beziehungen, Flo, Beziehungen …«

Flo saß im Dienstzimmer von Doktor Demme und wartete seit geraumer Zeit auf den Vertrauensmann der Hamburger Ärzteschaft. Es schien eine Eigenart Demmes zu sein, die Geduld seiner Gesprächspartner auf die Probe zu stellen – vorausgesetzt, er war höher im Rang.

Flo blickte auf das große Führerbild über dem leeren Schreibtisch und ärgerte sich, den späten Termin überhaupt angenommen zu haben. Es war Freitag, der vierundzwanzigste Mai, der Tag, an dem Benno angesichts der Fertigstellung des Hauses in der Großen Elbstraße einen Empfang in seinem Atelier gab, und Flo wollte nicht unpünktlich sein.

»Ach, da sind Sie ja.« Demme gab sich jovial und reichte ihr die Hand, als wäre nichts gewesen. »Warten Sie schon lange?«

»Nicht der Rede wert.«

Demme umkurvte seinen Schreibtisch und setzte sich. Außer einem Stuhl bot er seiner Besucherin auch diesmal nichts an. »Was kann ich für Sie tun?«

»Sie sagten bei unserem letzten Treffen, ich möge Sie über die Fortschritte bei der Linsenentwicklung auf dem Laufenden halten – Herr Kollege.« Flo sagte absichtlich »Herr Kollege«, um ihn von seinem hohen Ross herunterzuholen.

Demme ließ sich nichts anmerken. »Ja, und?«

»Deshalb bin ich hier. Doch leider kann ich Ihnen wenig Neues mitteilen. Ich komme mit meiner Arbeit nicht weiter.«

»Wie das?«

»Ich brauche das Akrylglas einer Flugzeugkanzel und stoße bei der Beschaffung auf Granit. Ich habe mich schon an die Firmen Heinkel, Dornier und Messerschmidt gewandt – aber vergebens. Die zuständigen Herren bedauern. ›Geheimsache!‹, heißt es regelmäßig.«

»Und da kommen Sie zu mir, weil Sie glauben, ich könnte Ihnen helfen?«

»So ist es. Ich dachte, Sie könnten Ihren Einfluss an entsprechender Stelle geltend machen.«

»Hm, vielleicht könnte ich das.« Demme fühlte sich geschmeichelt. Er dachte wieder an den Ruhm, der bei einer erfolgreich eingesetzten Augenlinse auch auf ihn fallen würde, und an die Kriegswichtigkeit dieser Entwicklung. Und Krieg würde es früher oder später geben. Warum sonst wurden schon Bunker in Eppendorf und anderen Krankenhäusern Hamburgs gebaut! Doch woher das Akrylglas nehmen? Am besten würde sein, die Sache ganz oben aufzuhängen, und das bedeutete: über die Partei zu steuern. Glücklicherweise hatte er ein gutes Verhältnis zu Karl Kaufmann, dem Gauleiter Hamburgs. Wenn Kaufmann hustete, bekam jeder Nein-Sager einen ausgewachsenen Schnupfen.

»Es wird nicht ganz leicht werden«, sagte Demme, um die eigene Wichtigkeit zu unterstreichen. »Aber ich will sehen, was sich machen lässt.«

»Ich bin Ihnen sehr dankbar, Herr Kollege.«

»Nun ja, versprechen kann ich nichts.«

»Dann darf ich mich empfehlen. Bitte, lassen Sie mich wissen, wenn Sie etwas erreicht haben. Auf Wiedersehen.«

»Heil Hitler, Frau Kollegin.«

KAPITEL 11

Es war schon zwanzig Minuten nach acht an diesem Abend, als Flo zu Benno sagte: »Ich glaube, Willi und die Seinen kommen nicht mehr. Du solltest anfangen, Dad, und die Gäste begrüßen.«

»Meinst du?« Benno sah sich zweifelnd in seinem Atelier um. Die Erneuerungsmaßnahmen im Dachgeschoss waren nur ein kleiner Baustein im Rahmen der Gesamtrenovierung gewesen, aber nach Vickis und Flos Meinung der geeignetste Ort, um die Einweihung des Hauses Große Elbstraße 7 zu feiern. »Ich habe mir den Kopf zerbrochen, was ich an klugen, geistreichen, unterhaltsamen Sätzen sagen könnte, aber mir ist nichts eingefallen. Rein gar nichts.«

»Sag doch einfach, dass du dich freust.«

Benno grinste gequält. »Meinst du nicht, dass man etwas mehr von einem Künstler erwarten sollte?« Er schaute in die Runde. An die vierzig Gäste standen um die aufgestellten Bistrotische, nippten an einem Glas Henkell Trocken und plauderten angeregt miteinander. Niemand schien auf eine Rede zu warten. Und niemand, bis auf die anwesenden Künstler, schien sich besonders für Bennos Gemälde zu interessieren, die an den Wänden hingen und durch mehrere Wagenfeld-Lampen in ein mildes Licht getaucht wurden. Die Wagenfeld-Lampen waren nicht die einzigen Stücke, die von Bennos Liebe zum Bauhaus-Stil zeugten, auch zwei Wassily-Sessel von Marcel Breuer sprachen dafür und zwei Dutzend Trinkgläser des berühmten Peter Behrens, die aber eher zur Dekoration als zum Gebrauch auf einem Regal standen.

An eines dieser Trinkgläser schlug Flo mit einem Löffel. Das Gemurmel der Gäste verlor sich langsam. Erwartungsvolle Blicke richteten sich auf Flo und Benno.

»Na, los«, flüsterte Flo und trat zur Seite.

»Tja«, sagte Benno, »schön, dass ihr alle da seid – jedenfalls fast alle –, und ich freue mich! Ihr habt das Haus ja schon von außen gesehen, und die meisten haben drinnen einen Blick in die Zimmer riskiert. Alles ist großartig geworden, und das verdanken wir Vicki und Flo, die das organisiert haben. Darauf trinken wir. Prost!«

»Prost!«

Die Gäste tranken und wandten sich wieder einander zu, doch Benno hob die Hand. »Halt! Ich bin noch nicht ganz fertig. Ich muss auch noch Götz Vahrenfeld, unseren Architekten, erwähnen und die tüchtigen Handwerker mit ihren Männern, ohne deren meisterhafte Arbeit wir heute nicht feiern könnten. Ihnen gebührt ebenfalls ein großes Dankeschön. Prost!«

Wieder tranken alle. Dörthe und Piotr, der Gärtner, gingen herum und schenkten nach.

»So, Freunde, das war's eigentlich – wenn es nicht eine weitere Premiere gäbe. Ich möchte euch ein Meisterstück zeigen. Wollt ihr es sehen?«

Ein lautes Ja war die Antwort.

»Vielleicht schickt es sich nicht, es zu zeigen, weil Damen anwesend sind. Wollt ihr es trotzdem sehen?«

»Jaaa!«

Flo und Vicki sahen sich an. Was hatte Benno da wieder ausgeheckt?

»Dann lasst euch überraschen.« Betont langsam knöpfte Benno sein Hemd auf und riss es dann mit einem Ruck auseinander. Die frei gewordene Brust zeigte eine kunstvoll gestochene Tätowierung: eine Malerpalette mit verschiedensten Farben und einem Pinsel, dessen Spitze genau auf das Herz wies. »Na, was sagt ihr dazu?«

Die Gäste staunten, einige lachten.

»Es ist ein Werk meines Freundes Christian Warlich, der da hinten steht und ein Gesicht macht, als wäre das nichts Besonderes. Christian, sei nicht so bescheiden, ich danke dir!«

Ein paar der Anwesenden klatschten, Warlich winkte ab. Dann entstand plötzlich Unruhe an der Tür. Ein riesiger Mann kam herein, dessen weiße Mähne unter einem Elbsegler hervorquoll. Es war Willi. In seiner Begleitung befanden sich Vira und Aale-Edith, außerdem Schatzi und sein neuer Schwarm, ein bildhübscher junger Mann namens Conni, der als Tänzerin im *Alkazar* arbeitete.

»Mensch, Willi!«, rief Benno. »Schön, dass du da bist.«

Willi schaute in die Runde. »Hab ich was versäumt?«

»Überhaupt nicht. Wir wollten gerade zum gemütlichen Teil des Abends übergehen. Piotr, schenken Sie Herrn Höller und seiner Begleitung einen Sekt ein.«

Vicki kam und küsste Willi auf beide Wangen. »Willkommen, fühl dich wie zu Hause.«

»Danke.« Willi nippte an seinem Glas. »Geht's dir gut?«

»Bestens, danke.«

»Das ist die Hauptsache.«

»Bis nachher.« Vicki ging zurück zu Flo, die mit einigen ehemaligen Erika-Schwestern plauderte.

Benno nahm Willi unter den Arm. »Komm, ich mache dich mit ein paar Leuten bekannt.«

»Ist gut. Dann überlass ich das junge Gemüse mal sich selbst.«

»Das tu man«, sagte Schatzi und schaute Conni tief in die Augen.

Conni kicherte.

»Und Aale-Edith und ich setzen uns erst mal in diese komischen Drahtstühle«, entschied Vira und ließ sich in einen Breuer-Sessel sinken.

Benno bugsierte Willi zu Felix Jud, der mit Paula Gans, Ignaz Litterfas und Heinrich Stegemann in einer Ecke stand. Benno stellte den Buchhändler und die drei Künstler vor.

Willi nickte höflich. »Angenehm.« Da er sah, dass Jud rauchte, holte er seine zerdrückte Zigarettenpackung hervor, nahm eine Overstolz heraus und steckte sie in das Gestrüpp seines Vollbarts. »Hast du mal Feuer?«

Jud riss ein Streichholz an.

»Danke.« Willi zog tief den Rauch ein. »Was ich schon immer mal wissen wollte: Kann man vom Bücherverkauf eigentlich leben?«

Jud zuckte mit den Schultern. »Reich wird man davon nicht.«

»Mach dir nichts draus. Mit dem Bierausschank ist's genauso.«

»Und mit der Malerei«, bestätigte Paula.

Stegemann meinte: »Ausnahmen bestätigen die Regel, was, Benno?«

»Ach, halb so wild«, wehrte Benno ab.

Willi hustete. »Wenn du mal in die *Hölle* kommst«, sagte er zu Jud, »kriegst du ein Bier von mir. Kannst dafür ja ein Buch mitbringen. Dann tauschen wir. Buch gegen Bier. Wie damals in der Inflationszeit.«

»Das mache ich.«

»Solange trinken wir dieses Kujampelwasser, was?«

Jud lachte.

Benno zog Willi am Ärmel. »Komm weiter. Meinen Freund Christian kennst du ja sicher.«

»Du willst mich wohl verkackeiern? Wer kennt Christian, den alten Stecher, nicht.«

Warlich lachte gutmütig. »Vorsicht, sonst zauber ich dir eine Meerjungfrau mit langem Schwanz auf die Brust.«

»Nee, danke, ich hab schon genug Tinte in den Armen«, meinte Willi. »Aber nichts für ungut, mein Junge, ich muss weiter. Scheint so, als müsste ich noch mehr Leuten guten Abend sagen.«

Der Nächste, dem Willi die Hand schüttelte, war Finn Flögl, ein hagerer Mann mit Schnäuzer und Brille. »Du kommst mir auch bekannt vor«, sagte Willi.

»Das kann wohl sein«, antwortete Finn. »Ist allerdings ’n bisschen her, dass wir uns zum letzten Mal gesehen haben. 1899 war das, als Benno und Anni heirateten. Wir sind alle Mann mit dem *Panther* die Elbe runter bis zum Lühesand geschippert, bevor die Trauung auf Finkenwerder stattfand.«

»Jetzt weiß ich’s wieder: Du bist Finn, stimmt’s?«

»Genau, Willi.«

»Wir haben gefeiert, dass die Bordwände wackelten, ’ne Pankokenkapelle hat gespielt, und du hast mit allen Mädels das Tanzbein geschwungen. Ich seh’s noch genau vor mir. Tja, da waren wir noch jung und hübsch. Wie alt bist du jetzt?«

»Vierundfünfzig, Willi.«

»Und alles klar bei dir? Verheiratet? Kinder?«

»Frau und Kinder hab ich nicht. Mein Leben ist ein bisschen anders verlaufen.«

Das stimmte in der Tat. Finns Eltern und nahezu alle seine Geschwister waren 1892 der Cholera zum Opfer gefallen, er selbst war auf der Straße gelandet, wo er sich mit Trickbetrügern eingelassen hatte. Vicki hatte ihn aufgespürt und ihm eine Stelle als Gehilfswärter im Eppendorfer Krankenhaus besorgt. Das war seine Rettung gewesen. Finn hatte sich mit Fleiß und Geschick in der Klinik hochgearbeitet und war heute Aufseher im Krankenhaus-Laboratorium. Die Aufgabe füllte ihn aus und ließ kaum Zeit für Beziehungen.

»Ich war auch nie verheiratet. Ich sag immer, lieber allein als einen Drachen im Haus. Na, lass dich mal in der *Hölle* sehen, dann schnacken wir weiter. Siehst ja selbst, Benno zerrt schon wieder an meinem Ärmel … Und wen haben wir da? Die Dame kenne ich nicht.«

»Ich bin Schwester Annerose, Herr Höller.«

»Sag ruhig Willi zu mir. Hast du damals mit Vicki zusammengearbeitet?«

Vicki antwortete für Annerose: »Das haben wir. Wir waren in Pavillon 17 im Eppendorfer Krankenhaus, wie es damals noch hieß, und haben uns gemeinsam um die Patienten gekümmert. Später musste ich als Erika-Schwester aufhören, weil ich Hannes heiratete, aber Annerose und ich haben uns nie ganz aus den Augen verloren.«

»Ja, ja, so muss es sein.« Willi hustete. »Hast du mal einen Aschenbecher?«

Flo reichte ihm einen.

Willi drückte die Kippe aus und sagte zu Benno: »Ist sonst noch jemand ohne Fahrschein, oder sind wir jetzt durch mit der Vorstellerei?«

»Gleich. Komm noch mal da rüber. Du musst auch unsere jüdischen Handwerksmeister kennenlernen. Wenn sie nicht gewesen wären, hätten wir es nicht geschafft. Das hier ist Meister Lewinsky. Er ist Steinmetz.«

»Moin.« Willi gab Lewinsky die Hand und schaute ihn an. Was er sah, war ein Mann mit freundlichem Gesicht, leuchtend roter Nase und einem Vollbart, wie Willi ihn selbst trug. »Wenn du Steinmetz bist, machst du sicher auch Grabsteine.«

»Unter anderem.«

»Ich würde gern ein paar in Auftrag geben.«

»Gleich ein paar?« Lewinsky wunderte sich.

»Für Leute, denen ich die Pest an den Hals wünsche.«

»Wie?«

Willi grinste. »Sie bevorzugen die Farbe Braun.«

»Ach so.« Lewinsky lachte freudlos. »Solche Grabsteine gäb's bei mir sogar umsonst.«

»Und bei mir die Fensterscheiben«, sagte Abelsohn.

»Bei mir die Wasserrohre«, sagte Schloma.

Auch die anderen Meister nannten Arbeiten, die sie liebend gern umsonst verrichten würden, und mit jedem Angebot lockerte sich die Stimmung. Am Ende lachten alle. Doch es war ein Lachen der Verlorenen.

Als Benno weiterwollte, sagte Willi: »Nee, nun lass man. Kümmer dich mal um die anderen Gäste. Ich mach hier bei den Handwerkern fest.«

»Wie du willst.« Benno schlenderte, das Glas in der Hand, zu den beiden Breuer-Sesseln. In dem einen saß immer noch Aale-Edith, der andere war leer. Vira hatte sich zu Schatzi und dem bildhübschen Conni gesellt. Als Schatzis Mutter wollte sie dem neuen Freund ihres Sohnes wohl auf den Zahn fühlen. Benno setzte sich neben Aale-Edith. Die Fischverkäuferin sah an diesem Abend anders aus als sonst. Geradezu hübsch. Statt ihrer mit Papierblumen geschmückten Melone trug sie einen Glockenhut mit fescher, hochgeklappter Krempe, dazu ein schlichtes schwarzes Kleid mit silberner Salamanderbrosche. »Donnerwetter«, sagte Benno. »Sehe ich heute Abend die richtige Aale-Edith? Oder hast du dich nur verkleidet?«

»Ich bin ich.«

»Und wie bist du wirklich?«

»Das sage ich dir, wenn du mir noch einen Sekt holst.«

Benno holte den Sekt und reichte ihn Aale-Edith mit einer übertriebenen Verbeugung. »Bitte sehr, gnädige Frau.«

Aale-Edith verzog keine Miene. Sie trank einen Schluck und sagte: »Die Leute, denen ich Aale anbiete, sollen mich als skurrile Alte sehen. Als Närrin, die man nicht ganz ernst nimmt. Das fördert den Verkauf. Und schützt einen in gewisser Weise. Privat will ich ernst genommen werden. Und du nimmst mich nicht ernst.«

»Ich will dich nur etwas aus der Reserve locken, das ist alles.«

»Nimmst du überhaupt etwas ernst im Leben?«

Benno überlegte. Aale-Edith hatte genau das ausgesprochen, was auch Flo ihm manchmal vorwarf. Schließlich sagte er: »Da fällt mir nicht viel ein. Außer der Kunst.«

»Na schön.« Aale-Edith trank ihr Glas mit einem Zug aus. »Du hast deine Kunst, und ich hab meine Aale.«

Benno hob zwei Finger: »Ich schwöre dir, von heute an werde ich Aale sehr ernst nehmen.«

»Obwohl du nicht so fett magst?«

»Wie?«

»Du hast Aal bei mir gekauft, obwohl du nicht so fett magst. Jedenfalls hast du das zu mir gesagt, als wir uns das erste Mal begegneten. Das war wie ein Almosen, und ich mag keine Almosen.«

»Ich werde in Zukunft auch Fett mögen.«

»Das sehen wir dann ja.« Aale-Edith stand auf.

»Willst du etwa schon gehen?« Benno spürte so etwas wie Enttäuschung.

»Ja, ich sage Vicki und Flo nur noch rasch Adschüs.«

»Aber der Abend ist doch noch jung. Wo willst du denn hin?«

»Ich muss zu Hein Sökeland. Der ist Fischer und räuchert mir die Aale für morgen früh. Oder hast du gedacht, die springen mir fertig in den Korb?«

Aale-Edith verschwand.

Benno blickte ihr nach und seufzte. Er ertappte sich bei dem Gedanken, dass er gern bei ihr landen würde, und wusste nicht, warum. Doch das war ohnehin egal, da sie sich nichts aus ihm machte.

Er ließ sich von Piotr noch einmal nachschenken und ging hinüber zu der Gruppe um Felix Jud. Götz Vahrenfeld hatte sich dazugestellt und diskutierte mit dem Buchhändler über Franz Werfels von den Nazis verbotenes Werk *Die vierzig Tage des Musa Dagh*, in dem es um den Völkermord an den Armeniern ging. Das war für Benno an diesem Abend zu schwere Kost. Er wandte sich den jüdischen Handwerksmeistern zu, die aber just in diesem Moment aufbrechen wollten. »Wir alle müssen morgen früh raus«, sagte Lewinsky entschuldigend.

»Natürlich«, sagte Benno. »Vielen Dank, dass Sie da waren.« Er blickte sich um. Offenbar hatte Aale-Ediths Abschied eine Art Aufbruchstimmung erzeugt, denn auch die ehemaligen Erika-Schwestern und Finn Flögl wandten sich zum Gehen.

Desgleichen Felix Jud, der zu Götz Vahrenfeld sagte: »Es ist spät, klappen wir Werfels Buch erst einmal zu. Wenn Sie Lust haben, diskutiert unser Kreis mit Ihnen an anderer Stelle weiter. Ich lasse von mir hören. Auf Wiedersehen.«

»He!« Willi winkte Benno zu sich heran. »Bin gerade dabei, meine Leute einzusammeln, du bist doch nicht böse, wenn wir jetzt schon abhauen? Conni hat den Adler Trumpf vor der Tür und kann uns alle nach Hause fahren.«

»Wird das nicht ein bisschen eng?«

»Nee, Aale-Edith ist ja schon weg.«

»Ach ja.« Benno sah sich in seinem Atelier um. Es leerte sich zusehends und wirkte wenig einladend. Nicht zuletzt, weil Aale-Edith fort war. Ihm kam eine Idee. »Was hieltet ihr davon, wenn ich mitkäme? Auf ein Schnäpschen in der *Hölle*, zum Abgewöhnen?«

»Gute Idee.« Willi lachte. »Dann wollen wir mal. Langsame Fahrt voraus.« Er nahm Vicki und Flo in die Arme, wie es seine Art war – kurz, aber herzlich –, und verließ das Atelier, sein Gefolge im Schlepptau.

»Puh«, machte Flo, als Willi fort war. »Der hat aber einen Griff.«

»Das hat er«, bestätigte Vicki. Außer ihr und Flo waren nur noch Götz Vahrenfeld, Piotr und Dörthe anwesend. »Dörthe, räumen Sie mit Piotr nur die Flaschen und Gläser weg, den Rest erledigen Sie morgen.«

»Ist recht, Frau Doktor.«

Wenige Minuten später fragte sie: »Wär dann noch was, Frau Doktor?«

»Nein, nein, gehen Sie nur, und nehmen Sie Piotr mit. Ich komme gleich nach.«

Als die Bediensteten gegangen waren, sagte Vicki: »Und nun zu euch beiden. Ihr schleicht seit Monaten umeinander herum wie die Katze um den Brei, das sieht ein Blinder mit dem Krückstock. Höchste Zeit, dass ihr euch aussprecht. Hier. Und jetzt. Verstanden? Gute Nacht!«

Mit diesen energischen Worten ging sie ebenfalls.

Flo wollte hinterherlaufen, aber Götz griff nach ihrer Hand und ließ sie nicht los. »Noch einmal lasse ich dich nicht davonlaufen«, sagte er. Er wirkte äußerlich ruhig, aber sie kannte ihn gut genug, um zu ahnen, wie aufgewühlt er im Innersten war. Fast tat er ihr schon wieder leid. Aber er hatte mit ihren Gefühlen gespielt, das konnte sie nicht vergessen. Andererseits war es albern, vor ihm davonzulaufen. Sie hatte es schon zwei Mal getan und wollte es kein drittes Mal tun. Sie beschloss, die Initiative zu ergreifen. »Lassen Sie mich los! Setzen wir uns da in die Sessel, dann können Sie mir erzählen, warum sie nicht wissen, was Sie wollen.«

»Einverstanden.« Er gab ihre Hand frei, und sie setzten sich in die Sessel. Es war eine seltsame Atmosphäre. Von den Wagenfeld-Lampen waren alle bis auf eine gelöscht. Das spärliche Licht im Raum wurde nur verstärkt durch das Mondlicht, das durch eines der Atelierfenster fiel.

Flo warf einen Blick zur Seite. Götz starrte geradeaus. Mehrmals hob er an zu sprechen, doch er blieb stumm. Wenn das so weiterging, würde sie aufstehen und gehen. Trotz allem. Dann wäre es endgültig aus. Sie wollte sich erheben und ihn allein lassen – und blieb sitzen.

Endlich brach er sein Schweigen. »L – I – E – B – E«, sagte er leise, »das war das Wort, das ich auf der Sehprobentafel gelesen habe, obwohl es gar nicht dort stand. Du bist für mich kein Techtelmechtel. ›Ich liebe dich‹ habe ich buchstabiert, und ich habe es ernst gemeint. Du hast es sofort verstanden, das habe ich dir angesehen.«

Flo wollte etwas erwidern, doch sie brachte kein Wort hervor. Ein Karussell der Gefühle drehte sich in ihr. Es stimmte also tatsächlich. Er liebte sie. Noch nie hatte ein Mann ihr eine so seltsame Liebeserklärung gemacht. Ihr Herz jubelte. Und dennoch: Es war eine Liebeserklärung mit einem »Aber« dahinter. Das spürte sie. Das hatte sie die ganze Zeit gespürt. Wollte sie sich darauf einlassen, was immer es war, nach allem, was sie erlebt hatte?

»Ja«, sagte sie.

Er wandte sich ihr zu. Wieder nahm er ihre Hand. »Schau mich an«, flüsterte er.

Sie schaute ihn an.

Langsam und mit Bedacht sagte er: »Du bist das Kostbarste, Wunderbarste, Liebenswerteste, was mir je im Leben begegnet ist. Ich möchte dich auf Händen tragen. Ich träume davon, mit dir ein Leben lang zusammenzusein. Ich sehne mich danach, mit dir eins zu werden, tief in dir zu sein, mit dir Kinder zu haben, Freude, Leid, Hoffnung und den Alltag zu teilen, ich möchte dich beschützen, ich möchte mit dir alt werden, ich möchte …«

Flo kamen die Tränen. Es waren Tränen der Freude, der Rührung, des Glücks. Sie sprang auf und küsste ihn auf den Mund. »O mein Gott«, flüsterte sie, »träume ich, oder hast du das alles gerade wirklich gesagt?«

»Ja«, sagte er und zog sie auf seinen Schoß. »Ja, ja, ja!«

Sie schmiegte sich an ihn, umarmte ihn, hielt ihn ganz fest, während sie sich wieder küssten. Es war ein Kuss, wie beide ihn nie zuvor gegeben und nie zuvor erlebt hatten. Er war sacht und zärtlich und doch voller Glut, ein Kuss, der ihr Innerstes auflodern ließ, der sie überraschte und verwirrte durch die Kraft der sie fortreißenden Gefühle. »Oh, meine Flo …«

»Oh, mein Liebster!«

Sie küssten sich wieder und wieder, und mit jeder Berührung ihrer Lippen kamen sie dem Gipfel eines nie gekannten Glücks näher. Ärger, Ängste, Sorgen, Nöte schienen in diesem Augenblick lächerlich klein, unbedeutend, fern wie ein Segel am Horizont. »Flo, oh, meine Flo! Ich danke dir so sehr für diesen unvergesslichen Augenblick.«

Sanft schob er sie von sich. »Bitte, steh auf.«

Sie gehorchte. »Warum?«

Er erhob sich ebenfalls. Seine Stimme war plötzlich sehr förmlich. »Verzeih mir, es musste einfach sein. Ich musste mich dir erklären. Ich wollte es nur ein einziges Mal erleben, dieses unvergleichliche Gefühl, dir nahe zu sein, dich zu küssen, den Duft deiner Haare, deiner Haut einzuatmen, deinen Körper zu spüren. Aber es war das erste und letzte Mal.«

»Wie bitte?«

»Wir dürfen uns nicht lieben.«

Flo glaubte, ihr würde der Boden unter den Füßen weggerissen. Da war es, das gefürchtete »Aber«! Wieder war sie drauf und dran, ihn stehenzulassen, doch abermals blieb sie. Sie wollte endlich die Antwort für sein mysteriöses Verhalten. Wer oder was konnte ihrer großen Liebe entgegenstehen? Nichts und niemand! Sie trat ganz nah an ihn heran und strich ihm über die Wange. »Meinst du nicht, dass du mir eine Erklärung schuldig bist?«

»Doch.« Seine Stimme klang dumpf. »Es führt wohl kein Weg daran vorbei.«

»Dann nenne mir den Grund.«

Er holte tief Luft. »Ich bin nicht der, für den du mich hältst. Mein wirklicher Name ist Aron von Stolten. Ich bin Halbjude und arbeite unter falschem Namen mit falschen Papieren in Deutschland.«

»Was?« Alles hatte Flo erwartet, aber nicht das.

»Du hast richtig gehört.«

»Das ist doch kein Grund, der zwischen uns steht!« Sie stellte sich auf die Zehenspitzen und küsste ihn. »Wie du heißt, ist mir egal, und dass du Halbjude bist, auch. Wir lieben uns, das allein zählt!«

Er seufzte. »Wenn es so einfach wäre. Ich fürchte, ich muss ein bisschen ausholen.«

»Dann setzen wir uns wieder.«

Sie setzten sich, und Götz fuhr fort: »Ich bin im britischen Protektorat Palästina aufgewachsen, in einer Siedlung namens Petach Tikwa. Es war eine schöne, weitgehend unbeschwerte Kindheit, die nur von dem frühen Tod meiner Mutter überschattet wurde. Als junger Mann bin ich in die Schweiz gegangen, um an der Berner Fachhochschule Architektur zu studieren. Nach dem Abschluss zog es mich zurück in die Heimat. Dort habe ich einige Bauprojekte federführend begleitet, bis ich eines Tages von der *Jewish Agency for Israel* angesprochen wurde.«

»Was ist das?«

»Die Vertretung der Juden gegenüber der britischen Mandatsverwaltung. Die *Jewish Agency* hat viele Aufgaben, eine der wichtigsten ist, die Ansiedlung von Immigranten in Palästina zu unterstützen. Allerdings gibt es ein großes Problem: Die von den Briten genehmigten Personenkontingente sind bei Weitem zu klein, besonders in diesen Zeiten, da Zehntausende von Juden nach Palästina in die angestammte Heimat streben. Mein Auftrag besteht darin, möglichst vielen Immigranten aus Deutschland hinauszuhelfen und ihnen Wege zu weisen, wie sie über das Mittelmeer illegal einwandern können.«

»Aber du arbeitest doch bei Lewinsky?«

»Nur zum Schein. Ich habe zwei Identitäten. Es ist von höchster Wichtigkeit, dass du mich weiter Götz nennst.«

Flo brauchte einige Zeit, um das Gehörte zu verarbeiten. Viele Fragen drängten sich ihr auf, doch die wichtigste lautete nach wie vor: »Was hat das alles mit uns zu tun?«

»Warte, du wirst es gleich erfahren: Die Leute von der *Jewish Agency* haben mich für meine Aufgabe auch deshalb ausgewählt, weil ich Deutsch ohne ausländischen Akzent spreche. Meine Mutter Esther war eine Jüdin aus Hamburg, verheiratet mit einem deutschen Offizier namens Moritz von Stolten. Doch Moritz von Stolten ist nicht mein wahrer Vater. Mein wirklicher Vater heißt Carl-Heinrich zur Haiden.«

Flo stutzte. »Sag das noch mal.«

»Mein wirklicher Vater heißt Carl-Heinrich zur Haiden.«

»Das ist doch mein Großvater väterlicherseits!«

»Ja«, bestätigte Götz leise, »Meine Mutter hatte ein Verhältnis mit Carl-Heinrich, der zu jener Zeit Leiter der II. Chirurgischen Abteilung im Krankenhaus Eppendorf war. Ich bin der jüngere Bruder von Benno und Vicki. Genauer gesagt, der uneheliche, jüngere Halbbruder. Du und ich, wir sind viel zu eng miteinander verwandt, als dass wir … Jetzt weißt du, warum wir uns nicht lieben dürfen.«

Flo schwieg lange. Das also war der Grund für Götz' unverständliches Verhalten. Er war ihr Onkel! Sie wusste noch nicht, ob sie darüber lachen oder weinen sollte. Das Ganze war viel zu plötzlich gekommen. Sie versuchte, ihre Gedanken zu ordnen. »Hast du dich absichtlich von der *Jewish Agency* nach Hamburg schicken lassen?«, fragte sie.

»Ja, das habe ich. Ich wollte die Stadt wiedersehen, in der ich geboren wurde und die ersten fünf Jahre meines Lebens verbracht habe. Und ich wollte meine Verwandtschaft kennenlernen. Doch ich wusste nicht, wie willkommen ein Halbjude in diesen Zeiten sein würde. Deshalb nahm ich die Gelegenheit wahr, zunächst bei Lewinsky wohnen zu können. Lewinsky ist ein Verwandter eines Bekannten in Palästina, und die Juden halten zusammen, wie du weißt. Unsere großartigen Handwerker haben es dir bewiesen. Jedenfalls wollte ich vor Ort Erkundigungen über Benno und Vicki einholen, bevor ich mich ihnen näherte. Auf diese Weise erfuhr ich, dass Vicki Witwe ist und Benno und du aus Amerika zu Besuch eingetroffen wart. Dann erschien die Anzeige im *Hamburger Fremdenblatt*, in der ein Architekt für die Renovierung eures Hauses gesucht wurde. Lewinsky wollte, dass ich mich sofort bei euch melde, die Situation sei ideal, aber ich hatte Bedenken. Ich wusste nicht, ob ich genug qualifizierte Handwerksbetriebe auf die Schnelle finden würde.«

»Und dann kam ich in die Werkstatt.«

»Ja, ich hatte dich zuvor ein paar Mal von Weitem gesehen und wusste sofort, wer du warst. Ich stellte fest, dass du von Nahem noch viel hübscher bist, und verliebte mich auf der Stelle in dich. Seitdem kämpfe ich gegen meine Gefühle.«

Flo dachte, dass es ihr in der Werkstatt ganz ähnlich ergangen war. Laut fragte sie: »Ahnen Dad und Vicki, wer du in Wahrheit bist?«

»Nein«, antwortete Götz, »ebensowenig wie ich ahnte, dass es dich gibt. Der Kontakt zwischen meiner Mutter und Vicki riss damals nach wenigen Monaten ab und lebte nie wieder auf. Bitte schweige darüber fürs Erste. Ich möchte Benno und Vicki zu gegebener Zeit selber sagen, wie die Dinge stehen.«

»Wie du willst.« Flo schaute Götz in die Augen. »Tut es dir leid, dass es mich gibt?«

Götz schüttelte den Kopf. »Bei meiner Seele, nein. Ich hätte es nie so weit kommen lassen dürfen zwischen uns. Aber ich konnte nicht anders, Gott steh mir bei. Ich würde mir die rechte Hand abhacken lassen, wenn ich dadurch unsere enge Verwandtschaft ändern könnte, aber es hilft nichts. Wir müssen unsere Liebe vergessen.«

»Vergessen?« Flo spürte, wie sie die Fassung verlor. Sie beschwor sich, nicht zu weinen, doch ihr kamen die Tränen, ob sie wollte oder nicht. Warum nur saßen Glück und Schmerz oft so nah beieinander! Warum nur war ausgerechnet sie es, die immer Pech mit den Männern hatte! »Glaubst du, ich könnte dich so einfach vergessen?«, schluchzte sie.

»Flo, bitte …«

Sie schlug die Hände vor den Kopf. »Und du? Glaubst du, du könntest mich so einfach vergessen? Glaubst du das wirklich?«

Er antwortete nicht.

Sie nahm die Hände vom Gesicht und suchte vergebens seinen Blick.

Er war gegangen.

KAPITEL 12

Ich reiß mir eine Wimper aus und stech dich damit tot.
Dann nehm ich einen Lippenstift und mal dich damit rot.
Und wenn du dann noch böse bist, weiß ich nur einen Rat:
Ich bestelle mir ein Spiegelei und bespritz dich mit Spinat …

So tönte die Stimme des Opernsängers Max Kuttner aus dem großen Trichter des Grammophons, das in der *Hölle* aufgebaut war. In der Kneipe war es rappelvoll, die Gäste amüsierten sich köstlich. Welch verrückter Text! Da schmeckten die Biere und die Kurzen gleich noch mal so gut. Zumal sie auf Kosten des Hauses gingen.

Denn Willi hatte Geburtstag.

Es war der achtzehnte Juni 1935, ein Dienstag, und Willi wurde sechsundachtzig. »Wieder 'n Jahr jünger«, hatte er am Morgen gebrummt und die Glückwünsche der St. Paulianer entgegengenommen. »Da haben die Politiker mal ausnahmsweise was richtig gemacht, dass sie an meinem Geburtstag das deutsch-britische Flottenabkommen in Kraft treten lassen. Wisst ihr, was das bedeutet, Kinder? Deutschland darf wieder dickere Pötte bauen, und bei Blohm & Voss läuft der Laden richtig rund. Und was passiert, wenn der Werftarbeiter Geld in der Tasche hat? Genau, er trägt es in die *Hölle*. Das muss heute Abend gefeiert werden.«

»Du sprichst uns aus der Seele«, hatte Schatzi geantwortet. »Unser Geschenk kriegst du aber erst dann.«

Und nun war es Abend, Willi saß auf seinem Ansitz und betrachtete das bunte Treiben unter sich. Der Laden brummte, der Rubel rollte. Vira zapfte ein Helles nach dem anderen, Aale-Edith hatte ihren Fischverkauf zur Feier des Tages ausfallen lassen und kellnerte mit gekonntem Schwung. Ebenso Schatzi, der darüber hinaus Schellackplatten auflegte. Er hatte schon Ohrwürmer wie: *Ich hab das Fräul'n Helen baden seh'n, das war schön …* gespielt und: *Mein Papagei frisst keine harten Eier …*, außerdem: *Solang nicht die Hose am Kronleucher hängt …*, aber das Lied mit der ausgerissenen Wimper kam am besten an und wurde von den Gästen immer wieder verlangt.

Willi schaute zur Taschenuhr. Es ging auf acht. Zeit, den Laden dichtzumachen. Schließlich wollte er noch ein bisschen privat feiern. Er winkte Schatzi heran und sagte: »Kompliментier mal die Leute raus, wir wollen unter uns sein. Und dann nimm die Nadel von der Platte, ich ertrag diese albernen Gassenhauer nicht mehr. Immer dasselbe Geleier.«

»Geht klar, Willi.«

Als die rund dreißig Gäste gegangen waren, blieben nur noch Willi, Vira, Schatzi, Aale-Edith, Christian Warlich, Benno und Vicki zurück. Willi hatte auch Flo und Götz Vahrenfeld eingeladen, aber beide hatten abgesagt. Auf Willis Frage, wieso, hatte Vicki geantwortet: »Ich weiß es nicht. Götz lässt sich nicht mehr bei uns sehen, weil seine Aufgabe als Architekt erledigt ist, und Flo weint häufig. Sie versucht zwar, es vor mir zu verbergen, aber ich merke es trotzdem. Ich hatte gedacht, die beiden wären füreinander geschaffen, doch ich habe mich wohl geirrt.«

»Na ja«, hatte Willi gemeint, *»kannst nix bi moken, schitst in Bett, schitst ok in Loken.«* Was so viel hieß wie: Kannst nichts dran ändern, machst du ins Bett, machst du auch ins Laken.

Schatzi rief: »Bist du bereit, Willi, gleich kommt dein Geschenk, und dann wird gefeiert, bis das Haigebiss zittert.« Die Freunde lachten. Sie hatten drei Tische zusammengestellt und waren ebenso gespannt auf die Geburtstagsgabe wie Willi, denn obwohl jeder dafür gespendet hatte, wusste niemand außer Schatzi, was es sein würde.

Willi stieg von seinem Ansitz herab und setzte sich zu ihnen. »Ihr spannt mich ganz schön auf die Folter, Kinder. Wo soll denn hier plötzlich 'n Geschenk herkommen?«

»Durch die Tür, Willi.«

»Wollt ihr 'n alten Mann verkackeiern?« Willi schaute zur Tür.

Die öffnete sich, und hereintrat mit einem Lächeln – Felix Jud. »Störe ich?«, fragte er.

»Nee, immer rein in die gute Stube«, sagte Willi, nachdem er sich wie alle anderen, einschließlich Schatzi, von der Überraschung erholt hatte. »Vira, mach Felix mal ein Bier fertig, das hab ich ihm versprochen, wenn er sich hier blicken lässt. Komm an meine grüne Seite, Junge.«

Jud lächelte etwas hilflos, er wusste nicht, was gemeint war.

»Setz dich an Steuerbord, rechts neben mich.«

Jud setzte sich, bekam sein Bier und sagte: »Erinnern Sie sich, Willi? Wir wollten tauschen, wie damals während der Inflationszeit. Da ich gerade in der Nähe war, bringe ich Ihnen hier ein Buch gegen ein Bier.«

»Mensch, das wär doch nicht nötig gewesen! Woher wusstest du, dass ich heute Geburtstag hab?«

Jud schaute verblüfft. »Das wusste ich nicht. Na, dann: Herzlichen Glückwunsch.«

»Danke.« Willi entfernte das Geschenkpapier und staunte. Das Buch war ein prächtiger Bildband mit vielen Schwarz-Weiß-Fotos und dem Titel *Schauerleute an der Wasserkante.*

Willi war gerührt. Er blätterte den Band durch und sagte: »Genauso war's damals zur Kaiserzeit. Da ging es im Hafen noch gemütlich zu. Ich war Viz von 'ner Fünf-Mann-Gang, haben hauptsächlich Nusskohlen geschleppt, bevor ich die *Hölle* aufgemacht hab. Mann, ist das lange her.«

»Vierzig Jahre?«, fragte Jud.

»Länger.« Willi besann sich auf seine Pflichten als Gastgeber. »Wenn du noch ein Bier willst, Felix, sagst du Bescheid. Ach, übrigens, ich nehm an, du würdest gern Musik hören, Beethoven oder Mozart oder so was, aber damit können wir hier nicht dienen. In der *Hölle* gibt's nur Schlager aus dem Trichter.«

»Wenn du dich da mal nicht irrst!«, rief Schatzi, während er grinsend zur Tür ging, weil es geklopft hatte.

Eine seltsamer Mensch trat ein. Es war ein Junge, vielleicht zehn Jahre alt, gekleidet wie ein Erwachsener. Genauer gesagt, wie ein englischer Erwachsener. Er trug ein zu langes Glencheck-Sakko und Knickerbocker, hatte einen Regenschirm in der Hand und eine Schiebermütze auf dem Kopf. Auf dem Rücken saß ein gut gefüllter Rucksack.

»Hier kommt dein Geschenk«, sagte Schatzi geheimnisvoll.

Willi schaute verständnislos, alle anderen auch.

»Swing Heil!«, sagte der Junge und grinste schief.

»Das ist Günter«, stellte Schatzi vor. »Günter ist das jüngste der Hamburger Swing-Kids.«

»Von denen hab ich schon gehört«, sagte Willi, was nicht verwunderte. Denn in einigen Etablissements auf St. Pauli wurde manchmal Swing-Musik gespielt, zum Beispiel im *Trichter*, im *Alkazar*, im *Trocadero* und im *Café Heinze* am Millerntor. Besonders unter den Jugendlichen gab es Cliquen, die auf diesen Musikstil schworen. Sie waren nicht politisch, aber unangepasst, erkennbar durch eigenwilliges Auftreten und ebensolche Kleidung, die *very british* sein musste. Man flocht gern englische Ausdrücke in die Unterhaltung und trug lässige Mäntel und Jacken im Glencheck- oder Herringbone-Style, Knickerbocker und Argyle-Pullunder, gern auch den zusammenrollbaren Balmoral-Hut über schulterlangen Haaren. Zu alledem durfte der Regenschirm nicht fehlen – ein Muss bei jedem Wetter. Die Mädchen wiederum trugen Make-up und Dauerwelle, dazu kurze Röcke oder Hosen und rauchten Zigaretten an langen Spitzen. Kurzum: eine Provokation für jeden überzeugten Nationalsozialisten.

»Ich hab Günter im *Alsterpavillon* kennengelernt«, erklärte Schatzi. »Er ist ein plietscher Bursche. Ich hab ihm gesagt, dass er in der *Hölle* willkommen ist.«

Günter nahm den Rucksack ab. »Ich bin auch manchmal im *Kap Norte*, Große Freiheit, Ecke Schmuckstraße.«

»Bei der schäbigen Konkurrenz also«, knurrte Willi, aber er meinte es nicht böse. »Und was machst du im *Kap Norte?*«

»Wirst es gleich sehen.«

»Hm.« Willi steckte sich eine Overstolz an. »Wissen deine Eltern, dass du hier bist?«

»Klar. Nachher bringt Schatzi mich nach Hause.«

»Aha. Und du bist also mein Geschenk?«

»Nee, ich nicht.« Günter holte drei bunte Hüllen mit Schellackplatten aus seinem Rucksack und reichte sie Schatzi.

Schatzi übergab die Platten an Willi. »Das ist dein Geschenk. Swing-Musik von uns allen, ganz seltene Stücke. Wir haben sie Günter abgekauft. Weil du immer über die deutschen Schlager meckerst.«

»Mir bleibt die Spucke weg. Danke! Danke an euch alle! Hab ich denn wirklich so oft gemeckert?«

»Und wie!«, kam es wie aus einem Munde.

»Ich hab auch gute Nadeln mit«, sagte Günter. »Soll ich loslegen?«

»Ja, lass mal richtig einen brausen, wie im *Kap Norte*«, meinte Schatzi.

»Ist gut. *Let's go.*« Günter legte den *Honky Tonk Train Blues* von Meade Lux Lewis auf, ein rasantes Klavierstück, das schon nach den ersten Takten die Freunde fast von den Sitzen riss.

Kurzerhand schoben sie die restlichen Tische in eine Ecke, und Willi rief: »Es darf getanzt werden!«

Der Erste, der sich traute, war Benno, denn genau wie Warlich kannte er den Swing aus New York. Benno forderte Aale-Edith auf, und diese – o Wunder! – willigte ein. Vicki versuchte es mit Felix Jud, der kein großer Tänzer war, was aber kaum auffiel, da Vicki sich durch ihre MS-Krankheit etwas behindert fühlte. Vira ließ ihren Zapfhahn im Stich und befahl mit ihrer Piepsstimme: »Los, Schatzi, forder mal deine alte Mutter auf!«

Doch Schatzi wollte nicht. Ihm fehlte plötzlich Conni, der Bildhübsche, der im *Alkazar* auftreten musste. Deshalb tröstete Schatzi sich mit einem Gläschen Danziger Goldwasser.

Willi tanzte ebenfalls nicht. »Wenn ich tanz, dann am liebsten im Sitzen, das war schon immer so«, brummte er, als Vicki ihn aufforderte.

»Auch nicht zur Feier des Tages?«

»Nee, lass mal. Nimm Christian, der hat gerade nichts anderes vor.«

Beide verschwanden. Jud tanzte in der Zwischenzeit mit Aale-Edith und Vira mit Benno, und so ging es munter reihum. Jeder tanzte auf seine Art, je nachdem, wie der Takt ihm in die Beine fuhr. Plötzlich gab es ein kratzendes Geräusch, die Musik erstarb.

»Ihr könnt alle nicht tanzen«, stellte Günter fest. »Wer's richtig kann, der hottet.«

»Hottet?«, fragte Felix Jud etwas atemlos.

»Das kommt von *hot music*, das bedeutet: heiße Musik. Ich zeig euch mal, wie's geht.« Günter legte die Nadel wieder auf, spreizte die Beine und ließ den Oberkörper locker vornüber fallen. »Das ist die Grundstellung, und nun einen Arm heben, aber nicht zum Deutschen Gruß, sondern lässig nach oben strecken, und mit Zeige- und Mittelfinger ein V bilden. Ungefähr so.«

Wie eine Marionette begann Günter, sich im Rhythmus der Musik zu bewegen.

»Ziemliches Gezappel«, meinte Willi, »aber lustig, das Ganze, auch wenn man dabei kein fremdes Mädel drücken kann. Ist doch der eigentliche Sinn beim Tanzen, oder?«

»Wozu das V?«, fragte Schatzi.

»V bedeutet *victory*, wie Sieg«, antwortete Günter. »Und jetzt versucht's mal mit dem Hotten. Wenn ihr es schafft, seid ihr richtige Swing-Tänzer.«

Die Freunde probierten es. Und stellten fest, dass Hotten einen Höllenspaß machte, Hotten in der *Hölle!*

Schatzi rief: »Dafür, dass die Nazis diese Musik als jüdisch entartet und dem Urwald entsprungenes Niggergedudel bezeichnen, klingt sie doch ganz flott, oder?«

Gelächter und Zustimmung allerseits.

Danach spielte Günter *Shake Your Feet* von Fletcher Henderson und anschließend mit der dicksten Nadel den *Pine Top's Boogie Woogie:*

Now I want you all to know
This is my own Boogie Woogie, do it like I tell you
Now, when I tell you to hold it, I don't want you to move a thing
And when I tell you to get it, I want you to Boogie Woogie
Hold it
Now, Boogie Woogie …

Und dann ging der Spaß erst richtig los. Willi hieb mit seinem Stock den Takt auf dem Tisch, während alle anderen mit wilden Verrenkungen tanzten – allein, zu zweit und wer mit wem, das war ganz einerlei. *Now I want you all to know this is my own Boogie Woogie …*

Der sonst so seriöse Felix Jud, die spröde Aale-Edith, die leidgeprüfte Vicki, die schweigsame Vira, der lebenslustige Benno, sie alle wurden gleichermaßen mitgerissen vom Sog der Musik. Auch Schatzi war wieder obenauf und Willi sowieso.

Und weil Benno »Zugabe, Zugabe!« brüllte, spielte Günter das Stück gleich noch einmal.

Doch die ersten Töne wurden plötzlich von noch lauteren Geräuschen übertroffen. Jemand donnerte mit Fäusten gegen die Tür. Aale-Edith stand gerade in der Nähe und öffnete sie einen Spalt breit. »Geschlossene Gesellschaft«, sagte sie und wollte die Tür wieder schließen, doch im selben Augenblick brüllte draußen jemand »Aufmachen!«, und Aale-Edith prallte zurück. Die Tür war brutal aufgestoßen worden, vier, fünf braun gekleidete Kerle drangen herein. Der Erste, ein untersetzter Mann mit kantigem Gesicht, blieb in der Mitte des Schankraums stehen. Er war angetrunken wie seine Kameraden, riss schwankend den Arm hoch und rief: »Heil Hitler!«

Die Musik erstarb.

Niemand sagte etwas. Allen saß noch der Schreck in den Gliedern. Willi war der Erste, der die Sprache wiederfand. »Vorsicht«, sagte er.

»Was?«

»Du kommst mit dem Arm gegen das Haigebiss.«

»Schnauze! Sieze mich gefälligst. Willst du den Deutschen Gruß nicht erwidern?«

Stille.

»Wollen Sie ein Bier?«, fragte Vira und schob ein schäumendes Holsten über den Tresen.

»Geht natürlich aufs Haus«, versicherte Schatzi.

»Meinetwegen.« Der mit dem kantigen Gesicht, ein Scharführer der SA, schien halbwegs besänftigt. »Aber für alle!«

Vira zapfte weitere Biere, und die SA-Männer lümmelten sich an den Tresen, während der Scharführer sich die seltsamen Dekorationsstücke an Decke und Wänden ansah. »Exotisches Zeug, das«, knurrte er. »Wahrscheinlich alles aus den ehemaligen deutschen Kolonien. Deutsch-Südwest, Deutsch-Ostafrika, Kamerun, Togo, die Bismarck-Inseln, na ja, der Führer wird schon dafür sorgen, dass Deutschland das alles wiederkriegt, was, Männer? Darauf trinken wir, Prost!«

Sie tranken und verlangten lautstark Nachschub.

Den bekamen sie, weil Vira sich nicht traute, Nein zu sagen. Überhaupt sagte niemand etwas. Die Freunde waren wie gelähmt. Jeder wusste, ein falsches Wort, und die gesamte Einrichtung würde zu Bruch gehen. SA-Männer, zumal angetrunkene, waren gefährlicher als jede Klapperschlange. Sie konnten tun und lassen, was sie wollten, die Schutzpolizei schritt kaum jemals ein.

»Musik, oder ich knabber die Geige an!« Der Scharführer knallte seinen Bierkrug auf den Tresen. »Wird's bald?«

Weil der *Pine Top's Boogie Woogie* noch auf dem Plattenteller lag, spielte Günter ihn nochmals ab, doch schon nach den ersten Takten brüllte der Scharführer: »Bin ich hier im Kral? Ausmachen, sofort ausmachen, die Pinkelmusik!«

Günter nahm die Nadel von der Platte.

»Spiel mal einen guten deutschen Schlager, Junge.«

Günter kramte in der Plattensammlung und legte *Wochenend und Sonnenschein* auf.

»Schon besser, das!«

Der Plattenteller drehte sich mit achtundsiebzig Umdrehungen in der Minute, die Comedian Harmonists sangen:

Wochenend und Sonnenschein
und dann mit dir im Wald allein,
weiter brauch ich nichts zum Glücklichsein,
Wochenend und Sonnenschein …

Nachdem sämtliche Strophen gesungen waren, befahl der Scharführer, der mittlerweile wie seine Meute beim dritten oder vierten Bier und ebenso vielen Schnäpsen angelangt war: »Und nun nochmal, das Ganze. Zum Mitsingen für alle!«

Wochenend und Sonnenschein
und dann mit dir im Wald allein …

»Aus! Aus! Ich hab gesagt: ›Zum Mitsingen für alle!‹ Wieso singt ihr dämlichen Zivilisten nicht?«

Diesmal sangen Willi und die Seinen mit. Widerwillig und sehr leise. Und sehr zum Verdruss des Scharführers. »Lied aus! Neue Platte!«

Günter kramte zwischen den bunten Hüllen, zog das Grammophon neu auf und spielte scheinbar aus Versehen abermals den *Pine Top's Boogie Woogie.*

»Willst du mich verscheißern, du verdammter Bengel? Wieso bist du überhaupt noch auf? Zu wem gehörst du?«

Willi antwortete: »Das ist mein Enkel.«

»Dem müssen mal die Hammelbeine lang gezogen werden. Ist er wenigsten in der Hitler-Jugend?«

»Selbstverständlich«, sagte Willi.

»Sauladen, das.« Der Scharführer sah sich um. Sein Blick war ähnlich glasig wie der seiner Kumpane. »Ich glaub, wir müssen hier mal aufräumen.«

»Ich reiß mir eine Wimper aus und stech dich damit tot«, sagte Willi.

»Was hast du gerade gesagt?« Der Scharführer ging mit geballten Fäusten auf Willi los.

Willi sah ihn ruhig an. »So heißt ein Schlager. Der wird dir gefallen. Leg ihn mal auf, Günter.«

Ich reiß mir eine Wimper aus … erklang es krächzend aus dem großen Trichter. Die SA-Männer lauschten. Dann lachten sie. »Höhö, urkomisch, das!«

Die Gefahr war bereinigt.

»Und jetzt zeigt die SA mal, wie man richtig singt. Los, Jungs, aber blamiert mir nicht die Innung.« Die Aussprache des Scharführers war bereits verwaschen. »Im Gedenken an unseren toten Kameraden Horst Wessel:

Die Fahne hoch! Die Reihen fest geschlossen,
SA marschiert mit ruhig festem Schritt …«

Es war ein Gesang, der auf jedem Kasernenhof ein Strafexerzieren nach sich gezogen hätte, aber der Scharführer schien zufrieden. »Und jetzt, Kameraden, gehen wir zum verschärften Saufen über. Dass mir keiner schlappmacht!«

Und keiner machte schlapp. Jedenfalls zunächst nicht. Ohne sich um die schweigenden St. Paulianer zu kümmern, wurden die Braunhemden immer lustiger. Sie torkelten durch die Schankstube und begrapschten sämtliche Gegenstände. Einer riss das Didgeridoo von der Wand und blies mit der Hartnäckigkeit des Betrunkenen immer wieder hinein, ohne jedoch zu bemerken, dass er ins falsche Ende pustete. Schließlich warf er das Instrument wütend in eine Ecke. Ein anderer hatte die Jagdbumerangs von der Wand genommen und probierte, ob sie im Flug wiederkamen. Ein Dritter hatte die Schildkrötenpanzer an der Decke entdeckt und trommelte mit den Fäusten darauf herum, während Günter fortwährend *Ich reiß mir eine Wimper aus und stech dich damit tot* spielen musste. Der Bumerangwerfer hatte sich mittlerweile in eine Frucht der Seychellenpalme verliebt, umfasste sie mit beiden Händen und leckte sie inbrünstig ab. »Weiberärsche«, lallte er, »wie überm Eingang. Sind deshalb überhaupt reingekommen …«

Der Schmächtigste unter ihnen wollte zusammen mit dem Scharführer die Zähne des Haigebisses untersuchen, stellte sich auf die Zehenspitzen und verlor dabei das Gleichgewicht. Er fiel mit dem Oberkörper auf den Tisch, an dem Vicki saß, und erbrach sich.

Der Scharführer lief rot an vor Wut. »Hier wird nicht gekotzt, du Waschlappen, hier wird weitergesoffen wie befohlen!« Er wollte dem Schmächtigen den Kopf hochreißen, aber Vicki mischte sich ein. »Lassen Sie das«, sagte sie kalt. »Der Mann kriegt keine Luft mehr. Er droht an seinem Erbrochenen zu ersticken.«

»Verdammt, der Waschlappen soll …«

»Wenn wir weiter diskutieren, ist es zu spät. Ich muss es wissen, ich bin Ärztin.«

In dem kantigen Gesicht des Scharführers arbeitete es. »Worauf wartest du? Mach schon!«

Doch Vicki hatte den Erstickenden bereits von Benno und Jud auf die Füße stellen lassen und begann mit den Erste-Hilfe-Maßnahmen.

Der Scharführer scherte sich nicht darum. Ihm hatte es die Laune verhagelt. »Achtung! Wir verkrümeln uns, Männer, hier riecht es nach Kotze.«

Einer fragte: »Und was ist mit dem Kameraden …?«

»Der Weichling soll sehen, wie er klarkommt. Abmarsch!«

Der Scharführer steuerte schwankend den Ausgang an, gefolgt von seinen torkelnden Männern. Als er die Tür öffnete, hielt ihn ein Ruf auf.

Felix Jud fragte mit der ihm eigenen Höflichkeit: »Bevor Sie uns verlassen, würden Sie uns sagen, mit wem wir das Vergnügen hatten?«

Dem Scharführer lag eine schroffe Antwort auf der Zunge, aber dann besann er sich eines Besseren: »Reißenweber«, sagte er mit einem tückischen Lächeln, »wie auseinanderreißen und wieder zusammenweben. Ganz leicht zu merken.«

»Gewiss.«

»Heil Hitler! War schön bei euch. Wir kommen wieder!«

KAPITEL 13

Vicki stellte sich hinter den schmächtigen Jüngling, schob ein Knie zwischen seine Beine und umfasste mit beiden Armen seinen Oberkörper. Die geballte rechte Faust legte sie unterhalb des Brustbeins auf den Bauch, mit der linken Hand drückte sie die Faust ruckartig nach oben, ein Mal, zwei Mal, drei Mal… insgesamt fünf Male, ohne dass der Schmächtige zu Atem gekommen wäre. Die Situation wurde immer brenzliger. Vicki spürte, wie ihr Knie feucht wurde. Der Erstickende hatte einen Harnabgang. Er war mittlerweile blau im Gesicht und zuckte nur noch.

Vicki probierte es mit kräftigen Schlägen zwischen die Schulterblätter. Als auch diese umsonst waren, bat sie Benno: »Lös mich ab, du hast mehr Kraft!«

Benno sprang ein. Danach Christian Warlich. Und danach Felix Jud, der die Schläge zwischen die Schulterblätter übernahm, während die anderen Männer den Schmächtigen auf den Beinen hielten.

Endlich – den Freunden waren die wenigen Minuten wie eine Ewigkeit vorgekommen – ging ein Ruck durch den Erstickenden, und ein Schwall Halbverdautes ergoss sich aus seinem Mund. Er riss den Kopf nach hinten. Er atmete!

»Gott sei Lob und Dank«, seufzte Vicki. »Setzt ihn da auf den Stuhl, achtet darauf, dass er sich gerade hält.«

Sie ging hinter den Tresen und holte ein Glas Wasser. Als sie es dem Geretteten an die Lippen setzen wollte, riss sie vor Erstaunen die Augen auf, denn sie hatte ihn unter seiner Schaftmütze bisher nicht erkannt. Es war Torben Timm, der ihr im

Namen des Ortsgruppenleiters Krause befohlen hatte, die Renovierungsarbeiten am Haus in der Großen Elbstraße umgehend einzustellen. »Trink, Torben«, sagte sie.

Torben nahm vorsichtig einen Schluck. »Danke«, krächzte er. Seine Lebensgeister schienen langsam zurückzukehren.

»Dein Magen ist so viel Alkohol nicht gewöhnt.«

»Ja…«

»Leere das Glas mit kleinen Schlucken. Lass dir Zeit dabei und atme ruhig.« Als Torben ausgetrunken hatte, holte Vicki ein weiteres Glas.

Willi kam herangehumpelt und fragte: »Brauchst du die Jungs noch zur Unterstützung? Wenn nicht, könnten sie beim Aufräumen helfen.«

»Sie sollen ruhig mit anpacken.«

Während um sie herum emsige Geschäftigkeit einsetzte, fragte Vicki vorsichtig: »Wie ist es dir ergangen, nachdem du die Aufforderung zur Einstellung der Arbeiten an meinem Haus überbracht hattest?«

»Gut.«

»Darf ich dich etwas fragen?«

»Hm.«

»Hat jemand die Baustelle seitdem beobachtet?«

»Ja.«

Vicki erschrak innerlich. »Wer?«

»Ich.«

»Dann hast du sicher auch gemeldet, dass…?«

»Ich hab nur von umfangreichen Aufräumarbeiten berichtet.«

»Mehr nicht?«

Über Torbens bleiches Gesicht huschte ein Lächeln. »Mehr war ja auch nicht, oder?«

Vicki saß im Kleinen Salon ihres neu renovierten Hauses und goss Götz Vahrenfeld eine Tasse Tee ein. Sie hatte ihn angerufen, weil noch einige Nachbesserungen vorzunehmen waren, und er war bereitwillig gekommen. »Es sind nur Kleinigkeiten«, sagte sie, »aber Sie wissen ja, wie das ist: Ein quietschendes Fenster oder eine knarrende Diele können mit der Zeit auf die Nerven gehen.«

»Natürlich«, sagte Götz und holte seinen Notizblock hervor. »Worum handelt es sich im Einzelnen?«

Vicki schilderte die kleinen Mängel. Nachdem Götz alle aufgeschrieben und baldige Behebung versprochen hatte, sagte sie: »Wissen Sie, Götz, was mir an Ihnen aufgefallen ist?«

»Nein, ich habe keine Ahnung.« Er setzte die Teetasse ab und kam versehentlich gegen die Zuckerdose, die beinahe heruntergefallen wäre. »Oh«, rief er erleichtert, »das war Massel!«

»Genau das meine ich.« Vicki lächelte.

»Bitte?«

»Sie benutzen manchmal jiddische Ausdrücke, wahrscheinlich, ohne es zu bemerken. ›Meschugge‹, ›Reibach‹, ›Zoff‹ und eben auch ›Massel‹.«

»Oh, das ist kein Wunder, ich bin Halbjude.«

»So etwas habe ich mir schon gedacht. Doch da ist noch etwas anderes, Götz. Ihre Art zu reden und manche Ihrer Bewegungen erinnern mich sehr an eine junge Jüdin, die ich einst kannte. Sie war ein wunderbarer Mensch, Esther hieß sie. Seinerzeit wohnte sie in der Hansastraße mit Aron, ihrem kleinen Sohn, den alle Ari nannten. Aris Vater war auch mein Vater, Professor Carl-Heinrich zur Haiden. Von seiner Vaterschaft durfte niemand erfahren. Es hätte sonst einen Riesenskandal gegeben. Man stelle sich vor: Der Professor einer renommierten Hamburger Klinik zeugt mit über fünfzig noch ein uneheliches Kind! Später wanderte Esther mit Ari nach Palästina aus, von wo sie mir noch ein Mal schrieb. Danach brach der Kontakt leider für immer ab.«

Götz rührte schweigend mit dem Löffel in seiner Tasse.

Vicki blickte ihn fragend an.

»Ja«, sagte er leise. »Ja, ich bin Ari, dein und Bennos jüngerer Bruder.«

»Mein Gott, wirklich?« Vicki kamen die Tränen, Tränen der Rührung und des Glücks. »Ich habe es die ganze Zeit geahnt.« Spontan umarmte sie Götz. »Von jetzt an sagst du Vicki zu mir. Du gehörst zur Familie.«

Götz nickte, sagte aber nichts. Er konnte es nicht. Die Gefühle hatten ihn übermannt.

Sie sah ihm ins Gesicht. »Du hast dieselben braunen Augen wie Esther, das steht fest. Ich muss blind gewesen sein, dass mir das nicht gleich aufgefallen ist. Oh, ich freue mich so!«

»Du hast es die ganz Zeit geahnt«, murmelte er, »und ich habe es dir und Benno die ganze Zeit sagen wollen, aber ich habe es bisher nur Flo, ich meine, Frau Doktor Haiden, gesagt. Sie und ich, wir … Ich meine, wir … Ach, es ist alles so kompliziert.«

»Ich denke, ich weiß, was du meinst. Denn wenigstens das ist mir nicht verborgen geblieben.« Vicki griff zu einem Glöckchen und klingelte.

Dörthe erschien. »Frau Doktor wünschen?«

»Ist meine Nichte schon aus dem Krankenhaus zurück?«

»Ja, seit zehn Minuten.«

»Und wo ist sie?«

»In ihrem Zimmer.«

»Holen Sie sie. Aber sagen Sie nicht, dass Herr Vahrenfeld hier ist.«

Dörthe verschwand.

Vicki stand auf, ging zu dem alten Lyra-Glasschrank und nahm eine Flasche Portwein mit drei Gläsern heraus. »Ich weiß, dass ihr euch liebt«, sagte sie. »Bisher dachte ich, es ginge mich nichts an, aber jetzt, da ich weiß, wer du wirklich bist, habe ich eine Menge Fragen – und kann vielleicht meinen Teil zur Lösung beitragen. Am besten bei einem Glas Tawny Port von Sandeman.«

Während Vicki Flasche und Gläser auf den Tisch stellte,

erschien Flo. Als sie Götz sah, murmelte sie etwas von Bügelwäsche und wollte wieder gehen, aber Vicki hielt sie auf. »Bitte, bleib. Götz hat mir gerade erzählt, wer er in Wirklichkeit ist. Ich möchte mit ihm und dir darauf trinken, dass unsere Familie ein bisschen größer geworden ist.«

Flo setzte sich widerstrebend. »Ich freue mich auch, dass die Familie größer geworden ist.«

»Mit dem Unterschied, dass du es früher wusstest.«

Flo starrte auf das Teeservice mit dem Hauswappen der zur Haidens: dem springenden Karpfen auf grünem Grund. »Ich hatte meine Gründe, nicht darüber zu sprechen.«

Vicki schenkte von dem Port ein. »Ich sagte schon ein Mal zu dir, ein Blinder könne mit dem Krückstock sehen, dass ihr beide euch liebt. Bis heute bin ich nicht näher darauf eingegangen, sondern habe mich immer nur gefragt, warum ihr euch aus dem Wege geht. Doch jetzt kenne ich den Grund. Ihr glaubt, zu nahe verwandt zu sein, als dass ihr euch lieben dürftet. Aber zunächst möchte ich Götz in unserer Familie willkommen heißen. Oder soll ich lieber Ari sagen?«

»Nein, nein. Ich bin nach wie vor Götz.«

»Schön, dann ein Prost auf dich. Und auf die Familie zur Haiden, die schon so viele Stürme überstanden hat, seit sie in der Lüneburger Heide ihren Broterwerb aus Fischteichen zog.«

»Prost.« Alle drei tranken. Götz und Flo sahen sich scheu an. »Wo ist Dad eigentlich?«, fragte Flo.

»Ich nehme an, auf St. Pauli, entweder in der *Hölle* oder in Christian Warlichs Schankwirtschaft. Was sich neulich in der *Hölle* mit diesem SA-Mann Reißenweber zugetragen hat, habe ich dir ja erzählt.«

»Das hast du.«

»Ich werde bei Gelegenheit auch Götz von dem unliebsamen Abend berichten, der mit Torben Timms Erstickungsanfall ein so plötzliches Ende nahm. Aber zunächst noch einmal zurück zur Familie. Ich sagte eben, ihr beide seid zu nah verwandt, als dass ihr euch lieben dürftet, und ich füge hinzu: Das stimmt.« Vicki hielt einen Augenblick inne. »Aber vielleicht auch nicht.«

»Was meinst du damit?«, fragte Flo.

»Wartet hier. Schaut euch in die Augen und küsst euch endlich mal.«

Vicki verschwand und kehrte nach wenigen Minuten mit einem Armvoll Papieren zurück. Beim Eintreten sah sie, wie Götz und Flo auseinanderfuhren, lächelte insgeheim und tat so, als hätte sie nichts gesehen. Sie setzte sich und nahm zwei eng beschriebene Seiten zur Hand. »Das ist der Brief, den Esther mir aus Palästina schrieb. Er kam am einundzwanzigsten Dezember 1898 hier an, und Esther schildert darin, wie sie mit dir, Götz, und ihrem Vater, Doktor Harel Salomon, in dem kleinen Ort Petach Tikwa eine neue Heimat fand. Sie erzählt, wie beschwerlich die Verhältnisse am Anfang waren und wie glücklich sie sich trotz alledem fühlte. Seht her, am Ende findet sich eine kindliche Kritzelei, die drei Strichmännchen, zwei große und ein kleines, unter einer strahlenden Sonne zeigt. Die Zeichnung ist von dir, Götz.«

Götz betrachtete das ungelenke Werk. »Ich kann mich nicht erinnern, das gemalt zu haben, aber wenn ich es sehe, kommt Wehmut in mir auf. Die Zeit damals war so unbeschwert.«

»Ja, es ist lange her, aber durch das Geschriebene bleibt das Vergangene in Erinnerung«, sagte Vicki. »Übrigens: Das geht mir mit diesen Briefen genauso.« Sie hielt ein Bündel Umschläge hoch. »Es sind Hannes' Briefe, Grüße meiner großen Liebe. Hannes war Gehilfsarzt und 1892 Knall auf Fall in Eppendorf entlassen worden, weil er die Eigenmächtigkeit besessen hatte, einer armen Patientin nach der Genesung etwas Essen mitzugeben. Noch während der Cholera-Epidemie verschwand er spurlos, denn er fand keine neue Anstellung. Doch das wusste ich nicht, ich hielt ihn für tot, weil seine Briefe von meiner Mutter unterschlagen worden waren. Sie war der Meinung, Hannes sei nicht gut genug für mich. Erst sieben Jahre später, als er aus Deutsch-Südwest zurückkehrte, wo er als Arzt bei der Kolonialtruppe gedient hatte, kam die Sache heraus. Ich fand seine Briefe im untersten Fach der Frisierkommode meiner Mutter. Louise hatte sie dort versteckt.«

»Das alles hast du mir noch nicht erzählt«, sagte Flo.

»Ich wollte den richtigen Zeitpunkt abpassen, und heute ist der beste Anlass dazu. Götz, schenkst du uns bitte von dem Port nach?«

Götz füllte die Gläser erneut.

Nachdem sie getrunken hatten, sagte Flo nachdenklich zu Vicki: »Du glaubtest also, Hannes sei verschollen. Dachtest du nicht dasselbe von Esther und dem kleinen Ari?«

»Doch«, antwortete Vicki, »viele Male. Und jedes Mal tat es weh, denn ich wusste ja, dass Ari mein Halbbruder ist.«

Götz sagte: »Ich wusste auch, dass ich im fernen Deutschland eine Halbschwester und einen Halbbruder habe, Mutter erzählte einige Male davon, als ich noch ganz klein war. Doch dann starb sie auf tragische Weise. Es war südlich von Petach Tikwa, wo sie einen Kindergarten nach Fröbel'schen Ideen aufbauen wollte. Das Land war noch nicht ganz von den Sümpfen befreit, sie erkrankte an Malaria und starb, weil es kein Chinin gab. Da war ich acht Jahre alt. Und Großvater Harel, der mich danach allein aufzog, kam bei einem Überfall auf das kleine Krankenhaus ums Leben, als ich neunzehn war. Er hatte nie das Bedürfnis, Kontakte nach Deutschland aufrechtzuerhalten, weil er im Eppendorfer Krankenhaus unter Professor zur Haiden immer wieder Anfeindungen wegen seines Judentums ausgesetzt war. Der Professor selbst hatte ihn das nie spüren lassen; die spitzen Bemerkungen fielen stets hinter seinem Rücken, doch Großvater Harel wollte zeit seines Lebens nichts mehr von Deutschland wissen. Nach seinem Tod habe ich mich allein durchgeschlagen. Ich studierte in der Schweiz und wurde Architekt, doch euch, meine Hamburger Verwandten, habe ich nie ganz vergessen.«

Nach einer Weile des Schweigens fragte Vicki: »Und weshalb möchtest du, dass ich dich mit Götz anrede, obwohl du eigentlich Aron heißt?«

»Weil ich zwei Identitäten habe. Die Sache ist sehr geheim. Ich habe sie Flo erzählt, und ich will sie dir natürlich nicht vorenthalten. Am besten vergisst du alles wieder, wenn ich fertig bin.«

Götz nahm einen letzten Schluck aus seinem Portweinglas und berichtete ausführlich von dem Doppelleben, das er seit dem Beginn seiner Arbeit für die *Jewish Agency* führte. Er endete nochmals mit der Bitte, mit niemandem darüber zu reden. Nicht einmal Meister Lewinsky, ein guter Freund und entfernter Verwandter, wisse um seine Agententätigkeit.

Vicki versicherte: »Du kannst dich darauf verlassen, dass kein Sterbenswörtchen aus diesen Mauern dringen wird.«

»Ganz gewiss nicht«, bekräftigte Flo, »aber ich habe trotzdem noch eine Frage an dich, Vicki: Was haben die von deiner Mutter unterschlagenen Briefe mit Götz und mir zu tun?«

Vicki lächelte. »Weil ich in Louises alter Frisierkommode nicht nur Hannes' Briefe fand, sondern außerdem etwas, das für mich genauso überraschend war.« Sie hielt ein Papier hoch. »Dies ist die beglaubigte Abschrift einer Seite aus dem Geburtenregister des Standesamtes Altona. Die Seite datiert vom achten August 1876 und hat zum Inhalt, dass die Eheleute zur Haiden, Carl-Heinrich und Louise, geborene de Citesse, einen Jungen namens Bernhard Machus an Kindes statt annehmen. Das bedeutet: Benno ist nicht mein leiblicher Bruder. Er war auf den Tag drei Jahre alt, als er adoptiert wurde. Die Eltern haben es Benno und mir nie gesagt, und ich konnte sie nicht mehr fragen, warum. Als ich die Abschrift fand, war Vater bereits tot und Mutter Louise geistig verwirrt. Natürlich habe ich es Benno gleich erzählt, aber du kennst ihn ja: Für ihn war die Information nur wichtig, weil er zu jenem Zeitpunkt schon entschlossen war, mit Anni und dir, der kleinen Flo, nach Amerika auszuwandern, und er seine Geburtsurkunde nicht finden konnte.«

Während Vicki sprach, waren Flos Augen immer größer geworden. »Habe ich das alles richtig verstanden? Das würde ja heißen, dass …?«

»Genau.« Vicki ergriff Flos und Götz' Hand und legte sie ineinander. »Ihr seid dem Papier nach verwandt, dem Blute nach aber nicht. Und jetzt entschuldigt mich bitte, ich muss in meinem Zimmer noch einiges erledigen.« Vicki nahm die Unterlagen wieder an sich und verließ den Kleinen Salon – verfolgt von den Blicken zweier Liebenden, die ihr Glück noch gar nicht fassen konnten.

KAPITEL 14

Die *Hölle* befand sich in einem schmalen Haus, das vom Keller bis zum Dachgeschoss aus alten Ziegeln und morschem Gebälk bestand. Über dem Schankraum, im ersten Stock, gab es zwei Wohnungen. In der einen lebten Vira und Aale-Edith, in der anderen Schatzi und Willi. Letzterer blieb an diesem Augustmorgen im Bett.

»Geht's dir nicht gut?«, fragte Schatzi.

»Beschissen«, krächzte Willi und hustete. »Ich glaube, ich hab Fieber.«

»Das wird schon wieder.« Schatzi nahm seine Bettdecke und breitete sie über Willis aus. »Doppelt hält wärmer. Du musst ordentlich schwitzen. Am besten stehst du heute nicht auf.«

»Wenn du meinst.«

Schatzi ging hinüber in die andere Wohnung und holte Vira und Aale-Edith. Die beiden Frauen betrachteten den alten Mann und kamen ebenfalls zu der Überzeugung, dass Schwitzen in diesem Fall das Beste sei. »Aber die Qualmerei solltest du lassen«, sagte Vira, als Willi zu einer Overstolz greifen wollte. »Da wird der Husten nicht besser von.«

»Ein steifer Grog wird's richten«, meinte Aale-Edith. »Ich mach dir einen.«

Wenig später kam sie mit einem Tablett in der Hand die Treppe aus der *Hölle* herauf. Auf dem Tablett stand ein Glas heißes Wasser mit Zucker und einem kräftigem Schuss Rum, daneben ein Nachttopf.

Schatzi grinste. »Gut, dass du für den Grog nicht die Gefäße verwechselt hast.«

»Lach du nur. Willi muss viel trinken. Und irgendwo muss die Flüssigkeit ja bleiben. Oder willst du, dass er jedes Mal zum Klo auf der halben Treppe rennen muss?«

»Nee, nee.«

Willi richtete sich mit Viras Hilfe im Bett auf und trank vorsichtig einen Schluck Grog. Dann sank er zurück in die Kissen und guckte seine drei Mitbewohner aus trüben Augen an. »Ihr macht ja Gesichter, als hättet ihr 'n Kaktus im Hintern. So schlimm ist es nun auch wieder nicht. Mir geht's bestimmt bald besser.«

Doch da irrte Willi.

Es ging ihm weder am Nachmittag noch am nächsten Morgen besser. Im Gegenteil, der Husten wurde quälender, das Fieber höher. Am Abend sagte er, mühsam krächzend: »Ich weiß, ihr wollt mich ins Krankenhaus stecken, aber das kommt nicht in die Tüte. Ich will einen Arzt.«

»Ich könnte Doktor Kreienbohm aus der Hein-Hoyer-Straße holen«, schlug Aale-Edith vor. »Der kauft bei mir manchmal ein Stück Fisch.«

»Nee, nicht Kreienbohm«, keuchte Willi.

»Wen willst du dann?«, fragte Vira.

»Flo soll kommen.«

»Flo ist Augenärztin«, wandte Aale-Edith ein.

»Arzt ist Arzt. Flo soll kommen.«

Am selben Abend erschien Flo.

»Du siehst gut aus«, stellte Vira fest, »deine Augen leuchten so.«

»Mir geht's auch gut«, antwortete Flo. Dann untersuchte sie Willi. Sie schaute ihm in den Mund und horchte mit dem Stethoskop seine Brust ab. »Das hört sich nach einer Bronchitis an«, sagte sie. »Das heißt, strenge Bettruhe und Hände weg von den Zigaretten.« Ihr Blick fiel auf die Overstolz-Packung in der halb geöffneten Nachttischschublade. »Du hast doch nicht etwa geraucht?«

»Hab's ein paar Mal versucht«, gestand Willi.

»Damit ist jetzt Schluss. Am besten nimmst du diese Krankheit zum Anlass, ganz aufzuhören.«

»Wär vielleicht 'ne Idee.«

Vira, die mit Aale-Edith und Schatzi neben dem Bett stand, fragte: »Was sollen wir tun?«

»Ihr könnt euch darin abwechseln, Willi Wadenwickel zu machen. Wadenwickel gegen Fieber sind immer noch das Beste, trotz aller modernen Medizin. Handtücher in lauwarmes Wasser tauchen, auswringen und eins um jede Wade wickeln. Darüber ein trockenes Handtuch. Die Wickel müssen jede halbe Stunde erneuert werden.«

»Ist gut, Flo. Sonst noch was?«

»Ja, Willi muss viel trinken. Aber keinen Alkohol. Der schwächt nur den Körper. Gebt ihm heiße Milch mit Honig.«

»Bin ich hier im Kindergarten?«, knurrte Willi.

Flo ging nicht darauf ein. »Honig hat eine antiseptische Wirkung. Heißer Ingwer- oder Kamillentee sind auch zu empfehlen. Ebenso eine gute Hühnersuppe oder eine kräftige Brühe, damit Willi was in den Magen kriegt. Und dann gebt ihm drei Mal am Tag eine Aspirin-Tablette mit viel Wasser, morgens, mittags und am späten Nachmittag, weil gegen Abend das Fieber wieder ansteigt.«

»Danke, Flo, wir werden uns dran halten«, piepste Vira.

»Schön.« Flo ergriff Willis Hand. »Übermorgen sehe ich wieder nach dir. Bis dahin gute Besserung.«

»Ich geb mir Mühe. Bist 'ne feine Deern. Wer dich mal kriegt, hat Schwein gehabt.«

»Ach, Unsinn.« Flo errötete leicht und hoffte, dass es niemand bemerkte. »Wenn alles gutgeht, bist du in zwei oder drei Wochen wieder auf dem Damm.«

Flo sollte recht behalten. Als der August sich dem Ende neigte, saß Willi zum ersten Mal wieder auf seinem Ansitz hinter dem Tresen und blickte hinab auf die voll besetzten Tische der *Hölle*.

Da lachte das Herz! Wie immer, wenn er zufrieden war, griff er in die Tasche, um nach der Packung Overstolz zu angeln, doch mitten in der Bewegung hielt er inne. Dass es so schwer sein würde, sich das Rauchen abzugewöhnen, hatte er nicht geglaubt. Dann eben einen Köm!, dachte er und schnippte mit den Fingern. »Reich mir mal 'n lütten Helbing hoch, Vira, hier ist die Luft so trocken.«

»Hier auch!«, brüllte jemand an der Tür.

Willi blickte hinüber und erschrak. Reißenweber, der Scharführer, stand da mit seiner braunen Meute.

»Tut uns leid, wir haben keinen Platz mehr«, piepste Vira hinter dem Zapfhahn.

»Keinen Platz? Das haben wir gleich.« Reißenweber ging zu den ersten beiden Tischen und baute sich in Feldherrnpose davor auf.

»So, das war's, Leute. Ihr geht jetzt nach Hause, aber ein bisschen dalli.«

Zwei kräftige Matrosen unter den Gästen ließen sich nicht so leicht einschüchtern. »Ich hab noch nicht ausgetrunken«, sagte der eine.

»Und ich hab noch nicht bezahlt«, sagte der andere.

»Das geht auf Kosten des Hauses.« Reißenweber lachte höhnisch und blickte zu Willi hoch. »Hab ich recht, Wirt?«

Willi schwieg. Am liebsten hätte er dem Großmaul das Schnapsglas an den Kopf geworfen, aber er zog es vor, den Köm hinunterzukippen.

»Wenn der Wirt zahlt, bleibe ich noch ein bisschen«, sagte der erste Matrose.

»Ich vielleicht sogar ein bisschen länger«, sagte der zweite und blickte auffordernd in die Runde der Gäste, um ein paar Mitstreiter zu gewinnen.

»Ihr schwirrt ab. Sofort!«, brüllte Reißenweber.

Der erste Matrose hob die Hand vom Tisch und drohte mit dem Zeigefinger. »Nee, mein Freund, ich sitz hier gut.« Doch kaum hatte er die Hand zurückgenommen, schrie er auf. Reißenweber hatte seinen SA-Dolch hineingerammt. Reflexartig wollte der Matrose sie zurückziehen, aber sie war wie festgenagelt.

»Mach keine Fisimatenten, du kleiner Schiffer. Du entschuldigst dich jetzt bei mir, dann reiße ich den Dolch raus, und dann machst du mit deinem Kumpel und den anderen die Fliege. Wird's bald?«

»Entschuldigung«, stöhnte der Matrose leise.

»Ich hör nichts.«

»Entschuldigung!«

»Na bitte.« Reißenweber steckte den Dolch wieder in die Scheide und beobachtete voller Genugtuung, wie der Matrose mit schmerzverzerrtem Gesicht die *Hölle* verließ. Nachdem auch sein Kamerad und die anderen Gäste hinausgeschlichen waren, rief er: »Wo habt ihr denn den kleinen Scheißer gelassen, der letztes Mal die Platten aufgelegt hat?«

»Der ist heute nicht da«, knurrte Willi.

Reißenweber zeigte mit dem Finger auf Schatzi. »Dann legst du die Platten auf. Spiel mal das Dingsda mit den Wimpern!«

Schatzi legte *Ich reiß mir eine Wimper aus* auf den Plattenteller. Als die Tenorstimme Max Kuttners knisternd den albernen Text zu singen begann, taute Reißenweber sichtlich auf. Er hatte mit den »Kameraden« an den ersten beiden Tischen Platz genommen, rief nach Bier und Schnaps und einem Lappen, damit die Blutspuren entfernt würden. »Sauerei, das!«, rief er fröhlich. »Nächstes Mal schick ich euch das Reichsgesundheitsamt auf den Hals, dann könnt ihr euren Laden dichtmachen.«

Ob es so etwas wie ein Reichsgesundheitsamt gab, wusste Reißenweber nicht, aber es machte Spaß, damit zu drohen.

Überhaupt machte es Spaß, wieder in der *Hölle* zu sein. »Lokalrunde!«, rief er, doch außer ihm und seinen braunen Kumpanen waren nur noch Willi, Vira, Aale-Edith und Schatzi anwesend. »Für jeden noch ein Bier und den Kurzen doppelt, wenn ich bitten darf. Und du, Wirt komm endlich da runter, hockst da ja wie ’n Affe auf dem Schleifstein.«

»Höhö!« Die braune Meute lachte pflichtschuldigst.

Vira und Aale-Edith schleppten auf großen Tabletts die Getränke heran, während Willi steifbeinig von seinem Ansitz kletterte und den Zahn der Zeit verfluchte, der ihm die Bärenkräfte von früher genommen hatte. Früher hätte er diesen Hampelmann von Scharführer mit einem Schlag aus seiner Uniform gehauen, und seine Truppe hätte den Schwanz eingezogen, aber heute …

»Dann wollen wir mal.« Reißenweber erhob sich, und seine Männer tat es ihm gleich. »Achtung, wir lassen die Gläser wandern: vom Hoden zum Boden, zur Mitte, zur Titte, zum Sack, zack! Prost, auf den gemütlichen Abend!«

Willi hatte sich mittlerweile an einen leeren Tisch gesetzt und wiederholt nach der Overstolz-Packung gegriffen, sich aber jedes Mal gerade noch beherrschen können. Die Unverschämtheiten dieses SA-Mannes waren ohne die geliebten Glimmstängel kaum auszuhalten.

»Neues Bier, ihr Zapfhennen! Für alle! He, du Hänfling, wieso trinkst du kein Bier?«

»Ich trinke lieber Danziger Goldwasser«, sagte Schatzi.

»Bist ’n feiner Pinkel, was?«

»Genau, wo du es gerade sagst: Ich muss mal pinkeln.« Schatzi verschwand hinter der Tür mit der Aufschrift *Hier*.

Vira und Aale-Edith schleppten neues Bier heran.

»Holsten knallt am dollsten, Prost, Kameraden!«

Schatzi kam vom Klo, er hatte sich etwas überlegt: »Hört mal, Leute, das Fass von der Zapfanlage ist bald alle, und ein Reservefass gibt’s nicht. Ist besser, wenn ihr ein andermal wiederkommt.«

»Schnauze. Neue Platte.«

Schatzi legte *Wochenend und Sonnenschein* auf.

Reißenweber und seine Meute grölten den Text mit. »Gibt’s hier nichts zu spachteln? Wir haben Kohldampf!«

»Soleier und Salzgurken«, knurrte Willi.

Reißenweber spähte zum Tresen, wo zwei große Vorratsgläser standen. »Hol die mal«, befahl er.

Einer von den Braunhemden stellte die Gläser auf den Tisch. Reißenweber angelte sich ein Solei heraus und wollte es am Stück in den Mund schieben, als plötzlich die schrillen Töne des *Pine Top's Boogie Woogie* erklangen:

> *Now I want you all to know*
> *This is my own Boogie Woogie, do it like I tell you …*

Schatzi hatte die Platte tatsächlich aus Versehen aufgelegt, doch die Reaktion Reißenwebers war dieselbe: »Aufhören, sofort aufhören mit der Negermusik!« Er nahm das Ei und warf es in Richtung Grammophon. Dass er den Trichter traf und das Ei tief in der Öffnung steckenblieb, war der reine Zufall. Ebenso, dass die Musik auf einmal ganz anders klang, eher dumpf und dröhnend, doch der Effekt war folgenschwer: Von dem Erfolg angespornt, warf Reißenweber ein nächstes Ei und traf die Gläser an der Wand hinter dem Tresen. Einer aus der Meute machte es ihm nach und schleuderte ein Ei auf das Didgeridoo. Weitere Eier folgten, sie trafen Wände, Decken und Dekorationen. Eine Gurke zerplatzte auf dem Seychellenpalmenarsch am Eingang, eine andere flog in das Haigebiss, eine weitere traf den Kugelfisch, der daraufhin wie eine Schaukel hin und her pendelte. »Höhö, welch ein Spaß! Eier, Gurken, Eier! Drei Schuss, 'ne Mark, wie auf dem Dom, höhö! Bier, neues Bier, verdammt noch mal!«

»Bier ist alle.«

»Wer sagt das?«, fragte Reißenweber mit schwerer Zunge.

»Ich.« Schatzi setzte ein bedauerndes Lächeln auf.

»Du willst mich verscheißern, du Hänfling.« Reißenweber stand auf und ging unsicheren Schrittes hinter den Tresen, wo er Vira grob beiseiteschob und sich bückte.

»Die Zuleitung ist in Ordnung. Das Bier ist wirklich alle.«

Schatzi zuckte mit den Schultern und hoffte, Reißenweber würde nicht weiter nachforschen. Er hätte sonst die Klammer entdeckt, die den Fluss des Gerstensaftes unterbrach.

»Scheiße!« Reißenweber richtete sich mühsam auf. »Sauladen, das. Dann machen wir hier jetzt Kleinholz!«

»Das braucht ihr nicht. Es ist ja noch Schnaps da. Der tut's doch auch, oder?« Schatzi knallte nacheinander fünf Flaschen Helbing Aquavit auf den Tresen. »Eiskalt, frisch aus dem Kühlschrank.«

Reißenweber brummte etwas Unverständliches und torkelte an seinen Platz zurück. Schatzi folgte ihm und schenkte jedem seiner braunen Einfaltspinsel eine tüchtige Portion Schnaps ins Bierglas. Reißenweber, das verstand sich, bekam am meisten.

Als Schatzi zum Tresen zurückging, zischte Willi von der Seite: »Du bist ganz schön großzügig mit unseren Beständen.«

»Immer noch besser, als wenn die ganze Einrichtung flöten geht.«

»*Düwel ok*, wenn ich wenigstens eine rauchen dürfte!«

»Wart's nur ab. Ich glaub, der Spuk ist bald zu Ende.«

Und so war es auch. Nachdem Schatzi von dem Helbing nochmals nachgeschenkt hatte, war Reißenweber sternhagelvoll. Von seiner sechs- oder siebenköpfigen Meute – der an diesem Abend Torben Timm nicht angehörte – waren gerade einmal zwei noch halbwegs in der Lage zu gehen. Schatzi wies auf Reißenweber und sagte zu ihnen: »Nehmt diesen Knopp unter den Arm und schafft ihn raus.«

Die Männer gehorchten. Ohne ihren Anführer waren sie ein harmloser Haufen.

Als sie draußen waren, atmeten Vira, Aale-Edith und Willi auf. »Wieso hast du Reißenweber eben Knopp genannt?«, fragte Willi. »Der heißt doch gar nicht so.«

Schatzi grinste. »Kennst du nicht die Geschichten vom dicken Tobias Knopp bei Wilhelm Busch? Als man Knopp angesäuselt aus der Kneipe hilft, heißt es:

Knopp ist etwas schwach im Schenkel,
drum so führt man ihn am Henkel …«

»Mir ist nicht nach Witzen zumute«, grollte Willi.

Am nächsten Morgen machten Willi, Vira, Aale-Edith und Schatzi klar Schiff. Es war eine Heidenarbeit, doch wie sich herausstellte, waren die Schäden geringer als befürchtet: Neben einem Dutzend zersprungener Gläser und einem herausgebrochenen Haizahn war nichts kaputtgegangen. Sogar das Ei hatte Vira erfolgreich aus der Trichteröffnung pulen können.

Danach hielten sie Kriegsrat. »So geht das nicht weiter«, sagte Willi. »Beim nächsten Mal zerdeppert mir die Saubande die ganze Bude.«

»Was tun?«, fragte Vira.

»Ein Königreich für einen Rat«, sagte Aale-Edith.

»Vielleicht habe ich eine Idee«, meinte Schatzi.

»Was für eine Idee?«, wollte Willi wissen.

»Lasst euch überraschen«, sagte Schatzi.

Einen Tag und mehrere Telefonate später fuhr Schatzi mit der Bahn zur Martinistraße. Er wollte dem Universitätskrankenhaus einen Besuch abstatten. Nicht weil er krank war, sondern weil er sich daran erinnert hatte, dass Finn der Laboraufseher im Verwaltungsgebäude war. Er hatte Finn bei der Einweihung für Bennos Atelier kennengelernt und sich auf Anhieb gut mit ihm verstanden.

»Nett, dass du mich abholst«, sagte er zu Finn, als er die Pförtnerloge passiert hatte. »In diesem Riesenlabyrinth hätte ich mich bestimmt verlaufen.«

»Da wärst du nicht der Erste gewesen. Komm mit.« Sie gingen die große Treppe hinauf, bis sie in eines der oberen Stockwerke kamen, wo Finn die Tür zum Laboratorium öffnete. »Viel

Zeit habe ich nicht, aber sieh dich ruhig mal um, bis ich wieder da bin. Ich hole es rasch.«

»In Ordnung.« Schatzi schnupperte. Irgendwie roch es ein wenig säuerlich, ein wenig scharf, jedenfalls nicht normal. Oder bildete er sich das nur ein? Dann ließ er den Blick über die Apparaturen, die Messgeräte, die Reagenzgläser, die Fachbücher in den Regalen und manches mehr schweifen und dachte gerade, dass er in einer solchen Hexenküche niemals arbeiten wollte, als Finn wieder erschien.

»Hier«, sagte er und überreichte Schatzi ein Fläschchen. Auf dem Etikett stand *Chloralhydrat* und darunter eine Formel:

$C_2H_3Cl_3O_2$.

»Ist es das, was ich brauche?«

»Genau. Es entfaltet seine Wirkung nur im Zusammenhang mit Flüssigkeiten, die hauptsächlich aus Wasser bestehen, und vergiss nicht, dass es unangenehm riecht und die Dosis nicht zu groß sein darf.«

»Werde ich nicht. Danke. War es schwer, das Zeug zu besorgen?«

»Nicht besonders. Ich bin bald vierzig Jahre hier im Krankenhaus, da hat man seine Beziehungen.«

»Verstehe. Wenn du dich mal in die *Hölle* verirren solltest, gebe ich einen aus. Oder auch zwei. Wirst du kommen?«

Finn lächelte schief. »Kommen wir nicht alle irgendwann in die Hölle?«

Schatzi lachte. »Ja, wir sind alle Sünder.«

»Ich bring dich noch zur Tür. Jetzt ist zwar Mittagspause, aber trotzdem kann jeden Moment einer kommen. Ach, noch eins: Lass dich mit dem *Chloralhydrat* nicht erwischen. Und wenn doch, sagst du, du hättest es geklaut. Warum und für wen, überlasse ich deiner Phantasie.«

Schatzi klopfte auf die Tasche, in der das Fläschchen steckte. »Klar, ich klaue wie ein Rabe.«

»Na dann: Mach's gut, du Rabe.«

KAPITEL 15

Am achten September dieses ereignisreichen Jahres saß Benno am Vormittag in seinem Atelier und malte. Er hatte sich in den letzten Wochen zwei Mal mit Felix Jud und seinen Freunden in der *Hamburger Bücherstube* getroffen, hatte unter anderem über Franz Werfels, Kurt Tucholskys und Bertolt Brechts Werke diskutiert und fühlte sich inspiriert zu einem Bild, das er schon lange vor Augen hatte.

Es klopfte.

»Ja?«

Flo erschien im Türrahmen. »Störe ich?«

»Ja.«

»Ich werde trotzdem bleiben.«

Benno legte Pinsel und Palette zur Seite. »Wenn's so ist: Worum geht's?«

Flo setzte sich neben die Staffelei. Sie überlegte einen Augenblick, wie sie am besten anfangen sollte, dann platzte sie heraus: »Dad, du bist wie ein Stück Seife unter der Dusche. Immer wenn man es greifen will, flutscht es einem zwischen den Fingern davon.«

Benno lachte.

»Ich meine es ernst, Dad. Schon mehrmals habe ich versucht, dich zu fragen, warum du mir nie erzählt hast, dass du ein Adoptivkind bist, aber nie ist es mir gelungen. Mal warst du bei Felix Jud, mal bei Willi in der *Hölle*, mal bei Christian Warlich. Und wenn ich dachte, ich könnte dich endlich mal zu Hause erwischen, dann warst du bei Heinrich Stegemann, um deine Ausstellung vorzubereiten.«

»Musst du heute nicht in der Augenklinik sein?«

»Dad, heute ist Sonntag! Ich habe dir doch erzählt, dass ich am Sonntag nicht arbeite. Es scheint der einzige Tag zu sein, an dem man die Möglichkeit hat, dich anzutreffen. Vorausgesetzt, du hast keine Verabredung zum Frühschoppen, machst keine Angelpartie oder gehst nicht ins Kino, um *Fox Tönende Wochenschau* zu sehen.«

»Ab und zu male ich auch. Aber dafür brauche ich Ablenkung, ich brauche Begegnungen und Anregungen, die mein Hirn zu neuen Bildern verarbeitet, bevor ich zum Pinsel greife.«

»Dad, warum hast du mir nie gesagt, dass du adoptiert wurdest?«

Benno zuckte mit den Schultern. »Ob du es glaubst oder nicht: Es ist für mich nie wichtig gewesen. Und für Anni, deine Mom, auch nicht. Genauso wenig habe ich mir vorstellen können, dass es für dich wichtig wäre.«

»Wenn du auch nur ein Sterbenswörtchen gesagt hättest, wäre mir viel Kummer erspart geblieben!«

»Meinst du mit Götz Vahrenfeld?«

»Ja, genau mit dem.«

»Ach, meine Kleine.« Benno setzte sein entwaffnendstes Lächeln auf. »Wenn ich gewusst hätte, dass die Sache zwischen euch so ernst ist, hätte ich es dir selbstverständlich gesagt, aber ich hatte ja keinen Schimmer.«

»Weil du mit Scheuklappen durch die Gegend rennst.«

»Wirklich? Ach komm, Hauptsache, du bist glücklich.«

»Und du bist unverbesserlich, Dad!«

»War das jetzt ein Kompliment?«

In diesem Augenblick klopfte es zum zweiten Mal.

Benno fuhr herum. »Wer ist denn das nun wieder?«

»Ich bin es«, sagte Aale-Edith. »Ich hab unten in der Küche drei Räucheraale aufs Bord gelegt. Die waren bestellt und zum Glück schon bezahlt.«

»Wieso zum Glück?«, fragte Benno.

»Weil keiner da war.«

Flo sagte: »Agnes hat Birnen, Bohnen und Speck fürs Mittagessen vorbereitet, bevor sie zur Kirche ging, Vicki liest in ihrem Zimmer, und Dörthe hat heute frei.«

»Jedenfalls liegt der Fisch für Agnes parat. Ich wollte gerade gehen, da hat im Parterre das Telefon geläutet. Ich hab abgenommen, die Augenklinik war dran. Du sollst zurückrufen, Flo, die brauchen dich da.«

»Und das sagst du erst jetzt?« Flo eilte aus dem Atelier und ließ Benno mit Aale-Edith allein.

»Schade, dass du heute nicht das schlichte schwarze Kleid mit der silbernen Salamanderbrosche trägst«, sagte Benno. »Du hast mir darin sehr gut gefallen.«

Aale-Edith schaute an ihm vorbei und studierte die vielen Bilder und Skizzen. »Ist das alles Kunst?«

»Kann man so sagen.«

»Manches gefällt mir.«

Benno wusste nicht genau, warum, aber das Lob freute ihn. Er begann, die Ideen und Hintergründe einiger Gemälde zu erklären. »Ein Künstler ist kein Fotoapparat«, sagte er. »Er sieht die Dinge durch seine eigenen Augen und versucht, genau das wiederzugeben.«

»Das verstehe ich.«

»Setz dich doch.« Benno bot Aale-Edith den Stuhl an, auf dem Flo gesessen hatte. Auf dem Rolltischchen zwischen den Farbmaterialien stand eine Karaffe Riesling mit Eiswürfeln. »Willst du ein Glas?«

»Ja«, sagte Aale-Edith zu Bennos Überraschung.

Er nahm zwei Gläser aus dem unteren Fach des Tischchens und goss ein. »Prost, ich freue mich, dass du hier bist.«

»Das war Zufall.«

Sie tranken.

»Jedenfalls scheinst du dich für Kunst zu interessieren. Mein Stil ist der klassischen Moderne zuzurechnen, einerseits mit einem Schuss Expressionismus à la Kirchner, was die Abstraktion des Gegenständlichen betrifft, andererseits in Teilen mit dem frühen Werk Schmidt-Rottluffs vergleichbar.«

»Aha.«

»Wobei ich häufig eine ausdrucksstarke Farbwahl wie die Emil Noldes bevorzuge.«

Aale-Edith sah ihn kritisch an. »Von Malerei versteh ich nicht viel. Für mich gibt es nur Maluma-Bilder und Takete-Bilder.«

Benno horchte auf. »Zwei japanische Kunstrichtungen?«

Aale-Edith verzog den Mund. »Nee. Maluma klingt freundlich und kräftig, nicht aggressiv. Deshalb nenn ich Bilder so, die das rüberbringen. Die anderen sind Takete. Deine Bilder sind meistens Maluma. Ich mag sie.«

»Das freut mich. Wie kommst du auf die seltsamen Bezeichnungen?«

Aale-Edith zögerte kurz. Dann sagte sie: »Jeder Buchstabe hat bei mir 'ne Farbe. Besonders die Vokale. Das A ist grün, das E ist dunkelblau, das I ist rot, das O ist schwarz, das U ist braun.«

»Und die Konsonanten, ich meine, die anderen Buchstaben?«

»Die sind eher unscheinbar: grau, bläulich oder dunkel. Aber das K ist grün, weil man ja ›Ka‹ sagt. Wie heißt das Bild da?« Aale-Edith deutete auf das Gemälde, an dem Benno arbeitete. Es war ein Bild mit kraftvollen grünen Ranken, die sich zur Mitte hin verdichteten und braune Ovale mit schwarzen Löchern umschlossen. Wer Phantasie hatte, konnte darin menschliche Gesichter mit offenen, schreienden Mündern erkennen.

Benno kratzte sich am Hinterkopf. »Um ehrlich zu sein: Es hat noch keinen Namen. Vielleicht *Der gefräßige Wald.*«

»Ich würde ihm einen Namen aus A und U geben.«

»Hm.« Benno überlegte. Nie zuvor war ihm jemand begegnet, der seine Bilder auf diese Art sah. »Ich werde das Bild *Abgrund!* nennen. Ein rätselhafter Name. Und wer nach der Bedeutung fragt, dem kann ich eine Geschichte erzählen. Alles, was eine Geschichte hat, verkauft sich besser.«

»Verstehe.« Aale-Edith lächelte kurz. Doch lange genug, um makellose Zähne zu zeigen.

Mein Gott, dachte Benno, wie blind bin ich gewesen, dass mir das erst heute auffällt. Mir als Maler! »Willst du noch ein Gläschen?«, fragte er. »Auf einem Bein steht man nicht.«

»Ich schon«, entgegnete Aale-Edith. »Ich muss nun gehen. Adschüs.«

Am Nachmittag verließ Benno mit einer verknoteten Skizzenmappe das Haus, um sich mit Heinrich Stegemann in der Neuen Rabenstraße zu treffen, wo der *Kunstverein in Hamburg* seinen Sitz hatte. Das Anwesen bestand aus einer umgebauten Villa, deren Ausstellungsfläche durch die Überdachung des Gartenhofes noch einmal vergrößert worden war. »Wenn du willst«, sagte Stegemann, »können wir uns auch die drei Obergeschosse ansehen, dort befinden sich neben der Bibliothek weitere kleine Ausstellungsflächen.«

»Lass mal«, sagte Benno, »soviel ich weiß, hat der Direktor noch nicht sein Plazet zu der Ausstellung gegeben.«

»Das ist reine Formsache, ich habe das schon vor einiger Zeit mündlich mit ihm abgeklärt. Friedrich Muthmann ist sehr angetan von der Idee. Oh, wenn man vom Teufel spricht ... Da kommt er.«

Mit raumgreifenden Schritten eilte Muthmann heran. Er war das, was man einen »Alten Kämpfer« nannte, also einer, der schon vor der Machtergreifung der NSDAP angehört hatte, und überdies war er mit Karl Kaufmann, dem Hamburger Gauleiter, eng befreundet. »Herr Haiden, wie schön, Sie endlich persönlich kennenzulernen!« Muthmann nahm Bennos Hand und bearbeitete sie wie einen Pumpenschwengel. »Alle Welt denkt, wir würden nur herkömmliche zeitgenössische Kunst ausstellen, dabei haben wir hier in Hamburg doch eine Schwäche für das Avantgardistische. Besonders wenn es aus New York kommt, nicht wahr? Herzlich willkommen!«

»Vielen Dank.« Benno konnte nicht umhin, sich geschmeichelt zu fühlen.

»Was haben Sie denn Schönes dabei?«

Benno öffnete zögernd seine Mappe, »Meinen Sie, wir sollten die Arbeiten hier im Stehen auf dem Hof …?«

»Aber ja! Das Tageslicht, sage ich immer, ist doch das beste Licht. Unbestechlich!«

»Wie Sie meinen.« Benno präsentierte ausgewählte Skizzen und Drucke der letzten zehn Jahre und erklärte dabei die Hintergründe.

»Ausgezeichnet, ganz ausgezeichnet! Das genügt vollauf. Die Werke Ihrer Frühphase, in der das Gegenständliche noch Gegenstand sein darf, gefallen mir am besten. Ach, ich sehe die Bilder schon an der Wand hängen! Alles Weitere besprechen Sie mit dem guten Stegemann, nicht wahr, Stegemann?«

»Das machen wir«, sagte Stegemann.

»Fein, dann wäre ja alles geklärt.« Muthmann drehte sich um und wollte gehen, doch er hielt noch einmal inne. »Ach, nebenbei, Herr Haiden: Haben Sie eigentlich schon den *Aufruf der Kulturschaffenden* unterzeichnet?«

Benno schüttelte den Kopf. »Das Nazi-Brimborium aus Flaggen, Fackeln und Hakenkreuzen stört mein künstlerisches Auge.«

»Ja, ja, das verstehe ich. Aber vielleicht überlegen Sie es sich noch mal. Sie würden dadurch deutlich machen, dass Sie zu des Führers Gefolgschaft gehören, gewissermaßen seine Weltsicht gutheißen – unabhängig von Flaggen und Fackeln. Auf Wiedersehen.«

»Er ist und bleibt ein Nazi«, sagte Stegemann, nachdem Muthmann fort war. »Aber das muss uns nicht kümmern. Hauptsache, wir haben die Genehmigung. Komm, wir überlegen, wie und wo deine Werke bei der Ausstellung hängen sollen.«

»Ich glaube, wir werden mit den unteren Räumen auskommen«, überlegte Benno. »Habe ich dir eigentlich schon erzählt, wie ich als junger Bursche den Kopf aus dem Dachfenster meines Vaterhauses steckte, rundum blickte und Hamburg in acht Sektoren einteilte?«

»Nein, das hast du nicht.«

»Jeder der Sektoren wurde zu einem Bild, das ich in einem Stil zwischen Post-Impressionismus und Expressionismus malte. Leider gibt es die Werke nicht mehr, ich habe nur noch Skizzen, doch auch diese sind vielleicht aussagekräftig.«

»Oh, ganz bestimmt.«

»Ich denke, wir sollten damit anfangen. Dann könnten Werke aus den nächsten Jahrzehnten folgen. Ich habe Joshua Brickstein, meinen New Yorker Galeristen, gebeten, eine Gemälde-Auswahl nach Hamburg zu schicken, darunter mein im vorigen Jahr fertiggestelltes achtteiliges Werk *360 Degrees of New York*, das nach dem Hamburger Beispiel den Blick vom Empire State Building zeigt und in Form eines Oktogons aufgestellt werden könnte. Enden sollte der Rundgang des Betrachters mit meinem Vier-Elemente-Zyklus *Hades' Erde*, *Zeus' Feuer*, *Heras Luft* und *Nestis' Wasser*.«

»Großartig, ich bin begeistert! Wenn die endgültige Reihenfolge der Werke feststeht, sollten wir unbedingt einen Katalog drucken lassen. Die Zeit könnte wegen der Herstellung der Klischees ein bisschen knapp werden, aber ich denke, es ist zu schaffen. Was hältst du davon?«

»Viel«, sagte Benno.

KAPITEL 16

Im Eckfenster des alten Hauses in der Oktaviostraße schimmerte an diesem Abend noch Licht. Der Augenarzt Doktor Elija Stern saß an seinem Schreibtisch und sortierte Papiere, vor allem Rechnungen, die ihm das Leben sauer machten. Denn von Monat zu Monat fiel es ihm schwerer, sie zu bezahlen. Fast zweieinhalb Jahre lag es zurück, dass ihm wie allen jüdischen Ärzten die Zulassung zur Kassenärztlichen Vereinigung entzogen worden war, mit der Begründung, das Heilwesen im Deutschen Reich dürfe künftig nur noch von nationalsozialistischem Geist durchdrungen sein. Ein Geist, durch den sich selbstverständlich alle Volksgenossen deutschen Blutes auszeichneten und der ebenso selbstverständlich allen Juden abzusprechen war. Sie gehörten nicht der Volksgemeinschaft an und waren keine Staatsbürger.

Diese Spitzfindigkeiten der Nazis hätten Stern ziemlich egal sein können, wenn dadurch nicht die meisten seiner Patienten weggefallen und nur wenige Privatpatienten übrig geblieben wären. Doch auch die wurden immer weniger.

Er seufzte und blickte auf sein Tagebuch, das aufgeschlagen neben der Leselampe lag. Was sollte er hineinschreiben an diesem zehnten September? Dass das regnerische Wetter genau seiner Stimmung entsprach? Dass er den letzten Patienten vor einer Woche behandelt hatte? Dass es nichts mehr galt, im Weltkrieg für sein Vaterland gekämpft zu haben? Dass er seine geliebte Rachel, die ihn im letzten Sommer für immer verlassen hatte, so sehr vermisste? Dass es für einen Juden in Deutschland kaum noch auszuhalten war?

Er nahm den Kneifer ab und stand auf. Früher oder später musste er es seinem Logiergast ohnehin sagen, da konnte er es auch gleich tun. Er stieg die Treppe in den ersten Stock hinauf und rief: »Frederik, sind Sie noch wach?«

Frederik Rosen, der Epithetiker, öffnete die Tür des kleinen Mansardenzimmers. »Was gibt es, Herr Doktor?«

»Ich muss mit Ihnen reden.«

»Kommen Sie herein. Ich habe mir gerade eine Tasse Van Houten auf dem Elektrokocher gemacht. Wollen Sie auch eine?«

»Heiße Schokolade? Warum nicht.« Stern setzte sich ächzend auf den alten Stuhl in dem spartanisch eingerichteten Zimmer und nahm das Getränk in Empfang.

Rosen ließ sich gegenüber auf sein Bett sinken und blickte ihn prüfend an.

»Tja, nun.« Stern trank einen Schluck und verbrannte sich dabei fast die Zunge. »Sie wissen, wie sehr ich Sie mag und wie sehr ich es schätze, dass Sie nicht nur meine Spaltlampe, sondern auch das Förster'sche Perimeter und all die anderen Geräte generalüberholt haben ...«

»Aber?«

»Aber ich kann Sie ab nächsten Monat nicht mehr bezahlen.«

»Etwas Ähnliches habe ich mir schon gedacht.« Rosen fuhr sich mit der Hand durch die kräftigen blonden Haare. »Wann soll ich ausziehen?«

»Sie können hier wohnen bleiben, Frederik.« Stern lächelte gequält. »Und werden es weiter mit mir aushalten müssen. Obwohl ich lieber heute als morgen fortgehen würde.«

»Warum tun Sie es nicht?«

Stern trank einen größeren Schluck. Der Kakao war etwas abgekühlt. »Das habe ich mich auch gefragt, nachdem meine Rachel gestorben war. Ich trug mich mit dem Gedanken, nach Palästina auszuwandern, in ein Dorf an der Mittelmeerküste namens Moschawa, da ich dort einige Verwandte habe. Doch dann habe ich feststellen müssen, dass es nahezu unmöglich ist. Wissen Sie eigentlich, wie hoch die Barrieren sind, die man vor auswanderungswilligen Juden auftürmt?«

»Ehrlich gesagt, nein.«

»Ich habe mich genau erkundigt: Wer als Jude Deutschland verlassen will, muss eine Reichsfluchtsteuer entrichten, die etwa ein Viertel des Gesamtbesitzes ausmacht. Damit nicht genug, wird zusätzlich eine sogenannte Judenvermögensabgabe fällig, ferner eine Zwangsabgabe an die Golddiskontbank, von der ich keine Ahnung habe, wie hoch sie sein würde.«

»Aber Sie haben doch das schöne Haus, Herr Doktor, könnten Sie das nicht verkaufen?«

»Das Haus ist alt, und für die schönen Erinnerungen, die daran hängen, gäbe mir keiner etwas. Anders wäre es mit dem Grundstück, auf dem es steht. Es ist groß und hat eine bevorzugte Lage hier am Wandsbeker Gehölz. Doch wer würde einem Juden in diesen Zeiten einen angemessenen Preis zahlen? Einen Appel und ein Ei würde ich dafür kriegen, wenn überhaupt.«

»Sie klingen sehr verzweifelt, Herr Doktor.«

Stern nickte. »Das bin ich auch. Denn selbst wenn ich das Finanzielle regeln könnte, bliebe immer noch die Einwanderungsgenehmigung, die ich nicht habe. Ein solches Zertifikat der englischen Behörden erhalten nur Leute mit ausgezeichneten Beziehungen, junge Arbeiter und Studenten. Ich mit meinen siebenundsechzig Jahren muss mir da keine Illusionen machen.«

Rosen schwieg. Er dachte nach.

»Ich habe vielleicht noch zehn Jahre, Frederik, aber diese zehn Jahre möchte ich nicht in Hitler-Deutschland verbringen. Wer weiß, was da noch alles kommt.«

»Auf jeden Fall nichts Gutes, Herr Doktor. Niemand weiß, was die Nazi-Gojim mit uns vorhaben. Doch ich habe mal von einer Organisation gehört, die sich *Jewish Agency for Israel* nennt. Sie soll manchen von uns aus Deutschland heraushelfen können. Wenn Sie einverstanden sind, werde ich versuchen, Kontakt nach Jerusalem aufzunehmen, dort soll sie ihren Sitz haben.«

»Das würden Sie tun?«

»Man muss es versuchen, Herr Doktor. Und wenn ich es recht bedenke, würde auch ich hier gern meine Zelte abbrechen.«

Eine Woche später, an einem regnerischen Vormittag, klingelte es an der Tür von Doktor Sterns Haus. Es war eine ungewöhnliche Zeit für einen Besucher, und Stern war aus gutem Grund misstrauisch. Er ging ins Wohnzimmer, von wo er durch die Gardine nach draußen spähen konnte. Ein Mann stand da, um die vierzig, schwarze Locken, Brille, allem Anschein nach kein Nazi. Stern ging ins Sprechzimmer, wo Frederik Rosen die Scharniere des Medizinschranks ölte. »Da ist jemand an der Tür, Frederik, es wäre mir lieb, wenn wir zusammen öffnen könnten.«

»Gern, Herr Doktor.«

Es klingelte zum zweiten Mal.

»Moment«, rief Stern, »wir kommen schon.« Dann machte er die Tür auf.

»*Shalom*«, grüßte der Fremde. »Habe ich das Vergnügen mit Doktor Elija Stern und Frederik Rosen?«

»So ist es«, sagte Stern. »Und wer sind Sie?«

»Nennen Sie mich Ari. Ich bin von der *Jewish Agency for Israel.*«

»Ich habe mir an diesem Sonnabend freigenommen, mein Liebster«, sagte Flo und schmiegte sich eng an Götz. »Nur für dich.« Sie saßen auf einer Holzbank am Heck der Barkasse *Alstertal*, die quer über die Elbe nach Finkenwerder fuhr.

»Und wie man sieht, hast du das genau richtig gemacht«,

antwortete Götz zärtlich. »Das Wetter könnte nach den vielen Regentagen nicht schöner sein.«

Flo lachte. »Wenn Engel reisen …«

In der Tat schien die Sonne von einem wolkenlosen Himmel herab, der Wind aus Westen war nur leicht, und die Wetterstation Hamburg Fuhlsbüttel hatte an diesem einundzwanzigsten September 19 Grad gemeldet. Ein perfekter Spätsommertag.

»Vorsicht.« Götz legte schützend seinen Arm um Flos Schultern, denn in diesem Augenblick kam ihnen ein Frachter mit Stückgut aus Schanghai entgegen, der eine große Bugwelle vor sich herschob. Die kleine Barkasse stampfte ein paar Mal wie ein bockiges Pferd, setzte ihren Kurs aber unverdrossen zur Finkenwerder Landungsbrücke fort.

Als sie dort angekommen waren, reichte Götz Flo galant die Hand, um ihr über den Laufsteg von Bord zu helfen. »Oh, danke! Ich bin ja so neugierig, wie das Haus aussieht, in dem Mom aufgewachsen ist. Es soll am Auedeich 19 liegen, hat Dad gesagt, und nicht zu verfehlen sein.«

»Gehen wir hin.«

Arm in Arm marschierten sie los, Flo in einem weißen Sommerkleid mit kleinen Röschen, die wie rote Farbtupfer wirkten, Götz im sandfarbenen Leinenanzug. Ein schönes Paar, dem mancher Blick bewundernd folgte. Kurz darauf standen sie vor einem stattlichen Haus mit acht Sprossenfenstern und zwei Gauben im Dach. Der Gesamtzustand allerdings machte nicht den besten Eindruck, wie beide sofort erkannten. Denn von den Fenstern blätterte die Farbe ab, und das Reetdach war zu großen Teilen bemoost. Die Sitzbank neben der verwitterten Eingangstür hatte auch schon bessere Tage gesehen: Mehrere übereinandergestapelte Ziegelsteine ersetzten das fehlende vierte Bein. Und neben dem Haus gab es einen windschiefen Verschlag aus Maschendraht, in dem einige Hühner mit ruckenden Köpfen einherstolzierten und nach Futter pickten.

Ein Knurren von der entgegengesetzten Seite ließ sie herumfahren. Ein riesiger Dobermann lag da an der Kette. Götz und

Flo wichen zurück. Keine Sekunde zu früh, denn der Hund sprang bellend auf sie los und wurde nur durch die mangelnde Länge der Kette gebremst.

»Wat is dat för 'n Larm hier?« Die Tür hatte sich geöffnet, ein älterer Mann im blau-weiß gestreiften Buscherump, dem Hemd der Finkenwerder Fischer, war herausgetreten und rief den Hund zurück. *»Mok dat du wedder op dien'n Platz kümmst, Wotan.«*

Dann musterte er Götz und Flo. *»Wat wullt Se?«*

Flo hatte sich von dem Schrecken erholt. Wenn sie es recht verstand, fragte der Mann, was sie wollten. »Dies ist das Haus, in dem meine Mutter und meine Großeltern lebten«, erklärte sie. »Der Name war Janssen. Ich würde gern wissen, ob vielleicht noch jemand von unserer Verwandtschaft hier wohnt.«

»Da weet ick nix von«, sagte der Mann abweisend. *»Ick un min Olle kümmt von Brunsbüttel. Adschüs.«*

Nachdem der Mann ihnen die Tür vor der Nase zugeknallt hatte, sahen Flo und Götz sich an. »Das war nicht sehr freundlich«, meinte Flo.

»Mach dir nichts draus, meine Liebste. Was kann man schon von einem erwarten, der sich bei so schönem Wetter im Haus verkriecht. Komm, wir bummeln ein wenig nach Süden zur Dorfmitte. Dort liegt der Landscheideweg, der Finkenwerder von Ost nach West durchtrennt, und auch St. Nikolai.«

»Du meinst die Kirche, in der Mom und Dad geheiratet haben? Ich bin gespannt, wie sie aussieht. Aber sag mal: Wieso kennst du dich hier so gut aus?«

Götz machte ein geheimnisvolles Gesicht. »Ich habe mich vorbereitet.«

Als sie wenig später das Gotteshaus erreichten, einen mächtigen, im neugotischen Stil errichteten Backsteinbau, stellte sich heraus, dass darin gerade eine Hochzeit stattfinden sollte. Die Glocken läuteten, das Brautpaar fuhr in einer weißen Kutsche vor, und alle Verwandten, Bekannten und Freunde strahlten um die Wette.

»Wie romantisch!« Flos Augen leuchteten. »Als Mom und Dad sich das Jawort gaben, muss es ganz ähnlich ausgesehen haben.«

Götz lächelte. »Komm weiter, wir müssen noch ein wenig nach Westen gehen und dann ein Stück nach Süden.«

»Und dann?«

»Du wirst schon sehen.«

Sie bummelten den Landscheideweg entlang, bestaunten zur Linken und zur Rechten die gepflegten, mit Rosen bewachsenen Reetdachhäuser, sahen schnatternde Gänse und grasendes Vieh und folgten einem schmalen Pfad, der auf eine kleine Wiese führte. Am Ende der Wiese gab es einen Knick mit hohen Holunderbüschen und einigen Birken, in deren Mitte ein verschwiegenes, nicht einsehbares Plätzchen zum Verweilen einlud. »Hier ist es«, sagte Götz.

»Was ist hier?«

»Der Ort, an dem wir unseren Nachmittag verbringen wollen.«

»Das klingt, als wärst du schon einmal hier gewesen?«

Götz lächelte. »Ja, gestern. Ich wollte einen Platz erkunden, an dem wir ganz ungestört sind.«

»Er ist wunderschön, so abgeschieden. Und wie die Wiese mit dem Klatschmohn duftet! In New York gibt es so etwas nicht, nicht einmal im Central Park.«

»Dreh dich mal um.«

Flo drehte sich um und hörte, wie Götz hinter ihrem Rücken hantierte. Es raschelte, klapperte und klirrte, ein Korken knallte. »Was machst du nur?«

»Jetzt darfst du gucken.«

Flo erblickte einen aufgeklappten Korb und daneben eine ausgebreitete Decke mit allem, was zu einem Picknick gehört, Teller, Besteck, Gläser und eine Flasche Dornfelder. Sie war so überrascht, dass ihr die Worte fehlten.

»Ich habe Lewinskys Frau überredet, uns einen Puffer zu backen. Sie hat ihn in Stanniol eingepackt, damit er sich frisch hält.« Götz wickelte den Kuchen aus und schnitt ein Stück ab. »Es ist auch Butter da. Und Erdbeermarmelade, falls du den Puffer nicht so trocken magst. Komm, setz dich zu mir.«

»Ich bin überwältigt.«

»Weißt du noch, wie ich dich fragte, ob wir uns einen *Sufganiyah*-Krapfen teilen sollten?«

»Das werde ich nie vergessen.«

»Ich habe einen genommen, in der Mitte durchgebissen und dich gefragt, was du schmeckst. Du sagtest ›Kirsche‹, und ich war enttäuscht, dass du es gleich erraten hattest. Diesmal mit dem Puffer wird es schwerer. Sag mir, was drin ist.«

Flo schloss die Augen und biss ein Stück ab. »Hm«, sagte sie, »ich schmecke Rosinen und Bitterorange.«

»Schon wieder richtig.«

Flo schluckte den Bissen hinunter und hielt die Augen geschlossen. »Ich weiß, wie es damals weiterging«, murmelte sie, »ich wartete darauf, dass du mich küssen würdest, aber du hast es nicht getan.«

»Ja«, flüsterte er. »Wie gut, dass sich nicht alle Dinge wiederholen.« Er nahm ihr Gesicht in seine Hände und hauchte ihr einen Kuss auf die Lippen.

Flo erschauerte.

Wieder küsste er sie, diesmal drängender. »Manches muss sich aber wiederholen.«

»Oh, mein Liebster!«

»Ich habe mich so sehr nach dir gesehnt, dass es wehtat.«

»Und ich war hin- und hergerissen zwischen meiner Liebe und meinem Stolz. Ich konnte dir doch nicht einfach hinterherlaufen.«

»Nie hätte ich gedacht, dass Liebe so grausam sein kann. Dass sie zwei Menschen so leiden lässt, bis sich endlich alles zum Guten kehrt. Flo, du meine süße, kluge, starke Flo, ich habe Tag und Nacht von dir geträumt, mich nach dir verzehrt, keinen klaren Gedanken mehr fassen können. Ich finde keine Worte, wie sehr ich dich begehre.«

»Dann komm doch, mein Liebster, komm endlich zu mir, wir haben schon viel zu lange gewartet …«

Ein Rausch, unbeschreiblich, übermächtig, erfasste sie, eine Welle des Glücks riss sie fort, während sie einander liebten, sich streichelnd, küssend, herzend, wieder und wieder, bis sie erschöpft ins Gras sanken.

»Wir müssen eingeschlafen sein«, sagte Götz und schaute auf seine Junghans-Armbanduhr. »Es ist schon drei.«

»Ich habe Hunger«, sagte Flo.

Götz lächelte. »Das ist kein Wunder. Außer dem Biss in den Puffer hast du ja noch nichts gegessen.«

»Und auch nichts getrunken.«

»Das holen wir jetzt nach.« Götz schenkte von dem Dornfelder ein, schnitt den Puffer in Scheiben und verteilte ihn auf zwei Teller. Butter und Marmelade stellte er dazu. Dann holte er eine Kamera aus dem Korb. »Das ist eine Agfa Billy Record. Gebraucht gekauft. Ich möchte dich knipsen, wie du auf der Decke sitzt, in der Rechten das Glas, in der Linken das Stück Kuchen. Zur Erinnerung an diesen Tag.«

»Oh, Liebster, das geht nicht, ich muss furchtbar aussehen!«

»Nein, nein, du bist das süßeste Mädchen auf der ganzen Welt.«

»Schmeichler! Warte mal.« Flo nahm einen Spiegel aus ihrem Täschchen, zog die Lippen nach, zupfte die Frisur zurecht und richtete das Kleid. Dann setzte sie sich in Positur.

»Wunderbar, meine Liebste, wie ein Mode-Modell! Die Sonne steht gut. Das reicht sogar für 1/100 Sekunde Belichtung. Wackle trotzdem nicht so mit dem Glas. Und nun: Lächeln! Ja, so ist es richtig.«

Es gab ein hörbares Klick, und Götz drehte den Rollfilm mit dem Rädchen weiter. »Wir machen noch eine zweite Aufnahme, falls die erste nichts geworden ist. Anschließend fotografierst du mich. Schade, dass es bei diesem Modell keinen Selbstauslöser gibt, sonst könnten wir beide auf dem Bild sein.«

»Ich habe Hunger.«

»Ach, ja.« Götz lachte. »Dann lass uns essen. Der Kuchen wird sonst trocken.«

Sie verdrückten Frau Lewinskys Rosinenpuffer, probierten auch die Butter und die Marmelade dazu und stießen mehrmals mit dem Dornfelder an. »Ich liebe dich«, sagte Götz.

»Ich liebe dich noch mehr.«

»Das kann nicht sein. Ich werde dir auf ewig treu sein.«

»Und ich würde mit dir bis ans Ende der Welt gehen.«

»Wirklich?«

»Ja, aber noch lieber fahren. Als ich die weiße Hochzeitskutsche vor St. Nikolai sah, da habe ich …«

»Da hast du dich und mich darin sitzen sehen?«

»Ja, mein Liebster.«

»Ach, Flo.« Götz' Stimme klang plötzlich traurig. »Mir ging es ganz genauso. Doch es wird nicht möglich sein.«

»Aber warum denn nicht?«

»Hast du es denn nicht mitbekommen? Seit letztem Sonntag ist das *Gesetz zum Schutze des deutschen Blutes und der deutschen Ehre* in Kraft. Es verbietet, dass Juden und Arier heiraten. Die Nazis sind der Meinung, dass nur die Reinheit des deutschen Blutes die Voraussetzung für den Fortbestand des deutschen Volkes sein kann.«

Flo dachte nach. Dann erschien eine Falte auf ihrer Stirn. »Was schert mich das deutsche Blut? Ich bin Amerikanerin, und du bist kein Jude, sondern Halbjude.«

»Da hast du recht.« Götz' Miene hatte sich ebenfalls verdüstert. »Offiziell bin ich sogar rein arisch, doch bei unserer Heirat würden die Nazis in meiner Vergangenheit herumschnüffeln, mehr als mir lieb sein kann. Meine falschen Papiere von der *Jewish Agency* sind zwar hochprofessionell gemacht, aber ich darf kein Risiko eingehen – allein schon um deinetwillen.«

»Diese Sch…nazis!«

»Sie werden nicht ewig am Ruder sein. Die Zeiten werden sich ändern. Bis dahin müssen wir uns gedulden.«

»Und dann?«

»Werden wir in einer weißen Kutsche nach St. Nikolai fahren und heiraten. So wie damals dein Dad und deine Mom. Das verspreche ich dir hoch und heilig.«

»Oh, wirklich?« Flo kamen die Tränen.

»Ja, meine Liebste. Aber bis dahin muss ich noch einigen Landsleuten aus Deutschland hinaushelfen. Es sind Menschen in Not, ohne jede Perspektive in diesem Land. Ich werde deshalb demnächst für mehrere Wochen, vielleicht sogar für Monate unterwegs sein.«

Flo schluchzte auf. »Sag, dass das nicht wahr ist. Jetzt, wo wir einander endlich ganz gehören, kannst du doch nicht einfach verschwinden!«

»Es fällt mir genauso schwer wie dir, bitte, glaube mir, aber es geht nicht anders.«

»Ich habe jetzt schon Angst um dich!«

»Das brauchst du nicht. Ich werde sehr vorsichtig sein. Und ich mache so etwas nicht zum ersten Mal.«

»Kann nicht jemand anders für dich gehen?«

»Oh, meine Flo, ich verstehe dich ja so gut.« Götz drückte sie fest an sich. »Nein, das ist nicht möglich. Aber wir können uns schon heute auf unser Wiedersehen freuen.«

»Wir haben uns doch noch nicht einmal richtig kennengelernt!«

»Ich weiß, ich weiß.«

»Wann musst du denn fort?«

Götz zögerte. »Eigentlich darf ich zu niemandem darüber sprechen. Ich werde irgendwann über Nacht weg sein. Doch bis dahin wird sicher noch eine Woche vergehen.«

Flo löste sich von Götz und schaute ihm in die Augen. »Wenn du schon gehst, will ich wenigstens einen schönen Abschiedsabend verleben, mit allen unseren Freunden.«

»Einverstanden, meine Liebste. Sollen wir uns in der Großen Elbstraße treffen?«

Flo überlegte. »Nein, ich glaube, die St. Paulianer fühlen sich in der *Hölle* wohler. Ich werde Willi fragen, ob er sich bereit erklärt, uns den Schankraum zu überlassen.«

»Gut, doch eine Bedingung muss ich stellen: Nur du und ich dürfen wissen, dass es ein Abschiedsabend ist. Keiner darf auch nur ahnen, dass ich kurz darauf verschwunden sein werde. Das heißt, wir müssen uns einen Grund für das Fest ausdenken.«

»Hm.« Flo grübelte. »Soviel ich weiß, hat niemand unserer Freunde in den nächsten Tagen Geburtstag, uns beide inbegriffen. Wir müssen einen anderen Anlass finden. Wir müssen … Halt, ich hab's! Ich werde sagen, ich hätte vor zehn Jahren mein Examen gemacht. Eine Jubiläumsfeier!«

»Gute Idee, ich denke, keiner kennt die genauen Studienzeiten in den Staaten, um ein Doktor der Medizin zu werden. Aber warte mal, was ist mit deinem Dad? Der müsste es doch eigentlich wissen?«

»Stimmt, aber Dads Gedächtnis stand schon immer auf Kriegsfuß mit der Zeit; er könnte dir noch nicht einmal sagen, in welchem Monat Mom gestorben ist.«

»Dann machen wir es so.« Götz küsste Flo auf den Mund. »Geht es jetzt wieder?«

Flo lächelte tapfer. »Ja, ich werde mich wohl damit abfinden müssen, eine Art Seemannsbraut zu sein.«

»Dann komm, kleine Seemannsbraut. Wir packen die Picknicksachen ein und bummeln zurück in Richtung Anleger.«

Wenig später waren sie unterwegs. Sie passierten St. Nikolai, wo nach dem Hochzeitsgottesdienst Ruhe eingekehrt war, und wandten sich später nach Norden. Plötzlich blieb Götz stehen und setzte den Picknickkorb ab. »Weißt du was, das Licht ist so schön, ich mache noch ein oder zwei Fotos von dir. Stell dich da mal an den Straßenrand.«

Flo gehorchte.

»Ach nein, so stehst du genau im Gegenlicht. Dreh dich

mehr zu mir.« Götz blickte durch den Sucher. »Jetzt sind die Hellinge der Deutschen Werft im Hintergrund, aber vielleicht ist das nicht so schlimm, für eine Seemannsbraut passt das doch, oder?«

Er drückte zwei Mal auf den Auslöser und machte dann Platz, weil ein Mann an ihm vorbeiwollte. Der Mann hatte einen Schlapphut auf dem Kopf, der sein Gesicht halb verdeckte. Vor seiner Brust hingen ein Fernglas und eine Kamera.

Götz kam eine Idee. »Entschuldigen Sie, Sie scheinen auch ein Freund der Fotografie zu sein?«

»Bin ich.«

»Wie schön. Der Tag lud ja geradezu ein, ein paar Bilder zu machen. Ich hoffe, Sie waren erfolgreich?«

»Ich war auf der Hochzeit in St. Nikolai.«

»Verstehe. Würden Sie so freundlich sein, mit meinem Fotoapparat ein Bild von mir und meiner Liebsten zu machen?«

»Geben Sie her.«

»Dort ist der Knopf, auf den Sie drücken müssen. Gespannt ist schon.«

Der Mann machte das Foto, blickte auf das Fenster der Kamerarückwand und sagte: »Da sind noch zwei Bilder drauf. Was dagegen, wenn ich den Film zu Ende knipse?«

»Nein, nein, eine gute Idee.«

Der Fremde machte die Fotos, gab die Kamera zurück und verabschiedete sich. »Wiedersehen.«

»Auf Wiedersehen.« Götz und Flo schauten dem Mann nach, der hinter der nächsten Wegbiegung verschwand.

»Komm, meine Liebste, beeilen wir uns, sonst verpassen wir die Barkasse zurück.«

Als sie eine Viertelstunde später eng umschlungen wieder am Heck der *Alstertal* saßen, voraus die St.-Pauli-Landungsbrücken und der Michel, sagte Flo: »Weißt du, was ich mich gerade frage?«

»Was denn, meine Seemannsbraut?«

»Wozu der Mann auf der Hochzeit ein Fernglas brauchte.«

KAPITEL 17

Schade, dass Vira heute Abend nicht dabei sein kann«, sagte Flo zu Willi. »Bis auf sie und Vicki sind fast alle dabei.«

»Vira ist für zwei Tage nach Elmshorn gefahren. Da wohnt die Schwester von Mandi, Schatzis verstorbenem Vater. Elsbeth hat es auf der Lunge, und Vira will nach ihr sehen.« Willi nahm einen Zug aus der Overstolz. »Wieso ist Vicki denn zu Hause geblieben?«

»Sie sagte, es ginge ihr nicht gut. Ich dachte schon, sie hätte einen Schub bekommen.«

»Einen was?«

»Sie hat doch Multiple Sklerose, die verläuft in Schüben.«

»Ach so.«

»Jedenfalls scheint es nichts Ernstes zu sein. Wir sollen uns amüsieren.«

»Das tun wir. Ich trinke jetzt mit den anderen auf dein Zehnjähriges.« Willi hob sein Glas und stellte fest, dass es leer war.

»Ich hole dir ein neues Bier.«

»Nee, lass mal, es ist dein Fest, da sollst du nicht auch noch kellnern. He, Schatzi, mach da mal die Luft raus.«

Schatzi reichte Willi ein frisches Bier auf seinen Ansitz.

»Alle mal herhören! Ihr wisst, ich bin kein großer Redner, deshalb mache ich's kurz.« Willi ließ den Blick über sein Reich schweifen, dass er seit bald fünfzig Jahren mit strenger Hand regierte. Die Freunde hatten sämtliche Tische besetzt und waren voller Erwartung. Sehr zu Schatzis Freude auch der bildhübsche Conni, der erst um neun Vorstellung im *Alkazar* haben würde, Aale-Edith sowieso, aber auch Finn und Christian

Warlich, der dreierlei in einem war: Gentleman, Tätowierer und Wirt, dazu Benno und Götz, doch leider nicht Felix Jud. Er hatte sich entschuldigen lassen, weil in seiner *Bücherstube* eine Lesung stattfand. Dafür war der plietsche Günter mit einigen seiner befreundeten Swing-Boys da. Günter stand schon neben dem Trichtergrammophon, um die erste Platte aufzulegen, aber Willis Ankündigung ließ ihn innehalten.

»Tja, wie fange ich an?« Willi guckte etwas ratlos in die Runde. »Na, erst mal Prost!«

Gelächter. Alle tranken.

»Wie ihr wisst, feiert Flo heute ihr zehnjähriges Berufsjubiläum, und es ist mir eine Ehre, dass sie das in der *Hölle* tut. Damit ist alles gesagt… Ach nee, wartet mal.«

Schatzi gab Willi etwas in die Hand.

Willi beugte sich von seinem Ansitz herunter und hängte Flo eine goldene 10 um den Hals. »Das war's.«

Daraufhin klatschten alle, doch der offizielle Teil des Abends war noch nicht vorbei, denn Willi meinte: »Ich glaube, Flo hat noch ein paar Worte für euch.«

»Ich?« Flo war völlig überrascht.

»Du bist der Mittelpunkt. Du musst was sagen.«

»Mein Gott, ja.« Um Zeit zu gewinnen, fragte Flo: »Habt ihr alle noch zu trinken?«

Das war der Fall, außer bei Günter. Der kriegte eine zweite Coca-Cola.

»Dann noch mal Prost. Ich freue mich, dass ihr gekommen seid. Ich freue mich über jeden Einzelnen, besonders aber über Götz, der da hinten mit meinem Dad am Tisch sitzt. Ich weiß, dass es in der letzten Zeit einige Vermutungen und Tuscheleien gegeben hat, deshalb will ich allen, die es noch nicht wissen, sagen, dass mein heutiges Jubiläum nur der eine Grund ist, warum wir feiern, der andere ist viel wichtiger: Götz und ich sind ein Paar, und ich bin der glücklichste Mensch auf der Welt!«

Wieder brandete Applaus auf. Willi rief, gewissermaßen als

Schlusswort: »Du hast Glück, Götz, dass ich so viel älter bin als du, sonst hätte ich sie dir weggeschnappt.«

Abermals Gelächter.

Götz strahlte.

»Hat jemand Hunger?« Aale-Edith ging mit einem großen Tablett durch die Tische. »Es gibt jede Menge Fisch- und Krabbenbrötchen!« Alle Brötchen stammten von *Gunda's Stand* in der Großen Freiheit. Eigentlich ein Unding, bei der Konkurrenz zu kaufen, aber Flo hatte gemeint, Aale-Edith habe mit dem Aufhängen der Girlanden im Schankraum schon genug zu tun, da müsse sie nicht auch noch Brötchen mit Aal vorbereiten. »Wenn du meinst«, hatte Aale-Edith gesagt.

»Ich könnte Gunda doch auch einladen.«

»Nur über meine Leiche.« So weit ging die Liebe denn doch nicht.

Willi rief: »Dann trinken wir jetzt auf Götz, den Glückspilz!«

Sie tranken, und Günter legte die passende Platte auf:

For he's a jolly good fellow
For he's a jolly good fellow
For he's a jolly good fellow
And so say all of us!

»Und jetzt wird's richtig gemütlich!«, rief Willi.

»Heil Hitler!« Reißenweber war mit seiner Meute hereingeplatzt und starrte auf die Girlanden, die sich um den Kugelfisch, das Haigebiss und die Schildkrötenpanzer an der Decke wanden.

Die Musik erstarb.

»Swing Hitler!«, rief jemand irgendwo.

»Wer war das?« Reißenweber verschränkte die Hände auf dem Rücken und stolzierte durch die Tischreihen. »Ich will wissen, wer das war, sonst nehmen wir den Laden auseinander! Wird's bald?«

»Ich«, sagte Willi.

»Schnauze, das kam nicht aus deiner Richtung. Das war bestimmt einer von diesen halbgaren Tango-Bubis.«

»Ich war das.« Jochen, ein lang aufgeschossener Siebzehnjähriger in Knickerbockern, der sich »Jo« nannte, meldete sich. »Ich sagte ›Sing Hitler‹, Herr Scharführer. Ich wollte die Freunde hier im Raum ermuntern, Hitlers Lieblingslied anzustimmen, sozusagen zur Feier des Tages. Sie kennen es sicher: *Abend spat* heißt es.«

In Reißenwebers kantigem Gesicht arbeitete es. Ganz offensichtlich fragte er sich, ob er verspottet wurde oder nicht.

»*Es war amal am Abend spat, a wunderscheane Nacht* ... Wollen wir es alle zusammen singen?« Jo blickte, als könne er kein Wässerchen trüben. Wie er das schaffte, wusste er wohl selbst nicht.

»Schnauze!« Reißenweber hatte noch nie von dem Lied gehört, aber das konnte er selbstverständlich nicht zugeben. »Hier wird nicht gesungen!«

»Aber wir alle hier lieben unseren Führer«, wandte Warlich scheinheilig ein. »Ich bin Tätowierer, musst du wissen. Der Hitlerkopf und der Totenkopf werden in letzter Zeit immer mehr verlangt. Ich würde dich ganz umsonst stechen, und du würdest dadurch zeigen, dass du die richtige nationalsozialistische Einstellung hast. Was meinst du: Hitlerkopf oder Totenkopf?«

Reißenweber war sich nicht ganz sicher, ob man ihn nicht doch auf den Arm nehmen wollte, aber das Angebot des Kerls in dem Anzug wirkte echt. »Ich wähle das Abbild meines Führers«, sagte er. »Wohin würdest du es denn stechen?«

»Mitten auf die Stirn.«

Daraufhin geschah zunächst nichts. Dann hörte man irgendwo ein Glucksen, dann ein Lachen, und dann ging alles rasend schnell: »Ich lass mich von euch nicht verarschen!«, schrie Reißenweber, ergriff einen Aschenbecher und schleuderte ihn auf Warlich. Dieser duckte sich. Der Ascher flog vorbei und traf Flo, die sich zu Götz an den Tisch gesetzt hatte. Flo stieß einen Schmerzenslaut aus, Götz wollte sich auf Reißenweber stürzen, wurde aber von Benno zurückgehalten. Reißenwebers Meute warf nun ebenfalls mit allem, was sie in die Finger bekam, schlug um sich, stieß Stühle um, brachte das Grammophon auf der Teekiste zum Wanken, trat mit Füßen.

»Haaaaalt!« Schatzi brüllte so laut, dass tatsächlich alle für einen Moment innehielten. »Lokalrunde, Leute! Lokalrunde! Lokalrunde! Wozu prügeln, wenn man saufen kann. Ich hab hier ein ganz besonderes Schnäpschen, nichts für Damen, nichts für Bubis, nur was für harte Männer! Sechzig Prozent Alkohol. Wie wär's, Herr Scharführer?«

Reißenweber zögerte.

»Macht mal Platz für den Herrn Scharführer und seine Männer.«

Stühle wurden freigemacht.

Reißenweber setzte sich widerstrebend. Seine Männer taten es ihm gleich.

»Günter, spiel mal *Wochenend und Sonnenschein.*«

Günter legte die Platte auf.

Schatzi kam mit einem Tablett, darauf sechs bis an den Rand gefüllte Wassergläser. Er gab Reißenweber eines, die anderen fünf verteilte er an die Meute.

»Trinkst du nichts von dem Zeug?«, fragte Reißenweber misstrauisch.

»Aber klar. Jeder, der sich traut, kriegt davon.« Schatzi verteilte weitere Gläser an die männlichen Gäste. Dann hob er sein Wasserglas – in dem tatsächlich Wasser war –, sagte »Wohl bekomm's, Herr Scharführer« und trank es in einem Zug aus.

Reißenweber ließ sich nicht lumpen. Der Schnaps schmeckte zwar nicht besonders, und auch der Geruch war recht eigen, aber das durfte er sich nicht anmerken lassen. Gut, dass Torben, das Jüngelchen, nicht dabei ist, der hätte bloß wieder die Innung blamiert, dachte er. Doch auf seine anderen Männer war Verlass. Seltsam nur, dass sie plötzlich so unsoldatisch dasaßen, einem fiel der Kopf nach vorn, ein anderer sank zur Seite. Wirklich seltsam, dachte Reißenweber …

Und dann dachte er gar nichts mehr. Denn das *Chloralhydrat* hatte seinem Ruf als K.-o.-Tropfen alle Ehre gemacht.

»Puh, da hast du ja noch rechtzeitig Dampf aus dem Kessel genommen«, sagte Finn zu Schatzi, nachdem Reißenweber wie ein Sack Mehl umgekippt war. »Woher wusstest du, dass die braunen Schläger heute kommen würden?«

»Ich wusste es nicht. Hätten wir sonst Flos Feier heute ausgerichtet?«

»Ach, ja: Wie geht es Flo überhaupt?«

Schatzi schaute zu dem Tisch, an dem Flo saß. Götz hatte ihr ein Pflaster auf die Schläfe geklebt und war rührend besorgt um sie. Doch sie schien nicht ernsthaft verletzt zu sein. Alle anderen standen um die sechs besinnungslosen SA-Leute herum. Sogar Willi war von seinem Ansitz herabgeklettert. »Leere, dämliche Gesichter«, knurrte er. »Dass so ein Gesocks so viel Schaden anrichten kann.«

Jo von den Swing-Boys fragte: »Was machen wir mit ihnen?«

»Vor die Tür schmeißen«, sagte Benno.

»Dann kommen sie in einer Stunde wieder rein«, wandte Conni ein.

»Auch wieder wahr.«

»Wir holen zwei Droschken, die Fahrer sollen sie irgendwo absetzen«, schlug Warlich vor.

»Ja, aber wo?«, fragte Aale-Edith.

»Ich hab's!«, rief Schatzi. »Wir lassen die Kerle zum Stadthaus bringen. Am Sitz der Gestapo sind sie an der richtigen Adresse.«

»Werden sie dort nicht brühwarm erzählen, was mit ihnen passiert ist?«, fragte Benno.

»Da wären sie ja schön blöd«, meinte Warlich. »He, einer von euch Swing-Boys holt die Droschken, und wir machen es genauso, wie Schatzi gesagt hat.«

Zehn Minuten später waren sie Reißenweber und seine Meute los. »Da ist die Luft zum Atmen doch gleich viel freier«, meinte Willi und zündete sich eine Overstolz an. »Aber riskant war's doch. Was wäre gewesen, wenn die Tropfen nicht so schnell gewirkt hätten?«

»Sie haben aber gewirkt«, sagte Schatzi.

»Dann wird jetzt weitergefeiert«, meinte Willi und schickte sich an, wieder auf seinen Ansitz zu klettern.

»Oh, meinetwegen nicht«, bat Flo matt. »Es tut mir leid, ich habe Kopfschmerzen. Götz, Liebster, bringst du mich nach Hause?«

»Aber gewiss.«

»Ich danke euch allen noch einmal, dass ihr gekommen seid, und Willi und seiner Mannschaft, dass wir hier sein durften. Es tut mir furchtbar leid, dass der Abend so verlaufen ist. Wir sehen uns bald wieder.«

Nachdem Flo und Götz fort waren, ging auch der bildhübsche Conni. Die Vorstellung im *Alkazar* wartete.

Aale-Edith hatte die ganze Zeit geschwiegen, doch nun stemmte sie die Fäuste in die Hüften und blickte die verbliebenen Freunde an: »Seid ihr eigentlich noch bei Trost, die Nazis so zu reizen? Wenn Schatzi die Situation nicht in den Griff gekriegt hätte, läge die *Hölle* in Trümmern, und wir alle wären im Krankenhaus.«

Schatzi grinste. »Wir waren heute etwas mutiger, weil die meisten wussten, dass ich die K.-o.-Tropfen habe.«

»Ich hatte keine Ahnung davon.«

»Du musst ja auch nicht alles wissen.«

»Dann ist ja gut.« Aale-Edith wirkte etwas beleidigt.

»Jedenfalls konnte nichts schiefgehen, weil Finn mir geholfen hat, die richtige Dosis in den Doppelkorn zu kippen. Günter, was hältst du davon, noch mal was Flottes aufzulegen?«

»Okay.« Günter sprach sich mit seinen Swing-Boys ab und legte den *Tiger Rag* von Louis Armstrong auf. Doch die richtige Stimmung wollte sich nicht wieder einstellen. Auch deshalb, weil Günter nach dem Stück fragte: »Glaubt ihr etwa, dass Reißenweber nicht wiederkommt? Ich wette, der will sich früher oder später rächen, und dann Prost Mahlzeit.«

Schatzi überlegte. »Ich fürchte, da hast du recht. Wir wollten der Bande einen Denkzettel verpassen und haben daran nicht gedacht.«

»Vielleicht wird er künftig etwas vorsichtiger«, sagte Finn. »Vom Dienstgrad her ist er doch nur ein kleines Licht.«

»Dein Wort in Gottes Ohr.«

Die Freunde diskutierten noch eine Zeit lang weiter, ohne zu einem Ergebnis zu kommen. Schließlich verabschiedeten sich alle, einschließlich der Swing-Boys und Günter, der von Schatzi nach Hause gebracht wurde. Nur Willi und Aale-Edith blieben – und Benno. »Tja«, sagte Willi, »aufgeräumt wird morgen früh. Ich kann das Elend nicht mehr sehen. Jetzt geht's erst mal *mit Gejuch inne Puch*. Helft ihr beide mir mal die Treppe hoch?«

Aale-Edith legte sich Willis linken Arm über die Schulter, Benno tat das Gleiche mit Willis rechtem Arm. *»Hiev mi op«*, befahl Willi, »sind nur elf Stufen.«

»Brauchst du sonst noch Hilfe?«, fragte Aale-Edith, als sie mit vereinten Kräften vor Willis Wohnungstür angelangt waren.

»Nee, nicht nötig. Adschüs, ihr zwei.«

Willi verschwand.

»Was hat er da eben auf Plattdeutsch gesagt?«, fragte Benno.

Aale-Edith war schon dabei, die andere Wohnungstür aufzuschließen. Sie war müde, und der Tag war lang gewesen. »Er hat gesagt ›Hebt mich hoch‹.«

»Und davor?«

»Du meinst *mit Gejuch inne Puch?*«

»Ja.«

»Das heißt so viel wie ›mit Gejauchze ins Bett‹.«

Benno grinste. »Das könnten wir doch auch mal versuchen?«

»Sei nicht so kiebig. Gute Nacht.«

»War doch nur Spaß.« Benno überlegte angestrengt, wie er Aale-Edith dazu bringen könnte, ihn hereinzubitten. »Im Ernst: Ich habe dir noch etwas Wichtiges mitzuteilen, aber nicht hier im Treppenhaus.«

»Was Wichtiges? Um diese Uhrzeit?«

»So ist es.«

»Na schön, komm rein.«

Benno trat in die kleine Wohnung, die aus anderthalb Zimmern bestand, im größeren schliefen Vira und Aale-Edith, im kleineren befanden sich ein Kleiderschrank und eine Nische mit Gaskocher und Wasseranschluss, in der die beiden Frauen die Mahlzeiten für sich, Willi und Schatzi zubereiteten.

Aale-Edith knipste die Nachttischlampe auf ihrer Seite an und ließ sich aufs Bett sinken. Mit langsamen Bewegungen begann sie, die Schnüre ihrer Stiefeletten zu lösen. »Meine Füße brennen wie Feuer.«

»Darf ich dir helfen?« Benno kniete nieder. »Ich bin einer der letzten lebenden Kavaliere.«

»Du bist ein Süßholzraspler. Aber du darfst mich von den Folterinstrumenten befreien.«

»Mach ich.« Benno zog Aale-Edith mit einiger Anstrengung die Stiefeletten aus und begann, ihr die Füße zu massieren.

»Ah, das tut gut.«

Benno setzte seine Bemühungen verstärkt fort.

»Was wolltest du mir so Wichtiges sagen?«

»Ich habe mich daran erinnert, dass du die Buchstaben des Alphabets farbig vor deinem geistigen Auge siehst.«

»Das tu ich schon immer. Ist das was Besonderes?«

»Aber ja! Nur die Wenigsten besitzen diese Fähigkeit.«

»Hol mir mal meine Hausschuhe, die stehen da drüben.«

Benno holte die Hausschuhe und streifte sie Aale-Edith über die Füße. »Die Fähigkeit, Buchstaben farbig zu sehen, nennt man Synästhesie. Du bist also eine Synästhetin.«

»Ich bin Aale-Verkäuferin.«

»Bist du das wirklich?« Benno entdeckte über dem Bett eine

alte sepiafarbene Fotografie. Sie zeigte die Reste des Apollontempels auf Delos. Darunter stand in gestochen deutlicher Sütterlinschrift:

Noch eine hohe Säule zeugt von verschwundner Pracht;
Auch diese, schon geborsten, kann stürzen über Nacht.

Soweit Benno sich erinnerte, waren es Verse aus dem Gedicht *Des Sängers Fluch* von Schiller, aber er war kein besonders guter Schüler in Deutsch gewesen. »Hast du die Verse unter das Foto geschrieben?«, fragte er.

»Hab ich.«

»Dann warst du nicht immer Aale-Verkäuferin. Sonst würdest du deinen Schiller nicht so gut kennen.«

»Uhland.«

»Bitte?«

»Das Gedicht ist von Ludwig Uhland.«

»Oh!« Benno lachte. »Natürlich. Ich wollte nur mal sehen, ob du aufpasst. Hast du Germanistik studiert?«

»Nein.«

»Jedenfalls ist es ungewöhnlich, dass du Homer, Uhland und andere so gut zitieren kannst. Du verschweigst mir etwas.« Benno setzte sich neben Aale-Edith aufs Bett und nahm ihre Hand.

»Ich rede nicht gern über meine Vergangenheit.«

»Das musst du auch nicht. Reden ist Silber, Schweigen ist Gold, so heißt es doch.« Benno führte Aale-Ediths Hand an seine Lippen und küsste sie.

Seltsamerweise ließ sie es geschehen.

»Ich habe eine Bitte«, flüsterte er. »Würdest du für mich noch einmal das schlichte schwarze Kleid mit der Salamanderbrosche anlegen?«

»Was, jetzt?«

»Ja, jetzt.«

»Hm … dann mach mal die Nachttischlampe aus.«

KAPITEL 18

Am darauffolgenden Montag hatte Flo Bereitschaftsdienst in der Poliklinik, wo sie kleine und große Patienten ambulant behandelte. Die Fälle waren nicht weiter schwer, ein paar Bindehautentzündungen, ein Gerstenkorn, mehrere Augenspülungen. Allerdings auch ein verstopfter Tränenkanal, dessen Beschaffenheit genauer diagnostiziert werden musste, um abzuklären, ob die Ursache ein Stein oder ein Tumor war. Flo veranlasste, dass der Patientin ein Bett im zweiten Stock zugewiesen wurde. Während sie die dafür erforderlichen Papiere ausfüllte, fand sie Zeit, an Götz zu denken. Er war wirklich sehr besorgt um sie gewesen, nachdem der Aschenbecher sie an der Schläfe getroffen hatte, und er hatte es sehr energisch abgelehnt, sie mit der Bahn zurück in die Große Elbstraße zu bringen. »Wir nehmen eine Droschke«, hatte er entschieden. »Das ist bequemer für dich.«

Vor der Tür war er stehen geblieben, unschlüssig, ob er sie allein lassen durfte.

»Mein Liebster«, hatte sie gesagt, »ich bin nicht aus Zucker, aber mein Kopf brummt, und ich brauche in dieser Nacht meinen Schlaf. Bitte habe Verständnis dafür. Werde ich dich noch einmal sehen, bevor du …?«

Statt einer Antwort hatte er sie kurz und leidenschaftlich geküsst, sich umgedreht und war mit raschen Schritten davongeeilt.

Das Telefon im Bereitschaftsraum klingelte. Schwester Cornelia nahm ab, nickte und gab den Hörer weiter an Flo. »Für Sie.«

Am anderen Ende meldete sich das Sekretariat von Doktor Demme, dem Vertrauensmann der Medizinischen Fakultät. Ob die Frau Doktor heute Zeit finde, ins Allgemeine Krankenhaus Barmbek zu kommen?

»Um welche Uhrzeit?«

»Vielleicht gleich jetzt?«, schlug die Stimme vor. »Der Herr Doktor sagt, es würde nicht lange dauern.«

Flo überlegte. In zehn Minuten begann ihre Mittagspause, und im Moment war das Wartezimmer leer. Wenn sie sofort losfuhr, konnte sie rechtzeitig zum Nachmittagsdienst zurück sein. »Ich komme«, sagte sie.

Eine halbe Stunde später saß sie Demme gegenüber, der genauso aussah, wie sie ihn in Erinnerung hatte: ein blonder Mann mit schmalem Schädel, der über seiner SA-Uniform einen weißen Arztkittel trug und seine Verehrung für Hitler mit einem großen Schwarz-Weiß-Foto des Führers an der Wand deutlich machte. »Sie haben nichts von sich hören lassen«, begann er mit vorwurfsvollem Unterton.

Sie auch nicht, hätte Flo am liebsten geantwortet. Und hinzugefügt, wie der Herr Doktor es wohl gefunden hätte, alle naslang von ihr gefragt zu werden, ob er das benötigte Akryl schon beschaffen konnte. Stattdessen sagte sie: »Es tut mir leid, ich hatte sehr viel Arbeit.«

»Sind Sie mit Ihrer Forschung vorangekommen?«

»Bedauerlicherweise kaum.« Flo hatte in den vergangenen Monaten mit anderem Kunststoff experimentiert und sogar Probelinsen bei Zeiss schleifen lassen, doch mangelte es ihnen an Qualität. Für den Versuch einer Implantation war es noch zu früh.

»So, so.« Demme wirkte auf einmal sehr selbstzufrieden. Er beugte sich nach hinten und ergriff eine an der Wand lehnende, in Seidenpapier eingewickelte Platte. »Wissen Sie, was das ist?«

Natürlich wusste Flo es. Aber sie tat Demme den Gefallen und spielte die Überraschte: »Sagen Sie bloß …?«

»Ja! Es ist das von Ihnen so dringend gebrauchte Akryl zur Herstellung der künstlichen Augenlinse. Ich muss gestehen, ich war etwas voreilig, als ich Ihnen damals zusicherte, ich würde versuchen, das Material zu bekommen, denn der Weg dahin war steinig. Ich habe meine sämtlichen Beziehungen spielen lassen müssen, habe in der Partei an höchster Stelle angeklopft, habe sogar mit Heinkel und Messerschmitt persönlich gesprochen. Es war alles andere als leicht, das können Sie mir glauben.«

Flo begriff, dass Demmler gelobt werden wollte – egal, ob er übertrieb oder nicht. »Ich bin sehr beeindruckt und Ihnen außerordentlich dankbar.«

Demme entfernte das Seidenpapier und hielt die Platte wie eine Trophäe hoch. Sie hatte ungefähr die Größe eines DIN-A4-Blattes, die Stärke eines Fingers und war durchsichtig wie Fensterglas. »Glauben Sie, dass Ihnen das weiterhilft?«

»Wenn dieses Material dem Akryl entspricht, dass Leutnant Miller als Splitter in seinen Augen hatte, bin ich sehr zuversichtlich.«

Demme gab sich mit der Antwort zufrieden und überreichte die Platte. »Nehmen Sie sie mit und machen Sie was draus. Ich will sofort wissen, wenn Sie Erfolge zu verzeichnen haben.«

»Sehr gern, Herr Kollege.«

Demme lehnte sich zurück und musterte Flo. »Was haben Sie denn da an der Schläfe?«

»Nur eine kleine Verletzung, nicht der Rede wert.«

»Nun denn.« Demme stand auf, um sich von Flo zu verabschieden, wobei sein SA-Kragenspiegel unter dem weißen Kittel sichtbar wurde.

Das brachte Flo auf eine Idee. Sie blieb sitzen und sagte: »Die Verletzung an sich ist nicht tragisch, aber wie sie entstand, umso mehr.«

»Wie meinen Sie das?« Demme setzte sich wieder.

»Es geschah anlässlich meines zehnjährigen Jubiläums als Ärztin. Die Feier fand vorgestern in einer Wirtschaft auf St.

Pauli statt, weil mein Vater dort von früher gute Freunde hat. Es war eine geschlossene Gesellschaft, doch darum scherten sich der Scharführer Reißenweber und seine SA-Männer nicht.«

»Was heißt das?«

»Das heißt, er und seine Männer drangen in die Kneipe ein – bereits zum dritten Mal übrigens – und benahmen sich wie eine Schlägertruppe.«

»Vorsicht!« Demme hob den Zeigefinger. »Überlegen Sie sich gut, was Sie sagen. Sie sind dabei, schwere Anschuldigungen zu erheben, die Sie im Zweifelsfall beweisen müssen. Woher kennen Sie überhaupt den Namen des Scharführers? Er dürfte sich Ihnen doch kaum vorgestellt haben?«

»Er nannte ihn bei einem seiner vorherigen Besuche, wohl aus Spaß daran, uns zu erklären, warum er so leicht zu behalten sei: ›Reißenweber, wie auseinanderreißen und wieder zusammenweben‹, sagte er. Sein Auftreten jedoch bezog sich eher auf das Auseinanderreißen.«

»Und das soll ich Ihnen glauben?«

»Zweifeln Sie das Wort einer Kollegin an?«

»Fahren Sie fort.«

»Am vergangenen Sonnabend drangsalierte er wieder die Gäste und ließ sich auch nicht beruhigen, als jemand vorschlug, aus Anlass meines Jubiläums das Lieblingslied unseres Führers, *Abend spat*, gemeinsam zu singen. Auch das Angebot des Tätowierers Wahrlich, ihm den Kopf des Führers gratis zu stechen, zeigte keine Wirkung. Im Gegenteil, er glaubte, man verspotte ihn, wurde jähzornig und warf mit einem Aschenbecher. Dabei traf er mich an der Schläfe.« Flo tippte mit dem Finger auf das Pflaster. »Da haben Sie Ihren Beweis.«

Demme wurde nachdenklich.

»Der Wurf des Aschenbechers war der Auslöser für Reißenwebers Männer, wieder Radau zu machen. Sie beschädigten Gestühl und Dekorationen, und nur der Geistesgegenwart eines Kellners, der eine Lokalrunde ausgab, war es zu verdanken, dass die Situation nicht eskalierte.«

»Und danach?«

»Schlief die Truppe ziemlich übergangslos ein, weil ihrem Schnaps ein starkes Schlafmittel beigemischt worden war.«

Demme zog die Augenbrauen hoch.

»Es schien die einzige Möglichkeit, sich der drohenden Gewalt zu erwehren. Es war, wie gesagt, nicht das erste Mal, dass Reißenweber mit seinen Leuten auf der Bildfläche erschien. Gemeinsam wurde dann überlegt, was am besten zu tun sei, und man bestellte zwei Droschken. Die haben Reißenweber und seine Mannschaft zum Stadthaus gefahren. Der Sitz von Polizei und Gestapo schien die richtige Adresse für die Herren, um ihren Rausch auszuschlafen.«

Demme gestattete sich ein Schmunzeln. Der Erfindungsreichtum der St. Paulianer war nicht ohne Witz.

»Was jedoch bei der ganzen Sache nicht bedacht wurde, ist die Rache Reißenwebers. Es steht zu befürchten, dass er wiederkommen und Vergeltung üben wird. Und niemand wird ihn daran hindern können. Es sei denn, Sie in Ihrer Eigenschaft als Obersturmführer der SA würden …?«

Demme trommelte mit den Fingern auf seinem Schreibtisch und schaute sinnend aus dem Fenster. Flo dachte schon, er hätte ihre unausgesprochene Bitte überhört, als er zu sprechen begann: »Als Vertrauensmann der Medizinischen Fakultät danke ich Ihnen, dass Sie so offen mit mir gesprochen haben. Es geht natürlich nicht, dass sich SA-Kameraden in der Öffentlichkeit derart danebenbenehmen, schon gar nicht in Gegenwart einer Dame. Doch da ich nicht der direkte Vorgesetzte Reißenwebers bin, kann ich mich schlecht einmischen. Wir müssen die Sache mit Bande spielen. Zufällig kenne ich den Oberleutnant Kosa von der Ordnungspolizei. Der hat einen guten Draht zur SA. Vielleicht kann der was machen.«

»Wird die Angelegenheit damit erledigt sein?«, fragte Flo.

»Ich hoffe es«, antwortete Demme.

Doch die Angelegenheit war damit nicht erledigt. Wenn auch auf andere Art, als Flo dachte. Zwei Wochen später erhielt sie eine Vorladung, im Stadthaus zu erscheinen, Termin: *Mittwoch, 16. Oktober 1935, 11 Uhr, Sekretariat Hertz, Zimmer 127.*

Flo hielt das Schreiben in den Händen und hätte es am liebsten in den Papierkorb geworfen, doch Vicki sagte: »Steck nicht den Kopf in den Sand. Wenn du nicht hingehst, holen sie dich. Das könnte noch viel unangenehmer werden.«

Flo seufzte. Sie hatte ein ungutes Gefühl. Vielleicht war es falsch gewesen, Demme um Hilfe gegen Reißenweber zu bitten. Hatte sie damit in ein Wespennest gestochen und alles nur noch schlimmer gemacht?

Pünktlich um elf am betreffenden Tag war sie im Stadthaus und klopfte an die Tür mit dem Schild *Sekretariat Hermine Hertz.*

»Herein.«

Flo trat ein und sah sich einem altjüngferlichen Fräulein gegenüber: graue Haare, hochgesteckt zum Dutt, graue Strickjacke, schwarzer Rock. Fräulein Hertz saß hinter ihrer Triumph Schreibmaschine und blickte aus geröteten Augen über den Rand ihrer Brille. Zu ihren Füßen lag ein farbenfroher Gabbeh, der einen seltsamen Gegensatz zu ihrer tristen Kleidung bildete. »Einen Augenblick, Frau Doktor Haiden«, sagte sie, nachdem sie Flos Vorladung entgegengenommen hatte. »Ich sage nur schnell dem Herrn Kriminaldirektor Bescheid, dass Sie da sind.«

Fräulein Hertz entschwand in den Nebenraum und kehrte kurz darauf zurück. »Der Herr Kriminaldirektor lässt bitten.«

»Guten Tag«, sagte Flo beim Eintreten.

Ein mittelgroßer Mann, dessen gutes Aussehen durch eng stehende Augen und einen Schmiss in der linken Wange getrübt wurde, erhob sich und knöpfte das Jackett seines Nadelstreifenanzugs zu. »Heil Hitler.« Er gab Flo flüchtig die Hand und bedeutete ihr, sich zu setzen. Dann blätterte er in einer Akte und schien sie vergessen zu haben.

Flo betrachtete ihn. Er saß an einem Eichentisch, auf dem sich außer einer Schreibtisch-Garnitur aus Carrara-Marmor und einigen Aktenordnern nur eine kleine Hakenkreuzfahne befand. Neben der Fahne stand ein Namensschild aus Messing: *Klaus-Hinrich Schädeba.*

Flo stutzte. Der Name Schädeba hatte im Hause zur Haiden einen schlechten Klang. Niemand anderes als Ernst-Otto Schädeba war es gewesen, der Vicki im Jahre 1895 vor der gemeinsamen Verlobungsfeier vergewaltigen wollte. Ein Eklat, der wochenlang Gegenstand der Berichterstattung in den Hamburger Zeitungen gewesen war und tiefe Wunden auf beiden Seiten hinterlassen hatte. Ob ihr Gegenüber der Sohn von Ernst-Otto war?

»Sie sind Doktor Florence Haiden, US-Amerikanerin, Augenärztin?« Schädeba hatte die Akte zugeklappt. Mit keiner Miene verriet er, ob er die Geschehnisse von damals mit Flos Person in Einklang brachte.

»Ja, die bin ich.«

»Haben Sie immer so geheißen?«

»Nein, nicht immer. Ursprünglich hieß ich ›zur Haiden‹, aber mein Vater änderte den Namen, weil die Amerikaner Schwierigkeiten mit der Aussprache hatten.«

»Sie kennen einen Architekten Götz Vahrenfeld?«

Flo spürte, wie ihr heiß und kalt wurde. Sie hatte Götz seit ihrer Verabschiedung vor zwei Wochen nicht mehr gesehen und mehrfach bereut, ihn trotz der Kopfschmerzen nicht mit auf ihr Zimmer genommen zu haben. War er schon in den ersten Tagen seiner Mission verhaftet worden? »Ja, ich kenne ihn.«

»Sie wurden mit ihm zusammen in dem Lokal *Höller's Hölle* gesehen.«

»Ich nehme an, Sie sprechen von der Feier anlässlich meines zehnjährigen Jubiläums als Ärztin?«

Schädeba überhörte die Frage. »Nach Aussage eines Zeugen sind Sie mit Vahrenfeld liiert. Stimmt das?«

Flos Gedanken rasten. Woher konnte Schädeba dieses Wissen haben? Sicher nicht von einem der St. Paulianer, denn die hielten zusammen wie Pech und Schwefel. Um Zeit zu gewinnen, fragte sie: »Wie ist der Name des Zeugen?«

»Das geht Sie nichts an. Also?«

Konnte die Information von Torben Timm gekommen sein, der die Bauarbeiten in der Großen Elbstraße heimlich verfolgt hatte? Eher nicht, da sie Götz lange Zeit aus dem Wege gegangen war. Oder war es einer der SA-Leute gewesen? Der widerliche Reißenweber? Hatte er gesehen, wie Götz sich nach dem Aschenbecherwurf auf ihn stürzen wollte? Hatte er mitgekriegt, wie Götz sich liebevoll um sie kümmerte? Und wenn ja, war es die Rache dafür, dass er und seine Meute im Stadthaus gelandet waren?

»Ich habe Ihnen eine Frage gestellt!«

»Ich kenne Götz Vahrenfeld nur als Architekten. Es war reiner Zufall, dass wir uns in *Höller's Hölle* begegneten.«

»War Ihr gemeinsamer Aufenthalt auf Finkenwerder auch reiner Zufall?«

Flo merkte, wie Zorn in ihr hochkam. Wie hinterhältig dieser Kerl fragte! Was ging ihn ihr Privatleben an! »Woher wollen Sie wissen, dass ich mit Götz Vahrenfeld auf Finkenwerder war? Das Einzige, was ich Ihnen bestätigen kann, ist mein Aufenthalt dort, weil ich mir das Haus meiner Mutter und meiner Großeltern ansehen wollte.«

Schädeba lächelte süffisant. »Dann schauen Sie sich mal die hier an.« Er breitete mehrere Fotos auf seinem Schreibtisch aus. »Die Bilder wurden mit einer Billy Record der Firma Agfa gemacht und bei Wiesenhavern entwickelt, Format 6 x 9, Chamois und Hochglanz, mit Büttenrand. Was sagen Sie dazu?«

Flo erkannte ein Foto von sich, wie sie mit dem Kuchen und dem Weinglas in der Hand auf der Picknickdecke saß, ein weiteres Bild von Götz, glücklich lächelnd, und drei Bilder, auf denen sie beide zu sehen waren, die Helligen und Kräne der Deutschen Werft im Hintergrund. »Wie kommen Sie an diese Fotos?«

»Die Fragen stelle ich.«

Flo fiel ein, dass sie mal gehört hatte, die Gestapo mache Stichproben bei den Hamburger Fotohändlern und würde Filme und Negative bei Bedarf beschlagnahmen. Offenbar waren die Schnüffler Götz mit dem Abholen der Bilder zuvorgekommen. Hatte er rechtzeitig Verdacht geschöpft und das Fotogeschäft gemieden? Gebe Gott, dass es so gewesen war … Und dann dachte Flo an den Mann mit dem Fernglas und dem Fotoapparat, der gesagt hatte, er habe an der Hochzeit in St. Nikolai teilgenommen. Zweifellos ein Spitzel, der ihnen hinterherspioniert hatte! Und zweifellos Schädebas Zeuge, denn er hatte auf Finkenwerder gesehen, dass sie ein Paar waren.

»Was sagen Sie zu den Bildern, Frau Doktor Haiden?«

Flo schwieg.

»Wir haben Grund zu der Annahme, dass Vahrenfeld ein feindlicher Agent ist. Die Aufnahmen von der Deutschen Werft beweisen es. Dort wird geheimes Kriegsmaterial produziert.«

»Sie meinen U-Boote? Das weiß doch jeder. Außerdem sind es keine Aufnahmen von der Deutschen Werft, sondern von Vahrenfeld und mir, weil wir im Vordergrund stehen. Ein zufällig vorbeikommender Passant hat sie gemacht, weil die Kamera keinen Selbstauslöser hat.«

Schädeba überhörte den Einwand. »Wo ist Vahrenfeld?«

Flo atmete innerlich auf. Die Frage bedeutete, dass Götz der Gestapo durch die Maschen geschlüpft war. »Ich habe keine Ahnung.«

»Wann haben Sie ihn das letzte Mal gesehen?«

»In *Höller's Hölle* auf der Reeperbahn. Am Tag meines Jubiläums, als SA-Leute die Gastwirtschaft überfielen, allen voran der Scharführer Reißenweber.«

Schädeba ging nicht darauf ein. Der Vorfall schien für ihn nicht von Belang zu sein. »Ich warne Sie. Sie haben mich am Anfang belogen. Wagen Sie das nicht noch einmal.«

»Ich wollte nur meine Privatsphäre wahren.«

»Meinetwegen. Ich will zu Ihren Gunsten annehmen, dass Sie von Vahrenfelds Agententätigkeit tatsächlich nichts wussten, weil er Sie nicht in Gefahr bringen wollte. Doch sollten Sie mit ihm unter einer Decke stecken, werden Ihnen auch Ihr hübsches Köpfchen und Ihr amerikanischer Pass nichts nützen. Sobald er wieder auftaucht, haben Sie mir Meldung zu machen, und zwar, ohne ihn davon in Kenntnis zu setzen. Haben Sie das verstanden?«

»Sie haben sich klar ausgedrückt.«

»Merken Sie sich meine Worte gut. Und nun gehen Sie.«

Flo verließ das Stadthaus, bestürzt und besorgt.

KAPITEL 19

An einem Sonntag Ende November fand die Vernissage zu Bennos Ausstellung *Zeichen, Zyklen, Oktogone* statt. Der Beginn der Veranstaltung war auf elf Uhr festgesetzt. Heinrich Stegemann, der Ausstellungsleiter des Kunstvereins, stand mit Benno im Eingangsbereich und zog nervös an seiner Juno. »Ich wusste gar nicht, dass Hamburg so kunstinteressiert ist«, sagte er leise. »Es sind mindestens zweihundertfünfzig Menschen gekommen, neben der Presse sogar Gauleiter Kaufmann mit seinem Tross. Darunter Adolf Ziegler von der Reichskammer der bildenden Künste. Muthmann, unser Direktor, ist natürlich auch dabei. Na, der hatte zu den Nazis schon immer einen guten Draht. Ich wundere mich nur, warum er keine offizielle Rede halten wollte. So bleibt es an mir hängen.«

»Ruhig Blut«, sagte Benno. »Ich bin an deiner Seite.« Er ließ den Blick über die Köpfe der Anwesenden schweifen. Sie plauderten erwartungsfroh und nippten an ihren Sektgläsern, die sie von den Serviermädchen des nahe gelegenen Hotels Vorbach erhalten hatten. Noch standen die Besucher dicht gedrängt vor dem Eingang und im großen Vorraum, da die beiden Ausstellungsräume dahinter durch eine rote Kordel abgesperrt waren. Auch einige Freunde aus St. Pauli waren darunter: Christian Warlich, der Tätowierkünstler, Schatzi und Aale-Edith. Dazu Felix Jud mit seiner Mitarbeiterin aus der *Hamburger Bücherstube.* Und natürlich Vicki und Flo aus der Großen Elbstraße 7.

»Es ist Punkt elf.« Stegemann stieg auf ein kleines Podium und bat um Ruhe. Wie bei allen Festen und Feiern dieser Art musste er seine Aufforderung mehrmals wiederholen, bis es still wurde. »Meine sehr verehrten Damen und Herren«, begann er, »ich möchte Sie im Namen unseres Hamburger Kunstvereins herzlich willkommen heißen, in erster Linie unseren Reichsstatthalter und Gauleiter, den Volksgenossen Kaufmann mit seiner Begleitung …«

»Heil Hitler heißt das!«, rief jemand zurechtweisend.

»Ja, äh, Heil Hitler!« Stegemann kam verbal etwas ins Straucheln, fing sich jedoch rasch. »Der Name unseres Führers ist natürlich ein gutes Stichwort, um zum Thema Kunst überzuleiten, denn wie jeder weiß, war unser Führer in jungen Jahren ein vielversprechender Zeichner und Illustrator, bevor er beschloss, Politiker zu werden …«

»Das ist ja nochmal gutgegangen«, raunte Benno der neben ihm stehenden Aale-Edith zu.

Stegemann spann inzwischen den Faden weiter. Er redete über zeitgenössische Kunst, über die Kunst in ihrer Vielfalt, über die Freiheit der Kunst, über die Kunst im Allgemeinen und im Besonderen und leitete schließlich, kurz bevor er die Grenze zur Langeweile erreichte, über zu Benno, dem »Hamburger Jung«, der vom Tor zur Welt aufgebrochen war, um in New York zu einem der bedeutendsten Künstler heranzureifen … »Ich danke Ihnen, meine Damen und Herren, und darf nun Benno Haiden bitten, das Wort zu ergreifen.«

Benno stieg auf das Podium und wartete, bis der Begrüßungsapplaus verklungen war. Eigentlich hatte er seine Rede mit einem Ausflug in die moderne Kunst beginnen wollen, aber da Stegemann das Thema schon so ausführlich behandelt hatte, entschied er spontan, diesen Teil wegzulassen. »Ich freue mich, dass Sie alle gekommen sind«, sagte er, »und beginne gleich mit einer Enthüllung. Denn nichts, so scheint mir, wäre für die Eröffnung einer Ausstellung passender.«

Zustimmendes Gemurmel.

Benno wies auf eine Staffelei hinter sich, auf der ein mit schwarzem Tuch bedecktes Gemälde stand. Er zog das Tuch mit einem Ruck herunter, und das Bild wurde sichtbar. Es zeigte kraftvolle grüne Ranken, die sich zur Mitte hin verdichteten und braune Ovale mit schwarzen Löchern umschlossen. Wer kunstbewandert war, konnte darin eine Parallele zu Edvard Munchs Werk *Der Schrei* erkennen.

Ein Raunen ging durch den Raum.

»Es ist die Interpretation einer Ballade, die tief im mexikanischen Urwald spielt und vom Tod einiger Soldaten handelt«, erklärte Benno. Dass die Ballade *Von des Cortez Leuten* hieß und von Bertolt Brecht war, erwähnte er nicht. Dafür standen zu viele Nazis im Saal herum. Aber das Bild schien auch so eine Faszination auszuüben, wie an vielen Gesichtern abzulesen war. Auch an Felix Juds. Der Buchhändler zwinkerte ihm unauffällig zu.

»Ich hätte das Bild *Der gefräßige Wald* nennen können oder *Götterdämmerung*, vielleicht auch einfach nur *Angst*, doch ich habe es letztendlich *Abgrund!* genannt. Der Anlass dazu steht hier.« Benno reichte Aale-Edith die Hand und half ihr hinauf aufs Podium. »Ich darf Ihnen Edith Göbe vorstellen.«

Aale-Edith nickte mit ernster Miene. Benno zuliebe trug sie an diesem Tag das schlichte schwarze Kleid mit der Salamanderbrosche. Reden jedoch wollte sie nicht, das hatte sie klipp und klar gesagt.

»Frau Göbe ist Synästhetin, sie besitzt die seltene Fähigkeit, Buchstaben vor ihrem geistigen Auge farbig zu sehen. Das A erscheint ihr grün, das E dunkelblau, das I rot, das U braun, um nur einige Beispiele zu nennen. Sie ist die Namensgeberin für *Abgrund!*, denn das Werk besteht, wie Sie sehen, überwiegend aus Grün- und Brauntönen.«

Zaghafter Applaus, der stärker wurde, setzte ein.

Aale-Edith verließ das Podium, sie stand nicht gern im Mittelpunkt.

Benno hätte es verhindern können, aber er kannte die Fischhändlerin und ihren Eigensinn. Deshalb unterließ er es und setzte seine Rede fort: »Wie wir alle wissen, entwickelt sich jeder Maler auf seine Weise. Es gibt Abschnitte in seinem Leben, in denen Künstlerkollegen ihn beeinflussen, und es gibt solche, in denen er selbst zu den Beeinflussenden gehört. Dazwischen liegen Formen und Farben jeglicher Art, Körper und Köpfe, Meere und Landschaften, unendlich viele Motive, die er durch seine Brille sieht. Als ich ganz jung war, war ich ein Zeichner der Formen, ich malte Akte an die Kneipenwände in St. Pauli. Später hatten es mir die Impressionisten und Expressionisten angetan, ich malte ein 360-Grad-Panorama meiner Heimatstadt in acht Bildern, die in Form eines Oktogons präsentiert wurden. Die Bilder gibt es nicht mehr, sie gingen in den Wirren des Weltkriegs verloren, doch einige Skizzen sind erhalten. Sie können heute hier betrachtet werden.

In New York wollte ich mich entfalten, wollte mich künstlerisch entwickeln, die Farbe Gelb hatte es mir angetan. Ich besuchte eine Ausstellung mit Werken van Goghs und bewunderte seine Sonnenblumenbilder. Der Katalog trug den Titel: *Bilder der Sonne, gegen die Sonne, in voller Sonne.* Und eines von van Goghs Selbstporträts wurde wie folgt analysiert: *Gesicht und Haare Chromgelb I; Der Anzug Chromgelb II; Die Krawatte Chromgelb III mit einer smaragdgrünen Nadel; Der Hintergrund Chromgelb IV.*

Einen Betrachter, der davor stand, hörte ich sagen: ›Gelb, gelb, alles ist gelb. Ich verstehe nicht mehr, was Malerei ist.‹

Ich für meinen Teil verstand den Mann nicht, ich war der Meinung, Malerei habe tausend und mehr Facetten, man müsse sie nicht verstehen, sondern fühlen. Ich wollte so malen wie die ganz Großen, doch es war mir nicht möglich. Ich musste mich und meine Familie mit dem Zeichnen von Bildergeschichten über Wasser halten und mit dem Entwickeln von Markenzeichen, die ich für J. Walter Thompson und andere Werbeagenturen in New York entwarf. Auch dafür sehen Sie Beispiele in dieser Ausstellung.

Irgendwann jedoch kam der Zeitpunkt, an dem ich malen konnte, wie und was ich wollte, und das nicht nur in Gelb, denn dank meines Galeristen Joshua Brickstein gelang es, einige meiner Erstlingswerke zu verkaufen. Leider kann Josh heute nicht dabei sein, aber er hat mir eine ganze Reihe meiner Bilder und Serien über den großen Teich geschickt, darunter das erst im vorigen Jahr fertiggestellte achtteilige Werk *360 Degrees of New York*, das nach dem Hamburger Beispiel den Blick vom Empire State Building zeigt und im Nachbarraum in Form eines Oktogons aufgestellt wurde.

Im dritten Raum werden Sie zum Abschluss den Vier-Elemente-Zyklus aus *Hades' Erde*, *Zeus' Feuer*, *Heras Luft* und *Nestis' Wasser* kennenlernen.«

Benno hielt inne und hob die Hände. »Ich glaube, ich habe genug geredet. Wie heißt es so schön? Ein Bild sagt mehr als tausend Worte. Ich möchte meine Einführung mit der Erkenntnis eines der Größten unserer Zunft beenden: Paul Gauguin, der einmal schrieb: *Es ist sehr einfach zu sagen: Dies gehört mir, aber wie viel kostet es zu sagen: Das gehört dir.* In diesem Sinne möchte ich heute jedem Einzelnen unter Ihnen meine Exponate zur Betrachtung ans Herz legen: Das gehört dir.«

Unter freundlichem Applaus stieg Benno vom Podium herab und wurde sofort von einigen Neugierigen umringt, die ihn von Aale-Edith abdrängten und mit Fragen überhäuften. Manche wollten wissen, was das Bild *Abgrund!* aussagen sollte, andere interessierten sich für die Markenzeichen und die Bildergeschichten, wieder andere für Bennos Gelbe Periode und seine Entwicklung danach.

Die Freunde vom Kiez kamen, schlugen ihm auf die Schulter, und Schatzi sagte: »Ich wusste gar nicht, dass du so ernsthafte Reden halten kannst.«

Benno grinste. »Das wusste ich auch nicht.«

Felix Jud meinte, er freue sich, dass Ignaz Litterfas' Vortrag in seinen bescheidenen Räumen zu einem so großartigen Werk wie *Abgrund!* geführt habe.

Flo und Vicki reservierten sich einen der Ausstellungskataloge, bevor sie ihren Rundgang begannen. Die Kataloge trugen ebenfalls den Titel *Zeichen, Zyklen, Oktogone* und verkauften sich wie geschnitten Brot.

Karl Kaufmann, der Gauleiter Hamburgs, begegnete Benno im zweiten Ausstellungsraum, wo er ihm, obwohl fast dreißig Jahre jünger, jovial den Arm tätschelte. »Sehr schön, die Ausstellung, lieber Haiden, sehr schön«, lobte er. »Haben Sie schon mal daran gedacht, die Kraft der Deutschen Kunst in Ihre Werke einfließen zu lassen?«

»Sie meinen Hakenkreuze?«

Kaufmann stutzte, dann lachte er meckernd. Sein Tross, darunter Muthmann, lachte mit. »Kleiner Scherz am Rande, was? Na ja, war ja nur 'ne Frage. Machen Sie weiter.«

Ein paar Presseleute nebst einem Fotografen schoben sich heran. Sie fragten, ob Benno noch länger in Hamburg bliebe, warum sein Galerist für die Ausstellung nicht nach Hamburg gekommen sei, welche Arbeiten demnächst anständen und so weiter. Über alledem hatte Benno sich mit dem Strom der Betrachter in den dritten Raum treiben lassen. Es war ein kleiner Saal, in dem der Vier-Elemente-Zyklus aus *Hades' Erde*, *Zeus' Feuer*, *Heras Luft* und *Nestis' Wasser* hing. Benno hatte ihn mit Stegemanns Hilfe noch am Abend zuvor selbst aufgehängt. »Den vier Elementen Erde, Feuer, Luft und Wasser lassen sich die Eigenschaften kalt, trocken, warm und feucht zuordnen«, erklärte Benno den Presseleuten. »Ich denke, das könnte eine Herausforderung für weitere Arbeiten darst…«

Er blieb abrupt stehen und traute seinen Augen nicht. Alle vier Werke waren verschwunden, die Wände leer.

Benno schaute ein zweites Mal hin. Das konnte, das durfte nicht wahr sein!

Stegemann, der dazugetreten war, vergaß, an seiner Juno zu ziehen. »Das gibt's nicht«, murmelte er.

»Wo sind meine Bilder?«, schrie Benno.

Die Menge der Betrachter wich erschrocken zurück.

»Kann mir hier einer sagen, wo meine Bilder geblieben sind?«

»Vielleicht weiß Muthmann was«, sagte Stegemann, doch seine Stimme klang nicht sehr hoffnungsvoll.

Wie sich herausstellte, war Muthmann in der Zwischenzeit gegangen, ebenso Kaufmann mit seinem Tross. »Tut mir wirklich leid, Benno.« Stegemann sah sehr unglücklich aus. »Aber ich denke, das klärt sich alles auf.«

»Dein Wort in Gottes Ohr.« Am liebsten hätte Benno die Ausstellung sofort verlassen, doch die Anwesenheit der Presse mit ihren Fragen veranlasste ihn, noch zu bleiben. Es hatte ihm gründlich die Laune verhagelt.

Plötzlich stand Aale-Edith an seiner Seite. Sie drückte ihm den Arm und sagte: »Lass fahren dahin, sie haben's kein' Gewinn.«

»Was sagst du?«

»Ich sag's mit Luther: Nimm's gelassen. Es wird der braunen Brut nichts nützen.«

»Du meinst, die Nazis stecken dahinter?«

»Wer denn sonst!« Aale-Edith zuckte mit den Schultern. »Deine Bilder jedenfalls werden die Nazis überdauern.«

»Wirklich?«

»Ja, komm, wir gehen. Vira ist wieder mal in Elmshorn, und über der *Hölle* ist's gemütlich.«

Felix Jud saß am Schreibtisch im Hinterzimmer seiner Buchhandlung und erstellte eine Liste verbotener Buchtitel, die er aus der Schweiz hatte kommen lassen und unter der Hand an seine treuen Stammkunden verkaufen wollte.

Es klopfte. Jud schreckte auf und ließ die Liste verschwinden.

In diesen Zeiten konnte man nie wissen, wer Einlass begehrte. »Bist du es, Benno?«

»*In persona.*« Benno trat ein und setzte sich Jud gegenüber.

»*In persona grata!* Danke, dass du gekommen bist, obwohl dir der Ärger zwei Tage nach der Ausstellung noch ins Gesicht geschrieben steht. Willst du einen grünen Tee oder gleich was Schärferes?«

»Ein Tropfen von deinem Courvoisier könnte nicht schaden.«

Jud schenkte zwei Kognakgläser voll und steckte sich eine Muratti an. »Erst mal Prost.«

Sie tranken.

Jud nahm einen tiefen Zug aus der Zigarette. »Ich wollte, dass du die Sache erst überschläfst, bevor ich mit dir rede.«

»Worum geht's?«

»Ich möchte dich bitten, in Hamburg zu bleiben.«

»Woher weißt du, dass ich fort will?«

»Weil ich das Herz eines Künstlers habe. Nichts kann schlimmer sein, als wenn einem ein Bild gestohlen, ein Buch verbrannt oder eine Skulptur zertrümmert wird. Die Tat hinterlässt Wut, Ohnmacht, Rachegefühle. Der Ort des Geschehens ist einem verhasst, man will nur noch weg. Stimmt's?«

»Stimmt.« Benno leerte sein Glas.

»Wenn du bliebest, würdest du nicht nur mir einen Gefallen tun, weil ich dich mag, du würdest auch ein Zeichen setzen für alle Künstler in der Stadt, die Repressalien ausgesetzt sind. Du wärest so etwas wie ein Leuchtturm, an dem sie sich orientieren könnten.«

Benno schwieg und starrte in sein Glas. »Ich schwanke noch.«

Jud griff in den Rollschrank unter seinem Schreibtisch und holte einige Tageszeitungen hervor. Alle trugen das Datum *Dienstag, 26. November 1935*. »Ich habe mich heute mal ein bisschen im Blätterwald umgesehen«, sagte er. »Das *Hamburger Fremdenblatt* berichtet sehr positiv über die Ausstellung, auch wenn der Großteil des Artikels aus dem Katalog abgeschrieben ist. Nun ja. Der *Hamburger Anzeiger* schreibt ähnlich, bringt als Diskussionsbeitrag zu deiner Kunst ein Interview mit Carl Blohm und spekuliert darüber, wo der Vier-Elemente-Zyklus geblieben sein könnte. Das *Hamburger Tageblatt* ist, wie du vielleicht weißt, ziemlich braun eingefärbt, stellt aber wider Erwarten keine Vergleiche zwischen deiner und der Deutschen Kunst an, sondern berichtet erstaunlich neutral – vielleicht, weil du Amerikaner bist. Der *Völkische Beobachter* schließlich ist reißerisch wie immer und macht mit der Schlagzeile *Kunstraub im Kunstverein!* auf. Er zeigt zwei deiner Rötel-Skizzen für das verschollene 360-Grad-Panorama Hamburgs – wahrscheinlich, weil sie im letzten Jahrhundert entstanden und demzufolge noch sehr naturalistisch in der Anmutung sind. Ansonsten weiß der *Beobachter* auch nicht mehr als die anderen Blätter, außer dass er ein Zitat von Kaufmann bringt. Auf die Frage, wie ihm die Ausstellung gefalle, habe der Gauleiter geantwortet: ›Sehr schön, ich schätze den Maler Haiden, und ich liebe die Deutsche Kunst.‹«

Während Jud sein Resümee machte, hatte er die Zeitungen nacheinander auf den Schreibtisch gelegt. »Alles zusammengenommen, sind die Kommentare zu deiner Ausstellung positiv, teilweise sogar sehr positiv. Selbst die Nazi-Blätter zeigen sich erstaunlich offen – soweit ihnen das möglich ist. Du bist also in Hamburg willkommen. Vielleicht tröstet dich das ein wenig über den Diebstahl hinweg. Lies selbst.«

Benno las.

»Na, was sagst du? Es wird doch nichts so heiß gegessen, wie es gekocht wird.«

Benno las weiter. »Spendierst du mir noch einen Tropfen?«

»Gewiss.« Jud schenkte von dem Courvoisier nach. »Vielleicht noch eines: Vieles spricht dafür, dass die Nazis deinen Zyklus verschwinden ließen, weil er in ihren Augen entartete Kunst ist – aber genau wissen wir es nicht. Es gibt auch noch andere Räuber in dieser Welt.«

Benno überlegte. Jud hatte den Inhalt der Artikel präzise wiedergegeben. Sein Eindruck stimmte. Und er hatte recht: Die Beweise für eine Täterschaft der Nazis fehlten. Wahrscheinlich würden die Bilder niemals wieder auftauchen. Warum sich also aufregen? Und dann war da noch Aale-Edith. Auch sie war ein

Grund, Hamburg nicht zu verlassen. Und natürlich Flo und Vicki. Und die Freunde in der *Hölle*. Und überhaupt …

»Ich bleibe vielleicht«, sagte Benno.

Die Mutmaßungen im Blätterwald, wo Bennos Werke geblieben sein konnten und wer sie gestohlen haben mochte, nahmen in den Folgetagen rasch ab. Außer einigen Meldungen, die besagten, dass die Polizei keine konkreten Spuren habe und mehr oder weniger im Dunkeln tappe, schien der Diebstahl kein auflagenförderndes Thema mehr zu sein. Nachrichten über den Krieg in Afrika zwischen Italien und Abessinien rückten in den Vordergrund.

Während eines gemeinsamen Spaziergangs am Elbufer bei Teufelsbrück sagte Aale-Edith zu Benno: »Es ist schön hier. Ich mag die Luft, wenn sie nach Salz und Teer riecht. Und ich mag die dicken Pötte, wenn sie an einem vorüberrauschen. Wann fährst du nach New York zurück?«

Benno blieb stehen. »Woher weißt du, dass ich mich mit dem Gedanken trage?«

»So was spürt eine Frau.«

»Wärst du denn traurig, wenn ich führe?«

»Jedenfalls würde ich mich nicht freuen.«

Benno lachte. »Das war wieder mal typisch Aale-Edith! Warst du eigentlich immer so?«

»Wann sollte ich anders gewesen sein?«

»Vielleicht, als du jünger warst?« Benno hakte sich bei Aale-Edith ein und ging mit ihr in Richtung Anleger. »Du hast mir immer noch nicht erzählt, woher du deine vielen Zitate kennst. Ich meine, die lernt man doch nicht beim Aaleverkauf?«

»Da schweigt des Sängers Höflichkeit.«

»Siehst du! Genau das meine ich. Dass du nicht Germanistik studiert hast, weiß ich. Warst du denn auf einem Lyzeum?«

»Ich war in Stellung.«

»Erzähle.«

»Nur wenn du mir am Anleger einen Kaffee spendierst.«

»Einen Kaffee und eine Apfelschnitte, abgemacht.«

Als der dampfende Kaffee und der Kuchen vor ihnen standen, sagte Aale-Edith: »Ich komm aus dem Alten Land. Meine Mutter war Magd auf einem Hof in Jork, mein Vater war der Obstbauer. Aber das durfte niemand wissen. Überhaupt: Da war manches, was die Leute nicht wissen durften. Dass der Obstbauer nach St. Pauli in den Puff ging und dass er mich, als ich vierzehn war, gerne mit in die Scheune nahm.«

»Das ist ja schrecklich!« Benno war ehrlich empört.

»Ja, es war nicht schön. Aber ich bin drüber weg.« Aale-Edith aß ein Stück Apfelschnitte und spülte es mit einem Schluck Kaffee hinunter. »Als ich sechzehn war, bin ich fort aus Jork, meine Mutter schickte mich in Stellung nach Blankenese zu einer Kapitänsfamilie. Da hatte ich viel zu arbeiten, aber ich war zufrieden, weil ich nicht mehr in die Scheune musste. Nachts hab ich viel gelesen, das hat mich abgelenkt von den schlechten Gedanken an zu Hause. Ich habe es mit Büchern versucht, aber die waren mir zu dick. Deshalb hab ich Gedichte gelesen, alle, die ich in die Finger kriegte.«

»Deshalb also die vielen Zitate.« Benno wollte Aale-Ediths Hand nehmen, doch sie entzog sie ihm.

»Mit Anfang zwanzig hab ich Hein Sökeland auf dem Fischmarkt kennengelernt. Ich hab schon von ihm erzählt. Er ist Elbfischer und räuchert Aale. Und er suchte jemanden, der ihm die Viecher regelmäßig abnimmt. Seitdem bin ich auf St. Pauli und verdiene mir da mein Geld. Irgendwann hat Willi mich angesprochen und gesagt, wer so aussieht wie ich, mit der Melone und den Blumen dran, der könnte gut vor der *Hölle* sitzen. Die Leute würden stehen bleiben, bei mir was kaufen und in die *Hölle* gehen oder erst in die *Hölle* gehen und beim Rausgehen bei mir was kaufen. Es wär für beide Seiten ein Gewinn.«

»Das stimmt«, sagte Benno nachdenklich. Er war sehr beeindruckt von dem, was Aale-Edith ihm erzählt hatte, ein echter Vertrauensbeweis. »Ich danke dir, dass du so offen warst.«

»Keine Ursache.« Aale-Edith schob das letzte Stück der Apfelschnitte in den Mund.

»Sag, wie alt bist du heute?«

Aale-Edith blickte ihn kauend an. »Älter als damals und jünger als du.«

Dass Aale-Edith zwei Gesichter hatte, ein verschlossenes und ein offenes, erfuhr Benno abermals einige Tage später. Es war ein kühler Dezembernachmittag, Benno saß in der *Hölle*, hatte Schatzi ein Danziger Goldwasser ausgegeben und mit Willi ein oder zwei Gläschen geleert, als es draußen heftig zu regnen begann. »Sitzt Aale-Edith noch vor der Tür?«, fragte er.

»Das wird sie wohl«, brummte Willi.

»Bei dem Regen?«

Willi zuckte mit den Schultern.

Benno ging hinaus.

Aale-Edith hockte auf ihrer Kiste, nassgeregnet von oben bis unten, und hielt Ausschau nach Kundschaft.

»Bei dem Wetter verkaufst du doch sowieso nichts. Willst du nicht reinkommen?«

Aale-Edith blickte starr geradeaus. »Nee.«

»Was soll der Unsinn? Komm rein.«

»Du hast mir gar nichts zu sagen.«

»Bitte!«

»Bier ist Bier und Schnaps ist Schnaps. Ich kann hier nicht einfach weglaufen, nur weil es ein bisschen nieselt.«

Benno seufzte. Er ging zurück in die *Hölle* und kam mit einem Schirm zurück. »Dann nimm wenigstens den.«

KAPITEL 20

Am Ende der morgendlichen Visite stand Professor Behr mit Flo am Krankenbett eines neunundfünfzigjährigen Patienten und fragte: »Haben Sie in der Nacht nochmals Schmerzen im Auge oder Kopfschmerzen gehabt, Herr Grünthal?«

»Nein, Herr Professor.«

»Schön, dann scheint die Sache zunächst ausgestanden zu sein. Sie können nach dem Mittagessen entlassen werden.«

»Wirklich?«

»Ja. Sie leiden unter Grünem Star und hatten gestern einen der sehr selten vorkommenden Glaukomanfälle, bei Ihnen bedingt durch ein sogenanntes Engwinkelglaukom. Ihr Auge reagierte kaum auf Lichteinfall. Der Augapfel war steinhart.«

»Wie kommt so was, Herr Professor?«

»Ursache ist der Anstieg des Augeninnendrucks durch ein Ungleichgewicht zwischen Produktion und Abfluss des Kammerwassers. Aber mit den entsprechenden Tropfen sollten wir das in den Griff kriegen. Sie müssen die Tropfen nur wie vorgeschrieben in den Bindehautsack träufeln und Ihren Augendruck regelmäßig messen lassen. Noch ist Ihr Sehnerv nicht entscheidend geschädigt, also halten Sie sich daran.«

»Jawohl, Herr Professor.«

Behr gab Grünthal die Hand. »Auf Wiedersehen.«

»Auf Wiedersehen, Herr Professor.« Grünthal strahlte. »Ich weiß nicht, wie ich Ihnen danken soll! Ein Leben auf Ihren Kopf.«

Behr lächelte und verließ mit dem *Fluor albus*, wie er seine Schar aus Weißkitteln bei der Visite nannte, das Vierbett-Krankenzimmer. »Gehen Sie wieder auf Ihre Stationen«, sagte er zu den Kollegen und wandte sich um. »Haben Sie noch einen Augenblick, Flo?«

»Aber gern, Herr Professor.«

»Hölzchen wird gleich mit einem Kaffee kommen«, sagte Behr, als sie sich in seinem Büro gegenübersaßen. »Ach, da sind Sie ja schon, Hölzchen, ja, stellen Sie die Tassen nur auf den Schreibtisch.«

»Gern, Herr Professor, schwarz wie immer.«

Behr trank mit spitzen Lippen. »Ah, der erste Schluck ist immer der beste. Um es vorwegzunehmen, Flo: Wir kennen uns gut genug, dass ich kein Blatt vor den Mund nehmen muss. Der Patient mit dem Glaukom ist Jude, das haben Sie vielleicht an seiner ungewöhnlichen Dankesformulierung gemerkt. Sei's drum. Ich habe es auf meine Kappe genommen, ihn zu behandeln, obwohl es verboten ist.«

»Das ehrt sie, Herr Professor.«

»Mit Keeser, dem Dekan unserer Fakultät, bin ich per Du. Deshalb wird man mir wohl nicht gleich den Kopf abreißen, falls das rauskommt. Obwohl sich, wie Sie wissen, vieles tut. Allein dass unsere Hamburgische Universität seit Oktober offiziell ›Hansische Universität‹ heißt, lässt wenig Gutes ahnen. Aber darüber wollte ich eigentlich gar nicht mit Ihnen reden, Flo.«

»Worüber denn, Herr Professor?«

»Über Schwerdtner, unseren Oberarzt. Wir alle schätzen ihn sehr, und ich denke, da machen Sie keine Ausnahme. Der Kollege hat nur ein Problem: Seine Ehefrau ist Jüdin. Da er selbst zu hundert Prozent Arier ist, konnte dieser Status die Frau bisher schützen, doch nun wird er mehr und mehr genötigt, sich scheiden zu lassen. Da er das nicht will, wird er wohl mit ihr ins Ausland gehen. Gott sei Dank scheint er gute Verbindungen dahin zu haben.«

»Es würde mir sehr leidtun, wenn Schwerdtner ginge«, sagte Flo. »Er ist ein beliebter Kollege.«

»Das ist er.« Behr trank seine Tasse aus und knabberte an einem der bereitgestellten Kekse. »Aber er wird eine Lücke hinterlassen, und ich möchte Sie, Flo, bitten, diese Lücke zu füllen. Oder anders ausgedrückt: Bitte erweitern Sie Ihren Vertrag als freie Mitarbeiterin. Ich brauche Sie als festangestellte Ärztin.«

Flo schluckte. »Das heißt, mir bliebe keine Zeit mehr, mich meinen Forschungsarbeiten zu widmen?«

Behr seufzte. »Mir tut es in der Seele weh. Als jemand, der selbst mit Leidenschaft forscht, weiß ich, wie Sie fühlen. Sie haben in der Vergangenheit zwei Mal einem Patienten eine künstliche Linse eingesetzt, nachdem Sie vorher die alte aus dem Kapselsack entfernt hatten. Es waren ausgezeichnete Eingriffe, die zum Abschluss ein Vernähen der Einschnitte nicht notwendig machten. Und doch musste die Kunststofflinse beide Male nach wenigen Tagen wieder entfernt werden. Sie war zu kratzig, ein längeres Tragen unmöglich. Ich fürchte, es ist ein großer Unterschied zwischen einem Splitter im Auge, der keine Abwehrreaktion auslöst, und einer Linse aus demselben Material, die intraokular eingesetzt wird. Vielleicht dauert es noch zehn oder zwanzig Jahre, bis ein tauglicher Kunststoff gefunden ist. Ich bitte Sie deshalb, von nun an unserer Klinik so umfänglich wie jeder andere Arzt zur Verfügung zu stehen.«

Flo zögerte. Sie schätzte die Freiheiten, die ihr der bisherige Vertrag einräumte. Und sie dachte an Demme, den Vertrauensmann, der fest mit einem Erfolg ihrer Forschung zu rechnen schien.

Behr hüstelte. »Ich weiß, Flo, es ist wahrscheinlich kein besonders gutes Argument, aber sie mussten sich bisher das Emerituszimmer mit Professor Wilbrand teilen, dessen Tod im September uns alle so betroffen machte, doch wenn Schwerdtner fort ist, würde ich Ihnen sein Zimmer geben – direkt neben meinem Büro.«

Flo dachte an den liebenswerten alten Professor, der ein Gutteil dazu beigetragen hatte, dass sie sich im Januar ernsthaft um die Stelle in der Klinik bewarb. Noch kein Jahr war seitdem vergangen. Er war ein Kavalier alter Schule gewesen, hatte sich stets erhoben, wenn sie den winzigen Raum betrat, immer wieder freundlich von seinem Hagebuttentee angeboten und ihr häufig seine alte Schreibmaschine überlassen, wenn sie Zahlen und Ergebnisse zu Papier bringen wollte. Dennoch wäre ein größerer, lichterer Raum wie der von Schwerdtner ein echter Fortschritt … »Darf ich eine Nacht darüber schlafen?«

»Selbstverständlich, Flo.«

»Danke, Herr Professor.«

Als Flo an diesem Abend gegen sieben mit der Straßenbahn nach Hause fuhr, dachte sie wie so häufig an Götz. Sie hatte ihn seit fast drei Monaten nicht gesehen, und er fehlte ihr so sehr. Ob es ihm gutging? Lieber Himmel, gib, dass er gesund ist! Lass ihn bald zurückkommen! Ich möchte mit ihm über so viele Dinge reden. Auch darüber, welche Antwort ich dem Professor geben soll. Ach, Götz …

Mit diesen Gedanken kam sie in der Großen Elbstraße an, begrüßte Vicki und aß mit ihr eine Kleinigkeit. Ihrer Tante ging es nach der letzten Erkrankung gottlob wieder gut, sie konnte nahezu beschwerdefrei laufen. Flo lag ein paar Mal die Frage auf der Zunge, ob sie Behrs Angebot annehmen solle, aber sie entschied sich dagegen. Vicki würde ihr wahrscheinlich ohnehin zuraten. Und wahrscheinlich war die Entscheidung auch richtig.

Flo unterdrückte ein Gähnen und sagte: »Ich bin müde, ich glaube, ich gehe zu Bett.«

»Tu das, ich gehe auch gleich, will nur noch ein paar Dinge aufschreiben, die Dörthe morgen auf dem Markt besorgen soll. Gute Nacht.«

»Gute Nacht, Vicki.«

Später im Bett, mit einem Band über die *Geschichte der Augenheilkunde* von Julius Hirschberg, merkte sie, wie ihr beim Lesen die Augen zufielen. Sie löschte das Licht und schlief sofort ein.

Irgendwann in der Nacht schreckte sie hoch. Ein kratzendes Geräusch an der Scheibe hatte sie geweckt. Was war das? Flos Herz klopfte. Da! Wieder das Geräusch. Es war ein Ast oder eine lange Stange, die gegen das Fenster klopfte. Flo stand auf und blickte hinunter in den Garten. Eine dunkle Gestalt stand da, den Stiel einer Fächerharke in der Hand. Wer war das? Jetzt blickte die Gestalt zu ihr empor. Sie war groß, kräftig, blond – und sah aus wie Frederik Rosen, der Epithetiker!

Flo öffnete das Fenster einen Spalt breit. »Frederik, sind Sie es?«

»Ja, ich bin's«, kam es flüsternd zurück. »Ich habe Nachrichten für Sie. Wo können wir ungestört reden?«

»Jetzt?«

»Ja, sofort, es ist dringend.«

Flo überlegte rasch. »Warten Sie, ich komme runter.« Sie warf sich einen Morgenmantel über, steckte eine Kerze und Welthölzer ein und eilte durch den Nebeneingang in den Garten. »Kommen Sie, wir gehen in den Geräteschuppen.«

Sie öffnete die Tür, ließ Frederik herein. »Hier hört uns keiner. Piotr, der Gärtner, schläft im Anbau. Ich muss sagen, mit allem hätte ich gerechnet, aber nicht mit Ihnen.«

»Ja, die Welt ist verrückt.«

Flo entzündete die Kerze und stellte sie auf eine Laubtonne. Frederik Rosen sah müde aus. Er trug einen zerknitterten Straßenanzug und ein kariertes Hemd, zu wenig für die Jahreszeit. »Sie müssen frieren, Frederik.«

»Es sind frostige Zeiten.«

»Also, was haben Sie …« Plötzlich kam es Flo albern vor, in dieser Situation beim Sie zu bleiben. »Ich meine, was hast du für Neuigkeiten?«

»Zuerst einmal: Ich soll dich von Götz grüßen und dir sagen, wie sehr er dich liebt.«

»Wirklich? Oh, mein Gott!« Flo war überglücklich. »Wo ist er?«

»Nicht in Deutschland, aber es geht ihm gut, er ist gesund.«

In Flos Kopf wirbelten die Gedanken. »Ich bin so froh, aber woher kennt ihr euch?«

»Ich habe mit Götz dem alten Augenarzt aus Wandsbek zur Flucht ins Ausland verholfen. In Palästina bin ich wie Götz der *Jewish Agency* beigetreten. Seitdem mache ich dasselbe wie er. Wir unterstützen unsere jüdischen Landsleute.« Frederik zitterte. Die Dezembernacht war wirklich sehr kalt.

»Warte mal.« Flo war eingefallen, dass Piotr in seiner Filzjacke häufig einen Flachmann hatte. Die Filzjacke hing am Haken neben der Tür und barg in der Seitentasche tatsächlich ein Fläschchen mit Schnaps. »Trink das, es wird dich wärmen.«

»Danke.« Frederik trank einen kräftigen Schluck und hielt den Flachmann Flo entgegen. »Du auch?«

»Ja.« Auch Flo war nicht gerade warm. Sie trank und steckte die Flasche zurück in die Tasche der Filzjacke.

»Ich muss weiter«, sagte Frederik.

»Was, jetzt mitten in der Nacht?«

»Ja, ich bin sicher, sie sind hinter mir her.«

»Aber wo willst du denn hin?«

»In die Innenstadt, dort gibt es tausend Keller und Schlupflöcher, in denen ich mich verstecken kann. Ich brauche nur einen oder zwei Tage, dann habe ich sie abgeschüttelt und kann weitermachen.«

»Lass mich überlegen.« Flo zog die Stirn in Falten. »Ich glaube, die *Hölle* ist die richtige Adresse.«

»Die Hölle?«

»Eine Kellerkneipe auf der Reeperbahn, schräg gegenüber vom *Panoptikum*, nicht zu verfehlen. Wenn du da bist, sagst du, wer dich schickt, dann verstecken sie dich.«

»In Ordnung, also auf in die *Hölle*. Ich danke dir, Flo.«

»Nun geh, und wenn du Götz wiedersiehst, sag ihm, ich liebe ihn.«

»Mach ich.«

Frederik umarmte Flo rasch, drehte sich um und verschwand in der Dunkelheit des Gartens.

Flo blickte ihm nach, schloss die Schuppentür und ging zurück ins Haus. Die kurze Begegnung mit Frederik schien nur ein Spuk gewesen zu sein, zu unwirklich, zu überraschend war alles auf sie eingestürzt. Sie blickte aus dem Fenster der Bibliothek, in der ein Telefon stand, und wurde eines Besseren belehrt: Sie hatte sich nichts eingebildet: Zwei Männer in langen dunklen Ledermänteln schlichen durch den Garten, öffneten die Tür zum Geräteschuppen, blickten mithilfe einer Taschenlampe hinein, schlossen sie wieder, strebten weiter, blickten sich um, suchten, sicherten, verständigten sich durch Nicken und kurze Gesten. Frederik hatte recht gehabt: Er wurde gejagt!

Ein Blick zur Uhr sagte Flo, dass es Viertel vor eins war. Hoffentlich hatte Willi noch nicht den Laden dichtgemacht. Sie griff zum Hörer und wählte die Nummer der *Hölle*.

Es meldete sich Schatzis Stimme, im Hintergrund waren Gesang und Schlagermusik aus dem Grammophon zu hören. »*Höller's Hölle*, Schatzi am Apparat.«

»Hier ist Flo, Gott sei Dank, dass ihr noch aufhabt!«

»Wir haben eben zusammen das neunzehnte Türchen im Adventskalender aufgemacht und freuen uns alle auf das Christkind.«

Flo war nicht zum Scherzen zumute. Sie schilderte rasch die Ereignisse und schloss mit den Worten: »Frederik ist ein Mann Mitte vierzig, flachsblond wie ein Wikinger, kommt ursprünglich aus Hirtshals in Dänemark und spricht sehr gut Deutsch. Könnt ihr ihn verstecken?«

»Das kriegen wir hin.«

»Danke, vielen Dank!«

Flo legte den Hörer auf und ging hinauf in ihr Schlafzimmer. Sie legte sich ins Bett und schloss die Augen, doch an Schlaf war nicht zu denken.

Da war sie ganz sicher.

Zur selben Zeit beriet Schatzi mit Willi, was zu tun sei, während um sie herum fleißig weiter gebechert und gesungen wurde und Vira mit Aale-Edith alle Hände voll zu tun hatte, um die Wünsche der Gäste zu erfüllen. Willi meinte: »Hier im Schankraum gibt's kein Versteck, und hinten im Klubzimmer auch nicht. Da dauert es höchstens zwei Minuten bis die Kerle von der Gestapo ihn am Kanthaken haben. Aber was ist mit dem Dachboden über unseren Wohnungen?«

»Da kriegen sie ihn genauso schnell. Es sei denn, er klettert durch eine der Luken raus und wartet so lange auf dem Dach, bis die Kerle wieder weg sind.«

»Und wo soll er sich da festhalten?« Willi schüttelte den Kopf und steckte sich eine Overstolz ins Gestrüpp seines Bartes. »Und selbst wenn er sich da irgendwo festkrallt, spätestens die Gaffer auf der Straße werden mit dem Finger auf ihn zeigen.«

»Wer soll ihn denn sehen? Es ist Nacht, Willi.«

»Nee, es ist Festbeleuchtung. Überall Neonreklame.«

»Schiet. Aber warte mal: Was ist denn mit der kleinen Abseite neben dem Hauptgashahn im Keller?«

»Da gucken sie zuerst nach, wenn sie runtergehen.«

Schatzi seufzte. »Da war ich wohl doch ein bisschen vorschnell, als ich Flo vorhin gesagt hab, das mit dem Verstecken, das kriegen wir hin.«

Vira kam mit der Flasche Danziger Goldwasser und fragte ihren Sohn: »Brauchst du 'n Aufheller? Machst ja ein Gesicht wie bestellt und nicht abgeholt.«

»Nee, lass man.«

Vira zog wieder ab.

»Ich glaube, ich hab's«, sagte Schatzi.

»Was hast du?«

»Die Lösung.«

»Erzähl.«

»Nee, lieber nicht. Je weniger Leute wissen, wo dieser Frederik sich aufhält, desto weniger Leute können sein Versteck ausplaudern.«

»Wenn du meinst.« Willi wirkte etwas beleidigt.

Schatzi zog sich einen Mantel über und ging hinaus auf die Straße. Er postierte sich hinter einer Hausecke und blickte auf die Reeperbahn, die zu dieser späten Stunde nicht mehr so belebt war.

Doch einige Nachtschwärmer waren immer noch unterwegs. Gerade kam wieder ein Pulk fröhlicher, beschwipster Menschen heran. Junge Männer und Frauen, neun oder zehn, sie sangen *Komm mein Schatz, wir trinken ein Likörchen* und hielten bunte Luftballons an Bindfäden in der Hand. Einer der Männer, ein kräftiger blonder Kerl im Anzug, hatte keinen Ballon und sang auch nicht mit.

Ob das Frederik war, der sich zur Tarnung unter die Gruppe gemischt hatte?

Schatzi überlegte blitzschnell. Wie konnte er sich zu erkennen geben?

Er torkelte auf die Straße und breitete die Arme aus. »He, ihr Saufköppe, was krakeelt ihr hier rum!«, lallte er. »Geht nach Hause.«

Die Gruppe blieb stehen. Einige der Mädchen kicherten, einer der jungen Männer rief: »Halt den Sabbel, bist ja selbst besoffen« und zog die anderen mit sich. Nur der kräftige Blonde zögerte etwas und blickte Schatzi an.

»Zur Hölle mit dir«, lallte Schatzi.

Der Blonde blieb stehen. Die Gruppe ging weiter.

»Frederik?«, fragte Schatzi.

»Ja.«

»Ich bin Schatzi von der *Hölle*. Komm mit.«

Schatzi führte Frederik auf die andere Seite der Reeperbahn und machte vor dem *Panoptikum* halt. Er zog einen Schlüssel aus der Tasche und schloss die Eingangstür auf. »Hier bist du erst mal sicher.«

Im Kassenraum sagte er: »Das Licht bleibt aus. Ich will nur mal schnell sehen, ob die Kerle dich noch verfolgen.«

»Das tun sie bestimmt. Ich hab sie am Nobistor abgeschüttelt und mich unter die jungen Leute gemischt. Aber sie sind wie Kletten.«

»Ich glaube, da drüben kommen sie gerade aus der *Bierquelle* raus und gehen weiter in *Dreyer's Tanzsalon*. Die zwei tun so unauffällig, dass es schon wieder auffällig ist. Vermutlich klappern sie eine Kneipe nach der anderen ab und werden spätestens in einer Viertelstunde in der *Hölle* landen. Wir müssen uns beeilen. Ich geh vor.«

»In Ordnung.«

»Halt dich immer hinter mir, es ist teilweise sehr eng, über dreihundert Puppen stehen im Gebäude rum.« Schatzi steuerte den hintersten Raum im Erdgeschoss an. In den Scheiben eines Fensters flackerte Neonreklame im Widerschein. Er zog das Rollo herunter, schloss die Tür und machte Licht. »Dies ist die Puppenwerkstatt, wo die Figuren geflickt, geformt und eingekleidet werden.«

Frederik blickte sich um. Ein paar Puppen standen versetzt in einer Ecke: der ehemalige Bürgermeister Hamburgs Johann Georg Mönckeberg, der Führer Adolf Hitler, der Boxer Max Schmeling, der Pirat Klaus Störtebeker und ein Hamburger Elbfischer. Die letzte Figur war allerdings noch nicht ganz fertiggestellt. Sie stand halb angekleidet da. Schiffermütze, Pfeife und Finkenwerder Buscherump fehlten. Die Teile lagen noch auf dem Nähtisch.

Schatzi sagte: »Mach es dir gemütlich, ich guck morgen früh nach dir und bring dir was zu essen. Vor zehn Uhr musst du allerdings verschwunden sein.«

»Danke.«

»Ich geh dann mal.« Schatzi drehte sich um, doch ihm fiel noch etwas ein: »Moment, ich zeig dir schnell, wo der Sicherungskasten ist. Wenn wirklich Gefahr droht, drehst du die Hauptsicherung raus und versteckst dich irgendwo im Dunkeln. Alles klar?«

»Alles klar.«

Nachdem Schatzi den Sicherungskasten gezeigt hatte, verließ er das *Panoptikum* und ging über die Straße zurück zur *Hölle*. Im Schankraum herrschte noch immer Hochstimmung, auch wenn die meisten Gäste mittlerweile gegangen waren.

»Wo warst du?«, fragte Willi.

»Das sage ich dir besser nicht.« Schatzi wies mit dem Kopf zur Tür, in der soeben zwei Männer in Hut und Ledermantel aufgetaucht waren. Einer war groß, der andere etwas kleiner. Doch ihre Gesichter waren gleichermaßen kalt.

»Achtung, Geheime Staatspolizei! Wer ist der Besitzer von dem Laden?«, rief der Größere.

Gesang und Gespräche erstarben.

»Ich«, sagte Willi.

»Kennen Sie diesen Mann?«

Willi blickte auf das Foto, das ihm unter die Nase gehalten wurde. »Nee, kenn ich nicht.«

»Sicher?«

»Sicher.«

»Wenn Sie mich anlügen, kann Sie das Ihre Konzession kosten!«

Während der Größere Willi drohte, war der Kleinere losgezogen und befragte die Gäste mit einem Zweitfoto.

»Will meinen eigenen Kopf essen, wenn ich nicht die Wahrheit sage«, meinte Willi bieder.

Der Größere ging nicht darauf ein. Er blaffte: »Ich will die Kellner sprechen, die wissen am besten, wer hier ein und aus geht.«

Willi winkte Vira und Aale-Edith heran.

»Nie gesehen, den Mann«, sagten beide, nachdem sie das Foto betrachtet hatten.

»Und Sie?« Der Größere musterte Schatzi scharf.

»Keine Ahnung, wer das ist.«

»Aber Sie arbeiten doch auch hier, oder nicht?«

»Ja, aber manchmal auch drüben im *Panoptikum*.« Im selben Moment, als er das sagte, hätte Schatzi sich am liebsten die Zunge abgebissen, aber es war schon zu spät.

»So, so, drüben im *Panoptikum?* Haben Sie den Mann vielleicht da gesehen?«

»Auf keinen Fall.«

»Irrtum ausgeschlossen?«

Schatzi schwitzte Blut und Wasser. »Jawohl.«

»Dann hätten Sie sicher nichts dagegen, wenn wir uns drüben mal umsehen würden?«

»Selbstverständlich! Ich meine, nein …«

Der Größere durchbohrte Schatzi mit seinem Blick. Dann rief er dem Kollegen zu: »He, Herbert, lass mal die Befragung, wir überprüfen erst das *Panoptikum*, und der Bursche hier kommt mit.«

Die beiden Greifer nahmen Schatzi in die Mitte, gemeinsam überquerten sie die Reeperbahn. Umständlich nestelte Schatzi den Schlüssel hervor und stieß ihn ein paar Mal neben das Schlüsselloch.

»Nun machen Sie schon«, schnauzte der Größere.

»Tut mir leid. Sie stehen im Licht, meine Herren.«

Die Greifer traten zur Seite.

Schatzi schloss auf und gab der Tür einen Stoß, so dass sie krachend gegen die Wand fiel. »Verzeihung, die klemmt immer etwas.«

»Ja, ja, machen Sie schon Licht.«

Mit klopfendem Herzen betätigte Schatzi den Schalter. Es blieb dunkel. Schatzi knipste ein paar Mal an und aus, vergeblich. »So eine Scheiße!«, rief er.

»Was hat das zu bedeuten?«, fragte der Größere.

»Wahrscheinlich Kurzschluss. Schon wieder. Ist ’n altes Haus, die Leitungen sind brüchig. Am besten kommen Sie morgen im Hellen wieder.«

»Das könnte Ihnen so passen.« Der Kleinere, mit Herbert Angesprochene, zückte eine Taschenlampe. »Wir schauen uns mal gründlich um. Und Sie zeigen uns den Weg.«

»Wird gemacht.«

Schatzi führte die Greifer durch die Räume mit den Wachspersönlichkeiten aus vielen Jahrhunderten, während der Kleinere unablässig den Lichtkegel seiner Taschenlampe kreisen ließ. Nach einer Viertelstunde, in der Schatzi sehr laut die eine oder andere Erklärung zu den Puppen abgegeben hatte, blieb er stehen und sagte: »Das ist alles, was ich Ihnen zeigen kann, meine Herren.«

»Und was ist hinter der Tür da?«, fragte der Kleinere argwöhnisch.

»Die Puppenwerkstatt.«

»Die gucken wir uns auch noch an.«

»Ja«, bestätigte der Größere, »aber mach hin, Herbert, deine Batterie ist gleich platt.«

Sie traten ein. Im schwächer werdenden Licht der Lampe entdeckte der Kleinere die Hitlerfigur. »Ah, da ist ja der Führer. Wieso steht der hier hinten und nicht in vorderster Linie?«

»Äh, aus einem ganz bestimmten Grund, Herr Kommissar.«

»Aha.« Der Kleinere war zwar kein Kommissar, sondern nur Kriminalassistentenanwärter, aber er hörte es nicht ungern. »Und der wäre?«

»Verbot vom Reichsministerium für Volksaufklärung und Propaganda, Herr Kommissar. Auf persönliche Veranlassung des Volksgenossen Joseph Goebbels ist es in allen Wachsfigurenkabinetten des Reiches untersagt, den Führer unter verstorbenen Persönlichkeiten zu zeigen.«

»So, so.«

»Wir hoffen deshalb, den Führer noch recht lange der Öffentlichkeit fernhalten zu können.«

»Werden Sie bloß nicht komisch, Mann.«

Der Größere sagte: »Leuchte mal mit deiner Funzel auf die anderen Puppen, Herbert. Ich will wissen, wen die darstellen und ob sich hinter ihnen jemand versteckt.«

Schatzi erklärte mit wild klopfendem Herzen, um wen es sich bei den Puppen handelte und was an ihnen repariert worden war. »Der getollte Duttenkragen der Amtstracht von Bürgermeister Mönckeberg wies einige schadhafte Stellen auf. Zunächst wurde versucht, sie auszubessern, doch dann musste der Kragen komplett neu angefertigt werden.«

»Schon gut. Was ist mit den anderen Puppen?« Der Lichtkegel wanderte weiter.

Schatzi erklärte, was an ihnen defekt gewesen war.

»Und die da ganz hinten, wen soll die darstellen?«

»Ach, nichts Berühmtes.«

»Was soll das heißen?«

»Das ist nur ein Hamburger Elbfischer, von denen gibt's ja immer weniger.«

KAPITEL 21

Im Februar 1936 erhielt Flo eine Vorladung von der Gestapo, in der sie aufgefordert wurde, am dreizehnten des Monats um elf Uhr morgens im Stadthaus, Zimmer 127, zu erscheinen. Die Unterschrift lautete: *Klaus-Hinrich Schädeba, Kriminaldirektor.*

Der Dreizehnte war ein Donnerstag, und Flo sah auf dem OP-Plan, dass sie vormittags Dr. Behr als Assistentin zugeteilt war.

»Es wäre ein triftiger Grund abzusagen«, erklärte sie ihrem Chef am Nachmittag davor. »Was meinen Sie?«

Ehe Behr antworten konnte, steckte Hölzchen den Kopf in die Tür, wie immer mit perfekt sitzender Marlene-Dietrich-Frisur. »Kaffee, Herr Professor?«

Behr blickte zur Uhr. Bis zur Abendvisite war noch eine Viertelstunde Zeit. »Ja, gern, Hölzchen.«

Dann blickte er Flo freundlich aus seiner Hornbrille an. »Ich könnte auf dem OP-Plan bestehen, und Sie hätten eine gute Begründung für die Absage, zumal wir an Personal äußerst knapp sind. Nebenbei: Wie dankbar ich Ihnen bin, dass Sie für meine Klinik nun vollumfänglich arbeiten, nachdem Schwerdtner fort ist, habe ich Ihnen schon mehrfach gesagt …«

»Der Kaffee, Herr Professor!« Hölzchen balancierte ein Tablett ins Büro.

»Danke, ich schenke selbst ein.«

»Nein, das übernehme ich«, sagte Flo.

Sie goss zwei Tassen voll und reichte eine dem Professor.

»Danke, Flo. Wo war ich stehengeblieben? Ach ja: Wie gesagt, ich könnte auf der Einhaltung des OP-Plans bestehen, aber ich glaube, das wäre keine gute Idee. Früher oder später müssten Sie der Aufforderung ohnehin Folge leisten. Ich sage immer: Je eher daran, desto eher davon. Kurzum: Sie sollten hingehen, die Zeit können Sie dann bei Gelegenheit nachholen.«

»Vielen Dank, Herr Professor. Offen gesagt, steht mir der Gang ziemlich bevor.«

»Aber Sie sind doch Amerikanerin, Flo, da wird man Ihnen schon nicht den Kopf abreißen.«

Das Wetter am Dreizehnten entsprach exakt Flos Stimmungslage: Es war stark bewölkt, regnerisch und nasskalt, von Winter keine Spur. Als sie nach Osten über die Stadthausbrücke ging, pfiff eine Bö heran und schlug ihr den Schirm um. Während sie ihn mit Mühe bändigte, wurde ihr guter Wintermantel nass, den sie mit Vicki bei *Tietz* am Jungfernstieg gekauft hatte. *Tietz*, das beliebte Warenhaus, hieß mittlerweile *Alsterhaus*, nachdem die jüdische Besitzerfamilie von den Nazis zum Verkauf gezwungen worden war.

Auch dieser Gedanke machte ihr wenig Mut für das kommende Gespräch.

»Oh, mein Gott, Sie sind ja pitschnass, Frau Doktor!«, rief Frau Hertz aus, als Flo sich bei ihr meldete. »Geben Sie den Mantel her, ich hänge ihn auf den Haken, und den Schirm, den spannen wir zum Trocknen auf.«

Wie kann ein so unheimliches Gemäuer nur eine so hilfsbereite Sekretärin beherbergen?, dachte Flo, während sie sich bedankte und von Frau Hertz in Schädebas Büro geführt wurde.

»Nehmen Sie nur schon Platz, Frau Doktor. Der Herr Kriminaldirektor wird jeden Augenblick kommen.«

Tatsächlich erschien Schädeba wenig später, wünschte schmallippig einen guten Morgen und setzte sich, ohne Flo die Hand zu geben.

Flo wartete.

»Ich glaube, ich habe beim letzten Mal deutlich gemacht,

dass ich Ihre volle Kooperation erwarte, ob Sie nun Amerikanerin sind oder nicht.« Schädeba zündete sich eine Zigarette an und blies Flo den Rauch wie zufällig ins Gesicht. »Dies ist kein Spaß, glauben Sie mir. Sollte ich den Eindruck gewinnen, dass Sie vor mir etwas verbergen, werde ich andere Saiten aufziehen. Ist Ihnen das klar?«

Flo nickte.

»Kennen Sie einen Mann namens Frederik Rosen?«

»Ja, ich kenne ihn.«

»Woher?«

»Ich begegnete ihm vor anderthalb Jahren auf der *Albert Ballin* während der Überfahrt von New York nach Hamburg. Er sprach mich an, weil er meinte, wir hätten verwandte Berufe. Er sei Epithetiker, sagte er.«

»Woher kommt er?«

»Soviel ich weiß, ist er Däne und stammt aus Hirtshals in Nordjütland.«

Schädeba schnippte die Asche von seiner Zigarette. Kein Muskel in seinem Gesicht verriet, ob er nur abfragte, was er ohnehin schon wusste. »Rosen hielt sich im Dezember in Hamburg auf. Er wurde in der Nähe der Großen Elbstraße beobachtet. Was haben Sie in Ihrem Haus mit ihm besprochen?«

Flo spürte, wie die Angst ihr die Brust zuschnürte. Sie atmete tief ein und antwortete: »Es ist das Haus meiner Tante. Ich habe darin nicht mit Rosen gesprochen.« Das stimmte wenigstens insoweit, als sie mit Frederik im Geräteschuppen geredet hatte – und klang entsprechend ehrlich.

»Wann haben Sie Rosen zuletzt gesehen?«

Flo tat, als denke sie nach. »Am Tag, als die *Albert Ballin* in Hamburg festmachte. Er verabschiedete sich von mir. Es war der vierundzwanzigste Oktober 1934.«

»Wo ist Götz Vahrenfeld?«

Die Frage kam überraschend. Wahrscheinlich wollte Schädeba sie überrumpeln. »Ich weiß es nicht.«

»Wo ist er?«

»Ich weiß es wirklich nicht!«

Schädebas Miene wurde eisig. Er drückte die angerauchte Zigarette aus, verschränkte die Hände auf dem Rücken und begann, vor Flo auf und ab zu gehen. »In diesem Haus gibt es mehrere Verliese, die sehr gut schallisoliert sind«, sagte er, als spräche er über das Wetter. »Anderenfalls würde man das Wehklagen der Gefolterten hören, die vorgeben, sie wüssten nichts. Trotzdem gibt es immer wieder Beschwerden von Geschäftsleuten im Neuen Wall, die sich von Schreien gestört fühlen. Wissen Sie, wie ein Verhör in diesen Kellern vonstattengeht? Ich will es Ihnen verraten: Man wird Sie auf einen Hocker setzen und einen 500-Watt-Scheinwerfer direkt vor Ihren Augen aufstellen. Sie werden ständig in das grelle Licht starren müssen, ob Sie wollen oder nicht, und Sie werden vor Hitze und Helle vergehen. Sie werden unablässig befragt werden, Stunde um Stunde. Die Verhörenden werden sich regelmäßig ablösen, doch Sie, Frau Doktor Haiden, wird keiner ablösen, Sie mögen noch so müde sein!«

Während seiner Drohungen war Schädeba lauter und lauter geworden. Als er fortfuhr, überschlug sich seine Stimme fast: »Und wenn Sie vor Erschöpfung umfallen, wird man Sie mit Fußtritten und Peitschenhieben wieder hochjagen, und wenn Sie Durst haben, wird man Ihnen Salzwasser zu trinken geben, und wenn das alles nichts hilft, wird man Ihnen jeden Gelenkknochen an den Fingern einzeln ausdrehen. Man wird Säure auf Ihre Füße gießen, man wird Ihre Schreie nicht nur ignorieren, sondern mit Schlägen bestrafen, man wird Sie hungern lassen, dass Ihr Magen auf die Größe einer Bohne zusammenschrumpft, und Sie werden glauben, vor Schmerzen innerlich und äußerlich zu verbrennen … Ist Ihnen das alles klar?«

Flo war leichenblass geworden. Sie zitterte am ganzen Leibe.

Schädeba trat ganz nah an sie heran, betrachtete sie lange, fasste sie unters Kinn und sagte fast zärtlich: »Es wäre doch schade, wenn dieses hübsche Gesicht mit seinem wunderschönen Körper zerstört würde.«

In diesem Augenblick öffnete sich die Tür. Fräulein Hertz kam hereingewieselt. »Oh, Verzeihung, Herr Kriminaldirektor, ich wollte nur wegen der Unterschriften fragen, weil Sie vorhin doch …«

»Jetzt nicht«, schnauzte Schädeba.

Flo sprang auf. »Ich wollte sowieso gerade gehen«, presste sie hervor. Mit wild klopfendem Herzen strebte sie der rettenden Tür zu – und wurde tatsächlich nicht aufgehalten.

Auf dem Weg in die Augenklinik zitterte sie noch immer am ganzen Körper, und sie versuchte, sich zu beruhigen, indem sie sich immer wieder sagte, dass Schädeba nichts gegen sie in der Hand haben konnte, sonst hätte er sie nicht laufen lassen. Genauso sicher schien, dass Frederik der Gestapo entwischt war. Schatzi hatte ihr von dem Versteck im *Panoptikum* erzählt und berichtet, wie er den Dänen am anderen Morgen aus der Puppenwerkstatt geschmuggelt hatte und dieser mit etwas Geld und guten Wünschen zu einem unbekannten Ziel aufgebrochen war.

Später in der Augenklinik fiel es ihr schwer, sich auf ihre Arbeit zu konzentrieren, so dass Behr sie stirnrunzelnd fragte, ob alles in Ordnung sei. Da er nicht allein war, verzichtete sie auf eine offene Antwort und sagte nur: »Aber gewiss.«

Noch später, zu Hause im Kleinen Salon bei einer Tasse Tee, musste sie sich keine Zwänge mehr auferlegen und schilderte Vicki in allen Einzelheiten die martialischen Drohungen Schädebas.

»Dieser Klaus-Hinrich ist tatsächlich der Sohn von Ernst-Otto Schädeba, jenem Mistkerl, der mich seinerzeit vor der Verlobung im Ankleidezimmer deiner Großmutter vergewaltigen wollte, während die Festgesellschaft im Großen Salon auf uns wartete«, erklärte Vicki. »Ich habe inzwischen Erkundigungen eingezogen.«

»Hast du ihn geliebt?«

»Nein. Er trat deinem Großvater mit ausgesuchter Höflichkeit entgegen, umgarnte deine Großmutter nach Strich und Faden und widmete mir Gedichte, aber ich mochte ihn nicht.«

»Warum wolltest du ihn dann heiraten?«

Vicki seufzte. »Damals hing der Haussegen hier monatelang schief. Ich wollte in der Schweiz Medizin studieren, weil das in den neunziger Jahren in Deutschland noch nicht möglich war, doch ich erhielt nicht die Erlaubnis dazu. Als höhere Tochter solle ich lieber Klavier spielen und französisch parlieren können, sagten deine Großeltern. Die Stimmung war grässlich, keine Seite wollte nachgeben. Dann kam Ernst-Otto. Er sah gut aus, hatte Geld, Einfluss und eine glänzende Zukunft vor sich. Ich glaubte, durch eine Heirat mit ihm mehr Freiheiten gewinnen zu können. Ein tragischer Irrtum, wie sich herausstellte. Erst begrapschte er mich obszön, dann würgte er mich mit der einen Hand und begann mit der anderen, sich selbst zu befriedigen. Es war einfach widerlich. O ja, er zeigte mir noch vor unserer Verlobung sein wahres Gesicht, ebenso wie du heute das wahre Gesicht von seinem Sohn Klaus-Hinrich gesehen hast.«

Flo schauderte bei Vickis Schilderung. »Es liegt wohl in der Familie«, sagte sie leise.

»Ja, du solltest dich sehr in Acht nehmen.«

KAPITEL 22

Immer wenn Flo zum Dienst in der Poliklinik, dem Ort für ambulante Untersuchungen und Behandlungen, eingeteilt war, nutzte sie gern die Gelegenheit, in der Mittagszeit auf einen Sprung in die angrenzende Bibliothek zu gehen, da hier stets sämtliche neueren deutschen und ausländischen Zeitschriften zur Lektüre bereitlagen.

So war es auch an diesem siebten Juli. Doch als Flo den mit hohen Bücherborden gefüllten Raum betrat, sah sie zu ihrer Überraschung neben den ausliegenden Zeitungen einen Volksempfänger stehen. Das Radio war neu, mit einem modernen Gehäuse aus Bakelit. Irgendjemand hatte es angestellt und war wieder gegangen. Gerade verlas ein Sprecher die Zwölf-Uhr-Nachrichten des Reichssenders Hamburg. Mit markiger Stimme verkündete er, dass heute auf den Tag genau vor vier Monaten die Wehrmacht in das entmilitarisierte Rheinland einmarschiert sei und die Begeisterung der Menschen in Aachen, Trier und Saarbrücken, alten urdeutschen Städten, ungebrochen anhalte.

Dann vermeldete er, dass in Spanien ein landesweiter Bürgerkrieg drohe, da sich die tapferen Nationalisten unter der Führung von Francisco Franco gegen das korrupte Regime in Madrid auflehnten und versuchten, Truppen aus den spanischen Kolonien aufs Festland zu verschieben …

Kriegsgetöse und Säbelgerassel, gibt es eigentlich nichts anderes mehr auf dieser Welt?, dachte Flo und setzte sich an den Tisch mit den Zeitungen. Die Schlagzeile einer aufgeschlagenen Seite sprang ihr entgegen:

Führer empfängt Schmeling auf dem Berghof.

Darunter kleiner: *Sieg gegen »Braunen Bomber« ein weiterer Beweis für die Überlegenheit der arischen Rasse.*

Von Max Schmeling hatte Flo schon gehört. Der Schwergewichtsboxer hatte am neunzehnten Juni in New York gegen den Farbigen Joe Louis in der zwölften Runde gewonnen. Der Kampf war im Radio direkt übertragen worden, aber Flo hatte nur am Rande davon erfahren. Sie interessierte sich nicht für einen Sport, bei dem zwei Männer so lange mit den Fäusten aufeinander einschlugen, bis einer besinnungslos zu Boden sank. Weiter unten im Artikel hatte der Redakteur einen Spottvers abdrucken lassen, der vielfach auf den Straßen gesungen wurde:

Fahr mich in die Ferne nach Addis Abeba,
da boxt Max Schmeling gegen Joe Louis, den Neger.
Sie boxen zusammen wie die Katz und die Maus,
der Schmeling blieb Sieger, und mit Louis war's aus …

Der Radiosprecher hatte sich mittlerweile den im August beginnenden Olympischen Spielen in Berlin zugewandt. Er sprach von Besuchern aus aller Herren Länder, die zu erwarten seien, und forderte die Bevölkerung mit mahnender Stimme auf, die einmalige Gelegenheit bei Schopfe zu ergreifen und durch besonders höfliches und zuvorkommendes Verhalten alle Vorurteile gegenüber dem deutschen Volke auszuräumen …

»Verzeihen Sie, macht es Ihnen etwas aus, wenn ich den Apparat abstelle?«

»Nicht im Geringsten.« Flo hatte den stattlichen Mann nicht bemerkt, der unterdessen die Bibliothek betreten hatte. Er war Mitte vierzig, sein Kopf mit dem kurz geschnittenen Haar erinnerte an den eines Römers.

»Sind Sie nicht die amerikanische Kollegin, die bei Professor Behr arbeitet?«, fragte er.

»Die bin ich.«

»Rudolf Degkwitz, Leiter der hiesigen Kinderklinik.« Degkwitz gab Flo die Hand. »Ich glaube, wir sind uns schon ein paar Mal über den Weg gelaufen, aber wir hatten noch nie das Vergnügen eines kurzen Gesprächs. Es stört Sie wirklich nicht, wenn das Radiogerät ausgeschaltet bleibt?«

»Ich begrüße es sogar.«

»Darf ich Ihnen eine Frage stellen?«

»Aber gern.« Flo wies auf den Sessel neben sich. »Setzen Sie sich doch.«

»Danke.« Degkwitz nahm Platz. »Ich habe eben den letzten Satz des Radiosprechers gehört und mich darüber geärgert, dass da die Rede war von Vorurteilen gegenüber dem deutschen Volk. Haben Sie als Amerikanerin auch eine Aversion gegen uns Deutsche?«

»Überhaupt nicht. Ich kenne sehr viele liebenswerte Menschen hier.« Flo überlegte, ob sie den Gedanken vertiefen sollte, und sah keinen Grund, es nicht zu tun: »Vielleicht kommen die Vorurteile eher durch jene, die Deutschland regieren?«

Degkwitz schaute sie sinnend an. Dann lächelte er. »Ich bin sehr froh, dass Sie das sagen.« Er stand auf. »Eigentlich bin ich hier, weil einer meiner kleinen Patienten gestern nach einer auskurierten Masernerkrankung bei Ihnen eingeliefert wurde. Sein Name ist Eckart Heise, ein Sohn meiner Schwägerin. Sie macht sich große Sorgen um Ecki und hat mich schon mehrmals angerufen, weil er einen roten Fleck im Auge hat. Bevor ich nachher persönlich mit dem Kollegen Behr spreche, wollte ich mich noch etwas belesen, um als Kinderarzt nicht allzu unwissend vor einem Augenarzt dazustehen.«

»Zufällig kenne ich den Fall«, sagte Flo. »Ich habe Ecki untersucht. Bei ihm handelt es sich um eine Netzhautblutung, einen wolkenartigen, leicht durchschaubaren Fleck, insgesamt ein Fall, der wohl schlimmer aussieht, als er ist.«

»Was Sie nicht sagen.«

»Netzhautblutungen können mehrere Ursachen haben, etwa

Diabetes, Bluthochdruck oder eine Makuladegeneration. Der Diabetes-Test steht noch an, alles andere konnte ich bereits ausschließen. Ich denke, bei Ecki handelt es sich nur um eine Gerinnungsstörung. In ein paar Tagen dürfte das Auge wieder klar sein.«

»Das ist eine gute Nachricht.« Degkwitz lächelte dankbar. »In dreifacher Hinsicht: Ich kann die Mutter beruhigen, ich brauche mich nicht mehr zu belesen, und ich bin präpariert für das Gespräch mit Behr. Danke!«

»Gern geschehen.«

Degkwitz war schon auf dem Weg zur Tür, doch er drehte sich noch einmal um. »Vielleicht sollten wir den ersten Teil unseres Gesprächs bei Gelegenheit fortsetzen?«

Flo überlegte kurz. »Warum nicht?«

Wenige Tage später begegnete sie Professor Brodersen in der Bibliothek. Brodersen war ein bemerkenswerter Mann, Ende fünfzig, schmaler Gelehrtenkopf, Kneifer. Von ihm erzählte man sich, er habe den Eid auf Hitler mit der Begründung verweigert, auf den Kaiser geschworen zu haben, und dieser Eid gelte lebenslang. Auch Brodersen stellte sich Flo höflich vor, um anschließend auf die Suche nach einem bestimmten Buch zu gehen, das er in der Hauptbibliothek nicht vorgefunden hatte. »Soviel ich weiß, haben Sie hier nicht nur ophthalmologische Werke, sondern auch Handbücher über andere Gebiete der Medizin«, sagte er zu Flo. »Ich brauche ein Zitat aus dem Werk *Bau und Funktion des menschlichen Skeletts* von Coldewey, III. Auflage 1932. Wissen Sie zufällig, wo ich das finde?«

Das wusste Flo nicht. Doch sie bot gern ihre Hilfe an, zumal Brodersen die Brille abnahm, blinzelte und sich eine wasserhelle Flüssigkeit in die geröteten Augen träufelte. »Eine Bindehautentzündung, nichts Dramatisches«, erklärte er.

»Wenn Sie wollen, untersuche ich Sie, Herr Professor.«

»Um Gottes willen, nicht nötig, nicht nötig.«

Gemeinsam gingen sie die Regale durch. Schließlich fanden sie den Coldewey, wenn auch mit Mühe, da jemand ihn nicht unter »C«, sondern unter »K« einsortiert hatte.

»Ich bin Ihnen sehr zu Dank verpflichtet, Frau Kollegin.« Brodersen schrieb sich das Zitat ab und wünschte noch einen guten Tag.

»Guten Tag, Herr Professor. Sie wollen wirklich nicht, dass ich mir Ihre Augen kurz anschaue?«

»Nein, nein, nett von Ihnen.« Brodersen blickte zur Uhr. »Ich bin sowieso schon viel zu spät dran, habe Vorlesung. Wiedersehen.«

Flo widmete sich wieder ihrer Zeitungslektüre. Nach zehn Minuten schaute sie auf und entdeckte auf dem Tisch das Fläschchen mit Brodersens Augentropfen. Er hatte es vergessen. Laut Etikett war die Flüssigkeit zur Benetzung gereizter Augen und enthielt pflanzliche Bestandteile der Kamille und Augentrost. Mithin ein Medikament, das bewährte Wirkstoffe enthielt.

Flo beschloss, dem Professor die Tropfen rasch hinterherzutragen. Bis zum Hörsaal der Chirurgie waren es nur wenige Hundert Meter, und ein kleiner Spaziergang würde ihr bei dem schönen Wetter guttun.

Doch als sie ihr Ziel erreichte, war die Tür zum Hörsaal schon verschlossen, die Vorlesung lief bereits. Was sollte sie tun? Kurz entschlossen schlüpfte sie in den Saal und nahm in der hinteren Reihe Platz. Die Veranstaltung war gut besucht. Vorne sprach Professor Brodersen vor mehreren Schautafeln über den Aufbau des menschlichen Knochens und über ihre Anzahl beim menschlichen Skelett. »Wie Sie vielleicht wissen, finden wir bei einem Erwachsenen über zweihundert Knochen, manche sagen, es seien zweihundertsechs, andere behaupten, es seien zweihundertvierzehn, es kommt auf die Zählart an und darauf, ob dieser oder jener Knochen im Laufe der Zeit mit einem anderen zusammengewachsen ist. Sollte also jemand in einer Klausur von zweihundertelf Knochen sprechen, werde ich wohlwollend davon ausgehen, dass irgendwo auf dieser Welt ein Mensch mit ebendieser Zahl an Knochen herumläuft.«

Schmunzeln unter den Studenten.

»Wichtiger zu wissen ist, dass mehr als die Hälfte aller Knochen in Händen und Füßen zu finden sind. Es handelt sich teilweise um Knöchelchen, die schon Generationen von Studenten gepiesackt haben, weil ihre Bezeichnung so schwer zu behalten ist: etwa die acht Handwurzelknochen.« Brodersen wies auf ein entsprechendes Schaubild. »Wir unterscheiden bei den körpernahen: *Kahnbein, Mondbein, Dreiecksbein, Erbsenbein* und bei den körperfernen: *Großes Vieleckbein, Kleines Vieleckbein, Kopfbein, Hakenbein.* Und wem jetzt der Kopf schwirrt, dem kann mit folgendem Merksatz geholfen werden. Bitte schreiben Sie mit: Es fuhr ein *Kahn* im *Mond*enschein im *Dreieck* um das *Erbsen*bein. *Vieleck groß, Vieleck klein,* am *Kopf,* da muss ein *Haken* sein.«

Brodersen hielt inne, ein leichtes Lächeln stahl sich auf sein Gesicht, als er fortfuhr: »Die Parteimitglieder unter Ihnen, verehrte zukünftige Kollegen, dürfen am Schluss auch gerne schreiben: … im *Kopf* das *Haken*kreuz muss sein.«

Gelächter unter den Studenten. Einige klopften sogar beifällig auf die Tische.

Auch der junge Mann, der neben Flo saß, gehörte dazu. Sie beugte sich zu ihm hinüber und flüsterte: »Bitte geben Sie dem Professor nach der Vorlesung dieses Fläschchen. Er hat es vorhin drüben in der Augenklinik vergessen.«

Dann verließ sie rasch den Saal. Auf dem Weg zurück musste sie ein paar Mal an Brodersen denken. Der Professor schien nicht nur ein beliebter Lehrer zu sein, sondern auch den Nazis kritisch gegenüberzustehen.

Ob er das mit Degkwitz, dem Leiter der Kinderklinik, gemeinsam hatte?

Wiederum einige Tage später saß ein seltsames Paar im Wartezimmer der Poliklinik. Es handelte sich um Chinesen, Herrn Huang, der eine Wäscherei in der Talstraße betrieb, und seine Tochter JinJin, eine etwa achtzehnjährige junge Frau mit glänzendem ebenholzschwarzem Haar. Flo sah auf den ersten Blick, warum beide gekommen waren: JinJin hatte eine haselnussgroße Geschwulst am Oberlid des rechten Auges.

Herr Huang verbeugte sich höflich und fragte, ob es möglich sei, seine Tochter zu untersuchen.

»Dafür bin ich da«, sagte Flo. Sie zog die Lidkante ein wenig nach vorn, betrachtete die Geschwulst und fragte: »Haben Sie Schmerzen, wenn Sie die Wimper niederschlagen?«

»Ja, es zieht unangenehm, und es ist ein pralles Gefühl«, antwortete JinJin mit heller Stimme.

»Das glaube ich gern. Warum haben Sie so lange mit dem Gang zum Arzt gewartet?«

JinJin knetete verlegen die Hände.

Ihr Vater antwortete: »Ich wollte, dass sie zuerst zu einem chinesischen Doktor in unserem Viertel geht.«

JinJin nickte. »Der hat meinen Puls gemessen und gesagt, ich hätte eine rote Zunge mit feuchtem gelbem Belag und mir einen Heiltee verschrieben. Auch mit einer warmen Lampe sollte ich es versuchen. Aber das Ding ist nicht weggegangen.«

»Und warum sind Sie zu mir in die Klinik gekommen? Es gibt doch eine Reihe von guten Augenärzten in Hamburg?«

»Wir wohnen im Chinesenviertel. Deshalb kenne ich die *Hölle* und Schatzi. Der hat mir gesagt, dass Sie Augenärztin sind und sehr tüchtig.«

»So, hat er das.« Flo lächelte insgeheim. Es hatte sich also schon bis nach Chinatown herumgesprochen, dass sie in der Augenklinik arbeitete.

Sie untersuchte das Oberlid näher. Die Geschwulst war rot, fühlte sich hart an und erwies sich als nicht verschiebbar. Sie vermutete, dass es sich um ein *Chalazion*, ein Hagelkorn, handelte. »Machen Sie sich keine Sorgen«, sagte sie, »aber zur Sicherheit muss ich eine Probe des Gewebes entnehmen und untersuchen lassen. Sind Sie einverstanden?«

»Ja«, sagte JinJin.

»Werden Sie meiner Tochter wehtun?«, fragte Herr Huang.

»Nein, nicht sehr. Wenn Sie wollen, können Sie gern zugucken.«

»Das würde mich beruhigen.«

Flo machte eine Biopsie und bereitete die Probe für die histologische Untersuchung vor. Der Schritt war notwendig, um ein Karzinom der Meibom-Drüse, ein Basaliom oder Ähnliches auszuschließen. Doch das sagte sie nicht, um Herrn Huang und seine reizende Tochter nicht zu beunruhigen. »Bitte lassen Sie sich einen Termin für kommenden Freitag geben, dann müssten die Ergebnisse da sein.«

Am Freitag kam JinJin wieder, diesmal allein, und Flo schaute in ihr ängstliches Gesicht. »Ich kann Sie beruhigen, JinJin«, sagte sie, »die Geschwulst ist gutartig. In den meisten Fällen bilden sich Knoten dieser Art in wenigen Monaten von selbst zurück.«

Daraufhin geschah etwas Seltsames mit der kleinen Chinesin: Statt sich über die gute Nachricht zu freuen, kämpfte sie mit den Tränen.

»Was haben Sie denn?«, fragte Flo.

JinJin schniefte. »Ich kann unmöglich so schrecklich entstellt heiraten.«

»Sie wollen heiraten?«

»Ja, der Termin steht doch schon fest! Es ist der dritte August, Vollmond. Wir wollen das Mondfest und gleichzeitig Hochzeit feiern. Das bringt Glück!«

»Können Sie nicht den nächsten Vollmond abwarten?«

»Auf keinen Fall. Alle Verwandten, alle Nachbarn wissen es doch schon, und der Feng-Shui-Meister hat auch gesagt, es sei das beste Datum.«

»Warten Sie einen Augenblick.«

Flo ging in den Nebenraum, um dort zu telefonieren. Sie rief

Professor Behr an und fragte ihn, ob es möglich sei, einen kleinen Eingriff kurzfristig auf den OP-Plan zu setzen. Behr fragte, warum, und Flo schilderte ihm die Situation. »Ein kleines Hagelkorn wird uns nicht aus der Bahn werfen«, sagte er nach kurzem Zögern. »Schwester Thaddäa hat gerade ihre Zusatzausbildung zur OP-Schwester abgeschlossen und wird sich freuen, Ihnen assistieren zu dürfen. Aber machen Sie den Eingriff vor der ersten OP, damit der Zeitplan nicht durcheinandergerät.«

Flo kam zurück und sagte zu JinJin: »Ich werde Sie morgen früh unter örtlicher Betäubung operieren, und wenn alles gutgeht, wird am dritten August Ihr rechtes Auge wieder so schön sein wie Ihr linkes. Notfalls helfen Sie mit etwas Schminke nach.«

»Wirklich, Frau Doktor?«

»Ich will nur vorher mit der Spaltlampe Ihr gesamtes Auge betrachten und den Innendruck messen, dann steht dem Eingriff nichts mehr im Wege.«

Am nächsten Morgen, knapp drei Wochen vor JinJins Hochzeit, operierte Flo. JinJin war sehr aufgeregt, doch alles ging glatt.

»Kommen Sie am Donnerstag wieder, dann will ich nachschauen, wie der Schnitt verheilt und die Kompresse wechseln«, sagte Flo.

Zwei Tage später erschien JinJin. Noch bevor Flo das Pflaster abnehmen konnte, drückte JinJin ihr eine wunderschöne Pfingstrose in die Hand.

»Für mich?«, fragte Flo überrascht.

JinJin lächelte scheu. »Die Königin der Blumen für die beste Ärztin der Welt.«

KAPITEL 23

Das Wetter in der letzten Juliwoche war sehr durchwachsen. Die Tagestemperaturen kletterten kaum über 17 Grad, es nieselte und war wolkig, die Sonne ließ sich nur selten sehen. Schatzi saß mit Conni, dem bildhübschen Jüngling, in der *Hölle* und sagte: »Du siehst genauso aus wie das Wetter draußen. Irgendwas hat dir die Laune verhagelt. Was ist los?«

»Nichts.«

»Unsinn, du hast doch was.«

»Ich wollte dich nur noch mal sehen.«

»Was soll das heißen?«

»Erst wollte ich einfach so gehen, aber das hab ich nicht fertiggebracht.«

»Warte mal.« Schatzi ließ seinen Blick über die wenigen Gäste im Schankraum schweifen und stellte fest, dass sich alle noch an ihrem Bier festhielten. Seine Dienste wurden im Moment nicht gebraucht. Er holte eine Flasche Danziger Goldwasser und zwei Gläser. »Erzähl.«

»Ach, mein Gott.« Conni drückte theatralisch beide Hände gegen die Schläfen. »Immer der Ärger mit den Kolleginnen. Alles Schlampen, sag ich dir!«

Schatzi schenkte ein. »Erst mal Prost.«

Conni trank mit abgespreiztem kleinem Finger. »Sie haben mich als Schwuchtel bei irgendeiner Aufsichtsbehörde angeschwärzt.«

»Sag bloß?«

»Früher, als Arthur noch Direktor war, hätte der denen was gehustet.«

»Das hätte er wohl.« Schatzi kannte Arthur Wittkowski seit Jahren gut und wusste, dass dieser nichts auf seine Leute kommen ließ. Er hatte sich immer schützend vor Conni gestellt, weil der bildhübsche Jüngling beim Publikum höchst beliebt war. Connis Darbietungen hatte er stets mit den Worten *»Tänze des Lasters, des Grauens, der Ekstase!«* angekündigt, woraufhin Conni ein Schwert schluckte, es mit lasziven, zuckenden Bewegungen wieder ausspuckte und danach perfekt die Pose nachahmte, in der seinerzeit die berühmte Anita Berger dem Publikum ihr pralles Gesäß entgegenstreckte. Allerdings hatte Connis Auftritt nie länger als ein paar Minuten gedauert, denn Arthurs Motto hieß: *»Alle Viertelstunde eine Sensation und in den Pausen keine Pause!«*

»Ich könnt heulen, wenn ich daran denk, dass sie Arthur abgesägt haben«, klagte Conni.

»Das könnten wir alle«, sagte Schatzi. »Leider hat er den Bogen überspannt.« In der Tat hatte sich Arthur mehrfach mit den Nazis angelegt und war deshalb vor einem halben Jahr durch Intrigen und Verleumdungen gezwungen worden, sein Varieté unter Wert zu verkaufen. Sein Nachfolger hieß Georg Leopold, ein strammer Rechter, der sich »Betriebsführer« nannte und ein offenes Ohr für Denunzianten hatte.

Überdies mochte er Conni nicht besonders, was durchaus auf Gegenseitigkeit beruhte. »Alles Scheibenhonig«, sagte Conni düster. »Es ist besser, wenn ich Leine ziehe. Hier wird's zu heiß für Hundertfünfundsiebziger. Solltest dich auch vorsehen, Schatzi.«

»Ach wo. Hast du schon mal einen Schwulen gesehen, der Nickelbrille trägt und wie ein Professor aussieht?«

»Das macht dich ja gerade so süß!« Conni drückte heftig Schatzis Hand und kippte den Rest des würzig-süßen Likörs hinunter. »Na ja, die alten Zeiten sind sowieso vorbei. Jetzt haben sie das *Alkazar* auch noch in *Allotria* umgetauft, und alles soll zahmer werden. Märsche statt Ärsche! Und weniger Titten. Dass ich nicht lache.«

Schatzi nickte traurig. »Wirst mir fehlen.« Dann schenkte er nach. Für St.-Pauli-Verhältnisse waren er und Conni eine halbe Ewigkeit zusammen gewesen. Doch nichts auf dieser Welt hatte Bestand.

»Dem Leopold nehm ich's noch nicht mal so übel«, fuhr Conni fort, »aber den Nazis, diesen Spießern. Die haben Arthur fertiggemacht, weil er sich nicht in sein Programm reinreden lassen wollte. Tun alle so sittsam. Aber in den Puffs auf der Meile treiben sie's wie die Affen. Verdammte Heuchler!« Er kippte den zweiten Likör hinunter. »Dabei fand ich ihre braunen Hemden immer so schick.«

»Auch Schokoladentorte ist Dreck, wenn sie auf einen weißen Teppich fällt.«

»Wie?«

»Ach, nichts.«

»Ich will dann mal.« Conni blickte sich um, sah, dass die Luft rein war, und küsste Schatzi auf den Mund.

Schatzi wischte sich eine Träne aus dem Auge. »Wo gehst du denn hin, wenn du hier nicht bleiben kannst?«

»Ich nehm mir 'ne Droschke nach Fuhlsbüttel und versuche, einen Platz in der Maschine nach Köln zu ergattern. In anderthalb Stunden geht der Flug.«

»Du willst nach Köln?«

»Da ist auch ein Rotlichtviertel, und da hab ich 'ne Adresse. Mach's gut, Schatzi.«

»Mach's gut, Conni.«

Schatzi blickte dem bildhübschen Jüngling hinterher und dachte: Irgendwie 'ne Scheißzeit, in der wir leben.

Doch die Zeit hielt auch immer wieder schöne Momente bereit. Das erfuhr Flo am Sonnabend, dem ersten August. An diesem Tag erhielt sie eine Einladung zu JinJins Hochzeitsfeier. Die Einladung kam etwas kurzfristig, und sie fragte sich, ob das nicht ein guter Grund sei abzusagen. Überdies wusste sie aus

Erfahrung, dass es immer gut war, zwischen Beruflichem und Privatem zu trennen.

Andererseits war JinJin eine bezaubernde junge Frau, die ihr zum Dank für die gelungene Operation eine duftende Rose geschenkt hatte. Eine junge Frau, die einen Vater hatte, der gewiss sein Gesicht verlieren würde, wenn sie die Einladung absagte.

Flo beschloss, sie anzunehmen.

Die Feier nach der chinesischen Hochzeitszeremonie sollte in Kam Sing Foks Restaurant *Wong Fu* in der Schmuckstraße stattfinden. Flo überlegte hin und her, was sie aus diesem Anlass anziehen sollte, und entschied sich am Ende für ein bodenlanges Prinzesskleid mit langem Rocksaum, dessen dunkles Violett mit ihren grünen Augen besonders gut harmonierte. Ein schmaler, goldener Gürtel betonte die hohe Taille. Sie trat vor den Spiegel und betrachtete sich kritisch. Die Pagenkopf-Frisur, die sie seit Kurzem trug, passte sehr gut zu ihrem blonden Haar. Sollte sie dem Diktat der Mode folgen und sich auch noch die Augenbrauen komplett abrasieren, um sie dann bleistiftdünn nachzuziehen? Nein, das kam nicht infrage. Man musste nicht alles mitmachen, was Diven wie Marlene Dietrich oder Jean Harlow im Lichtspieltheater zur Schau trugen.

Als der große Tag gekommen war, überreichte Flo dem strahlenden Brautpaar eine kleine Meissener Vase mit dem berühmten Schneeballblütendekor, weil es ein Geschenk war, an dem beide ihre Freude haben konnten. Die meisten Gäste jedoch schenkten Geld, das in einen roten Umschlag, den *Hong Bao*, gesteckt wurde. »Oh, welch wunderschöne Vase, *duōxiè nín!* Ich danke Ihnen sehr!« JinJin, im traditionell roten Kleid, zwinkerte Flo verschwörerisch mit dem genesenen rechten Auge zu und wisperte: »Niemand von den Gästen hat mir etwas angesehen, ich bin so froh.«

Chang, ihr Bräutigam, trug einen grauen Anzug. Er war ein vielversprechender junger Mann, der beim Schiffsausrüster

Godefroy am Rödingsmarkt arbeitete. Wie alle anderen behandelte er Flo mit höchstem Respekt. Nacheinander stellte er sie wortreich den Anwesenden vor. Danach platzierte er sie zwischen JinJins Mutter Kaiwen und Herrn Huang, der ihr mit ernster Miene zunickte.

»Es ist mir eine Ehre, an der Hochzeitsfeier Ihrer Tochter teilnehmen zu dürfen«, sagte Flo höflich.

»Die Ehre ist ganz auf unserer Seite«, antwortete Herr Huang steif. Dann erhob er sich, zog einen Zettel aus der Tasche und schlug an sein Glas, um eine Rede zu halten. Sie war auf Chinesisch, aber an dem Nicken der Gäste, dem Kichern der Braut und den vielen fröhlichen Gesichtern an der langen, sich über zwei Räume erstreckenden Tafel konnte sich Flo auch so zusammenreimen, dass Herr Huang seiner Tochter und ihrem frischgebackenen Ehemann alles Gute wünschte.

Während der Rede hatte sie Muße, sich die Einrichtung anzusehen. Viel Rot und viel Gold wechselten einander ab, leuchtende Lampions an der Decke, kunstvolle Kalligraphien an den Wänden, dazu mehrere glücksbringende Drachenstatuen, die in den Ecken aufgestellt worden waren. Beifall erklang, als Herr Huang seine Rede beendet hatte, und alle tranken mit Shaoxing-Reiswein auf das junge Paar.

Danach räusperte sich Herr Li, der mit seiner Frau schräg gegenübersaß. Er war der Vater von Chang und hielt ebenfalls eine Rede. Anschließend wurde abermals auf die Brautleute angestoßen. Herr Li verbeugte sich nach links und rechts und setzte sich wieder.

Es folgten noch zwei oder drei weitere Redner, darunter Chen Jing, ein bekannter Seemannsagent, der chinesische Matrosen an deutsche Reedereien vermittelte. Sie alle machten es zum Glück kurz, wollten am Schluss aber ebenso auf JinJin und Chang trinken.

Flo, die nicht sehr viel Alkohol vertrug, hatte nur an ihrem Glas genippt und war froh, als sie sah, dass Herr Huang neben ihr dem Restaurantbesitzer ein Zeichen gab. »Sing Fok wird jetzt die Speisen servieren lassen«, sagte er zu Flo, und dann – zum ersten Mal an diesem Abend – lächelte er kurz und fügte hinzu: »Ich hoffe, Sie sind hungrig, es ist ein Acht-Gänge-Menü.«

»Acht Gänge?«, fragte Flo eher erstaunt als erschreckt.

»Die Acht ist in China eine Glückszahl«, erklärte Herr Huang. »Wenn Sie nachzählen, werden Sie feststellen, dass es genau achtzig Gäste sind, die sich an diesem Tisch versammelt haben. Nach dem Brautpaar sollen Sie die Erste sein, der man serviert.«

Flo beobachtete, wie zwei Kellner JinJin und Chang Bambusspießchen mit Hühnerfleisch reichten und mehrere Schüsseln mit verschiedenen Soßen dazustellten. Ihre ersten Bissen wurden von einem eigens bestellten Fotografen festgehalten. Flo erlebte kurz darauf dasselbe. Ein Blitzlicht begleitete sie, als sie vorsichtig von einem Spießchen kostete. Rufe wie *»Mànmàn chī!«* erklangen, und Herr Huang übersetzte: »Das heißt guten Appetit.«

Flo nickte dankend in die Runde und lächelte mit vollem Mund.

Kurz darauf aßen alle, und während so köstliche Dinge wie Krabben im Salzmantel, in der Schale gedämpfte Garnelen, Seeschnecken und Seeohren, gebratener Fisch in säuerlich roter Soße, Austern und Hummerstückchen und gezogene Nudeln als Symbol eines langen Lebens verzehrt wurden, stieg die Stimmung mit jedem Gang weiter.

Flo hatte man vorsorglich Messer und Gabel bereitgelegt, doch sie bestand darauf, mit Stäbchen zu essen. Mit einiger Mühe, unter Anleitung von Herrn Huang und Kaiwen, gelang es ihr, die vielen Fisch-, Fleisch- und Gemüsestückchen zum Mund zu führen, wobei der Fotograf immer wieder auf den Auslöser drückte.

Zum Dessert gab es süße, geschmorte Lotosstengel, danach wurden anlässlich der Vollmondnacht die Mondkuchen verzehrt und ein paar Schälchen mit Reiswein getrunken. JinJin hatte sich inzwischen umgezogen und trug ein weißes Kleid aus Atlasseide. Flo erfuhr, dass chinesische Bräute auf ihrer Hochzeit mindestens ein Mal das Gewand wechselten. Dieses war von Chin Yung, einem Südchinesen, der in seinem Geschäft *1A Damenwäsche* Blusen und Kleider anbot.

»Wann geht das Feuerwerk los, Vater?«, fragte JinJin Herrn Huang.

Der schaute zur Uhr. »In ungefähr zehn Minuten, mein Liebling«, antwortete er. »Die Spezialisten bereiten es draußen auf der Straße noch vor.«

»Werden auch Raketen dabei sein?«

»Nein.« Herr Huang schüttelte resigniert den Kopf. »Ich habe nicht die Genehmigung dafür bekommen.«

»Wie für so vieles nicht«, ergänzte Kaiwen.

Herr Li von der anderen Seite des Tisches fügte vorsichtig hinzu: »Die ehrenwerten Herren in den Behörden haben sicher ihre Gründe, warum wir Chinesen im Alltag zunehmend mit Schwierigkeiten kämpfen müssen und warum die Polizei so häufig Razzien in unseren Geschäften durchführt.«

Herr Huang sah ihn strafend an. Die Wendung des Gesprächs war ihm in Flos Anwesenheit unangenehm. »Vergiss nicht, in den letzten Monaten ist manches leichter geworden«, entgegnete er. »Nicht nur für uns. Die Schilder *Kauft nicht bei Juden!* in den Schaufenstern sind zum Beispiel verschwunden. Du wirst sehen, es kommen wieder bessere Zeiten.«

»Ich glaube, es liegt nur an den Olympischen Spielen, die seit vorgestern in Berlin stattfinden. Die ehrenwerten Herren Nationalsozialisten wollen, dass Deutschland sich von seiner besten Seite zeigt.«

Herr Wang aus der Nachbarschaft, der Vogelkäfige baute und damit handelte, widersprach, die Spiele hätten damit nichts zu tun. Alles würde schon allein deshalb besser werden, weil es so nicht weiterginge.

Der Meinung waren auch Herr Yang und Herr Wu, zwei Ausbesserungsschneider, die ein paar Plätze entfernt saßen. Ihre

Ehefrauen nickten eifrig. »Wir müssen nur Geduld haben«, sagte die eine.

»Das Rad wird sich auch wieder in die andere Richtung drehen«, sagte die zweite.

»Jedenfalls geht es uns allen so gut, dass wir hier sitzen und Hochzeit feiern können!«, rief Herr Huang, im Bemühen, das Thema zu beenden.

Als hätten sie auf sein Stichwort gewartet, zündeten die Spezialisten in diesem Augenblick den ersten Knallkörper draußen auf der Straße. Mit fröhlichen Rufen, die Gläser in der Hand, strömten die Gäste vor die Tür. Auch Flo gesellte sich zu ihnen und sah staunend, wie unter ohrenbetäubendem Krachen Fontänen sprühten, Kometen zischten und Sonnen über das Pflaster tanzten. Ein Blick auf ihre Armbanduhr sagte ihr, dass Mitternacht schon vorbei war. Ein neuer, anstrengender Tag in der Klinik erwartete sie.

Obwohl sie gern noch ein wenig geblieben wäre, beschloss sie zu gehen. Sie ließ sich ihren Mantel geben und verabschiedete sich von Herrn Huang und seiner Frau. »Es war ein unvergessliches Erlebnis für mich, vielen, vielen Dank.«

»Auf Wiedersehen.« Herr Huang und Kaiwen verbeugten sich. »Ich habe noch etwas für Sie, Frau Doktor«, sagte Herr Huang plötzlich. Mit einem kleinen Lächeln übergab er Flo eine lange, schmale Papiertüte.

»Oh, danke, was ist denn darin?« Flo schaute hinein und musste lachen. In der Tüte waren zwei Essstäbchen.

»Damit Sie üben können, Frau Doktor«, erklärte Kaiwen. »Falls Sie uns einmal besuchen sollten, was für uns eine große Ehre wäre.«

»Danke, vielen Dank.« Flo wusste nicht recht, was sie sagen sollte. Deshalb verbeugte sie sich ebenfalls und sagte: »Auf Wiedersehen.«

Sie ging, die Stäbchen in der Hand, die Schmuckstraße hinunter und blieb an deren Ende stehen. Die Scheinwerfer eines Lieferwagens blendeten auf. Eine Stimme rief: »Kommen Sie,

Frau Doktor, wir fahren Sie rasch nach Hause.« Es war die Stimme von Chang, dem Bräutigam, der neben JinJin im Führerhaus saß.

Zögernd stieg Flo dazu. »Wird man Sie nicht auf Ihrer Hochzeit vermissen?«

»Nicht während des Feuerwerks«, erwiderte Chang gut gelaunt. »JinJin und ich sind ganz froh, für kurze Zeit fort zu sein. Die Feier fängt ja gerade erst an, und ich als Bräutigam muss mit jedem Gast mindestens einmal anstoßen. Das hält die stärkste Leber nicht aus.«

»Bitte fahren Sie vorsichtig.«

Chang lachte. »Ach, der Wagen fährt sich wie von selbst. Ein Opel Blitz, gebraucht, aber gut. Vierzylindermotor, 52 PS, normalerweise wird damit die Wäsche ausgefahren. Aber Sie sind natürlich eine besondere Fracht.«

Flo lachte.

Zehn Minuten später wurde sie von den beiden jungen Chinesen zu Hause in der Großen Elbstraße abgeliefert.

»Vielen Dank«, sagte sie. »Es ist sehr bequem, nach Hause gefahren zu werden. Daran könnte ich mich direkt gewöhnen.«

»Stets zu Diensten«, sagte Chang und setzte sich wieder hinters Steuer. »Auf Wiedersehen.«

»Auf Wiedersehen! Ich wünsche Ihnen und JinJin von Herzen, dass Sie glücklich werden.«

Am nächsten Abend beschlossen Flo und Vicki, dass in Zukunft sämtliches Bettzeug sowie Handtücher, Paradetücher und Tischdecken von der Wäscherei Huang gereinigt, gemangelt und ausgeliefert werden sollten.

KAPITEL 24

Als Schatzi an diesem Morgen erwachte, wunderte er sich, dass Willi noch nicht auf war. Normalerweise erhob sich Willi mit den Hühnern und scheuchte ihn aus dem Bett, aber heute schien er länger schlafen zu wollen. Sei's drum, dachte Schatzi und ging hinüber zu Viras und Aale-Ediths Wohnung. Er klopfte. Vira reichte ihm wie üblich eine Schüssel mit angewärmtem Wasser. »Ist Willi noch nicht wach?«, fragte sie.

»Nee, der pennt noch.«

»Komisch.«

Schatzi ging mit der Schüssel zurück in die eigene Wohnung und stellte sie vor den Spiegel, der im halben Zimmer hing. Er schäumte sich mit dem Rasierpinsel das Gesicht ein und legte eine der guten Rotbart-Klingen in den Rasierhobel. Sein Bart war nicht besonders stark, weshalb er eine Rasur nur alle zwei Tage durchführen musste, doch dafür genoss er die Prozedur umso mehr. Es war immer wieder ein angenehmes Gefühl, wie der Schaum im Gesicht prickelte und die Klinge sanft über die Haut glitt… »Willi, hörst du, ich bin heute ab zwei im *Panoptikum*, die brauchen mich da.«

Willi grunzte irgendetwas.

Schatzi trocknete sich mit dem Handtuch das Gesicht ab und nahm mit dem Restwasser eine Katzenwäsche vor. Baden oder Duschen war Luxus, das fand nur ein Mal in der Woche statt, im Wellenbad am Spielbudenplatz 26. »Heute Morgen kommen die Bierkutscher von der Holsten-Brauerei und bringen drei Fässer. Um zehn, glaube ich. Kümmerst du dich darum, oder soll ich's tun?«

Willi stöhnte.

Schatzi trat an sein Bett. »Was hast du bloß?«

»Mir geht's hundsmiserabel«, krächzte Willi.

Schatzi legte seine Hand auf Willis Stirn. Dann pfiff er durch die Zähne. »Heiß wie 'ne Herdplatte.«

»Weiß ich. Flo soll kommen.« Willi hustete.

»Flo hat Dienst im Augenklinikum, die kann nicht.«

»Ich will, dass sie kommt.«

»Warte mal.« Schatzi ging hinüber zur Wohnung der Frauen und kam Augenblicke später mit ihnen zurück. »Du brauchst einen Arzt«, sagte Aale-Edith, nachdem sie in Willis rotes Gesicht geblickt hatte.

»Flo soll kommen.«

»Die kann nicht«, sagte Schatzi. »Ich hab's dir eben schon erklärt.«

»Dann kommt sie eben später.«

Aale-Edith sagte: »Schluss jetzt. Ich hole Doktor Kreienbohm aus der Hein-Hoyer-Straße.«

Als Doktor Kreienbohm gegen Mittag erschien, fand er Willi am ganzen Körper glühend vor. Er griff zum Stethoskop und horchte ihn sorgfältig ab. »Einatmen … und ausatmen. Einatmen … und ausatmen.« Dann klappte er das Stethoskop zusammen und verstaute es wieder in seinem Arztkoffer. »Es rasselt sehr stark in Ihrer Lunge, Herr Höller«, sagte er. »Das Fieberthermometer zeigt 39,7 Grad. Ich fürchte, Sie haben eine beidseitige Lungenentzündung.«

Willi machte eine schwache Handbewegung und hustete qualvoll.

»Seit wann haben Sie den Husten?«

»Weiß nicht. Ein paar Tage.«

»Rauchen Sie?«

Willi schwieg.

»Und wie«, sagte Schatzi. »Er hatte sich's abgewöhnt, aber jetzt sind es bestimmt wieder vierzig am Tag.«

»Sie hätten viel früher zum Arzt gehen müssen.«

Aale-Edith meinte: »Das stimmt. Aber das hilft uns nun auch nicht weiter.«

»Ich bin nie krank«, keuchte Willi schwach.

»Jetzt sieht es aber ganz danach aus«, entgegnete Doktor Kreienbohm. »Sie gehören ins Krankenhaus.«

»Kommt nicht infrage.«

Kreienbohm war im Viertel nicht besonders beliebt, weil er ziemlich brüsk sein konnte. Das stellte er auch diesmal unter Beweis. »Wie Sie wollen. Es ist Ihre Beerdigung«, sagte er. »Bis dahin verschreibe ich Ihnen ein fiebersenkendes Mittel und verordne Ihnen lauwarme Wadenwickel. Gegen den Husten nehmen Sie einen Hustensaft mit Kodein, der dürfte Ihnen rasche Linderung bringen. Hier ist das Rezept. Ich sehe morgen früh wieder nach Ihnen.«

»Bleiben Sie, wo der Pfeff…« Ein Hustenanfall unterbrach Willi.

Kreienbohm zuckte mit den Schultern, nahm seinen Arztkoffer und ging. Bevor die Tür sich hinter ihm schloss, sagte er noch: »Herr Höller muss dringend ins Krankenhaus, seine Erkrankung ist lebensgefährlich. Stimmen Sie Herrn Höller um, sonst wird er morgen oder übermorgen sterben.«

»Wir tun, was wir können«, versicherte Vira, »aber er ist ein Dickkopf.«

»Könnt ihr euch um die Wadenwickel und den anderen Kram kümmern?«, fragte Schatzi die Frauen, nachdem Kreienbohm gegangen war. »Ich schmeiße dann den Laden unten allein, und die Aushilfsarbeiten im *Panoptikum* sage ich ab. Die müssen ohne mich auskommen.«

Gegen Mittag hatte Vira eine klare Suppe gekocht. Sie war als Einzige an Willis Bett geblieben, weil Aale-Edith wie immer ihren Platz vor der *Hölle* einnehmen wollte.

Von der klaren Suppe konnte Willi nur zwei oder drei Löffel runterbringen, wobei er sich auch noch verschluckte. Vira reichte ihm Wasser, was er aber genauso wenig trinken konnte, da er kaum in der Lage war, das Kinn anzuheben. Sie steckte den Kopf aus dem Fenster zur Straße und rief: »Aale-Edith, du musst raufkommen. Ich krieg Willi nicht allein hoch.«

Gemeinsam hoben sie den Oberkörper des schweren Mannes an und stopften ihm einige Kissen in den Rücken. Dann ging es besser. Willi konnte etwas trinken, und auch die Suppe nahm er zu sich.

»Gib ihm was von dem Hustensaft«, sagte Aale-Edith.

Vira schob Willi einen Löffel von dem mittlerweile aus der Adler-Apotheke am Wilhelmsplatz besorgten Hustenmittel zwischen die Lippen.

»Danke«, krächzte Willi.

»Versuch jetzt zu schlafen.« Viras sonst so piepsige Stimme war ganz sanft. Sie wollte die Treppe hinunter in die *Hölle* gehen, um Schatzi zu helfen, aber zwei oder drei der Gäste kamen ihr entgegen.

»Wir hören, Willi geht's nicht gut«, sagten sie. »Können wir mal nach ihm sehen?«

»Er muss jetzt schlafen«, sagte Vira.

»Ist ja nur für 'nen Augenblick.« Die Männer ließen sich nicht aufhalten. Willi war einer der beliebtesten Wirte auf St. Pauli, und er kannte Gott und die Welt. Manchmal war das auch ein Nachteil.

Die Männer standen an Willis Bett und sagten Dinge wie: »Was machst du denn für Sachen?« und: »Du und krank? Wir dachten immer, du bist unsterblich.«

»Bin ich auch«, keuchte Willi.

Dann kam Vira und scheuchte die Männer wieder nach unten. »Sagt Schatzi, Willi gibt euch einen aus. Und dann lasst euch hier nicht wieder blicken.«

Kurz danach erschien Hermann Faerber vom *Panoptikum* gegenüber. Er und sein Bruder Arthur betrieben zusammen das Wachsfigurenkabinett. Auch er wollte nach Willi sehen und ließ sich nicht abwimmeln. »Willi, mach keinen Mist«, sagte er. »Versprich mir, dass du wieder gesund wirst, ich hab keine Lust, dich demnächst in Wachs bei mir auszustellen.«

Willi grinste mühsam.

Dann kam Gunda vorbei. Sie hatte ihren Fischbrötchenstand in der Großen Freiheit für ein paar Minuten verwaisen lassen, um Genesungswünsche loszuwerden. »*Hol di stief*, Willi«, sagte sie, »das wird schon wieder.«

Willi nickte schwach.

Nach Gunda kam Harald, ein kleiner Mann mit zarten Händen, der *Haarald's Frisiersalon* betrieb und von allen »Tütchen« gerufen wurde. Tütchen war vom anderen Ufer und eigentlich mit Willi über Kreuz, weil dieser mit seiner Mähne und seinem Vollbart keinen Grund sah, zu ihm zu gehen. Aber heute war alles anderes. »Wenn du wieder auf dem Damm bist, Willi, schneid ich dir umsonst die Haare, und den Bart stutz ich dir auch«, flötete Tütchen.

»Bloß nicht«, murmelte Willi.

Leicht beleidigt entschwand Tütchen und gab sich mit Christian Warlich die Klinke in die Hand. Der Mann, der Gentleman, Tätowierer und Wirt in einem war, sagte: »Du musst unbedingt nach Eppendorf, dort kurieren sie dich. Hier wird das nichts.«

»Doch«, keuchte Willi.

»Alter Dickschädel. Kannst du nicht wenigstens ein Mal auf deine Freunde hören?«

»Ich ... schaff's auch so.«

»Ich kann nur hoffen, dass du recht behältst. Na, ich will dann mal, habe noch zwei Viermaster und eine Meerjungfrau zu stechen.« Warlich klopfte Willi freundschaftlich auf den Arm. »Ich seh wieder nach dir, sobald ich kann.«

Als Warlich die *Hölle* verließ, traf er am Bordstein auf Benno, der gerade Aale-Edith begrüßte. »Vira hat mich angerufen«, sagte Benno. »Willi soll hohes Fieber haben.«

»Ja, gut, dass du kommst, es steht schlecht um ihn. Er hat eine Lungenentzündung und will nicht ins Krankenhaus.«

»Vielleicht hört er ja auf dich«, meinte Aale-Edith. »Wir haben uns schon den Mund fusselig geredet, aber du kennst ihn ja: Wenn er nicht will, dann will er nicht.«

»Ich versuch's«, sagte Benno.

Er stieg nach oben in die Wohnung und fand dort Vira vor, die dem Kranken Wadenwickel machte. »Tag, Willi«, sagte Benno betont munter, »ich höre, du bist krank?«

Willi nickte schwach.

»Oh, das sieht nicht gut aus, wenn du mich fragst. Am besten, ich hole eine Droschke, und dann kutschieren wir beide nach Eppendorf ins Krankenhaus.«

Willi schüttelte den Kopf.

»Du willst nicht? Du musst aber! Oder bist du hier der Einzige, der was dagegen hat, dass du wieder gesund wirst?«

Willi schloss die Augen.

»Ich gehe jetzt und hole die Droschke.«

»Bleib … Maler Klecksel. Bitte …«

Widerstrebend setzte Benno sich ans Bett. Er überlegte angestrengt, wie er Willi dazu bringen konnte, seinen Widerstand aufzugeben.

»Flo … soll kommen.«

Vira wässerte neue Wickel, wrang sie aus und schlug sie um Willis Beine. »Ich hab mit Flo telefoniert. Sie kommt, aber sie kann heute Abend nicht vor neun hier sein.«

Schatzi schaute unterdessen herein. »Ich glaube, ich mach besser den Laden dicht. Das Haus ist so hellhörig, und die Leute sind so laut.«

Willi wurde plötzlich unruhig. »Nein«, krächzte er. »Der Laden bleibt auf, der war immer auf …« Dann fiel er wieder in seinen apathischen Zustand zurück.

Weitere Leute vom Kiez ließen es sich nicht nehmen, nach Willi zu schauen. Meistens waren es Wirte wie Arthur Wittkowski, der sich, nachdem ihm die Nazis das *Alkazar* weggenommen hatten, mit einem kleinen Weinhandel über Wasser hielt, auch Bodo von der *Bierquelle* kam, außerdem Harry vom *Trichter* und andere.

Gegen neun stand Flo in der Tür. Sie hatte sich sehr beeilt, aber es nicht früher geschafft. Als sie Willi sah, machte sie nicht viele Worte. Sie fühlte ihm den Puls, prüfte die Temperatur und horchte ihn abermals ab. Benno, Vira und Aale-Edith beobachteten jede ihrer Bewegungen mit besorgter Miene.

Flo schüttelte den Kopf und sagte nichts. Die Freunde verstanden auch so, was sie sagen wollte: Es ging zu Ende mit Willi. Ein Transport ins Krankenhaus hatte sich erübrigt. »Ich bleibe die nächsten Stunden bei ihm und sorge dafür, dass er nicht leidet«, sagte sie. »Morgen früh muss ich aber wieder in die Klinik.«

»Willst du etwas essen?«, fragte Vira mit ihrer Piepsstimme.

»Nein, danke, danach ist mir nicht zumute.«

Gemeinsam saßen sie an Willis Bett, hielten ihm abwechselnd die Hand und erneuerten die Wickel. Von Zeit zu Zeit flößte Flo ihm etwas von dem Kodein-Hustensaft ein, damit der quälende Husten unterbunden wurde.

So verging Stunde um Stunde. Die Freunde rechneten jeden Augenblick damit, dass Willi starb. Aber Willi starb nicht, obwohl sein Atem rasselte, dass einem angst und bange wurde.

Mitten in der Nacht klopfte es unten an der Tür zur *Hölle*. »Wer kann das sein?«, fragte Schatzi misstrauisch.

Er ging hinunter und kam mit einem alten, knorrigen Mann wieder. »Ich bin Fiete«, sagte der Alte. »Hab gehört, wie es um Willi steht. Für alle, die mich nicht kennen: Ich hab damals zu Willis Gang gehört, hab mit ihm gemeinsam Kohlen geschleppt.«

Die Freunde begrüßten Fiete. Er war achtzig Jahre alt, hatte vom vielen Tragen einen Buckel und zahllose Altersflecke im Gesicht.

Schatzi holte noch einen Stuhl und drückte ihm einen Köm in die Hand. Fiete setzte sich und blickte Willi an. Dann begann er von alten Zeiten zu plaudern, leise, im altvertrauten Plattdüütsch. Der stete Fluss der Worte beruhigte Willi. »Weißt du noch, wie wir damals die Nusskohle gestemmt haben, als wär das nichts? Immer runter von der Schute und rüber an Land. Und dann auf die Schottsche Karre und mit der Karre zu den Häusern und bei den Häusern die Kellertreppe runter. Sack um Sack. Ich glaub, wenn wir alle Wege zusammenzählen, die wir dabei getippelt sind, dann kämen wir ein Mal um die Welt.«

Fiete kippte den Köm und ließ sich nachschenken. Dann sprach er weiter: »Irgendwann, Willi, hast du gesagt, du hast die Schnauze voll von der Schlepperei und dich selbstständig gemacht. *Willi Höller Kohlenhandel* stand auf dem Schild über deinem Lagerschuppen, und du hast immer gesagt: ›Ich mach Kohle mit Kohle.‹ Weißt du noch? Ja, ja, das ist lange her. Und dann, später, hast du den Kohlensack an den Nagel gehängt und bist Wirt geworden. Hast dich vorher lange umgeguckt. Und dann eine Destille gekauft. Die hieß damals *Ditter's Schnaps-Destille*, und du hast eine Schankwirtschaft daraus gemacht: *Höller's Hölle*, weil dir der alte Name zu brav war. Ja, ja, das war im Jahre 1887 …«

Fiete nickte vom Klang seiner eigenen Worte ein.

Auch die anderen dösten mehr oder weniger vor sich hin.

Der Morgen kam. Es war Flos Geburtstag. Aber niemand dachte daran, am wenigsten sie selbst. Sie verabschiedete sich schweren Herzens. Es ging nicht anders, ihre Patienten in Eppendorf warteten.

Schatzi stieg die Treppe hinunter, um die *Hölle* für diesen Tag zu schließen, Aale-Edith folgte ihm. Sie wollte trotz allem bei ihrer Gewohnheit bleiben und Fisch feilhalten. Der Räucheraal kam zwar nicht frisch von Hein Sökeland, aber direkt aus dem Bosch-Kühlschrank hinter dem Tresen.

Als Schatzi wieder oben war, gab es ein Gepolter auf der Treppe. Es schaute nach, wer da kam. Es war Günter. Der Junge schleppte das Grammophon aus der Schankstube nach oben.

»Hast du nicht Schule, heute ist Dienstag?«, fragte Schatzi streng.

»Hab ich«, antwortete Günter und stellte das Grammophon in einer Ecke der Schlafstube auf. »Aber ich dachte, du unterschreibst mir 'ne Entschuldigung. Hier, hab alles schon vorbereitet.« Er gab Schatzi einen maschinengeschriebenen Zettel, darauf stand:

Wegen eines familiären Trauerfalls bitten wir,
das gestrige Fehlen von Günter zu entschuldigen.
Mit freundlichen Grüßen:
Hamburg, 11. 11. 1936

»Da brauchst du nur noch deinen Kaiser Wilhelm druntersetzen«, sagte Günter.

»Wer hat das geschrieben?«, fragte Schatzi.

»Ich, auf der Maschine von meinem Vater.«

Benno pfiff durch die Zähne. »Ganz schön clever von dir, Kleiner. Wenn man davon absieht, dass du nicht zur Familie gehörst.«

Günter grinste entwaffnend. »Sind wir nicht alle eine Familie.«

»Auch wieder wahr«, piepste Vira.

Schatzi unterschrieb mit seinem richtigen Namen: Franz Schuh. »Sag deinem Lehrer, dein Onkel sei gestorben. Willi ist ja so was Ähnliches.«

»Okay.«

Gegen halb eins erschien Flo wieder. Sie nutzte die Mittagspause, um nach Willi zu sehen, obwohl die Kollegen eine kleine Feier anlässlich ihres siebenunddreißigsten Geburtstages vorbereitet hatten. Doch sie bat um Verständnis, ihr war nicht festlich zumute. Das lag unter anderem daran, dass sie Götz so sehr vermisste. Sie hatte ihn seit über einem Jahr nicht gesehen und nur von Frederik Rosen gehört, dass es ihm gutging. Aber auch das lag fast genauso lange zurück. Ach, Götz, geliebter Götz, wenn du wüsstest, wie sehr ich mich nach dir sehne …

Der Kranke hatte in den letzten Stunden nicht mehr gesprochen, nur rasselnd und mühsam geatmet. Nun wurde er unruhig, seine Hände bewegten sich, als suchten sie etwas. »Er fängt an zu kramen«, sagte Flo leise, »ein sicheres Zeichen, dass es bald soweit ist.«

Doch Willi starb noch immer nicht. Seine Augen öffneten sich einen Spaltbreit. Es schien, als erkenne er die Anwesenden. Ein kaum merkliches Lächeln huschte über sein Gesicht. »Günter ...«, flüsterte er, »... leg was ... Flottes auf.«

»Wird gemacht, Willi.« Günter zog die Feder des Grammophons auf und suchte *Moonglow* von Benny Goodman unter den Schellackplatten heraus. Während die dünne Nadel auf der Rille tanzte, sangen die Freunde den Text leise mit oder summten vor sich hin:

»It must have been moonglow, way up in the blue,
It must have been moonglow that led me straight to you ...

Vira schluchzte auf, auch den anderen kamen die Tränen. Sie konnten nicht fassen, dass Willi, der zeit seines Lebens so unzerstörbar schien, nun gehen musste. »Willi, oh, Willi!«

Willi lächelte noch einmal schwach. »Macht euch keine Sorgen ... Ich pass da oben ... auf euch auf.«

Es waren seine letzten Worte.

»I still hear you sayin', ›Dear one, hold me fast‹
And I keep on prayin', ›Oh Lord, please let this last ...‹«

Flo schloss Willi die Augen, und Schatzi sagte leise: »Er hat Vira und mir das Haus und die Kneipe vermacht, und ich will, dass von nun an jeden Tag, wenn die *Hölle* aufmacht, *Moonglow* gespielt wird. Zum Gedenken an ihn.«

Am darauffolgenden Sonnabend wurde Willi unter großer Anteilnahme auf dem Altonaer Hauptfriedhof beigesetzt. Mehr als dreihundert Freunde, Bekannte und Wegbegleiter waren gekommen, um ihm die letzte Ehre zu erweisen. Pastor Auer hatte, dem Wunsch des Verstorbenen entsprechend, kein Trauermotto für seine Predigt gewählt, sondern einen Vers aus Psalm 47: *Jauchzet Gott mit fröhlich Schall!*

Vira, Schatzi, Aale-Edith, Benno, Flo, Christian Warlich, Gunda, Günter und all die anderen Freunde vom Kiez hatten einen großen Kranz in *Grosche's Friedhofsgärtnerei* anfertigen lassen, den sie gemeinsam auf das Grab legten. Auf der Schleife stand:

Rolling home, Willi!
Du bleibst in unseren Herzen.
Deine Freunde vom Kiez

Auch Felix Jud hatte ein Gesteck niedergelegt und als Abschiedsgruß einen Trauerspruch von Victor Hugo gewählt:

Du bist nicht mehr da, wo du warst,
aber du bist überall, wo wir sind.
Felix Jud

Anschließend zogen alle ins *Café Nichterlein* an der Luruper Hauptstraße, tranken Kaffee oder Tee und aßen Butterkuchen. Die Stimmung war am Anfang ernst, doch dann wurde sie besser und besser und am Ende sogar fröhlich.

Ganz wie der Verstorbene es sich gewünscht hatte.

KAPITEL 25

Benno hätte nicht gedacht, dass Willis Tod ihm so nahegehen würde. Acht Monate waren seit seiner Beerdigung vergangen, doch jedes Mal, wenn Benno an ihn dachte, versetzte es ihm wieder einen Stich ins Herz. Vielleicht lag es daran, dass Willi mit seinem Wunsch, die Wände der *Hölle* mit frivolen Bildern zu verschönern, der Beginn für Bennos spätere Malerkarriere gewesen war. Vielleicht auch daran, dass Benno sich nach wie vor in der *Hölle* zu Hause fühlte. Oder einfach an Willis vielen guten Freunden, die dort verkehrten.

Sie waren der eigentliche Grund, warum Benno nach dem Raub seiner Kunstwerke Deutschland nicht den Rücken gekehrt hatte. Und natürlich Vicki, Flo und Aale-Edith. Sein Verhältnis zu Aale-Edith war noch immer in der Schwebe. Er hatte ihr ein paar Mal angeboten, zum ihm in das komfortable Haus an der Großen Elbstraße zu ziehen, aber sie hatte abgelehnt. »Ich komme dann schlechter an die Aale von Hein Sökeland ran«, hatte sie gesagt. Die wahre Ursache war wohl eher, dass sie ihre Freiheit noch mehr liebte als ihn. Wenn er ehrlich war, erging es ihm ganz ähnlich.

Auch Felix Jud und sein Künstlerzirkel hatten dazu beigetragen, dass Benno in Hamburg geblieben war. Die Diskussionen und Vorträge im Hinterzimmer von Juds *Bücherstube* hatten ihn zu weiteren Werken angeregt, die er anschließend im kleinen Kreis präsentierte.

Das letzte Treffen in Juds exklusivem Zirkel hatte erst vor wenigen Tagen stattgefunden. Heinrich Stegemann, der sich vergebens darum bemüht hatte, Licht in das Dunkel um Bennos geraubte Werke zu bringen, war am zwölften Juli in Paris gewesen, hatte dort die Weltausstellung besucht und ein Gemälde gesehen, das ihn vom ersten Augenblick an faszinierte. Es trug den Titel *Guernica* und war von Pablo Picasso. Der Maler hatte es als Reaktion auf die brutale Zerstörung der heiligen baskischen Stadt Gernika durch die deutschen Luftstreitkräfte der Legion Condor geschaffen. Stegemann hatte eine Fotografie des Werkes dabeigehabt und herumgereicht. Die allgemeine Meinung der Anwesenden lautete, dass es ein Aufschrei gegen die Gewalt war, eine Anklage gegen den Krieg. Und darüber hinaus ein Kunstwerk, das Weltgeltung erlangen werde.

»Weltgeltung?«, hatte Jud spöttisch nachgefragt. »Ich könnte mir denken, dass es im Großreich des kleinen Meldegängers nichts gelten wird.«

Und Ignaz Litterfas hatte hinzugefügt: »Es dürfte von den Ignoranten als entartet eingestuft werden.«

Danach hatte sich eine lebhafte Diskussion darüber entzündet, wie und wodurch so vielfältige Gefühle wie Schmerz, Trauer, Wut, Vorwurf, Ohnmacht, Rache ausgedrückt werden könnten.

Am Schluss war man sich einig gewesen, dass Tod und Grauen ihre eigene Handschrift schrieben, die Interpretation Picassos jedoch meisterhaft sei und mit einem guten Glas Wein gewürdigt werden müsse.

Ein gutes Glas Wein hatte Benno auch jetzt vor sich stehen. Es war ein rubinroter Spätburgunder vom Kloster Eberbach. Flo hatte ihn dazu inspiriert, lieber Wein als Kognak zu trinken, und er folgte ihren Anregungen. Meistens jedenfalls. Er steckte die Nase in das Glas, schnupperte genüsslich und trank einen ersten Schluck. Welch ein Aroma! Doch es konnte nicht schaden, wenn der gute Tropfen noch ein wenig atmete.

Benno griff zur Zeitung, die auf einem Lyra-Tischchen vor ihm lag. Es handelte sich um das *Hamburger Tageblatt* vom zwanzigsten Juli 1937. Die Zeitung war ziemlich braun eingefärbt, und Benno fragte sich, wie sie in diesen Raum gekommen war. Vielleicht hatte sie Dörthes neuer Freund, ein Abfüller bei der Lackfabrik Glasurit, dort liegen lassen. Flo und Vicki hatten Dörthe wiederholt gesagt, sie möge bitte ihre Bekanntschaften in ihrem Dachgeschosszimmer empfangen, aber die Haushaltshilfe hatte einen Hang zum Höheren und tat gerne so, als gehöre das Haus ihr.

Benno schlug die Zeitung auf und blätterte sie flüchtig durch. Er erwartete nichts als Lobhudeleien auf den Nationalsozialismus mit dem bekannten Vokabular, doch im Kulturteil blieb sein Auge an einer Schlagzeile hängen:

Ausstellung
»Entartete Kunst«
eröffnet.

Der Artikel darunter begann: *Am gestrigen Tage hat Reichspropagandaminister Goebbels die Ausstellung »Entartete Kunst« in den Hofgartenarkaden der Stadt München eröffnet. Bei den Machwerken handelt es sich zum größten Teil um Beschlagnahmungen durch Adolf Ziegler, den Präsidenten der Reichskammer der bildenden Künste. In seiner Rede erklärte Ziegler, jedes der ausgestellten Stücke sei ein abschreckendes Beispiel für sich und ein Pfahl im Fleische der vom nationalsozialistischen Geist durchdrungenen Deutschen Kunst …*

Benno las nicht weiter. Der Text war unerträglich. Unter dem Artikel war ein Foto abgebildet. Es zeigte Goebbels im Staubmantel, wie er mit seiner Begleitung die Ausstellungshalle betrat. An der Wand im Hintergrund hing ein Bild. Benno sah näher hin und traute seinen Augen nicht. Es war eines von seinen verschwundenen Gemälden! Das Motiv *Hades' Erde* aus seinem Vier-Elemente-Zyklus! Die Nazis mussten es vor Eröffnung seiner Ausstellung in der Neuen Rabenstraße entwendet haben, eine andere Erklärung gab es nicht. Wahrscheinlich hatten sie auch die drei anderen Gemälde, *Zeus' Feuer*, *Heras Luft* und *Nestis' Wasser* gestohlen.

Benno schäumte vor Wut.

Er stürmte hinüber in Vickis Zimmer und hielt ihr die Seite mit dem Goebbels-Foto unter die Nase. »Nun sieh dir das an! Nein, nicht Klumpfüßchen mit seinem Tross, das Bild im Hintergrund an der Wand!«

Vicki betrachtete das Foto. »Das darf doch nicht wahr sein«, murmelte sie.

»Ist es aber!«, rief Benno. »Dieses verfluchte Diebsgesindel! Ich muss was trinken. Was Starkes! Ich fahre zur *Hölle.*«

In der *Hölle* sprach es sich wie ein Lauffeuer herum, dass man Benno bestohlen hatte. Die Empörung über die Nazis war groß. Sogar Aale-Edith gab ihren Posten an der Straße auf und kam in den Schankraum. Nachdem sie den unverkauften Aal im Bosch-Kühlschrank verstaut hatte, setzte sie sich zu Benno und sagte: »Irgendwann wird es Krieg geben, und danach werden die Karten neu gemischt.«

»Wie meinst du das?« Benno war schon beim zweiten oder dritten Helbing-Köm. Allmählich beruhigte er sich.

»Wenn der Krieg vorbei ist, werden die Nazis weg vom Fenster sein, und deine Bilder werden wieder auftauchen.«

»Bevor es Krieg gibt, muss ich als Amerikaner sowieso das Land verlassen. Und dann? Glaubst du, jemand würde mir die Bilder hinterherschicken, vorausgesetzt, sie würden tatsächlich wieder auftauchen?«

»Sei nicht so pessimistisch.« Schatzi hatte Bennos letzten Satz gehört und setzte sich dazu. »Wenigstens hast du nun Grund zu der Annahme, dass deine Werke nicht zerstört wurden. Ich habe gehört, dass die Nazis manche der beschlagnahmten Bilder teuer ins Ausland verkaufen, um an Devisen zu kommen. Andere sollen auch nach Carinhall verbracht worden sein, dem Anwesen unseres wohlbeleibten Oberbefehlshabers der Luftwaffe, Hermann Göring.«

Einer der Gäste rief, in Anspielung auf Görings Vorliebe, Orden und Kriegsauszeichnungen in üppiger Zahl zu tragen: »Links Lametta, rechts Lametta, in der Mitte immer fetter!«

Allgemeines Gelächter.

Doch Benno war nicht zum Lachen zumute. Er vermisste Willi, auf dessen Meinung er große Stücke gehalten hatte. »Gib mir noch einen Köm, und dann hau ich wieder ab. Ich habe keine Ruhe, bis die Sache geklärt ist.«

Nach dem Köm lief Benno durch den einsetzenden Regen zurück zur Großen Elbstraße 7. Dort traf er Flo an, die schon von Vicki über die neueste Entwicklung erfahren hatte. »Es tut mir so leid, Dad«, sagte sie. »Aber irgendwann kriegst du deine Bilder bestimmt wieder.«

»Ich will meine Bilder nicht irgendwann wiederkriegen, sondern jetzt«, entgegnete Benno. »Sonst pfeife ich auf diesen Staat mit seiner Nazi-Brut.«

Flo nahm ihm energisch die Flasche Kognak aus der Hand und ersetzte sie durch ein Glas Wasser. »Wenn du etwas unternehmen willst, dann geh zur nächsten Polizeiwache und zeige die Nazi-Brut wegen Diebstahls an. Aber ich glaube nicht, dass du damit etwas erreichen wirst.«

Benno holte sich den Kognak zurück und trank einen großen Schluck aus der Flasche. »Ich werde nicht zu irgendeiner Revierwache gehen und mich den dummen Fragen von subalternen Beamten aussetzen, ich werde die Sache an die große Glocke hängen. Jetzt, wo ich weiß, wo sich die Gemälde befinden, werde ich mit harten Bandagen kämpfen.«

»Dad, bitte beruhige dich. Und trink nicht so viel.«

»Ich werde mich direkt an Karl Kaufmann wenden. Der Kerl ist ja mittlerweile alles in einem: Gauleiter, Reichsstatthalter, Regierender Bürgermeister von Hamburg und so weiter. Und er besuchte höchstpersönlich die Eröffnung meiner Ausstellung. Wie sagte er noch zu mir: ›Haben Sie schon mal daran gedacht, die Kraft der Deutschen Kunst in Ihre Werke einfließen zu lassen?‹ Dieser scheinheilige Hurensohn! Ich werde morgen direkt ins Rathaus gehen und ihn zur Rede stellen.«

»Lass es lieber bleiben, Dad, der Mann soll gefährlicher sein als der Biss einer Kobra.«

»Ach was, der kann mir nichts, ich bin amerikanischer Staatsbürger, und ich lasse mich nicht beklauen.«

Flo seufzte. »Dann musst du in den Harvestehuder Weg 12 gehen, dort steht das Budge-Palais, das will Kaufmann im nächsten Jahr zu seiner Residenz machen.«

»Woher weißt du das?«

»Demme erwähnte es neulich.«

»Demme? Was für ein Demme?«

»Unser Vertrauensmann der Fakultät.« Flo musste an ihr letztes Gespräch mit dem Arzt und Hauptsturmführer der SA denken. Demme – inzwischen zum Professor ernannt – hatte sich sehr enttäuscht gezeigt, als er erfuhr, dass der Versuch, eine künstliche Linse in den Kapselsack zu implantieren, fürs Erste gescheitert war. Doch er hatte ihr keine Vorhaltungen gemacht. Als Neurologe, der selber Forschung betrieb, wusste er, wie unsicher der Boden war, in dem das Pflänzlein des medizinischen Fortschritts gedieh.

»Dann werde ich gleich morgen früh zu diesem Budge-Palais gehen. Bist du sicher, dass ich Kaufmann dort antreffe?«

»Sicher nicht, aber er soll schon jetzt fast täglich vor Ort die erforderlichen Umbauten planen.«

Am nächsten Vormittag regnete es in Strömen. Benno zog den gummibeschichteten Kleppermantel über und machte sich entschlossen auf den Weg. An der Haltestelle in der Palmaille hatte er Glück: Eine freie Droschke bog um die Ecke, ein schwarzer Mercedes 260 D. Kurz entschlossen hielt Benno den Wagen an und ließ sich zum Budge-Palais an der Außenalster kutschieren. Er entlohnte den Fahrer und gab ihm ein gutes Trinkgeld, was diesen veranlasste, ihm mit einer Verbeugung die Wagentür aufzuhalten.

Benno stieg aus und sah sich um. Das Budge-Palais war ein repräsentativer, im klassizistischen Stil errichteter Villenbau, der durch seine Schönheit beeindruckte. Kein Wunder, dass

Kaufmann seine Hand auf dieses Gebäude gelegt hatte, um daraus seine Reichsstatthalterei zu machen.

Vor dem Anwesen stand ein Wachtposten, der ihn kritisch musterte. Vielleicht dachte er, Benno sei ein hohes Tier, weil er im Mercedes vorgefahren war, vielleicht glaubte er auch, Benno sei von der Gestapo, weil viele Geheimdienstler den Kleppermantel trugen.

Benno wollte an dem Mann vorbei, aber der Kerl trat ihm in den Weg. »Verzeihung, mein Herr! Wo wollen Sie hin?«

Benno musterte ihn. »Und wer sind Sie?«

Seine forsche Art machte den Posten unsicher. »SA-Truppführer Martens, ich habe die Wachmannschaft unter mir. Können Sie sich ausweisen?«

Benno hielt dem Mann seine *Identity Card* unter die Nase. »Ich bin Benno Haiden, international bekannter Kunstmaler und Träger der *Congressional Gold Medal*, dem höchsten zivilen Orden der Vereinigten Staaten von Amerika. Ich muss dringend zum Gauleiter.«

Der Posten zögerte. Die Erwähnung der hohen Auszeichnung – die Benno nie verliehen worden war – beeindruckte ihn. »Worum geht es?«

»Geheimsache.«

Das Wort »Geheimsache« gab den Ausschlag. Der Mann winkte Benno durch.

Doch Benno hatte noch eine Frage: »Wo finde ich den Gauleiter?«

»Im Spiegelsaal, soweit ich weiß.«

»Danke.«

Benno betrat das Haus und erreichte nach einigem Suchen den Spiegelsaal. Tatsächlich befand sich Kaufmann in der Mitte des großen Raumes. Zwei Männer, wie Kaufmann in Uniform, standen neben ihm. Einer, wahrscheinlich eine Ordonnanz, trug ein Tablett mit einer Flasche Armagnac, bei dem anderen handelte es sich wohl um einen Adjutanten, denn er machte sich auf einem Klemmbrett Notizen.

Kaufmann hatte die obersten Knöpfe seiner Jacke geöffnet und schien mit weitausladenden Bewegungen Mauern und Fenster zu versetzen, während er aus einem Kognakglas trank. »An die Stirnseiten kommt je ein Porträt des Führers, und in den Ecken soll der Deutsche Adler mit dem Hakenkreuz hängen!«

Benno fackelte nicht lange. Nach Höflichkeiten stand ihm nicht der Sinn. Er trat vor Kaufmann hin und zeigte ihm die Zeitung mit dem Goebbels-Foto. »Wissen Sie, was da an der Wand hinter dem Reichspropagandaminister hängt?«, fragte er scharf.

Kaufmanns Gesicht war gerötet, offenbar vom Armagnac, wie die halbleere Flasche auf dem Tablett bewies. »Wer sind Sie? Was wollen Sie? Wie kommen Sie überhaupt hier herein?«, blaffte er.

»Benno Haiden, amerikanischer Kunstmaler. Ich hatte das zweifelhafte Vergnügen, Sie bei meiner Ausstellung im letzten Jahr kennenzulernen. Sie wissen selbst am besten, dass vier meiner Werke dabei gestohlen wurden. Auf Ihre Veranlassung? Oder auf Veranlassung von Adolf Ziegler, der in Ihrer Begleitung war? Wo sind meine Bilder? Ich will sie wiederhaben!«

Kaufmanns rotes Gesicht lief womöglich noch röter an. Er war es gewohnt, dass man vor ihm kuschte, und nicht, zur Rede gestellt zu werden. Schon gar nicht vor Untergebenen. »Verschwinden Sie, aber dalli!«

»Ich will eine Antwort, hier und jetzt!«

»Soviel ich weiß, handelt es sich bei Ihrem Geklecksel um entartete Kunst, sie wurde beschlagnahmt.«

»Sie wurde gestohlen!«

»Hören Sie, Mann.« Die Stimme Kaufmanns wurde plötzlich gefährlich leise. »Wagen Sie nie wieder, einen nationalsozialistischen Volksgenossen des Diebstahls zu bezichtigen.«

»Ich will meine Bilder wiederhaben!«

»Zum letzten Mal: Verschwinden Sie! Allein Ihr Status als Amerikaner und eine gewisse Berühmtheit als Maler verschonen Sie vor einer Festnahme. Wenn Sie meinen Befehl ignorieren, ist das Widerstand gegen die Staatsgewalt. Ich rate Ihnen, so etwas nie wieder zu versuchen. Und noch eins: Unterlassen Sie es, weiterhin neue entartete Schmierereien anzufertigen und öffentlich zu zeigen. Heil Hitler!«

Kaufmann wandte sich wieder seinen Untergebenen zu und ließ Benno wie einen dummen Jungen stehen.

Benno ballte hilflos die Fäuste. Er wusste, wann er verloren hatte.

Wutschnaubend verließ er das Palais.

KAPITEL 26

Später im Jahr – man schrieb den fünfzehnten Dezember – tauschte Flo den Bereitschaftsdienst für die Nacht mit einem Kollegen, da sie eine Einladung für den Abend erhalten hatte. Die Einladung war nicht mit der Post gekommen, sondern lag in einem Briefumschlag ganz oben auf einem von der Wäscherei Huang gelieferten Stapel Bettzeug. Sie stammte von JinJin, die mit ihrem Mann Chang noch bei den Eltern in der Talstraße wohnte.

Flo packte drei rote Kerzen in Weihnachtspapier, weil sie nicht ohne ein kleines Geschenk kommen wollte und weil man gerade den dritten Advent gefeiert hatte. Advent feierten die Chinesen zwar nicht, aber Kerzen mochten sie und die Farbe Rot auch. Die Einladung hatte auf eine Überraschung hingewiesen, und Flo fragte sich, was damit wohl gemeint war. JinJin und sie hatten sich seit einem Jahr nicht gesehen, zuletzt auf dem Altonaer Hauptfriedhof bei Willis Beerdigung.

Nun stand Flo vor dem alten Haus, in dem die Huangs wohnten. Unten befand sich die Wäscherei, darüber lebte die Familie. Sie klingelte.

JinJin öffnete und strahlte über das ganze Gesicht. »Wie schön, dass Sie da sind!«

»Ich bin gern gekommen.« Flo überreichte ihr kleines Geschenk.

JinJin wickelte die Kerzen aus. »Oh, wie hübsch! Das wäre doch nicht nötig gewesen. Vielen Dank.« Fast hätte sie Flo umarmt, nur der Respekt vor der Frau Doktor hinderte sie daran. »Folgen Sie mir. Wir müssen in den ersten Stock.«

Sie passierten die Wäscherei und stiegen eine steile Treppe empor. Oben empfing sie fröhliches Kindergeschrei. Flo blickte fragend.

JinJin nickte lächelnd. »Kommen Sie.«

Sie führte Flo in ein kleines Zimmer, von dessen niedriger Decke ein leuchtend gelber Lampion wie ein Mond herabhing. Darunter, auf einem Tisch, stand ein selbst gebauter Bettkasten. Und in dem Bettkasten lagen zwei entzückende Babys. Das also war die Überraschung!

»Es sind Zwillinge«, verkündete JinJin. »Ein Junge und ein Mädchen, vor zwei Wochen in der Finkenau geboren.«

Flo betrachte die kleinen Gesichtchen, die spärlichen schwarzen Haare, die Mandelaugen. »Sie sind wirklich reizend«, sagte sie. »Der mit der blauen Strampelhose ist bestimmt der Junge?«

»Ja, das ist Tian«, antwortete JinJin stolz.

»Und wie heißt das Mädchen?«

»Sina.«

Flo streichelte Sina über das Köpfchen. »Sind beide ganz gesund?«

»Wie ein Fisch im Wasser.«

Die Ärztin kam in Flo durch. »Und wie steht es mit den Augen? Sind ihnen Tropfen gegen Infektionen hineingeträufelt worden?«

JinJin nickte. »Ja, es war nicht angenehm für sie. Aber die Stationsschwester sagte, es sei wichtig.«

»Das stimmt.« Die Behandlung der Augen mit einprozentiger Silbernitratlösung war amtlich vorgeschrieben und stammte noch aus einer Zeit, als die Gonorrhö weitverbreitet war. Mütter, die den Erreger der Geschlechtskrankheit in sich trugen, konnten ihre Neugeborenen damit infizieren, was im Ernstfall zu deren Erblindung führte. Doch das behielt Flo für sich. Es hätte die glückliche junge Mutter nur beunruhigt. Stattdessen fragte sie: »Und was sagen Ihre Eltern zu dem süßen Nachwuchs?«

JinJin kicherte. »Mutter wäscht von morgens bis abends Windeln aus, und Vater platzt vor Stolz, aber das zeigt er natürlich nicht. In jedem Fall ist sein Verhältnis zu Chang deutlich besser geworden, nachdem mein Ehemann in der Lage war, einen Sohn zu zeugen und eine Tochter gleich dazu.«

Als hätte er gehört, dass von ihm die Rede war, erschien Chang in diesem Augenblick, begrüßte Flo herzlich und sagte: »Vater und Mutter warten schon auf Sie, Frau Doktor. Das Essen steht im Wohnzimmer bereit.«

»Ich komme«, sagte Flo und folgte Chang.

JinJin lächelte. »Bei mir dauert es noch einen Augenblick, ich muss erst meine beiden Lieblinge beruhigen.« Sie entblößte ihre Brüste und begann, die Kleinen zu stillen.

Im Wohnzimmer wartete eine weitere Überraschung auf Flo, denn nicht nur JinJins Eltern erwarteten sie dort, sondern auch eine Reihe anderer Gäste, darunter Kam Sing Fok, in dessen Restaurant *Wong Fu* das Hochzeitsessen stattgefunden hatte, und Chong Tin Lam, ein junger Mann, der einen gut sitzenden Anzug mit Einstecktuch trug und Pläne schmiedete, eine Bar auf dem Hamburger Berg zu eröffnen. Insgesamt waren es wohl achtzehn Personen, die eng beieinander an einem festlich gedeckten Tisch saßen. Flo war wieder die einzige Europäerin, doch das störte sie merkwürdigerweise nicht. Es lag wohl daran, dass sie nach der allgemeinen Begrüßung wie selbstverständlich aufgenommen wurde.

Herr Huang ließ es sich nicht nehmen, Flo an seine rechte Seite zu bitten, und begann die Unterhaltung mit der Frage, wie ihr die Namen der Zwillinge gefielen.

Darauf war Flo nicht vorbereitet, doch sie fing sich schnell und antwortete: »Ich finde sie sehr klangvoll. Sie unterscheiden sich gut, obwohl beide ein I und ein A in sich haben.«

Herr Huang nickte würdevoll. »Ich freue mich, dass Sie das sagen. Ich bin ein wenig altmodisch und habe auf chinesischen Vornamen bestanden. Herr Li, Changs Vater, der heute leider verhindert ist, war der gleichen Meinung. Er konnte sich auch nicht damit anfreunden, Tiang vielleicht Bruno zu nennen oder Sina vielleicht Heike.«

Flo musste lachen, die Vorstellung war lustig.

Chang von der anderen Seite des Tisches rief: »Muss denn alles immer beim Alten bleiben, Vater?«

Kaiwen, Herrn Huangs Frau, erschien mit anderen Frauen aus der Küche und verteilte kostbare Schwalbennestersuppe in Porzellanschälchen. »Sprecht ihr schon wieder über Namen?«, fragte sie.

»In einer Welt, in der es drunter und drüber geht, muss es Dinge von bleibendem Wert geben, und dazu zählt ein chinesischer Name.«

»Wie meinen Sie das?«, fragte Flo.

»Erst einmal guten Appetit«, wünschte Kaiwen. Und fügte augenzwinkernd hinzu: »Die Suppe müssen Sie nicht mit Stäbchen essen, Frau Doktor.«

»Ich habe aber geübt!«

Kaiwen lachte. »Es gibt später *Tsau juk san*, ein Ragout aus Bambus und Pilzen.«

»Eins nach dem anderen«, sagte Herr Huang. »Wo bleibt eigentlich JinJin? Ist irgendetwas mit den Zwillingen?«

»Nein, alles in Ordnung, Vater.« JinJin war hereingekommen und setzte sich neben Chang. »Sie sollten nur ihre Milch kriegen, bevor ich selber esse. Nun sind sie satt und schlafen.«

»Was meinten Sie eben damit, dass in unserer Welt alles drunter und drüber geht?«, fragte Flo zwischen zwei Löffeln Suppe.

Tin Lam antwortete für Herrn Huang: »Nanking.«

»Nanking?«

»Eine Stadt am Jangtsekiang, dreihundert Kilometer flussaufwärts von Schanghai. Viele von uns haben dort Verwandte.«

Herr Huang schlürfte den Rest der Schwalbennestersuppe aus seinem Schälchen und nahm den Faden wieder auf: »Die Stadt ist Schauplatz heftiger Kämpfe. Die Japaner sollen sie vorgestern eingenommen haben. Es soll zu einem grausamen Massaker unter den Einwohnern gekommen sein. Soldaten und Zivilisten wurden tausendfach getötet, zahllose Vergewaltigungen wurden begangen.«

»Oh, wie schrecklich!« Flo wusste von dem Japanisch-Chinesischen Krieg, ihr war bekannt, wie aggressiv die Japaner auf dem chinesischen Festland vorgingen, doch von den neuesten Entwicklungen hatte sie nichts gehört.

»Hier kommt der dritte Gang!«, rief Kaiwen in dem Bemühen, die Stimmung ein wenig aufzuhellen. »Wir wollen heute die schlimmen Sachen vergessen und die Geburt der Zwillinge feiern. Lasst euch die geröstete Ente mit Jasminreis schmecken!«

»Du hast recht, meine Liebe«, sagte Herr Huang. »Wir wollen die trüben Gedanken verjagen. Wie heißt es im Deutschen? *Es wird nichts so heiß gegessen, wie es gekocht wird.* Vielleicht gibt es bald erfreulichere Nachrichten aus der alten Heimat.« Er hob sein Glas. »*Gānbēi!* Auf meine prachtvollen Enkelkinder, mögen Sie in einer friedlicheren Zeit als der heutigen aufwachsen!«

»*Gānbēi!*«, ertönte es von allen Seiten.

Herr Wang, der Vogelkäfighändler, der ebenfalls eingeladen war, stieß beim Zuprosten versehentlich ein Soßenschälchen um und entschuldigte sich wortreich.

Kaiwen beruhigte ihn. »Zu einer ordentlichen Feier gehören Flecken in der Tischdecke. Sonst könnte die Hausfrau denken, es habe den Gästen nicht geschmeckt.«

»Ja, ja«, seufzte Herr Wang erleichtert.

JinJin hatte unterdessen ein Tuch geholt und beseitigte den gröbsten Schmutz.

Kaiwen wies auf die Tischdecke und blickte ihren Mann auffordernd an. »Es gibt bei allen Sorgen auch eine gute Nachricht, nicht wahr?«

»Wie meinst du das?«, fragte Herr Huang.

»Ich meine deine Neuanschaffung.«

»Was für eine Neuanschaffung?«, fragte Sing Fok, der Besitzer des *Wong Fu*. »Hast du deine Küche vergrößert und willst ein Restaurant über deiner Wäscherei aufmachen? Zuzutrauen wäre es dir, wenn man bedenkt, wie phantastisch deine Frau kocht.«

»Ach, Unsinn«, wehrte Kaiwen ab.

Herr Huang gestattete sich ein Lächeln. »Kein Restaurant. Aber ich habe eine moderne elektrische Heißmangel erworben, mit der ich Tischtücher und Bettzeug schneller kalandrieren kann. Ihr dürft also so viele Flecken machen, wie ihr wollt.«

Gelächter am Tisch.

»Es ist mir damit gelungen, einen neuen wichtigen Kunden zu gewinnen: das *Hippodrom* in der Großen Freiheit.«

»Darauf müssen wir noch einen trinken!«, rief Herr Wang spontan.

Nachdem alle getrunken hatten, kündigte Kaiwen den nächsten Gang an: »Es gibt *Bak shui*, also Schweinefleisch mit Chinakohl. Guten Appetit.«

Wie schon die ersten Gänge schmeckten Flo auch das Schweinefleisch und der Kohl ausgezeichnet, zumal sie mit den Essstäbchen immer besser zurechtkam. Dafür erntete sie viel Lob.

Das höchste Lob jedoch kam von Sing Fok, der irgendwann rief: »An Ihnen, Frau Doktor, ist eine Chinesin verloren gegangen!«

Allseitige Zustimmung.

So folgte Gang auf Gang, und trotz der bedrohlichen Nachrichten aus Nanking, die immer wieder in den Gesprächen aufkamen, stieg die Stimmung. Bis Flo schließlich sagte: »Herr Huang, Sie haben vorhin ein deutsches Sprichwort zitiert, ich möchte ein zweites hinzufügen: *Wenn es am schönsten ist, soll man gehen.* Morgen ist Donnerstag, ein ganz normaler Wochentag, und ich muss früh raus. Es tut mir leid, aber ich möchte mich jetzt verabschieden.«

»Dafür habe ich Verständnis.«

»Aber schade ist es trotzdem«, sagte Kaiwen. »Sie müssen wiederkommen.«

Chang meinte: »Ich bringe Sie mit dem Opel nach Hause wie letztes Mal. Eine Dame wie Sie sollte nicht mehr so spät mit der Bahn fahren.«

»Das kann ich nicht annehmen.«

»Das müssen Sie sogar«, sagte Herr Huang streng.

»Dann gebe ich nach und sage: herzlichen Dank und auf Wiedersehen.«

»*Zàijiàn*, Frau Doktor!«

Zehn Minuten später wurde Flo von Chang vor dem Haus Große Elbstraße 7 abgesetzt. Auch JinJin hatte es sich nicht nehmen lassen, sie zu begleiten.

Nachdem Flo sich von den freundlichen jungen Leuten verabschiedet hatte, dachte sie, dass es eigentlich sehr praktisch wäre, ein eigenes Auto zu besitzen. Doch eine Anschaffung war unmöglich, der teure Unterhalt des Hauses sprach dagegen. Benno, der bislang einen Großteil der Kosten getragen hatte, wollte das Land verlassen, und niemand war in der Lage gewesen, ihn umzustimmen.

Das Großdeutsche Reich mit seinen diebischen Kunstbanausen war für ihn unerträglich geworden.

Es war drei Tage vor Weihnachten, halb zwölf Uhr am Abend. Benno stand mit seinem Gepäck im Hauptbahnhof an Gleis 12. Eine Schnellzuglokomotive wartete dort, die Dampflok 01 150, die bis zu hundertdreißig Kilometer pro Stunde schaffte. Sie zischte und qualmte wie ein eisernes Tier, bereit, ihn über Hannover, Kassel und Frankfurt bis nach Basel zu bringen.

Benno zog es in die Schweiz. In Genf am See wollte er weitermalen, ohne Gefahr zu laufen, von Ignoranten wie den Nazis bestohlen zu werden. Felix Jud, einige Künstlerkollegen und alle Freunde vom Kiez waren gekommen, um ihm Lebewohl zu sagen. Auch Flo, die eigentlich Dienst hatte, war voller Wehmut erschienen, nachdem sie ihn zuvor mehrfach gebeten hatte, in Deutschland zu bleiben.

»Hier fehlt mir die Luft zum Atmen«, hatte er geantwortet. »Was ist das für ein Staat, der einem vorschreiben will, was Kunst ist? Nächstens bestimmen die Herren noch, wie oft man am Tag aufs Klo gehen darf. Nee, nee, ohne mich!«

»Warum gehst du dann nicht nach New York zurück? Da kennst du viele Leute, und Josh, dein Galerist, sitzt auch da.«

»Zwischen New York und hier liegt der große Teich, und zwischen hier und Genf liegt nur der Harz«, hatte Benno grinsend geantwortet. »Da bin ich näher dran an dir. Die Schweiz ist neutral und wird es bleiben, wenn in Deutschland die Hölle losbricht. Dann werde ich dich holen. Warum, um Gottes willen, kommst du nicht gleich mit? Deine *Cutty Sark*-Kiste ist mit meinem Schrankkoffer schon mal zusammen gereist.«

»Du weißt, warum ich hierbleiben muss«, hatte sie geantwortet und an Götz gedacht. Sie vermisste ihn jeden Tag so sehr, dass es wehtat, und der Gedanke, nicht in Hamburg zu sein, wenn er wiederkam, war ihr unerträglich.

»Noch fünf Minuten bis zur Abfahrt«, sagte sie und zog Benno an sich. »Du sollst wissen, dass ich dir nicht böse bin, weil du Deutschland verlässt. Leb wohl und schreib mal. Oder telefoniere.«

»Wird gemacht.« Benno küsste sie auf beide Wangen. »Und grüß Vicki, es tut mir leid, dass sie wegen ihrer MS zu Hause bleiben musste. Sag ihr, ich hoffe, sie kann bald wieder springen wie ein junges Reh.«

Aale-Edith trat hinzu. »Hier, nimm.« Sie überreichte ein in Butterbrotpapier eingeschlagenes Päckchen. »Da ist ein Aalbrötchen drin. Das Brötchen ist von Gunda, der Aal ist von mir. Oder magst du nicht so fett?«

»Oh, doch!«, rief Benno und küsste sie auf den Mund.

»Wanderer, kommst du nach Genf, verkündige dorten, du habest mich hier warten sehen …« Aale-Edith küsste ihn wieder, kurz

und heftig, wandte sich ab und ging mit raschen Schritten davon.

»Vira, Schatzi und ich haben auch was für dich«, sagte Günter. Er überreichte eine bunte Plattenhülle. »*Moonglow* von Benny Goodman, damit du Willi und uns nicht vergisst.«

»Das werde ich bestimmt nicht.« Benno schluckte. »Ihr macht es einem ganz schön schwer.«

Christian Warlich, der Tätowierkünstler, war der Nächste im Bunde. »Falls du mal einsam in Genf sein solltest«, meinte er und lächelte vielsagend, »kann ich dir jederzeit zu einer Jungfrau verhelfen.«

Benno lachte. »Ich werd mir's merken.«

Finn, der den Freunden die K.-o.-Tropfen gegen Reißenwebers Meute besorgt hatte, war auch gekommen. »Wenn du in Genf viel mit Ölfarben malst«, sagte er, »pass gut auf. In Zinnober könnte Quecksilber sein, in Kadmiumgelb Schwermetall und in Kremser Weiß Blei. Alles ziemlich ungesund.«

»Ist mir bekannt. Aber woher soll ich das so genau wissen?«

»Hm.« Finn streichelte seinen Schnäuzer. »Im Zweifel schickst du mir eine Probe in mein Labor.«

»Ich versprech's. Doch ich denke, ich werde zunächst aquarellieren. Trotzdem danke ich dir.«

»Wir haben auch noch einen guten Ratschlag«, sagte Felix Jud. Er war mit Ignaz Litterfas und Heinrich Stegemann gekommen. »Hier ist eine Broschüre *Die schönsten Wanderwege um den Genfer See.* Damit du nicht nur hinter der Staffelei hockst, sondern auch mal an die frische Luft kommst.«

»Ich war noch nie ein großer Wandersmann, aber nun bleibt mir wohl nichts anderes übrig.« Benno umarmte die drei Weggefährten und versuchte, sich seine Rührung nicht anmerken zu lassen. Besonders Stegemann rechnete er es hoch an, dass dieser gekommen war, denn die Nazis hatten seine Werke mittlerweile ebenfalls als entartet eingestuft. »Haltet euch gerade und lasst euch von der braunen Meute nicht unterkriegen!«

»Darauf kannst du dich verlassen«, versicherte Felix Jud.

»Nun aber fix!«, rief Flo dazwischen. »Der Zugschaffner hat schon die Pfeife im Mund.«

Hastig stieg Benno in den Waggon der Ersten Klasse, war für einige Sekunden verschwunden und tauchte vor einem der Fenster wieder auf, während die Dampflok langsam Fahrt aufnahm.

»Auf Wiedersehen! Leb wohl! Adschüs!«

Alle winkten und blickten dem Zug so lange hinterher, bis der letzte Waggon die Bahnhofshalle verlassen hatte.

Später in der Straßenbahn suchte Flo in ihrer Handtasche nach Kleingeld und entdeckte dabei einen dicken Briefumschlag. Darauf stand: *Für Flo*. Sie öffnete den Umschlag und fand darin tausend Dollar in Fünfziger-Noten, dazu eine kurze Notiz: *Du wirst es brauchen können.* Hugs and kisses, *Dad.*

KAPITEL 27

Außer Schneeglöckchen und Märzenbechern ist vom Frühling noch nicht viel zu sehen«, sagte Flo zu Vicki an diesem wolkigen Sonntagvormittag im März. Beide Frauen hatten mit Piotr den Baumschnitt besprochen, der in der kommenden Woche vorgenommen werden sollte.

»Stimmt«, pflichtete Vicki bei, »das Grün in den Zweigen ist eher zu ahnen als zu sehen. Aber Ostern wird im Garten schon einiges blühen, Ostern ist dieses Jahr erst am siebzehnten April.«

Sie schlenderten weiter zum Hochbeet und stellten fest, dass auch von der Kresse, der Minze und der Petersilie noch nichts zu sehen war. »Komm, wir gehen zurück ins Haus«, sagte Vicki, »mir ist kalt.«

Sie gingen hinunter in die große Küche, die seit Kurzem verwaist war, da Vicki der Köchin Agnes gekündigt hatte. Es war ihr nicht leichtgefallen, doch das Geld war seit Bennos Fortgang knapp. Vickis geringe Rente und Flos Bezüge in der Augenklinik reichten gerade eben aus, um das große Anwesen zu unterhalten. Die tausend Dollar von Benno waren als eiserne Reserve gedacht, die nicht angerührt wurde.

In der Tür blieben beide wie angewurzelt stehen. Ein unbekannter Mann stand am Herd. Er trug einen Jägerhut, hatte einen grünen Lodenmantel an und aß von der vorgekochten Rindfleischsuppe, als wäre das die selbstverständlichste Sache von der Welt.

»Was machen Sie hier?«, fragte Vicki scharf.

Der Mann drehte sich um. Er hatte einen schwarzen Vollbart

und sagte mit freundlicher Stimme: »Ich habe mir erlaubt, von der Suppe zu kosten.«

Es war Götz' Stimme.

»Götz!« Flo stürzte vor und fiel ihm um den Hals. Dann sprudelte es nur so aus ihr heraus: »Oh, mein Liebster, wie siehst du denn aus! Ich habe dich gar nicht erkannt. Ich dachte, du würdest nie wieder zurückkommen, und nun bist du da. Ich kann es noch gar nicht fassen. Geht es dir gut? Geht es dir wirklich gut? Was soll nur dieser schreckliche Bart?«

Götz küsste sie zärtlich. »Der Bart muss sein. Ich habe zur Sicherheit eine neue Identität angenommen. Ich heiße Florian Gottschalck und bin Kreisjägermeister des Reichsbundes Deutsche Jägerschaft aus dem brandenburgischen Premnitz, derzeit unterwegs zur diesjährigen Hauptversammlung im Curio-Haus.«

Vicki trat hinzu und umarmte ihn ebenfalls. »Mein Gott, muss denn diese Verkleidung sein? Du siehst so … ungewohnt aus.«

»Leider ja. Die *Jewish Agency* warnte mich, die Gestapo sei mir dicht auf den Fersen, und gab mir deshalb neue Papiere.

»Der Bart kratzt«, sagte Flo.

Götz grinste. »Der muss sein. Vorsicht ist die Mutter der Porzellankiste.«

»Du solltest erst mal etwas essen«, entschied Vicki. »Gekostet hast du von der Suppe ja schon.«

»Sie ist sehr gut.«

»Vicki hat sie gekocht«, erklärte Flo. »Von Agnes haben wir uns trennen müssen, weil das Geld kaum reicht, seit Benno nach Genf gegangen ist. Nur Dörthe ist noch da, sie hat heute Vormittag frei.«

»Benno ist fort?«

»So ist es leider«, sagte Vicki, »aber davon berichten wir dir beim Essen. Willst du dich vorher noch ein bisschen frisch machen?«

»Gute Idee, bis gleich.«

»Bis gleich, Rübezahl«, sagte Flo und küsste ihn.

Götz verschwand lachend und kam nach einer Viertelstunde mit gut gestutztem Bart zurück. Mit seinen lockigen schwarzen Haaren und der randlosen Brille sah er fast wieder so aus, wie Flo ihn in Erinnerung hatte.

Während sie zu dritt aßen, erklärten Flo und Vicki, warum Benno aus Deutschland fortgegangen war.

»Ich kann ihn verstehen«, sagte Götz und aß ein Stück Brot zur Suppe. »Dabei hat er noch Glück. Er hat das Geld und die Möglichkeit, diesem Land den Rücken zu kehren. Für andere wird es mit jedem Monat schwerer.«

»Erzähle uns, was du erlebt hast«, bat Flo.

Götz schüttelte den Kopf. »Besser nicht. Je weniger ihr wisst, desto sicherer seid ihr. Eigentlich dürfte ich gar nicht hier sein, um euch nicht in Gefahr zu bringen.«

Vicki stand auf und sagte mit Bestimmtheit: »Du bleibst hier, solange du willst, alles andere kommt nicht infrage. Und wenn hier jemand geht, dann bin ich es.« Sie lächelte. »Gerade fällt mir ein, dass ich noch einiges zu erledigen habe. Ich lasse euch hiermit allein.«

Kaum war Vicki weg, nahm Flo Götz bei der Hand. »Komm«, sagte sie.

Als beide auf ihrem Zimmer waren, schmiegte sie sich an ihn, küsste ihn und flüsterte: »Endlich allein. Wie oft habe ich von diesem Augenblick geträumt.«

»Ich auch, meine Liebste.«

Wieder küssten sie sich. Wild, hungrig, leidenschaftlich. Dann begann er, sie zu entkleiden.

Flo ließ es mit klopfendem Herzen geschehen. »Jetzt am helllichten Tag, meinst du wirklich …?«

Er lachte leise. »Auf Finkenwerder war es auch nicht dunkler, erinnerst du dich?«

»O ja, es war ein sehr unzüchtiges Picknick.«

»Unvergesslich unzüchtig! Du glaubst nicht, wie sehr du mir gefehlt hast.« Er zog sie aufs Bett und entkleidete sich selbst mit raschen Bewegungen. »Ich habe dich in Gedanken nackt gesehen, deinen wundervollen Körper, deine glatte Haut, ich habe dich berührt, überall, an den geheimsten Stellen, und ich habe dich … Oh, mein Gott, und jetzt ist es Wirklichkeit.«

»Ja, ich spüre dich, ich spüre, dass es Wirklichkeit ist. Oh, wie schön, wie wunderschön …« Sie klammerte sich an ihn mit all ihrer Sehnsucht, als wolle sie ihn nie wieder loslassen. »Komm zu mir, mein Liebster, ich bin dein, ganz dein, komm, komm, so komm doch …«

Als sie danach erschöpft nebeneinanderlagen, kuschelte Flo sich in Götz' Armbeuge und sagte: »Weißt du eigentlich, dass wir uns zweieinhalb Jahre nicht gesehen haben?«

»Ich weiß es, meine Liebste.«

»Ich habe zu dir nach dem Picknick gesagt, ich sei eine Seemannsbraut, weil du mich so lange allein lassen wolltest.«

»Ja, meine kleine Seemannsbraut.«

Flo schwieg eine Weile. Sie überlegte, ob sie es aussprechen sollte, aber dann tat sie es: »Die Gestapo hat mich in der Zwischenzeit zwei Mal verhört. Ein Mann namens Schädeba war es. Ein grässlicher Kerl, dessen Vater Vicki seinerzeit vergewaltigen wollte.«

»Was sagst du da?« Götz fuhr hoch.

»Beruhige dich. Das ist eine andere Geschichte. Vicki kann sie dir irgendwann erzählen. Beim ersten Mal jedenfalls wollte dieser Schädeba von mir erfahren, wo du bist, aber ich konnte ihm glaubhaft versichern, dass ich es nicht wusste. Beim zweiten Mal wurde er massiver. Er wollte wissen, wo Frederik Rosen sich aufhält. Diesmal konnte ich ihn nur mit Mühe davon überzeugen, dass ich keine Ahnung hatte. Dabei war ich es, die Frederik zu Schatzi geschickt hatte, damit er ihn versteckt.«

Götz nickte. »Davon hat er mir in Palästina erzählt, nachdem er mich von dir gegrüßt und mir ausgerichtet hatte, dass du mich unverbrüchlich liebst.«

»Das tue ich auch jetzt!«

»Genau wie ich.« Götz küsste Flo sanft und fuhr fort: »Frederik sagte, er hätte Blut und Wasser geschwitzt, als die Greifer der Gestapo ihn im *Panoptikum* mit der Taschenlampe ableuchteten. Gott sei Dank haben sie sich täuschen lassen und ihn für eine Elbschiffer-Puppe gehalten.«

»Ja, ich glaube, das war sehr knapp. Wo wart ihr beide denn in Palästina?«

»Das verrate ich besser nicht. Wie schon gesagt: Je weniger du weißt, desto weniger können sie aus dir herausquetschen.«

»Wollen wir nicht einfach beide nach New York gehen? Ich würde dort wieder als Augenärztin arbeiten, und du könntest eine Arbeit als Architekt finden.«

Götz kämpfte mit sich. »Nein.«

»Oh, bitte! Wir wären dann immer zusammen, und nichts könnte uns trennen.«

»Es geht nicht, so sehr ich es mir auch wünsche. Bitte verstehe: Ich fühle mich verpflichtet, meinen jüdischen Leidensgenossen zu helfen. Es geht um viele Leben, die gerettet werden müssen.«

»Ist es wirklich so dramatisch?«

»Es gibt Konzentrationslager, in die man Asoziale steckt, auch Homosexuelle, Andersdenkende, Andersgläubige wie die Zeugen Jehovas und besonders gern natürlich Juden. Offiziell sprechen die Nazis von Arbeitslagern, aber es herrschen verheerende, kaum auszuhaltende Zustände dort. Gerade für die Alten. Ich denke nur an den betagten Augenarzt, bei dem Frederik in Wandsbek untergekommen war: Doktor Elija Stern. Mit unserer Hilfe lebt er jetzt sicher in einer kleinen jüdischen Stadt im gelobten Land und hat seinen Frieden gefunden.«

»Das heißt, ihr beide habt den alten Mann über die Grenze geschleust und in die Heimat seiner Familie gebracht?«

»In diesem Falle ja. Aber gewöhnlich arbeiten wir getrennt. Frag mich nicht, wo Frederik jetzt ist. Erstens weiß ich es nicht genau, und zweitens würde ich es dir nicht sagen. Ich habe schon viel zu viel gesagt, meine Liebste.«

»Dann lass uns schweigen.«

Nach einer Weile sagte Flo: »Ich habe eine Idee. Damit du auf andere Gedanken kommst, könnten wir nachher zusammen ins Lichtspieltheater *Rex* gehen. Dort läuft eine Filmkomödie, die im letzten Monat Uraufführung in Berlin hatte. *Der Maulkorb* heißt sie, mit Will Quadflieg und Elisabeth Flickenschildt.«

»Ich weiß nicht.« Götz zögerte.

»Der Film wurde nach dem Roman von Heinrich Spoerl gedreht. Das ist der, der auch das Buch *Die Feuerzangenbowle* geschrieben hat.«

»Und wem wurde der Maulkorb verpasst?«

»Soviel ich weiß, dem Denkmal eines unbeliebten Landesherrn, und zwar in der Nacht. Am anderen Morgen haben sich die Leute köstlich amüsiert. Der Täter war der Staatsanwalt selbst, der nach dem Besuch einer Gastwirtschaft so betrunken war, dass er sich nicht mehr an sein Vergehen erinnern konnte.«

»Das gefällt mir.« Götz zog Flo an sich und vergrub sein Gesicht in ihrem Haar. »Aber lass uns die Abendvorstellung nehmen. Ich gehöre zur lichtscheuen Mischpoke.«

Flo lachte. »So machen wir's, mein Liebster.«

Götz blieb fast drei Wochen. Er sah mit Flo nicht nur den *Maulkorb*, sondern auch andere Filme, wie *Fünf Millionen suchen einen Erben* mit Heinz Rühmann. Doch während der ganzen Zeit war er auf der Hut. Er ging sogar so weit, darauf zu achten, dass Dörthe ihm nicht über den Weg lief, nachdem Flo ihm erzählt hatte, ihr Freund von der Lackfabrik Glasurit lese das braune *Hamburger Tageblatt*. Trotzdem blieb es der Haushaltshilfe natürlich nicht verborgen, dass ein Mann zu Gast war, gab sich aber mit der Auskunft zufrieden, es handele sich um einen entfernten Verwandten Vickis.

Dann kam der Tag des Abschieds oder besser: die Nacht des Abschieds, denn Götz fand es klüger, im Dunkel zu verschwinden. Er verwandelte sich wieder in den grün gekleideten Kreisjägermeister und hatte auf Flos Frage, wann er zurückkomme, nur ein trauriges Kopfschütteln zur Antwort. »Ich weiß es nicht, ich weiß es wirklich nicht, meine Liebste. Bitte habe Verständnis dafür, dass ich gehen muss. Ich könnte den Gedanken nicht ertragen, dass meine Landsleute gefoltert und getötet werden, während ich, der ich helfen könnte, eine unbeschwerte Zeit verbringe.«

»Wenn ich wenigstens ein paar Tage Urlaub genommen hätte, aber du wolltest, dass alles seinen gewohnten Gang nimmt, um nur ja keinen Verdacht zu erwecken. Oh, ich mache mir so schreckliche Sorgen um dich!«

»Das brauchst du nicht. Man mag es kaum glauben, aber bei der Gestapo sitzen auch Menschen, deren Aufmerksamkeit nach einigen Wochen nachlässt. Ich denke, ich stehe nicht mehr ganz oben auf ihrer Liste. Und außerdem: Das Jägerkostüm wird mich schützen.«

»Pass auf dich auf!«

»Das werde ich, verlass dich drauf. Und grüße Vicki von mir. Sag ihr morgen früh, dass es besser war, heimlich, still und leise zu verschwinden.«

»Ich liebe dich!«

»Ich liebe dich auch. Mehr als mein Leben.«

Götz küsste Flo kurz und leidenschaftlich und verschwand dann in der Schwärze der Nacht.

Anfang Juni stellte Flo fest, dass sie zum dritten Mal nacheinander keine Monatsblutung hatte. Ob sie schwanger war? Der Gedanke, ein Kind von Götz zu bekommen, löste bei ihr süße und gleichzeitig schmerzliche Gefühle aus. Er war seit über zwei Monaten fort, würde er bis zur Geburt überhaupt zurück sein? Und was sollte sie der Gestapo sagen, wenn das Kind da war? Dass es mit Luft gezeugt wurde?

Erst einmal musst du sicher sein, ob du überhaupt guter Hoffnung bist, sagte sie sich und beschloss, noch am selben Tag einen Froschtest machen zu lassen. Sie ging zur Schwan – Apotheke in der Dammtorstraße, weil man sie dort nicht kannte, und trug ihr Anliegen vor. »Ist der Test auch sicher?«, fragte sie.

Der Apotheker war sehr freundlich. »Eine hundertprozentige Gewähr gibt es nicht«, antwortete er und fügte lächelnd hinzu: »Aber unsere Krallenfrösche haben noch nie versagt.«

»Wie funktioniert der Test genau?«

»Nun, zuerst benötige ich eine kleine Urinmenge von Ihnen. Die können Sie mir morgen gerne vorbeibr…«

»Ich habe schon eine Probe dabei. Es ist Morgen-Urin.« Flo gab ihm ein kleines Fläschchen. Auf das Etikett hatte sie *Müller* geschrieben.

Der Apotheker las es und sagte: »Wenn es so ist, Frau Müller, werde ich morgen Abend schon das Ergebnis haben.«

»Wie gehen Sie vor?«

»Sie wollen es ganz genau wissen, nicht wahr?«

»Ich arbeite wissenschaftlich. Daher mein Interesse.«

Der Apotheker nickte. »Das dachte ich mir. Nun, ich werde dem Tier ein kleines Quantum Ihres Urins unter die Haut des Lymphsacks injizieren. Wenn es sich bei dem Frosch um ein Weibchen handelt, wird es nach zwölf bis vierundzwanzig Stunden Laich absetzen.«

»Und bei einem männlichen Frosch?«

»Wird es zu einer Spermatorrhö, also zu einem Samenausfluss ohne sexuelle Erregung kommen. In beiden Fällen gilt die getestete Frau als schwanger.«

»Ich danke Ihnen«, sagte Flo und ging.

Am nächsten Abend erfuhr sie das Resultat des Tests: Sie war schwanger. Noch vor dem Zubettgehen vertraute sie sich Vicki an.

Vicki strahlte. »Ich freue mich so für dich!«

»Ich freue mich auch. Aber ich habe auch große Angst. Was ist, wenn dieser Schädeba mich wieder zu sich zitiert und sieht, dass ich schwanger bin? Dann kann ich doch schlecht sagen, ich hätte Götz nicht gesehen. Und wenn ich es sage, wird er alles wissen wollen, und ich werde zur Verräterin. Oh, ich weiß mir einfach keinen Rat.«

Vicki stand auf und tat das, was sie häufig in solchen Situationen machte: Sie kochte eine gute Tasse Tee. Als das dampfende Getränk vor ihnen stand und beide einen ersten Schluck genommen hatten, sagte sie langsam: »Ich glaube, ich habe eine Idee …«

»Fahr mich mit dem Schubkarr'n nach Addis Abeba,
da boxt Max Schmeling gegen Joe Louis, den Neger …«

Der kleine Junge, der den abgewandelten Schlagertext aus voller Kehle sang, stieß dabei die Fäuste in die Luft, als wolle er einen unsichtbaren Gegner niederschlagen. Flo, die ihn auf ihrem Weg zum Krankenhaus-Laboratorium beobachtete, fiel ein, dass vor ein paar Tagen Max Schmeling gegen Joe Louis schon in der ersten Runde k. o. gegangen war, weshalb ihn manche Kritiker als »Fallobst« bezeichnet hatten. Ein Ereignis, das von den Nazis naturgemäß nicht an die große Glocke gehängt worden war. Ganz anders als bei seinem Sieg gegen denselben Gegner vor zwei Jahren, als Schmeling überall wie eine Trophäe für die NS-Propaganda herhalten musste – als Zeichen der Überlegenheit der »Herrenrasse«. Ein Irrglaube, wie sich im gleichen Jahr auch bei den Olympischen Spielen in Berlin gezeigt hatte, als Jesse Owens, ein schwarzer Leichtathlet, nicht weniger als vier Goldmedaillen erringen konnte und damit der erfolgreichste Sportler geworden war.

»… Ein Schlag in die Nier'n, und der Boxkampf ist aus,
und wir tragen Max Schmeling auf der Bahre nach Haus.«

Flo musste lächeln. Der kleine Kerl war wirklich putzig. Ob sie auch so einen Jungen bekommen würde? Oder ein kleines

Mädchen? Was Götz wohl lieber wäre? Ihr war es egal, Hauptsache gesund. Flo riss sich von dem Anblick los und eilte weiter.

Im großen Krankenhauslabor des Verwaltungsgebäudes war sie mit Finn verabredet. »Wir haben uns lange nicht gesehen«, sagte er, nachdem sie einander begrüßt hatten.

»Stimmt«, antwortete Flo, »das letzte Mal kurz vor Weihnachten auf dem Hauptbahnhof, als es Benno in die Schweiz zog.«

»Komm in den Pausenraum, da können wir ungestört miteinander reden. Es tut mir leid, dass ich unser Treffen ein paar Mal verschieben musste, aber es ist Urlaubszeit, und die Familienväter unter den Kollegen sind im Harz oder an der See. Ich als Junggeselle habe dann das Vergnügen, sie vertreten zu dürfen. Willst du einen Kaffee? In der Kanne ist noch welcher.«

»Gern.«

Finn schenkte zwei Tassen ein.

Sie tranken, und Flo sagte: »Ich weiß, wie es in der Urlaubszeit zugeht, bei uns in der Augenklinik ist es genauso. Wer unverheiratet ist, muss einspringen. Auch als Benno wegfuhr, hätte ich eigentlich Nachtdienst gehabt, doch es gelang mir, mich loszueisen.«

»Soll ich noch mal nachschenken?«

»Nein, danke. Tja, Benno jedenfalls geht es gut in der Schweiz. Er war ja wirklich sehr verärgert, nachdem die Nazis ihm bei seiner Ausstellung den Vier-Elemente-Zyklus gestohlen hatten.«

»Ich weiß.«

»Und als er Teile des Zyklus im nächsten Jahr in der Zeitung abgedruckt sah, als Beispiel für entartete Kunst, wollte er endgültig nicht mehr in Deutschland bleiben.«

»Ja, so war's.«

»Mir fallen noch nicht einmal mehr die Titel aller vier Bilder ein.«

»Hm.«

»Er lässt selten etwas von sich hören. Typisch Künstler eben.«

»Flo?« Finn blickte sie an. Er war ein guter Menschenkenner.

»Ja?«

»Warum redest du um den heißen Brei herum? Sag, wie kann ich dir helfen?«

Flo dachte an Vickis Idee und fasste sich ein Herz: »Es wäre gut, wenn wir uns in der nächsten Zeit häufiger sehen könnten, Finn.«

»Warum?«

»Ich bin schwanger. Ich brauche einen Vater für mein Kind.«

KAPITEL 28

Flo hatte mehrere Nächte kaum ein Auge zugetan, doch dann stand ihr Entschluss fest. Sie teilte ihn Vicki mit, und Vicki sagte: »Was du vorhast, könnte sehr gefährlich werden. Hast du dir das auch gut überlegt?«

»Das habe ich«, antwortete Vicki. »Ich muss es tun. Für Götz und für das kleine Wesen in meinem Bauch.«

»Dann wünsche ich dir alles Glück!« Vicki küsste Flo.

»Danke, das werde ich wohl brauchen.«

Am nächsten Morgen fuhr Flo mit der Bahn zum Allgemeinen Krankenhaus Barmbek und suchte dort das Sekretariat der Neurologischen Abteilung auf. Auf ihren Hinweis, sie habe einen Termin mit Doktor Demme, wurde ihr beschieden, der sei zurzeit am Erbgesundheitsgericht und komme frühestens in einer Stunde zurück. Im Übrigen sei der Herr Doktor von der Fakultät zum Professor ernannt und von der SA zum Hauptsturmführer befördert worden.

»Ich warte«, sagte Flo.

Demme kam kurz vor elf, nach anderthalb Stunden Wartezeit, und bat überraschenderweise um Entschuldigung für die Verspätung. Er erklärte, es sei immer wieder neu mit dem Gewissen abzuwägen, ob eine Zwangssterilisation bei körperlich oder geistig behinderten Menschen angeordnet werden müsse oder nicht. Und diese Entscheidungsfindung dauere manchmal etwas länger. »Was verschafft mir das Vergnügen?«, fragte er, nachdem er unter dem Schwarz-Weiß-Foto des Führers Platz genommen hatte.

Bei dem Wort »Zwangssterilisation« war Flo innerlich zusammengezuckt. Sie hatte schon von derlei Praktiken der Nazis gehört und wusste, dass es dabei um »Rassenhygiene« ging, also darum, das arische Blut nicht von »minderwertigem« Leben verfälschen zu lassen.

Ihr lagen ein paar deutliche Bemerkungen auf der Zunge, doch sie beherrschte sich. Heute war nicht der Zeitpunkt, über ein so heikles Thema zu diskutieren. Sie hatte eine wichtige Bitte, und die Erfüllung dieser Bitte wollte sie nicht gefährden. »Können Sie mir bei der Erlangung der deutschen Staatsbürgerschaft helfen?«, fragte sie.

Demme riss erstaunt die Augen auf. »Das ist aber eine Überraschung!«

»Ich weiß, es ist ein ungewöhnliches Anliegen.«

»In der Tat, das ist es!«

»Würden Sie mich in Ihrer Eigenschaft als Vertrauensmann der Medizinischen Fakultät unterstützen?«

»Das kommt darauf an. Warum wollen Sie einen deutschen Pass haben?«

»Ich bin in Hamburg als Deutsche geboren, und ich möchte wieder Deutsche werden.«

»So, so.« Demme schlug mit den Fingern einen Trommelwirbel auf die Schreibtischplatte und schaute sinnend aus dem Fenster, wie es seine Art war. »Ich fände es erfreulich, wenn Sie das nationalsozialistische Gedankengut zu dem Ihren machen könnten und zu einer Landsmännin würden.«

»Danke – Herr Professor.«

»Aber ich kann Ihnen da gar nicht helfen.«

Der Schlag kam unerwartet. Flo schwieg. Es kostete sie große Kraft, ein gleichmütiges Gesicht zu bewahren, denn sie ärgerte sich gleich doppelt und dreifach: darüber, dass sie so lange umsonst auf Demme gewartet hatte, darüber, dass sie aus Eigennutz nicht die Zwangssterilisationen kritisiert hatte, und darüber, dass sie den eitlen Mann auch noch mit »Herr Professor« angeredet hatte. Doch den Triumph, sie wütend zu sehen, wollte sie ihm auf keinen Fall gönnen.

»Dann werde ich mir anderweitig Hilfe suchen müssen. Ich wünsche Ihnen noch einen guten Tag – Herr Kollege.«

Wieder vergingen einige Tage und Nächte, dann hatte sich Flo zu einem ungewöhnlichen Schritt durchgerungen. Es war ein Schritt, von dem sie nie geglaubt hätte, dass sie ihn gehen würde, doch die Situation ließ ihr keine andere Wahl. Ausgehend von der Überlegung, dass sie bei allem, was sie tat, ohnehin von der Gestapo überwacht wurde, entschloss sie sich, den Stier bei den Hörnern zu packen: Sie wollte ins Stadthaus zu Schädeba gehen.

Der Kriminaldirektor musterte sie eingehend nach der kurzen Begrüßung und steckte sich eine Zigarette an. »Sie hätte ich hier nicht erwartet«, sagte er kühl.

»Der Anlass, warum ich gekommen bin, ist ungewöhnlich«, begann Flo. »Ich habe mich entschieden, nicht in die USA zurückzugehen. Ich möchte in Deutschland bleiben.«

Wenn Schädeba überrascht war, so zeigte er es jedenfalls nicht. Er blies ein paar Rauchringe in die Luft. »Und weiter? Das war doch noch nicht alles, was Sie mir sagen wollen?«

»Nein. Ich möchte die deutsche Staatsbürgerschaft erwerben.«

»Sie sagen das, als wäre die deutsche Staatsangehörigkeit käuflich. Ihr Amerikaner denkt immer, mit Dollars könnte man alles kriegen.«

»So meinte ich es nicht.«

»Sie sind hier bei der Gestapo, Frau Doktor, und nicht in der Einbürgerungsbehörde. Warum wollen Sie überhaupt Deutsche werden?«

»Ich bin seit fast vier Jahren wieder in Hamburg, und je länger ich hier lebe, desto mehr fühle ich mich als Deutsche. Ich liebe die Sprache, die Menschen, die Bräuche, das Land.« Flo fand, die Antwort klang ziemlich lahm. Der wahre Grund für ihren Wunsch war die Überlegung, dass sie bei einem Kriegsausbruch gezwungen sein würde, in die USA zurückzukehren und nicht mit ihrem Kind in Hamburg auf Götz warten konnte.

Tatsächlich sah in dieser Zeit alles nach Krieg aus: Dafür sprachen der Bau des Flugzeugträgers *Graf Zeppelin* und des Schlachtschiffes *Bismarck*, die Indienststellung der Panzerkreuzer *Scharnhorst* und *Gneisenau*, der Anschluss Österreichs, bei dem fünfundsechzigtausend Wehrmachtssoldaten in das Nachbarland einmarschiert waren, dazu die Unruhen in der Tschechoslowakei und die ständigen Querelen mit Polen – ein neuer Feuersturm über Europa schien unausweichlich. Die Gefahr, dass Götz und sie sich für immer aus den Augen verlören, wenn sie nach Amerika ginge, war viel zu groß.

Doch für Schädeba als überzeugtem Anhänger des Regimes klang ihre Antwort keineswegs lahm. Er fand es durchaus verständlich, dass Flo im gelobten Nationalsozialismus leben wollte, und hegte keinen Zweifel an ihrer Antwort.

Er stand auf, wanderte im Zimmer hin und her und kam zu dem Schluss, dass eine deutsche Staatsangehörige im Zweifelsfalle viel leichter ohne politische Folgen inhaftiert und gefoltert werden könnte, um den Aufenthaltsort von Götz Vahrenfeld zu erfahren. Zurzeit allerdings schien es so zu sein, dass die Dame tatsächlich keine Ahnung hatte, wo der Gesuchte sich befand – jedenfalls nach Ansicht seiner V-Männer. Sie hatten zwar vor ein paar Monaten einen Jäger in der Großen Elbstraße beobachtet, doch bei näherer Betrachtung war das nichts Ungewöhnliches, da das Waldgebiet Klövensteen nicht weit entfernt lag. Kein Grund also, Druck auszuüben. Zumal die Dame sehr hübsch war. Genau seine Kragenweite …

»Ich könnte jederzeit Passbilder beibringen.«

»Passbilder?« Schädeba blickte spöttisch. »Wir haben genug Bilder von Ihnen.«

Flo schluckte. »Als Deutsche würde ich auch den Namen meiner Großeltern wieder annehmen wollen: *zur Haiden.*«

»So, würden Sie das?«

»Meine Familie väterlicherseits führt ihren Stammbaum bis in den Dreißigjährigen Krieg zurück. Der Ariernachweis dürfte somit kein Problem sein.«

»Und mütterlicherseits?«

»Nun, ich denke, auch da sind alle nichtjüdisch. Es handelt sich um eine alte Finkenwerder Fischerfamilie.«

»Wie dem auch sei. Meine Abteilung ist für Einbürgerungen nicht zuständig.«

Flo ließ nicht locker. »Ich weiß, aber ist es nicht so, dass mein Antrag früher oder später ohnehin auf Ihrem Tisch landen würde? Zur Überprüfung?«

»Meinen Sie?« Schädeba wirkte geschmeichelt. »Nehmen wir einmal an, es wäre so. Eine Einbürgerung geht nicht von heute auf morgen. Es ist eine reine Ermessensfrage. Und natürlich die Frage, ob Sie die richtige Gesinnung für eine gute deutsche Volksgenossin haben.«

»Ja, die habe ich.«

»Davon müsste ich mich allerdings persönlich überzeugen.« Schädeba drückte die Zigarette aus, trat hinter sie und umfasste mit den Händen ihre Brüste.

Flo erstarrte. Doch sie hielt still. Sie wusste, dass sie jetzt den Preis für ihren Wunsch bezahlen musste. Sie dachte an das Kind in ihrem Leib und an Götz. Und während Schädeba kurz darauf heftig in sie eindrang, dachte sie bei jedem Stoß nur: Ich liebe dich, Götz, ich liebe dich, Götz … Götz … Götz …

Anfang November war Flo hochschwanger, sie hatte ausgerechnet, dass es noch ungefähr vier Wochen bis zur Geburt ihres Kindes dauern würde. Das genaue Datum ließ sich nicht ermitteln, da sie und Götz sich im März fast täglich geliebt hatten. Doch eines wusste sie: In der Nacht zum dritten April hatte er sich von ihr verabschiedet. Seitdem träumte sie davon, dass er rechtzeitig zurückkehrte. Sie wollte ihm berichten, dass ihre Schwangerschaft bisher überraschend einfach verlaufen war, keine Spur von den Problemen, über die andere Frauen so häufig klagten: keine Übelkeit, keine Rückenschmerzen, kein Heißhunger auf Rollmöpse und saure Sachen.

Das Kind in ihrem Leib wuchs stetig heran, die Herztöne waren klar und deutlich, wie ihr eine der Hebammen in der Frauenklinik bestätigt hatte. War es ein Junge, war es ein Mädchen? Für Flo machte das keinen Unterschied. Sie hatte vor wenigen Tagen ihre Arbeit in der Augenklinik ruhen lassen und freute sich auf das Kind. Nachts schlief sie gut. Nur hin und wieder meldete sich das werdende Leben in ihrem Leib, wenn das Kindlein strampelte oder boxte. Dann sprach Flo mit ihm, erzählte ihm von Götz, der sich irgendwo in der Welt aufhielt, von der Sonne, dem Mond und den Sternen, die es demnächst sehen würde.

Doch in dieser Nacht war es anders. Es musste schon nach zwölf sein, als Flo plötzlich von lautem Lärm erwachte. Auf der Straße hörte man Rufe, Kommandos, das Marschieren von Stiefeln auf hartem Kopfsteinpflaster.

Was hatte das zu bedeuten?

Flo stieg aus dem Bett und warf sich einen Morgenmantel über. Sie spähte durch die Gardinen nach draußen. Die Große Elbstraße lag weitgehend im Dunkel. Nur die Laternen brannten, und die Lichter vom anderen Elbufer grüßten herüber. Flo wollte sich schon vom Fenster zurückziehen, da sah sie plötzlich eine Stichflamme im Westen emporschießen. Im Schein des Feuers erkannte sie Gestalten, die hin und her rannten. Jetzt trug der Wind auch wieder Rufe und Gegröle heran. »Juda, verrecke!« Dazu Schreie, Gelächter, Flüche.

In Windeseile breitete sich das Feuer aus. Wessen Haus brannte da ab? Das Seemannsheim konnte es nicht sein, das lag zu nahe.

»Wenn's Judenblut vom Messer spritzt, dann geht's noch mal so gut!«

Es musste Lewinskys Werkstatt sein, die da in Flammen stand. Lewinsky war Jude. Man hatte es auf ihn und seine Familie abgesehen!

Eine ungeheure Wut wallte in Flo auf. Waren das noch Menschen, die da zu Werke gingen? Ohne zu überlegen, eilte sie aus dem Zimmer, so schnell es ihr Zustand erlaubte, und zog sich unten in der Garderobe ihren Wintermantel über.

»Wo willst du hin?« Vicki war ebenfalls aufgestanden. Sie hatte nur ein Nachthemd an und zitterte am ganzen Körper.

»Ich will sehen, was bei Lewinsky los ist. Sein Haus steht in Flammen.«

»In deinem Zustand? Nein, ich gehe!«

»Du bleibst hier! Du hast eine schwere Erkältung. Zurück ins Bett mit dir, sonst holst du dir noch den Tod.«

»Aber Flo, du bist schwanger …«

»Schwangerschaft ist keine Krankheit.«

»Warte! Was ist denn mit Finn?«

Finn war vor ein paar Wochen ins Haus gezogen, um seine Vaterschaft glaubwürdig erscheinen zu lassen. Mit der Folge, dass manche Nachbarn über die »sittenlose Amerikanerin« tuschelten, die sich mit einem älteren Mann eingelassen hatte. Doch das musste in Kauf genommen werden.

»Finn arbeitet die Nacht durch. Er hat einen wichtigen Laborauftrag. Lass dir von Dörthe den Holundertee heiß machen und geh wieder ins Bett.«

»Ich könnte die Polizei rufen.«

»Meinst du, die würde kommen?« Flo schlüpfte schwerfällig in ihre Stiefel und verließ eilig das Haus. Während sie die mehreren hundert Meter zu Lewinskys Haus zurücklegte, war sie von ihrem eigenen Mut überrascht. Gern hätte sie Piotr, den Gärtner, an ihrer Seite gehabt, aber er war vor nicht einmal zwei Wochen mit Tausenden seiner Landsleute aus dem Deutschen Reich nach Polen ausgewiesen worden.

Als sie den Ort des Geschehens erreichte, brannte die Werkstatt vor dem Wohnhaus lichterloh. SA-Männer liefen lachend und randalierend in dem Chaos umher, stießen Säulen um, zerstörten Grabsteine und andere Steinmetzarbeiten, warfen Gegenstände in die Fenster des Hauses und malten mit roter

Farbe das Wort *Jude* an die Eingangstür. Zwei Uniformierte der Schutzpolizei standen in der Nähe und versperrten ein paar neugierigen Matrosen vom Seemannsheim den Weg.

Flo eilte zu den Polizisten und herrschte sie an: »Warum lassen Sie das zu? Schreiten Sie ein!«

»Das geht Sie nichts an«, war die Antwort. »Kümmern Sie sich um Ihre eigenen Angelegenheiten.«

In diesem Augenblick gab es eine Explosion im ersten Stock des Wohnhauses. Die Flammen hatten übergegriffen. Funken sprühten. Teile des Daches flogen durch die Luft. Unten öffnete sich die Eingangstür. Lewinsky mit seiner Frau und den drei Kindern erschien, rußgeschwärzt, hustend, verängstigt. Die Frau trug ein Kästchen in der Hand, vielleicht war der Familienschmuck darin. Eines der Kinder, das Jüngste, klammerte sich an einen Teddy. »Judenpack!« Ein baumlanger SA-Mann sprang hinzu und schlug der Frau das Kästchen aus der Hand. Perlen, Ringe, Ketten ergossen sich auf das Pflaster. Ein anderer riss dem Kind den Teddy aus der Hand und warf ihn ins Feuer.

Das war genug.

Flo wusste später nicht, was sie dazu veranlasst hatte, aber sie schrie so laut sie konnte: »Heil Hitler!«

Für einen Moment hielten die Braunhemden inne. Flo ging auf den baumlangen Kerl zu und rief: »Schluss mit der Barbarei! Auf der Stelle!«

»Höre ich richtig?« Der Kerl baute sich breitbeinig vor ihr auf.

»Sie haben richtig gehört. Ich sagte: Schluss mit der Barbarei!«

»Maul halten, Schlampe, sonst kassieren wir dich ein. Verschwinde.«

»Ich denke nicht daran! Ich bin Doktor Florence Haiden, ich …« Flo schwankte plötzlich, ihr wurde schwindelig. Die Aufregung, die Hitze, die Umstände – das alles war in diesem Augenblick zu viel. Sie wäre auf das Kopfsteinpflaster gestürzt, wenn nicht ein kräftiger Arm sie aufgefangen hätte. Der Arm gehörte Torben Timm, dem Sturmmann aus der Nachbarschaft, der mittlerweile zweiundzwanzig war und es bis zum Scharführer gebracht hatte. »Lass gut sein, Karl«, sagte er. »Du siehst doch, dass sie schwanger ist.«

»Die hat mich blöde angequatscht.«

»Verschwinde, das ist ein Befehl.«

Der baumlange Karl trollte sich.

»Danke«, sagte Flo.

»Nichts zu danken. Ihre Tante hat mir in der *Hölle* mal das Leben gerettet. Soll ich Sie nach Hause bringen?«

»Ja … das heißt, nein.« Flos Blick fiel auf Lewinsky und seine Familie, die von Karls Kumpanen bepöbelt wurde. »Ich werde Meister Lewinsky und die Seinen mitnehmen.«

Torben zögerte. »Meinetwegen.« Er ging zu seinen Kameraden hinüber und rief: »Abrücken! Befehl ist ausgeführt. Was steht ihr hier noch rum.«

Dann kam er zurück und sagte: »Wenn Sie Lewinsky mitnehmen, müssen Sie auf meine Begleitung verzichten. Es ist Ihre Sache, ob Sie sich mit Juden verbrüdern. Aber denken Sie daran: Wer sich in Gefahr begibt, kommt darin um.«

»Ja, schon gut.« Flo atmete ein paar Mal tief durch. Der Schwindelanfall war vorüber. Sie ging zu Lewinsky und sagte: »Kommen Sie mit, Meister. Bei uns zu Hause sind Sie sicher.«

Lewinsky und seine Familie waren im Anbau untergekommen, wo Piotr vor seiner Vertreibung gewohnt hatte. Es war äußerst beengt, doch Flos und Vickis Fürsorge machte manches wett. Vicki, der es gottlob etwas besser ging, hatte noch einiges Spielzeug aus alten Zeiten aufgetrieben, ein paar Puppen aus ihrer Kindheit für die sieben- und neunjährigen Mädchen, einen Stabilbaukasten, der ehemals Justus gehört hatte, für den elfjährigen Samuel.

Judith Lewinsky fand etwas Ablenkung, indem sie Vicki in der Küche beim Kochen half. Einzig ihr Mann kam nicht über das tragische Ereignis hinweg. Er lehnte es ab, tagsüber ins Haus zu kommen, und hielt sich nur im Anbau auf, wo er über den Tageszeitungen brütete.

Langsam schälte sich das ganze Ausmaß der Katastrophe heraus, die sich in der Nacht vom neunten auf den zehnten November ereignet hatte. Im gesamten Deutschen Reich waren zahllose jüdische Geschäfte zerstört, Dutzende, wenn nicht gar Hunderte Synagogen niedergebrannt worden. In Hamburg war es besonders verheerend am Steindamm und am Neuen Wall zugegangen. Die Hauptsynagoge am Bornplatz war völlig verwüstet. Der Volkszorn, so hieß es, habe sich entladen, weil ein polnischer Jude namens Grünspan in Paris ein Attentat auf den deutschen Legationssekretär Ernst vom Rath ausgeübt hatte – mit tödlichem Ausgang. Im *Hamburger Anzeiger* vom zehnten November hieß es auf der Titelseite:

Spontane Demonstrationen

Mit großen Töpfen voller roter Farbe zog das Volk durch die Straßen der Innenstadt, in Riesenlettern wurde »Jude« an die jüdischen Läden geschrieben … Kaum eine Scheibe blieb heil vor diesem erbitterten Aufruhr des empörten Volkes …

»Nun lesen Sie sich das mal durch!« Lewinsky hatte den Anbau im Garten verlassen und warf die Zeitung auf den Küchentisch. Er bebte vor Empörung. »Von wegen ›das Volk‹! Die SA war es! Eine einzige abgekartete Verschwörung, von langer Hand vorbereitet, bestens organisiert. Dieser Terror hat mir endgültig die Augen für den Judenhass in Deutschland geöffnet.«

»Beruhigen Sie sich, Meister«, sagte Vicki. Sie hatte an diesem Donnerstagabend mit Frau Lewinskys und Dörthes Hilfe zehn Rouladen gebraten und eine große Portion Kartoffeln gekocht. »Bitte, kommen Sie zu Tisch. Lassen Sie uns gemeinsam essen, danach sieht alles besser aus.«

Lewinsky seufzte und setzte sich zu seiner Familie. Vicky hatte beschlossen, dass die Mahlzeiten in der Küche eingenommen wurden, der Ort schien ihr angemessener als der Kleine Salon im ersten Stock. »Ich hoffe, Rindsrouladen sprechen nicht gegen ihre Speisegesetze?«

»Wir sind nicht in der Situation, um auf koscherem Essen zu bestehen«, antwortete Lewinsky resigniert.

»Wir haben jedenfalls vorsorglich den Speck in der Füllung weggelassen, nicht wahr, Frau Lewinsky?«

»Das haben wir.« Judith, Lewinskys kleine, tapfere Frau, nahm der Siebenjährigen die Puppe fort. »Beim Essen wird nicht gespielt, Tirzah, wo bleiben deine guten Manieren? Nimm dir ein Beispiel an Alisa.«

Vicki sagte: »Ach, halb so schlimm. Schade, dass meine Nichte sich etwas hinlegen musste, wir sollten trotzdem schon anfangen. Dörthe, tun Sie uns bitte auf.«

Dörthe füllte nur Vickis und ihren eigenen Teller und setzte sich.

»Dörthe, tun Sie auch Familie Lewinsky auf.« Vickis Stimme klang scharf. »Und zwar augenblicklich!«

Mit aufreizender Langsamkeit bequemte sich die Haushaltshilfe vom Stuhl hoch. In jeder ihrer Bewegungen lag Widerwille. Vielleicht hatte ihr Freund von der Lackfabrik sie mit seiner Abneigung gegen Juden angesteckt.

»Wenn Sie unseren Gästen aufgefüllt haben, nehmen Sie Ihren Teller und gehen. Sie können auf Ihrem Zimmer essen. Ich brauche Sie heute nicht mehr.«

Dörthe verzog sich mit trotziger Miene.

Als sie die Tür öffnete, kam Flo herein. »Oh, ich war eingeschlafen«, sagte Flo. »Ich komme doch nicht zu spät?«

»Nein, gerade richtig«, antwortete Vicki.

Frau Lewinsky stand auf und füllte Flo den Teller.

»Danke.«

»Guten Appetit allerseits.«

»Hna deyn moltsait.«

Schweigend aßen sie. Auch die Kinder sagten nichts. Vicki stellte insgeheim fest, dass sie sehr wohlerzogen waren und gut mit Messer und Gabel umzugehen wussten. »Mein Mann und ich hatten auch mal einen Jungen wie Sie, Meister«, sagte sie, um Lewinsky auf andere Gedanken zu bringen.

»Ach?«, sagte Lewinsky.

»Was ist aus ihm geworden?«, fragte seine Frau.

»Er ist tot.«

»Oh, das tut mir leid.«

»Es ist lange her.« Vicki schnitt ein Stück Roulade ab und steckte es in den Mund. Während sie kaute, dachte sie, es könne nicht schaden, ein wenig mehr von Justus zu erzählen. Geteilter Schmerz war halber Schmerz, und außerdem kannte auch Flo noch nicht alle Einzelheiten. »Justus war das einzige Kind von Hannes und mir. Er wurde am zwölften August 1897 in Hamburg geboren, aber nicht von mir, denn ich konnte keine Kinder bekommen. Seine leibliche Mutter hatte ihn Erich genannt, bevor sie ihn zur Adoption freigab, aber wir ließen ihn umtaufen auf Justus, weil ein Großvater meines Mannes diesen Namen trug.«

»Welch ein Zufall!«, rief Judith Lewinsky. »Mein Mann wurde auch nach seinem *elter-foter* benannt. Er heißt Moshe.«

»Stimmt«, murmelte Lewinsky.

»Moshe ist Hebräisch und bedeutet Moses.«

»Wie interessant. Ich fürchte, Justus hat einen eher weltlichen Ursprung«, sagte Vicki und schob den Teller von sich, da sie noch etwas fiebrig war und keinen rechten Appetit hatte. »Es ist ein römischer Beiname. Jedenfalls kam Justus im Alter von knapp fünf Jahren zu uns. Er war ein hübscher, aufgeweckter Junge, der uns viel Freude machte und sehr ans Herz wuchs. Bei Ausbruch des Weltkrieges war er siebzehn, machte Notabitur und meldete sich freiwillig, um des Kaisers Rock zu tragen. 1914 an den Weihnachtstagen spielte er zwischen den Schützengräben Fußball mit dem Feind, den Engländern, und verbrüderte sich mit ihnen. Die ganze Sinnlosigkeit des Krieges wurde hüben wie drüben deutlich, man teilte Zigaretten miteinander und zeigte sich gegenseitig Bilder der Freundinnen.

Es kostete die Offiziere erhebliche Mühe, die Männer anschließend wieder gegeneinander kämpfen zu lassen.«

»Kämpfe, Kriege, Hass.« Judith Lewinsky schüttelte den Kopf. »Warum können die Menschen nicht friedlich miteinander auskommen? Ich glaube, wenn die Welt von Frauen regiert würde, ginge es friedlicher zu. Was geschah weiter mit Ihrem Sohn?«

»Da es an Piloten mangelte, machte Justus später eine Ausbildung zum Piloten und wurde im Oktober 1918, in den letzten Kriegstagen, über Nordfrankreich abgeschossen. Er überlebte nur knapp und kam ins Lazarett. Wieder halbwegs gesund, erkrankte er an der Spanischen Grippe und starb.«

»Nein, wie tragisch!« Judith Lewinsky schlug sich die Hand vor den Mund.

Lewinsky sah von seinem Teller auf. »Ich danke Ihnen, Frau Doktor.«

»Nanu, wofür denn?«, fragte Vicki.

»Sie haben uns klargemacht, dass wir alle unser Päckchen tragen müssen. Wir wollen uns nicht beklagen. Erlauben Sie, dass wir uns zurückziehen. Ich danke auch für das gute Essen.«

»Gern geschehen«, sagte Vicki.

Am nächsten und übernächsten Tag ging Lewinsky zu seinem abgebrannten Besitz, doch er fand nichts Wertvolles mehr vor, denn der Schmuck, den man seiner Frau beim Verlassen des Hauses aus der Hand geschlagen hatte, war längst gestohlen worden. Nur das seit Generationen in Familienbesitz befindliche Silberbesteck hatten die Diebe übersehen. Er reinigte die drei Dutzend Teile und überreichte sie Vicki. »Ein kleines *adank* für Ihre selbstlose Hilfe in diesen Zeiten«, sagte er. »Wir brauchen sie nicht mehr.«

Vicki wollte es nicht annehmen, aber er bestand darauf.

Am Sonntag, dem dreizehnten November, titelte das *Hamburger Tageblatt:*

Juden müssen eine Milliarde zahlen
Einschneidende Maßnahmen zur Ausscheidung des Judentums aus dem deutschen Wirtschaftsleben!

»Eine Milliarde!«, rief Lewinsky am Küchentisch. »Jetzt sollen wir Juden auch noch dafür bezahlen, dass man uns alles kaputt gemacht hat.«

Flo und Vicki schwiegen. Sie schämten sich für ihre Landsleute.

»Wir können nichts bezahlen! Wovon denn? Ich habe noch sechzig Mark in der Tasche. Der kleine feuerfeste Safe in meinem Büro, in dem sämtliche Ersparnisse waren, wurde geknackt. Mein Haus, meine Werkstatt wurden zerstört. Ich könnte versuchen, wenigstens die Werkstatt wieder in Betrieb zu nehmen. Aber wozu, wenn ich morgen Berufsverbot kriege? Allen jüdischen Ärzten und Rechtsanwälten ist bereits jegliche Tätigkeit verwehrt. Ich weiß nicht mehr ein noch aus.«

»Kommen Sie, Meister«, sagte Flo, »wir Frauen haben einen Kuchen mit eingelegten Kirschen gebacken. Er schmeckt wahrscheinlich anders als die leckeren *Sufganiyah*, die ihre Frau zum Chanukka-Fest herstellt, aber ein Stück davon bringt Sie vielleicht auf andere Gedanken.«

Lewinsky setzte sich wortlos und aß das Stück Kuchen, das ihm vorgesetzt wurde. »Vielen Dank«, sagte er danach. »Ich möchte mich jetzt zurückziehen. Ich muss nachdenken.«

Am Montagmorgen stand er mit seiner ganzen Familie im Garten und wollte sich verabschieden. Er trug einen angesengten Koffer, in dem das Wenige steckte, was ihm geblieben war.

»Um Gottes willen, wo wollen Sie denn hin?«, fragte Flo.

Vicki rief: »Sie können doch nicht so einfach fortgehen!«

»Ich muss«, sagte Lewinsky ruhig. »Ich habe keine andere Wahl. Dieses Land ist ein Albtraum für uns geworden. Überall auf der Welt ist es besser als hier.«

Tirzah, die Jüngste, fing an zu weinen. »Meine Puppe«, schniefte sie. »Meine Puppe soll mit.«

Lewinsky beachtete sie nicht. »Wir wollen nach Lissabon«, erklärte er. »Bis zur französischen Grenze wird mein Geld reichen.«

»Und dann?«, fragte Flo.

»Dann sehen wir weiter. Unser Ziel ist New York. Dort sollen viele Juden leben.«

»Das stimmt. Aber ohne Geld kommen Sie da nicht hin.«

»Wenn es dem Erhabenen, dessen Name gepriesen sei, gefällt, werden wir es schaffen.«

Judith Lewinsky nickte tapfer. »Lieber heute als morgen aus Deutschland raus!«

Flo schaute Vicki an. Vicki nickte unmerklich.

»Warten Sie.« Flo verschwand und kam nach wenigen Minuten mit einem Reisekoffer wieder. »Hier sind die Puppen und der Stabilbaukasten drin. Als Erinnerung – und als Beweis, dass nicht alle Deutschen schlecht sind.«

Judith Lewinsky kamen die Tränen.

»Hier ist noch ein Briefumschlag für Sie. Darin finden Sie einen Namen: Rabbi David. Er ist der bekannteste Rabbi in New York. Er wohnt in der 13th Avenue in Borough Park, einer Wohngegend im Stadtteil Brooklyn. Dort lebt eine große jüdische Gemeinde. Ich habe es Ihnen aufgeschrieben. Dazu auch einige andere Adressen von mir bekannten Deutschen.«

Lewinsky war sprachlos. Er schaute in den Umschlag. »Da ist ja auch Geld drin!«, entfuhr es ihm.

»Fünfhundert Dollar.«

»Das kann ich nicht annehmen!«

»Das werden Sie müssen. Kein Kapitän dieser Welt wird Sie umsonst über den Atlantik bringen.«

»Trotzdem. Es geht nicht.«

»Betrachten Sie es nicht als Almosen. Wenn der ganze Spuk hier vorbei ist, können Sie mir das Geld zurückgeben. Bis dahin viel Glück – und Gottes Segen.«

Vicki schloss sich an. »Gottes Segen, passen Sie auf sich auf.«

»Ich weiß nicht, was ich sagen soll«, murmelte Lewinsky und schaute seine Frau an.

Judith Lewinsky fiel Flo spontan in die Arme. »Danke«, flüsterte sie, »dass es so was wie Sie noch gibt.«

»Ach, nicht der Rede wert.«

»Ich werde für Sie und das Kleine beten. Und für Götz, damit er bald zu Ihnen zurückkehrt. Und natürlich auch für Sie, liebe Frau Doktor Dreyer. Sie sind gute Menschen, so gute Menschen …« Judith Lewinsky weinte vor Rührung. Doch dann besann sie sich. Sie musste vor ihren Kindern stark sein. »Es macht uns Mut, dass es Leute wie Sie gibt. Das werden wir nie vergessen, egal, wohin das Schicksal uns treibt. *Shalom*, der Erhabene sei mit Ihnen.«

»Shalom«, sagte auch Lewinsky. *»Ale der bester,* alles Gute für Sie.«

Entschlossen hob er beide Koffer auf und marschierte mit seiner Familie aus dem Garten hinaus auf die Straße.

KAPITEL 29

Es war ein Schrei voller Verzweiflung und Protest, den Flos winziges Baby gleich nach der Geburt von sich gab. Zu hell war das Licht des Kreißsaals in der Frauenklinik, zu ungewohnt die Umgebung. Das kleine Wesen hatte sich seit dem Morgen Zeit gelassen, das Licht der Welt zu erblicken, doch nun war es nach all den Schmerzen da. Endlich! Die Uhr zeigte bereits zehn nach elf an diesem siebten Dezember, und Flo lag völlig erschöpft, aber glücklich im Wochenbett. Sie fragte matt: »Was ist es denn?«

»Ein Mädchen«, antwortete Oberarzt Sasse, der Leiter der Geburtsstation. »Putzmunter und gesund.«

»Wie soll es denn heißen?«, fragte die Hebamme.

»Lucie«, antwortete Flo.

Die Hebamme wusch die kleine Lucie, trocknete sie ab, nahm ihre Maße und wickelte sie in ein Tuch. »Na, so sieht die Welt doch gleich ganz anders aus«, sagte sie mütterlich. »Hier haben Sie Ihren Schatz, Frau Doktor.«

Ein seltsames, nie gekanntes Glücksgefühl durchströmte Flo, als sie ihr Kind zum ersten Mal im Arm hielt. »Hallo, kleine Lucie«, flüsterte sie, »lass dich mal anschauen.«

Lucie hatte blaue Augen wie die meisten Neugeborenen, einen blonden Haarflaum auf dem Kopf und ein entzückendes Stupsnäschen. Sie war zierlich, siebenundvierzig Zentimeter groß und zweitausendneunhundert Gramm schwer. Und sie war hungrig. Denn sie bewegte das Köpfchen hin und her und suchte Flos Brust.

»Erschrecken Sie nicht, wenn die Kleine das erste Mal

saugt«, sagte die Hebamme, »manche Babys hapsen kräftig zu.«

Doch Lucie nuckelte brav und emsig, und als ihre winzige Hand an Flos Finger geriet, umfasste sie diesen mit überraschender Kraft. »Mein Gott, wie bist du süß«, flüsterte Flo selig und dachte: Wenn Götz uns nur so sehen könnte!

Doch statt Götz erschien am Vormittag des achten Dezember Finn, um »seine« Tochter zu besuchen. »Wie geht es dir, Flo?«, fragte er und küsste sie auf die Wange.

»Danke, ich bin schon aufgestanden und ein paar Schritte mit Lucie auf dem Arm gegangen.«

Finn überreichte einen Strauß roter Rosen.

»Oh, danke.« Flo sog den Duft der Blumen ein und gab den Strauß weiter an die Stationsschwester Ingelor, die schon eine Vase bereithielt. Nachdem sie die Blumen auf dem Nachttisch abgestellt hatte, verschwand sie diskret, jedoch nicht ohne vorher schelmisch angemerkt zu haben, die Kleine käme ja ganz nach dem Vater.

Flo und Finn unterdrückten ein Grinsen.

»Lucie, sag Finn mal guten Tag«, flüsterte Flo. Doch Lucie schlief. Sie hatte erst vor Kurzem wieder ihre Vormilch bekommen und schien satt und zufrieden.

»Sie ist wirklich entzückend«, sagte Finn. »Die Kollegen im Labor haben mir heute Morgen gleich nach deinem Anruf gratuliert. Meine schauspielerischen Fähigkeiten waren dabei wieder mal gefragt.«

»Ich danke dir so sehr, dass du das Spiel mitmachst.«

»Das tue ich doch gern.« Finn setzte sich auf den Bettrand. »Ich wollte die Gelegenheit nutzen und dir noch einmal ans Herz legen, Deutschland zu verlassen, jetzt, wo du eine doppelte Verantwortung hast. Es wird immer gefährlicher. Es riecht nach Krieg! Denke nur an den Einmarsch deutscher Truppen ins Sudetenland im Oktober, dazu die Ausweisung der polnischen Juden und die grauenvolle Kristallnacht vom neunten auf den zehnten November, die du ja selbst erlebt hast.

Hunderte Juden sind dabei getötet worden. Im Ausland wärst du mit dem Kind doch viel sicherer.«

»Ich bleibe hier, Finn.«

»Willst du es dir nicht noch einmal überlegen?«

»Nein. Im Übrigen müsstest du als Vater ja eigentlich mitkommen, wenn ich Deutschland verließe, oder?«

»Auch wieder wahr.« Finn grinste. »Aber die Moralapostel zerreißen sich sowieso schon das Maul über mich. Nicht nur, weil ich dich nicht geheiratet habe, sondern auch, weil ich vor ein paar Tagen eine sehr passable Frau kennengelernt habe. Und das auf meine alten Tage! Sie heißt Nelli und ist Köchin in der Krankenhausküche. Ich werde deshalb nach Weihnachten mein Zimmer in eurem Haus aufgeben und wieder meine Unterkunft im Verwaltungsgebäude des Krankenhauses beziehen. Mit anderen Worten: Niemand würde erwarten, dass ich dich begleite, wenn du ins Ausland gingest.«

»Ich bleibe trotzdem, Finn. Mein Antrag auf die deutsche Staatsangehörigkeit läuft.«

Finn seufzte. »Ich weiß. Es war ein Versuch. Ich hoffe nur, dass Lucie nicht deinen Dickkopf geerbt hat. Heute Abend schaue ich noch einmal nach dir.«

»Danke, Finn, du bist ein guter Freund.«

Heiligabend 1938 feierte man in Hamburg endlich wieder einmal weiße Weihnacht. Es hatte geschneit, die Temperatur lag unter null. Dörthe, die einzig Verbliebene unter den Bediensteten im Haus an der Großen Elbstraße, hatte frei. Dafür war Finn am Vormittag kurz vorbeigekommen, um ein frohes Fest zu wünschen. Als »Vater« der kleinen Lucie hatte er ihr eine Rassel geschenkt und war dafür mit einem fröhlichen Glucksen belohnt worden.

Nun saßen Vicki und Flo im Salon und aßen Würstchen mit Kartoffelsalat, wie es bei den zur Haidens Tradition war. Die kleine Lucie lag schlummernd in ihrer Wiege daneben. Ein von Vicki geschmückter Tannenbaum spendete warmes Licht. »Trinken wir auf Götz«, sagte Flo. Sie hob das Glas mit dem kühlen Riesling und stieß mit Vicki an.

»Prost, auf Götz.«

Weißwein passte eigentlich nicht zu dem frugalen Mahl, aber Vicki hatte die Flasche in Erinnerung an ihren Vater, Professor Carl-Heinrich zur Haiden, auf den Tisch gestellt. Der hatte Heiligabend immer auf Riesling bestanden.

»Was Götz wohl gerade macht?«, fragte Flo sinnend. »Ich weiß immer noch nicht, wo er ist.«

»Ich hoffe, es geht ihm gut. Gewiss denkt er an dich.«

Flo seufzte.

»Komm, wir trinken auch auf Benno.«

Wieder stießen sie an.

Von Benno wussten sie wenigstens, wo er sich aufhielt: Nachdem er zunächst im Hotel Beau-Rivage am Genfersee logiert hatte, war er im Frühjahr auf die Suche nach einer Wohnung gegangen und hatte ein großzügiges Domizil am Quai des Bergues gefunden. Er hatte es zu einem Atelier ausbauen lassen, wo er sich mit neu gewonnenen Künstlerfreunden traf und über Gott und die Welt diskutierte. Die Küche, so hatte er jüngst telegrafiert, sei vorzüglich, zu seiner Lieblingsspeise gehöre neuerdings ein saftiges Entrecote, mitsamt einer Soße, die von den Genfern »Café de Paris« genannt werde. Ein bisschen verrückt, der Begriff, aber irgendwie lustig. Frohe Weihnachten und ein gutes neues Jahr, auch für die Freunde vom Kiez. Er würde wieder von sich hören lassen. Bis dahin möge sie eine Anweisung von tausend Dollar über seine Abwesenheit hinwegtrösten.

Das Geld war ein warmer Regen in der Vorweihnachtszeit gewesen und bitter notwendig, da wegen Flos Niederkunft nur noch Vickis Rente an regelmäßigen Einkünften vorhanden war.

Doch mit Bennos Geld hatte einem sorgenfreien Weihnachtsfest nichts mehr im Wege gestanden.

Nach dem Essen räumten die beiden Frauen den Tisch ab

und setzten sich neben den Tannenbaum. »Jetzt ist Bescherung«, sagte Vicki geheimnisvoll. »Du errätst nicht, was ich für dich habe.«

Flo lachte. »Du wirst es genauso wenig schaffen.« Sie zeigte auf ein großes, weiches, in Weihnachtspapier gehülltes Paket unter dem Baum. »Mach es auf.«

Vicki entfernte vorsichtig das Papier, weil man, wie sie sagte, es vielleicht noch einmal verwenden könne, und stieß ein freudiges »Oh!« aus.

»Sei ehrlich, darauf wärst du nicht gekommen.«

»Nein, im Leben nicht.« Vicki hielt einen geräumigen Fußsack aus Lammfell in den Händen. Spontan küsste sie ihre Nichte. »Ich danke dir!«

»Ich dachte, warme Füße könnten dazu beitragen, dass dir das Gehen leichter fällt. Uns allen tat es vor einem Jahr so leid, dass du zu Bennos Verabschiedung nicht mit zum Hauptbahnhof kommen konntest.«

»Du bist so lieb, inzwischen geht es mir ja wieder besser.«

»Gott sei Dank.«

»Mein Geschenk steckt in diesem Briefumschlag. Nimm.«

Neugierig öffnete Flo den Umschlag und holte eine gelbe Sparkarte heraus.

»Schau hinein.«

In der Sparkarte klebten zehn rote Marken, jede im Wert von fünf Reichsmark.

»Sparmarken, wofür?«, fragte Flo.

Vicki antwortete: »Ich habe mich erinnert, wie angetan du damals warst, als die Chinesen dich nach ihrer Hochzeitsfeier mitten in der Nacht nach Hause gefahren haben. Nun kannst du dir einen eigenen Wagen anschaffen.«

»Einen eigenen Wagen durch Sparmarken? Das klingt phantastisch! Wer hat sich das denn ausgedacht?«

»Die Gemeinschaft KdF, ›Kraft durch Freude‹.«

»Von der habe ich schon gehört. Einige Schwestern in der Augenklinik sind mit der KdF in Urlaub gefahren.«

»Es ist eine Organisation der Nazis, die dem Arbeiter zu längerer und erholsamerer Freizeit verhelfen soll.«

»Einfach so?«, fragte Flo.

»Nein, alles geschieht ›zur Stärkung des Gemeinschaftsgefühls im Sinne des Nationalsozialismus und zur Bildung eines Kraftquells für die ganze Nation‹, wie es so schön heißt.«

»Aber die Idee für so einen KdF-Wagen ist doch eine gute Sache?«

Vicki lächelte. »Deshalb kriegst du ja die Sparmarken für den Wagen. Er wird Volkswagen genannt und kostet nur neunhundertneunzig Reichsmark. Das Werk für die Produktion der Autos entsteht seit Mai dieses Jahres bei Fallersleben. Bis es fertig ist, heißt es: *Fünf Mark die Woche musst Du sparen – willst Du im eignen Wagen fahren.* Sieh mal, hier ist ein Prospekt.«

Sie blätterten den Prospekt durch, tranken die Flasche Riesling aus und wickelten danach gemeinsam die kleine Lucie. Als Flo sie wenig später neben ihrem Bett in den Schlaf wiegte, nahm sie sich vor, von nun an jede Woche zur Commerzbank zu gehen und dort eine Wertmarke zu erwerben.

In der ersten Februarwoche 1939 erhielt Flo eine neuerliche Vorladung ins Stadthaus. *Betreff: Vernehmung … Sie werden hiermit aufgefordert, sich am Freitag, dem 10. Februar, um 9 Uhr im Sekretariat Hertz, Zimmer 127, zu melden … gez. Schädeba, Kriminaldirektor.* Dazu ein Stempel der Gestapo.

Angstvoll fuhr Flo hin. Denn sie wusste: Täte sie es nicht, würde man sie holen. Sie war inzwischen Deutsche, nachdem sie mehrfach in verschiedenen Amtsstuben gesessen hatte. Bei einer feierlichen Zeremonie unter dem Hakenkreuz hatte man ihr im Januar ihre Einbürgerungsurkunde überreicht. Ihr Antrag auf einen Pass und eine Kennkarte lief. Ihr Antrag auf die Zwangsmitgliedschaft in der Arbeitsfront, die für alle erwerbstätigen deutschen Frauen galt, lief ebenfalls.

Was würde Schädeba wollen?

Würde er alles wieder rückgängig machen?

Würde sie ihm nochmals zu Willen sein müssen? Der Gedanke ließ sie schaudern. Sie schwor sich, kein zweites Mal die Erniedrigung zuzulassen.

Als Flo pünktlich an der Tür zu Zimmer 127 klopfte, sagte eine fremde Stimme: »Herein.« Sie gehörte einer Frau, die Flo nicht kannte.

»Guten Morgen«, wünschte Flo, »ist Frau Hertz nicht da?«

»Das sehen Sie doch«, war die barsche Antwort.

Flo überging die Unhöflichkeit. »Und wer sind Sie?«

»Grantow, mein Name.«

»Ist Frau Hertz krank?«

»Sie hat's mit den Augen. Aber das soll Sie nicht kümmern.«

Frau Grantow griff zum Telefon. »Die Vorgeladene ist da, Herr Kriminaldirektor… Ja, ich schicke sie rein.« Sie legte den Hörer auf und blickte Flo an. »Sie haben es gehört. Gehen Sie schon.«

Schädeba empfing Flo geschäftsmäßig, als hätte er sie nie missbraucht. »Ich höre, sie haben am siebten Dezember letzten Jahres ein Kind geboren«, begann er übergangslos. »Sie haben also doch Kontakt zu Götz Vahrenfeld gehabt.«

Trotz der Situation fühlte Flo so etwas wie Erleichterung, da sie nun wusste, worum es ging. »Nein, ich hatte keinen Kontakt zu ihm«, log sie.

»Das Kind muss im vergangenen März gezeugt worden sein. Hat Vahrenfeld Sie während der infrage kommenden Zeit aufgesucht?«

»Nein.«

»Besitzt Vahrenfeld vielleicht eine Jägertracht?«

»Ich verstehe nicht …« Flo merkte, wie ihre Hände zu zittern begannen. Hatte man Götz in seiner Kreisjägermeister-Uniform am Ende doch erkannt? Ihre Gedanken rasten. Nein, dann hätte die Gestapo ihn garantiert verhaftet, als er auf dem Weg zu ihr war. Schädeba hatte nur einen vagen Verdacht, mehr nicht… »Herr Vahrenfeld ist Architekt, kein Jäger.«

Schädeba schien sich mit der Antwort zufriedenzugeben. Dann kam es wie aus der Pistole geschossen: »Wollen Sie etwa behaupten, das Kind sei von mir?«

»Nein, das will ich nicht.«

»Wer ist der Vater? Heraus mit der Sprache!«

Flo tat, als fiele es ihr schwer, den Namen zu nennen.

»Sagen Sie, wie der Mann heißt, und gnade Ihnen Gott, Sie erzählen mir irgendwelche Märchen!«

Flo gab ihren scheinbaren Widerstand auf. »Der Vater ist Finn Flögl. Er ist Aufseher des Krankenhaus-Laboratoriums in Eppendorf.«

Schädeba zündete sich eine Zigarette an. Er dachte nach. »Ist der Mann Deutscher?«

»Ja, das ist er.«

»Warum haben Sie ihn nicht geheiratet, wenn Sie ein Kind von ihm kriegen? Sie hätten sich den ganzen Papierkram zur Erlangung der deutschen Staatsangehörigkeit ersparen können, weil Sie bei einer Eheschließung automatisch Deutsche geworden wären.«

»Ich liebe ihn nicht. Ich liebe meine Freiheit.«

»Wie, sagten Sie, heißt der Mann?«

»Finn Flögl.«

»Wir werden das überprüfen.«

Flo fragte sich angstvoll, ob Finn wohl einer solchen Überprüfung standhalten würde, doch Schädeba fuhr schon fort: »Wo ist Frederik Rosen?«

»Frederik Rosen?« Flo brauchte eine Sekunde, um sich auf die plötzliche Gesprächswendung einzustellen. »Ich weiß es nicht. Ich kenne ihn kaum.«

»Sie sind im Oktober 1934 mit ihm auf der *Albert Ballin* nach Hamburg gekommen.«

»Das habe ich Ihnen selbst erzählt, aber ich habe ihn seitdem nicht gesehen.« Flo bemühte sich, ihrer Stimme einen festen Klang zu geben.

»Und natürlich auch nicht Götz Vahrenfeld?«

»So ist es.«

Schädeba setzte sein süffisantes Lächeln auf, das sie schon kannte. »Wissen Sie was? Das glaube ich Ihnen sogar. Unsere Mittelsmänner haben ihn am ersten Weihnachtstag an der tschechoslowakischen Grenze aufgegriffen. Er hatte sich in einer windschiefen Scheune versteckt, zusammen mit mehreren jüdischen Personen, die er über den Balkan nach Palästina einschleusen wollte.«

Flo wurde leichenblass. Nun hatten sie ihn doch erwischt! Was würden sie mit ihm machen? Nach Deutschland bringen? Ins Gefängnis werfen? Foltern? Schädeba, du verdammter Mistkerl!, dachte sie. Du hast mir vorgekaukelt, du wüsstest nicht, wo Götz sich aufhält, hast die ganze Zeit mit meinen Gefühlen gespielt, und es hat dir sogar noch Spaß gemacht! Oh, wie ich dich hasse!

Schädeba schien ihre Gedanken zu erraten und sich daran zu weiden. Er nahm einen tiefen Zug aus der Zigarette und blies ein paar perfekte Rauchringe. »Auf Wiedersehen, Frau Doktor zur Haiden.«

Professor Behr steckte den Kopf in Flos Arbeitszimmer. Es war erst Viertel nach sechs in der Frühe, und Behr wunderte sich, dass Flo schon da war. »Nanu, sind Sie heute Morgen aus dem Bett gefallen?«

Flo lächelte müde. »Ich bin gar nicht erst ins Bett gegangen, Herr Professor. Ich hatte heute Nacht Notdienst.«

»Schwere Fälle dabei?«

»Nein, das Übliche. Ein Verdacht auf Glaukom, ein Splitter im Lid, eine Konjunktivitis und so weiter. Brauchen Sie mich nachher im OP-Saal?«

»Dienstags operiere ich nicht, das wissen Sie doch.«

»Ach ja.«

»Flo?« Behr sah sie ernst an. »Seit der Geburt Ihrer Kleinen sind gerade erst zwei Monate vergangen. Ich bin Ihnen natürlich dankbar, dass Sie schon wieder voll Dienst tun, dennoch sollten Sie sich ein bisschen schonen. Ich denke, wenn Sie zur Abendvisite wieder hier sind, genügt das vollauf. Fahren Sie nach Hause, und schlafen Sie sich nach dem Notdienst mal richtig aus.«

»Meinen Sie wirklich?«

»Aber ja.« Behrs Kopf verschwand, doch seine Stimme klang noch über den Flur: »Und grüßen Sie Ihre Tante und die kleine Lucie von mir.«

»Danke, Herr Professor«, murmelte Flo. Sie dachte, dass sie mit ihrem Chef großes Glück gehabt hatte. Er war nicht nur verständnisvoll, sondern auch sehr taktvoll. An den Spekulationen, ob Flo und Finn Flögl heiraten würden, nachdem sie ein Kind von ihm bekommen hatte, hatte er sich mit keiner Silbe beteiligt. Er war von gleichbleibender Freundlichkeit und leitete die Klinik ganz im Sinne seines verstorbenen Vorgängers Professor Wilbrand, dessen Motto gelautet hatte: Im kleinsten Punkte die volle Kraft! Wobei er genau wie dieser stets auf eine gute Atmosphäre im Hause achtete.

Flo packte ihre Tasche, verabschiedete sich von Hölzchen und fuhr nach Hause. Doch als sie dort ankam, merkte sie sofort, dass an Schlaf nicht zu denken war, denn auf der Elbe herrschte reger Schiffsverkehr. Zahllose kleine Boote und Schlepper, beladen mit Schaulustigen, fuhren unter dem Gedröhn der Schiffshörner hinüber nach Steinwerder, wo bei Blohm & Voss die *Bismarck* vom Stapel laufen sollte.

Wie es hieß, würde aus diesem feierlichen Anlass auch Hitler anwesend sein und eine Rede halten. Flo schwankte zwischen Müdigkeit und Neugier, doch die Neugier siegte. Sie wollte diesen Mann, der von so vielen Menschen nahezu vergöttert wurde, einmal leibhaftig sehen, wollte ihn hören, wollte sich ein eigenes Urteil bilden. Kurz entschlossen ging sie zum Fischereihafen und ließ sich mit einer Barkasse übersetzen.

Auf dem Werftgelände harrten bereits Tausende von Zuschauern aus. Sie warteten darauf, dass hinter der Sperrzone das Spektakel begann. Der riesige graue Bug des Schlachtschiffes überragte wie ein Turm das gesamte Gelände. Darunter knatterten Hakenkreuzfahnen im Wind, eine Tribüne mit Rednerpult stand davor. Eine Kapelle spielte *Das ist die Liebe der Matrosen* und andere maritime Melodien. Karl Kaufmann, der Gauleiter Hamburgs, trat hinter das Rednerpult und kündigte mit pathetischen Worten den Auftritt des Führers Adolf Hitler an.

Die Menge wurde still.

Hitler erschien und blickte starr auf die Menschen unter sich. »Wenn ich an diesem vierzehnten Februar zu Ihnen spreche, Volksgenossen, so ist mir das nicht nur Pflicht, sondern auch Stolz und Freude. Dieser stählerne Koloss, dieser Triumph deutscher Schiffbaukunst, der hinter mir emporragt, ist das Faustpfand, das mit seinen Geschützen eine unüberwindliche Wehr gegen jeden Feind sein wird. Der verstärkte Ausbau der Kriegsmarine, den ich im vergangenen Monat befahl, schreitet unaufhaltsam voran ...«

Während Hitler weitersprach, hatte Flo Gelegenheit, den Blick schweifen zu lassen. Auf der Ehrentribüne sah sie viel Marineblau, aber auch viel Grau und Grün der Wehrmacht und in noch stärkerem Maße die Uniformen der Partei und ihrer Gliederungen, mit Braun, Hellbraun, Goldbraun, Dunkelbraun und Schwarz. Drohende Farben, getragen von Männern, die Deutschland zu einem Einparteienstaat gemacht hatten.

Hitler hatte sich mittlerweile warmgeredet. Seine typisch heisere, abgehackte Stimme mit dem rollenden Zäpfchen-R wurde lauter. »An diesem denkwürdigen Tag und angesichts dieses prachtvollen Kriegsschiffes will ich nicht müde werden, Ihnen und der Welt zu versichern, wie sehr ich nach Frieden dürste! Ich war vier Jahre lang ein einfacher Frontsoldat. Ich kenne den Krieg und verachte ihn. Ich bin gekommen, um aufzubauen, und nicht, um zu zerstören ...«

Dann redete er schneller und schneller, begann zu gestikulieren, schwadronierte von der Notwendigkeit der Selbstverteidigung, vom Bau tausender Flugzeuge, zahlloser U-Boote, von Panzern und Bomben, die bereitstünden, um kurz darauf wieder von seiner Friedenssehnsucht zu reden. Seine Augen glühten, es brodelte in ihm.

Flo lief ein Schauer über den Rücken, während die Menschen um sie herum wie gebannt auf den blassen Mann mit dem Oberlippenbärtchen schauten.

Sie starren wie das Kaninchen auf die Schlange!, durchfuhr es Flo, während Hitler weiterredete und seinen Wunsch nach Frieden wieder und wieder hinausschrie. Er ballte die Faust und fuchtelte mit den Armen in der Luft, als wolle er eine Wand einschlagen. Dann leitete er über zum Anlass des Tages: den Stapellauf des Stahlkolosses *Bismarck*, der einen so berühmten Namen trug.

»Dieser Name, Volksgenossen, ist Ansporn und Verpflichtung zugleich, eine Ehre wird es sein, auf einem Schiff dieses Namens dem Vaterland treu zu dienen! Ich will hier und heute die künftige Besatzung dazu ermutigen, auch in Stunden schwerster Pflichterfüllung im Sinne dieses großen Deutschen zu handeln und bis zum allerletzten Atemzug zu kämpfen …«

Flo konnte nicht umhin einzuräumen, dass von dem Mann eine gewisse Faszination ausging. Sie kannte seine Stimme nur aus dem Volksempfänger, der »Goebbelsschnauze«, und hörte sie zum ersten Mal leibhaftig. Er war ein leidenschaftlicher Redner, der die Menge fest im Griff hatte. Es bedurfte nur eines einzigen Befehls dieses Mannes, so schien es ihr, und jeder um sie herum würde sich, ohne zu zögern, von den Elbbrücken hinab ins Wasser stürzen!

Eine große, würgende Angst stieg in Flo auf. Dieser Mann ist fanatisch, dachte sie, verblendet, der geht wahrhaftig über Leichen! Was würden seine Häscher mit Götz anstellen, wenn er ihnen in die Hände gefallen war, wie Schädeba behauptete? Nicht auszudenken …

Mittlerweile war Hitler zum Ende gekommen, er streckte den Arm mit der flachen Hand zum Deutschen Gruß von sich und nahm den enthusiastischen Applaus seiner Anhänger entgegen.

Der nächste Redner war Großadmiral Raeder, der dem Führer dafür dankte, dass er den Bau eines so mächtigen Schiffes, des stärksten Schlachtschiffes der Welt, ermöglicht habe.

Danach ergriff Dorothea von Loewenfeld, eine Enkelin Otto von Bismarcks, die Champagnerflasche, rief: »Auf Befehl des Führers und Reichskanzlers taufe ich dich auf den Namen *Bismarck*« und ließ die Flasche am Bug zerschellen.

Doch von dieser Handlung kriegte Flo kaum noch etwas mit. Der Eindruck Hitlers überschattete alles. Sein Auftritt hatte in ihr eine furchtbare Vorahnung ausgelöst. Lieber Gott, dachte sie, bring mir Götz gesund zurück, und lass es nicht zum Krieg kommen …

ZWEITER TEIL

10. November 1940
bis 3. Mai 1945

KAPITEL 30

»Gut, dass wir den Garten haben«, sagte Vicki, »sonst hätten bei deinem Geburtstagsessen die Wurzeln und Bohnen gefehlt.«

»Ja, wir können uns nicht beklagen«, antwortete Flo und schnitt sich eine Scheibe von dem Rostbraten ab, den es zur Feier des Tages gab. »Das eingemachte Gemüse sollte über den Winter reichen, und mit den Brot-, Fleisch- und Fettrationen kommen wir auch aus.«

Vicki seufzte. »Trotzdem, es ist genauso wie im Weltkrieg – Rationierung durch Lebensmittelmarken: zweitausendvierhundert Gramm Brot die Woche, fünfhundert Gramm Fleisch, zweihundertsiebzig Gramm Fett, dazu Bezugsscheine für Kleider, Heizmaterial, Genussmittel, Benzin … Wie ich das hasse! Und alles nur, weil dieser Hitler trotz seiner ›Friedenssehnsucht‹ halb Europa mit Krieg überzogen hat.«

In der Tat hatte der Führer entgegen aller Beschwichtigungsversuche der europäischen Nationen seine Finger nach weiteren Territorien ausgestreckt. Im März 1939 war die Wehrmacht in Prag einmarschiert und hatte die »Rest-Tschechei« zerschlagen. Das Protektorat Böhmen und Mähren wurde errichtet. Im Mai war mit dem *Stahlpakt* der Vertrag über ein Militärbündnis zwischen Italien und Deutschland geschlossen worden, und am ersten September hatte Hitler unter frenetischem Applaus im Reichstag den Krieg gegen Polen verkündet: »Seit fünf Uhr fünfundvierzig wird jetzt zurückgeschossen.«

Das Nachbarland war mit zwei Heeresgruppen, einundsechzig Divisionen und starker Luftunterstützung angegriffen und fünf Wochen später niedergerungen worden, um, wie Hitler sagte, »Lebensraum im Osten« zu gewinnen.

Seitdem breitete sich der Krieg wie die Fangarme eines Kraken aus. Der Machthunger Hitlers war unstillbar. Bis Ende Juni 1940 hatte er nicht nur die Tschechoslowakei, sondern auch Österreich, Dänemark, Norwegen, Belgien, Holland, Luxemburg, Frankreich und den halben Balkan besetzen lassen. Einzig England mit seinem unbeugsamen Premierminister Churchill widerstand noch den Machtgelüsten des kleinen Meldegängers aus dem letzten Krieg.

»Gräme dich nicht, Vicki. Hitlers ›Tausendjähriges Reich‹ wird nicht ewig dauern. Willst du noch von der Soße für deine Kartoffeln?«

»Ja, bitte.«

Flo goss etwas von der Tunke nach und sagte: »Den Rest heben wir auf. Davon können wir morgen noch eine Suppe kochen.« Sie stellte die Sauciere beiseite und kam dabei versehentlich gegen die Tülle. Ein brauner Fleck blieb auf der Manschette ihrer Bluse haften. »Ausgerechnet! Ich hätte die Bluse heute Morgen nicht gleich anziehen dürfen.«

»Doch«, widersprach Vicki, »du hast mir damit gezeigt, dass du dich wirklich freust.« Vicki hatte die Bluse eigenhändig auf der alten Naumann-Nähmaschine geschneidert und Flo am Morgen überreicht. »Zu deinem Zweiundvierzigsten. Herzlichen Glückwunsch! Wir machen uns heute einen schönen Tag, nur du, Lucie und ich.«

»Oh, danke! Ja, das machen wir. Nur gut, dass heute Sonntag ist und ich freihabe. Sonst hättest du wieder Kinderfrau für meine Kleine spielen müssen.«

»Ach, das mache ich doch gern«, hatte Vicki geantwortet. »Lucie ist ein richtiger kleiner Wonneproppen. Sie hat mir sogar beim Nähen geholfen, indem sie mit auf das Fußpedal trat.«

»Vicki!«, krähte Lucie. Sie machte drei, vier watschelnde Schritte und plumpste dann lachend auf ihren gewindelten Po.

Vicki nahm sie auf den Schoß, wiegte sie ein bisschen und kam noch einmal auf den Fleck zurück. »Der geht bestimmt mit lauwarmem Wasser raus. Ich schlage vor, ich kümmere mich darum, und du räumst in der Zwischenzeit ab.«

Nachdem die Arbeiten erledigt waren, setzten sich beide Frauen in die schweren Sessel im Kleinen Salon, während Lucie zu ihren Füßen spielte und einen Stoffhasen im Puppenwagen hin und her schob. »Seit wann hat Dörthe eigentlich immer sonntags frei?«, fragte Flo. »Ich habe das Gefühl, man sieht sie immer seltener.«

»Sie ist sehr engagiert in der Ortsgruppe des BDM.« Der Bund Deutscher Mädel war das weibliche Gegenstück zur Hitlerjugend. Die Organisation hatte das Ziel, die Mädel zu starken tapferen Frauen zu erziehen, die später die nationalsozialistische Weltanschauung in ihrer Familie vorlebten.

»Woher weißt du das?«

»Sie hat es mir erzählt. Sie ist so eine Art Mädelführerin bei dem Verein. Wir kamen darauf, weil ich sie fragte, warum sie seit Jahren die nach oben eingeschlagene Olympiarolle trägt. Die Frisur sei doch ziemlich aus der Mode, sagte ich. Sie antwortete, die Haartracht käme einem schlichten, natürlichen Frauenideal am nächsten. Dann hielt sie mir einen Vortrag über den nationalsozialistischen Geist, und ich erkannte, dass wir mit ihr eine kleine braune Natter im Haus haben. Später fand ich in ihrem Zimmer Unterlagen, die meine Vermutung bestätigten: die Zeitschrift *Mädelschaft* und ein Liederbuch dazu: *Wir Mädel singen.* An der Wand hing ein Porträt des Führers mit dem Spruch *Wir folgen Dir*. Ich denke, wir sollten uns baldmöglichst von ihr trennen. Ich wollte ohnehin mit dir darüber sprechen.«

Flo hatte unterdessen zwei Gläser mit einem guten Dornfelder eingeschenkt. »Ich habe mir schon so etwas gedacht«, sagte sie. »Dörthes Bemerkungen über Juden, Rassereinheit und so weiter waren nicht zu überhören. Wenn sie fort ist, wird es für uns nicht leichter. Trotzdem muss sie gehen. Stell dir nur vor, Götz würde den Nazis entwischen und morgen vor der Tür stehen. Sie würde sicher mit der Neuigkeit hausieren gehen und uns alle damit in höchste Gefahr bringen.«

Vicki wollte etwas antworten, doch das Telefon klingelte. Sie nahm den Hörer ab. »Dreyer? Ach, du bist es, Schatzi. Ja, sie ist da…« Vicki übergab den Hörer.

Flo sagte: »Ja, ich bin's.«

Am anderen Ende der Leitung lief eine Schellackplatte: *Happy birthday to you, happy birthday to you …* Dazu erscholl Gesang, mehr schlecht als recht, aber mit viel Inbrunst. Es sangen Schatzi, Vira, Aale-Edith und Günter. *»Happy birthday dear Florence, happy birthday to you!«*

»Das ist aber lieb von euch, dass ihr an mich gedacht habt!«

»Herzlichen Glückwunsch von uns allen! Wir haben nicht nur an dich gedacht, wir wollen dich auch einladen!«, rief Schatzi. »Was hältst du davon, wenn ihr drei Frauen euch in eine Droschke setzt und direkt in die *Hölle* fahrt? Hier ist nicht viel los, aber das kann sich ja ändern, wenn ihr da seid.«

»Ihr wollt uns drei einladen?« Flo überlegte.

Vicki schüttelte den Kopf und deutete auf ihre Beine.

»Das ist lieb von euch, aber es kommt ein bisschen plötzlich. Außerdem ist Vicki heute nicht so gut zu Fuß, und ich muss morgen früh raus. Seid ihr sehr böse, wenn wir die Einladung auf ein andermal verschieben?«

»I wo! Macht euch einen schönen Abend. Wie geht's der kleinen Lucie?«

»Die muss gleich ins Bettchen. Auch deshalb wäre es schwierig, zu euch zu kommen.«

»Schon gut. Wir köpfen jetzt die letzte Flasche Danziger Goldwasser, nach uns die Sintflut. Wie hätte Willi zu dir gesagt: *›Mast- und Schotbruch, mien Deern!‹* Wir sehen uns.«

»Ja, wir sehen uns.« Flo legte den Hörer auf und schaute zum Fenster hinaus. Draußen wurde es dämmerig. Der Sonnenuntergang für den zehnten November war mit halb fünf angegeben. Höchste Zeit, die angeordnete Verdunkelung vorzunehmen. Zu diesem Zweck waren im Haus Große Elbstraße 7 schwarze Rollos montiert worden. Allerdings nur im Kleinen Salon, in der Bibliothek und in den bewohnten Zimmern.

»Willst du Lucie ins Bett bringen, während ich herumgehe und verdunkele?«, fragte Flo. »Oder wollen wir es umgekehrt machen?«

»Nein, nein, ich windele die Kleine noch mal und bringe sie dann ins Körbchen. Das ist mir lieber als das Theater mit der Verdunkelung. Auch das kenne ich noch vom Weltkrieg. Und die Flieger über den Großstädten auch. Wie sagte doch unser dicker Reichsmarschall Göring: ›Ich will Meier heißen, wenn auch nur ein feindliches Flugzeug über Deutschland erscheint.‹ Na ja, spätestens seit dem Frühjahr, nach den ersten Bombardierungen auf Hamburg, heißt er bei mir Herr Meier. Aber was sollen die trüben Gedanken. Ich kümmere mich jetzt um Lucie. Ich werde ihr wie gestern aus *Schnucki-Has und Miesemau* vorlesen. Sie versteht noch nicht alles, aber sie hört die Verse gern. Besonders den Anfang plappert sie zum Teil schon mit:

Es kocht in ihrem Hasenhaus
Die Hasenfrau den Mittagsschmaus …

Und so weiter. Meinst du, sie hat noch Hunger?«

»Ich glaube nicht. Wenn ich mit den Rollos fertig bin, komme ich noch zum Gute-Nacht-Sagen.«

Später saßen Vicki und Flo bei Kerzenlicht in den tiefen Sesseln und Flo fragte: »Muss ich mir Sorgen machen wegen deiner MS? Ich meine, wenn Dörthe weg ist, haben wir niemanden mehr, der außer dir den Garten versorgt.«

Vicki winkte ab. »Mach dir keine Gedanken. Das Gehen fällt mir ein bisschen schwer, das ist alles. Der Garten ist so weit für den Winter hergerichtet. Nur an Laub wird noch einiges herunterkommen, besonders von der alten Eiche hinter dem Anbau. Das kann Dörthe zusammenharken. Ich denke, wir sollten ihr sagen, dass sie uns zum Jahresende verlassen muss. Aus finanziellen Gründen.«

»Was noch nicht einmal gelogen wäre.« Flo trank einen Schluck Dornfelder. »Und im nächsten Jahr? Wenn der verdammte Krieg weitergeht, wird man die Lebensmittelrationen kürzen, dann sind wir noch mehr auf den Garten angewiesen. Wer soll ihn dann versorgen?«

»Uns wird schon etwas einfallen. Wie heißt es so schön: Erstens kommt es anders, zweitens als man denkt. Vielleicht gibt es nächstes Jahr um diese Zeit den Führer schon nicht mehr, weil er einem Attentat zum Opfer gefallen ist. Soviel ich weiß, wurde bereits letztes Jahr im Münchner *Bürgerbräukeller* ein Anschlag auf ihn verübt.«

Flo seufzte. »Es ist schlimm, dass man in diesen Zeiten einem Menschen den Tod wünscht. Doch ich denke, der Mann hat es sich selbst zuzuschreiben.«

Vicki antwortete nicht.

Eine Zeit lang saßen beide Frauen da und hingen ihren Gedanken nach. »Woran denkst du?«, fragte Flo.

»Ich denke an Hannes.«

»Und ich an Götz. Ich hoffe so sehr, dass es ihm gutgeht. Wenn ich daran denke, dass die Gestapo ihn in irgendein Lager gesteckt hat, wird mir ganz schlecht.«

»Götz ist stark, die Nazis werden ihn nicht kleinkriegen.«

»Ja, vielleicht …«

Wieder schwiegen sie.

Dann erhob sich Flo. »Ich glaube, ich schaue mal nach Lucie und gehe anschließend ins Bett.« Sie küsste ihre Tante und verließ den Salon.

»Gute Nacht«, sagte Vicki.

Das Heulen von Sirenen weckte Flo. Es war ein Uhr früh. Fliegeralarm! Schon im Mai hatte die Royal Air Force Hamburg einige Male angegriffen, doch ohne größere Schäden zu hinterlassen.

Würde es auch diesmal so sein?

Flo schwang die Beine aus dem Bett und warf sich den Morgenmantel über. Lucie schlief tief und fest in ihrem Laufstall. Gott sei Dank! Flo nahm die Kleine auf den Arm und verließ ihr Zimmer.

Vicki kam ihr vom anderen Flügel entgegen. Sie hatte sich ebenfalls etwas übergeworfen und trug den Koffer mit den wichtigsten Papieren. »Komm rasch in den Keller«, flüsterte sie, um Lucie nicht zu wecken. »Ich habe das Gefühl, diesmal wird es ernst.«

»Hoffentlich nicht.«

Der große Keller des alten Hauses lag neben dem Heizungsraum im rechten Flügel. Er war nach den Luftschutzbestimmungen hergerichtet, barg eine Kiste mit Sand, Schaufeln und Feuerklatschen, dazu einige Wassereimer. Vier Stempel stützten vorsorglich die Decke. Flo ging zum Sicherungskasten hinter dem Heizungsraum und schaltete sämtliche Stromkreise des Hauses ab. Nur die Kellerbeleuchtung blieb an. Dann setzte sie sich zu Vicki auf die stabile Bank und bettete Lucie neben sich. Die Kleine war wach geworden und fing an zu weinen.

Flo und Vicki beruhigten sie.

Dann beteten sie gemeinsam, es möge bald Entwarnung geben, wie es schon öfter vorgekommen war.

Doch das Gegenteil trat ein. Ein leises Brummen ertönte, kam näher, wurde lauter, geriet zu einem schweren, raumfüllenden Dröhnen. Die Bomber! Sie waren über Hamburg!

Unwillkürlich duckte sich Flo. Dann hörte sie entfernte Explosionen. Granaten, die auf den Hafen und auf St. Pauli niedergegangen sein mochten. Was ist mit Schatzi und den Seinen?, schoss es ihr durch den Kopf. Steht die *Hölle* noch? Was ist mit der Augenklinik in Eppendorf? Und vor allem: Was ist mit den Patienten? Es hatte Luftschutzübungen mit Evakuierungen der Kranken gegeben. Doch das war keineswegs bei allen Patienten möglich gewesen. Was würde aus den Nicht-Transportfähigen werden, wenn es von oben einschlug? Mein Gott, warum lässt du diesen Wahnsinn zu!

Lucie fing wieder an zu weinen. Flo hatte keine Zeit mehr für die eigenen Sorgen. »Alles wird gut, mein Liebling«, sagte sie beschwichtigend. »Das Ganze ist ein Spiel, wir verstecken uns nur hier unten, und wenn das Spiel zu Ende ist, dann gehen wir wieder nach oben.«

»So ist es«, sagte Vicki.

»Komm, wir singen etwas«, sagte Flo zu Lucie. »Hör mal, das kennst du doch:

Hänschen klein ging allein
in die weite Welt hinein,
Stock und Hut steh'n ihm gut,
ist gar wohlgemut …«

Vicki wollte die zweite Strophe anstimmen, doch ein ohrenbetäubendes Krachen ließ den Keller schier zerbersten. Staub fiel von der Decke, das alte Haus bebte. Das Deckenlicht verlöschte. Totale Finsternis trat ein. »Du lieber Gott!«, rief Vicki.

Lucie schrie.

»Wartet!« Flo tastete nach der Daimon-Luftschutzlampe. Sie fand die Lichtquelle und schaltete sie ein. Im schwachen Schein erschien Vickis staubbedecktes Gesicht. Sie hatte Lucie an sich gedrückt und atmete schwer.

»Das war ein Volltreffer«, keuchte Flo und merkte im selben Augenblick, wie überflüssig ihre Bemerkung war.

»Unser wunderschönes altes Haus«, flüsterte Vicki.

»Wir werden nach dem Angriff die Schäden feststellen«, sagte Flo und fügte im Stillen hinzu: Wenn wir diese Nacht überleben. »Wir müssen Ruhe bewahren und warten. Mehr können wir nicht tun.«

»Hauptsache, es bricht kein Feuer aus. Wir sitzen hier unten wie der Fuchs in der Falle.«

»Solange wir Sauerstoff zum Atmen haben, besteht kein Grund zur Sorge, Vicki. Hauptsache, wir leben. Alles andere findet sich.«

»Du hast recht. Mach besser die Taschenlampe aus. Wer weiß, wie lange wir hier noch sitzen müssen.«

Flo schaltete die Lampe aus. »Der Tommy will es diesmal aber wirklich wissen. Ich habe das Gefühl, der Angriff dauert schon eine halbe Ewigkeit.«

»Es ist höchstens eine halbe Stunde vergangen.«

»Lass uns weitersingen. Irgendetwas. Das wird uns ablenken. Außerdem hören wir dann das Dröhnen der Bomber nicht mehr so laut.«

Und Flo und Vicki sangen. Sie sangen alle Kinderlieder, die Lucie kannte, und als sie damit fertig waren, stimmten sie Wanderlieder, Schlager, Arien und was ihnen sonst noch einfiel an.

Später sagte Vicki in die Dunkelheit hinein: »In der ausrangierten Kommode müssten noch Kerzen sein. Dass mir das nicht früher eingefallen ist!«

Flo leuchtete in die Schubladen. »Hier ist nichts drin. Nur Einlegepapier und ein paar Reißzwecken. Und Mottenkugeln. Doch halt, da ist eine Kerze.«

»Ich habe Welthölzer.«

Sie entzündeten die Kerze und leuchteten damit Lucie ins Gesicht. Sie war wieder eingeschlafen. »Gott sei Dank, wenigstens die Kleine ist in einem anderen Land«, seufzte Flo.

»Und es ist Licht da, ohne dass wir Angst haben müssen, dass die Batterien schlappmachen.«

Die Frauen stellten die Kerze auf eine Kiste und lauschten dem nicht nachlassenden Bombergedröhn über ihren Köpfen.

»Erzähl mir etwas über Anni, deine Mutter«, bat Vicki. »Ich muss in letzter Zeit häufig an sie denken. Es ist so tragisch, dass sie viel zu jung bei dieser New Yorker Parade ums Leben kam. Ich weiß noch, dass sie mit Martha, unserer damaligen Köchin, Schollen um die Wette briet. Es war das erste Mal, dass sie und dein Vater sich begegneten.«

»Ja, davon hat Mom manchmal erzählt, und jedes Mal schaute sie dabei traurig drein, obwohl sie von Natur aus ein fröhlicher Mensch war. Ich glaube, sie hatte Heimweh nach Hamburg und nach Finkenwerder. Sie blickte dann von unserer Atelierwohnung hinaus auf den Hudson River und sagte: ›Der Fluss ist schön. So majestätisch. Und die vielen Schiffe erinnern mich an die Heimat. Aber es ist nicht die Waterkant, nicht die Elbe und nicht der Süllberg.‹ Das alles fehlte ihr wohl.«

»Und dir? Fehlt dir Götz immer noch so sehr?«

Flo rechnete nach. »Es liegt eindreiviertel Jahre zurück, dass ich ihn zum letzten Mal sah. Aber es ist seitdem kein Tag vergangen, an dem ich nicht an ihn gedacht habe.«

»Er ist ein guter Kerl. Ich wünschte, der verflixte Krieg ginge endlich zu Ende, die Nazis wären Geschichte, und ihr beide könntet heiraten.«

»Ja, das wünschte ich mir auch.« Flo streichelte Lucie sanft über die Wange. »Aber noch mehr wünschte ich mir, dass Götz sein Töchterchen zum ersten Mal sehen könnte.«

Daraufhin schwiegen beide Frauen.

»Die Luft wird schwerer, merkst du das?«, fragte Vicki nach einer Weile.

»Ja, es ist stickig.«

Plötzlich schreckte Vicki hoch. »Die Flamme der Kerze wird kleiner! Weißt du, was das bedeutet?«

»Ich glaube schon. Aber ich hoffe, dass es nicht wahr ist.«

»Der Sauerstoff im Raum wird knapp!«

»Wir müssen hier raus. Nach oben, an die Luft. Gottlob scheinen die Bomber fort zu sein. Das Dröhnen hat aufgehört. Komm, wir gehen hoch ins Parterre.«

Flo schaltete die Daimon-Luftschutzlampe an. Sie strebte zur Eisentür, die den Luftschutzkeller vom Heizungsraum trennte, und wollte sie öffnen. Doch es ging nicht. Sie stemmte sich mit aller Macht dagegen. Vergebens. Sie rüttelte an der Klinke. Umsonst.

Vicki stand hinter ihr, Lucie auf dem Arm. »Hast du die Tür versehentlich abgeschlossen?«

»Nein, nein, das Schloss ist offen.«

»Hast du den Schlüssel bei dir?«

»Ja, warum?«

»Versuche aufzuschließen.«

Flo versuchte es. Der Schlüssel ließ sich nicht drehen. »Das Schloss ist offen! Ich bin ganz sicher.«

»Lass mich mal. Halt du inzwischen die Kleine.«

Auch Vicki bekam die Tür nicht auf.

Lucie war inzwischen wach geworden, spürte die Unruhe und fing an zu weinen. Flo beachtete sie nicht. »Die Eisentür muss sich durch den Volltreffer verzogen haben! Sie ist unsere einzige Möglichkeit, um über den Heizungsraum ins Parterre zu gelangen.«

»Du hast recht.«

»Und was machen wir nun?«

Vicki rang um Fassung, doch ihre Stimme zitterte: »Ich fürchte, wir werden hier jämmerlich ersticken.«

KAPITEL 31

Am selben Abend, kurz nach Schatzis Anruf bei Flo, erschien ein seltener Gast in der *Hölle*. Es war Tütchen, der Betreiber von *Haarald's Frisiersalon*. Tütchen hieß eigentlich Harald, doch wie viele seiner Zunft hatte er das Bedürfnis, sein Geschäft besonders kreativ zu benennen.

»Na, lässt du dich auch mal wieder sehen«, begrüßte ihn Schatzi.

»Ich hab gerade nix Besseres vor.« Tütchen war der *Hölle* seit Willis Tod ferngeblieben, weil dieser es abgelehnt hatte, sich von ihm die Haare schneiden und den Bart stutzen zu lassen. Unter den vielen guten Eigenschaften, die Tütchen besaß, fand sich auch eine weniger gute: Er neigte manchmal dazu, beleidigt zu sein.

»Und, wie geht's?«, fragte Schatzi.

»Geht so.«

»Gewachsen bist du jedenfalls nicht.« Tütchen war nur eins achtundfünfzig groß und von zarter Gestalt, mit kleinen, gepflegten Händen. Er war Ende vierzig und kam ursprünglich aus Kötzschenbroda in Sachsen, was man daran erkannte, dass er immer »Tütschn« sagte, wenn er sich vorstellte. Ansonsten sächselte er mit Hamburger Akzent, weil er seit zwanzig Jahren auf St. Pauli lebte. Er und Schatzi kannten sich schon lange, und Schatzi wusste, dass Tütchen schon immer mehr wollte, als ihm nur an die Haare zu gehen. Irgendetwas jedoch schien den kleinen Mann davon abzuhalten.

»Nu, Schatzi«, sagte der kleine Mann, »du bist auch nicht gerade ein Siegfrid, nä?«

»Hast recht«, meinte Schatzi versöhnlich. »Trinken wir zwei Hübschen ein Danziger Goldwasser? Ich köpfe gerade die letzte Flasche allein. Vira und Aale-Edith mögen lieber Bier, und Günter trinkt Coca-Cola.«

»Muss der Dreikäsehoch nicht längst im Bett sein?«

»Der Kleine ist 'ne Nachteule. Aber Vira und Aale-Edith bringen ihn nach Hause, wenn die letzten Gäste gegangen sind. Er könnte sonst Ärger auf der Straße kriegen. Komm, wir verkriechen uns dahinten in die Ecke, da stört uns keiner.«

Während beide den Tisch ansteuerten, legte Günter eine Schellackplatte von Billie Holiday auf. Die schwarze Künstlerin sang mit rauchiger Stimme:

I'm gonna lock my heart
And throw away the key
Cos I'm tired of all those
Tricks you played on me ...

Schatzi schenkte von dem Likör mit den Goldblättchen ein und sagte: »Du machst es genau wie die Sängerin. Warum eigentlich?«

»Nu? Du sprichst in Rätseln.«

»Sie singt: *I'm gonna lock my heart and throw away the key.* Das heißt: *Ich verschließe mein Herz und schmeiße den Schlüssel weg.* Warum verschließt du dein Herz vor mir, Tütchen?«

Tütchen schwieg. Dann hob er das Likörglas. »Prost, Schatzi.«

»Prost. Auf dass der Scheißkrieg bald zu Ende geht und das Goldwasser wieder fließt.«

Sie tranken und stellten die Gläser ab. Schatzi schenkte nach. »Du willst wohl nicht drüber reden, was?«

»Worüber?«

Schatzi schaute Tütchen an. Der kleine Mann hatte ein ausdrucksvolles Gesicht mit gerader Nase und sensiblem Mund. Wer nicht Bescheid wusste, hätte kaum geahnt, dass er vom anderen Ufer war. Schatzi konnte nicht umhin, ihn sympathisch zu finden. Er hatte in den letzten Jahren immer mal wieder eine Beziehung gehabt, aber seit Conni, dem bildhübschen Jüngling, war nichts Festes dabei gewesen. Vielleicht war es wieder Zeit, sich auf Dauer zu binden. »Darüber, dass du dein Herz vor mir verschließt.«

Tütchen seufzte und schlug die Wimpern nieder. »Nu«, sagte er, »ist alles nicht so leicht.«

Schatzi nahm Tütchens Hand. »Vielleicht wird es leichter, wenn du es aussprichst?«

»Ja, vielleicht.« Tütchen überließ Schatzi seine Hand. »Wo habt ihr bloß die schräge Musik her? Ich wette, das Stück kennt keiner auf dem Kiez.«

Schatzi überlegte, ob er darauf antworten sollte, aber dann sagte er sich, dass Tütchen einer von ihnen war, und verriet die Quelle: »Günter kennt einen Wehrmachtssoldaten, der oben im besetzten Dänemark stationiert ist. Der kommt gut an amerikanische Platten ran. Er schickt sie als *Heerespost* nach Deutschland. Das hat den Vorteil, dass der Zoll die Post nicht öffnet.«

»Ganz schön schlau, der Dreikäsehoch.«

»Er ist fünfzehn und größer als du.«

»Es kommt drauf an, wie groß man vom Hals an aufwärts ist, nä?«

Schatzi lachte.

Tütchen lächelte.

»Und warum verschließt du dein Herz vor mir?«

»Bist hartnäckig, wie?«

»Ja, ich will es wissen.« Schatzi drückte Tütchens Hand.

Tütchen seufzte. »Es war am Bismarckdenkmal. Zwei Jahre her ist das. Da haben mich die Greifer von der Kripo spätabends geschnappt. Ich war verliebt in einen vom Theater. Knackiger, süßer Bengel. Wir saßen im Dunkeln auf 'ner Parkbank, haben uns geküsst und 'n bisschen gefummelt, und dann kam da auf einmal dieser Köter und hat uns angebellt und die Zähne gefletscht …«

Tütchen wollte weiterreden, wurde aber von Aale-Edith unterbrochen. »Wir gehen jetzt mit Günter. Macht's gut, ihr zwei. Bis nachher.«

»Bis nachher.« Schatzi wandte sich wieder Tütchen zu. »Das klingt bedrohlich. Und was passierte dann?«

»Dann hat der Köter mich in den Arm gebissen, weil die Greifer ihn nicht gleich zurückgepfiffen haben. Die fanden das wohl witzig, wie ich vor Schmerz geschrien hab. Der süße Bengel konnte sich dünnemachen, aber mich haben sie aufs Revier geschleppt und eingebuchtet.«

»Wurde die Wunde nicht verbunden?«

»Nee. Ich weiß noch, wie einer von denen gesagt hat: ›Lass die schwule Sau doch verbluten.‹ Dann haben sie mich verhört wie 'n Schwerverbrecher. Erst haben sie mich ›zur Person‹ ausgequetscht, wie ich heiß, ob ich verheiratet bin, wo ich wohne, was ich beruflich mach und so was alles, danach sollte ich mich zu meiner ›geschlechtlichen Veranlagung‹ äußern. Ich hab gesagt, bei mir wär alles normal, aber sie meinten, nach dem was passiert wär, hätten sie Grund zu der Annahme, dass ich homosexuell bin. Das hab ich natürlich abgestritten. Ich hab gesagt, ich wär kein Hundertfünfundsiebziger. Ich hätt sogar 'ne Freundin, die hieße Gunda und würde in der Großen Freiheit Fischbrötchen verkaufen. Sie haben's notiert, und ich hab Blut und Wasser geschwitzt, weil ich zu dem Zeitpunkt noch nicht wusste, dass Gunda dichthalten würde. Dann sollte ich mich ›zur Sache‹ äußern. Ich hab gesagt, ich wär ziemlich betütert gewesen und hätte gedacht, der Bengel wär 'ne Frau, so 'n knabenhafter Typ, wie sie beim Theater und Ballett rumlaufen. Ein unbescholtener Bürger wär ich, hätte mir nie was zuschulden kommen lassen und hätte sogar zur SA gehen wollen, aber sie hätten mich nicht genommen, weil ich zu klein gewesen wär.« Tütchen hielt inne und trank mit der freien Hand einen Schluck Danziger Goldwasser, während Schatzi die andere Hand streichelte.

»Wolltest du wirklich mal zur SA?«

Tütchen lächelte gequält. »Bin ich plemplem? Aber das konnten die ja nicht nachprüfen, weil es nix Schriftliches darüber gibt.«

»Wie ging es dann weiter?«

»Sie haben mich gefragt, ob ich Parteimitglied wär. Das war blöd, weil ich nie Volksgenosse gewesen bin. Es hätte mir vielleicht geholfen. Ich hab gesagt, ich hätt schon beitreten wollen, aber wegen der Aufnahmesperre vom Mai 1933 hätte ich's nicht gedurft. Das wär ja auch der Grund gewesen, warum ich zur SA wollte, weil SA-Leute von der Sperre ausgenommen waren. Darauf hat der eine von den Greifern gesagt: ›Ich wusste gar nicht, dass ein warmer Bruder wie du schneller lügen kann als der Hase laufen.‹ Jedenfalls haben sie mir nix geglaubt.«

Am Tresen wurde ein Stuhl gerückt. Ein letzter Gast, der auf dem Klo gewesen war, als Vira und Aale-Edith mit Günter die *Hölle* verließen, erhob sich mit Schlagseite. Es war Fiete, der ehemalige schwarze Schauermann, der sich seit Willis Tod wieder öfter sehen ließ. »Ich mach dann mal die Fliege«, sagte er mit schwerer Zunge. »Adschüs, ihr zwei Turteltauben.«

»Wir sind keine Turteltauben«, protestierte Tütchen und zog seine Hand fort.

»Hast du bezahlt?«, fragte Schatzi.

»'türlich.«

»Dann träume süß von sauren Gurken.«

»Höhö.« Fiete schlingerte nach draußen.

»In der Flasche ist noch was«, sagte Schatzi zu Tütchen. »Ich finde, wir machen sie leer, und du erzählst mir den Rest. Ich meine, jetzt, wo du einmal angefangen hast.«

»Nu, das Zeug schmeckt wirklich gut. Ich glaub, ich spür schon was. Na, egal. Ich musste ein Protokoll unterschreiben, und dann haben sie mich wieder hinter Gitter gesperrt. Einen Tag später bin ich ins Untersuchungsgefängnis am Holstenglacis gekommen. Da hab ich über zwei Monate geschmort. Es war furchtbar.« Tütchen hielt inne. Tränen traten ihm in die Augen.

Schatzi fragte mitleidig: »War es wirklich so schlimm?«

Tütchen schniefte. »Schlimmer. Die anderen Knastbrüder hatten irgendwie spitzgekriegt, dass ich Jungs mag und mich fertiggemacht. Und die Wärter haben daneben gestanden und gegrinst.«

»Was haben sie dir angetan?«

Tütchen schüttelte den Kopf und starrte in sein Glas.

»Du brauchst nicht drüber zu reden«, sagte Schatzi tröstend. »Und dann?«

»Dann kam die Verhandlung. Zwei Monate hatte ich da schon abgerissen. Ich weiß es noch wie heute. Es war im Amtsgericht, und der Amtsrichter hieß Heylmann, Doktor Heylmann, und der Staatsanwalt hieß Voß. Die beiden waren höflicher als die Greifer von der Kripo, aber geglaubt haben sie mir auch nicht. Kein Wort. Die Greifer haben als Zeugen ausgesagt, es wär eindeutig, wie ich mit einem jungen Mann eng umschlungen geknutscht hätte. Von dem Hund, der mich gebissen hatte, haben sie natürlich nix gesagt. Sie haben behauptet, ich hätte den Mann verführt, und das Gericht hat es geglaubt. Die Verhandlung hat keine halbe Stunde gedauert, ich war die ganze Zeit auf mich allein gestellt, hatte keinen Verteidiger und nix. Dann zog sich Heylmann zurück und kam ein paar Minuten später in den Saal zurück. Er sagte: ›Der Angeklagte wird wegen widernatürlicher Unzucht in einem Falle zu vier Monaten Gefängnis verurteilt und hat die Kosten des Verfahrens zu tragen. Die Untersuchungshaft wird dem Angeklagten auf die Strafe angerechnet.‹«

»Dann musstest du ja noch zwei weitere Monate hinter Gittern verbringen?«

»So war's. In seiner Begründung sagte Heylmann, das Gericht würde in allen Punkten der Anklage folgen und den Zeugen glauben. Der Angeklagte müsste empfindlich bestraft werden, gemäß dem Paragrafen 175. Und dann sagte er noch, ich hätte Glück, es würde sich bei mir um eine einfache Homosexualität handeln, deshalb käme eine Entmannung nach Paragraf 42k nicht infrage.«

»Was? Die haben überlegt, ob du entmannt werden musst? Das darf doch nicht wahr sein!« Schatzis Stimme zitterte vor Empörung.

»Doch, so war's.«

»Mir fehlen die Worte.«

Tütchen schluchzte auf. »Jetzt weißt du, warum zwischen uns nix sein darf. Ich möchte so was nie wieder erleben.«

»Nanu, wer weint da so spät bei Nacht und Wind?« Aale-Edith war mit Vira zur Tür hereingekommen. »Geht's dir nicht gut, Tütchen?«

»Wir haben gerade von früher gesprochen«, antwortete Schatzi.

»Ich dachte, früher war alles besser?«

»Ja, ganz früher, als die Zeiten noch nicht so braun waren.«

Aale-Edith nahm die Melone mit den Papierblumen ab. »Wie auch immer. Vira und ich gehen jetzt nach oben. Höchste Zeit, in die Puch zu kommen. Gute Nacht, Jungs.«

»Gute Nacht.«

Die beiden Frauen verschwanden.

»Ich hau dann auch ab«, sagte Tütchen und tupfte sich mit einem Taschentuch die verweinten Augen ab.

»Soll ich dich noch ein Stück bringen?«, fragte Schatzi fürsorglich.

Der kleine Mann wollte abwinken, doch mitten in der Bewegung hielt er inne. Der Zwei-Minuten-Heulton einer Luftschutzsirene hatte ihn unterbrochen. Fliegeralarm!

»Ich werd verrückt, die Tommys kommen wieder!«, rief Schatzi. »Hätten die nicht warten können, bis der Bunker unterm Spielbudenplatz fertig ist? Komm, Tütchen, nichts wie runter in den Keller.«

»Ich will lieber nach Hause!«

In diesem Augenblick erschienen Aale-Edith und Vira wieder. Vira hatte die Einkaufstasche mit den wichtigsten Papieren in der Hand. »Tütchen!«, piepste sie. »Mach keinen Mist, du kommst mit uns runter, sofort.«

»Nee, nee.«

»Willst du lieber ’ne Bombe auf ’n Döz kriegen?«

»Das nu auch wieder nicht.« Tütchen gab seinen Widerstand auf.

Aale-Edith fragte: »Sollen wir auch das Grammophon und die Platten mit nach unten nehmen?«

»Unbedingt«, sagte Schatzi. »Dann hören wir *Moonglow* von Benny Goodman. Und Willi passt von oben auf uns auf.«

KAPITEL 32

Wir müssen die Tür aufbrechen«, keuchte Flo. »Mit einer Eisenstange oder Ähnlichem. Lass uns danach suchen. Schnell!«

Im schwächer werdenden Licht der Taschenlampe forschten sie nach einem brauchbaren Gegenstand.

»Ein Brecheisen wäre gut«, sagte Vicki, »aber ich kann mich nicht erinnern, hier jemals eins gesehen zu haben.«

»Vielleicht geht es damit.« Flo hatte einen alten Schürhaken entdeckt. »Er macht einen stabilen Eindruck. Wir werden sehen.« Sie eilte damit zur Tür, zwängte die Spitze zwischen Türblatt und Rahmen und wollte das Schloss durch Aufhebeln sprengen. Doch der erste Versuch misslang. Auch der zweite und dritte brachten nicht den gewünschten Erfolg. Nur der obere Rand des Türblattes bog sich, so dass ein schmaler Spalt entstand.

»Ich löse dich ab«, sagte Vicki, »nimm du die Kleine.«

Vicki gelang es, den Spalt ein wenig zu vergrößern. Das Schloss jedoch gab keinen Deut nach. »Vielleicht genügt der Spalt auch schon. Spürst du den schwachen Luftzug, der hereinweht?«

»Ja.« Flo atmete tief den Sauerstoff ein und hielt Lucie so, dass auch sie etwas davon abbekam. »Die Kellertreppe nach oben muss frei sein, sonst wäre die Luft nicht so frisch.«

»Möglich.«

»Ersticken werden wir jedenfalls nicht mehr.« Flo rang sich ein Lächeln ab. »Höchstens verhungern. Vorausgesetzt, niemand kommt, um uns zu befreien.«

»Mal bloß nicht den Teufel an die Wand.«

»Komm, Vicki, wir setzen uns wieder und fassen uns in Geduld.«

Es sollten noch mehrere Stunden vergehen, bis es über ihren Köpfen polterte und eine Stimme rief: »Hallo, ist da unten jemand?«

»Ja, wir sind hier!«, riefen Flo und Vicki wie aus einem Munde.

»Wir kommen! Halten Sie durch.«

»Wir haben ein Kleinkind bei uns. Beeilen Sie sich bitte!«

»Wir tun, was wir können, aber wir können nicht hexen. Die Einsturzgefahr ist groß.«

Abermals fassten Flo und Vicki sich in Geduld, doch diesmal mit der Aussicht auf Licht, Luft und Freiheit. Gespannt verfolgten sie, wie die Stimmen der arbeitenden Männer über ihnen lauter und lauter wurden. Schließlich pochte jemand von außen gegen die Eisentür. »Sind Sie da drinnen?«

»Ja, wir haben die Tür nicht aufgekriegt.«

»Warten Sie.« Schwere Schläge erklangen, das Mauerwerk um das Schloss bröckelte, dann, mit einem metallischen Kreischen, sprang die Tür auf. Ein älterer Mann stand im Rahmen. »Das ist ja noch mal gutgegangen«, sagte er. »Kommen Sie nach oben. Aber seien Sie vorsichtig. Von der Decke des Heizungsraumes hat's gebröckelt, und von den Stufen der Kellertreppe sind zwei zerbrochen.«

Schritt für Schritt bahnten sich Flo und Vicki mit Lucie den Weg nach oben, fahles Licht empfing sie im Behandlungsraum. Die Scheiben der Fenster waren sämtlich zerbrochen. Die Verdunkelungsrollos flatterten im Wind. Das wenige Mobiliar war allerdings weitgehend intakt. Auch die Sehprobentafel, an der Götz damals die Buchstaben I – C – H – L – I – E – B – E – D – I – C – H abgelesen und Flo in einen Zwiespalt der Gefühle getrieben hatte, hing noch an der Wand. »Wie spät ist es?«, fragte sie, denn sie hatte jegliches Zeitgefühl verloren.

»Acht Uhr dreißig«, antwortete der ältere Mann. »Wir haben Montag, den elften November.«

»Danke.«

»Erschrecken Sie nicht, wenn Sie auf die Straße gehen. Von diesem Haus scheinen nur noch Parterre und Kellerräume übrig zu sein.«

Vicki sagte gefasst: »So etwas Ähnliches haben wir uns schon gedacht.«

Der ältere Mann tippte sich an die Mütze. »Ich muss mit meinen Männern weiter. Wenn Sie Hunger haben, gehen Sie in die Palmaille. Da hat das Rote Kreuz eine Gulaschkanone aufgebaut. Viel Glück, die Damen.«

»Haben Sie vielen Dank.« Vicki blickte Flo an. »Ehe wir zur Palmaille gehen, sollten wir uns die Küche näher ansehen und nach den Einweckgläsern in der Speisekammer schauen. Das Wichtigste für uns und deine Kleine ist, dass wir in den nächsten Tagen genug zu essen haben.«

»Du hast wie immer recht.«

Sie stiegen denselben Weg, den sie heraufgekommen waren, wieder hinunter und sahen sich in der Küche um. Agnes' ehemaliges Reich hatte den Bombentreffer weitgehend unbeschadet überstanden, obwohl der erste Eindruck erschreckend war: Töpfe und Pfannen lagen verstreut auf dem Boden. Messer, Gabeln, Löffel und weiteres Küchengerät schienen wie von einer Riesenfaust durch den Raum geschleudert worden zu sein. Doch die Speisekammer hatte nichts abbekommen, und die Vorräte und das Eingemachte darin auch nicht. »Gott sei Dank«, seufzte Vicki erleichtert. »Hier muss nur aufgeräumt werden.«

»Das schaffen wir schon.«

»Hoffentlich funktioniert das Abzugsrohr von der Küchenhexe noch«, überlegte Vicki. »Dann können wir Feuer machen und uns als Erstes einen Tee kochen. Nach der Stärkung gehen wir raus und schauen uns die Fassade des Hauses an. Was hältst du davon?«

»So machen wir's. Aber zuerst muss unsere Kleine eine Windel kriegen.«

Die Frauen überlegten gemeinsam, woher sie eine frische Windel nehmen sollten und entschieden sich schließlich für ein Geschirrhandtuch. Die Lösung war nicht ideal, doch besser als nichts. Lucie hielt still, während sie auf dem Küchentisch gewickelt wurde. Die vertrauten Bewegungen beruhigten sie. Später, als sie ein paar eingemachte Kirschen aus dem Weckglas bekam, strahlte sie sogar.

Nachdem Flo und Vicki notdürftig aufgeräumt hatten, tranken sie einen heißen Tee. Auf die Küchenhexe, den alten gusseisernen Kochherd, war Verlass gewesen, und das Wasser aus dem Hahn über dem Handstein lief zum Glück auch noch.

Flo trank den letzten Schluck aus ihrer Tasse. »Bist du so weit?«

»Es muss wohl sein.« Vicki erhob sich.

Gemeinsam kletterten sie wieder nach oben und traten vor die große Eingangstür, stiegen durch Berge von Schutt die fünf Marmorstufen hinunter und traten auf die Große Elbstraße. Hier drehten sie sich um und sahen – nichts. Von den oberen Stockwerken standen nur noch wenige Wände, die wie Knochen eines Skeletts in den grauen Himmel ragten. »Großer Gott!«, entfuhr es Vicki. »So schlimm habe ich es mir nicht vorgestellt.«

»Ich auch nicht.« Flo suchte nach Worten, um Vicki zu trösten. »Wir können froh sein, dass kein Feuer ausgebrochen ist, sonst wäre von deinem Haus wohl gar nichts mehr übrig.«

»Ja, Glück im Unglück«, sagte Vicki tapfer. Dann kamen ihr doch die Tränen.

Flo nahm sie in die Arme, und auch die kleine Lucie strich Vicki mit ihren winzigen Fingern über die Wange. »Wir leben, und wir sind zusammen, das ist die Hauptsache. Nimm du unsere Kleine. Ich werde mit einem Topf zur Palmaille gehen und beim Roten Kreuz Essen holen. Zum Kochen kommen wir heute sowieso nicht mehr.«

»Einverstanden.«

Flo machte sich auf den Weg und hatte Glück: Die Schwestern verteilten gerade den Rest einer Erbsensuppe mit Speck. Sie füllten Flo den Topf und wünschten guten Appetit. Auf Flos Frage, ob in Hamburg viel zerstört worden sei, antworteten sie, dem Anschein nach nicht, aber Endgültiges könne man noch nicht sagen.

Auf dem Rückweg an der Ecke Breite Straße, Röperstraße betrat Flo eine Telefonzelle und rief in der Augenklinik an. Hölzchen war am Apparat. Sie erschrak, als sie von den Geschehnissen in der Großen Elbstraße erfuhr, und verband Flo mit Professor Behr. Behr zeigte sich ebenso bestürzt und versicherte ihr, es sei selbstverständlich, dass sie in den nächsten zwei oder drei Tagen der Klinik fernbleiben dürfe. »Ich habe leider nicht viel Zeit, Flo«, sagte er abschließend, »alles Gute für Sie … Ach, da fällt mir ein: Sie hatten am Wochenende ja Geburtstag! Na, trotzdem, herzlichen Glückwunsch.«

Nachdem sie die Erbsensuppe gemeinsam gegessen hatten, untersuchten Flo und Vicki weitere Räume im Parterre. Die Zimmer im Flügel auf der anderen Seite des Hauses sowie die angrenzende Bibliothek waren heil geblieben. Nur etliche Bücher hatten sich durch den Aufprall der Bombe wie eine Flut über den Boden ergossen. Flo schlug vor, Vicki möge sich um Lucie kümmern, während sie selbst die Bücher wieder einräumen wollte. »Das ständige Bücken wäre zu anstrengend für dich«, sagte sie.

Am späten Nachmittag erschien Dörthe. Sie trug BDM-Kleidung: zum dunkelblauen Rock die weiße Bluse mit schwarzem Halstuch und Lederknoten. »Verflixt und zugenäht!«, fluchte sie, als sie die Trümmer des Hauses sah. »Da sind doch meine ganzen Sachen drin.«

»Nicht nur Ihre«, entgegnete Vicki. »Viele Dinge meiner Familie sind unwiederbringlich verloren.«

Dörthe besann sich auf das, woran sie glaubte: »Opfer müssen sein! Der Feind wird unseren Siegeswillen nicht beugen.

Das deutsche Volk unter unserem Führer Adolf Hitler ist unbezwingbar, das darf ich Ihnen versichern, Frau Doktor.«

»Und ich darf Ihnen zum Monatsende kündigen. Sie sehen ja selbst, dass Ihre Wirkungsstätte nicht mehr existiert. Bis dahin machen Sie sich bei den Aufräumarbeiten nützlich. Schlafen können Sie unten in der Küche.«

Dörthe riss den Mund auf. »Aber …«

»Kein Aber. Im Anbau finden Sie Handschuhe von Piotr. Ziehen Sie die an und schaffen Sie als Erstes die Trümmer aus dem Garten. Der Siegeswille des deutschen Volkes mag Sie dabei unterstützen.«

»Das gehört nicht zu meinen Auf…«

»Der Garten ist in diesen Zeiten fast wichtiger als das Haus. Nehmen Sie die Schubkarre und fangen Sie an.«

Mürrisch gehorchte Dörthe.

Es war schon dunkel, als der ältere Mann vom Aufräumtrupp noch einmal erschien. »Wir kommen morgen und reißen die Restmauern in den oberen Stockwerken ab«, erklärte er Vicki und Flo. »Das ist eine gefährliche Arbeit, die zwei oder drei Tage dauern kann. Sie sollten in der Zeit bei Verwandten Unterschlupf finden.«

»Das kommt nicht infrage«, erwiderte Vicki. »Wir bleiben hier.«

Und Flo ergänzte: »Wir werden von jetzt ab im Parterre wohnen.«

Zwei Tage später erschien Finn, der »Vater« der kleinen Lucie. Er hatte Ende Februar 1939, kurz nach Flos letzter Vorladung bei Schädeba, ein intensives Verhör durch den Kriminaldirektor über sich ergehen lassen und viele Fragen beantworten müssen: besonders die, warum eine Ärztin wie Frau Doktor zur Haiden sich ausgerechnet mit einem fast zwanzig Jahre älteren Laboraufseher eingelassen haben sollte. »Das Kind ist die Folge einer einzigen Nacht«, hatte Finn geantwortet. »Das

Ergebnis eines Techtelmechtels, wie es in jedem Krankenhaus vorkommt, mehr nicht.«

Bei dieser Aussage war er eisern geblieben, ohne sich in Widersprüche zu verwickeln. Danach hatte Schädeba Ruhe gegeben. Der Spürhund schien einstweilen andere Fährten zu verfolgen.

»Ich helfe euch«, sagte Finn. Er hatte sich einen Tag freigenommen und trug eine Schaufel über der Schulter. »Wo drückt der Schuh am meisten?«

»Die Männer vom Aufräumtrupp sind mit dem Abriss der Mauern fast fertig«, antwortete Flo, »da kannst du wenig helfen. Doch im Garten liegt noch einiges an Trümmern herum. Dörthe sollte sie eigentlich wegschaffen, aber sie gab vor, wichtige Versammlungen beim BDM nicht versäumen zu dürfen.«

»Die Sorte Mädel kenne ich«, antwortete Finn. »Drückebergerinnen, die ständig vom nationalsozialistischen Geist quasseln, ansonsten aber die Arbeit nicht erfunden haben. Ein paar von ihnen laufen auch im Verwaltungsgebäude herum. Wir kürzen ihre Faulheit mit sechs Buchstaben ab: BDM, KdF.«

»Was soll das heißen?«, fragte Flo.

»Bin dauernd müde, könnt dauernd fressen.«

Flo lachte. »Das trifft es ganz gut.«

Als Finn sich am Abend verabschiedete, war der gesamte Garten frei von Geröll. Und nicht nur das: Da er sehr praktisch veranlagt war, hatte er auch dafür gesorgt, dass die elektrischen Leitungen in Parterre und Keller wieder funktionierten.

Vicki war selig und bat ihn, zum Abendessen zu bleiben. »Wir haben noch eingemachte Bohnen und eingekochtes Fleisch, das könnte ich rasch warmmachen, jetzt, wo der Elektroherd wieder funktioniert.«

»Nee, lass mal«, wehrte Finn ab. »Ich muss zurück ins Krankenhaus. Nelli, meine Liebste, wartet dort auf mich. Die ist sowieso schon eifersüchtig auf Flo, weil sie denkt, ich sei tatsächlich der Vater von Lucie. Bisher habe ich ihr den wahren

Sachverhalt noch nicht erzählt, aus Sicherheitsgründen. In jedem Fall ist es besser, wenn ich jetzt gehe.«

Als Finn fort war, aßen Vicki und Flo allein am großen Küchentisch. Nach dem letzten Bissen fasste Vicki, einem plötzlich Impuls folgend, Flo bei der Hand und sagte: »Nach allem, was passiert ist, muss ich gestehen, dass ich ohne dich verloren gewesen wäre.«

»Wärst du das?«

»Ja, du bist eine großartige Frau.«

Leise antwortete Flo: »Genau wie du.«

Wiederum einen Tag später – die Abriss- und Aufräumarbeiten waren mittlerweile beendet – hielt am Nachmittag ein staubiger Opel Blitz vor dem einst so stolzen Anwesen. JinJin, Chang und Herr Huang kletterten aus dem Führerhaus. »Wir sind gekommen, um Sie zu unterstützen«, sagte Herr Huang in seiner würdevollen Art. »Ihr Schicksal hat uns sehr berührt.«

»Oh, vielen Dank, ich weiß gar nicht, was ich sagen soll.« Flo war völlig überrascht. Mit allem hätte sie gerechnet, nur nicht mit einem Besuch der Chinesen.

JinJin schüttelte Flo lange die Hand. »Man hat mir erzählt, sie hätten eine kleine Tochter, Frau Doktor?«

»Oh, ja! Sie heißt Lucie und wird schon zwei.«

»Schon zwei, wirklich?«

»Da merkt man, wie die Zeit vergeht. Was machen Ihre Zwillinge?«

»Danke, sie wachsen und gedeihen.«

Herr Huang nahm seine Tochter beiseite: »Darf ich dich darauf aufmerksam machen, dass wir nicht nur zum Plaudern hergekommen sind? Chang, sei so gut und entferne die Plane.«

Chang schlug die Persenning hoch. Auf der Ladefläche des Opels wurden die unterschiedlichsten Gegenstände sichtbar.

»Was ist das?«, fragte Vicki, die unterdessen dazugekommen war.

»Einige Dinge, die Sie bestimmt brauchen können«, antwortete Herr Huang. »Ich denke, Chang, ich und JinJin schaffen alles zunächst ins Haus. Sie können später entscheiden, was wo hingestellt werden soll.«

Flo wandte ein: »Ja, aber das können wir doch nicht ann…«

»Gehen Sie mit Ihrer Tante nur wieder hinein.« Herr Huang lächelte fein. »Vielleicht haben Sie einen Keil, um die Tür offen zu halten? Einige unserer Geschenke sind doch recht sperrig.«

Und während Flo und Vicki nach einem geeigneten Holzkeil suchten, begannen die Chinesen auszuladen. Es waren sehr unterschiedliche Dinge: große Sperrholzplatten, Glasscheiben, Stühle, ein Kartentisch, mehrere Farbeimer, Pinsel, ein Kohleofen, Ofenrohre, Feuerung, ein Dutzend Pakete Bohnenkaffee, fünf Stangen Zigaretten der Marke Eckstein, *»echt und recht«*, und nicht zuletzt ein Brennabor-Damenfahrrad.

»Mein Gott, wo haben Sie das bloß alles her?«, fragte Vicki.

Chang wischte sich die Hände an seiner Arbeitshose ab und grinste. »Wie Sie wissen, arbeite ich bei Godefroy, dem Schiffsausrüster, und zufällig liegt gerade bei Blohm & Voss der Zerstörer *Friedrich Ihn* im Dock, der für die nächste Feindfahrt repariert und ausgestattet wird. Womit ich natürlich nicht sagen will, dass das eine etwas mit dem anderen zu tun hat. Das Fahrrad ist übrigens eine Spende von Chen Jing, dem Seemannsagenten, den Frau Doktor zur Haiden bei unserer Hochzeit kennengelernt hat.«

»Ich weiß wirklich nicht, was ich sagen soll.« Flo war zutiefst dankbar. »Ich glaube, wir können Ihnen nicht einmal etwas Anständiges zu trinken anbieten.«

»Wie wäre es mit einer Tasse Kaffee?« Herr Huang lächelte schon wieder.

»Aber ja, selbstverständlich. Ein Melitta-Filter und entsprechende Tüten sind uns erhalten geblieben.« Flo bereitete den Kaffee zu, während Vicki Lucie holte und dem Besuch vorführte. Die Kleine machte ein paar watschelnde Schritte auf die Chinesen zu, brabbelte »Mom« und »Bicki«, krabbelte anschließend unter den Tisch und erntete allseitiges Gelächter.

Später, bei einer guten Tasse Bohnenkaffe, sagte Flo noch einmal aus tiefstem Herzen Danke. »Ich weiß nicht, wie ich das jemals wiedergutmachen kann!«

»Das wird nicht nötig sein«, wehrte Chang ab.

»Oh, doch, das möchte ich aber!«, protestierte Flo.

KAPITEL 33

Der elfte Oktober 1941 war ein wolkiger, regnerischer Sonnabend. Nach einem anstrengenden Nachtdienst bestieg Flo um zehn Uhr morgens ihren Drahtesel Brennabor, um nach Hause in die Große Elbstraße zu radeln. Doch kurz vor dem Bahnhof Sternschanze zwang sie ein Verkehrsunfall, die Grindelallee hinunter zum Dammtor zu fahren. Ein Umweg, ausgerechnet bei diesem Wetter!, dachte sie und unterdrückte eine Verwünschung. Während sie weiter in die Pedale trat, fielen ihr mehrere Lkw der Wehrmacht auf, die langsam vor ihr herfuhren. Was hatte das zu bedeuten? Ihr blieb nichts anderes übrig, als den Lastkraftwagen zu folgen, da links und rechts die Straßen abgesperrt waren. Wenig später bogen die schweren Fahrzeuge in die Moorweidenstraße ein und hielten vor dem Logenhaus.

Das auffällige Gebäude mit dem Giebeldreieck diente an diesem Morgen als Sammelpunkt für Hunderte von Juden. Sie waren auf Befehl von Karl Kaufmann, dem Gauleiter Hamburgs, gekommen und wurden von SS-Männern überwacht. Alle trugen gut sichtbar den aufgenähten gelben Judenstern, wie es die Polizeiverordnung seit dem ersten September vorschrieb. Nur die Kleinsten waren davon befreit. Ängstlich verharrten sie neben ihren Eltern, einen Teddy oder eine Puppe im Arm. Die Erwachsenen trugen nur das, was sie auf dem Leib hatten, und einen Koffer oder eine Tasche.

Flo musste anhalten und vom Rad steigen. Zwei Schritte neben ihr stand eine junge Jüdin mit verweinten Augen. Ihr Mann hatte schützend seine Hände auf die Schultern eines kleinen

Mädchens gelegt, offenbar das Töchterchen. Flo musste an Lucie denken und fragte: »Was passiert hier?«

Die Frau antwortete: »Wir sollen deportiert werden. Wir wissen es erst seit vorgestern. So plötzlich!«

»Deportiert, wohin?«, fragte Flo.

»Wir wissen es nicht.« Die junge Frau fing wieder an zu weinen. »In der Einberufung stand, in den Osten, in ein Arbeitslager, aber was sollen wir da? Es ist zum Verzweifeln. Was wird nur aus unserem schönen Haus in der Heimhuder Straße? Wir durften überhaupt nichts mitnehmen. Nichts, außer einem Koffer, Verpflegung für mehrere Tage und hundert Reichsmark!«

Vor so viel Leid fehlten Flo die Worte.

»Einen Anzug, drei Hemden, zwei Paar Schuhe, zwei Schlafanzüge, sechs Paar Socken und sechs Taschentücher – das ist alles, was mein Mann für sich einpacken durfte. Stellen Sie sich das mal vor!«

Der Mann winkte müde ab. »Lass doch, Rebecca, wir wollen die Dame nicht belästigen.«

»Sie belästigen mich nicht. Kann ich irgendetwas für Sie tun?«

Vorsichtig blickte die Frau sich um. Die SS-Männer hatten damit begonnen, die Familien mit barschen Befehlen auf die Lkw zu treiben. »Ja, vielleicht. Würden Sie den für mich einwerfen? Er ist an meine Freundin, die noch nichts von unserem Schicksal weiß.« Sie reichte Flo einen Brief.

Flo nahm den Umschlag entgegen und wollte ihn wegstecken, doch eine herrische Stimme unterbrach sie: »Was haben Sie da?« Wie aus dem Nichts stand ein baumlanger SS-Mann vor ihr. »Geben Sie her!«

Flo holte tief Luft. »Ich denke nicht daran!«

Irgendetwas in ihrer Stimme hielt den Mann zurück. »Wer sind Sie? Wieso tragen Sie nicht den Gelben Stern?«

»Weil ich keine Jüdin bin! Ich bin Ärztin am Universitätskrankenhaus und auf dem Weg nach Hause.«

»Können Sie sich ausweisen? Kennkarte und Ariernachweis!«

Flo gab ihm ihre Papiere.

Der SS-Mann studierte sie eingehend und reichte sie fast widerwillig zurück. »In Ordnung. Und nun geben Sie den Brief her!«

Trotz der Gefahr, in der sie schwebte, versuchte Flo, ruhig zu bleiben. Sie durfte in dieser Situation keine Schwäche zeigen. »Der Brief ist ein Abschiedsbrief an mich. Er geht Sie nichts an. Sollten Sie anderer Meinung sein, will ich mich gern mit Ihrem Vorgesetzten unterhalten.«

Der Mann zögerte.

Flo sagte zu der jungen Frau: »Ich wünsche Ihnen und Ihrer Familie von Herzen alles Gute. Leben Sie wohl.«

»Danke«, flüsterte die Frau.

Ohne den SS-Mann weiter zu beachten, stieg Flo wieder auf Brennabor und fuhr los. An der Ecke Schlüterstraße hatte sich ein Dutzend Gaffer eingefunden, die das Verladen der Juden beobachteten. Fast alle von ihnen klatschten Beifall zu dem Geschehen, einige riefen »Juda, verrecke!« und »Judenschweine raus!«.

Flo lief ein Schauer den Rücken hinunter. Großer Gott, sind das Menschen oder Tiere?, fragte sie sich. Was haben diese armen Juden den pöbelnden Leuten angetan? Was haben ihre verängstigten Kinder verbrochen, was haben die Frauen und Männer mit dem Wenigen, was ihnen geblieben ist, dem Gemeingut genommen?

Immer noch angewidert von so viel blindem Fanatismus suchte Flo einen Briefkasten am Bahnhof Dammtor und steckte den Umschlag in den Schlitz. Er war ausreichend frankiert, die Empfängerin eine gewisse Gertrud Sara de Boor in Leipzig. Die Deutsche Reichspost würde den Brief spätestens übermorgen zustellen. Wenigstens die Post der Juden kam noch an – in einem Staat, der ihre Menschenrechte mit Füßen trat!

Ein Bimmeln unterbrach Flos Gedanken. Sie blickte auf und

sah eine Straßenbahn halten. Die Elektrische der Linie 18 war es. Sie kam vom Stephansplatz und würde weiter zur Rothenbaumchaussee und in Richtung Eppendorfer Baum fahren. Fahrgäste stiegen ein und aus. Einer der Letzten, die einstiegen, war ein Mann in den Vierzigern, mit schwarzen lockigen Haaren, randloser Brille und markantem Mund. Flo hatte ihn nur flüchtig von der Seite gesehen, aber sie hätte ihn unter Tausenden erkannt.

Es war Götz.

»Götz!«, rief sie. »Götz!« Doch die Bahn hatte sich schon in Bewegung gesetzt und bog in die Rothenbaumchaussee ein. In fliegender Eile schwang sich Flo auf Brennabor und radelte hinterher. Durch die Scheiben des Wagens versuchte sie, Götz zu erkennen, aber die Bahn wurde immer schneller. Sie fuhr am Curio-Haus vorbei, an der Binderstraße, an der Hansastraße. Flo merkte, dass sie nicht mehr mithalten konnte. Ihre Lungen schienen zu bersten. Sie musste langsamer treten. An der Oberstraße hielt die 18 an. Flo konnte etwas aufschließen. »Götz! ... Götz!«

Die Bahn fuhr wieder los, wurde schneller. Sie hielt am Klosterstern und bog in den Eppendorfer Baum ein. Was wollte Götz hier? Was hatte er vor? »Götz!« Fast wurde sie von einem entgegenkommenden Fahrzeug gerammt. Hupen, Schimpfen. Flo war den Tränen nahe. Warum fuhr die verflixte Bahn nur so schnell? Endlich, nach einer weiteren Station, stieg Götz aus. »Götz! Liebster!«, rief Flo. »Warte!« Völlig ausgepumpt hielt sie mit quietschenden Bremsen neben ihm. »Mein Gott, Götz, ich ...«

Der Mann wandte sich ihr zu. Es war nicht Götz.

Flo brach in Tränen aus.

»Kann ich Ihnen helfen?«, fragte der Mann.

»Nein, nein, eine Verwechselung.«

Der Mann schüttelte den Kopf und entfernte sich.

Flo schaute ihm nach. Warum nur spielte das Schicksal ihr so grausame Streiche? Sie brauchte ihre ganze Kraft, um ihre

Fassung wiederzugewinnen. Dann fuhr sie todunglücklich den langen Weg zurück in die Große Elbstraße.

Zu Hause angekommen, schob sie Brennabor in den Geräteschuppen und verschloss die Tür. Normalerweise wurde in der Großen Elbstraße nicht geklaut, aber in diesen Zeiten war alles anders. Sie nahm den Nebeneingang und ging durch die Bibliothek in das ehemalige Arbeitszimmer ihres Großvaters, das ihr jetzt als Schlafzimmer diente. Kurz bevor sie es erreichte, kam ihr watschelnd und fröhlich lachend Lucie entgegen. »Mom!«, krähte die Kleine.

»Oh, meine Süße!« Für einen Augenblick war aller Schmerz vergessen. Flo hob Lucie auf den Arm und küsste sie. »Was hast du heute denn erlebt?«

Lucie patschte mit ihren Händchen durch die Luft.

»Warst du mit Tante Vicki im Kinderwagen unterwegs?«

»Ja, das waren wir«, antwortete Vicki, die hinzugekommen war. »Erzähl deiner Mom, was du gesehen hast.«

»Wuff«, sagte Lucie.

»Einen Hund?«

»Ja«, antwortete Vicki. »Er kam von der Fischauktionshalle herüber und lief uns über den Weg. Eine Promenadenmischung ohne Halsband, die aussieht wie ein Schäferhund mit zu kurzen Beinen. Als wir ihm begegneten, machte er Sitz und bellte mehrmals, als wolle er uns begrüßen. Es hörte sich an wie ›Wuff‹. Ich habe keine Ahnung, wem er gehört.« Vicki strich mit der Hand mehrmals durch die Luft und fragte: »Was hast du mit dem Hund gemacht?«

»Eiii!«

»Oh, ich verstehe, du hast ihn gestreichelt«, sagte Flo.

»Wuff!« Lucie nickte eifrig.

»Und wo ist Wuff jetzt?«

Vicki antwortete: »Nachdem er den Kinderwagen und Lucies ausgestreckte Händchen eingehend beschnüffelt hatte, lief er weiter. Vielleicht treibt er sich in der Nähe der Auktionshalle herum und frisst die Fischabfälle. Jedenfalls scheint er mit

Menschen vertraut zu sein, denn er kannte keine Scheu. Sag, warum kommst du so spät?«

Flo erzählte, was sie erlebt hatte. Als sie die Verwechslung mit Götz schilderte, kamen ihr fast wieder die Tränen. Doch sie wollte vor ihrem Kind nicht weinen und bat: »Könntest du Lucie windeln und ihr etwas zu essen geben? Ich brauche einfach einige Zeit für mich.«

»Natürlich. Mach dir keine Sorgen. Wir beide schaffen das, nicht wahr, Lucie?« Vicki gab der Kleinen die Hand und sagte: »Komm, wir gehen hinüber in mein Zimmer. Dort gibt es Hamham. Ich habe etwas besonders Leckeres gekocht. Du magst doch Nudeln, oder?«

»Nunel, jaaa.« Folgsam ließ Flos Tochter sich an die Hand nehmen und aus dem Zimmer führen.

Flo blickte den beiden nach und seufzte. »Ihr seid so lieb«, flüsterte sie, »und trotzdem fehlst du, mein Götz, mir so sehr. Warum nur hat das Schicksal mich so genarrt? Schon vor dem Logenhaus habe ich in die Menschenmenge gestarrt und jeden Augenblick damit gerechnet, dich zu sehen, obwohl ich weiß, dass du irgendwo in einem Gefängnis schmachtest. Doch weiß ich das wirklich? Nein, ich weiß gar nichts. Ich habe nicht den blassesten Schimmer, wo du dich gerade aufhältst. Oh, Götz, manchmal denke ich, die Sehnsucht nach dir müsste irgendwann einmal nachlassen, aber sie ist immer da, wie ein vertrautes Bild an der Wand. Wenn ich ein Stück Marmor sehe, denke ich an unsere erste Begegnung in der Werkstatt von Meister Lewinsky; wenn ich einen Fotoapparat sehe, denke ich an unseren wunderschönen Tag auf Finkenwerder, wenn ich eine Reklame mit großen Buchstaben sehe, denke ich an den Augentest, bei dem du I – C – H – L – I – E – B – E – D – I – C – H zu mir gesagt hast. Egal, was ich sehe, ich muss an dich denken.

Oh, lieber Gott, warum gibst du ihn mir nicht zurück!«

Flo warf sich auf das Bett, weinte vor sich hin und fiel in einen unruhigen Schlummer.

Als sie aufwachte, musste es draußen schon dunkel sein, denn irgendjemand, wahrscheinlich Vicki, hatte die Rollos heruntergezogen. Flo zündete eine Kerze an. Dann, einem Impuls folgend, stand sie auf und ging zum Schrank. Sie holte ein Hemd von Götz hervor, nahm es mit ins Bett und drückte ihre Nase tief in den Stoff. »Götz, mein Götz! Ich rieche dich, ich spüre dich, ich denke an dich ...«

Ihre Hand glitt zwischen ihre Schenkel und tastete dort nach dem Glück, dass Götz ihr so oft geschenkt hatte.

KAPITEL 34

Ende November hatte Flo Spätdienst in der Poliklinik. Die Deportation der Juden von der Sammelstelle am Logenhaus lag über einen Monat zurück, doch die schrecklichen Bilder würde sie wohl nie vergessen. Ebenso wie ihre verzweifelte Sehnsucht nach Götz an diesem Tag. Sie hatte erkannt, dass es nur ein Mittel gegen das allgegenwärtige Verlangen nach ihm gab: Arbeit. Viel Arbeit – verbunden mit dem wunderbaren Gefühl, Menschen helfen zu können.

Das Wartezimmer an diesem Abend war nur mäßig besetzt. Die Patienten saßen stumm auf ihren Stühlen und warteten darauf, von Flo ins Behandlungszimmer gerufen zu werden. Ihre Beschwerden waren die üblichen: Bindehautenzündungen, Gerstenkörner, Flimmern vor den Augen. Auch ein sogenanntes Monokelhämatom war diesmal dabei. Der Mann, der darüber klagte, war in eine Schlägerei geraten und hatte einen Faustschlag aufs Auge erhalten. Es war geschwollen, ein Bluterguss umschloss es wie der Rand eines Monokels. Flo legte das nasse Taschentuch, mit dem er das Auge gekühlt hatte, beiseite und untersuchte ihn. Sie stellte fest, dass die Hornhaut unverletzt war und dass keine Fraktur der Augenhöhle, der *Orbita*, vorlag. »Ich werde ein schmerzlinderndes *unguentum* auftragen und die Verletzung mit einer Kompresse schützen«, sagte sie.

»Was ist ein *ungu…?*«, fragte der Mann misstrauisch. Er trug SA-Uniform und gehörte allein deshalb schon nicht zu der Sorte Mensch, die Flo besonders schätzte. Doch für einen Mediziner mussten alle Patienten gleich sein, das schrieb der Eid des Hippokrates vor, den sie geleistet hatte.

»Eine Salbe. Sie enthält Menthol, Kampfer und Rosmarin. Ich gebe Ihnen ein Töpfchen davon mit. In zwei Wochen sollte die Sache ausgestanden sein.«

»Danke, Frau Doktor.«

Flo musterte ihn kühl. »Vielleicht halten Sie sich bei Ihrer nächsten, äh, Auseinandersetzung etwas zurück. Es gibt wichtigere Fälle als Ihren.«

Dass dies den Tatsachen entsprach, erwies sich bei einer anderen Patientin. Sie war ungefähr siebzig Jahre alt, schlank, gepflegt und trug über ihren weißen Haaren ein grob gestricktes Netz, das sehr in Mode war und im feindlichen England *snood* genannt wurde. Dazu einen schwarzen Mantel mit Fuchspelz. Auffälliger jedoch war, dass sie mit dem linken Auge ständig blinzelte.

Flo beschloss spontan, die Behandlung der Dame vorzuziehen. »Was haben Sie für Beschwerden?«, fragte sie.

»Ach, Frau Doktor, ich sehe links so schlecht!«

»Was meinen Sie damit?«

»Es ist wie ein Schatten, der über allem liegt. Zuerst ist es mir im Wohnzimmer aufgefallen. Die Blumen in der Vase, die Bilder an der Wand. Die Mahagonimöbel – alles war irgendwie dunkel und kaum zu erkennen.«

»Haben Sie Schmerzen?«

»Nein, überhaupt nicht.«

In Flo keimte ein Verdacht auf. »Haben Sie die Symptome auch auf dem rechten Auge?«

»Ich glaube nicht.«

»Halten Sie sich bitte das linke Auge zu, und sehen Sie mich mit dem rechten Auge an!«

Die Dame gehorchte. »Rechts scheint alles wie immer zu sein. Da erkenne ich Sie auch ganz.«

»Also scheint links das Sehfeld eingeschränkt zu sein«, sagte Flo mehr zu sich selbst als zu der Patientin. »Seit wann haben Sie die Beschwerden mit dem linken Auge?«

Die Dame überlegte. »Vielleicht drei oder vier Stunden. Ich

wollte eigentlich gar nicht damit ins Krankenhaus, weil heute doch Sonntag ist, aber meine kleine Enkelin sagte, ich müsste gehen.«

»Das war sehr vernünftig von Ihrer kleinen Enkelin.«

»Sie heißt Hilda Aschermann und ist die Tochter meines Sohnes. Sie haben vor ein paar Jahren eine Schieloperation an ihr durchgeführt.«

Flo lächelte. »Das stimmt. Ich erinnere mich noch genau an Hildchen. Ein reizendes kleines Mädchen.«

»Habe ich was Ernstes, Frau Doktor?«

»Wir wollen erst einen Blick durch die Spaltlampe werfen. Vorher träufele ich Ihnen noch einige Tropfen ins Auge.« Flo holte zwei Fläschchen hervor. »Diese wirken pupillenerweiternd, und diese sorgen für eine örtliche Betäubung, damit sie bei der Untersuchung nicht versehentlich das Auge zusammenkneifen.«

Flo handelte wie angekündigt und sagte: »Wir müssen jetzt einige Minuten warten, bis die Wirkung der Tropfen eintritt. Setzen Sie sich derweil in den Warteraum.«

Sie nutzte die Zeit, um einen anderen Patienten zu behandeln, und bat Frau Aschermann danach, ihr gegenüber an der Spaltlampe Platz zu nehmen. »Legen Sie das Kinn auf die Stütze und öffnen Sie das kranke Auge ganz weit.«

Flo untersuchte das Sehorgan sorgfältig, tat einen Blick in den vorderen, den mittleren und den hinteren Abschnitt des Auges und fragte: »Leiden Sie unter Bluthochdruck oder Diabetes, Frau Aschermann?«

»Ich nehme Bluthochdruckpillen.«

»Aha.« Nun war Flo sicher, mit welcher Erkrankung es ihre Patientin zu tun hatte. So viel stand fest: Die Lage war ernst, Eile war geboten.

»Muss ich mir Sorgen machen, Frau Doktor?«

»Bitte nehmen Sie wieder Platz. Ich möchte noch ein Gespräch führen, bevor ich Ihnen sage, wie wir vorgehen wollen.«

Flo verließ die Poliklinik und eilte über den Flur, bis sie vor dem Büro von Professor Behr stand. Sie hatte Glück, Behr schien trotz der späten Stunde noch da zu sein. Sie klopfte.

»Herein.«

»Verzeihen Sie, Herr Professor, störe ich?«

Behr lächelte müde. »Sie stören nie, Flo. Was gibt's?«

»Ich glaube, ich habe einen dringenden Fall drüben. Eine AION an einer circa siebzigjährigen Patientin.«

»Oh.« Behr wirkte auf einmal sehr wach. AION war die Abkürzung für eine anteriore ischämische Optikusneuropathie, einen Augeninfarkt, im Volksmund auch Sehsturz genannt, der eine unverzügliche Behandlung erforderte, um die Erblindung des betroffenen Auges zu verhindern. Grund dafür konnte entweder ein Arterienverschluss sein, der die Nährstoffe, die über das Blut zum Auge geführt wurden, blockierte, oder ein Venenverschluss. Bei Letzterem kam es zu einem Blutstau im Auge, so dass es anschwoll. Die Schwellung wiederum drückte die Arterien ab und führte so zum Infarkt.

»Symptome?«, fragte Behr.

Flo schilderte die Anzeichen rasch und präzise, erwähnte ihre Beobachtungen durch die Spaltlampe und vergaß auch nicht, den Bluthochdruck als mögliche Ursache zu erwähnen. »Wollen Sie sich den Fall nicht selbst einmal ansehen, Herr Professor?«

Behr schüttelte den Kopf. »Nicht nötig. Nach allem, was Sie sagen, kommt eine andere Diagnose nicht infrage. Sorgen Sie für eine sofortige Behandlung mit den üblichen Medikamenten. Und lassen Sie die Patientin stationär aufnehmen.«

»Jawohl, Herr Professor.« Dankbar für diesen Vertrauensbeweis eilte Flo zurück.

Frau Aschermann blickte ihr ängstlich entgegen.

»Wir müssen schnell handeln«, sagte Flo. »Sie haben einen Infarkt des Sehorgans, das heißt, Ihr Auge wird durch eine Blockade nicht mehr ausreichend durchblutet. Das müssen wir schnell ändern.«

»Was passiert sonst?«

Flo beschloss, der Frau reinen Wein einzuschenken. »Sonst besteht die Gefahr, dass Ihr linkes Auge erblindet. Aber so weit ist es noch nicht. Gott sei Dank haben Sie nicht lange gewartet und sind hergekommen. Wir werden versuchen, den Stau mit blutverdünnenden Medikamenten aufzulösen.«

»Wann kann ich wieder nach Hause?«

»Vorerst nicht. Sie müssen ein paar Tage bei uns bleiben. Die Einzelheiten regeln wir später. Ihre Behandlung beginnt jetzt.«

Flo applizierte die Arzneien in der vorgeschriebenen Menge und erklärte Frau Aschermann, wo die Patientenaufnahme war. »Die Station ist Tag und Nacht besetzt. Dort können Sie auch telefonieren, damit Ihre Angehörigen sich keine Sorgen machen. Grüßen Sie auch Hildchen von mir.«

»Ja, ja.« Frau Aschermann war sehr aufgeregt. Das alles kam zu plötzlich für sie.

»Wie alt ist ihre Enkelin denn jetzt?«, fragte Flo, um die Frau abzulenken.

»Hildchen ist neun.«

»Also schon fast eine junge Dame. Ich habe auch ein kleines Mädchen. Sie heißt Lucie und wird am siebten Dezember drei.«

»Ach, wie reizend. In dem Alter sind sie am niedlichsten. Genießen Sie es. Es sind die schönsten Jahre.«

»O ja, das tue ich.«

»Hat sie schon alle Zähne?«

»Die hat sie.« Flo fand, sie habe Frau Aschermann genug beruhigt. Außerdem warteten die anderen Patienten. Sie griff zum Hörer und rief die Aufnahme an. Schwester Josepha hatte an diesem Abend Dienst. Flo kündigte Frau Aschermann als neue Patientin an und bat darum, ihr ein Bett zuzuweisen. Schwester Josepha versprach, sich um alles zu kümmern.

»Vertrauen Sie sich nur Schwester Josepha an«, sagte sie zu Frau Aschermann. »Diensthabender Arzt kommende Nacht ist Doktor Neudorf. Er wird sich bei Bedarf um Sie kümmern. Es kann also gar nichts passieren.«

»Werde ich wieder sehen können, Frau Doktor? Das Wort Infarkt klingt so bedrohlich …?«

Flo lächelte. »Die Medizin kann heutzutage sehr viel. Aber ein bisschen Hilfe von oben muss noch immer dabei sein.«

»Danke, Frau Doktor. Vielen Dank.«

»Morgen schaue ich persönlich nach Ihnen. Und nun entschuldigen Sie mich bitte. Die anderen Patienten warten.«

Frau Aschermann wurde eine Woche später entlassen. Sie strahlte über das ganze Gesicht, denn sie hatte ihre Sehkraft auf dem linken Auge vollständig wiedererlangt. Bevor sie ging, klopfte sie noch rasch an die Tür von Flos Arbeitszimmer, dem ehemaligen Büro von Doktor Schwerdtner. »Ich wollte Ihnen noch schnell auf Wiedersehen sagen, Frau Doktor.«

Flo erhob sich, um der alten Dame die Hand zu geben.

»Und nochmals vielen, vielen Dank. Ärzte – oder besser: Ärztinnen – wie Sie sollte es viel mehr geben.«

»Ach, nein …« Flo winkte verlegen ab.

»Doch, was wahr ist, ist wahr! Hier habe ich noch eine Kleinigkeit für Lucie, Frau Doktor. Und nun adieu.«

Flo nahm einen in Seidenpapier eingeschlagenen länglichen Gegenstand entgegen. Eine rote Schleife umschloss das Geschenk. Es fühlte sich an wie eine Gurke.

Während Flo sich noch fragte, ob Lucie sich über eine Gurke freuen würde, hatte Frau Aschermann spitzbübisch lächelnd das Büro verlassen.

Am Abend übergab Flo das Geschenk an Lucie.

»Was ist da drin?«, fragte die Kleine neugierig.

»Ich weiß es selbst nicht. Es ist von einer Patientin, und ich soll es dir geben. Pack es aus.«

Lucie entfernte mit ungeduldigen Bewegungen das Seidenpapier, und eine Banane kam zum Vorschein.

»Was ist das, Mom?«

»Eine Banane. Warte, ich schäle sie für dich.«

Lucie probierte und schmatzte genießerisch. »Hmmm!«

Es war die erste Banane ihres Lebens. Und etwas ganz Besonderes in diesen Zeiten.

KAPITEL 35

An dir ist wirklich ein Handwerker verloren gegangen«, sagte Vicki bewundernd. »Allein hätten wir das nie und nimmer hingekriegt.«

»Ach, nicht der Rede wert.« Finn strich sich über den ergrauenden Schnäuzer und betrachtete sein Werk. Er hatte den Kohleofen der Chinesen im Behandlungsraum aufgestellt und mit dem Schornsteinschacht, der hinunter in die Küche führte, durch Ofenrohre verbunden. Das letzte fehlende Stück hatte er nach einiger Überlegung aus dem Körper des mannshohen Wasserboilers geschnitten und über einem Rundholz gebogen, bis ein Rohr daraus geworden war. »Seitdem ihr ausgebombt seid, braucht ihr den Boiler sowieso nicht mehr, weil die komplette Heizungsanlage ausgefallen ist«, erklärte er.

»Das haben wir leider schon öfter zu spüren bekommen«, sagte Flo. »Und morgen ist erst der dritte Advent. Sollen wir gleich mal einheizen? Es ist ziemlich kalt hier drinnen.«

»Kein Wunder, draußen haben wir nur 6 Grad. Dazu Wind und Regen. Da möchte man keinen Hund vor die Tür jagen.«

»Wuff!« Als wolle er Finns letzten Satz bestätigen, bellte der Hund von der Fischauktionshalle. Er hatte sich in den letzten Tagen immer häufiger auf dem Grundstück gezeigt und eines Abends wie selbstverständlich neben Lucies Kinderbett zur Ruhe gelegt. Flo hatte ihn hinauswerfen wollen, aber der lautstarke Protest ihres Töchterchens verhinderte es. Seitdem wohnte Wuff in der Großen Elbstraße 7.

Finn blickte zur Uhr. »Schon gleich fünf, ich muss noch ins Krankenhaus. Macht's gut, Ihr Lieben.«

»Willst du nicht noch einen Kaffee mit uns trinken?«, fragte Flo. »Vicki hat mit Lucie Weihnachtsplätzchen gebacken, die solltest du unbedingt probieren.«

Finn zögerte. »Ich weiß nicht. Wo ist Lucie überhaupt?«

»Drüben, im ehemaligen Wartezimmer. Sie reitet auf dem Steckenpferd, das sie zum Geburtstag bekommen hat.«

»Dann will ich ihr rasch Auf Wiedersehen sagen.« Finn wollte ins Nebenzimmer gehen, kam aber nicht weit.

»Papa!« Lucie lief ihm entgegen, aufgeregt und stolz. »Du musst kommen!« Sie zog ihn an der Hand hinüber.

Finn dachte, die Kleine wolle ihm zeigen, wie gut sie auf ihrem Spielzeug reiten könne, und hielt danach Ausschau. Stattdessen erblickte er mitten im Zimmer einen Emaillenachttopf.

»Da!« Lucie wies auf das Gefäß. »Guck mal.«

Finn guckte.

»Da ist mein Pipi drin.«

Flo kam mit Vicki und Wuff dazu. »Lucie ist seit einer Woche trocken. Wir sind alle sehr stolz, nicht wahr?«

Lucie nickte ernsthaft.

Finn wusste nicht recht, was er sagen sollte. »Nun, äh, dann haben die Topflappen ja ausgedient.«

»Topflappen?« Flo runzelte die Stirn.

»So nannte meine Mutter die Windeln. Wir waren sieben Kinder zu Hause. Mutter war immer froh, wenn eines von uns sie nicht mehr brauchte. Es war noch vor Ausbruch der Cholera. Schwere Zeiten, aber zum Glück ist das lange her.«

Vicki nickte. »Ja, weiß Gott. Auch wenn die Zeiten heute nicht viel besser sind. Doch wir wollen uns nicht beklagen. Wir leben, und wir haben zu essen. Willst du nicht doch noch etwas bleiben und ein Plätzchen probieren?«

Finn schwankte. »Willst du das denn auch, Lucie?«

»Ja, will ich. Und Wuff!«

»Na, dann lass ich mich breitschlagen.«

Wenig später prasselte ein Feuer im Ofen, und alle saßen an dem Kartentisch, der ursprünglich für die *Friedrich Ihn* im

Dock von Blohm & Voss vorgesehen war. Finn lobte die Plätzchen, spähte zur Armbanduhr und fragte höflich, woher denn der schöne Tisch komme.

»Das ist ein Geschenk von Korvettenkapitän Günther Wachsmuth«, antwortete Flo.

»Wie?«

»Er ist der Kommandant eines Zerstörers und hat uns den Tisch gewissermaßen gespendet – dank des ›Organisationsgeschicks‹ unserer Freunde im chinesischen Viertel. Sie waren es auch, die uns den Ofen gebracht haben, den du angeschlossen hast, dazu Feuerung, viel Glas und Sperrholz, um Fenster abzudichten, Farben und Pinsel, Kaffee, Zigaretten, ein brandneues Fahrrad …«

»Das müssen wahre Freunde sein.«

»Das sind sie.«

Wieder blickte Finn zur Uhr. »Nehmt mir's nicht übel, aber ich muss jetzt wirklich gehen. Der Kaffee und die Plätzchen waren köstlich.«

Flo fragte: »Lässt du dich Heiligabend oder über die Weihnachtstage mal sehen? Du weißt, warum es besser wäre.«

»Warum besser?«, krähte Lucie.

Finn lachte und kraulte ihr den Kopf. »Das verstehst du noch nicht. Dein Papa bricht jetzt auf.«

Wenig später hatte Finn das Haus an der Großen Elbstraße verlassen.

Danach saßen Flo und Vicki allein am Tisch, weil Lucie weiter auf ihrem Steckenpferd reiten wollte und Wuff in den Garten gelaufen war, um sein neues Revier zu markieren.

Flo goss den Rest des Kaffees in ihre Tassen. »Was essen wir morgen?« Es war eine Frage, die sich zunehmend häufiger stellte.

»Ich habe eine gute Portion Quark auf Lebensmittelmarken bekommen, dazu könnten wir Pellkartoffeln machen. Nicht gerade ein Sonntagsmahl, aber die Marken für die Fleischration habe ich aufgehoben, damit wir Heiligabend wie immer Würstchen essen können. Und wenn Lutz, der Sohn von Schlachter Driberg, einen guten Tag hat, verkauft er mir unter der Hand noch eine Gans für die Festtage.«

»Das hört sich gut an«, sagte Flo. »Den Quark verfeinern wir mit Leinöl und Salz und mischen die getrockneten Kräuter vom Hochbeet hinein.«

»Das machen wir. Mein Hannes sagte immer: ›Das Einfachste ist häufig das Beste.‹«

»Und Dad sagte immer: ›Man kann noch so dumm sein, man muss sich nur zu helfen wissen.‹«

Vicki lachte leise. Dann seufzte sie. »Der eine ist da oben und guckt auf uns runter …«

»… und der andere lebt in der Schweiz und lässt nichts von sich hören«, ergänzte Flo.

»Und der Dritte …?«

»Bitte, lass uns nicht von ihm sprechen. In letzter Zeit war ich manchmal kurz davor, die Hoffnung aufzugeben.« Flo erhob sich und begann, das Geschirr abzuräumen. Seit Dörthe am dreißigsten November gegangen war, mussten beide Frauen sämtliche Arbeiten im Haus allein bewältigen. Doch unzähligen Ehefrauen und Müttern erging es ebenso, allen, deren Männer und Söhne in Hitlers Krieg gezwungen worden waren.

Wuff kam durch den Nebeneingang zurück und blickte Flo schwanzwedelnd an. Sie streichelte ihn. »Ich weiß, du willst ein Plätzchen abstauben, aber du riechst nach Fisch, und das sagt mir, dass du dich wieder in der Auktionshalle herumgetrieben hast, um dort ein paar Abfälle zu ergattern.«

Vicki meinte: »Dass er die Reste überhaupt verträgt, ist mir ein Rätsel.«

Lucie kam durch die Tür auf ihrem Steckenpferd geritten, warf das Spielzeug zu Boden und wollte auf Wuffs Rücken krabbeln. »Hü, Wuff!«

Flo mahnte: »Lucie, du wiegst über zwölf Kilogramm, das ist zu viel für Wuff.«

»Nein!« Lucie zog Wuff am Fell. »Platz!«

Wuff stand unerschütterlich da.

»Platz, Wuff!«

»Er kennt das Kommando nicht, meine Kleine«, erklärte Flo. »Er ist ein Streuner.«

»Was ist ein Streuner?«

Wuff begann, Lucie hingebungsvoll das Gesicht abzulecken.

»Igitt, du riechst. Geh weg!« Lucie schubste Wuff von sich. Endlich, wie in Zeitlupe, ließ er sich auf seine vier Pfoten nieder. Sofort kletterte sie auf seinen Rücken. »Hü! Hü!«

Vicki sagte: »Er ist wirklich lammfromm. Und als Wachhund wahrscheinlich völlig ungeeignet.«

»Das glaube ich auch.« Flo hatte unterdessen den Tisch abgeräumt und die Tischdecke von Krümeln befreit. »Ich glaube, es ist Zeit für Lucie, in die Heia zu gehen. Sie ist schon ein bisschen überdreht und kann sonst nicht einschlafen.«

Natürlich war Lucie damit nicht einverstanden, doch die Versicherung, Wuff würde zwischen ihrem und Moms großem Bett Wache halten sowie das Versprechen, ihr noch eine Gute-Nacht-Geschichte vorzulesen, stimmten sie um.

Nachdem sie sich noch einmal auf den Nachttopf gesetzt und Zähne geputzt hatte, lasen Flo und Vicki abwechselnd aus dem Kinderbuch *Das Fest im Walde*, in dem die Zwerge fröhlich mit den anderen Waldbewohnern feiern.

… Endlich sind, ganz unversehrt,
Unsre Zwerglein heimgekehrt,
Schließen auf des Hauses Tor,
Legen sich sogleich aufs Ohr,
Schlafen ein und träumen bald
Von dem schönen Fest im Wald.

Beim letzten Vers war auch Lucie eingeschlafen. Das Nachtgebet musste ausfallen. Die beiden Frauen kehrten zurück in den Behandlungsraum, der einstmals der Große Salon war und ihnen nun als Wohnzimmer diente. Wuff folgte ihnen. »Wir machen die Stehlampe aus und den Adventskranz an«, schlug Flo vor. »Das ist gemütlicher.«

»Und wir trinken ein Glas Wein dazu. Wie sagte mein Vater, der alte Professor zur Haiden, immer? ›Was hat das schlechte Leben für einen Zweck!‹«

Flo lächelte. »Keinen.«

»Und den Riesling trank er am liebsten eiskalt.« Vicki öffnete eine Flasche und schenkte ein. »Prost. Worauf trinken wir?«

»Prost. Wir trinken darauf, dass …« Flo hielt inne. »Ich sage es lieber nicht. Sonst wird es nicht wahr.«

Vicki nahm ihre Hand. »Warum bist du plötzlich so abergläubisch? Nur weil wir heute den Dreizehnten haben?«

»Ach, ich weiß nicht. Trinken wir darauf, dass der Krieg bald zu Ende geht.«

»Das ist ein guter Gedanke.«

Wuff knurrte.

Flo schaute zu ihm hinunter. »Bist du anderer Meinung?«

Wuffs Nackenhaare stellten sich auf.

»Da ist irgendetwas«, vermutete Vicki. »Ob da noch jemand kommt?«

»So spät? Jedenfalls steht dieser Jemand nicht vor der Eingangstür. Wuff guckt hinüber zum anderen Flügel.«

»Wir könnten so tun, als sei niemand im Haus. Wegen der Verdunkelung würde es keiner merken.«

»Ich schaue mal zum Nebeneingang.«

»Gut, ich komme mit.«

Wuff folgte ihnen.

Als sie vor dem Nebeneingang standen, wurde die Klinke von außen langsam niedergedrückt, aber die Tür war abgeschlossen.

Flo und Vicki starrten wie gebannt auf die Klinke.

Wuff knurrte lauter.

Die Klinke schnellte nach oben.

»Ich gehe in die Bibliothek, von dort kann ich sehen, wer das ist«, flüsterte Flo.

Dort angekommen, schob sie das Verdunkelungsrollo einen Spalt zur Seite und spähte hinaus. Vor dem Nebeneingang stand eine schemenhafte Gestalt. Gestapo? Nein, die kamen immer zu zweit. Ein Bettler? Zu dieser Stunde sehr unwahrscheinlich. Ein Einbrecher? Schon eher. Flo kehrte um und berichtete.

»Ich kann telefonieren und die Polizei rufen«, sagte Vicki. »Dann hat der Spuk ein Ende.«

»Nein, keine Polizei. Ob Gestapo oder Schutzpolizei, den Herren traue ich nicht mehr über den Weg.«

»Aber irgendetwas müssen wir doch tun!«

»Wir gehen zurück ins Wohnzimmer und trinken unseren Wein. Danach ist der Kerl bestimmt weg.«

Sie tranken den Wein, doch sie konnten ihn nicht genießen. Immer wieder fragten sie sich, ob der Unbekannte noch da war.

Nach einer Viertelstunde sagte Flo: »Ich gehe noch mal zum Bibliotheksfenster. Ich will wissen, woran wir sind.«

»Soll ich mitkommen?«

»Bleib lieber, wo du bist. Wuff kann mitkommen.«

Abermals spähte Flo aus dem Fenster. Tatsächlich, der Unbekannte war noch da. Er kauerte vor der Tür, den Kopf zwischen die Schultern gezogen. Eine Bedrohung, so schien es, ging nicht von ihm aus. Oder doch? Jetzt erhob er sich und schlich zum nächsten Fenster. Es gehörte zu dem Zimmer, in dem Flo und Lucie schliefen. Er richtete sich auf und wollte hineinblicken. Ein Ruck ging durch Flo. Gefahr zog auf. Gefahr für ihr Kind! Alle Angst fiel von ihr ab. Sie nahm einen Besenstiel, eilte zur Nebeneingangstür und schloss auf. »Wer sind Sie, was wollen Sie?«, herrschte sie den Unbekannten an. »Machen Sie, dass sie wegkom…«

Etwas brachte sie ins Straucheln. Wuff war an ihr vorbeigestürzt und sprang den Kerl mit tiefem Knurren an. Er fiel zu

Boden, Wuff stand zähnefletschend über ihm. Er ruderte mit den Armen, wollte aufstehen. Vergeblich.

»Wuff, komm her!«

Wuff ließ von seinem Opfer ab.

Flo trat näher, den Besenstiel in der erhobenen Hand. »Wer sind Sie?«

Der Unbekannte lächelte mühsam. »Hallo, kleine Seemannsbraut.«

KAPITEL 36

Götz saß in der alten Zinkwanne, die nach der Bombardierung des Hauses als Bademöglichkeit herhalten musste, und ließ sich von Flo die verfilzten Haare waschen. In seinen schwarzen Locken zeigten sich die ersten grauen Strähnen. »Wenn du nicht Seemannsbraut zu mir gesagt hättest, wäre ich mit dem Besenstiel auf dich losgegangen«, meinte Flo. »Du sahst aus wie eine Vogelscheuche.«

Götz ließ sich Zeit mit der Antwort. Er wollte jede Sekunde des wohltuenden Bades auskosten. Und er genoss die Nähe Flos. »Ich sah nicht nur aus wie eine Vogelscheuche, ich kam mir auch so vor«, antwortete er.

»Wie meinst du das?« Flo begann, Götz den Rücken zu schrubben.

»Ich bin vor einem halben Jahr bei einem Sträflingstransport geflohen. Es war in einer Kurve. Der Zug fuhr langsamer. Da sprang ich aus dem Waggon. Vorher saß ich im Konzentrationslager Dachau bei München. Die alten Klamotten stammen tatsächlich von einer Vogelscheuche. Sie stand auf einem Feld bei Unterschleißheim und war so freundlich, mir Jacke, Hose und Hut zu überlassen. Seitdem habe ich mich nach Norden durchgeschlagen, immer nachts, immer abseits der Schienen und Straßen.«

Götz hielt inne und blickte Flo zärtlich an. Sie war mittlerweile dreiundvierzig, fünf Jahre jünger als er, doch die Zeit hatte ihrer glatten Gesichtshaut mit den Sommersprossen auf der Nase kaum etwas anhaben können. Sie war noch immer eine wunderschöne Frau. »Ich kannte nur ein Ziel: dich.«

Es war das erste Mal an diesem Abend, dass er etwas von sich berichtete. Bei ihrer Begrüßung hatte er nur stumm dagestanden und die Arme gehoben. Flo hatte den Besenstiel fallen lassen und gestammelt: »Eintausenddreihundertfünfzig Tage, mehr als dreieinhalb Jahre! Ich habe jeden Tag gezählt, an dem du fort warst, oh, Götz, ich glaubte schon, ich würde dich niemals wiedersehen.«

Dann hatten sie sich geküsst. Scheu und ein wenig verlegen, denn beide hatten gespürt, dass nach so langer Zeit ein Stück Vertrautheit zwischen ihnen fort war.

Auch Vicki war es so ergangen, als sie den lang Vermissten mit einer Umarmung begrüßte. »Kommt erst mal herein«, hatte sie gesagt, »es ist nicht gut, wenn wir hier draußen stehen und die ganze Nachbarschaft auf uns aufmerksam wird.«

Später hatten sie gemeinsam die für den nächsten Tag vorgesehenen Kartoffeln mit der Quarkspeise gegessen, und beide Frauen hatten gespürt, dass Götz Zeit brauchte, um in der neuen Umgebung anzukommen.

Noch später hatte Vicki sich taktvoll mit einem »Gute Nacht« verabschiedet.

Und nun saß Götz in der Wanne und ließ sich verwöhnen, während Wuff neben ihm lag und wieder zu einem lammfrommen Hund geworden war.

»Warum hast du vorhin nicht einfach am Nebeneingang geklopft und dich zu erkennen gegeben?«, fragte Flo. »Du hast uns einen Heidenschrecken eingejagt.«

»Das tut mir wirklich leid. Ich wusste doch nicht, dass Vickis Haus in der Zwischenzeit zerstört wurde. Ich sah nur noch das Parterre stehen und war nahezu sicher, dass niemand darin wohnt. In diesem Fall hätte ich einen Unterschlupf für die Nacht gehabt. Doch wenn man wie ich auf der Flucht ist, geht einem die Vorsicht in Fleisch und Blut über. Deshalb drückte ich die Klinke so behutsam nieder. Leider war das Schloss abgesperrt. Bevor ich die Klinke losließ, glaubte ich, ein Brummen zu hören, aber ich war mir nicht sicher. Enttäuscht beschloss ich, eine Weile zu warten. Wenn weiter alles ruhig geblieben wäre, hätte ich mir später wohl gewaltsam Zutritt verschafft.«

»Ja, das leuchtet mir ein. Steh mal auf, ich will dich abrubbeln.«

Götz erhob sich in der Wanne, triefend nass. Er fuhr fort: »Irgendwann hörte ich Stimmen, die mir bekannt vorkamen, deine und Vickis. Ich spähte durch das verdunkelte Fenster neben der Bibliothek, um zu sehen, ob ich mich nicht getäuscht hatte. Plötzlich öffnete sich die Tür, und der Hund sprang mich an. Wie es weiterging, weißt du.«

»Ja, das weiß ich.« Flo hatte Götz unterdessen die Haare abgetrocknet, dann die Schultern, doch nun gab sie ihm das Handtuch. »Den Rest musst du selbst erledigen.«

»Natürlich.« Götz lächelte zum ersten Mal.

Flo sah, dass ihm ein Stück des Schneidezahns fehlte. »Um Himmels willen, was ist denn das?«

»Eine Erinnerung an Dachau.«

»Sie haben dich geschlagen?«

»Nicht nur, sie hatten auch noch andere Freundlichkeiten auf Lager. Aber ich möchte nicht darüber sprechen.«

»Du Armer, das musst du auch nicht.«

»Als ich in die Große Elbstraße kam, hoffte ich so sehr, dich hier anzutreffen, doch als ich das zerstörte Gebäude sah, fiel mein Traum wie ein Kartenhaus zusammen. Ein Schreckensbild tat sich vor mir auf: Meine Flo war von den Nazis des Landes verwiesen worden und lebte jetzt bei Benno in der Schweiz oder gar in New York. Schließlich bist du Amerikanerin.«

»Ich bin keine Amerikanerin mehr, ich bin Deutsche.«

»Was?«

»Ich habe die deutsche Staatsangehörigkeit angenommen, denn tatsächlich hätte ich sonst nicht hierbleiben können.« Flo erinnerte sich, welchen Preis sie dafür bezahlt hatte, aber jetzt war nicht die Zeit, einen Gedanken an Schädeba zu verschwenden. »Ich wollte hierbleiben, um auf dich zu warten.«

Das Handtuch fiel zu Boden. »Mein Gott, Flo, stimmt das wirklich?«

Flo sah, wie ausgemergelt sein Körper war. Tiefe Narben wurden sichtbar. Ihr Herz spürte einen Stich, als sie sich vorstellte, wie sehr man ihn gequält hatte. Sie reichte ihm eine Hose und ein Hemd von Hannes, Vickis verstorbenem Mann. Beides passte halbwegs. Nur die Ärmel waren etwas zu kurz.

»Du hast also wirklich die ganze Zeit hier auf mich gewartet? Manchmal werden Wunder wahr.« Götz schloss Flo in die Arme. »Was sind wir nur für ein seltsames Paar: eine Seemannsbraut und eine Vogelscheuche.«

Flo lächelte. »Aber wir passen zusammen, oder?«

»Ja, immer noch.«

Sie küssten sich. Und beide spürten: Die alte Vertrautheit kam langsam wieder.

»Was liegt da für ein Spielzeug in der Ecke?«, fragte Götz.

»Ein Steckenpferd.«

»Was in aller Welt macht ein Steckenpferd in diesem Haus?«

»Es gehört jemandem, den du nicht kennst.«

Götz hob das Steckenpferd auf. »Es sieht ziemlich neu aus, kaum benutzt. Wer ist denn der kleine Reiter?«

Flo machte ein geheimnisvolles Gesicht. »Komm mit.«

Sie führte Götz in den anderen Flügel des Hauses zu ihrem Zimmer neben der Bibliothek.

»Was hast du vor?«

Statt einer Antwort öffnete sie die Tür einen Spalt. Im schmalen Strahl des Lichts wurde ein friedlich schlafendes Mädchen sichtbar. Es war tief im Land der Träume und hielt eine Stoffpuppe im Arm. »Das ist Lucie, sie hat das Steckenpferd am siebten Dezember zu ihrem Geburtstag bekommen.«

»Sie sieht aus wie kleiner blonder Engel«, flüsterte Götz fast andächtig. »Heißt das, dass du …? Ich meine, bin ich vielleicht der …?«

»Pst«, Flo legte einen Finger an die Lippen. »Komm leise näher, dann kannst du Lucie besser betrachten.«

Götz trat an das Bettchen heran und sah staunend auf das kleine Wesen herab.

Flo sagte: »Um deine Frage zu beantworten: Der Vater ist Jäger.«

»Jäger?« Götz blickte sie ernüchtert an. »Du warst während meiner Abwesenheit also doch mit einem anderen zusammen.«

»Ich war mit einem Kreisjägermeister des Reichsbundes Deutsche Jägerschaft aus dem brandenburgischen Premnitz zusammen. Der Herr besuchte mich im März 1938 in diesem Haus und erzählte mir, er sei auf der Durchreise.«

Götz brauchte einen Augenblick, um zu begreifen. Dann strahlte er über das ganze Gesicht. »Da hast du mich aber reingelegt. Mein Gott, da liegt meine Tochter, und ich hatte keine Ahnung, dass es sie gibt. Oh, Flo, meine Flo, du machst mich zum glücklichsten Mann der Welt!« Er hielt inne. »Wie abgedroschen das klingt, nimm's mir nicht übel, aber jedes Wort ist wahr. Ach, was rede ich, ob ich sie mal auf den Arm nehmen darf?«

»Lieber nicht. Sie würde aufwachen und in das Gesicht eines fremden Mannes schauen. Das heben wir uns für morgen auf.«

»Ja, natürlich. Glaub mir, ich kann es noch gar nicht fassen.«

»Unsere Kleine war der wichtigste Grund, warum ich in Deutschland bleiben wollte. Wenn ich mit ihr nach New York gegangen wäre, hättest du sie vielleicht niemals kennengelernt. Und dann ist da noch Vicki. Ihre MS verschlimmert sich mit jedem Jahr. Das Gehen fällt ihr zunehmend schwerer. Ich konnte sie nicht im Stich lassen, sie ist mir so nah wie Anni, meine Mom, es war.«

Götz nickte. »Das verstehe ich. Auch ich mag Vicki sehr.«

»Lass uns gehen, Liebster, auch für uns ist jetzt Schlafenszeit. Es war bestimmt ein langer Tag für dich. Bei mir und der Kleinen kannst du nicht übernachten. Lucie würde beim Aufwachen nicht verstehen, woher der unbekannte Mann in meinem Bett kommt. Sag deiner Tochter leise gute Nacht, wir ziehen uns zurück.«

Götz warf einen langen Blick auf das schlummernde Mädchen und flüsterte: »Gute Nacht, mein kleiner Engel.« Dann folgte er Flo.

Als sie wieder im Wohnzimmer waren, sagte sie: »Ich habe mir überlegt, es wäre das Beste, wenn du fürs Erste in der Küche übernachtest. Zwar steht im Raum neben Vickis Zimmer noch ein Bett, doch sollte jemand Ungebetenes kommen, bist du unten sicherer. Wir werden dir dort ein Lager machen. Bist du einverstanden?«

»Heute Abend bin ich mit allem einverstanden.«

»Dann machen wir es so.« Flo küsste Götz. »Meinst du, du wirst gut schlafen können?«

Götz lächelte. »Ich werde die ganze Nacht von dir und Lucie träumen.«

»Wie heißt der Onkel?«, fragte Lucie am anderen Morgen neugierig. Sie saß auf einem Hochstuhl neben Götz, Flo und Vicki und löffelte Haferbrei mit einem Schuss selbst gemachtem Apfelsirup in sich hinein.

»Der Onkel heißt Ari«, antwortete Flo.

»Kennst du Papa?«

»Nun …« Götz räusperte sich.

»Natürlich kennt Onkel Ari Papa«, half Flo aus. »Er weiß auch, dass Finn gleich nach deiner Geburt ins Krankenhaus gekommen ist und die Vaterschaft anerkannt hat. So steht's in den Papieren.«

Götz hatte Mühe, ein gleichgültiges Gesicht zu machen.

»Papa ist nett«, stellte Lucie fest. Das Thema war für sie erledigt.

»Geh jetzt spielen, dein Steckenpferd wartet auf dich. Oder willst du uns lieber beim Spülen helfen?«

Das wollte Lucie nicht. Sie kletterte von ihrem Stuhl herunter und hopste aus der Küche in den Heizungsraum, wo sie sich mit Vorliebe zwischen den Rohren und Armaturen versteckte.

Als sie fort war, fragte Götz: »Hat Finn wirklich die Vaterschaft anerkannt?«

Flo nickte. »Ich konnte doch schlecht sagen, dass du der Vater bist.«

»Und das haben sie dir geglaubt?«

»Nein, die Herren von der Gestapo haben Finn tüchtig in die Mangel genommen, aber er blieb unerschütterlich.«

»Das ist großartig von ihm. Ich hoffe, ich kann mich irgendwann bei ihm bedanken.«

Vicki stand auf. »Willst du noch ein gekochtes Ei? Eines ist noch übrig.«

Götz wehrte ab. »Danke, nein, ich bin satt. Mein Magen hat sich wohl durch den ständigen Hunger verkleinert. Ein Ei, zwei selbst gebackene Brötchen, Streichfett, Marmelade, Brei, echter Bohnenkaffee – das war mehr als genug. So gut habe ich in Dachau niemals gegessen.«

»Magst du über Dachau reden?«, fragte Flo sanft.

»Ich will es versuchen.« Götz vergewisserte sich, dass Lucie noch im Heizungsraum war, und begann, Wuff zu kraulen. Der Hund saß zu seinen Füßen und schien eine beruhigende Wirkung auf ihn auszuüben. »Dachau ist ein Ort der Sadisten. Nie hätte ich gedacht, dass Menschen anderen Menschen so viel Leid antun können. Sie haben Freude daran, die Sträflinge zu quälen, sie zu erniedrigen, sie buchstäblich in den Schmutz zu treten. Befehle werden grundsätzlich geschrien, Appelle gibt es morgens, abends, zwischendurch. Und immer wieder wird abgezählt, auf Vollständigkeit überprüft. Eins, zwei, drei, vier … Manchmal stundenlang, im Stehen, im Regen, bei jedem Wetter, so lange, bis das Ergebnis stimmt. Von der Zwangsarbeit will ich gar nicht reden. Und auch nicht von der Folter.«

Götz machte eine Pause und trank einen Schluck Kaffee, die Erinnerung war noch zu frisch, sie wühlte ihn auf.

»Wenn es dir schwerfällt, musst du nicht weiterreden«, sagte Vicki voller Mitleid.

Götz schien sie nicht zu hören. »Ich war ein politischer Häftling. Sie haben mich Tag und Nacht befragt, Wochen, Monate, immer wieder. Sie fragten nach meiner Schleusertätigkeit, nach der *Jewish Agency*, nach dir, Flo, und nach dir, Vicki, sie quetschten mich über Lewinsky aus und wollten wissen, warum ich als Steinmetz für einen Juden gearbeitet habe. Und natürlich fragten sie, wo er sich aufhalte.«

»Sein letztes Lebenszeichen war ein Brief, der uns im Februar 39 erreichte. Er schrieb, er habe mit seiner Familie eine bescheidene Unterkunft in der Rua Alexandre Herculano gefunden, nahe der Synagoge von Lissabon. Dank unserer Dollars und des Erhabenen Hilfe werde er in den nächsten Tagen eine Passage auf einem Auswandererschiff nach New York antreten«, sagte Flo.

»Oh, das klingt gut. Das wusste ich tatsächlich nicht. Doch auch über die anderen Dinge habe ich eisern geschwiegen, zum Beispiel über Frederik.«

»Du meinst Frederik Rosen?«

»Genau den. Sie wussten, dass er sich der *Jewish Agency* angeschlossen hatte, und sie wussten auch, dass du ihm Ende 34 auf der *Albert Ballin* begegnet warst. Außerdem kannten sie die Bilder, die dich und mich auf Finkenwerder zeigen. Aus alledem schlossen sie messerscharf, ich wüsste mehr über Frederik. Das tat ich auch. Ich wusste, dass er nach dem Überfall Deutschlands auf Dänemark seine Arbeit bei der *Jewish Agency* beendet hatte und sich dem dänischen Widerstand anschloss.«

Götz machte eine Pause und grinste freudlos. »Aber wie gesagt, das habe ich ihnen nicht auf die Nase gebunden. Am Ende jedenfalls ließen sie von mir ab. Sie konnten mir nur Schleusertätigkeit von Juden ins Ausland vorwerfen. In ihren Augen allerdings ein Schwerverbrechen, umso mehr, weil sie glaubten, mit mir einen deutschen Arier erwischt zu haben – einen deutschen Arier namens Götz Vahrenfeld.«

Flo hatte unterdessen einen weiteren Kaffee aufgebrüht und schenkte Götz nach. »Nach allem, was du erzählst, wundert es mich, dass sie deine wahre Identität nicht ermitteln konnten. Es müsste doch sehr leicht für sie gewesen sein, herauszufinden, dass du in Wahrheit Halbjude bist und aus Palästina kommst?«

Götz lächelte. »Es war für sie nahezu unmöglich. Denn alles, was ich behauptete, war niet- und nagelfest. Meine Papiere waren echt. Ich erzählte ihnen, ich sei in der Tannenbergallee 27 im Norden Hannovers aufgewachsen. In einer Straße, die noch heute existierte. Sie läge zwischen Vahrenheide und Vahrenwald. Viele Anwohner hätten deshalb wie ich einen Namen, der mit ›Vahren‹ begänne.«

»Aber die Ämter in Hannover hätten den Nazis doch bestätigt, dass es dich nicht gibt?«

»Oh, im Gegenteil.« Götz grinste. »Ich bin überzeugt, sie haben alle meine Angaben eingehend durchschnüffelt, mit dem für sie ärgerlichen Ergebnis, dass sie stimmten. Die Geschichte des wahren Götz Vahrenfeld lautet nämlich so: Seine Eltern hießen Frank und Annegrete und wohnten tatsächlich in der Tannenbergallee 27. Ihr Sohn Götz wurde 1895 geboren, er war damit etwa im gleichen Alter wie ich. Seine Mutter Annegrete starb an einem Unterleibsleiden im Jahre 1921. Götz war zu dem Zeitpunkt sechsundzwanzig Jahre alt und ein begeisterter Segelflieger. Diese Leidenschaft hatte er von seinem Vater Frank geerbt, der kurz zuvor eine Anstellung als Fluglehrer beim *Hannoverschen Aero-Club* gefunden hatte. Doch der Tod der Mutter überschattete das Leben der beiden Männer, weshalb der Vater es nicht mehr in der gewohnten Umgebung aushielt – zu vieles erinnerte ihn an die geliebte Verstorbene. Er nahm deshalb ein Angebot aus der Schweiz an, als Fluglehrer auf einem Segelflugplatz in der Nähe von Zürich zu arbeiten. Vater und Sohn blieben fortan im Land der Eidgenossen, bis sie 1928 bei einem gemeinsamen Segelflug abstürzten und ums Leben kamen. Götz jedoch sollte durch mich weiterleben.«

Wieder hielt Götz inne. Er trank einen Schluck von dem heißen Kaffee und setzte seine Rede fort: »Wie es der Zufall wollte, war ich zu jenem Zeitpunkt für einige Wochen in Palästina, und die Leute von der *Jewish Agency* sprachen mich an. Sie fragten mich, ob ich der überlebende Sohn eines Frank Vahrenfeld sein wolle. Eine verrückte Frage, doch ich war neugierig geworden und zeigte mich interessiert. Sie sagten, sie würden mir Götz' Papiere und damit seine Identität geben, weil ich ihm sehr ähnlich sähe. Danach würden sie die entsprechenden Nachrichten streuen. Sie erklärten mir, worin meine Aufgabe bestünde, und ich sagte zu. Ich hatte verstanden, dass die Rettung vor den Nazis für meine Landsleute die Rettung vor dem Tod bedeutete. Ich fragte sie, wann ich anfangen solle, und sie antworteten: ›Noch nicht. Erst musst du fliegen lernen, um die Täuschung perfekt zu machen. Außerdem müssen wir deinen Namen in der Matrikel der Berner Fachhochschule ändern, damit es dort einen Aron von Stolten nie gegeben hat und die Sache wasserdicht wird. Wenn die Zeit gekommen ist, werden wir dich ansprechen und um Hilfe bitten, egal, wo du dich gerade aufhältst.‹ Seitdem bin ich offiziell der Architekt und Segelflieger Götz Vahrenfeld.«

»Das alles hast du mir noch nie erzählt.« Flo nahm Götz' Hand und drückte sie. »Danke für dein Vertrauen.«

Vicki bekräftigte: »Wir wissen es sehr zu schätzen.«

»Ich denke, ihr beide habt ein Recht, die ganzen Hintergründe meiner Geschichte zu kennen. Auch wenn dieses Wissen für euch sehr gefährlich werden kann.«

»Wir haben keine Angst«, versicherte Flo, obwohl das nicht ganz stimmte.

Götz wurde plötzlich sehr ernst. »Ich bin sicher, es ist nur eine Frage der Zeit, bis die Gestapo hier auftaucht. Spätestens, wenn sie sich daran erinnert, dass ich dieses Haus einmal renoviert habe. So schwer es mir auch fällt: Ich werde noch heute gehen müssen, um euch und den kleinen Engel nicht in Gefahr zu bringen.«

»Nein!« Flo schüttelte wild den Kopf. »Ich gebe dich nicht wieder her, jetzt, wo du endlich zurück bist!«

»Ich sehe keine andere Möglichkeit.«

Flo suchte nach Argumenten. »Willst du denn ständig auf der Flucht sein? Viele Hunde sind des Hasen Tod. Bedenke doch: Man hat dir in Dachau alles abgenommen. Wenn man dich kontrolliert, wirst du keine Ausweispapiere haben. Jeder in Deutschland muss fast ein Dutzend Papiere bei sich tragen, um nicht verdächtig zu sein, und du hast nicht mal deine Kennkarte mehr, geschweige denn eine Geburtsurkunde, einen Ariernachweis, ein Arbeitsbuch, einen Postausweis, Lebensmittelkarten und was weiß ich noch alles.«

»Es muss sein. Euretwegen.«

»Dann bleib wenigstens ein paar Tage.«

»Es geht nicht, meine Liebste.«

Vicki mischte sich ein, sie hatte die ganze Zeit schweigend zugehört und klang sehr energisch: »Hör mal, Götz, du wirst nicht nur ein paar Tage bleiben, du bleibst bis zum Ende des Krieges. Es kann nicht mehr lange dauern, jetzt, wo Hitler, dieser Wahnsinnige, letzten Donnerstag auch noch den USA den Krieg erklärt hat. Ich denke, wir verstecken dich irgendwo im Keller. Dann ist er wenigstens wieder zu etwas nütze, nachdem die Anlage im Heizungsraum durch den Bombenangriff nicht mehr funktioniert.«

Götz wollte etwas erwidern, aber Wuff fletschte plötzlich die Zähne, seine Nackenhaare stellten sich auf.

Es hatte an der Eingangstür geklingelt.

KAPITEL 37

Wer ist da?«, fragte Vicki von drinnen durch die Eingangstür.

»Geheime Staatspolizei, aufmachen!«

Vicki sah Flo an, die Wuff am Halsband festhielt. »Um Gottes willen, was machen wir jetzt?«, flüsterte sie.

Flo antwortete nicht. Sie zitterte am ganzen Körper.

»Aufmachen, wird's bald?« Faustschläge dröhnten gegen die Tür.

Vicki öffnete langsam.

Draußen standen zwei Männer. Sie trugen Hut und Ledermantel. Ihr Blick war kalt. »Sind Sie die Hausbesitzerin?«, fragte der Größere.

»Die bin ich.«

»Name?«

»Doktor Viktoria Dreyer.«

»Und Sie?«

»Doktor Florence zur Haiden.«

»Wir suchen diesen Mann.« Der Kleinere hielt den Frauen ein Bild entgegen. Es zeigte Götz. Flo erkannte, dass es sich um die Ausschnittvergrößerung eines der Finkenwerder-Bilder handelte.

»Der Mann nennt sich Götz Vahrenfeld. Wir wissen, dass Sie ihn kennen, und haben Grund zu der Annahme, dass er sich bei Ihnen aufhält.«

»Er ist nicht hier«, sagte Vicki scheinbar ruhig.

»Davon wollen wir uns selbst überzeugen.« Der Größere schob Vicki einfach zur Seite und trat ein.

»Ich protestiere! Verlassen Sie mein Haus!«

»Halten Sie den Mund.«

Flo rief: »Ich verlange eine Legitimation für Ihr Eindringen!«

»Immer mit der Ruhe.« Der Kleinere sprach plötzlich sehr leise. »Wir werden tun, was zu tun ist, und sollten Sie den Hund auf uns loslassen, erschieße ich ihn. Nochmal: Ist Götz Vahrenfeld hier?«

»Nein.«

»Wenn er hier ist, werden wir ihn finden. Er kann nicht flüchten, das Haus ist von Schutzpolizei umstellt. Gnade Ihnen Gott, wenn sich zeigen sollte, dass Sie mit Vahrenfeld unter einer Decke stecken.«

Ohne ein weiteres Wort betraten die Männer die frühere Eingangshalle. »Bleib du hier, damit uns das Vöglein auf keinen Fall davonflattert«, sagte der Kleinere. »Ich fange mal mit dem linken Teil an.«

»In Ordnung, Rammer, aber beeil dich.«

»Rammer heißen Sie also«, sagte Flo, die noch einen letzten Versuch machen wollte. »Wenn Sie nicht sofort dieses Haus verlassen, werde ich mich an höchster Stelle über Sie beschweren. Ich kenne dort einflussreiche Persönlichkeiten.«

Rammer lächelte spöttisch. »Beschweren können Sie sich gern, ob's was nützt, fragt sich.« Er ging zur Treppe neben dem Speiseaufzug. »Ich fange im Keller an, da halten sich die Ratten am häufigsten auf. Geht's da runter?«

Flo folgte ihm. »Wir haben keine Ratten.«

Bevor Rammer die erste Stufe hinunterstieg, fiel ihm noch etwas ein. Er befahl: »Holen Sie die Plattform des Speiseaufzugs mit dem Transportband hoch.«

Vicki rief: »Wozu sollte meine Nichte das tun? Machen Sie es doch selbst!« Sie wollte Flo zu Hilfe eilen, doch Rammers Kollege packte sie grob beim Arm.

»Lassen Sie mich los!«

»Sie bleiben schön bei mir, Gnädigste. Und der Köter auch.«

Rammer fuhr Flo an: »Die Plattform hoch, nun machen Sie schon.«

»Der Aufzug wird seit Jahren nicht benutzt.«

Der Gestapo-Mann trat ganz dicht an Flo heran. Er hatte kleine tückische Augen und roch nach Schweiß und Tabak. »Ich wiederhole mich ungern, Frau Doktor. Sie wären nicht die Erste, die ich hopsnehme!«

»Aber was versprechen Sie sich davon?«

»Aufzugsplattformen stehen manchmal auf halber Höhe zwischen den Etagen. Und manchmal tragen sie keine Speisen, sondern menschliche Fracht, wenn Sie verstehen, was ich meine. Also, wird's bald?«

Flo zog an dem Gurt, bis die Plattform sichtbar wurde.

Sie war leer.

Wenn Rammer enttäuscht war, so zeigte er es nicht. Er stieg die Stufen in den Keller hinunter – Flo immer einen Schritt hinter ihm. Sie hatte gleich zu Anfang beschlossen, den Kerl bei jeder Gelegenheit aufzuhalten, um Götz die Chance zu verschaffen, sich gut zu verstecken. Doch war das überhaupt möglich?

»Aha, hier sind wir also in der Küche«, sagte Rammer. »Schalten Sie das Deckenlicht ein, damit ich mehr sehen kann.«

Flo gehorchte. Bis vor wenigen Minuten hatte sie mit Vicki und Götz an dem großen Küchentisch gesessen und gefrühstückt. Die Reste der Mahlzeit lagen und standen überall herum.

»Das sieht nach einer üppigen Morgenmahlzeit aus«, stellte Rammer fest. Er trat an den Tisch und musterte ihn eingehend.

Flo tat dasselbe – mit wild klopfendem Herzen. Zu ihrer Erleichterung sah sie, dass Götz' Teller verschwunden war. Ebenso seine Tasse und sein Besteck, der Eierbecher, dazu alles, was sonst noch auf seine Anwesenheit hätte schließen lassen. Er musste die Dinge in Windeseile fortgeräumt haben.

»Ich sehe drei Teller, wem gehört der dritte?«, fragte Rammer lauernd.

»Meiner Tochter«, antwortete Flo.

»Wo ist sie?«

»Ich weiß es nicht. Sie spielt irgendwo im Haus. Sie heißt Lucie und ist drei Jahre alt. Ein ganz reizendes Kind, das können Sie mir glauben. Unser ganzer Sonnenschein. Sie ist seit einer Woche trocken. Wenn Sie auch Kinder haben, wissen Sie, was das bedeutet. Lucies Vater heißt Finn Flögl, er arbeitet als Laboraufseher im Universitätskrankenhaus Eppendorf. Leider ist er heute nicht da, er hätte Ihnen sonst bestätigen können, dass meine Angaben ...«

»Haben Sie Quasselwasser getrunken?«, blaffte Rammer. Er riss die Türen des Küchenschranks auf und begann, das Geschirr darin zu untersuchen.

Flo folgte seinen Blicken. Sie entdeckte Götz' Teller in einem Stapel und seine Kaffeetasse unter den Trinkgefäßen. Beide waren nur flüchtig gespült. Lieber Gott, gib, dass dieser Widerling das nicht bemerkt!, betete sie insgeheim.

Ihr Hilferuf schien erhört zu werden, denn Rammer ließ von dem Küchenschrank ab, um sämtliche anderen Gegenstände in der Küche zu inspizieren, die Tiegel, Kellen und Kasserollen an der Wand, die Küchenhexe darunter, den Elektroherd daneben, mit dem Flo das Badewasser für Götz erhitzt hatte, den Besenschrank nebst Inhalt und das Paradetuch mit den Platztellern dahinter, die das Wappen der zur Haidens zeigten: den springenden Karpfen auf grünem Grund. Sogar unter den Küchentisch schaute er.

»Sie sehen selbst, der Mann, den Sie suchen, ist nicht hier«, sagte Flo.

Rammer überhörte sie. »Ist das die Tür zur Speisekammer?«

»Richtig.«

Rammer schaute in den schmalen Raum, dessen wandhohe Regale vollgestellt mit Einweckgläsern waren. »Nehmen Sie das eingemachte Zeug runter, alles!«, befahl er.

»Hoffen Sie, Vahrenfeld zwischen den Gläsern zu entdecken?«

»Tun Sie gefälligst, was ich Ihnen sage!«

Flo nahm zwei Gläser mit Wachsbohnen, trug sie in die Küche und stellte sie auf den großen Tisch. Sie sah, wie Rammer wegen ihrer Langsamkeit der Kamm schwoll, aber sie bewegte sich keinen Deut schneller.

»Machen Sie schon!«

»Ich darf nicht so schwer tragen.«

»Herrgott noch mal!« Rammer wischte mit einer einzigen Bewegung ein halbes Dutzend Gläser aus dem Regal. Sie fielen klirrend zu Boden, ihr Inhalt ergoss sich teilweise auf seine Schuhe. »Verdammte Scheiße!«

»Würden Sie das zu Hause bei Ihrer Frau so machen?«, fragte Flo kalt. Sie wunderte sich über ihren Mut, doch die Empörung über diesen Widerling hatte ihre Angst für einen Augenblick überdeckt. »Sie sehen doch auch so, dass Vahrenfeld nicht hier ist.«

Rammer verließ die Speisekammer, nahm ein Geschirrtuch vom Haken und putzte sich damit die Schuhe ab. »Was ist in dem Raum da neben der Treppe?«

»Die Heizungsanlage.« Flo hoffte, dass Lucie sich nicht mehr dort befand. Sie hatte vorhin darin spielen wollen, und sie musste nicht unbedingt die Bekanntschaft mit diesem finsteren Mann machen.

Rammer strebte mit energischen Schritten zum Heizungsraum. In der Tür blieb er stehen und machte Licht. Ein Wirrwarr von Rohren, Armaturen und Ventilen tat sich vor ihm auf. An der Wand stand der große Wasserboiler, umschlungen von Kupferleitungen mit runden Messgeräten. Unter der Decke liefen mehrere dick mit Isoliermaterial ummantelte, abgehängte Heizungsrohre durch die Wand zum Luftschutzkeller des rechten Flügels. In der Wand befand sich die schwere Eisentür, die Flo, Vicki und Lucie fast zum Verhängnis geworden wäre.

»Aha«, sagte Rammer. »Dann wollen wir mal.« Er nahm sich einen alten Stuhl und stieg auf die Sitzfläche, um in den Spalt zwischen den abgehängten Rohren und der Decke zu spähen.

»Der Heizungsraum ist seit dem Fliegerangriff durch die Engländer in der Nacht vom zehnten auf den elften November

1940 nicht mehr in Betrieb«, erklärte Flo. »Viele Teile stammen noch aus der Zeit des neunzehnten Jahrhunderts, als der Vater meiner Tante mit seiner Familie dieses Haus bezog. Sein Name war Professor Carl-Heinrich zur Haiden. Er leitete als Oberarzt die II. Chirurgische Abteilung des Neuen Allgemeinen Krankenhauses Eppendorf, dem heutigen Universitätskrankenhaus. Die Heizungsanlage hier unten wurde immer wieder ergänzt oder in Teilen erneuert, aber einwandfrei über einen längeren Zeitraum funktionierte sie selten. Ich kann Ihnen …«

»Sie können mich mal.« Rammer kletterte vom Stuhl herab. Er hatte über den Heizungsrohren außer zentimeterdickem Staub nichts entdecken können. Das verdross ihn. »Irgendwo muss es in diesen Katakomben ein Versteck geben, und ich will nicht mehr Rammer heißen, wenn ich es nicht finde!«

»Wo nichts ist, kann man nichts finden«, sagte Flo.

Rammer beachtete sie nicht. Er ließ seinen Blick schweifen. Dann stutzte er. Er hatte in der rechten hinteren Ecke einen Mauervorsprung entdeckt. Seine Hand verschwand im Ledermantel. Als sie wieder hervorkam, hielt sie eine Pistole. »Kommen Sie raus, Vahrenfeld, Sie haben keine Chance!«

»Du bist gemein!«

Ein blonder Haarschopf blitzte kurz hinter dem Vorsprung auf. Rammer riss die Pistole hoch. »Wer zum Teufel ist das?«

»Die Waffe weg, auf der Stelle!« Mit einem Schritt stand Flo direkt vor Rammer. »Unterstehen Sie sich! Das ist meine Tochter Lucie. Komm her, meine Kleine.«

Lucie lief zu Flo, das Steckenpferd hinter sich her schleifend. Sie schmiegte sich an den Rock ihrer Mom und schaute zu Rammer auf. »Spielverderber!«, rief sie.

»Herr Rammer sucht jemanden, und er hat dich gefunden.«

»Der hat mich gar nicht gesehn!« Lucie blickte Rammer böse an. Dann, plötzlich, begann sie, auf ihrem Steckenpferd um den Gestapo-Mann herumzureiten. »Spielverderber, Spielverderber, blöder, blöder Spielverderber …!«

»Schaffen Sie mir das Kind vom Hals!«, brüllte Rammer.

»Komm her, Lucie.«

Lucie dachte nicht daran. Sie machte weiter. »Spielverderber, Spielverderber!«

Rammer sah rot. Er packte sie und hielt ihr die Pistole an den Kopf. »Halt endlich die Klappe, du verdammte Göre, oder ich knall dich ab!«

»Schluss jetzt!« Flo stieß Rammer mit aller Kraft zurück. »Lucie, lauf hoch zu Tante Vicki, schnell!«

Ein brutaler Schlag traf sie an der Stirn. Sie verlor das Bewusstsein und stürzte zu Boden.

Als sie wieder zu sich kam, sah sie Rammer, wie er die Ecke hinter dem Mauervorsprung untersuchte. Ihre Ohnmacht konnte nicht lange gedauert haben. Ihr Kopf dröhnte. Sie musste wahnsinnig gewesen sein, Rammer anzugreifen. Jederzeit hätte er abdrücken können. Gott sei Dank schien Lucie fort zu sein. Außer Gefahr. Mühsam stand Flo auf. Rammer, dieser Teufel, sollte sie nicht hilflos am Boden sehen. »Sie werden hier niemanden finden!«

Der Gestapo-Mann antwortete nicht. Er kämmte den Heizungskeller systematisch durch. Einen Eimer, der ihm im Wege war, trat er wütend zur Seite. Der Eimer trudelte scheppernd gegen den Wasserboiler. Er nahm die Pistole und schlug mit dem Lauf mehrmals gegen den Boiler. Es klang hohl.

»Ich habe Ihnen doch erklärt, dass die Anlage seit November 40 außer Betrieb ist. Im Boiler befindet sich kein Wasser mehr«, sagte Flo.

»Ja, ja. Gibt es auf dieser Seite noch andere Räume?«

»Noch zwei.«

Rammer nahm beide Räume mit derselben Sorgfalt unter die Lupe wie den Heizungskeller. Im ersten Raum, der von der Küche abging, fand er eine Saftpresse vor, nebst einer großen Apfelkiste und den dazugehörigen Geräten, im dahinterliegenden Raum altes Gerümpel und den Schaltkasten mit dem Hausanschluss für die Elektrik. Nirgendwo steckte der Gesuchte. »Gehen wir rüber zum rechten Flügel.«

Flo öffnete die Eisentür, dessen Schloss repariert worden war. Rammer gelangte in den Luftschutzkeller. Die vorschriftsmäßige Ausstattung interessierte ihn nicht. Die Werkbank mit dem Schraubstock für kleinere Reparaturarbeiten schon eher. Sie lag im hinteren Bereich. »Hier ist kürzlich gearbeitet worden. Ich sehe Metallspäne, einen Hammer und Zangen. Was hat das zu bedeuten?«

»Herr Flögl, der Vater von Lucie, hat hier ein Stück Rohr gebogen. Für den Anschluss des Kohleofens oben im Wohnzimmer.«

Rammer musste sich mit der Antwort zufriedengeben, was seine Laune nicht gerade verbesserte. Er verließ den Luftschutzkeller und gelangte über den Heizungsraum zu einem Aufbewahrungsort, in dem gut verpackt ein Dutzend alter Bilder an der Wand lehnte. Gegenüber befanden sich eine halbvolle Kartoffelkiste und die Eierkohlen, die seinerzeit von den Chinesen mit dem Opel Blitz herbeigeschafft worden waren. Rammer ergriff eine Eisenstange und stieß sie wuchtig an verschiedenen Stellen in die Kartoffelkiste. »Wollen doch mal sehen, ob hier ein Kartoffelkäfer drinsitzt!«

Flo hoffte inbrünstig, dass dem nicht so war.

Rammer ließ von der Kiste ab und wandte sich den Eierkohlen zu, wo er seine Bemühungen wiederholte. Doch auch da waren sie vergebens.

Im angrenzenden Raum fand er zwei spinnwebenüberzogene Betten aus Gasrohr vor, dazu mehrere Rosshaarmatratzen, ferner einige ausrangierte medizinische Geräte, die noch von Hannes stammten.

»Mehr Räume gibt es hier unten nicht«, sagte Flo.

Rammer warf die Eisenstange weg und ging fluchend zurück zur Treppe, die ins Parterre hinaufführte.

»Das hat ja ewig gedauert«, begrüßte sein Kollege ihn vorwurfsvoll in der Eingangshalle. Er hatte Wuff mit der Leine an den Türgriff gebunden und Vicki und Lucie die Füße gefesselt, so dass sie sich keinen Schritt bewegen konnten. Lucie weinte.

Flo sah es und wollte zu ihr laufen, wurde von Rammer aber gepackt und festgehalten.

»Wozu die Fesseln?«, fragte er seinen Kollegen.

Der antwortete: »Ich habe in der Zwischenzeit hier oben alles gründlich durchforstet. Wie du siehst, habe ich die nötigen Maßnahmen ergriffen, damit währenddessen niemand unser Vögelchen warnen konnte.«

»Ja, und?«

»Nichts.«

»Scheiße. Unten auch nicht.«

Flo riss sich von Rammer los und lief zu Lucie. Sie tröstete die Kleine und spürte gleichzeitig grenzenlose Erleichterung, weil die Kerle Götz nicht gefunden hatten.

»Bist du sicher, dass Vahrenfeld nicht hier oben ist?«, fragte Rammer noch einmal nach.

»Ganz sicher.«

»Vielleicht haben Sie dann die Freundlichkeit zu gehen«, sagte Vicki, während Flo ihre und Lucies Fesseln löste. »Ich würde es im Übrigen sehr begrüßen, wenn Sie von weiteren Besuchen absehen könnten.«

Rammer blickte sie tückisch an. »Es ist noch nicht aller Tage Abend, Gnädigste. Sie reden sich gerade um Kopf und Kragen. Die Keller im Stadthaus sind tief und die Schreie der Eingelochten laut. Vergessen Sie das nie!«

Vicki schwieg.

Rammer und sein Kollege verließen die Stätte ihrer Niederlage ohne ein weiteres Wort.

Flo und Vicki beobachteten, wie sie auf den Bürgersteig der Großen Elbstraße traten und sich in ein parkendes Auto setzten. Flo wollte etwas sagen, doch sie kam nicht dazu, denn Lucie rief plötzlich: »Onkel Ari, Onkel Ari!«

Wie aus dem Nichts war Götz hinter ihnen aufgetaucht.

Als wenig später auch die Schutzpolizisten nicht mehr das Haus bewachten, setzten sich alle wieder an den Küchentisch. Vicki brauchte diesmal für sich zwei Stühle, weil sie die Beine hochlegen musste. Das lange Stehen und die Fessel waren für sie sehr schmerzhaft gewesen.

»Wir haben noch eine Flasche Henkell Trocken aus Friedenszeiten«, verkündete Flo. »Die ist jetzt fällig.« Sie schenkte drei Gläser voll, und Lucie bekam einen Becher Apfelsaft.

»Prost, auf die Freiheit«, sagte Götz.

»Was ist Freiheit?«, fragte Lucie.

Flo antwortete: »Freiheit ist, wenn einer sich versteckt, und die anderen können ihn nicht finden.«

Das leuchtete Lucie ein.

»Und wo hattest du dich nun versteckt?«, fragte Flo. »Ich habe tausend Ängste ausgestanden, dass dieser Unmensch Rammer dich finden würde.«

»So ähnlich ging es mir mit dem größeren Kerl auch, als er im Parterre herumschnüffelte«, sagte Vicki.

Götz lächelte und trank genüsslich einen Schluck. »Im Wasserboiler.«

»Im Wasserboiler?« Flo blickte entgeistert. »Aber Rammer hat doch mit seiner Pistole dagegengeschlagen, und es klang ziemlich hohl und überhaupt: Wie bist du denn da reingekommen?«

»Durch das große rechteckige Loch, das Finn hineingeschnitten hatte, um das Stück Ofenrohr daraus zu formen. Lucie zeigte es mir. So war's doch, nicht wahr, meine Kleine?«

»Ja!«, krähte Lucie stolz.

»Als ich im Boiler stand, habe ich ihn so gedreht, dass die Öffnung zur Wand zeigte. Gott sei Dank war der Zylinderkörper nicht mehr im Boden verankert, deshalb ging's. Dann habe ich Lucie gesagt, dass sie mich auf keinen Fall verraten darf und dass sie sich selbst verstecken soll, sonst würden wir das Spiel verlieren, stimmt's, mein kleiner Engel?«

»Jaaa!«

»Ich habe Blut und Wasser geschwitzt, als ich in dieser Röhre stand und hörte, wie der Kerl nach mir suchte. Und ich wäre am liebsten über ihn hergefallen, als ich mitbekam, dass er dich, meine Liebste, zu Boden schlug. Aber es war wohl richtig, dass ich stillgehalten habe.«

»Jaaa!«, krähte Lucie wieder.

Wuff machte »Wuff« und wedelte mit dem Schwanz.

Alle lachten.

Vicki setzte ihr Glas ab. »Bei allem Glück, das wir hatten: So etwas möchte ich nicht noch mal erleben. Wir müssen uns ein dauerhaftes Versteck für dich ausdenken, Götz.«

»Eines, auf das der gerissenste Schnüffler nicht kommt«, bekräftigte Flo.

Götz nickte. »Als frischgebackener Onkel will ich bei meiner kleinen, äh, Nichte bleiben. Und ich denke, ich habe schon eine Idee für das Versteck.«

KAPITEL 38

Flo las in einer Schrift mit dem Titel *Der Augenbefund in seiner diagnostischen und differentialdiagnostischen Bedeutung bei Tabes dorsalis, Lues cerebrospinalis, Mulipler Sklerose.* Die Abhandlung mit dem etwas sperrigen Titel stammte aus dem Jahre 1936, der Verfasser war Professor Carl Behr.

Ebendieser steckte nun den Kopf in die Tür zu Flos Büro und fragte, ob sie Lust auf einen Kaffee habe. Hölzchen sei gerade dabei, einen aufzubrühen. »Oder ruft die Pflicht gleich wieder, Flo?«

»Nein, nein, ich habe gerade eine halbe Stunde Pause.«

»Und verschwenden die kostbaren Minuten mit der Lektüre eines so unbedeutenden Werks?«

Flo lachte und legte die Schrift beiseite. »Ich komme zu Ihnen rüber, Herr Professor.«

Als sie Behr beim Kaffee gegenübersaß und dieser – wie so häufig – mit einer gewissen Andacht »Der erste Schluck ist immer der beste« gesagt hatte, erklärte sie: »Ich wollte mich wegen meiner Tante, Frau Doktor Dreyer, belesen.«

»Die Dame, die in jungen Jahren als Erika-Schwester in diesem Krankenhaus arbeitete?«

»Genau. Natürlich leidet sie nicht unter Rückenmarksschwindsucht oder der progressiven Paralyse einer Syphilis, aber wie Sie wissen unter Multipler Sklerose. Sie wird am dreizehnten Mai siebzig und hatte im letzten Jahr zwei Schübe mit jeweils inkompletter Remission.«

»Das hört sich nicht gut an.«

»Sie kann sehr schlecht gehen und wird demnächst einen

Rollstuhl brauchen, obwohl sie das natürlich ablehnt. Um es kurz zu machen: Ich habe bei ihr Angst vor neurologischen Dysfunktionen und lese deshalb so viel wie möglich über die MS und ihre Begleiterscheinungen.«

»Wenn Sie wollen, Flo, schaue ich mir Ihre Tante gern einmal an.«

»Danke, Herr Professor.« Flo stellte die Kaffeetasse zurück auf Behrs Schreibtisch. »Aber ich habe ihre Augen bereits untersucht. Außer der Alterssichtigkeit und einem Grauen Star im Anfangsstadium war nichts Besorgniserregendes festzustellen. Bis jetzt jedenfalls.«

»Schön.« Behr schüttete zwei rosa Pillen aus einem Döschen in seine Handfläche und spülte sie mit dem letzten Schluck seines Kaffees hinunter. Er fing Flos Blick auf und lächelte. »Oh, das ist ebenfalls nichts Besorgniserregendes, nur das Alter, das ein wenig droht. Doch ich widerstehe. Ist sonst zu Hause alles in Ordnung?«

»Ja, danke.« Flo dachte an die beschaulichen Weihnachtstage, die sie mit Götz, Vicki und Lucie verlebt hatte, und an die Anstrengungen, die nötig gewesen waren, um das von Götz geplante Versteck einzurichten. »Es gibt einen Raum ganz unten, den nicht einmal ihr kennt«, hatte er geheimnisvoll erklärt. »Es ist ein Kriechkeller, dessen Zugang auf halber Höhe hinter dem Kohlehaufen liegt. Der Zugang besteht aus einer hölzernen Tür. Ich wäre hineingeschlüpft, als Rammer hinter mir her war, wenn die Eierkohlen nicht davor gelegen hätten. Natürlich werden sie irgendwann aufgebraucht sein, doch ich will schon jetzt die hölzerne Tür durch ein Stück schwenkbare Mauer ersetzen. Sie wird so perfekt gearbeitet sein, dass niemand den Übergang zur restlichen Mauer erkennt. Schon gar nicht, wenn noch ein paar Kohlen davor liegen, die den Betrachter auf Abstand halten.«

Vicki hatte gesagt: »Wo du den Kriechkeller erwähnst, erinnere ich mich schwach an ihn. Er ist, glaube ich, höchstens drei Meter lang und liegt zum größten Teil unter dem Garten.«

»Stimmt. Ich werde ihn ausbauen und absichern und mit einem versteckten Luftschacht ausstatten. Ich werde Licht hineinlegen und einen Wasseranschluss, mit einem Wort: alles, um ein paar Tage unentdeckt darin leben zu können.«

»Meinst du, du schaffst das?«

»Gewiss, schließlich bin ich Architekt!« Götz war Feuer und Flamme für seinen Plan gewesen, doch die Umsetzung hatte sich als schwierig erwiesen, besonders, da es Winter war und der Aushub seiner »Höhle« bei Nacht im Garten verteilt werden musste. Doch vor ein paar Tagen war der Zufluchtsort endlich eingeweiht worden, sehr zur Freude Lucies, vor deren kindlicher Neugier man die Arbeiten nicht hatte verbergen können.

»Wie geht es ihrer kleinen Lucie?«, fragte Behr.

»Sie blüht, wächst und gedeiht«, antwortete Vicki. »Und sie spricht schon sehr gut. Ende des Jahres wird sie vier.«

»Ja, ja, *tempi passati*. An den Kindern merkt man, dass die Zeit vergeht. Damit meine ich selbstverständlich nicht Sie, Flo. Sie scheinen bei sich im Garten einen Jungbrunnen stehen zu haben. Aber man muss lernen, sich mit dem Alter zu arrangieren, besonders in diesen Tagen. Wussten Sie, dass Professor Brodersen vor Kurzem zwangsemeritiert wurde?«

»Nein, das ist mir neu«, sagte Flo betroffen. Brodersen war einer der wenigen gewesen, die vor den Nazis kein Blatt vor den Mund genommen hatten. Sein am Schluss abgewandelter Merksatz für die Namen der Handwurzelknochen, der wie folgt lautete: »Es fuhr ein *Kahn* im *Mond*enschein im *Dreieck* um das *Erbsen*bein. *Vieleck groß, Vieleck klein,* im *Kopf* das *Haken*kreuz muss sein« sowie seine Verweigerung, den Eid auf Hitler zu leisten, waren unter den Studenten mittlerweile legendär. Einen weiteren Beweis seiner Abneigung den braunen Machthabern gegenüber hatte er in einer Anatomievorlesung geliefert, in der er das ständige Armhochreißen und Heil-Hitler-Rufen der Nazis auf die Schippe nahm: »Die Muskulatur des Schultergürtels, liebe zukünftige Kolleginnen und Kollegen, ist vielfältigen Belastungen ausgesetzt«, hatte er mit ernster Miene vorgetragen, um dann mit feinem Lächeln fortzufahren: »Ein Beispiel dafür ist die sogenannte Muskelhypertrophie, also Muskelverdickung, die bei zu häufigem Erbringen des Hitler-Grußes auftritt.«

Diese Ermahnung war auf große Heiterkeit gestoßen, doch es hatte wohl einige Parteimitglieder unter den Studenten gegeben, die darüber weniger lachen konnten. Vielleicht waren sie es gewesen, die Brodersen bei der Fakultät angeschwärzt hatten.

»Brodersen war ein von mir sehr geschätzter Kollege, ein untadeliger Mensch und hervorragender Wissenschaftler«, sagte Behr. »Er hatte gerade Geburtstag, ist jetzt vierundsechzig, und kein Mensch weiß, wie er künftig bei verbotener Lehrtätigkeit finanziell zurechtkommt. Man kann nur hoffen, dass dieser Sch…krieg bald zu Ende geht und andere Zeiten anbrechen.«

»So denke ich auch, Herr Professor.«

Behr lächelte und erhob sich, das Kaffeeschwätzchen war vorbei. »Nur gut, dass aus diesen Wänden nichts nach draußen dringt, nicht wahr, Flo?«

»Auf keinen Fall, Herr Professor.«

Während Flo wieder ihr eigenes Büro aufsuchte, fragte sie sich, was aus Brodersens großer Schausammlung von anatomischen und mikroskopischen Modellen werden würde und ob er Gelegenheit fände, seine Studien zu den anatomischen Zeichnungen Leonardo da Vincis fortzuführen – ganz zu schweigen von seinen Forschungen über die Liesegangschen Linien. Vielleicht würde sie es nie erfahren.

Flo seufzte. Seitdem Behr sie nach Oberarzt Schwerdtners Ausscheiden gebeten hatte, ganztags Dienst zu machen, kam sie selbst nicht mehr zur Forschungsarbeit. Die künstliche Linse aus Akryl hatte sich als unverträglich erwiesen, und ein anderes Experimentierfeld, das sie ebenfalls reizte, kam aus zeitlichen Gründen nicht in Betracht: Es handelte sich um die Möglichkeiten, die sich durch das von Tadeus Reichstein aus den Hormonen der Nebennierenrinde isolierte Cortison ergaben. Flo wusste um die entzündungshemmende Wirkung des Cortisons und hätte gern versucht, sie sich bei der Behandlung einer Konjunktivitis nutzbar zu machen, etwa durch die Entwicklung eines entsprechenden Fluidums, doch der Dienst erlaubte es nicht.

Du bist undankbar!, schalt sie sich einige Stunden später, als sie mit der Bahn nach Hause fuhr. Du bist gesund, du hast ein reizendes Kind, und der Mann deiner Träume ist seit drei Monaten wieder bei dir. Sei glücklich!

Mit einem Lächeln auf den Lippen begrüßte sie ihre Lieben in der Küche, weil sich dort das Leben hauptsächlich abspielte. Vicki hatte einen Kartoffelauflauf mit Ei vorbereitet, und Lucie war ihr dabei zur Hand gegangen. Die Kleine war schnell dahintergekommen, dass ihr richtiger Vater Götz hieß. Sie nannte ihn »Daddy«, und sie fand es ganz normal, darüber hinaus einen Papa namens Finn zu haben. Götz und Finn verstanden sich gut, das war für sie die Hauptsache. »Ich hab mit Daddy und Tante Vicki Blinde Kuh gespielt«, krähte sie, bevor sie Flo einen schmatzenden Kuss gab.

»Und hat das Spaß gemacht?«

»Jaaa! Daddy war Blinde Kuh und wollt mich immer grapschen, aber ich war schneller.«

»Das stimmt.« Götz grinste. »Ich habe mich mit dem Tuch vor Augen sehr ungeschickt angestellt.« Er küsste Flo zärtlich, wurde von Lucie aber dabei gestört.

»Komm, Daddy, wir spielen weiter.«

»Nein, jetzt wird gegessen«, schaltete sich Vicki ein. »Der Auflauf wird sonst kalt.«

Nach dem Essen wuschen sie gemeinsam ab, und Vicki zog sich in ihr Zimmer zurück. Flo und Götz brachten Lucie in Flos Schlafzimmer und lasen ihr abwechselnd eine Gute-Nacht-Geschichte vor, bis sie eingeschlummert war. Götz löschte die Nachttischlampe und begann, Flo zu küssen und zu liebkosen. »Lieber nicht«, flüsterte sie, »ich hab Angst, dass Lucie aufwacht ...«

Götz lachte unterdrückt. »Sie wird garantiert nicht aufwachen.«

»Wieso?«

»Weil ich dich hiermit in mein Kellerreich einlade. Seit heute ist es komplett eingerichtet. Ich habe sogar noch schnell den Tefag-Empfänger mit einer Wurfantenne versehen, damit wir Swing-Musik auf Kurzwelle hören können.«

»Liebster, heute Nacht werden wir Minusgrade bekommen. Sollen wir in deiner Höhle erfrieren?«

»O nein, es ist für alles gesorgt! Komm nur mit.«

Sie stiegen die Kellertreppe hinunter, betraten den Raum mit den Kartoffeln und den Kohlen und kletterten mithilfe eines Tritts in Götz' Höhle. Er machte Licht, und Flo staunte.

Inmitten des niedrigen Raumes standen die beiden ausrangierten Betten aus Gasrohr, frisch bezogen, mit Kissen und Daunendecken. »Unter den Decken liegen zwei Wärmflaschen«, sagte Götz. »Die trotzen jedem Minusgrad.« Er ließ sich in eines der Betten fallen und zog Flo an sich. »Aber vielleicht brauchen wir die gar nicht?«

»Bist du sicher?« Sie schmiegte sich an ihn und sah sich um. Nur wenige Gegenstände links und rechts des Bettes füllten den Raum, und alle waren flach: ein Schränkchen für die Tischlampe, ein Stuhl mit abgesägten Beinen, ein Bord, auf dem das von Finn besorgte Radio stand. »Es ist gemütlich.«

Götz schaltete den Röhrenempfänger ein und suchte einen Sender, der Musik spielte. Bald hatte er ein passendes Stück gefunden. Es war der *St. Louis Blues* von Benny Goodman.

Flo summte die Melodie mit. »Ich habe seit Ewigkeiten keinen Swing mehr gehört. In der Bibliothek der Augenklinik steht nur ein Volksempfänger, und da hört man außer Propaganda immer nur Märsche oder schwere Musik von Wagner, weil der Führer Wagners Opern und das Getöse drumherum schätzt. Nichts gegen Bayreuth, aber die Zeiten sind schon schwer genug. Welchen Sender hast du denn eingestellt?«

»Die BBC aus London.« Götz drehte den Ton lauter, denn

ein Sprecher kündigte Nachrichten an. Er sprach Deutsch mit englischem Akzent.

»Wieso spricht der Deutsch?«, fragte Flo.

Götz grinste. »Weil er weiß, dass du zuhörst. Nein, im Ernst: Es ist nicht nur so, dass Goebbels, unser Klumpfüßchen, Propaganda macht, die Engländer können es auch, mit dem Unterschied, dass sie die andere Seite der Medaille beleuchten – und objektiver berichten. Sie senden in regelmäßigen Abständen.«

Der Sprecher begann, die Nachrichten des vierzehnten Februar zu verlesen: … *Der Großdeutsche Rundfunk feiert seit gestern den Durchbruch eines Kriegsschiffverbandes durch den Ärmelkanal als großen Sieg. Den Schlachtschiffen* Scharnhorst *und* Gneisenau *gelang es, von Brest kommend, deutsche Seehäfen zu erreichen. Doch der Sieg ist in Wahrheit ein Rückzug, eine taktische Niederlage, da die Schiffe nicht mehr in Brest an der Atlantikküste stationiert sind und keine Bedrohung mehr für die Versorgungslinien Großbritanniens darstellen …*

Es folgten die Lage in Nordafrika und die Situation in Russland: … *Der bereits im Dezember gescheiterte Versuch der Wehrmacht, Moskau einzunehmen, hatte wie berichtet einen starken Gegenschlag der russischen Armeen zur Folge. Viele deutsche Divisionen und Regimenter wurden zum großen Teil zerstört und mussten sich zurückziehen. Moskau ist für immer befreit …*

»Komisch«, sagte Flo, »bei uns hört man immer nur von Erfolgen. Es klingt so, als sei der Krieg spätestens im nächsten Monat gewonnen.«

Götz streichelte sie. »Die Wahrheit sieht anders aus. Die deutsche Kriegsmaschine stößt langsam an ihre Grenzen. Das Reich ist von Feinden umzingelt. Aber lass uns jetzt von etwas anderem reden.« Er drehte am Knopf, fand einen neuen Sender, und die warme Stimme von Bing Crosby erklang:

By the Light of the Silvery Moon …

Flo flüsterte: »Ich sehe keinen silbernen Mond.«

Götz lachte unterdrückt. »Wie auch! Ich glaube, wir brauchen kein Licht.« Götz schaltete das Tischlämpchen aus. Nur das schwache Leuchten der Senderskala spendete noch etwas Helligkeit.

… I want to spoon, to my honey I'll croon love's tune
Honeymoon keep a shining in June …

»Bing Crosby scheint nicht zu wissen, dass wir Mitte Februar haben und Flitterwochen erst recht nicht«, seufzte Flo.

»Du hast recht, der Mann hat keine Ahnung.«

Flo kicherte.

»Aber das holen wir nach.« Götz begann, Flo die Bluse zu öffnen, Knopf für Knopf. Er ließ sich Zeit und hauchte ihr dabei kleine Küsse auf den Mund, die Nase, die Augen, die Stirn und wieder auf den Mund … Seine Lippen glitten über ihren Hals und küssten sacht die noch verhüllten Spitzen ihrer Brüste … »In diesem Jahr werden wir es wohl nicht schaffen, weil der großdeutsche Führer etwas dagegen hat, doch vielleicht im Juni des nächsten oder übernächsten Jahres.«

»Oh, das wäre zu schön.«

Götz löste den Verschluss des Büstenhalters und zog Flo den Rock aus, strich ihr behutsam die Strümpfe von den Beinen und küsste die zarte Haut ihrer Schenkel.

»War das eben ein Heiratsantrag?«, fragte Flo leise.

»Was denn sonst, meine kleine Seemannsbraut?«

»Wirklich, mein Liebster?«

»Natürlich, sobald der Krieg vorbei ist, gehen wir aufs Standesamt.«

»Ich … Ich glaube, wir brauchen die Wärmflaschen wirklich nicht.«

KAPITEL 39

Alle Vögel sind schon da, Aale, Aale, Aale …!« Aale-Edith saß an diesem Sonnabend im Mai wie immer vor der *Hölle* und hielt Ausschau nach Kundschaft. Das Geschäft mit dem schlangenförmigen Fisch lief nicht besonders gut, obwohl die Sonne schien und die Reeperbahn wegen des schönen Wetters auch am Tage recht belebt war. Der schleppende Verkauf lag nicht zuletzt daran, dass viele Männer zum Kriegsdienst eingezogen worden waren, nicht nur die jungen, sondern auch ältere, schon über Dreißigjährige. Dazu kam das Problem mit den Lebensmittelmarken. Die durfte Aale-Edith nicht nehmen, weil sie privat verkaufte. Dass sie überhaupt auf dem Bürgersteig sitzen und ihren Räucherfisch anbieten konnte, verdankte sie Lautenschläger, genannt »Laute«, dem alten Kiez-Polizisten, den sie seit Ewigkeiten kannte und der gegen ein schönes Stück Aal ihre Gegenwart übersah. Seine Runde erstreckte sich vom Millerntorplatz bis zum Nobistor, und von dort schlingerten gerade ein paar Matrosen der Kriegsmarine heran. Wahrscheinlich hatten sie Landgang und hofften, dass die sündige Meile sich auch bei Tage als sündig erweisen würde.

Aale-Edith passte ihren Gesang reaktionsschnell an: »*Alle, die mit uns auf Kaperfahrt fahren, Aale, Aale, Aale, müssen Männer mit Schwänzen sein, Aale, Aale, Aale!*«, sang sie und hielt ihnen ein Stück Räucherfisch entgegen.

»Mensch, Oma«, erklärte der erste der bärtigen Kerle lachend, »wir sind U-Bootmänner, unsere Aale sind sechs Meter lang, da kommst du nicht ganz mit.«

Aale-Edith sah ihnen nach und unterdrückte einen Fluch.

Nach den U-Bootmännern kam ein einzelner Soldat daher. Er humpelte und trug einen Koffer. Aale-Edith versuchte noch einmal ihr Glück: »*Wanderer, kommst du nach Sparta, verkündige dorten, du habest mich hier sitzen sehen, wie das Gesetz es befahl.*«

»Mensch, Aale-Edith, ich bin's doch.«

Aale-Edith, die etwas kurzsichtig war, aber aus Eitelkeit keine Brille trug, erkannte Schatzi in einer Wehrmachtsuniform. »Du?«

Schatzi lachte. »Genau, zurück vom bösen Feind. Der Endsieg muss ohne den Obergefreiten Schuh errungen werden.«

Wie viele andere war auch Schatzi Anfang 41 noch zu den Waffen gerufen worden. Er hatte beim Afrikakorps als Fahrer für General Crüwell gedient und war im November 41 vor Tobruk auf eine Mine gefahren. Neben Verwundungen und Verbrennungen am ganzen Körper war sein rechtes Knie zerstört worden. Doch alles in allem hatte er Glück gehabt, denn nach halbjährlichem Lazarettaufenthalt war er kriegsuntauglich gestellt worden, da sein Bein für immer steif bleiben würde.

Aale-Edith sagte: »Das mit dem Bein tut mir leid. Aber wer weiß, wofür es gut war. Schön, dass du wieder da bist, Schatzi. War langweilig ohne dich. Vira musste mit Günter den Laden allein schmeißen. Na, geh man rein. Ich muss hier weitermachen. Wie sagt man so schön: Von nix kommt nix ... *Alle meine Aale schwimmen in der See, schwimmen in der See, Köpfchen in das Wasser, Schwänzchen in die Höh'* ...«

Schatzi wandte sich zum Eingang der *Hölle.* »Was von Tütchen gehört? Lebt der Kleine noch, er hat mir ein oder zwei Mal geschrieben.«

»Ja, dem geht's wie immer. Schnippelt den Leuten an den Haaren rum.«

»Und Christian Warlich, unserem Tintenstecher?«

»Macht Hautbilder wie eh und je.«

»Und das *Panoptikum* gegenüber?«

»Hat auf.«

»Na ja, schön, dass wenigstens einiges beim Alten geblieben ist.« Schatzi wollte die Tür zur Kneipe öffnen, stutzte aber und blieb stehen: »Wo sind denn die Jungspopöchen geblieben, die Benno und ich damals über den Eingang gehängt haben?«

»Die mussten wir runternehmen, die waren den Parteibonzen zu unanständig.«

»Zu unanständig? Dass ich nicht lache! Die Kerle sollte man mal von ihren Druckposten scheuchen und zu Rommel in die Wüste schicken, damit sie etwas Fett abkochen.«

»Dein Wort in Gottes Ohr ... *Alle meine Aale schwimmen auf dem Dach, schwimmen auf dem Dach, fällt der eine runter, fall'n die andern nach ...*«

Schatzi betrat den schummrigen Schankraum und blickte sich um. Der Kugelfisch und das Haigebiss schaukelten vertraut unter der Decke, und auch Willis Ansitz stand noch genau da, wo er immer stand: hinter dem Tresen.

Daneben zapfte Vira ein paar Biere für die wenigen Gäste. Günter stand bei ihr und drehte Däumchen.

»Junge, mein Gott, bist du's wirklich?«, piepste Vira, als sie Schatzi sah. Ihr Mutterherz rührte sich. »Du bist dünn geworden. Gab's denn nichts Richtiges zu essen in Afrika?«

»Nur Spiegeleier.«

»Spiegeleier?«

Schatzi grinste und umarmte Vira. »Die haben wir uns auf der Motorhaube gebraten.«

»Quatsch!«

Günter lachte. »Gut, dass du wieder da bist, jetzt kommt wieder Leben in die Bude. Was hast du denn mit deinem Bein gemacht? Sieht steif aus.«

»Ist steif.« Schatzi erzählte, wie es passiert war.

Vira schluckte. Dann sagte sie tapfer: »Na, Hauptsache, du bist sonst gesund.« Sie brachte die Biere zu den Gästen und piepste: »Die gehen aufs Haus, wenn ihr sie schnell runterkippt und für heute verschwindet. Die Familie will unter sich sein.«

Nachdem die Gäste gegangen waren, fragte Günter: »Wie war's denn so bei euch Wüstenfüchsen? Die Propaganda verherrlicht euch ja in den höchsten Tönen.«

Schatzi setzte sich an den Tisch neben dem Trichtergrammophon und klappte den Koffer auf. »Die Engländer sind harte Jungs, hart, aber auch fair. Ich glaube nicht, dass wir sie auf Dauer besiegen können, dafür sind unsere Nachschublinien zu ausgedünnt. Doch dass weiß hier natürlich niemand. Ich erzähle euch ein andermal mehr. Gibt's hier eigentlich kein Bier?«

Vira beeilte sich, eins zu bringen. »Danziger Goldwasser kriegst du nur auf Bezugsschein, wenn überhaupt.«

»Macht nix.« Schatzi trank einen großen Schluck und wischte sich den Schaum von der Oberlippe. Dann sagte er geheimnisvoll: »Ich hab euch was mitgebracht.«

»Wüstenstaub?«, fragte Günter.

»Nee.« Schatzi zog eine ELECTROLA-Platte aus dem Koffer. »Spiel die mal.«

Günter legte die Platte auf. Sie kratzte ein bisschen, aber die Stimme von Lale Andersen war trotzdem gut zu verstehen:

Vor der Laterne, vor dem großen Tor,
Stand eine Laterne
Und steht sie noch davor,
So woll'n wir uns da wiedersehn,
Bei der Laterne woll'n wir steh'n
Wie einst Lili Marleen,
Wie einst Lili Marleen …

»Das Lied kenn ich«, piepste Vira. »Sie haben es häufig im Radio gespielt, aber in letzter Zeit nicht mehr. Schade.«

»Weil Lale Andersen bei den Nazis in Ungnade gefallen ist«, erklärte Schatzi. »Bis Anfang des Jahres hat der Soldatensender Belgrad das Lied jeden Abend vor Zapfenstreich über den Äther gedudelt. Es war so beliebt bei Freund und Feind, dass der Tommy aus seinen Schützengräben oft zu uns herübergerufen hat: *Louder please, comrades!*«

»Was heißt das?«, piepste Vira.

»Das bedeutet: ›Lauter bitte, Kameraden!‹ Na, wir haben dann den Klönkasten lauter gestellt oder das Lied selbst gesungen. Allerdings mit etwas anderem Text und auch nur, wenn kein Vorgesetzter dabei war:

Unter der Laterne, vor der Reichskanzlei,
Da hängt unser Führer
Und auch der Robert Ley.
Und alle, die vorübergeh'n,
Woll'n auch die andern hängen seh'n,
Die andern der Partei,
Die andern der Partei …«

Vira kicherte. »Das gefällt mir.«

Günter fragte: »Wer ist Robert Ley?«

»Ein ganz hohes Tier. Reichsleiter. Nach ihm wurde auch der KdF-Kahn benannt, mit dem verdiente Volksgenossen auf Reisen gehen. Kennt ihr übrigens den *Colonel Bogey March?*«

Schatzi summte die Melodie. »Der Marsch ist ziemlich alt, und die Engländer haben mit ihm genau das gemacht, was wir mit dem Lale-Andersen-Lied gemacht haben: Sie gaben ihm einen anderen Text. Wusstet ihr, dass Hitler nur ein Ei hat?«

»Schatzi, bitte!«, sagte Vira vorwurfsvoll. »Wie kommst du denn jetzt darauf?«

Günter lachte. »Nette Vorstellung.«

»Und man muss wissen, dass den Engländern die Herren Göring und seine Spießgesellen durchaus bekannt sind. Dann werdet ihr verstehen, mit welchem Text sie auf unsere Version des Lale-Andersen-Liedes antworteten. Sie sangen über die Gräben hinweg:

Hitler has only got one ball
Göring has two but very small …

und so weiter.«

Günter keuchte vor Lachen. »Ich will mal versuchen, den Marsch auf Platte zu besorgen. Dann können wir alle den Text dazu singen, natürlich nur, wenn wir unter uns sind. Es sind doch mehr als zwei Zeilen?«

»Oh, ja.«

»That's great!«

Vira piepste: »Nun hört mal mit eurem Englischgequassel auf, man kann's auch übertreiben.«

Es klopfte an der Tür.

»Wer kann das sein?«, fragte Vira ängstlich.

»Entweder Aale-Edith oder die Gestapo. Oder dieser SA-Mann Reißenweber, der hat sich lange nicht mehr sehen lassen«, sagte Günter.

»Ich mach mal auf.« Schatzi humpelte zur Tür und öffnete sie einen Spalt breit.

»Swing Hitler!« Draußen stand grinsend Jo, der Swing-Boy, der Reißenweber seinerzeit auf die Palme gebracht hatte, indem er vorgab, »Sing Hitler« gesagt zu haben und *Abend spat*, Hitlers Lieblingslied, anstimmte. Jo trug wie Schatzi eine Wehrmachtsuniform, allerdings mit nur einem Winkel am Ärmel, was ihn als Gefreiten auswies.

»Menschenskinder, wer hat dich denn verkleidet?«, fragte Schatzi.

»Der Führer persönlich.«

»Wie du siehst, konnte auch ich nicht nein sagen, als er mich bat, den Waffenrock zu tragen.«

Jo lachte. »Bitte eintreten zu dürfen, Herr Obergefreiter.«

»Immer rein in die gute Stube.«

Drinnen gab es ein großes Hallo. Besonders Günter freute sich. Nachdem Jo ein Bier bekommen hatte, erzählte er, er sei auf Heimaturlaub, frisch angekommen von der Ostfront.

»Wo denn da?«, fragte Schatzi.

»Meine Kompanie steht im Raum Woronesch am Don.« Jo trank sein Bier mit einem Zug aus. Er war mittlerweile vierundzwanzig, der Krieg hatte erste Falten in sein Gesicht gegraben. »Schöne Landschaft dort, aber jetzt nicht mehr. Bombentrichter, abgebrannte Dörfer, fliehende Menschen. Die Leute haben uns nichts getan, und wir überziehen sie mit Krieg. Große Scheiße. Na ja, *right or wrong, my country.*«

Vira stellte ihm ein zweites Bier hin.

»Und du?« Jo wandte sich an Günter. »Musst du nicht auch bald zum Barras?«

Günter lächelte schief. »Ich bin erst siebzehn. Zwei Mal haben Sie mich schon zum Arbeitsdienst geholt. Aber Sie mussten auf mich verzichten.«

»Warum das?«

»Skoliose, schiefe Wirbelsäule.« Günter grinste.

»Wie kommt man denn an so was?«

»Vitamin B.«

»Verstehe. Und wie steht's sonst so?«

Schatzi erzählte zum dritten Mal, wie die Sache mit seinem Bein passiert war.

Vira berichtete, dass der Laden schlecht liefe. »Wenn uns das Haus nicht gehören würde und wir Miete zahlen müssten, tät sich's nicht mehr lohnen.«

Danach sank die Stimmung etwas. »Wenn einer jottwede in der Weltgeschichte dem Führer dient«, sagte Günter, »kann er nicht auf der Reeperbahn sein und in der *Hölle* Bier trinken, so einfach ist das.«

»Es sind viel zu viele Männer weg«, sagte Vira.

»Was hätte Willi an unserer Stelle getan?«, grübelte Schatzi.

Günter legte die Schellackplatte mit *Moonglow* auf:

> *»It must have been moonglow, way up in the blue,*
> *It must have been moonglow that led me straight to you …*

Danach sage Jo: »Ich glaube, ich hab's. Habt ihr schon mal was von *Rent Parties* gehört?«

»Nee«, sagte Schatzi.

Günter meinte: »Ich hab mal gehört, das seien arme Familien in Chicago gewesen, die ihre Miete nicht zahlen konnten. Sie holten eine Band zu sich nach Hause und luden Freunde, Bekannte und Nachbarn zu einer Party ein, um gemeinsam Musik zu hören.«

»Genau.« Jo nickte. »Und wer kam, musste Eintritt zahlen. Ein Teil des Geldes bekam die Band, den Rest behielt die Familie, die außerdem den Gästen Getränke verkaufte. Schon konnte die Miete bezahlt werden.«

»Nachtigall, ich ahne was«, sagte Schatzi.

»Wir kennen doch gar keine Band«, piepste Vira.

»Die brauchen wir auch nicht«, rief Günter. »Wir haben jede Menge Swing-Platten. Das Beste vom Besten. Die spielen wir ab, und die Leute tanzen dazu.«

»Tanzen können sie auch im *Trichter*, im *Café Heinze*, im *Trocadero*, im *Allotria*, im *Alsterpavillon* oder sonstwo.« Vira war noch nicht überzeugt.

»Stimmt, Muttern.« Schatzi grinste. »Da zahlen sie Eintritt genau wie bei den *Rent Parties.* Aber sie müssen außerdem noch Geld für Speisen und Getränke lockermachen. Wir dagegen würden keinen Eintritt nehmen.«

»Versteh ich nicht.«

»Wir verkaufen Getränkebons. Sagen wir, fünf Mark das Stück. Damit kommen die Leute rein, können für den Betrag trinken, tanzen und sich amüsieren. Ich wette, die meisten trinken mehr, als der Bon hergibt.«

»Ich könnte einen Schnippelbohnen-Eintopf machen«, überlegte Vira. »Bohnen kriegt man immer, und man kann vieles reinschneiden. Außerdem gibt's Soleier und Gurken aus dem Glas.«

Günter hatte unterdessen in der Teekiste aus Kalkutta gekramt, die als Ständer für das Grammophon und als Aufbewahrungsort der Plattensammlung diente. »Ich glaube, ich hab sogar ein passendes Stück als Auftakt für unsere Partys. Es ist von Duke Ellington und heißt *Rent Party Blues.*«

Er legte die Platte auf. Die Freunde lauschten, es war ein Blues ohne Gesang, doch er ließ auf Anhieb die Füße im Takt mitwippen.

»Schmissig«, piepste Vira.

»Nicht ohne«, meinte Schatzi.

Günter ließ das Stück wieder und wieder laufen, und mit jedem Mal fanden die Freunde die Idee mit den *Rent Parties* besser.

In den nächsten Stunden besprachen sie alles ganz genau und beschlossen, die erste Party am darauffolgenden Mittwoch, dem siebenundzwanzigsten Mai, zu veranstalten.

Gegen acht Uhr meinte Jo, er müsse mal langsam nach Hause, seine Mutter wolle Kohlrouladen auf den Tisch bringen. »Ich hab zehn Tage Heimaturlaub, bei der Premiere bin ich dabei. *See you, friends!*«

Wenig später kam Aale-Edith von draußen rein. Jo hatte ihr schon von dem Plan mit den Partys erzählt. »Nicht schlecht«, meinte sie, »irgendwie muss der Laden ja brummen.« Sie ging hinter den Tresen, schob die nicht verkaufte Ware in den Bosch-Kühlschrank und nahm sich ein Bier.

Vira hatte Pellkartoffeln und Gurkensalat für alle gemacht. Sie setzte sich mit Aale-Edith, Schatzi und Günter an einen Vierertisch und aß mit ihnen das einfache Mahl.

Danach zog sich Aale-Edith die Schuhe aus und rieb sich sie geschwollenen Füße. Vira machte ihr ein Fußbad, während Schatzi und Günter weitere Einzelheiten für die erste Party besprachen.

Danach gähnte Aale-Edith. »Kommst du mit in die Puch, Vira? Ist halb zehn.«

»Gleich, will nur noch die Stühle hochstellen und durchfegen.«

»Lass man, das mache ich«, sagte Schatzi.

»Danke.« Beide Frauen gingen nach oben in ihre Wohnung.

Wenig später verabschiedete sich auch Günter. Seine Eltern sahen es nicht gern, wenn er nach zehn noch auf der Straße war.

Schatzi blickte sich im Schankraum um. Alles war vertraut und doch irgendwie anders. Er musste sich erst daran gewöhnen, wieder zu Hause zu sein – ohne Minen, Granaten und Trommelfeuer. Er stellte die Stühle hoch und schnappte sich einen Besen. Während er fegte, hing er seinen Gedanken nach.

Plötzlich klopfte es.

Schatzi ging zur Tür. Wer konnte das sein? Ein später Gast? Wahrscheinlich. Normalerweise hatte die *Hölle* bis in die Puppen auf. »Wer ist da?«

»Tütschn!«

»Komm rein, Tütchen. Eigentlich haben wir schon geschlossen, aber für dich mach ich natürlich 'ne Ausnahme.« Schatzi nahm zwei Stühle von einem Tisch und humpelte hinter den Tresen, um für sich und Tütchen Biere zu zapfen.

»Was is 'n mit deinem Bein?«

»Kriegsverletzung, hat mir wahrscheinlich das Leben gerettet, weil sie mich deswegen nach Hause geschickt haben.«

»Tut's weh?«

Schatzi stellte die Biere auf den Tisch. »Nee. Ist nur steif wie 'n Brett. Jesse Owens werde ich im Hundertmeterlauf nicht mehr schlagen, höchstens Klumpfüßchen Goebbels.«

Tütchen kicherte. »Nu, bin froh, dass du wieder da bist, nä?«

»Ich auch.«

Sie tranken. Und stellten fest, dass sie ein wenig verlegen waren. Sie wussten, dass sie sich mochten, aber nicht zueinander finden konnten, weil Tütchen das schreckliche Erlebnis mit der Verhaftung am Bismarckdenkmal gehabt hatte und sich seitdem nicht traute, ein festes Verhältnis mit einem Mann einzugehen. Oder hatte er es sich mittlerweile anders überlegt?

»Wie war's denn so im Krieg?«, fragte er.

»Wie soll es gewesen sein? Beschissen. Allein bist du nichts, die Kameradschaft ist alles.«

»Nee, ich mein, da warst du doch jeden Tag von zig Männern umgeben, bei Tag und bei Nacht?«

»Ach, daher weht der Wind.« Schatzi grinste. »Ja, ein paar hübsche Jungs waren schon dabei. Wenn man mit denen unter der Dusche stand – oijoijoi!«

Tütchen seufzte.

»Eifersüchtig?«

»Nee, bewahre!«

»Also ja.« Schatzi freute sich. Das hieß, Tütchen empfand noch etwas für ihn. Er musste von seiner Rückkehr gehört haben und war noch am selben Tag zu ihm in die *Hölle* gekommen. Dennoch beschloss Schatzi, den zierlichen Mann ein bisschen zu ärgern. »Trotzdem darf man den Hintern schon mal hinhalten.«

»Nu?«

»Aber nur fürs Vaterland.«

Tütchen tat beleidigt. »Macht dir wohl Spaß, mich zu verhohnepipeln?«

Schatzi strich ihm sanft über die Wange. »Nein, im Ernst: Als Hundertfünfundsiebziger hast du es beim Barras nicht leicht. Ich hab mir die ganze Zeit nichts anmerken lassen dürfen, musste immer den starken Mann markieren – auch wenn es mir manchmal schwerfiel.«

»Bist wenigstens ehrlich.«

»Ich hab mich über deine Briefe gefreut. Vira bricht sich bei jedem Wort, das sie schreibt, die Finger, und Günter hat nur seinen Swing im Kopf. Oder fast nur. Er scheint neuerdings nach dem schönen Geschlecht zu schielen. Du warst der Einzige, von dem ich Post gekriegt hab.«

Tütchen errötete zart.

»Kommst du nächsten Mittwoch zur ersten *Rent Party* in die *Hölle?*«

»Was ist das nu wieder?«

Schatzi erklärte es.

»Nu, ich weeß nicht.«

Schatzi beugte sich vor und hauchte Tütchen einen Kuss auf die Lippen.

Diesmal errötete Tütchen tief.

»Bitte. Mir zuliebe.«

»Nu, hm, vielleicht.«

Schatzi küsste Tütchen noch mal. »Und jetzt?«

»Ich komm«, flüsterte der kleine Mann.

KAPITEL 40

Professor Behr blickte vom Schreibtisch auf, als Flo sein Büro betrat. »Danke, dass Sie so schnell Zeit für mich haben, Flo«, sagte er, nahm die Hornbrille ab und rieb sich die Augen.

»Sie sehen erschöpft aus, Herr Professor.«

»Der Papierkram bringt mich noch um. Wenn Hölzchen nicht so tüchtig wäre, hätte ich schon längst das Handtuch geworfen. Ich habe den Eindruck, dass in diesem Haus mit jedem Jahr mehr verwaltet und angeordnet werden muss. Das bedeutet Schreibarbeit ohne Ende, und alles stets mit sieben Durchschlägen für diverse Stellen, Kammern und Abteilungen. Ich habe schon rechteckige Pupillen durch das ständige Starren auf DIN-A4-Formate.«

»Können Sie sich nicht einfach mal einen oder zwei Tage ausspannen?«

»Unmöglich. Ich kann wichtige Post nicht so lange liegen lassen.« Behr tippte auf einen Brief mit dem Kopf des Kaiser-Wilhelm-Instituts in Berlin. »Der ist vom Leiter des Instituts, dem Kollegen von Verschuer. Er bittet mich, ihm im Rahmen seiner Rassenforschung die präparierten Augen verstorbener Zwillingspärchen zu schicken, da er über die Pigmentierung der menschlichen Iris forschen lassen will. Was sagen Sie dazu? Was antworte ich dem?«

Flo überlegte. »Vielleicht, dass wir zu unserem größten Bedauern seit Jahren keine Zwillingspärchen in unserer Klinik aufgenommen haben?«

Behr schaute über den Rand seiner Hornbrille. »Sie wissen, dass das nicht zutrifft?«

»Mein Gedächtnis lässt mich auf bestimmten Gebieten manchmal im Stich.«

Behr lächelte. »Welch ein Zufall: meines auch.«

Flo lächelte zurück. »Sie brauchen mehr Zeit für Ihre eigentliche Arbeit, Herr Professor.«

»Und genau die habe ich nicht. Man hat mich zum Schreiberling degradiert. Jedenfalls in diesen Tagen, wo wegen des Krieges vieles neu und anders organisiert werden muss. Würden Sie mir einen Gefallen tun, Flo?«

»Sehr gern, Herr Professor.«

»Ich habe da einen Patienten, Gregor Friedek, ein entfernter Verwandter, der mir von meiner Frau besonders ans Herz gelegt wurde. Ich habe ihn gestern Abend untersucht und eine Schädigung des Augenhintergrundes festgestellt. Als Ursache vermute ich einen Diabetes mellitus, aber das muss natürlich umgehend abgeklärt werden. Hölzchen meinte, das Kolorimeter in unserem Kellergeschoss sei defekt. Könnten sie eine Blutprobe von Friedek nehmen und sie im Labor des Verwaltungsgebäudes untersuchen lassen? Ich meine, unbürokratisch und schnell? Der Aufseher dort ist doch der Vater Ihrer kleinen Lucie.«

»Ich müsste ihn fragen, ob er das Gerät beherrscht und den Test nach Feierabend durchführen könnte.«

»Bitte, tun Sie das, Flo.«

»Würde es Ihnen reichen, wenn Sie das Ergebnis morgen früh vor der Visite bekämen?«

»Gewiss. Ich verlasse mich ganz auf Sie.« Behr wandte sich wieder seiner Schreibarbeit zu, und Flo wusste, dass das Gespräch beendet war.

Am Abend ging sie mit Friedeks Blutprobe ins Verwaltungsgebäude, wo Finn schon auf sie wartete. »Die Mitarbeiter vom Labor sind alle schon zu Hause, wir sind also völlig ungestört«, sagte er, nachdem sie sich zur Begrüßung umarmt hatten. »Ist das die Blutprobe des Patienten?«

»Ja«, sagte Flo.

»Dann frisch ans Werk.« Finn setzte sich vor ein modernes Kolorimeter nach Crecelsius. »Kennst du dich mit der Prozedur aus?«

»Offen gesagt, nein. Man hat mir so etwas noch nie gezeigt.«

»Mir auch nicht. Aber ich habe zig Male dabei zugesehen. Es ist für uns beide eine Premiere.« Finn begann, die Probe mit einer Vielzahl von Chemikalien zu vermischen, machte sich dann ans Filtrieren und kochte schließlich die Probe auf. Er hatte bei sämtlichen Arbeitsschritten nicht gesprochen, und Flo hatte ebenfalls geschwiegen, weil sie ihn nicht ablenken wollte.

Doch nun, während der Abkühlphase, sagte sie: »Wusstest du, dass die alten indischen Meisterärzte es sich mit der Diagnose viel einfacher gemacht haben?«

»Nein, wieso?«

»Sie hatten kein Kolorimeter, sondern Ameisen. Wenn ein Mensch mit dem Verdacht auf die Zuckerkrankheit zu ihnen kam, nahmen sie eine Probe von dessen Urin und stellten sie neben die eines Gesunden. Dann warteten sie ab. Nach einiger Zeit krabbelten alle Tierchen zu der Probe des Kranken, denn Ameisen lieben Süßes. Der Beweis für die Krankheit war erbracht.«

Finn schmunzelte. »Das würde heute sicher auch noch funktionieren. Allerdings wäre das Ergebnis nicht genau genug. Die Masse des Zuckers in Milligramm pro hundert Milliliter Blut ist schon wichtig für die Behandlung des Patienten, damit man bei der Insulingabe nicht zu niedrig dosiert oder mit Kanonen auf Spatzen schießt. Das Mess-Ergebnis jedenfalls bestätigt die Vermutung deines Professors. Sein Patient leidet an einem Diabetes mellitus.«

»Danke, Finn, du hast mir sehr geholfen.«

»Gern geschehen. Gehen wir noch auf einen Sprung in mein Büro? Ich habe eine Kleinigkeit für meine Tochter.«

»Oh, da wird sie sich bestimmt freuen.« Flo folgte Finn und setzte sich, nachdem sie sein kleines Arbeitszimmer betreten hatten.

Finn ging an einen Schrank und holte eine Blechschachtel mit Staedtler-Buntstiften hervor. »Die sind für Lucie.«

»Oh, danke, das ist wirklich lieb von dir. Sie malt doch so gern!«

»Nicht der Rede wert. Ist sonst alles in Ordnung zu Hause? Geht es Götz gut?«

»Ja, er spielt viel mit der Kleinen und versucht sich als Hausfrau, indem er Vicki bei der Arbeit hilft. Natürlich würde er manchmal gern einen Fuß vor die Tür setzen, aber das verbietet sich von selbst. Gestern erzählte ich ihm von Schatzis neuen *Rent Parties*, die seit Ende Mai in der *Hölle* stattfinden. Eine pfiffige Idee, bei der die Gäste Getränkebons kaufen müssen, um heiße Swing-Musik zu hören und tanzen zu können. Die Veranstaltung findet immer mittwochs und sonntags statt. Ich wäre gern mal hingegangen, aber ohne Götz macht es mir keinen Spaß.«

»Wenn du mit mir vorliebnähmest, würde ich dich begleiten.«

»Du? Was würde denn Nelli, deine Freundin aus der Krankenhausküche, dazu sagen?«

Finn grinste. »Vermutlich wäre sie wenig begeistert. Sie denkt ja immer noch, ich wäre tatsächlich der Vater von Lucie, und ist recht eifersüchtig auf dich. Doch ich sage mir, ich sollte die Probe aufs Exempel machen. Sie muss es aushalten können, wenn ich mit dir mal unterwegs bin, sonst hat das Ganze in Zukunft sowieso keinen Sinn.«

Flo überlegte. »Ich glaube, dieses Problem habe ich mit Götz nicht. Heute ist Dienstag, morgen Abend kann ich nicht, aber am Sonntag, da könnten wir zwei in die *Hölle* gehen. Einverstanden?«

»Einverstanden! Ich hole dich abends ab. Es ist eine halbe Ewigkeit her, dass ich auf der Reeperbahn war.«

»Ich freue mich!« Flo gab Finn einen Kuss auf die Stirn und verabschiedete sich.

Am nächsten Morgen nahm Flo die Unterlagen und teilte

Behr das Ergebnis mit. »Sie lagen richtig, Herr Professor, der Patient Friedek leidet unter Diabetes. Wenn Sie wünschen, spreche ich noch vor der Morgenvisite mit ihm.«

»Lassen Sie, Flo, das mache ich schon selbst. Sie können gehen.«

Flo blickte erstaunt. So kurz angebunden kannte sie Behr gar nicht. »Verzeihen Sie, ich wollte Ihnen nur einen Gang abnehmen, damit Sie die Schreibtischarbeit schneller erledigen können. Ich bin schon weg.«

»Warten Sie!«

Flo hielt inne. »Ja?«

»Setzen Sie sich.« Behr nahm die Hornbrille ab und begann umständlich, die Gläser zu putzen. »Es tut mir leid, wenn ich eben vielleicht ein wenig schroff war. Erinnern Sie sich an den Patienten Grünthal mit dem Glaukom? Er war Jude, und ich sagte seinerzeit zu Ihnen, ich hätte ihn trotzdem behandelt, weil ich auf Ihre Verschwiegenheit zählte.«

»Ja, ich erinnere mich. Sein Sehnerv war noch nicht entscheidend geschädigt. Der Mann hatte Glück.«

»Was man von Friedek nicht gerade behaupten kann. Ich sagte Ihnen schon, dass er ein entfernter Verwandter meiner Frau ist. Doch das ist nur die halbe Wahrheit. Er ist Nichtarier, muss sich laut Gesetz Gregor Israel Friedek nennen und ist – oder besser war – Kollege. Dermatologe. Eine Koryphäe auf seinem Gebiet. Er hatte eine Praxis in der Caffamacherreihe und durfte sich, wie Sie sicher wissen, seit 1938 nicht mehr Arzt, sondern nur noch jüdischer Heilbehandler nennen. Wovon er seitdem mit seiner Frau lebt, ist mir schleierhaft. Vermutlich war er zu stolz, sich mit seinen Beschwerden früher an mich zu wenden. Jedenfalls steht der Grund für die Schädigung seines Augenhintergrundes jetzt fest. Ich hoffe nur, dass er in Zukunft an das notwendige Insulin herankommt.« Behr lehnte sich zurück und setzte die Hornbrille auf.

»Ich danke Ihnen für Ihr Vertrauen, Herr Professor.«

»Schon gut. Sie wissen nun, warum ich eben so kurz angebunden war. Hölzchen wird dafür sorgen, dass Friedeks Name nicht in den Papieren auftaucht. Es wird keine Aufnahme- und keine Entlassungspapiere geben. Und auch keine Rechnung. Er war offiziell nie in dieser Klinik. Es ist ein Trauerspiel mit dieser Geheimniskrämerei, aber man kann nicht vorsichtig genug sein. Wir alle haben Familie, Sie auch, Flo.«

»Jawohl, Herr Professor.«

»Ich werde in ein paar Minuten zu Friedek gehen und ihn persönlich entlassen.« Behr griff zum Pillendöschen und nahm zwei von den rosa Kügelchen ein.

»Herr Professor«, begann Flo, »es geht mich natürlich nichts an …«

Behr hob die Hand. »Da haben Sie recht, Flo. Merken Sie sich bitte: Ein Arzt hat immer gesund zu sein, besonders, wenn er wie ich eine große Klinik leitet. Wie könnte er sich sonst um die ihm Anvertrauten kümmern?«

»Jawohl.«

Flo verließ Behrs Büro. Sie rechnete nach und kam zu dem Ergebnis, dass der Professor siebenundsechzig war, kein Alter, wenn man bedachte, dass sein Vorgänger, Professor Wilbrand, vierundachtzig geworden war und bis zuletzt gearbeitet hatte.

Halbwegs beruhigt begann sie ihren Tag.

Am Abend durfte Lucie eine halbe Stunde länger aufbleiben, damit sie die Buntstifte von ihrem Papa Finn ausprobieren konnte. Sie war mit Feuereifer dabei und malte, die Zungenspitze zwischen den Lippen, eine große gelbe Sonne mit langen Strahlen, die auf eine Gruppe Menschen vor einem flachen Haus schien. Es waren fünf Strichmännchen und ein braunes Gekrakel, das offenbar Wuff darstellen sollte. »Wer steht denn da vor dem Haus?«, fragte Götz.

»Duuu!«

»Und wer noch?«

»Mom, Vicki und Papa.«

»Aber da steht doch noch jemand«, sagte Flo. »Der ist ja viel kleiner. Wer ist das denn?«

»Rate mal!«

»Ich komme nicht drauf«, sagte Götz. Er grinste und zwinkerte Flo zu.

»Ich auch nicht«, meinte Flo. »Vielleicht Tante Vicki?«

»Nee.«

»Dann wissen wir es nicht. Wer ist es denn?«

»Ich doch!«

»Jetzt, wo du es sagst, sehe ich es auch«, sagte Götz mit gespieltem Ernst. »Das hast du alles sehr schön gemalt.«

»Jaaa!«

»Und jetzt Zähne putzen und marsch in die Heia, es ist höchste Zeit.«

Wie bei allen kleinen Mädchen kostete es noch einige Mühe und Überredungskünste, bis Lucie im Bett lag und wie gewohnt eine Gute-Nacht-Geschichte vorgelesen bekam. Doch dann schlummerte sie ein.

»Es ist ein Segen, dass sie so gut durchschläft. Bis fünf Uhr morgen früh ist Ruhe, und Wuff hält bei ihr Wache. Komm, wir schauen noch kurz nach Vicki«, sagte Flo.

Vicki lag ebenfalls schon im Bett. Sie hatte die Nachttischlampe an und las in dem Roman *Berlin Alexanderplatz* von Alfred Döblin. Dass Döblin Jude war und seine Werke darüber hinaus von den Nazis als »undeutsches Schrifttum« verboten waren, störte sie nicht im Geringsten. Gleiches galt für die Romane unzähliger anderer Autoren, etwa *Professor Unrat* von Heinrich Mann oder *In einem anderen Land* von Ernest Hemingway. Manche der Werke hatte sie sogar schon zwei Mal gelesen.

»Wie geht's dir?«, fragte Flo.

Vicki ließ das Buch sinken. »Natürlich gut, ihr Lieben. Ich habe ja euch, und ich habe eine wunderbare kleine Nichte, die meine Tage erhellt. Wie sollte es mir da schlecht gehen?«

Flo setzte sich auf die Bettkante. »Dir fällt das Laufen mit jedem Tag schwerer, Vicki. Manchmal denke ich, dass wir ausgebombt sind, ist auch ein Segen. Wenn wir einen Rollstuhl anschaffen würden, kämest du damit hier im Parterre sicher überall hin.«

Vicki lächelte. »Aha, daher weht der Wind. Nun gut, ich bin kein Rennpferd, das gebe ich zu. Aber wenn ich langsam gehe, komme ich mit Lucie immer noch zum Wochenmarkt und wieder zurück. Solange ich das schaffe, ist ein Rollstuhl überflüssig. Außerdem stärke ich durch das Laufen die Muskulatur. Ich will keine Beine wie ein Spazierstock.«

Flo musste wider Willen lachen. Das Thema Rollstuhl stieß bei Vicki seit Monaten auf taube Ohren.

»Hoffen wir, dass der nächste Schub lange auf sich warten lässt«, sagte Götz. »Gute Nacht.«

»Gute Nacht, ihr zwei.«

Als sie die Tür hinter sich schlossen, fragte Götz: »Hören wir zwei Höhlenmenschen noch ein wenig Swing-Musik auf BBC?«

»Ja, aber nicht so lange. Ich muss dir auch noch meinen Tag erzählen.«

»Da bin ich gespannt. Darf ich der gnädigen Frau die Kellertreppe hinunterhelfen?«

Wenig später lagen beide eng aneinandergekuschelt in den Gasrohrbetten, und Flo erzählte von Professor Behrs Mut, einen Juden behandelt zu haben, und von ihrer Absicht, am Sonntag mit Finn zum Swing in die *Hölle* zu gehen. »Du bist doch einverstanden, nicht wahr, Liebster? … Liebster?«

Die Antwort blieb aus. Götz war eingeschlafen.

KAPITEL 41

In der *Hölle* war die Hölle los. Schatzis Blick glitt an diesem Sonntag zufrieden über die zahlreichen Gäste, die sich im Schankraum und dem angrenzenden Klubzimmer tummelten. Das Klubzimmer, in dem vor fünfzig Jahren Versammlungen der Sozialdemokraten und Aufrufe für Streikende stattgefunden hatten, wurde normalerweise nicht genutzt, war aber an diesem Tag für die vielen Tanzenden geöffnet worden. Es waren an die sechzig Personen, die sich zu heißer Swing-Musik getroffen hatten. Vira hatte einen Linsen-Eintopf gekocht – der Teller für nur eins neunundneunzig – und zapfte ein Bier nach dem anderen, Aale-Edith verteilte die Biere unter den Gästen, Günter legte unermüdlich Platten auf, und Schatzi kassierte und hielt die Gäste bei Laune. Mitunter war dabei ein wenig Fingerspitzengefühl nötig, zum Beispiel bei den am hinteren Vierertisch sitzenden Zugehfrauen aus den Puffs der Herbertstraße, die lautstark bei Aale-Edith eine neue Runde bestellten. Sie tranken »Mutterglück« mit Strohhalm, eine Mischung aus Verpoorten-Eierlikör und Sinalco. Aale-Edith jedoch ließ sich nicht gern herumkommandieren und herrschte sie an: »Ihr wartet, sonst kriegt ihr gar nix, kapiert?«

Schatzi ging dazwischen und sagte: »Keine Aufregung, die Damen, ich werde jeder von euch höchstpersönlich zum Mutterglück verhelfen.«

Die Damen kicherten. Sie hatten die Zweideutigkeit verstanden.

Am Nebentisch wurde ebenfalls gelacht. Fünf blaue Jungs von der Waterkant saßen da. Es waren Matrosen eines neu in

Dienst zu stellenden U-Bootes von Blohm & Voss, Typ VII C, die ebenfalls Eierlikör tranken, allerdings versteckt in einem Muntermacher, der sich »Kirchenfenster« nannte und darüber hinaus zu jeweils einem Drittel Portwein und einem Drittel Pfefferminzlikör bestand. Die drei Farbschichten übereinander schmeckten göttlich und brachten das Tanzbein zum Zucken.

Gunda aus der Großen Freiheit war auch da. Sie hatte versucht, Aale-Edith zum *Tiger-Rag* aufzufordern, weil, wie sie meinte, Fischverkäuferinnen zusammenhalten müssten, doch vergeblich. Mit der Konkurrenz tanzte Aale-Edith nicht. Dafür fand sie zwischen zwei bestellten Bieren Zeit, mit einem der Matrosen eine Sohle auf den Bretterboden zu legen. Es fiel nicht weiter auf, dass beide nicht hotten konnten, obwohl der Matrose im Polka-Schritt hüpfte und Aale-Edith gleichzeitig einen Foxtrott versuchte.

Günter hätte auch gern getanzt, besonders mit einer schnuckeligen Sechzehnjährigen, die sich Ava nannte und einen sehr engen Kaschmirpullover über einem sehr kurzen Rock trug. Doch Günter musste das Trichtergrammophon bedienen und legte nacheinander Platten von Louis Armstrong, Glenn Miller und Teddy Stauffer auf. Letzterer hatte zum großen Bedauern der Hamburger Swing-Jugend sein Abschiedskonzert vor drei Jahren im Hotel Atlantik gegeben. Durch den zunehmenden Ärger mit der Reichsmusikkammer war ihm die Lust vergangen, noch länger in Deutschland aufzutreten. Doch seine Aufnahme von *The Lady is a Tramp* konnte sich hören lassen:

She gets too hungry, for dinner at eight
She loves the theater, but she never comes late …

Die Parodie auf die New Yorker High Society und ihre strenge Etikette passte wie die Faust aufs Auge zu der Stimmung in der *Hölle*, obwohl nicht alle Gäste den Text verstanden – darunter auch zwei der stämmigen Zugehfrauen aus der Herbertstraße, die sich auf die Tanzfläche schoben und stampfend zu hotten versuchten. Ava mit dem engen Pullover kam ihnen zu Hilfe. Sie löste sich von ihrem Swing-Boy, einem langen Lulatsch mit stahlgrauen Knickerbockern, und zeigte den fülligen Damen, wie man hottet: Sie grätschte die Beine und ließ den Oberkörper vornüber baumeln. »Das ist die Grundstellung!«, rief sie über die Musik hinweg. »Und nun einen Arm heben und nach oben strecken, ungefähr so.«

Die Damen streckten den Arm nach oben.

»Heil Hitler!«, rief einer der Matrosen.

»Ruhe!«, brüllte Schatzi. »Hier wird nicht gegrüßt.«

Ava begann, mit allen Gliedmaßen im Takt zu zucken, und bildete mit Zeige- und Mittelfinger ein V. »Das heißt *victory! Victory* heißt Sieg!«

»Auf den Endsieg!«, rief ein anderer Matrose.

»Ruhe!«, brüllte Schatzi.

Die Damen mühten sich redlich, doch ihre Bewegungen glichen eher einem Kartoffelsack, den man ausschüttet.

Ausschütten wollten sich auch die Matrosen, und zwar vor Lachen. Sie begannen zu schunkeln und zu singen:

»Wo de Nordseewellen trecken an den Strand,
wo de geelen Blömen bleuhn int gröne Land ...«

Günter drehte den Trichter des Grammophons in ihre Richtung und übertönte sie:

»I never bother, with people that I hate
That's why this chick is a tramp ...«

Die Matrosen sangen gegenan:

»Wo de Möwen schrieen hell int Stormgebrus,
do is mine Heimat, do bün ick to Huus ...«

Aale-Edith machte dem musikalischen Wettstreit ein Ende, indem sie eine Lage Kirchenfenster vor den Matrosen absetzte. Dann wandte sie sich um, denn an den anderen Tischen wurde wieder heftig nach Bier verlangt. Tanzen machte durstig.

… I hate California, it's crowded and damp
That's why the lady is a tramp …

Schatzi ließ den Blick über die Köpfe der Gäste schweifen. Der Rubel rollte, wie er es sich mit Günter und Jo vorgestellt hatte. Nur dass Jo heute nicht dabei sein konnte. Kurz bevor er zurück an die Ostfront musste, hatte er die Nachricht erhalten, er sei zum Obergefreiten befördert worden. »Na, da stirbt sich's doch gleich viel schöner«, hatte er schief lächelnd gesagt.

Doch Schatzi wusste, wie ihm zumute gewesen war. »Der Dank des Vaterlandes ist dir gewiss.«

»Vielleicht schießt mir der Iwan ja das Bein lahm.«

»Ich würd's dir wünschen.«

Tütchen war an diesem Abend ebenfalls nicht da. Er hielt mehr von deutschen Schlagern, wie *Nur nicht aus Liebe weinen* oder *Ich weiß, es wird einmal ein Wunder gescheh'n* von Zarah Leander, außerdem schwärmte er für Filme mit Willy Birgel und Brigitte Horney. Vielleicht würde er ganz spät noch mal reingucken, aber sicher war das nicht.

Hermann und Arthur Faerber vom *Panoptikum* jedenfalls hatten vorbeigeschaut. Allerdings nur kurz. Nachdem vor zwei Tagen ein erneuter Bomberangriff der Engländer auf Hamburg erfolgt war, hatten sie Angst um ihre wertvollsten Wachsfiguren bekommen und wollten sie raschestmöglich in die Katakomben des Michels auslagern. »Mach dir nichts draus, Schatzi«, hatte Arthur gesagt und mit seinem Bruder ein schnelles Bier gekippt, »Napoleon, Wilhelm II., Bismarck und die anderen Herrschaften werden es zu schätzen wissen.«

Da auch Christian Warlich an diesem Sonntag verhindert war – er musste selbst hinterm Tresen stehen, weil Käthe, die ihm sonst half, an Heuschnupfen litt –, herrschte ein bisschen Schieflage zwischen den anwesenden Damen und Herren. Das weibliche Geschlecht war stärker vertreten. Auch von der Swing-Jugend waren mehr *girls* als *boys* erschienen, was dazu führte, dass Damen immer wieder Damen aufforderten – so wie vorhin die beiden Zugehfrauen. Doch der guten Laune tat das keinen Abbruch.

Hauptsache, die Kasse stimmt, dachte Schatzi und beschloss, an den Tischen die Getränkebons zu kontrollieren, damit es bei der Abrechnung keine unangenehmen Überraschungen gab. Er hatte Aale-Edith gesagt, sie solle bei jedem Bier einen Strich auf den Bon machen, bei jedem Korn ein Kreuz und bei jedem anderen Getränk den Betrag hinschreiben, damit man den Leuten rechtzeitig sagen konnte, dass von nun an ausschließlich Bargeld lachte.

Während Günter den *Royal Garden Blues* auflegte und sehnsuchtsvoll nach Ava schaute, die mit einem anderen Kerl hottete, wanderte Schatzi von einem Tisch zum nächsten. Am Zweiertisch rechts neben dem Eingang saß ein Gast, der ihm bisher nicht aufgefallen war. Er trug einen tadellos sitzenden Anzug, wirkte distinguiert und trank ein Glas Sherry. Es war Felix Jud.

»Willkommen, welch Glanz in unserer Hütte!«, rief Schatzi überrascht. »Was hat Sie denn hergetrieben?«

»Die Neugier und ein junger Freund: Heinz Lord, ein Mediziner aus unserem Zirkel, der Jazz liebt. Er tanzt da drüben mit einem dieser flotten Swing-Girls.«

Schatzi beschloss, sich einen Moment zu Felix Jud zu setzen. »Der Sherry geht natürlich auf Kosten des Hauses.«

»Oh, vielen Dank.«

»Ich glaube, wir sehen uns das erste Mal seit Willis Beerdigung wieder?«

»Ja, es muss im November 36 gewesen sein, eine halbe Ewigkeit her.« Jud holte eine Schachtel Senoussi hervor und steckte sich eine Zigarette an.

»Sie rauchen nicht mehr Muratti?«, fragte Schatzi.

Jud lächelte gequält. »Die Produktionsstätte in Berlin wurde von den Nazis beschlagnahmt. Die Herren haben etwas gegen den Tabakgenuss, besonders, so scheint mir, bei exklusiven Marken. Gerade mal vierzig Glimmstängel auf Raucherkarte gönnt man uns Jüngern des Nikotins. Pro Monat! Nun ja, in der Not kauft man dazu und raucht Senoussi. Wollen Sie auch eine?«

»Nein, danke.« Schatzi grinste. »Rauchen ist das einzige Laster, das ich nicht habe.«

Jud nippte an seinem Sherry und nahm einen tiefen Zug aus der Zigarette. »Warum humpeln Sie?«

»Einer englischen Mine vor Tobruk gefiel es nicht, dass ich mit meinem Kübelwagen über sie hinwegfuhr.«

»Tut mir leid.«

»Ich bin ihr eigentlich ganz dankbar. Ohne sie säße ich nicht hier. Und ich bin immer noch schnell genug, um einen Zechpreller vor der Tür abzufangen.« Schatzi hielt inne und fuhr fort: »So voll wie heute war es allerdings noch nie. Ich vermute, ein Teil der Swing-Jugend, die sonst in den *Alsterpavillon* geht, ist hier gelandet. Das Haus wurde komplett zerstört, sagt man. Ich war in früheren Zeiten ein paar Mal dort. Habe mit einem Freund immer Fürst Pückler mit Sahne gegessen, Schokolade, Vanille, Erdbeer, mit 'ner Sauerkirsche obendrauf.«

»Ja, es ist ein Jammer um dem *Alsterpavillon.*« Jud drückte die Senoussi aus. »Ich ging mittags immer gern dorthin, um einen Tee zu trinken. Von den Colonnaden bis zum Jungfernstieg sind es ja nur ein paar Schritte. Gestern im *Hamburger Fremdenblatt* stand, dass in der Nacht vom sechsundzwanzigsten auf den siebenundzwanzigsten Juni die Stadt von englischen Fliegern bombardiert wurde.«

Jud zündete sich eine weitere Senoussi an und sagte ironisch: »Als ob wir das nicht selbst gemerkt hätten. Natürlich hat man den Angriff bagatellisiert, weil die braunen Herren dem Blatt einen Maulkorb verpasst haben, aber so viel hat sich herumgesprochen: Am Vorabend der Zerstörung trat die Sängerin Lola Rebfus auf und sang den Schlager *So wird's nie wieder sein*. Ein Abgesang, wie sich wenige Stunden später herausstellen sollte. Viermotorige Lancaster-Maschinen warfen Brandbomben ab, die das Dach des *Alsterpavillons* durchschlugen, wodurch das Gebäude bis auf die Grundmauern abbrannte. Das ist die traurige Wahrheit.«

»Ja, es ist verrückt. Und bei uns geht's so lustig zu. Des einen Leid ist des anderen Freud. Nehmen Sie's nicht krumm, aber ich muss mich wieder um den Laden kümmern.«

Jud signalisierte mit der Hand sein Einverständnis und widmete sich wieder seinem Sherryglas.

In diesem Augenblick ging die Tür auf, und zwei verspätete Gäste traten ein: Flo und Finn.

Jud erblickte sie und rief: »Guten Abend! Sie hier?«

»Guten Abend«, antwortete Flo erfreut. »Das ist aber eine Überraschung. Dürfen wir uns zu Ihnen setzen?«

»Gern, doch wie Sie sehen ...« Jud deutete bedauernd auf die leere Tischseite.

Finn schaute sich nach zwei Stühlen um. »Das wird schwierig«, meinte er, »hier ist es ja voller als beim letzten Spiel zwischen *Altona 93* und dem *HSV*.« Er fing Aale-Edith ab, die sich bierbeladen an ihm vorbeidrängen wollte. »Gibt's noch irgendwo Stühle?«

Aale-Edith musterte ihn. »Du bist Finn, stimmt's?«

»Stimmt, wir kennen uns über Benno. Ich bin mit Flo gekommen.«

Flo winkte Aale-Edith vom Tisch zu.

»Wartet mal.« Aale-Edith servierte die Biere, nahm zwei leere Stühle vom Matrosentisch weg und stellte sie an Felix Juds Tisch. »Bitte sehr.«

»Aber die Stühle sind doch besetzt?«, wandte Flo ein.

»Im Moment nicht«, meinte Aale-Edith ungerührt. »Die Jungs tanzen. Und wenn sie wiederkommen, müssen sie stehen. Und wenn sie nicht mehr stehen können, müssen sie sowieso gehen.«

Dieser Logik konnten sich weder Flo noch Finn entziehen.

»Was trinkt ihr?«

Flo entschied sich ebenfalls für einen Sherry, Finn für ein Bier.

»Kommt sofort.«

Jud begann die Unterhaltung, indem er Finn eine Senoussi anbot, doch auch dieser lehnte ab. »Ich bin davon weg.«

»Sie Glücklicher.«

»Irgendwann habe ich beschlossen, mir nicht mehr von den Nazis vorschreiben zu lassen, wie viel ich rauchen darf.«

»Sehr lobenswert. Tja, der Krieg hat vieles verändert, in allen Bereichen des Lebens, und jetzt nimmt er uns auch noch die Dächer vom Kopf. Ist bei Ihnen alles heil geblieben, Flo?«

»Diesmal ja, Gott sei Dank. Und bei Ihnen?«

»Auch. Meine *Bücherstube* steht noch.«

Die Getränke kamen.

»Prost«, sagte Flo. »Ich hoffe auf einen baldigen Frieden.«

Finn trank die Hälfte seines Bieres auf ein Mal. »Das hoffe ich auch.«

»Ich will nicht den Teufel an die Wand malen«, meinte Jud, »doch ich fürchte, was wir bisher erlebt haben, ist erst der Anfang. Bis zum Frieden wird es noch dauern, auch wenn die Leute schon jetzt den ganzen Druck der misslichen Lage spüren. Sie brauchen einen Ausgleich, sie wollen das tägliche Elend vergessen, und die *Rent Parties* scheinen dafür ein gutes Ventil zu sein.«

Bei mir bist du schoen
Please let me explain
Bei mir bist du schoen
Means that you're grand …

Günter hatte eine der erfolgreichsten Aufnahmen der Andrews Sisters auf den Plattenteller gelegt. Die beiden Matrosen, deren Stühle Aale-Edith beschlagnahmt hatte, wollten sich eigentlich setzen, aber das Lied war einfach zu flott, so dass sie weitertanzten. Ihre Kameraden am Tisch brüllten derweil ihre eigene Version des Textes:

»Bei mir bist du schön,
Für eine Mark und zehn,
Für eine Mark und acht
Die ganze Nacht…«

Großes Gelächter überall.

Auch Felix Jud schmunzelte. Er wechselte das Thema und fragte vorsichtig: »Ich weiß, dass Sie eine gemeinsame Tochter haben. Sie heißt Lucie, nicht wahr? Wie geht es der Kleinen?«

»Oh, danke, gut«, antwortete Flo. »Sie ist jetzt dreieinhalb und spielt seit einiger Zeit gern mit ein paar Nachbarkindern in unserem Garten. Vicki, meine Tante, passt auf die Rasselbande auf, aber sie konnte nicht verhindern, dass Lucie sich die Windpocken holte. Das Virus ist ja hochansteckend. Zum Glück hat Lucie die Krankheit überstanden.«

»Das freut mich.« Jud trank seinen Sherry aus und winkte Aale-Edith mit dem Glas, damit sie ihm einen neuen brächte. Er wusste, dass Flo und Götz ein Paar geworden waren, obwohl er damals seine Teilnahme an dem Jubiläumsfest, bei dem Flo die Neuigkeit verkündet hatte, absagen musste. Wie manch anderer hatte er anschließend gerätselt, warum Finn und nicht Götz der Vater der kleinen Lucie war, doch er dachte sich sein Teil und war viel zu höflich, um direkt nachzufragen. »Ich hoffe, die Windpocken haben Ihrer Kleinen nicht allzu sehr zugesetzt?«

»Ach, die Krankheit verlief recht glimpflich. Außerdem malt Lucie sehr gern. Das lenkte sie von den unangenehmen Begleitumständen ab. Manchmal weiß ich gar nicht, woher ich in diesen Zeiten so viel Papier für ihre Leidenschaft nehmen soll.«

»Die Buntstifte hat sie vom Papa«, setzte Finn nicht ohne Stolz hinzu.

Jud nickte. »Malen und Zeichnen sind erzieherisch sicherlich höchst wertvoll. Ich erinnere mich genau, dass meine drei Geschwister und ich uns damit oftmals die Zeit vertrieben. Und natürlich mit dem Lesen. Überdies waren wir alle naslang krank. Hatten auch die Windpocken. Dazu Mumps, Masern und so weiter. Das war damals so und ist heute nicht anders. Gott sei Dank ist man nach dem Überwinden der Kinderkrankheiten in der Regel gesund. Apropos: Darf ich bei der Gelegenheit fragen, wie es Götz Vahrenfeld, dem begabten Architekten, geht? Sie stehen doch sicher noch mit ihm in Verbindung?«

»Nun …« Flo fiel auf die Schnelle keine passende Antwort ein.

Jud schien es nicht zu bemerken. »Ich empfand damals das Gespräch mit ihm über Werfels Werk *Die vierzig Tage des Musa Dagh* als sehr anregend. Sie erinnern sich? Es fand im Atelier Ihres Vaters statt, anlässlich eines kleines Festes zum Abschluss der Renovierungsarbeiten in der Großen Elbstraße.«

»Oh, ja, ich erinnere mich sehr gut.«

»Ich hatte ihn bei der Gelegenheit eingeladen, unseren kleinen Künstlerzirkel kennenzulernen, doch leider ist er nie gekommen.« Jud zog an seiner Zigarette.

»Er war wohl viel unterwegs und scheint kein großer Briefeschreiber zu sein«, sagte Flo ausweichend. »Das hat er übrigens mit Lucies Grandpa, also meinem Vater Benno, gemeinsam. Von ihm haben wir auch lange nichts gehört.«

»Er lebt doch gewiss noch in der Schweiz? Ich erinnere mich, dass wir drei auf dem Hauptbahnhof mit dabei waren, als er den Zug nach Genf nahm.«

»Das Letzte, was ich von ihm hörte, war, dass er eine Ausstellung im Kunstmuseum Basel plante. Das war 1941.«

»Darf ich bitten?« Finn erhob sich, um Flo aufzufordern, denn Günter hatte den *Pine Top's Boogie Woogie* aufgelegt, jenes heiße Stück, das Reißenweber und seine SA-Meute seinerzeit auf die Palme brachte.

»Du hast mich gerettet!«, rief Flo Finn ins Ohr, während beide sich in drangvoller Enge auf der Tanzfläche bewegten.

»Ich glaube, Jud ahnt, wo Götz sich aufhält, aber er würde dich nie verraten!«

»Stimmt!«

Obwohl wegen der Fülle an richtiges Tanzen nicht zu denken war, machte es Flo einen Riesenspaß, ebenso Finn und auch dem jungen Begleiter Juds, der aus einiger Entfernung herübergrüßte und irgendetwas rief, das wie »Toller Abend, was?« klang.

Dann war der *Pine Top's Boogie Woogie* zu Ende, die Paare verschnauften, und Günter wollte gerade die nächste Platte auflegen, als es geschah: »Runter da, sofort runterkommen!«, brüllte jemand.

Es war Schatzi, der wütend vor Willis Ansitz stand und nach oben starrte. Einer der beiden Matrosen, denen Aale-Edith den Stuhl weggenommen hatte, saß dort, seinen Kameraden auf dem Schoß. Sie waren sturzbetrunken.

»Das ist Willis Ansitz«, piepste Vira, »da darf niemand rauf, seit er tot ist.«

Die jungen Matrosen lachten.

Aale-Edith kam hinzu, sie balancierte ein Tablett mit mehreren Bieren. »Macht keine Fisimatenten! Runter mit euch, oder es gibt Wind von vorn!«

»Höhö!« Die Kerle dachten nicht daran.

»Los jetzt!« Schatzi packte ein Matrosenbein und zerrte daran. Der Kerl verlor das Gleichgewicht und fiel wie ein reifer Apfel herunter – direkt auf Aale-Ediths Biertablett.

Der andere Matrose lachte mit der Dummheit des Betrunkenen. »Scherben bringen Glück! *Wo de Nordseewellen* …«

Schatzi war nun richtig erbost. Er hatte alle Diplomatie vergessen, schnappte sich einen Besen und drosch von unten auf den Kerl ein. Aber nicht lange, denn bald waren die restlichen drei Matrosen heran. Sie drängten Schatzi zur Seite und bildeten einen Ring um Willis Ansitz. »Fass ja nicht unseren Kameraden an«, knurrte einer.

Es war eine Patt-Situation. Auf der einen Seite die kräftigen

Matrosen, auf der anderen Seite Schatzi, Vira, Aale-Edith und die Gäste. Es hätte nicht viel gefehlt, und eine Schlägerei wäre ausgebrochen, wenn nicht die vier sturmerprobten Damen aus der Herbertstraße gewesen wären. Sie drängten sämtliche Gaffer zur Seite, und die Kompakteste unter ihnen baute sich vor den Matrosen auf. »Das ist Willis Ansitz, der ist heilig«, sagte sie und verpasste einem von ihnen eine Ohrfeige, dass ihm der Kopf nur so zur Seite flog. Gleichzeitig rückte der Rest der Damen vor. Und mit ihnen die Freunde vom Kiez. Auch Heinz Lord, der junge Mediziner, war darunter.

Die blauen Jungs zögerten. Dann gaben sie nach. Der Matrose, der Willis Ansitz als Erster entweiht hatte, kletterte herab. Sie nahmen ihre Mützen und strebten dem Ausgang zu. Doch da stand Schatzi bereits und sagte: »Abrechnung. Eure Getränkebons, bitte.« Nachdem das Geschäftliche erledigt war, wurde Schatzi versöhnlich. Schließlich war er im Krieg gewesen, und diese jungen Burschen sollten ihn erst noch kennenlernen. »Wenn ihr von eurer ersten Feindfahrt zurück seid, dürft ihr gern wiederkommen. Dann gebe ich einen aus. Und nun raus mit euch.«

Inzwischen hatten sich alle wieder gesetzt. Günter legte was Flottes von Nat Gonella auf, doch die richtige Stimmung wollte sich nicht wieder einstellen, zumal die Swing-Jugend nach Hause musste. Es war nicht gut, zu spät aufzubrechen, wenn man eine Begegnung mit den Streifendiensten der Hitlerjugend vermeiden wollte.

Kurz darauf gingen auch die wehrhaften Zugehfrauen aus der Herbertstraße. »Du hast 'ne kräftige Handschrift«, sagte Schatzi zu der, die zugehauen hatte. »Ich danke dir. Nächstes Mal verhelfe ich euch allen umsonst zum Mutterglück.«

Die Damen kicherten und rauschten hinaus.

Ihnen folgten Felix Jud, Heinz Lord und ein Swing-Girl. Heinz hatte der jungen Frau versprochen, sie nach Hause zu bringen. Sie hieß Ruby, vielleicht, weil sie rubinrote Fingernägel hatte, und schien verliebt in ihn zu sein. Bevor die drei die *Hölle* verließen, hatte Jud sich augenzwinkernd von Flo und Finn verabschiedet. »Ich gehe nur ein paar Schritte mit, dann lasse ich das junge Gemüse allein. Auf Wiedersehen, Finn, auf Wiedersehen, Flo, passen Sie gut auf sich auf – und auf alle, die Ihnen nahestehen …«

Schatzi kam und fragte Flo: »Wollt ihr etwa schon gehen? Wir könnten doch privat noch ein wenig zusammensitzen. Ich habe heute die Spendierhosen an, da wäre ein Gläschen Schampus genau das Richtige.«

Flo und Finn lehnten dankend ab. »Wir haben beide morgen früh Dienst«, sagte Flo, »außerdem will ich nach Lucie sehen.« Im Geiste fügte sie hinzu: und nach Götz.

»Na, dann macht's gut. Und lasst euch bald mal wieder sehen. Das mit den Matrosen heute war nur ein kleiner Ausrutscher, kommt in den besten Familien vor.«

»Klar«, sagte Finn und begleitete Flo hinaus. Er hatte vorgeschlagen, eine Droschke zu nehmen, das ginge schneller.

Schatzi blickte ihnen nach und fragte sich, wo Götz wohl sei und ob es etwas zu bedeuten hätte, dass Flo neuerdings mit Finn ausging. Wie alle Freunde auf dem Kietz hatte er keine Ahnung, wo Götz sich aufhielt.

Unterdessen strömten die letzten Gäste aus dem Laden. Schatzi beeilte sich, seinen Posten am Ausgang zu beziehen, um die Getränkebons noch mal zu überprüfen. Als Wirt auf St. Pauli hatte er nichts zu verschenken.

Nachdem die letzten Gäste gegangen waren, atmete er tief durch. Vira war schon dabei, klar Schiff hinter dem Tresen zu machen, Aale-Edith räumte die Tische frei und stellte die Stühle hoch, und Günter packte die Schellackplatten zusammen. Von den *Rent Parties*, die sie bisher durchgeführt hatten, war die heutige die weitaus erfolgreichste gewesen. Auch wenn ein paar Gläser zu Bruch gegangen waren und einer der australischen Jagdbumerangs sich in Luft aufgelöst hatte. Nun ja, das war Schwund. Alles in allem hoffte Schatzi, dass sich die erfreuliche Entwicklung fortsetzen würde.

Er und seine Freunde hatten an diesem Abend über tausend Reichsmark eingenommen.

Zehn Minuten später hielt eine Droschke vor dem Haus Große Elbstraße 7. Flo zückte ihr Portemonnaie, um Finn ihren Anteil an der Fahrt zu geben, doch der winkte ab. »Lass mal. Droschkenfahrer zu entlohnen ist Männersache.«

»Ich danke dir.« Flo umarmte Finn und stieg aus. »Wiedersehen!«

»Grüß Vicki herzlich von mir. Und natürlich meine kleine Tochter und … du weißt schon, wen.«

»Mach ich.« Flo winkte der davonfahrenden Droschke nach und strebte mit raschen Schritten dem Eingang zu. Sie blieb überrascht stehen, als die Tür sich wie von selbst öffnete. Vicki stand im Rahmen, leichenblass, gestützt auf einen Stock. Neben sich den schwanzwedelnden Wuff.

»Oh, Gott, gut, dass du kommst!«, rief sie mit zitternder Stimme.

»Was ist passiert?« Flo spürte, wie ihr die Angst die Kehle zuschnürte. »Ist etwas mit Lucie?

»Nein, zum Glück nicht.«

»Aber?«

»Schädeba mit seinen Männern war da!«

KAPITEL 42

Hat Schädeba Götz im Keller entdeckt?«, rief Flo voller Angst.

»Nein, obwohl er mit seinen Männern das ganze Haus auf den Kopf gestellt hat.«

»Das heißt, Götz sitzt noch in seinem Versteck?«

Vicki wollte antworten, doch ihr wurde unversehens schwindelig, die Aufregung war zu viel für sie gewesen. Flo stützte sie und setzte sie im Haus auf einen Stuhl. »Willst du ein Glas Wasser?«

»Es geht schon wieder. Die Treppe zum Keller hinunterzugehen fällt mir schwer, deshalb hab ich nur nach unten gerufen: ›Götz, hörst du? Schädeba ist weg!‹ Aber ich habe keine Antwort bekommen. Vielleicht hat er's nicht mitgekriegt, weil die Mauer zu dick ist.«

Flos Gedanken rasten. »Ja, vielleicht. Was ist mit Lucie?«

»Sie ist mit Wuff in ihrem oder besser: in deinem Zimmer. Nachdem Schädeba persönlich jeden Quadratzentimeter abgesucht hatte, habe ich sie dort eingesperrt. Ich wollte nicht, dass seine Leute Lucie ein zweites Mal Angst einjagten. Zum Glück interessierte sich Schädeba kaum für unsere Kleine und den Hund, dafür umso mehr für deine Unterwäsche im Schrank. Als ob ein Büstenhalter einen Hinweis auf Götz' Aufenthalt geben könnte. Widerlich!«

»Schon gut. Kannst du wieder gehen, Vicki?«

»Ich denke, ja.«

»Dann hole Lucie. Sag ihr, Mom sei wieder da, und alles wäre gut. Ich laufe derweil nach unten zu Götz.«

Flo eilte in den Kohlenraum mit der Kartoffelkiste und den

alten Bildern. Wie überall war auch hier das Licht eingeschaltet. Von der Durchsuchung zeugten nur die Bilder, die verstreut auf dem Boden lagen: die Seestücke, die Jagdmotive, die holländischen Stillleben, die der alte Professor zur Haiden so sehr geliebt hatte.

Der Haufen Eierkohle war unberührt.

»Ich bin's, Liebster!«, rief Flo gegen die Wand darüber. »Höre, Vicki hatte recht: Schädeba ist tatsächlich weg. Vertrau mir und mach auf. Du bist doch da drin?«

Einen bangen Augenblick passierte nichts.

Dann schwenkte das Mauerstück über den Kohlen nach außen. Götz wurde sichtbar. Er saß vor den Gasrohrbetten und lächelte. »Flo!«

»Liebster!«

Er griff hinter sich und stellte einen hölzernen Tritt auf die Kohlen, um aus seiner Höhle zu klettern.

Doch so weit kam er nicht. Flo sprang auf das kleine Podest und umarmte ihn heftig. »Oh, mein Gott!«, stammelte sie. »Du bist da, sie haben dich nicht gekriegt. Ich hätte es mir nie verziehen, wenn sie dich geholt hätten, während ich mit Finn in der *Hölle* war, ich habe ja …«

Weiter kam sie nicht, denn Götz küsste sie mit der Leidenschaft eines Mannes, der am Abgrund gestanden hatte und wie durch ein Wunder nicht gestürzt war.

Lange hielten sie einander so, dann fragte Götz: »Ist meinem kleinen Engel nichts passiert?«

»Vicki sagte, Lucie sei wohlauf.«

»Dann lass uns rasch nach oben gehen.«

Als sie ins Wohnzimmer kamen, saß Vicki dort schon auf der alten Ottomane, Lucie auf dem Schoß, Wuff zu ihren Füßen. Ein friedliches Bild, bei dessen Anblick niemand geglaubt hätte, was noch vor wenigen Minuten passiert war.

»Mom, Daddy!« Lucie streckte die Hände aus und lief auf ihre Eltern zu.

Götz hob sie auf und schwenkte sie ein Mal um sich herum.

»Es ist alles gut, mein kleiner Engel!«, rief er. »Die bösen Männer sind weg.«

»Was wollten die?«

»Die haben etwas gesucht, aber nicht gefunden.« Götz küsste seine Tochter. »Weißt du, wer da eben um die Ecke geschaut hat? Der Sandmann. Er hat mir befohlen, dir noch eine Gute-Nacht-Geschichte zu erzählen, damit du gut schlafen kannst. Komm!«

Götz nahm Lucie bei der Hand und führte sie in den anderen Flügel des Hauses. Er hatte sich in den letzten Tagen angewöhnt, eine selbst erfundene Geschichte zu erzählen, da sein Töchterchen die Märchenbücher allesamt schon auswendig kannte. »Es war einmal ein Schmetterling«, begann er, »der kaufte sich eines Tages im *Alsterhaus* einen roten Pullover, um hübscher auszusehen, denn er glaubte, er sei zu hässlich, um jemals eine Schmetterlingsfrau kennenzulernen …«

Lucie hörte aufmerksam zu, doch als der Schmetterling am Ende seine Schmetterlingsfrau bekam, war sie eingeschlummert. Götz hauchte ihr einen Kuss auf die Stirn und zog die Decke etwas höher. »Pass schön auf unseren kleinen Engel auf«, sagte er zu Wuff, der sich bereits vor Lucies Bett eingerollt hatte. »Gute Nacht, ihr zwei.«

Im Wohnzimmer saßen Vicki und Flo mittlerweile am Kartentisch der *Friedrich Ihn.* Das milde Licht der Stehlampe fiel auf eine Flasche Haidmärker. Als Götz kam, schenkte Flo für alle einen Korn ein. »Ich glaube, den brauchen wir jetzt.«

Vicki hob ihr Glas. »Ja, es ist noch einmal gutgegangen.«

»Darauf trinken wir«, sagte Götz. »Prost!«

Nachdem sie getrunken hatten, fragte Flo: »Wieso stand Schädeba nur so plötzlich vor der Tür?«

»Ganz so plötzlich zum Glück nicht«, antwortete Vicki. »Es war der reine Zufall: Als ich in der Dämmerung das Verdunkelungsrollo vor meinem Fenster herunterzog, bemerkte ich seitlich einen Riss im Stoff. Ich wollte ihn mit Uhu zukleben und sah dabei auf die Straße. Zwei Autoscheinwerfer näherten sich, wurden langsamer und hielten vor dem Haus. Da ahnte ich nichts Gutes. Ich rief: ›Götz, schnell, versteck dich!‹«

Götz nickte. »Ich hab nicht lange gefragt und bin sofort runter.«

Vicki fuhr fort: »Ich hab dann in Windeseile alles beseitigt, was auf Götz' Anwesenheit schließen ließ, und zu Lucie gesagt: ›Gleich kommen Männer in Moms und dein Zimmer, wenn du willst, dass sie ganz schnell wieder weg sind, darfst du ein ganz bestimmtes Wort auf keinen Fall sagen. Weißt du, welches?‹ ›Nee‹, sagte sie. ›Es heißt ›Daddy‹. Am besten aber, du sagst überhaupt nichts. Versprichst du mir das?‹ ›Jaaa.‹ ›Fein, dann ärgern sich die Männer und verschwinden gleich wieder.‹ Danach nahm ich Wuff an die kurze Leine und band ihn an den Bettpfosten. Kurz darauf klingelte es Sturm. Natürlich habe ich mir mit dem Öffnen viel Zeit gelassen.«

Flo schenkte Götz noch einmal nach und fragte: »Aber warum kam Schädeba? Er hat uns doch all die Jahre in Ruhe gelassen?«

Götz kippte den zweiten Haidmärker hinunter. »Vielleicht hat es ihn gewurmt, dass Rammer und sein Kollege vergeblich nach mir suchten, oder er hatte uns vorübergehend nicht auf der Rechnung. Seit Kriegsbeginn hat die Gestapo viele neue Aufgaben.«

Flo war noch nicht überzeugt. »Und warum kam er so spät am Tag?«

Vicki überlegte. »Er wollte sicherstellen, dass alle zu Hause sind – einschließlich Götz.«

»Götz war zu Hause, Schädeba hat ihn nur nicht gefunden.« Flo konnte schon wieder lächeln.

»Obwohl er mir immer wieder gedroht hat. Doch darauf war ich gefasst. Was mich allerdings wunderte, ist, dass er mich nicht nach dir ausgequetscht hat und stattdessen nur in deinen Sachen herumwühlte.«

»Du meinst, er hatte es allein auf Götz abgesehen und vermeiden wollen, mich auch verhaften zu müssen?«

»Es hört sich seltsam an, aber ich halte es nicht für ausgeschlossen. Schließlich warst du schon vier Mal im Stadthaus zum Verhör bei ihm, und jedes Mal hat er dich laufen lassen.«

Flo dachte daran, dass Schädeba etwas mit ihr gemacht hatte, über das sie nie im Leben sprechen würde. Etwas, das sie grausam gedemütigt hatte – und das dennoch notwendig gewesen war.

Laut sagte sie: »Hauptsache, er ist weg.«

»Und kommt nie wieder«, bekräftigte Vicki.

»Hoffen wir's«, sagte Götz.

Flo füllte den Leinenbeutel mit Kartoffeln und legte ihn griffbereit in die Kiste zurück. »Ich komme gleich zur Lagebesprechung, Liebster!«, rief sie hinauf ins Kellerversteck, wo Götz es sich bereits gemütlich gemacht hatte.

»Lass dir Zeit, ich versuche noch, die BBC ein bisschen besser reinzukriegen.«

»Brauchst du noch irgendetwas da oben?«

»Nein, nein, nur dich.«

Flo lächelte und kletterte mithilfe des Tritts in die gemeinsame Höhle. Sie schlüpfte zu Götz ins Bett und löschte die Nachttischlampe. Nur noch das matte Licht der Senderskala spendete etwas Helligkeit.

»Die Idee mit den Kartoffeln im Leinenbeutel beruhigt mich ein bisschen«, sagte Götz.

Flo kuschelte sich in seine Armbeuge. »Mich auch. Wenn die Gestapo unverhofft wiederkommen sollte, habe ich eine glaubwürdige Erklärung, warum ich im Keller war.«

»Hoffen wir, dass es nie wieder dazu kommt.« Götz stellte die Musik etwas leiser. Aus dem Lautsprecher erklang *Begin the Beguine* von Artie Shaw.

»Und es ist gut, dass Wuff jetzt nachts immer vor der Eingangstür schläft.«

»Obgleich er wohl lieber bei Lucie wäre.«

»Stimmt, Lucie wäre es auch lieber. Aber Wuff ist für uns eine Art Alarmanlage.«

»Der Hund eine Alarmanlage?« Götz lachte leise.

»Sag, wie steht es um Vicki? Vorhin beim Abendessen versicherte sie wieder, es gehe ihr gut, aber es ist nicht zu übersehen, dass ihre Bewegungen immer mühsamer werden. Ich glaube auch, sie hat Schmerzen, obwohl sie das Gegenteil behauptet.«

»Sie ist sehr tapfer. Und sie will nicht, dass wir wegen ihrer Krankheit Angst um sie haben. Doch es wäre gut, wenn du im Krankenhaus einen Rollstuhl beschaffen könntest.«

»Oh, das wird nicht leicht werden. Dort geht es zurzeit drunter und drüber. Ich habe dir doch erzählt, dass bei den letzten Fliegerangriffen der neue Hörsaal der Chirurgischen Klinik zerstört wurde und dass mehrere Krankenpavillons zerbombt wurden. Ein Dutzend Patienten starben, dazu mehrere Pfleger und Schwestern. Es wären noch mehr gewesen, hätte man in der letzten Zeit die Bunker nicht gebaut.«

»So genau hast du das nicht erzählt.«

»Nein?« Flo seufzte. »Vielleicht war es richtig so, es belastet dich nur unnötig, und ich will nicht, dass du dir Sorgen um mich machst.«

»Ich mache mir immer Sorgen um dich, und ich komme mir in diesem Loch häufig furchtbar unnütz und hilflos vor.«

»Oh, Liebster, sag nicht so etwas. Du weißt, dass es keine andere Möglichkeit gibt, als dich zu verstecken. Stell dir vor, ich hätte Nachtdienst in der Klinik, und dieses Haus würde ein weiteres Mal getroffen. Im Zweifel wärest du dann da, denn Vicki könnte sich und unsere Kleine nicht retten.«

»Wirst du für Vicki einen Rollstuhl bekommen?«

»Ich werde versuchen, dem Krankenhaus einen defekten oder ausrangierten Rollstuhl abzukaufen. Das ist billiger. Die restlichen fünfhundert Dollar von Benno mussten wir bis jetzt nicht anrühren, aber wir wissen nicht, was kommt. Du könntest das Gefährt an der kleinen Werkbank im Luftschutzkeller reparieren.«

»Ich werd's versuchen. Und wie kriegen wir das Ding vom Krankenhaus hierher?«

»Hm.« Flo überlegte. »Ich hab's: Ich werde meine Freunde aus dem Chinesenviertel fragen. Die haben einen Opel Blitz. Damit ist der Transport ein Klacks mit der Wichsbürste.«

Götz schmunzelte.

Die Musik im Radio endete. Ein Sprecher begann, Nachrichten auf Englisch zu verlesen.

Flo schaltete das Tefag-Gerät ab. »Lagebesprechung«, sagte sie. »Wie sieht es auf den Kriegsschauplätzen wirklich aus? Im Krankenhaus hört man nur Durchhalteparolen, Göring schwadroniert, die Amerikaner könnten außer Rasierklingen nichts Gescheites herstellen, und dauernd wird vom Endsieg geredet. Was sagt der Feindsender BBC? Kommt der Frieden näher?«

Götz strich Flo übers Haar. »Ich fürchte, es dauert noch ein bisschen. Die Amerikaner stellen außer Rasierklingen jede Menge Panzer und Kriegsschiffe her. In der Seeschlacht bei den Midway-Inseln haben sie vier japanische Flugzeugträger versenkt und selbst nur einen verloren. Das Blatt im Pazifik scheint sich seit Pearl Harbor zu wenden.«

»Pearl Harbor ist sehr weit weg.«

»Stimmt. Nordafrika liegt näher. Da ist es der deutsch-italienischen Offensive nicht gelungen, bis zum Suezkanal vorzustoßen. Die Engländer haben Rommel gestoppt. Es heißt, er wird von nun an Zoll um Zoll zurückweichen müssen. Noch näher allerdings liegt die deutsch-schweizerische Grenze. Dort werden Juden und Roma laut Beschluss des Schweizer Bundesrates von nun an zurückgewiesen, auch wenn ihnen dadurch Gefahr an Leib und Leben droht.«

Flo atmete tief durch. »Das sind gute und schlechte Nachrichten. Grauenvoll, dass die Schweiz niemanden mehr ins Land lässt. Wie kann man nur so herzlos sein! Ich verstehe das nicht. Und alles hat dieser unsägliche Hitler angerichtet. Für mich ist er der größte Verbrecher der Weltgeschichte. Ein Teufel in Menschengestalt.«

»Das ist er ohne Zweifel. Er wird sich irgendwann für seine Greueltaten verantworten müssen. Und wenn es vor dem Herrgott ist. Doch lass uns von etwas Schönerem reden. Deine Tochter hat heute die ersten drei Buchstaben ihres Lebens geschrieben.«

»Wirklich?«

»Ja. Sie beobachtete, wie Vicki den Handstein mit Ata reinigte. Daraufhin ging sie zum Küchentisch und malte mit einem grünen Buntstift die drei Buchstaben auf ein Blatt Papier – genauso, wie sie auf der Verpackung stehen: ATA. Ich habe es selbst gesehen.«

»Hat sie das Blatt noch?«

»Ja, aber es ist so vollgekritzelt, dass du die Buchstaben nicht mehr erkennen wirst.«

»Schade. Sie scheint ein begabtes Mädchen zu sein. Ich glaube, das hat sie von dir.« Flo küsste Götz.

»O nein, von dir.« Götz küsste Flo. »Ich wecke dich rechtzeitig, bevor Lucie in der Frühe wach wird. Gute Nacht, meine kleine Seemannsbraut.«

»Gute Nacht, geliebte Vogelscheuche.«

Am fünfundzwanzigsten September stand abends ein prächtiger Vollmond über Hamburg. Er hing wie ein heller Lampion am Himmel und sorgte dafür, dass die alte Eiche und die anderen Büsche Schatten auf den Gartentisch warfen, an dem Vicki, Flo, Götz und Lucie saßen. Die Kleine war extra noch einmal geweckt worden, damit sie den leuchtenden gelben Ball sehen konnte. Das Wetter an diesem Freitag war eher durchwachsen gewesen, Sonne und Regenwolken hatten einander abgelöst, doch nun, gegen zehn, hatte es aufgeklart.

Lucie staunte den Mond an, den sie bisher nur aus Bilderbüchern kannte. »Der ist aber groß!«

Vicki, die Lucie auf dem Schoß hielt, lachte leise. »Manche Leute sagen, dass auf ihm ein Mann lebt, ›der Mann im Mond‹. Genau weiß es niemand. Doch vielleicht singt er gerade in diesem Augenblick das Lied *Der Mond ist aufgegangen*. Kennst du es?«

»Nee.«

»Ich singe es dir vor, danach versuchen wir es gemeinsam:

Der Mond ist aufgegangen,
Die goldnen Sternlein prangen
Am Himmel hell und klar;
Der Wald steht schwarz und schweiget,
Und aus den Wiesen steiget
Der weiße Nebel wunderbar …«

Leise sangen sie zusammen das Abendlied nach dem Gedicht von Matthias Claudius, dessen beruhigende, friedvolle Wirkung schon Generationen vor ihnen gespürt hatten.

»Warum singst du nicht, Daddy?«, fragte Lucie.

»Ich habe leise gesummt«, antwortete Götz. »Die Nachbarn müssen nicht unbedingt eine männliche Stimme hören, wenn wir singen.«

Das verstand Lucie nicht, aber der Mond war sowieso wichtiger. »Hat der Mann im Mond eine Frau?«

»Ich glaube nicht«, sagte Flo. »Aber er hat viele freundliche Sterne in seiner Nähe. Es ist kühl, wir sollten wieder ins Haus gehen. Du musst ins Bett, meine Kleine.«

Das war Lucie nicht recht, sie hätte den gelben Ball gern noch länger betrachtet, aber Flo sprach ein Machtwort: »Marsch in die Heia, Tante Vicki bringt dich, du kannst die Augen ja kaum noch offenhalten.«

»Darf Wuff bei mir schlafen?«

»Ausnahmsweise. Und nun gute Nacht.« Flo und Götz küssten ihre kleine Tochter, verabschiedeten sich von Vicki und gingen hinunter ins Kellerversteck.

»Mir ist heute Abend nicht nach Swing-Musik«, sagte Flo, nachdem sie sich wie gewohnt in Götz' Armbeuge gekuschelt hatte. »Sie würde nicht zu dem schönen Abendlied passen. Es wirkte so entspannend.«

»Das stimmt.«

Eine Weile lagen sie nebeneinander und genossen die Nähe des anderen. Dann fragte Götz: »Möchtest du wissen, wie die Lage draußen ist?«

»Sag es mir.«

»Sie ist leider nicht so entspannt. Es sickern immer mehr Nachrichten durch, nach denen Massenvernichtungen an Juden vorgenommen werden. Ihre Lage in Deutschland und in den besetzten Ländern Europas ist auswegloser denn je.«

Flo musste an das Logenhaus in der Moorweidenstraße denken, von dem aus die Nazis Hunderte von Juden deportiert hatten. Das war im Oktober 41 gewesen und lag noch kein Jahr zurück. Hatte man die armen Menschen in Vernichtungslager transportiert? »Da kann die Welt doch nicht tatenlos zusehen!«

»Ich fürchte, der Welt, wie du sagst, sind die Hände weitgehend gebunden. Solange die Nazis nicht aufgegeben haben, können sie in Deutschland und in den von ihnen besetzten Gebieten machen, was sie wollen.«

Flo richtete sich auf. »Aber man muss doch irgendetwas tun können!«

»Es gibt Hilfsorganisationen. Sie sitzen in New York und London und haben Vertreter in Lissabon, Genf und Istanbul, also in Städten neutraler Länder. Ihre Vertreter suchen intensiv nach Agenten, die bereit sind, unter plausiblen Gründen in die Nazi-Gebiete einzureisen und dort den Verzweifelten Briefe und Geld zu überbringen. Doch unter diesen Agenten sind viele Nutznießer und Betrüger. Sie nehmen das Geld und machen sich aus dem Staub. Es ist ein schwieriges Unterfangen.«

»Es gibt doch die *Jewish Agency*. Die ist doch sicher auch tätig?«

»Das ist sie. Und ich habe manchmal ein furchtbar schlechtes Gewissen, weil ich hier warm und trocken sitze, während meine Kameraden ihr Leben riskieren, um jüdische Familien zu retten.«

»So wie Frederik Rosen?«

»Genau.«

Flo beugte sich zu Götz hinab. »Hat Frederik Frau und Kind?«

»Nicht dass ich wüsste.«

»Du aber, mein Liebster. Ich glaube, die meisten Agenten sind Einzelgänger, um die kaum jemand trauert, wenn sie ums Leben kommen.«

»Du hast ja recht.«

»Siehst du.« Flo küsste Götz sanft auf den Mund.

Götz seufzte. »Wenn ich wenigstens wüsste, dass es meinem Freund Frederik gutgeht.«

KAPITEL 43

Christian Warlich setzte die letzten Stiche mit der Tätowiermaschine und betrachtete sein Werk. Der Totenkopf war wie immer perfekt gelungen. Ebenso wie der Spruch, der ihn umkränzte: *Meine Ehre heißt Treue.* Beides hatte sich ein SS-Mann auf die Brust stechen lassen, mit schwarzer Spezialtinte.

»Sind Sie zufrieden?«, fragte Christian.

»Gute Arbeit, ausspreche Anerkennung!«, schnarrte der Mann. Er stand auf und zog sich an. Die Schulterstücke seiner Uniformjacke wiesen ihn als Sturmbannführer aus, was in der Wehrmacht einem Majorsrang entsprach. »Was bin ich Ihnen schuldig?«

»Fünfzig Mark.« Das war deutlich mehr, als es normalerweise kostete.

Der SS-Mann zahlte, ohne mit der Wimper zu zucken, und wandte sich dem Ausgang zu. »Heil Hitler!«

»Wiedersehen.« Warlich zog den roten Vorhang zu, der sein *Atelier moderner Tätowierungen* vom Schankraum abtrennte, und murmelte: »Am liebsten hätte ich dich abgestochen.«

Während der SS-Mann mit zackigem Schritt den Schankraum durchmaß, starrten die Gäste scheu in ihr Glas. Einer stand sogar auf, ging mit abgewandtem Gesicht zum Garderobenständer und suchte etwas in seiner Manteltasche. Als der SS-Mann draußen war, setzte er sich wieder. Er war blond wie ein Wikinger, von kräftiger Gestalt, Anfang fünfzig.

»Kennst du den?«, fragte Warlich seine Aushilfe, die hinter dem Tresen stand.

»Nee, nie gesehen«, antwortete Käthe.

»Ich werde ihm mal auf den Zahn fühlen.« Warlich ging zu dem Fremden. »Was machst du hier?«

Der Blonde blickte auf. »Ich trinke ein Bier.«

»Das sehe ich. Ich möchte wissen, wer du bist. Wir haben hier auf St. Pauli keine Geheimnisse voreinander.«

»Meinen Namen werde ich dir nicht nennen. In deinem eigenen Interesse. Ich kann dir aber sagen, dass ich die Farbe Braun nicht mag. Und dass ich mit Leuten in der *Hölle* befreundet bin.«

»Hm, das hört sich schon besser an.« Warlich setzte sich zu dem Fremden. »Käthe, bring mir mal ein Bier!«

Als das Bier kam, sagte er: »Prost, ich denke, ich werde dich Keiner nennen. Wenn jemand nach dir fragen sollte, kann ich behaupten: ›Keiner war hier.‹«

Der Blonde lachte freudlos. Dann senkte er die Stimme. »Aus bestimmten Gründen muss ich mein Aussehen verändern. Ich werde mir einen Bart wachsen lassen, die Haare schwarz färben und eine Brille tragen. Trotzdem gibt es ein Zeichen, an dem man mich nach wie vor erkennen kann.«

»Und das wäre?« Warlich ahnte bereits, worauf das Ganze hinauslief.

»Hier.« Der Blonde streifte den Ärmel hoch. Ein blauer, schon etwas verblasster Anker wurde auf seinem Unterarm sichtbar. »Kannst du den ablösen?«

»Das kann ich. Doch ich weiß nicht, ob es dir nützen würde.«

»Wieso?«

»Ich müsste den Anker mehrfach mit einer scharfen Spezialflüssigkeit behandeln. Abgesehen von den Schmerzen würde es mindestens eine Woche dauern, bis ich den Hautlappen abziehen kann.«

»Lort!«

»Bitte?«

»Ich sagte ›Scheiße‹. Eine Woche Zeit habe ich nicht. Ich muss heute noch weiter.« Der Blonde holte eine Geldbörse hervor. »Wie viel kriegst du für das Bier?«

»Nichts. Bleib sitzen.« Warlich griff nach dem Arm des Blonden und zog ihn zu sich heran, um ihn genau zu betrachten. »Das könnte gehen«, murmelte er.

»Was meinst du?«

»Komm mit in mein Atelier.« Warlich zog den Blonden hinter den Vorhang und befahl: »Setz dich. Meine Idee ist, den Anker nicht zu entfernen, sondern ihn so zu verfremden, dass ihn niemand mehr erkennen kann. Wir machen einfach ein anderes Motiv daraus.«

»Und das geht?«

»In meinem *Atelier moderner Tätowierungen* geht alles.« Warlich gestattete sich ein Lächeln. »Oder fast alles. Und nun pass auf: Ich werde das um den Anker laufende Tau verlängern und vervielfachen, einiges überstechen und hinzufügen, bis ein Knäuel aus züngelnden Schlangen daraus geworden ist. Einverstanden?«

»Einverstanden.«

Warlich zog sich Handschuhe über, machte die Maschine an und begann. Er arbeitete zügig, mit tausendfach geübten Handbewegungen, nur hin und wieder richtete er sich auf und blinzelte.

»Du scheinst deine Augen in letzter Zeit überanstrengt zu haben«, sagte der Blonde. »Sie sind etwas trocken. Vielleicht solltest du es mal mit Tropfen versuchen.«

»Bist du Augenarzt oder so was?«

»Nein, das nicht.«

Warlich setzte die letzten Stiche, legte die Maschine beiseite und tupfte die restliche Flüssigkeit fort. »Ich habe absichtlich ein dunkles Blau genommen, damit es nicht auffällt, dass hier und da ein kleines Stück Blau des alten Ankers noch durchscheint.«

»Ich sehe nichts«, sagte der Blonde. »Nur sieben züngelnde Schlangenköpfe an den Seiten und in der Mitte ein dichtes Gewusel.«

»Umso besser«, sagte Warlich. »Du bist fertig. Macht fünf Mark.«

»Fünf Mark? Dem Nazi hast du fünfzig abgeknöpft.«

»Bist du ein Nazi?«

»Willst du mich beleidigen?«

»Gewiss nicht. Freunde aus der *Hölle* kriegen bei mir einen Sonderpreis. Und nun mach's gut. Ich wünsche dir viel Glück – Keiner.«

»He, Aale-Edith, das ist Ava«, sagte Günter betont munter. »Sie braucht im Moment keinen Räucherfisch, aber du kennst sie von unseren *Rent Parties.*«

»Ich weiß, sie hat den Zugehfrauen aus der Herbertstraße das Hotten beigebracht. Geht man rein.« Aale-Edith schien an diesem Tag friedlich gestimmt.

Auch Günter war bester Laune. Zum ersten Mal war es ihm gelungen, Ava auf ein Schäferstündchen einzuladen. Er nahm sie ritterlich bei der Hand und führte sie hinunter zum Eingang der *Hölle.* »Nach dir.«

Ava blickte sich um. »So kenn ich's gar nicht«, sagte sie. »Der Kugelfisch sieht traurig aus. Alles ein bisschen trist, wenn die Lampen nicht an sind und die Musik nicht läuft.«

»Es ist ja auch erst fünf. Normalerweise machen wir am Wochenende erst um sechs auf. Warte, das haben wir gleich.« Günter ging zur Wand und riss das Kalenderblatt von gestern ab. Das neue Blatt zeigte den:

1.

November

Sonntag

Dann knipste Günter die Positionslampen an, grün und rot, obwohl er sie lieber ausgelassen hätte. Anschließend drehte er an der Kurbel des Trichtergrammophons und legte *Moonglow* von Benny Goodman auf.

It must have been moonglow, way up in the blue,
It must have been moonglow that led me straight to you …

»Das spielen wir immer, wenn der Laden geöffnet wird, zum Gedenken an Willi. Willi Höller war der erste Besitzer von der *Hölle*, aber das ist schon ein Weilchen her«, flüsterte Günter. Er hatte sich neben Ava gesetzt und wie zufällig den Arm um sie gelegt. Sonderbarerweise ließ sie es geschehen. Sein Herz klopfte wie wild. Ob er noch mehr durfte? Sie hatte wieder den knappen Pullover an, der ihn so nervös machte. Und den kurzen Rock, der nicht mal bis zu den Knien reichte und viel von den Seidenstrümpfen erkennen ließ …

Ava summte die Melodie mit. Ihr Fuß wippte im Takt.

Hoffentlich will sie jetzt nicht tanzen!, dachte Günter. Er musste irgendetwas sagen. »Der Text heißt: ›Es muss der Mondschein gewesen sein, der mich direkt zu dir führte.‹«

»Weiß ich. Ich kann Englisch.«

»Ja, ja … ist klar.« Günter fasste sich ein Herz und strich Ava sacht übers Haar.

»Wenn du mich küssen willst, tu's ruhig.«

»Oh.« Günter war so überrascht, dass ihm die Worte fehlten. Das ging ja viel leichter, als er gedacht hatte! Er beugte sich vor und schloss die Augen …

»Günter!« Wie aus dem Boden gewachsen stand Aale-Edith an der Hintertür. Sie wirkte außer Atem. »Da sind gerade zwei Kerle in einem Auto gekommen. Sie gucken sich das Haus von außen an und reden miteinander. Ich glaub, die wollen dich holen. Du musst abhauen, sofort!«

Doch die Warnung kam zu spät. Im Vordereingang erschienen zwei Männer, die ganz offenbar nicht zum Biertrinken eingetreten waren. »Bist du Günter Discher?«

»Bin ich.« Günter versuchte, lässig zu klingen.

»Mitkommen.«

»Warum?«

»Kannst du dir das nicht denken? Du dudelst hier ständig

Negermusik ab. Das ist volkszersetzend und spielt dem Feind in die Hände. Feindbegünstigung nennt man so etwas.«

Günter schlotterte innerlich vor Angst, aber vor Ava durfte er das nicht zeigen. »Wieso begünstige ich den Feind, wenn ich Swing-Musik abspiele? Es gibt kein Gesetz dagegen.«

»Halt die Klappe. Wie alt bist du?«

»Fast achtzehn.«

Der eine der beiden Männer baute sich vor Günter auf. »Falls du es noch nicht gemerkt haben solltest, Bürschchen, wir sind von der Geheimen Staatspolizei und haben wenig Sinn für Humor. Ich will nicht wissen, wie alt du fast bist, ich will es genau wissen. Wird's bald?«

Günter gab auf. »Ich werde am zwanzigsten März achtzehn.«

»Also erst im nächsten Jahr. Du bist siebzehn. Dachte ich mir's doch. Du bist verhaftet.«

Aale-Edith, die bisher schweigend zugehört hatte, nahm ihre Melone mit den Papierblumen ab. Sie wollte seriöser aussehen. »Lassen Sie den Jungen doch laufen«, bat sie. »Der spielt nur ein paar Platten und tut keiner Menschenseele etwas.«

»Hüten Sie Ihre Zunge. Wer ist das Mädchen da?«

Aale-Edith funkelte den Mann an. »Ava, meine Enkelin. Sie wohnt ein paar Tage bei mir, weil der Vater in Russland gefallen ist und die Mutter Sonderschichten in der Munitionsfabrik Weiffenbach schiebt, falls Sie die kennen. Ava, mach, dass du jetzt nach oben kommst, du hast deine Schulaufgaben für morgen noch nicht erledigt.«

»Ja, Oma.« Ava verschwand, Günter einen mitleidigen Blick zuwerfend.

Der Gestapo-Mann schaute ihr nach, wie sie mit wippendem Rock die Treppe hochstieg. Der Anblick schien ihm sehr zu gefallen. »Sehen Sie zu, dass Ihre Enkelin nicht so undeutsch aussieht. Der kurze Rock, die grell bemalten Lippen … Ist sie wenigstens im BdM?«

»Selbstverständlich.«

»Sie sollte sich nicht so gehenlassen. Und nun wieder zu dir, Bürschchen. Du heißt Günter Discher und wohnst hier nicht. Das heißt, du hältst dich ohne Begleitung deiner Eltern in dieser Kneipe auf. Neben der Feindbegünstigung hast du auch gegen das *Gesetz zum Schutz der Jugend in der Öffentlichkeit* verstoßen, das Jugendlichen unter achtzehn Jahren den Besuch von Gaststätten und Kinos verbietet.«

Aale-Edith versuchte es noch ein Mal: »Bitte, lassen Sie doch den Jungen hier.«

»Wenn Sie nicht den Mund halten, nehmen wir Sie auch noch mit.«

Die Gestapo-Männer packten den sich sträubenden Günter und zerrten ihn erbarmungslos nach draußen.

Aale-Edith blickte ihnen nach. Ihr Scheißkerle!, dachte sie.

KAPITEL 44

An einem Tag Ende November hatte Flo Professor Behr gebeten, nicht an der Morgenvisite teilnehmen zu müssen.

»Nanu, warum?«, hatte Behr gefragt.

»Lucie ist ziemlich erkältet, sie hat hohes Fieber. Ich möchte sie zur Sicherheit in der Kinderklinik untersuchen lassen.«

»Natürlich, das hat Vorrang.«

»Vielen Dank, Herr Professor.«

Zwei Stunden später saß Flo mit Lucie einer Kollegin gegenüber, die Ursula de Boor hieß. Die junge Ärztin schaute das kleine Mädchen an und sagte: »Du hast aber einen dicken Schnupfen. Genau wie Penelope.«

Lucie machte ein Schippchen. Sie fühlte sich matt. Die fremde Umgebung gefiel ihr nicht.

»Weißt du, wer Penelope ist?«

»Nee.«

De Boor holte eine große rosa Bakelit-Puppe aus dem Medizinschrank. »Das ist Penelope. Sie ist auch erkältet. Ich werde sie jetzt untersuchen.« Die junge Ärztin nahm ihr Stethoskop und setzte die Membran auf verschiedene Stellen an Penelopes Brust. Dazu machte sie ein ernstes Gesicht und sagte: »Ich kann hören, wie sie atmet, und ich weiß, dass sie schnell wieder ganz gesund wird. Soll ich das bei dir auch mal machen?«

»Hm.«

Während de Boor Lucie abhörte, sagte Flo: »Vielleicht fragen Sie sich, warum ich mit Lucie zu Ihnen komme, da ich selber Ärztin bin, aber mir ist sehr an einer objektiven Meinung gelegen.«

»Ich verstehe. Wenn meine Tochter etwas mit den Augen hätte, würde ich mit ihr auch zum Augenarzt gehen.«

»Das beruhigt mich. Wieso sind wir uns eigentlich nicht schon früher begegnet?«

»Vielleicht, weil ich erst seit einem Jahr in Eppendorf bin?« De Boor nahm die Bügel des Stethoskops aus den Ohren und steckte das Abhörgerät zurück in ihren Kittel. Dann griff sie zu einem Holzspatel und schaute Lucie in den Mund. »Sag mal Aaa.«

»Aaa.«

»Das hast du sehr gut gemacht.« De Boor tastete die Lymphknoten ab und nahm weitere Untersuchungen vor. Lucies Temperatur betrug 38,9 Grad. »Das ist nicht wenig, aber bei Kindern nicht selten«, sagte sie zu Flo. »Eine Bronchitis kann ich ausschließen, es ist tatsächlich nur ein grippaler Effekt. Wenn Sie wollen, können Sie sich in der Krankenhausapotheke ein fiebersenkendes Mittel geben lassen. Oder einfach Aspirin nehmen. Ich persönlich schwöre auf die guten alten Hausmittel: heißer Fliederbeersaft und kräftiges Schwitzen. Gegen den Husten heiße Milch mit Honig. In ein paar Tagen dürfte alles überstanden sein.«

»Ich danke Ihnen sehr.« Flo nahm Lucie auf den Arm und wollte gehen, doch ihr fiel noch etwas ein: »Verzeihen Sie, wenn ich frage, aber der Name de Boor ist sicher nicht allzu häufig. Kennen Sie zufällig eine gewisse Gertrud Sara de Boor in Leipzig?«

»Das ist meine Schwägerin.« Die junge Ärztin blickte überrascht.

»Ich habe einen Brief eingesteckt, der an sie adressiert war. Es liegt gut ein Jahr zurück. Im Oktober 41 standen Hunderte Juden vor dem Logenhaus in der Moorweidenstraße. Ich kam mit einer jungen Familie ins Gespräch, ein Ehepaar und ein kleines Mädchen. Es erinnerte mich an Lucie. Ich fragte: ›Was passiert hier?‹ Die Frau antwortete, man würde sie deportieren, und sie wüsste nicht, wohin. Sie war völlig verzweifelt.«

»Das muss Rebecca gewesen sein, Gertruds Freundin von Kindesbeinen an. Meine Schwägerin ist ebenfalls Jüdin, wie sie sicher an dem demütigenden Zusatz ›Sara‹ gemerkt haben. Sie blieb bisher nur deshalb von den Nazis unbehelligt, weil mein Bruder Arier ist und einen hohen Posten in der Leipziger Stadtverwaltung bekleidet.«

Lucie fing an zu quengeln, sie wollte nach Hause. Flo beruhigte sie und sagte: »Jetzt fällt mir auch wieder ein, dass der junge Ehemann seine Frau mit Rebecca ansprach. Ich fragte sie, ob ich irgendetwas für sie tun könne, und sie bat mich, den Brief einzustecken. Ein SS-Mann wollte ihn mir abnehmen, aber ich weigerte mich. Ich sagte, der Brief sei für mich.«

»Das haben Sie getan?« De Boor blickte ungläubig.

»Ich fand es selbstverständlich.«

»Nein, das war sehr mutig von Ihnen.«

Flo lächelte. »Offen gestanden hatte ich ziemliche Angst. Doch ich wollte unbedingt etwas für die arme Frau tun.«

»Das haben Sie! Denn sofort nachdem Gertrud den Brief erhalten hatte, stellte sie mithilfe meines Bruders Nachforschungen an und erfuhr, dass Rebecca und ihre Familie ins Ghetto nach Litzmannstadt in Polen gebracht wurden. Was aus ihnen geworden ist, weiß Gertrud bis heute nicht. Der Kontakt ist völlig abgebrochen. Sie macht sich große Sorgen um ihre Freundin.«

»Es ist barbarisch, was man den Juden antut. Ein unbeschreibliches Unrecht.«

»Das größte Verbrechen in der Menschheitsgeschichte!« De Boor schaute Flo an und sagte spontan: »Ich bin zwar jünger als Sie, aber ich möchte Ihnen gern das Du anbieten. Hätten Sie was dagegen?«

»Überhaupt nicht!« Flo freute sich.

»Meine Freunde nennen mich Ursel.«

»Ich bin Flo.«

Ursel lachte. »Das Du lag mir schon die ganze Zeit auf der

Zunge. Hast du zufällig am Dienstagabend in der nächsten Woche Zeit?«

Flo überlegte. »Ich denke, ja. Worum geht es?«

»Ich möchte dich gern ein paar Freunden vorstellen.«

Am dritten Dezember fuhr Flo abends mit Brennabor zu der Adresse, die sie von Ursel erhalten hatte. Flo war gespannt, was sie erwartete, denn auf ihre Frage, wer die Freunde seien, hatte Ursel nur geantwortet: »Gute, tapfere Menschen. Mehr möchte ich nicht sagen. Lass dich überraschen.«

Am Ziel lehnte Flo ihr Fahrrad gegen den Zaun und ging durch den Garten auf das gepflegte Einfamilienhaus zu. Sie läutete.

Die Tür öffnete sich. »*Come in*«, sagte eine Stimme, die ihr bekannt vorkam. Sie gehörte Professor Degkwitz.

»*Thank you*«, antwortete Flo überrascht und trat ein.

Degkwitz führte sie in einen Raum, der gemütlich und ein wenig plüschig wirkte, mit sepiafarbenen Fotos von Nordseeinseln an den Wänden, die aussahen, als hätte der Hausherr sie selbst gemacht. Dazwischen hing ein prächtiges Hirschgeweih, über dessen obere Gabel jemand seinen Hut geworfen hatte. Auf dem großen Tisch in der Mitte stand eine Schale mit Gebäck, eine kleine Stärkung, die vermutlich von der Dame des Hauses beigesteuert worden war. Über dem Tisch spendete eine Berliner Pendellampe warmes Licht, das auf mehrere junge Leute fiel. Sie rauchten, tranken Wein und unterhielten sich angeregt.

»Bin ich zu spät?«, fragte Flo.

»*No, you aren't late*«, antwortete Degkwitz. Er sprach Englisch weiter: »Wir unterhalten uns nicht auf Deutsch, um uns vor Denunzianten zu schützen. Außerdem duzen wir uns alle. Von nun an bin ich Rudolf für dich. Aber nur hier. Nicht im Krankenhaus.«

»Okay«, sagte Flo.

Fünf Paar neugieriger Augen richteten sich auf sie. Flo war ein wenig verlegen.

Degkwitz sagte: »*Candidates of Humanity*, so nennen wir uns. Wir sind keine Partei, keine Organisation, und Vereinsmeierei liegt uns fern. Wir sind nur ein Bund Gleichgesinnter, die Hitler verachten und das Nazi-Regime verurteilen. Wir wollen, soweit es uns möglich ist, die Stimme erheben, den Finger in die Wunde legen, ein Korrektiv sein. Deutschland steuert dem Abgrund entgegen, und wir dürfen nicht tatenlos zusehen. Ursel hat dich für heute eingeladen, weil ich neulich zufällig unser damaliges Gespräch in der Bibliothek erwähnte.«

»Das stimmt«, sagte Ursel. »Und weil ich von Anfang an gespürt habe, dass Flo genau wie wir denkt. Aber wenn du gestattest, Rudolf, vorab eine Frage: Wie geht es deiner Kleinen, Flo?«

»Danke, sehr viel besser. Das Fieber ist runter.«

»Das freut mich.«

»Sie fragt dauernd nach Penelope.«

Ursel schmunzelte. »Die Puppe ist meine Geheimwaffe, um kleine Mädchen von ihrer Krankheit abzulenken. Sag Lucie, Penelope ist wieder ganz gesund.«

»Das mache ich.«

Flo wandte sich Degkwitz zu. »Ich erinnere mich gut an das Gespräch in der Bibliothek. Es muss 36 gewesen sein, im Jahr der Olympischen Spiele. Du fragtest, ob du das Radio abstellen könntest, weil der Sprecher die Hörer aufforderte, sich anlässlich der Spiele von ihrer besten Seite zu zeigen, um die Vorurteile der Ausländer gegenüber dem deutschen Volk auszuräumen. Das ärgerte dich. Du wolltest wissen, ob ich als Amerikanerin auch diese Aversionen hätte. Ich antwortete: ›Überhaupt nicht. Vielleicht kommen die Vorurteile eher durch jene, die Deutschland regieren?‹«

»Genauso war's! Leider haben wir unser Gespräch nie fortsetzen können, wie ich es eigentlich vorhatte, weil immer irgendetwas dazwischenkam.«

»Bei mir war es ähnlich.«

»Jedenfalls war Ursel der Meinung, dass du zu uns gehörst. Und einige andere in dieser Runde auch, wie du gleich merken wirst. Stell dich bitte kurz vor, wenn es dir nichts ausmacht.«

Flo blickte in die jungen Gesichter. »Nun, ich bin Flo, genauer gesagt: Florence zur Haiden, Ärztin in der Augenklinik des Uni-Krankenhauses, vierundvierzig Jahre alt, ledig, und habe eine kleine Tochter, Lucie, nach der Ursel eben schon fragte. Ich bin gebürtige Hamburgerin, wuchs bei meinen Eltern in New York auf, wurde US-Amerikanerin, kam Ende 34 zurück nach Hamburg und bin mittlerweile wieder Deutsche.«

»Setz dich«, sagte ein junger Mann, der dem Aussehen nach Degkwitz' Sohn sein musste. »Ich heiße Rudolf wie mein alter Herr, weshalb man mich Junior ruft. Ich kenne dich.«

»Wirklich?«

»O ja! Du hast mir im Hörsaal der Chirurgie ein Fläschchen mit Augentropfen in die Hand gedrückt, die Professor Brodersen bei euch in der Augenklinik vergessen hatte.«

»Ja, jetzt fällt's mir wieder ein!«

»An mich erinnerst du dich sicher auch«, sagte der Mann neben Junior. »Gar nicht so lange her. Wir haben uns bei einer von Schatzis *Rent Parties* gesehen.«

»Heinz Lord?«

»Genau.« Heinz strahlte. »Ein unvergesslicher Abend. Besonders die wehrhaften Zugehfrauen aus der Herbertstraße haben mich beeindruckt. Und Ruby natürlich, das Swing-Girl mit den rubinroten Fingernägeln.«

»Du warst mit Felix Jud da. Gehört er auch zu eurem Kreis?«

»Im Geiste, ja. Doch Jud hat mit seinem Zirkel engere Verbindungen nach München.«

»Mich kennst du nicht«, sagte der Nächste. »Ich bin Albert Suhr, studiere Medizin.«

»Freut mich.«

»Und mich kennst du auch nicht«, sagte eine blonde Frau

mit frischem, offenem Gesicht. »Ich bin Hiltgunt Zassenhaus, aber sag lieber Hille zu mir, sonst brichst du dir die Zunge ab.«

Alle lachten.

»Ich bin zur Abwechslung keine Medizinerin, ich habe Skandinavistik studiert.«

Albert erklärte: »Hille spricht fließend Dänisch, Schwedisch und Norwegisch. Sie ist unser offizieller Arm zur Hamburger Justiz.«

»Aha?« Flo verstand nicht recht.

Degkwitz sagte: »Ehe ich es vergesse: Jetzt stoßen wir erst mal auf unser neues Mitglied an. Du trinkst doch sicher auch ein Glas Wein, Flo?«

»Gern.«

»Wir haben nur Weißwein. Rot mögen wir nicht so und Braun erst recht nicht. Prost.«

»Prost!«

Nachdem alle getrunken hatten, setzte Hille ihr Glas ab und fuhr fort: »Das mit dem Arm zur Justiz ist natürlich übertrieben. Doch im Oktober hat mich die Justizverwaltung zur Dolmetscherin berufen, weil so viele Norweger in der Strafanstalt Fuhlsbüttel einsitzen. Ich kann die armen Kerle regelmäßig besuchen, dabei stecke ich ihnen heimlich Essen und Medikamente zu.«

»Ist das nicht gefährlich?«, fragte Flo.

»Anfangs war es das. Da musste ich mich sehr vorsehen, doch mittlerweile marschiere ich so an den Wachtposten vorbei. Sie kontrollieren mich nicht mehr.«

Flo kam ein Gedanke. »Sind unter den Norwegern auch Dänen?«

»Nur einer. Warum?«

»Heißt er zufällig Rosen? Frederik Rosen?«

»Ja! So ein kräftiger Blonder?«

»Das muss er sein!« Flo war erschüttert und erleichtert zugleich. Wenigstens war Frederik am Leben. »Er ist ein Freund von mir. Halbjude. Epithetiker von Beruf. Er arbeitete für die

Jewish Agency for Israel und schloss sich nach der Besetzung seines Landes dem dänischen Widerstand an.«

»Das hat er mir erzählt. Ich habe ein paar Briefe von ihm aus der Anstalt geschmuggelt.«

Bei Hilles und Flos letzten Worten hatte die Runde aufgehorcht. Degkwitz sagte: »Ich hoffe, ihm erwachsen keine Nachteile daraus, dass er Halbjude ist.« Er nahm einen Keks und sprach weiter: »Immerhin gehören die nordischen Völker ebenfalls zur Herrenrasse – zumindest den verquasten Gedanken der Nazis zufolge. Die eine Hälfte Jude, die andere Hälfte Herrenrasse, welch ein Schwachsinn!«

Zustimmendes Murmeln.

Flo sagte zu Hille: »Könntest du Frederik bei deinem nächsten Besuch in Fuhlsbüttel grüßen? Von mir, den Freunden vom Kiez und …?« Sie zögerte. »Und von einem, mit dem er Doktor Stern zur Flucht nach Palästina verhalf?«

Hille lächelte und strich sich eine Strähne ihres halblangen Haares hinters Ohr. »Ich weiß, wen du meinst. Ich glaube, Frederik wird sich sehr über deine Grüße freuen. Der Aufenthalt in Fuhlsbüttel ist kein Zuckerschlecken, da ist jede Aufmunterung wichtig.«

»Das ist wohl wahr«, meinte Heinz.

Albert nickte. »In diesen trüben Zeiten.«

»Ich fürchte, Rudolf hat Neuigkeiten, die mindestens ebenso trübe sind«, sagte Ursel. »Es geht um die Krankenanstalt Langenhorn.«

»So ist es.« Degkwitz setzte seine Brille auf und tippte mit dem Finger auf ein Schreiben. »Ich habe hier die Kopie eines Briefes, den mir jemand zugesteckt hat. Sein Name tut nichts zur Sache. In diesem Brief wird geschildert, dass Doktor Ofterdinger, der Generalkommissar für das Gesundheitswesen in Hamburg, mit einigen Langenhorner Ärzten eine Konferenz abgehalten hat, in der er ihnen ankündigte, sie würden zukünftig Fragebögen aus Berlin erhalten, die für eine Anzahl unheilbarer Geisteskranker auszufüllen seien.«

»Fragebögen, was für Fragebögen?«, wollte Albert wissen.

»Ich habe ein Vorab-Exemplar hier«, sagte Degkwitz und hielt es hoch. »Die Herren in Berlin wollen bei jedem einzelnen Patienten die genaue Krankheitsart, den Grad der Verblödung, die Ausprägung des noch vorhandenen Lebenswillens und so weiter wissen. Gemäß der Binding-Hoche'schen Richtlinien.«

»Was sind das für Richtlinien?«, fragte Hille.

»Ich musste mich auch erst belesen. Es geht darin um die sogenannte Tötung zwecks Auslese. Hoche war ein Neurologe und zusammen mit Binding der Verfasser einer Schrift über *Die Freigabe der Vernichtung lebensunwerten Lebens.* Binding war ein Frankfurter Jurist und Verfechter der Euthanasie. Doch zurück zu den Patienten in Langenhorn: Unter den Vorgeschlagenen trifft die Berliner Zentralstelle ihre Auswahl.«

»Auswahl wofür?«, fragte Junior.

»Für den Abtransport in eine andere Anstalt.«

»Und dort?«

»Müssen die Kranken medizinisch und ethisch höchst zweifelhafte, menschenunwürdige Untersuchungen über sich ergehen lassen – sofern man sie nicht gleich tötet.«

Betretenes Schweigen. *Die Freigabe der Vernichtung lebensunwerten Lebens* – dieser Titel ließ alle verstummen.

Danach setzte eine lebhafte Diskussion ein, was am besten gegen die unerhörten Vorgänge zu unternehmen sei. Junior schlug vor, den Fall an die Presse zu spielen, damit diese darüber berichte.

Heinz wandte ein, dass es seit Jahren keine freie Presse mehr gebe. »An welche Zeitung willst du dein Wissen weitergeben?«, fragte er ironisch. »An den *Völkischen Beobachter?*«

Albert meinte, man könne die Langenhorner Krankenhausleitung ansprechen und an das ethische Gewissen der Ärzte appellieren.

»Ethik ist für viele in diesen Zeiten ein Fremdwort«, seufzte Ursel. »Ich fürchte, das führt zu nichts.«

»Vielleicht kann man mit diesem Ofterdinger sprechen?«, überlegte Flo.

»Wenn ich es recht bedenke, scheint das der Weg zu sein, der am meisten Erfolg verspricht«, sagte Degkwitz. »Ich kenne Ofterdinger flüchtig, habe ihn ein paar Mal gesehen. Wenn ihr einverstanden seid, werde ich mit ihm reden. Nur er als Generalkommissar für das Gesundheitswesen kann diesen dunklen Machenschaften in Langenhorn Einhalt gebieten.«

Auf diesen Vorschlag konnten sich alle einigen.

Da es zum Prinzip der *Candidates* gehörte, sich aus Sicherheitsgründen an unterschiedlichen Ort zu treffen, tauchte zum Abschluss die Frage auf, wo die nächste Versammlung stattfinden solle. Flo schlug die *Hölle* vor. »Die Kneipe ist ein bewährter Ort für Oppositionelle. Im hinteren Bereich gibt es ein Klubzimmer, in dem schon der große Hafenarbeiterstreik im Jahre 1896 vorbereitet wurde.«

»Und in dem heute manchmal das Tanzbein geschwungen wird.« Heinz grinste.

»Richtig. Es ist sozusagen ein Vielzweckraum. Ich werde mit dem Besitzer sprechen, ob wir willkommen sind, doch ich bin sicher, wir werden es sein.«

»Gut.« Degkwitz räumte seine Unterlagen weg. »Das soll es für heute gewesen sein. Flo, sei so nett und kläre das. Ich übernehme dann die Koordination.«

Nacheinander verabschiedeten die *Candidates* sich voneinander.

»Ich hoffe, du hast es nicht bereut, dass ich dich in unseren Kreis geholt habe?«, fragte Ursel.

»Nein«, antwortete Flo. »Es tut gut, in diesen Zeiten mit Leuten wie euch zusammen zu sein.«

»Und du bist eine Bereicherung für uns.«

»Danke.«

Sehr nachdenklich fuhr Flo mit Brennabor nach Hause.

KAPITEL 45

Vor dem Eingang zur *Hölle* begegnete Flo an diesem Sonntagnachmittag Ursel, die ebenfalls zum Treffen der *Candidates* gekommen war. Sie gingen gemeinsam hinein, und die junge Kollegin staunte wie alle anderen, die zum ersten Mal den Schankraum betraten.

»Geht man durch«, sagte Schatzi. »Der Kugelfisch und das Haigebiss tun nichts. Die haben schon gefrühstückt. Vira hat für alle im Klubzimmer schon ein paar Biere und Kurze hingestellt. Auch gekühlter Weißwein steht bereit. Wer was trinkt, trägt das in die Liste ein. Am Schluss wird abgerechnet. Das hat Willi auch immer so gemacht.«

Degkwitz und die anderen *Candidates* waren schon da. Der Kreis hatte sich um einen dreißigjährigen Medizinstudenten erweitert, der Friedrich Geussenhainer hieß. Friedrich war überzeugter Verfechter der Menschenrechte und allein schon deshalb mit den Nazis über Kreuz. Hille dagegen hatte sich entschuldigen lassen. Sie war in Rendsburg im dortigen Zuchthaus, um norwegischen Häftlingen Beistand zu leisten.

Degkwitz sagte: »Zum Auftakt, Freunde, noch mal ein Gruß in die Runde an ungewöhnlicher Stätte. Ich möchte keine langen Reden halten und gleich *in medias res* gehen: Bei Ofterdinger habe ich mir eine blutige Nase geholt. Er hat alle meine Argumente in den Wind geschlagen, einschließlich meines Hinweises auf den hippokratischen Eid, den auch er geschworen hat. Er drohte mir mit erhobenem Zeigefinger und hielt mir vor, ich verhielte mich antinationalsozialistisch. Es wären schon ganz andere für viel weniger in Teufels Küche gekommen.«

»Und was machen wir jetzt?«, fragte Heinz Lord.

»Ich denke, es gibt nur eine Möglichkeit, bevor wir an die Öffentlichkeit gehen und unseren Hals riskieren: ein Protestbrief an Karl Kaufmann, den Hamburger Gauleiter.«

»Ausgerechnet an den?«, wandte Albert Suhr ein. »Der ist ein hundertfünfzigprozentiger Nazi.«

»Ich sehe keine andere Möglichkeit. Es würde auch nichts bringen, sich direkt an die Langenhorner Kollegen zu wenden. Die halten alle die Füße still.«

»Nun denn, versuchen wir's«, sagte Friedrich. »Ich habe mal DKW-Modelle in Kiel verkauft und weiß, wie man Leute mit Werbebriefen erfolgreich anspricht. Das A und O ist: im Text nicht zu lang werden. Ich mache den Schreiber.«

Gemeinsam setzten sie den Brief auf, wobei sie um jede einzelne Formulierung rangen. Degkwitz' Sohn Junior schlug vor, Felix Jud und seinen Hamburger Künstlerzirkel mit einzubeziehen, um dem Schreiben noch mehr Gewicht zu verleihen, doch Degkwitz war nicht einverstanden. »Der Brief ist sowieso schon ein heißes Eisen, ich unterschreibe allein. Ich will nicht, dass einer von euch in Gefahr gerät.«

Und dabei blieb es. Trotz des Protestes der anderen.

»Ich habe noch etwas, das ich euch zeigen wollte«, sagte Degkwitz danach. »Albert und einigen anderen ist die Münchener Widerstandsgruppe ja schon bekannt, die ihre Aufrufe mit *Flugblätter der Weissen Rose* übertitelt, weil sie *Flugblatt III* im Frühjahr in Hamburg verteilt haben. Das war ein Tanz auf der Rasierklinge, wie wir im Nachhinein wissen. Seht her: Dies ist *Flugblatt IV*. Es ist ein ähnlicher Protest, wie wir ihn eben verfasst haben. Es verweist auf die immer ausweglosere Kriegslage, fordert auf zum Kampf gegen Hitler und seine allzu vielen Helfershelfer und macht sich stark für eine Erneuerung des deutschen Geistes.«

Nacheinander lasen die *Candidates* das *Flugblatt IV* und tranken dabei von dem, was Vira bereitgestellt hatte. Der stärkende Schluck war nötig, denn jeder wusste, was mit den Münchenern passieren würde, wenn sie in die Fänge der Gestapo gerieten. Zwar verschickten sie die Blätter anonym an Leute, von denen sie sich Unterstützung versprachen, dennoch riskierten sie Kopf und Kragen.

Danach wurde über die Inhalte des Flugblattes diskutiert und trotz allem erwogen, eine ähnliche Aktion in Hamburg durchzuführen, bis Flo vorschlug, doch erst einmal die Antwort von Gauleiter Kaufmann abzuwarten.

Darauf konnten sich alle einigen. Degkwitz sagte: »Ich lasse euch wissen, wann und wo wir uns das nächste Mal treffen. Unterdessen will ich versuchen, über Felix Jud Kontakt nach München aufnehmen. Vielleicht können wir die Münchener unterstützen.«

Sie verabschiedeten sich herzlich voneinander und gingen. Nur Flo blieb noch eine Weile, weil sie Vira und Schatzi lange nicht gesehen hatte. Sie setzten sich in eine Ecke der Kneipe, wo sie ungestört waren, und Schatzi fragte: »Weißt du was Neues von Götz?«

Flo zögerte mit der Antwort, denn außer Finn, dem offiziellen Vater Lucies, kannte niemand Götz' Aufenthalt.

»Wenn du nicht willst, musst du nicht drüber reden.«

»Nein, musst du nicht«, piepste Vira und stand auf. Sie musste wieder hinter den Zapfhahn.

Flo beschloss, Schatzi reinen Wein einzuschenken. Er war absolut vertrauenswürdig und würde das Geheimnis nie verraten. Sie schilderte, wo Götz sich versteckt hielt, und Schatzi staunte. Dann sagte er: »Wenn Not am Mann ist, kann er auch zu uns kommen, wir machen ihn irgendwie unsichtbar.«

»Danke, du bist ein guter Freund.«

»Ach was. Grüß ihn von mir. Richte ihm aus, wenn alles vorbei ist, heben wir hier zusammen einen.«

»Mach ich. Ich muss nun gehen. Bleibt gesund, bis zum nächsten Mal.«

Flo trat auf die Straße und zuckte zusammen. SA-Männer hatten sich da aufgebaut. Einer von ihnen schubste Aale-

Edith grob zur Seite, um Platz zu schaffen für ein junges Paar. Es wirkte verängstigt. Der SA-Mann hängte beiden ein großes Pappschild um den Hals. Auf dem Schild der Frau stand:

Ich bin am Ort das größte Schwein
und laß mich nur mit Juden ein.

Auf dem Schild des Mannes stand:

Ich nehm' als Judenjunge immer
nur deutsche Mädchen mit aufs Zimmer!

Passanten blieben stehen. Sie lasen den Text. Tuschelten miteinander. Manche lachten, manche eilten weiter, andere begannen, das Paar anzupöbeln. »Judenschwein! Judenhure! Juda verrecke!«

Flo war angewidert. Was konnte sie tun? Aus Richtung Millerntorplatz näherte sich in diesem Augenblick Lautenschläger, der Kiez-Polizist. Als er den SA-Trupp und das gedemütigte Pärchen sah, wollte er die Straßenseite wechseln, doch Flo hielt ihn auf. »Herr Oberwachtmeister Lautenschläger«, sagte sie förmlich, »ich fordere Sie auf, diesem unwürdigen Schauspiel sofort ein Ende zu bereiten!«

Laute sah sie an, Resignation im Blick. »Frau Doktor, ich bin ein alter Schutzpolizist, stehe kurz vor der Pensionierung, ich kann meine Augen nicht überall haben.«

»Wie bitte?«

»Sie müssen verstehen, tut mir leid.« Laute überquerte die Straße und verschwand zwischen den Gaffern, die sich auch auf der anderen Seite der Reeperbahn angesammelt hatten.

Flo wandte sich wieder dem Pärchen zu, das mittlerweile völlig verschüchtert dastand und sich an den Händen hielt. Ein bulliger SA-Mann mit kantigem Gesicht brüllte: »Ja, Leute, seht euch die Judenfratzen nur genau an, bevor wir sie hoppnehmen!«

Es war Reißenweber.

Flo erkannte ihn erst jetzt. Sie wollte zu ihm und ihn zur Rede stellen, doch dann hatte sie einen besseren Einfall. Sie eilte zurück in die *Hölle* und bat Schatzi, den *Pine Top's Boogie Woogie* aufzulegen und die lauteste Nadel zu verwenden.

»Warum das?«, fragte er.

»Wir müssen jemanden retten, schnell.«

Ohne lange zu fragen, schmiss Schatzi das Trichtergrammophon an:

Now I want you all to know
This is my own Boogie Woogie, do it like I tell you …

Flo eilte zur Eingangstür und riss sie auf. Die Swing-Musik dröhnte bis auf die Straße. Reißenweber und seine Meute fuhren herum. Das Stück war ihnen bekannt. Und verhasst. Reißenweber brüllte: »Los, Kameraden, diesmal machen wir Kleinholz!«

Johlend stürmte die Meute in die *Hölle*. Übergangslos begannen die Männer, alles zu zerstören, was ihnen in die Finger kam. Tische fielen um, Aschenbecher flogen, Biergläser zerbarsten, Stuhlbeine wurden abgebrochen und dienten als Schlagwaffen, um Spiegel, Gläser und Flaschen zu zertrümmern. Die wenigen Gäste drängten sich verängstigt in eine Ecke. Schatzi wollte mit Reißenweber reden, doch er bekam einen Faustschlag ins Gesicht. Vira schrie, Aale-Edith fluchte, die Einzige, die kühles Blut bewahrte, war Flo.

Woher sie die Ruhe nahm, wusste sie später nicht mehr zu sagen, doch sie stellte sich vor Reißenweber hin und blickte ihn direkt an. »Wenn Sie nicht augenblicklich damit aufhören, gehe ich ins Stadthaus zu Schädeba«, sagte sie.

»Na und?«, knurrte Reißenweber. »Willst du mir etwa drohen, du kleine Hure?«

»Sie scheinen Schädeba von der Geheimen Staatspolizei nicht zu kennen.«

Reißenweber lachte hässlich. »Dafür kenne ich den Kaiser von China!«

»Ich hatte Verkehr mit ihm, und es hat ihm sehr gefallen. Schädeba ist Kriminaldirektor der Gestapo, und Sie sind nur ein kleiner SA-Mann, wenn Sie verstehen, was ich meine.«

Reißenweber schwankte.

»Ich scherze nicht. Pfeifen Sie Ihre Meute sofort zurück, oder Sie sind nächste Woche an der Ostfront!« Flo wirkte sehr überzeugend, obwohl es in ihr ganz anders aussah. Lieber Gott, dachte sie, gib, dass dieser Prolet mich nicht durchschaut!

Doch das schien nicht der Fall zu sein. Reißenweber gab nach oder, um es mit seinen Worten zu sagen, er zog den Schwanz ein. »Genug, Männer, aufhören!«, brüllte er. »Abmarsch, sofort!«

Enttäuscht ließ die Meute von dem Mobiliar ab und trat den Rückzug an. Als Letzter ging Reißenweber, nicht ohne Flo einen hasserfüllten Blick zuzuwerfen.

»Puh, was war das denn?« Schatzi rieb sich das schmerzende Kinn. Es war nicht das erste Mal, dass in der *Hölle* die Fetzen flogen, aber diesmal war mehr als sonst zerbrochen. »Würdest du mir verraten, wen du damit retten wolltest?«

»Warte«, antwortete Flo. Sie ging hinaus auf die Straße und entdeckte die Pappschilder im Rinnstein. Allem Anschein nach hatte das Pärchen noch vor der Rückkehr der SA-Männer die Flucht ergriffen.

Flo machte kehrt und sagte zu Schatzi: »Wir haben die Würde eines Juden und seiner arischen Freundin gerettet.«

KAPITEL 46

Jeden Abend, wenn Flo aus der Klinik nach Hause kam, freute sie sich auf ihre kleine Familie. Allen ging es den Umständen entsprechend gut: Lucie, die nach ihrer schweren Erkältung wieder ganz genesen war, Vicki, die mittlerweile im Rollstuhl saß, doch damit im ebenerdigen Parterre gut zurechtkam, Wuff, der sich nachts hinter der Eingangstür zusammenrollte, um aufzupassen, und Götz, der am Tage niemals das Haus verließ, doch stets mit lebensbedrohlichem Besuch rechnen musste. Er konnte sich noch so gut verstecken, eine Gefahr war immer vorhanden: sein kleiner blonder Engel, der nicht ständig zu Hause bleiben mochte, sondern oftmals hinaus auf die Straße wollte, um mit gleichaltrigen Kindern aus der Nachbarschaft zu spielen. Dabei durfte Lucie sich nicht verplappern, durfte nie das Wort »Daddy« in den Mund nehmen, geschweige denn von »Daddy« erzählen, denn die Denunzianten waren überall. Vicki war zwar so oft wie möglich dabei, wenn Lucie fröhlich Verstecken, Seilchen springen, Kippel Kappel, Hinkebock oder Häschen in der Grube spielte, aber ein Risiko war immer da.

Wenn die Kleine mit roter Stupsnase hungrig nach Hause kam, gab es Mittagessen. Vicki hatte sich eigens eine Kochplatte in ihr Zimmer stellen lassen, damit sie einfache Mahlzeiten im Parterre zubereiten konnte.

Götz aß meistens im Keller, um Stuth, dem Briefträger, Ehlers, dem Schornsteinfeger, und anderen auf keinen Fall über den Weg zu laufen. Er führte ein eintöniges Leben, das nur zu später Stunde, wenn Flo nach Hause kam, aufgehellt wurde.

»Wie geht es dir, mein Liebster?«, fragte Flo an diesem Abend. Sie lagen im Kellerversteck und hatten die Daunendecken bis ans Kinn gezogen, denn es war winterlich kalt in dem niedrigen Raum. Götz hatte zwei Ziegelsteine im Backofen des Elektroherds erhitzt und sie ins Bett gesteckt, da ein Rohrbruch in der Straße die Wasserversorgung zeitweise unterbrochen hatte und die Wärmflaschen nicht benutzt werden konnten. Doch auch die Ziegelsteine sorgten für angenehm warme Füße.

»Soll ich ganz ehrlich sein?«, fragte Götz.

»Das musst du sogar.«

»Manchmal sehne ich mich zurück nach der Zeit, als ich bei der *Jewish Agency* war und armen Menschen bei Nacht und Nebel über die Grenzen half. Mir fehlt die freie Luft zum Atmen, der Kitzel der Gefahr und, ja, auch die Dankbarkeit der Flüchtlinge, nachdem sie das gelobte Land erreicht hatten. Mit einem Wort: das Gefühl, etwas Sinnvolles getan zu haben.«

»Das verstehe ich.« Flo küsste Götz sanft auf den Mund. »Aber denke nur an Frederik Rosen. Der Arme sitzt jetzt in der Strafanstalt Fuhlsbüttel, weit entfernt von den Seinen, und sieht einem ungewissen Schicksal entgegen. Das hätte genauso gut dir passieren können. Man kann nicht alles haben, mein Liebster.«

Götz seufzte. »Das ist wohl wahr.«

»Du hast mich doch.«

»Wirklich?«

»Soll ich es dir beweisen?«

»Sofort!«

Flo legte sich auf Götz und begann, ihn zu liebkosen. »Reicht das als Beweis?«

»Nein!«

»Dann komm...«

Er drang in sie ein, behutsam, tiefer und tiefer und verhielt schließlich. »Lass uns so bleiben«, bat er heiser.

»Ja, mein Liebster.«

»Es ist so schön. Näher als wir können sich zwei Menschen nicht sein. Küss mich …«

Flo küsste ihn und wartete. Dann bewegte sie sich langsam auf und ab. Sanft, stetig, schneller und schneller, bis er den Gipfel der Lust erreicht hatte.

Anschließend lagen sie erschöpft und glücklich wie ein verliebtes junges Paar nebeneinander. Nach einer Weile sagte Flo: »Mach mal das Radio an, vielleicht spielt die BBC gerade Musik zum Träumen.«

Doch die BBC sendete Nachrichten auf Deutsch. Unter Knistern und Knacken ertönte die Stimme des Sprechers. Er meldete, dass am gestrigen Tage, dem einunddreißigsten Januar 1943, die 6. Armee vor Stalingrad kapituliert habe. Über zweihunderttausend deutsche Soldaten würden in russische Gefangenschaft gehen. Der Wendepunkt des Krieges im Osten sei damit erreicht, die Niederlage Hitler-Deutschlands gewiss …

Flo erschauerte. »Die armen Soldaten. Wie sinnlos das Ganze ist!

»Vielleicht dauert es nun nicht mehr lange, bis die Nazis kapitulieren.«

»Oh, Liebster, ich würde es uns allen so wünschen. Und dir ganz besonders!«

Am achtzehnten Februar saß Schatzi in *Haarald's Frisiersalon*, einen Umhang um den Hals gebunden. Tütchen hatte länger nichts von sich hören lassen, und Schatzi wollte sich bei ihm in Erinnerung rufen, weil er zu der Erkenntnis gekommen war, dass man den kleinen Mann zu seinem Glück zwingen musste. Während Tütchen bei einem anderen Kunden abkassierte, ließ Schatzi seinen Blick schweifen. In *Haarald's Frisiersalon* wurde ausschließlich das starke Geschlecht bedient, da war Tütchen unerbittlich. Ansonsten war der Laden ein Paradebeispiel für die Eleganz der Spärlichkeit, was nichts anderes hieß, als dass nur das Nötigste für den Betrieb vorhanden war: zwei Sessel, zwei Spiegel, ein Wartebereich mit Zeitschriften des Lesezirkels und der allgegenwärtige Duft nach Haarwasser. Das Spektakulärste aber war der Präserautomat neben der Tür. Ihm verdankte Tütchen seinen Spitznamen, da er seinen Kunden beim Abschied stets riet, Tütchen mitzunehmen. Gemeint waren damit Fromms-Präservative. Spötter vermuteten, Tütchen sei an dem Verkauf der Gummis beteiligt. Auf dem Automaten stand: *Männer seid vernünftig, kauft euch zwei zu fünfzig!*

»Fasson?«, fragte Tütchen.

»Ja, aber mach's an der Seite nicht so kurz, ich will nicht aussehen wie 'n Nachttopf mit Ohren.«

»Ja, ja. Ich tu mein Bestes, wenn du schon mal da bist.« Tütchen kicherte, stieg auf eine Palmolive-Seifenkiste und fing an zu schnippeln. Wie viele seiner Zunft wurde er ein wenig geschwätzig, wenn er mit Kamm und Schere arbeitete. Doch Schatzi war nicht nach Belanglosigkeiten zumute, deshalb sagte er nach einiger Zeit: »Mach doch mal den Klönkasten an. Mal sehen, was es Neues gibt.«

Tütchen schaltete das Radio ein. Gerade lief eine Übertragung aus dem Berliner Sportpalast. Allerdings fand dort kein Sechstagerennen statt, sondern eine Großkundgebung mit Goebbels, der eine Rede hielt – wie üblich pathetisch und theatralisch:

> *»… Die Engländer behaupten, das deutsche Volk wehrt sich gegen die totalen Kriegsmaßnahmen der Regierung. Es will nicht den totalen Krieg, sagen die Engländer, sondern die Kapitulation. Ich frage euch: Wollt ihr den totalen Krieg? Wollt ihr ihn, wenn nötig, totaler und radikaler, als wir ihn uns heute überhaupt vorstellen können?«*

Ein ohrenbetäubendes fanatisches »*Ja*« aus Hunderten von Kehlen war die Antwort.

Goebbels redete weiter, hektisch, hysterisch und endete mit dem Aufruf: »*Nun, Volk, steh auf, und Sturm, brich los!*«

Tütchen stellte das Radio ab, beugte sich zu Schatzi hinunter, damit die Kunden im Wartebereich ihn nicht hörten, und flüsterte ihm ins Ohr: »Nu, dieser Goebbels mit seinem Klumpfuß hat immer noch nicht genug vom Krieg. Ist der plemplem?«

Schatzi nickte unmerklich. »Vom Wahnsinn umzingelt, der Mann.«

»'s wär lustig, wenn's nicht so traurig wär.«

»Ein kleiner Rattenfänger von Hameln ist der. Ein typischer Arier.«

»Der? 'n Arier?«

»Wusstest du das nicht? Der typische Arier ist schlank wie Göring, blond wie Hitler und groß wie Goebbels.«

Tütchen kicherte wieder. »Dass aus so 'm kleenen Körper so viel Lärm kommen kann.« Er nahm einen Handspiegel und hielt ihn so, dass Schatzi seinen Hinterkopf sah. »Nu?«

»Hast dich selbst übertroffen.«

Tütchen nahm Schatzi den Umhang ab. Schatzi stand auf und bezahlte.

»Nimm 'n Tütschn mit.«

»Ja, ja, ich nehme zwei zu fünfzig«, sagte Schatzi, schaute Tütchen tief in die Augen und senkte die Stimme. »Aber nur, wenn du mal wieder in die *Hölle* kommst. Am besten nach Feierabend, dann sind wir ungestört.«

Tütchens Augen leuchteten auf. »Will mal sehn, was sich machen lässt, nä.«

Professor Degkwitz war an diesem Mittwochabend sehr ernst, und er hatte allen Grund dazu. »Keine guten Neuigkeiten«, sagte er in die Runde der *Candidates*, die wieder in seinem Haus zusammengekommen war.

»Geht es um Kaufmann, den Gauleiter?«, fragte Heinz Lord.

»So ist es.« Degkwitz saß auf dem Sofa unter dem Geweih und bat Junior, ihm nachzuschenken. »Ich habe um drei Ecken gehört, dass Kaufmann getobt haben soll, als er unseren Brief bekam. Er ist ohnehin für seinen Jähzorn bekannt. Er hat die Zeilen vor seinem Adjutanten zerrissen und gebrüllt, wer dieser wehrzersetzende Degkwitz sei. Der gehöre ins KZ nach Auschwitz. Offenbar hat er sich danach einigermaßen beruhigt, denn die Folgen waren für mich halbwegs erträglich. Ich musste nur das Verhör durch zwei Gestapo-Kerle durchstehen, in dem sie wissen wollten, wer außer mir noch hinter dem Brief steckt. Doch ich habe behauptet, der sei einzig und allein auf meinem Mist gewachsen und ansonsten geschwiegen.«

»Haben die Höllenhunde dir sehr zugesetzt?«, fragte Heinz besorgt.

»Ich möchte nicht darüber sprechen. Es hat jedenfalls gereicht.«

»Dann ist es wohl besser, wir lehnen den Kopf in Zukunft nicht mehr so weit aus dem Fenster«, meinte Albert Suhr.

»Willst du etwa aufgeben?«, fragte Hille empört.

»Natürlich wollen wir das nicht«, sagte Friedrich Geussenhainer.

Ursel und Flo sahen sich an. »Vielleicht wäre es ganz gut, erst einmal Gras über die Sache wachsen zu lassen«, meinte Ursel, und Flo ergänzte: »Ich finde, Rudolf hat schon viel zu viel riskiert, als er den Brief allein unterschrieb.«

Junior sagte nicht ohne Bewunderung in der Stimme: »Mein alter Herr neigt nun mal zu Alleingängen. Man kann es auch tollkühn nennen.«

Degkwitz lächelte flüchtig. »Danke für die Blumen. Leider gibt es noch einen schwerwiegenderen Grund, den Kopf in Zukunft nicht so weit aus dem Fenster zu lehnen, wie Albert sagt: Vor drei Tagen, am zweiundzwanzigsten Februar, wurden in München Hans und Sophie Scholl mit der Guillotine enthauptet. Sie gehörten zu den Verfassern der *Flugblätter der Weissen Rose.* Das sechste und letzte Flugblatt wurde ihnen zum Verhängnis. Nach der Verteilung warfen sie die restlichen Blätter von der Empore in den Lichthof der Universität und wurden dabei geschnappt. Alexander Schmorell, der die Texte mitverfasste und redigierte, gelang zunächst die Flucht, doch er soll mittlerweile ebenfalls verhaftet worden sein. Vielleicht ist auch er schon tot. Ihr seht, liebe *Candidates*, die Lage ist ernst.«

Die Runde am Tisch schwieg.

»Für die, die es interessiert, habe ich hier ein Exemplar von *Flugblatt VI*. Felix Jud hat es mir zugespielt.«

»Er ist ein außergewöhnlicher Mann«, sagte Flo. »Ich kenne ihn. Es scheint, als fürchte er sich vor nichts. Darf ich mal sehen?«

Degkwitz gab Flo das Blatt. Die Überschrift lautete: *Kommilitoninnen! Kommilitonen!* Der Text begann: *Erschüttert steht unser Volk vor dem Untergang der Männer von Stalingrad* … und schloss mit einem glühenden Aufruf gegen die Verknechtung Europas durch den Nationalsozialismus.

Flo gab das Blatt weiter, voller Hochachtung für den beispiellosen Mut der jungen Münchener Studenten – einen Mut, den sie mit dem Tod unter dem Fallbeil bezahlt hatten.

Degkwitz sagte: »Die Verbindungen zwischen München und Hamburg dürfen auf keinen Fall offenkundig werden. Niemandem wäre damit gedient. Ich schlage vor, dass wir uns zunächst nicht mehr treffen. Doch wir wollen alle locker in Verbindung bleiben, um jederzeit wieder zusammen aktiv werden zu können. Wenn ihr euch trefft, bitte niemals mehr als zwei auf einmal und immer an unterschiedlichen Orten. Können wir uns darauf einigen?«

Das fiel den *Candidates* schwer. Denn sie wollten ihre Stimme erheben. Sie wollten nicht tatenlos zusehen, wie Freiheit, Ehre und Gerechtigkeit mit Füßen getreten wurden. Doch welchen Preis das nach sich zog, hatte das Schicksal von Hans und Sophie Scholl ihnen gezeigt.

Degkwitz bat Junior, jedem noch einmal nachzuschenken. Dann sagte er: »Prost, ihr *Candidates!* Es gibt kein Reich in der Historie, das nicht früher oder später untergegangen wäre. Trinken wir auf den Untergang des Nazi-Regimes!«

Sie tranken.

»Bleibt tapfer. Jeder möge das Seine dazu beitragen. Irgendwann werden die *Candidates* wieder zusammenkommen!«

Doch darin sollte sich Degkwitz sehr getäuscht haben.

KAPITEL 47

Es war in der zweiten Juliwoche, als das Telefon in Flos Büro klingelte. Hille war am anderen Ende. »Ich fand es sicherer, dich nicht zu Hause anzurufen«, sagte sie. »Wie geht es dir?«

»Danke, bei mir ist alles in Ordnung … Warte mal.« Flo ging zur Tür und schloss sie. Nicht jeder musste mitbekommen, was sie mit Hille besprach. »So, jetzt bin ich wieder da. Ja, mir geht's gut. Alle sind gesund, auch Lucie, die im Mai die Röteln hatte. Ich war mit ihr bei Ursel in der Kinderklinik, damit sie sich die roten Hautflecke ansieht. Eine Kinderkrankheit war es, zum Glück nicht mehr. Ich habe mit Ursel nur über die Behandlung gesprochen, da wir nicht allein waren. Doch auch ihr scheint es gutzugehen. Und was machst du so?«

»Oh, bei mir hat sich viel getan. Ich bin mittlerweile eine stolze Medizinstudentin, allerdings mit schlechtem Gewissen, weil ich immer wieder Vorlesungen schwänze. Meine Arbeit als Dolmetscherin ist wichtiger. Ich reise viel mit dem Zug, weil die Haftanstalten in ganz Norddeutschland liegen. Neuerdings begleitet mich sogar ein Seelsorger, Pastor Vogt-Svendsen. Durch ihn habe ich gute Kontakte zum schwedischen Roten Kreuz.«

»Ja, manchmal ist es schwer, alles unter einen Hut zu kriegen.«

»Weißt du, wie es Rudolf geht?«

Flo überlegte. »Es ist mindestens zwei Wochen her, dass ich ihn sah. Er sah müde und abgespannt aus. Ich glaube nicht, dass es an der Hitze lag, die wir seit Langem haben.«

»Er muss sich vorsehen. Ich höre so manches, und ich glaube, seit seinem Brief an Kaufmann haben sie ihn auf dem Kieker. Heinz Lord und Friedrich Geussenhainer haben sie vor ein paar Tagen verhaftet. Beide sind ins Polizeigefängnis Fuhlsbüttel gekommen.«

Flo erschrak. »Wirklich?«

»Ich selbst habe sie bei einem Rundgang auf dem Hof gesehen. Leider konnte ich noch nicht mit ihnen sprechen. Was aus ihnen wird, steht in den Sternen.«

»Wie furchtbar!«

»Ihre Verhaftung war der eigentliche Grund für meinen Anruf. Hast du eigentlich meine Nummer?«

»Nein.«

Hille gab sie Flo. »Du kannst mich täglich erreichen, sollte bei dir Not am Mann sein. Am besten nach neun Uhr abends.«

»Danke, Hille. Ich hoffe, es wird nicht nötig sein.«

»Wir werden sehen. Denke an Heinz und Friedrich, und pass auf dich auf, Flo!«

Nelli Kröger war einundvierzig Jahre alt, eine rundliche, resolute Frau mit Brille und Bubikopf. Sie arbeitete als Köchin in der Krankenhausküche und hatte kraft ihres Amtes das Privileg, ein Einzelzimmer im Schwesternhaus I bewohnen zu dürfen. Neben ihrer Vorliebe für gutes Essen hatte Nelli eine weitere Schwäche: Sie liebte Seide. Es verging kaum ein Monat, in dem sie sich nicht ein Kleidungsstück aus dem kostbaren Stoff leistete – selbst in Kriegszeiten. Das hatte zur Folge, dass ihr Lohn oft nicht bis zum Monatsende reichte. Doch verhungern musste sie nicht. Zur Not konnte sie in der Küche die eine oder andere Mahlzeit abzweigen.

So wie an diesem Tag, dem vierundzwanzigsten Juli. Sie hatte Kartoffelpuffer und Rhabarberkompott mitgehen lassen und wollte beides mit Finn, ihrem Feierabendverhältnis, verzehren. »Du magst doch Kartoffelpuffer?«, fragte sie.

»Aber sicher.« Finn strich sich mit der Hand über den Schnäuzer.

»Wir kennen uns nun schon über vier Jahre, aber du hast mir noch nie gesagt, warum du immer an deinem Schnurrbart herumfummelst.«

Finn lächelte mühsam. Nelli konnte sehr quengelig sein. »Eine dumme Angewohnheit.«

»Genauso dumm wie die Angewohnheit, dein Kind und die Frau Doktor ständig in ihrem Haus zu besuchen? Ich weiß wirklich nicht, was an dieser Ärztin so besonders ist.«

Finn seufzte. Ihm kam es vor, als hätte Nelli das Thema schon mindestens hundert Mal zur Sprache gebracht. Um Zeit zu gewinnen, kostete er von dem Kartoffelpuffer. »Hm, der ist köstlich!«

»Lenk nicht ab. Hast du wirklich nichts mit der Ärztin? Wenn doch, kannst du gleich …«

»Herrgott noch mal!« Finns Geduld war erschöpft. So konnte das nicht weitergehen. Er beschloss, Nelli reinen Wein einzuschenken, zumindest weitgehend. »Ich kannte Florence zur Haiden schon, als sie noch ein Embryo im Bauch ihrer Mutter war. Sie ist nicht mehr als eine gute Freundin. Und ich bin nicht der Vater ihres Kindes.«

»Was sagst du da?«

»Du hast richtig gehört. Ich bin nur auf dem Papier der Vater. Lucies leiblicher Vater muss unbekannt bleiben.«

Nelli war baff. »Und das stimmt wirklich?«

»So wahr ich hier sitze.«

»Und warum sagst du mir das erst heute?«

»Weil die Sache hochbrisant ist und die Gestapo den Vater jagt. Je weniger Menschen davon wissen, desto besser. Aber jetzt gehörst du zu den wenigen Eingeweihten. Bitte bewahre die Angelegenheit in jedem Fall für dich.«

Nelli atmete schwer vor Aufregung. »Ja, ja, bestimmt. Wer ist denn der Vater? Wo ist er, was macht er?«

»Das kann ich dir nicht sagen. Aber ich schwöre dir, dass ich

Flo und Lucie nur pro forma besuche, weil man es von einem Vater erwartet.«

»Ja, wenn das so ist.« Nelli strahlte über das ganze Gesicht. Sie aß mit Genuss ihre Puffer auf und anschließend das Kompott. »Ich danke dir für dein Vertrauen, Hasi. Jetzt glaube ich, dass du mich wirklich liebst.«

»Gott sei Dank.« Finn war erleichtert. »Ich liebe dich auch.«

Nelli stand auf und küsste ihn. »Brauchst du noch etwas?«

»Nein, es hat wunderbar geschmeckt.«

»Dann habe ich eine Überraschung für dich.« Nelli verschwand und kam kurz darauf wieder. Sie trug nicht mehr als einen seidenen Schlüpfer. Darüber herrschte üppige Weiblichkeit. »Komm ins Bett«, girrte sie.

Finn wollte etwas sagen, aber er kam nicht dazu, denn in diesem Augenblick begannen sämtliche Sirenen auf dem Krankenhausgelände zu heulen. Fliegeralarm!

»Oh, mein Gott!« Nelli ergriff ein Kissen und hielt es sich vor den Busen.

Finn rief: »Schnell, kleide dich an und laufe zum Hochbunker für Schwesternschülerinnen. Der ist am nächsten!«

»Kommst du nicht mit?«

»Nein, ich renne rasch zum Verwaltungsgebäude, will sehen, ob im Labor alles vorbereitet ist.«

»Oh, Hasi, ich habe Angst um dich!«

»Brauchst du nicht. Wenn es ganz dicke kommt, gehe ich in den Rettungsbunker gegenüber, da sind die Mauern aus Beton und mehr als einen Meter dick. Da geht nichts durch.«

»Meinst du wirklich?«

»Aber ja.« Finn küsste die halbnackte Nelli und verfluchte innerlich die englischen Flieger, die ihm den Abend verdorben hatten. »Bis bald.«

Er machte sich auf den Weg zum Verwaltungsgebäude, doch er kam nicht weit. Von überallher wurden Patienten in ihren Betten zum Rettungsbunker geschoben. Jede Hand wurde gebraucht. Keine Sekunde war zu verlieren. Finn überlegte nicht lange, er packte mit an. Das Leben der Kranken war wichtiger als die Sicherung der Laborgeräte.

Bett um Bett verschwand im Bunker, während das dumpfe Dröhnen der nahenden Bomber immer lauter wurde. Am Himmel erschienen grellend helle Leuchtmarkierungen, vom Volksmund »Tannenbäume« genannt. Sie sollten den feindlichen Fliegern den Weg weisen. Flak-Scheinwerfer bohrten sich wie suchende Finger in die Nacht.

Dann fielen die ersten Bomben.

Finn suchte wie so viele andere Schutz im Bunker. Drinnen herrschte drangvolle Enge, Schwestern, Pfleger, Kranke harrten dort aus. An den Wänden stand FÜHRER BEFIEHL, WIR FOLGEN DIR und UNSER IST DER SIEG. Niemand hatte ein Auge für die Parolen. Jeder litt für sich. Jeder hatte seine eigenen Probleme. Gegen drei Uhr am Morgen wurde endlich Entwarnung gegeben.

Finn strömte mit vielen anderen hinaus an die Luft. Im Süden, Richtung Hoheluft, Eimsbüttel und Altona, war der Himmel rot. Dort schien es lichterloh zu brennen. Doch auch das Verwaltungsgebäude war getroffen worden. Es schien komplett in Flammen zu stehen. Feuerwehrleute rückten an und versuchten zu löschen. Sie kamen kaum vorwärts. Das Treppenhaus war zerstört.

Finn kehrte um, der Weg zum Labor war ihm verwehrt.

Nach zwei weiteren Tagen, an denen US-Bomber den Hafen bombardiert und das Kraftwerk Neuhof getroffen hatten, saßen am Abend des siebenundzwanzigsten Juli Schatzi, Vira und Aale-Edith in der *Hölle*. Es war gegen elf. Schatzi hatte »Schotten dicht« befohlen und die Kasemattenfenster sowie die Eingangstür schließen lassen. Seit die Engländer und Amerikaner Tag und Nacht angriffen, kamen ohnehin kaum noch Gäste.

Nun saß er mit seinen Frauen vor einem Bier und blätterte in der *Hamburger Zeitung* vom Tag zuvor. Irgendein einsamer Zecher hatte sie vergessen. »Wisst ihr was, jetzt sollen die Juden auch noch Schuld daran sein, dass wir jede Nacht eins auf den Deckel kriegen«, verkündete er.

»Wieso?«, fragte Vira.

»Hier steht: *Die Fratze des ewigen jüdischen Feindes starrte hinter Stahl und Phosphor, hinter Tod und Brand auf uns, und wir hatten uns zu bewähren.*«

»Wer schreibt denn so einen Mist?«, fragte Aale-Edith.

»Ist doch egal«, meinte Vira müde.

»Nur schlechte Nachrichten«, fuhr Schatzi fort. »Der Zirkus Busch ist total abgebrannt. Die Zirkusleute haben alle Raubtiere erschießen müssen. Die konnten sie ja nicht freilassen, und lebendig verbrennen sollten sie auch nicht.«

Aale-Edith seufzte. »Wir gehen jetzt zu Bett, es ist schon nach zwölf. Der Tommy kommt heute Nacht nicht mehr.«

»Bleibt lieber auf«, entgegnete Schatzi. Er kannte die Engländer aus dem Krieg in Nordafrika. »Der Tommy ist zäh, der lässt nicht locker.«

Kaum hatte er das gesagt, schrillten draußen die Sirenen.

»Ach, du Scheiße. Schon wieder!« Schatzi humpelte hastig zur Garderobe, setzte sich einen Helm auf und hängte sich eine Gasmaske um. Trotz seines steifen Beines und trotz seines Protestes war er zu einem der Luftschutzwarte für den Bunker am Spielbudenplatz ernannt worden. »Ich gehe schon vor. Ihr wisst, was ihr zu tun habt.«

»Ja, ja«, sagte Vira. »Sollen wir diesmal das Grammophon mitnehmen? 'n bisschen Musik da unten wär doch ganz schön.«

»Nee, das ist gegen die Vorschriften. Aber dreht den Hauptgashahn im Keller ab.«

»Ist gut.«

Während Schatzi die *Hölle* verließ und hinüber zum Spielbudenplatz eilte, holte Vira die Einkaufstasche mit sämtlichen Papieren und Aale-Edith den Koffer mit Ersatzkleidung und Waschzeug. Dann folgten sie Schatzi.

Gegen ein Uhr früh, mit dumpfem Brummen, kamen die Bomber. Sie flogen von Osten ein und begannen ihr grausames Werk, indem sie zunächst Tannenbäume abwarfen. Im Bunker saßen die Menschen dicht gedrängt. Alte Männer, Frauen mit Kindern, Halbwüchsige. Verängstigt oder gottergeben. Schatzi bemühte sich, sie aufzuheitern, sagte Sätze wie »Abwarten und Tee trinken. Alles hat ein Ende, nur die Wurst hat zwei« und »Das kann doch einen Seemann nicht erschüttern, in ein, zwei Stunden ist alles vorbei«.

Ein Säugling fing lauthals an zu plärren, die junge Mutter versuchte vergeblich, ihn zum Schweigen zu bringen. »Gib ihm die Brust, Mädchen«, riet Schatzi. »Zier dich nicht, wir haben so was alle schon mal gesehen.«

Leises Gelächter. Für einige Sekunden war die Stimmung gelöster. Schatzi ging zur Bunkertür, neben der SIEG HEIL und RAUCHEN VERBOTEN stand. Er wollte sie verschließen, als unverhofft noch ein Mann heraneilte. Es war Kuno, ein Kellner vom *Grenzfass*. Schatzi kannte ihn flüchtig. Kuno keuchte: »Viele Treffer, die ganze Reeperbahn rauf und runter. Lass mich rein!«

»Halt! Erst musst du durch die Sandwanne laufen. So viel Zeit muss sein. Wir brauchen drinnen keinen Phosphor von den Brandbomben.«

Kuno gehorchte in fliegender Hast.

Schatzi ließ ihn ein. »Was ist mit der *Hölle?*«

»Habe nur einen flüchtigen Blick nach Osten werfen können. Soweit ich's mitgekriegt hab, steht das Haus noch. Aber ringsherum hat's eingeschlagen. Alles Grus und Mus, sag ich dir, ein einziges Flammenmeer.«

Schatzi überlegte nicht lange. Obwohl es Wahnsinn war, schlüpfte er hinaus in das Inferno. Um ihn herum ein Chaos aus Rauch, Hitze, Schreien. Immer noch irrten Menschen auf der Straße umher. Viele von ihnen hatten Panik und Todesangst vor dem Terror, der immer nach dem gleichen Muster ablief: Erst fielen Sprengbomben, unter denen Dächer barsten und Fenster aus den Angeln flogen. Dann folgen Stabbrandbomben, die Feuer und Tod verbreiteten. Das Tückische an ihnen war, dass sie nicht erstickt werden konnten, da sie ihren eigenen Sauerstoff in sich trugen.

Wo blieben die deutschen Abfangjäger? Die Hamburger hatten eine bittere Antwort darauf: »Wenn du ein schwarzes Flugzeug am Himmel siehst, ist es ein Engländer, wenn du ein weißes siehst, ist es ein Amerikaner, wenn du nichts siehst, ist es die Luftwaffe.«

Schatzi ließ sich durch die Einschläge um ihn herum nicht beirren, er kannte detonierende Bomben und Granaten aus dem Wüstenkrieg. Langsam kämpfte er sich durch bis zur *Hölle*. Das alte Haus war tatsächlich unversehrt. Doch die Flammen im Nachbarhaus drohten überzuschlagen. Schatzi hetzte die Treppen hinauf bis ins Dachgeschoss, wo die Feuerpatschen lagen und die Sandsäcke mit den Wassereimern bereitstanden. Er öffnet eine Luke, kletterte aufs Dach und nahm den Kampf gegen die emporleckenden Flammen auf. Funkengarben stoben durch die Luft; die Hitze machte das Atmen schwer. Der Löschsand war nach kurzer Zeit alle, das Wasser in den Eimern auch. Nur mit der Feuerpatsche kämpfte Schatzi weiter.

Plötzlich sah er eine kleine Gestalt auf der Straße laufen. Es war Tütchen. Tütchen stapfte durch Glasscherben, Schutt und Trümmer – und durch seltsame silberne Stanniolstreifen. Sie waren von den Engländern hunderttausendfach abgeworfen worden, um das Würzburg-Radar der deutschen Abwehr auszuschalten. Doch das wusste Schatzi nicht. Er wusste nur, dass Tütchen dort unten in Lebensgefahr schwebte. »Mensch, Tütchen, bist du verrückt?«, brüllte er. »Schnell, komm rein!«

Tütchen kam staubbedeckt ins Haus. Er hielt etwas in der Hand, halb blitzend, halb verkohlt. Es handelte sich um das Barbierbecken seiner Zunft, das Einzige, was von *Haarald's Frisiersalon* übriggeblieben war. Er hatte Tränen in den Augen und wollte die ganze Tragödie erzählen, doch Schatzi unterbrach ihn: »Hol Wasser aus der *Hölle*, wir brauchen Wasser, Wasser, Wasser! Sonst brennt uns das Haus unterm Hintern weg!«

Tütchen eilte hinunter in die *Hölle*, doch dort tröpfelte es nur aus dem Hahn.

»Lauf in den Keller!«, rief Schatzi. »Kann sein, dass da noch Wasser kommt.«

Gottlob, es war so. In der nächsten halben Stunde trug Tütchen Eimer für Eimer hinauf auf den Dachboden, immer zwei auf einmal. Erstaunlich, woher der kleine Mann die Kraft nahm. Danach wechselten sie einander ab, und Schatzi schleppte das Wasser hoch.

Endlich, im Morgengrauen, war das alte Haus gerettet. Schatzi und Tütchen tranken einen großen Schluck aus dem letzten Eimer. Beide waren rußgeschwärzt, ihre Hände zitterten, sie waren am Ende ihrer Kräfte. Tütchen seufzte: »Die ganze Reeperbahn in Merseburg. Ein Wunder, dass dies Haus verschont geblieben ist.«

Schatzi konnte schon wieder grinsen. »Vor der *Hölle* hat selbst der Tommy Angst.« Er nahm Tütchens zitternde Hände in seine und fragte: »Wo wirst du nun wohnen, wo dein Laden kaputt ist?«

Tütchens Augen füllten sich mit Tränen. »Weiß nicht.«

»Was hältst du davon, wenn du zu mir ziehst? Seit Willi tot ist, steht in meiner Wohnung ein Bett frei.«

Tütchen freute sich, doch er zögerte. »Gegenüber wohnen doch Vira und Aale-Edith, was würden die denn dazu sagen? Aale-Edith ist 'n bisschen meschugge, und sie hat doch was mit diesem Maler gehabt? Warum ist die nicht mit dem in die Schweiz gegangen?«

Schatzi winkte ab. »Aale-Edith hofft, dass Benno irgendwann zurückkommt, das spür ich, aber sie würde nie mit einem Mann zusammenleben. Das hat mit ihrer Kindheit zu tun.«

»Nu, und Vira? Meinst du, sie hätte was dagegen, wenn ich käm? Sie redet ja nie was.«

»Meine Mutter? Die redet von Natur aus nicht viel, und außerdem schämt sie sich für ihre piepsige Stimme.«

»Tja …« Tütchen zögerte noch immer.

»Was ist denn noch?«

Der kleine Mann blickte zu Boden und sagte leise: »'s ist nur, weil ich doch schon mal als Hundertfünfundsiebziger im Kittchen war.«

»So was wiederholt sich nicht, glaub mir! Schon gar nicht, wenn die Nazis weg vom Fenster sind, und das kann nicht mehr lange dauern. Siehst es ja selbst, wenn du nach draußen guckst. Danach wird alles besser, auch für unsereiner.«

Auf Tütchens Gesicht breitete sich ein erleichtertes Lächeln aus. »Meinst du wirklich, ich könnt für ein paar Wochen zu dir ziehen?«

»Nein.«

»Nein …?«

Schatzi lachte, umarmte Tütchen und küsste ihn. »Ich meine, du könntest für immer zu mir ziehen.«

KAPITEL 48

Am selben Morgen wanderte Finn durch die Stadt. Wohin er auch blickte, überall stiegen Rauchsäulen zum Himmel empor. Brenzliger, beißender Geruch lag noch immer in der Luft. Nur direkt am Strom, in der Großen Elbstraße, konnte man freier atmen.

Finn war dort gewesen, um nach Vicki, Flo und Lucie zu sehen. Alle hatten den Bomberangriff der letzten Nacht unbeschadet überlebt, auch Götz, der seinen »drei Frauen« mit Ruhe und Übersicht zur Seite gestanden hatte. So schrecklich die Ereignisse auch gewesen waren – er hatte sie genutzt, um sich endlich einmal frei im Haus und im Garten bewegen zu können.

Finn strebte weiter in Richtung Eppendorf, wobei er den Blick immer wieder über die Trümmerwüsten um sich herum schweifen ließ. Im Doormannsweg hatte eine Bombe die Fassade eines Mehrfamilienhauses weggerissen. Die Wohnungen dahinter lagen frei. Eine Frau stand in ihrem Schlafzimmer und machte das Bett. Welch ein bizarres Bild! Das hatten die Nazis nun von ihrem *Deutschland, Deutschland über alles.*

In der Gärtnerstraße kamen Finn Dutzende von fliehenden Hamburgern entgegen. Sie waren beladen mit Koffern, Rucksäcken und Bündeln jeder Art. Manche schleppten ihre Habe sogar in einer Zinkwanne oder schoben sie in einer Schott'schen Karre vor sich her. Doch alle schien nur ein einziger Gedanke zu bewegen: raus, raus, raus aus der Stadt!

Ein älteres Ehepaar erzählte Finn, in der vergangenen Nacht habe ein Feuersturm im Osten der Hansestadt gewütet. Hammerbrook, Eilbek, Barmbek und andere Bezirke seien nahezu komplett zerstört, Tausende von Toten zu beklagen. Hamburg, wie es einmal war, würde nie wieder existieren.

In der Martinistraße vor dem Verwaltungsgebäude des Universitätskrankenhauses traf Finn den Leiter der Anstalt, Professor Bürger-Prinz. »Sind Sie nicht Flögl, der Laboraufseher?«, fragte er.

»So ist es, Herr Professor.«

»Sie können sich im ausgebrannten Treppenhaus nützlich machen und mithelfen, eine provisorische Stiege zu errichten. Vorher kommen Sie sowieso nicht ins Labor.«

»Jawohl, Herr Professor.«

Bürger-Prinz eilte weiter. Finn ging zum Haupteingang, passierte die Pförtnerloge und musste daran denken, wie er sich als kleiner Junge daran vorbeistahl, weil er sich unerlaubt auf dem Krankenhausgelände aufgehalten hatte. Puttfark, der alte Krankenwärter, hatte ihm dabei geholfen, nachdem Finns Mutter zuvor an der Cholera gestorben war. Puttfark, auch er war schon lange tot...

Angesichts des zerstörten Treppenhauses fand Finn rasch wieder in die Gegenwart zurück. Den ganzen Tag über half er bei der notdürftigen Reparatur, setzte stützende Stempel unter die halben Treppen, zimmerte aus Latten ein Behelfsgeländer, trug Trümmerreste und Stuckteile fort, nagelte Pappe vor die herausgebrochenen Fenster.

Handwerker, Schwestern, Pfleger, alle arbeiteten Hand in Hand. Am Abend konnte Finn sein Labor betreten. Auch darin war vieles zerbrochen, besonders einige der wertvollsten Geräte. Doch das Telefon funktionierte seltsamerweise noch. Finn rief in der Krankenhausküche an. Nelli war dran. Sie hatte Spätdienst gehabt und wie Finn die letzte Nacht überlebt.

»Kommst du mich heute noch besuchen, Hasi?«, fragte sie.

»Ja, ich komme«, sagte Finn. Er musste sich eingestehen, dass er öfter am Tag an ihren üppigen Körper gedacht hatte.

»Das Schwesternhaus I ist getroffen worden, aber mein Zimmer hat nichts abgekriegt. Und ich habe wieder Kartoffelpuffer für dich.«

»Das hört sich gut an. Gibt es auch Kompott zum Nachtisch?«

Nelli kicherte. »Diesmal sollst du etwas anderes haben.«

Am dritten August, nach einem weiteren nächtlichen Großangriff, half Flo bei Aufräumarbeiten in der Augenklinik, denn ein Flügel des Gebäudes war getroffen worden. Doch die Schäden erwiesen sich als nicht ganz so schlimm wie an vielen anderen Gebäuden. Professor Behr nahm Flo beiseite und sagte zu ihr: »Ich glaube, wir kommen hier ohne Sie klar, Flo. Bitte gehen Sie rüber zum Operationsbunker und helfen Sie Professor Konjetzny und seinen Leuten. Die operieren Tag und Nacht und wissen kaum noch, wo ihnen der Kopf steht.«

»Aber ich bin in größeren Eingriffen nicht geübt, Herr Professor.«

»Sie sind in erster Linie Ärztin, und Sie können das.«

»Jawohl, Herr Professor.«

Flo trat hinaus auf die Martinistraße und ging die wenigen Schritte zum Verwaltungsgebäude. Von allen Seiten strömten verwundete Menschen herbei, um sich behandeln zu lassen. Sie waren müde, übernächtigt, hatten leere Gesichter. Die meisten kamen zu Fuß, weil U-Bahn und Straßenbahnen nur vereinzelt fuhren. Im Rettungsbunker erfolgte die Notfallversorgung; wer ernster verletzt war, wurde durch einen unterirdischen Gang zum Operationsbunker gebracht.

»Gott sei Dank, dass Sie da sind«, sagte Konjetzny zu Flo, als sie sich bei ihm meldete. »Sie können dem Kollegen Praetorius bei der Versorgung von Phlegmonen zur Hand gehen. Wir haben heute wieder einige Fälle. Die Leute nehmen kleine Hautverletzungen einfach nicht ernst genug. Sie denken sich nichts dabei, wenn die Wunde sich entzündet, anschwillt und die bakterielle Infektion sich immer weiter ins Gewebe frisst. Na ja, kein Wunder in diesen Zeiten.«

»Gewiss.«

Flo staunte, als sie Praetorius sah. Der Mann musste um die siebzig sein, hatte Altersflecken im Gesicht und nur wenige weiße Haare. Doch seine Bewegungen waren ruhig und sicher, während er den stark angeschwollenen Zeigefinger eines Patienten lokal anästhesierte. Er schien Flos Gedanken zu erraten, denn er lächelte und sagte: »Ich helfe hier nur aus, weil Not am Mann ist. Früher hatte ich eine HNO-Praxis in Poppenbüttel.«

»Ich verstehe.«

»Spüren Sie noch etwas?« Praetorius drückte auf den Zeigefinger des Patienten, eines Schlossers aus der Klinikwerkstatt.

»Nein, Herr Doktor.«

»Alles taub?«

»Jawoll.«

Praetorius griff zum Skalpell. »Bitte assistieren Sie mir«, sagte er zu Flo und deutete auf Tupfer, Jodtinktur und Verbandmaterial. Während er den ersten Schnitt setzte, nahm er die Unterhaltung wieder auf. »Sie sagten eingangs, Ihr Name sei zur Haiden? Es gab hier mal einen Professor gleichen Namens. Als junger Mann habe ich einige Vorlesungen von ihm besucht.«

»Das war mein Großvater.«

»Ja, ja, die Welt ist klein. Ein großartiger Chirurg. Leider wurde er nicht sehr alt.«

»Er starb an einer Sepsis.«

»Ach? Das tut mir leid. Nun, das bringt uns wieder in die Gegenwart. Ich denke, eine Blutvergiftung haben wir abgewendet, Eiter und nekrotisches Gewebe sind entfernt. Würden Sie die Wunde ausspülen, mit Jod behandeln und verbinden?«

»Gern.«

»Dann kümmere ich mich um den nächsten Patienten.«

Im Laufe der nächsten Stunden assistierte Flo noch einige Male und griff dann selbst zum Skalpell. Während sie Granatsplitter herauspräparierte, Platzwunden versorgte, Rippenbrüche richtete und Brandwunden behandelte, fragte sie sich immer wieder, was wohl in der nächsten Nacht auf Hamburg zukommen würde. Weiterer Terror? Verwüstung bis zum bitteren Ende? Manche sagten, es sei bereits so viel zerstört, dass es sich für den Engländer nicht mehr lohne, Angriffe zu fliegen. Gebe Gott, dass sie recht behielten!

Dann arbeitete Flo weiter – wie alle anderen um sie herum. Professor Konjetzny schien dabei unermüdlich. Stunde um Stunde operierte er, spendete Trost, munterte auf, strahlte Ruhe aus. Bei manchen war er nicht allzu beliebt, weil er als strammer Nationalsozialist galt, doch was er in dieser Nacht leistete, war aller Ehren wert. Erst gegen Morgen des vierten August riss der Strom der Verletzten ab, und Flo erkannte zu ihrer grenzenlosen Erleichterung, dass in der Nacht die englischen Bomber ferngeblieben waren.

Eine der Jungschwestern trug ein großes Tablett mit einer Kanne und vielen Tassen herein. Konjetzny rief: »Ah, da sind Sie ja, Schwester Gerlinde, stellen Sie das Tablett auf dem Tisch im Warteraum ab.« Dann ließ er alle Helfer aus den OP-Räumen heranholen und schenkte eigenhändig die Tassen voll. »Bedienen Sie sich, meine Damen und Herren. Echter Bohnenkaffee, zur Feier des Tages.«

Er nahm seine Tasse und trank schlürfend einen Schluck des heißen Getränks. »Ich möchte Ihnen allen ausdrücklich für die letzte Nacht danken. Es war schwere Arbeit in einer schweren Zeit. Doch ich darf mit Stolz verkünden, dass wir alle unseren Beitrag zum Endsieg geleistet haben.«

Er setzte die Tasse ab und fuhr fort: »Der normale Dienstplan gilt wie immer. Wer nicht eingeteilt ist, darf ein wenig ruhen. Und Sie, Frau Kollegin«, sagte er zu Flo, »richten bitte meine Grüße an den Kollegen Behr aus. Ich bin ihm sehr verbunden, dass er Sie für mich freigestellt hat.«

»Gern, Herr Professor.«

Flo meldete sich daraufhin wieder zum Dienst in der Augenklinik, doch Behr schickte sie nach Hause. »Ihnen fallen ja die Augen im Stehen zu«, sagte er mitfühlend. »Schalten Sie für heute ab und vergessen Sie den Anblick des Klinikgeländes.«

»Ist es so schlimm?«

Behr zuckte mit den Schultern. »Man sagt mir, dass an die dreißig Prozent der Gebäude zerstört wurden, mehrere Pavillons, die Pathologie mit der Kapelle, der Hörsaal der Chirurgie, vom Verwaltungsgebäude gar nicht zu reden. Hier, nehmen Sie.« Er drückte Flo eine Brille in die Hand. »Eine Splitterschutzbrille, die Dinger wurden letzte Nacht verteilt. Zu spät wie immer, möchte man hinzufügen. Aber nun: ab mit Ihnen, bis morgen.«

Flo bedankte sich und holte Brennabor aus dem Fahrradverschlag. Der brave Drahtesel hatte zum Glück nichts abbekommen, nur der Stoffüberzug, den man laut Verdunkelungsrichtlinien über die Fahrradlampe streifen musste, war geklaut worden. Sei's drum, dachte Flo. Völlig erschöpft schwang sie sich in den Sattel und steuerte durch Hamburgs Trümmer nach Hause.

Als sie durch das zerstörte Altona fuhr und von einem großen Mercedes überholt wurde, in dem irgendwelche Parteibonzen saßen, musste sie an die Sparkarte denken, mit deren Hilfe sie längst einen KdF-Wagen hätte besitzen können. Doch die Nazis hatten nach Anlauf der Produktion keinen einzigen Volkswagen an Privatpersonen ausgeliefert. Alle Fahrzeuge waren dem Militär vorbehalten.

Plötzlich sah Flo eine Frau vor einem zerbombten Haus sitzen. Sie umklammerte einen Pappkoffer und war dem Aussehen nach Ende sechzig. Flo bremste. »Du bist doch Schwester Annerose!«, rief sie.

Die Frau blickte auf. »Flo?«

»Ja, Vickis Nichte.«

»Ich erinnere mich. Wir haben uns nach der Renovierung von Vickis Haus gesehen. Muss im Jahr 35 oder 36 gewesen sein.«

»Du warst mit einigen anderen Erika-Schwestern zur Einweihung da. Was machst du hier?«

»Bin ausgebombt. Alles futsch.«

»Oh, das tut mir wirklich leid. Hast du denn niemanden, zu dem du gehen könntest?« Flo meinte sich zu erinnern, Vicki hätte einmal erzählt, Annerose käme aus Amelinghausen.

»Könnte ich. Aber da, wo meine Verwandtschaft wohnt, ist mir die Heide zu braun.«

Flo überlegte. Vicki hatte auch erzählt, Annerose sei immer eine gute, verlässliche Mitschwester gewesen, mit der man durch dick und dünn gehen konnte. »Weißt du was«, sagte sie spontan, »du kommst mit mir in die Große Elbstraße. In diesen Zeiten muss man zusammenhalten.«

»Habt ihr denn Platz? Ich will niemandem zur Last fallen.«

»Das tust du nicht. Bei Vicki bist du sicher willkommen. Gib mir den Koffer, ich lege ihn quer über den Lenker. Setz du dich auf den Gepäckträger.«

Annerose lächelte dankbar. »Wie's aussieht, habe ich wohl keine andere Wahl?«

»So ist es, komm, steig auf!«

Langsam steuerten sie schlingernd zu Vicki nach Hause.

KAPITEL 49

Mitte September 1943 bekam Flo einen Brief aus Genf. Er war von Benno, der die Zeilen bereits Anfang August abgeschickt hatte, direkt nach der *Operation Gomorrha*, wie die Engländer die verheerenden Luftangriffe auf Hamburg genannt hatten. Benno erkundigte sich, wie es zu Hause stehe. Man habe ja Schreckliches gehört und gelesen. Er bitte sie, ein weiteres Mal ihre *Cutty-Sark*-Kiste zu packen und in die Schweiz zu kommen. Hier sei es sicherer und das Leben viel leichter. Gewiss gebe es auch in Genf eine Gelegenheit, als Augenärztin zu arbeiten. Er hoffe, alle seien gesund. Ob Vicki schon im Rollstuhl säße. Ihm selbst gehe es blendend, wenngleich sich das Alter hier und da schon bemerkbar mache. Die Arbeit an der Staffelei jedenfalls bereite ihm große Freude, und Josh in New York würde seine Werke nach wie vor wie warme Semmeln verkaufen. Er grüße alle und hoffe auf ein baldiges Lebenszeichen …

Flo antwortete noch am selben Tag:

Lieber Dad,
es liegt lange zurück, dass wir von Dir etwas gehört haben. Hamburg ist eine einzige Trümmerwüste, kein Stein liegt mehr auf dem anderen. Aber wir leben. Unser Haus blieb von weiteren Treffern verschont. Alles ist knapp in diesen Zeiten, aber dank Deiner Dollars können wir uns manches leisten, was andere nicht haben. Ja, Vicki sitzt mittlerweile im Rollstuhl. Sie kommt damit gut zurecht, weil wir eine Rampe über die Stufen der Marmortreppe legen ließen. So kann sie mit Lucie

wie früher den Wochenmarkt besuchen.
Seit den letzten Luftangriffen haben wir eine weitere Mitbewohnerin: Schwester Annerose. Ich glaube, Du kennst sie von früher. Vicki erzählte mal, Annerose habe zu der Hochzeitsgesellschaft gehört, die mit Dir und Mom auf dem Panther *die Elbe runterschipperte, bevor es nach Finkenwerder zur Trauung in St. Nikolai ging. Ich bin froh, dass Annerose jetzt zu uns gehört. Sie kann sich um Vicki und Lucie kümmern, während ich in der Augenklinik arbeite.*
Vielen Dank für Dein Angebot, zu Dir nach Genf zu kommen, aber ich kann Vicki hier nicht alleine lassen. Wir müssen bleiben, wo wir sind, und warten, bis alles ausgestanden ist.
Ich küsse und umarme Dich

Flo

Sie setzte Ort und Datum hinzu und legte ein Foto von sich, Vicki und Lucie bei. Dass Götz heimlich im Kellerversteck lebte, hatte sie vorsichtshalber verschwiegen, weil sie nicht wusste, ob sie bei der Gestapo noch immer unter Beobachtung stand.

Sie frankierte den Umschlag und warf ihn am nächsten Morgen in den Briefkasten am Ende der Straße.

Wenige Tage darauf, am dreiundzwanzigsten September, erhielt Flo wieder einen Anruf von Hille. Ohne lange Vorrede sagte sie: »Gestern Abend haben sie Rudolf Degkwitz verhaftet. Er wurde ins Polizeigefängnis Fuhlsbüttel gebracht.«

»Großer Gott!«, entfuhr es Flo.

»Ich hatte so etwas schon befürchtet. Man soll ihn denunziert haben. Vielleicht hat Ofterdinger auch seine Finger im Spiel gehabt. Genaues weiß ich nicht. Eines steht jedenfalls fest: Besonders beliebt war Rudolf bei den Nazis nicht. Er hat in den letzten Wochen mehrere Protestbriefe wegen der Verhaftung unserer *Candidates*-Mitglieder verfasst, und ich vermute, dass seine Formulierungen nicht sehr diplomatisch waren.«

»Meinst du, du könntest etwas für ihn tun?«

»Ich hoffe es, doch es dürfte schwer werden. Zu Heinz und Friedrich konnte ich bisher auch keinen Kontakt herstellen. Aber ich bleibe dran.«

»Danke für die Nachricht.«

»Pass auf dich auf, Flo.«

»Ich versuch's.« Nachdenklich legte Flo den Hörer auf.

Noch am selben Tag fuhr Flo in die Feldbrunnenstraße, wo die Gestapo ihr neues Hauptquartier eingerichtet hatte, nachdem das Stadthaus in den Bombennächten zerstört worden war.

Sie wollte sich bei Schädeba für Degkwitz verwenden.

Eine verrückte Idee, wenn man bedachte, was Schädeba ihr schon ein Mal angetan hatte, aber Flo konnte und wollte die Sache nicht auf sich beruhen lassen. Degkwitz war ein tapferer Mann, einer der Aufrechten, die es verdienten, dass man für sie stritt. Und trotzdem: Zur Sicherheit wollte sie Frau Hertz bitten, spätestens nach zehn Minuten an Schädebas Bürotür zu klopfen und einzutreten, falls dieser es abermals versuchen sollte ...

Flo schob den Gedanken beiseite und betrat das Gebäude. Durch eine Glasscheibe fragte sie nach der Zimmernummer von Frau Hertz. Man musterte sie kritisch, aber sie erhielt Auskunft.

»Guten Tag«, sagte Flo kurz darauf zu der altjüngferlichen Frau. »Ich weiß, ich komme unangemeldet, doch ich muss dringend Kriminaldirektor Schädeba sprechen.«

Frau Hertz schniefte und sah sie an. »Ja wissen Sie das denn nicht? Der Herr Kriminaldirektor ist tot. Seine Leiche wurde in den Trümmern des Stadthauses geborgen. Ich arbeite jetzt für Herrn Kriminalrat Kattfuß.«

»Aha.« Mehr wusste Flo nicht zu sagen. Sie musste die Nachricht erst mal verarbeiten.

Frau Hertz schniefte wieder, tauchte ein Taschentuch in eine Wasserschale und tupfte sich die geröteten Augen.

»Haben Sie Heuschnupfen?«, fragte Flo.

»Nein.« Frau Hertz blinzelte. »Meine Augen tränen und brennen das ganze Jahr über. Ich soll Kamillenbäder nehmen, hat der Hausarzt gesagt, aber es hilft nicht. Wenn ich nach Feierabend das Augenbad genommen habe, geht's am anderen Morgen trotzdem wieder los. Ich kann mich am Arbeitsplatz doch nicht über eine dampfende Schüssel beugen.«

»Gewiss nicht.«

»Dabei hatte ich so gehofft, mit dem Umzug in die Feldbrunnenstraße würde es besser werden, weil die Umgebung hier anders ist, aber Pustekuchen.« Frau Hertz wollte das zerknüllte Taschentuch in den Ärmelaufschlag ihrer grauen Strickjacke stecken, aber es fiel auf den Teppich.

Während sie sich bückte, erkannte Flo den Teppich wieder. Es handelte sich um einen großen, farbenfrohen Gabbeh, der schon im Stadthaus unter Frau Hertz' Schreibtisch gelegen hatte. »Der Teppich ist sehr schön.«

»Er ist ein altes Erbstück. Es wird schweigend geduldet, dass ich ihn habe. Ohne ihn kommt mir mein Arbeitszimmer nackt vor.«

»Er könnte die Ursache für Ihre Beschwerden sein.«

»Ach?«

»Vielleicht haben Sie eine Hausstauballergie. Lassen Sie den Teppich gründlich reinigen.«

»Meinen Sie wirklich?«

»Ich denke schon.«

»Oh, ich bin Ihnen ja so dankbar, Frau Doktor.«

»Gern geschehen. Versuchen Sie es mal, aber versprechen kann ich Ihnen nichts.« Flo wandte sich zur Tür.

»Warten Sie.« Frau Hertz zog einen Karteikasten heran und entnahm ihm einen angesengten Umschlag. »Hier.«

Flo öffnete den Umschlag und entdeckte darin Fotos von sich und Götz. Sie stammten von jenem glücklichen Tag, an dem sie auf Finkenwerder gepicknickt hatten.

»Aber sagen Sie niemandem, von wem Sie die Bilder haben!«

»Natürlich nicht. Ich danke Ihnen sehr.«

Frau Hertz beugte sich vor. Ihr Gesicht nahm eine verschwörerische Miene an. »Ich habe Schädeba als Erste gefunden, wissen Sie. Die Decke war runtergekommen und hat ihn erschlagen. Schrecklicher Anblick! Aber sein Schreibtisch war fast unversehrt. Ich habe die Schubladen geöffnet, weil ich nach dem Schlüssel für den Nebenraum suchte, und dabei die Fotos gefunden.«

»Nochmals Dank. Die Aufnahmen bedeuten mir sehr viel.«

»Ich gebe sie Ihnen gern.« Frau Hertz lächelte scheu. »Sie sehen, es laufen nicht nur Ungeheuer bei der Gestapo herum, aber Schädeba war eine Bestie in Menschengestalt. Doch für Sie schien er eine seltsame Sympathie zu empfinden.«

»Den Eindruck hatte ich nicht.«

»Nun ja, jedenfalls wünsche ich Ihnen alles Gute.«

»Das wünsche ich Ihnen auch.«

Flo verließ das Haus in der Feldbrunnenstraße, ohne etwas für Degkwitz erreicht zu haben, und radelte auf Brennabor zurück in die Klinik.

Wenige Tage später erfuhr sie von Hille, dass auch Albert Suhr verhaftet worden war.

Am achtzehnten November wurde Flo von Hölzchen gebeten, in das Chefzimmer von Professor Behr zu kommen. Die Sekretärin hatte verweinte Augen, und Flo fragte, warum.

»Gehen Sie nur«, meinte Hölzchen mit erstickter Stimme. »Ich mache schon mal einen Kaffee.«

Flo klopfte und öffnete die Tür. Unter dem großen Schaubild des *Nervus opticus* saß an diesem Morgen nicht der beliebte Klinikchef, sondern Oberarzt Doktor Siegert, ein tüchtiger Kollege, zu dem Flo ein höfliches, wenn auch etwas distanziertes Verhältnis hatte.

»Guten Morgen, Flo«, sagte Doktor Siegert. »Vielleicht wundern Sie sich, mich hier sitzen zu sehen, aber ich muss Ihnen leider sagen, dass Professor Behr vorgestern verstorben ist und ich interimsweise zu seinem Nachfolger bestimmt wurde.«

Flo stand da wie vom Donner gerührt. Sie wusste, dass Behr seit einer Woche fehlte, doch dass es so ernst um ihn gestanden hatte, wusste sie nicht.

»Ich wollte der Erste sein, der es Ihnen sagt.«

»Ja, danke«, stammelte Flo. »Woran ist er denn so plötzlich gestorben?«

»Seine Familie bat, darüber Stillschweigen zu bewahren.«

Hölzchen steckte den Kopf durch die Tür. »Kaffee, Herr Doktor? Der Herr Professor nahm auch immer …«

»Nein, danke, sehr nett, Frau Berkholz, ich trinke lieber Tee.«

Hölzchens Kopf verschwand.

Siegert stand auf und streckte Flo seine Rechte entgegen. »Ich will bei der künftigen Leitung des Instituts nicht das Rad neu erfinden und darf doch auf Ihre Loyalität zählen?«

»Ja, gewiss.« Flo schüttelte mechanisch Siegerts Hand. Sie konnte noch nicht begreifen, was sie soeben gehört hatte.

»Fein. Wir sehen uns dann, wenn ich die Morgenvisite leite.«

Der Verlust Behrs wog schwer für Flo. Obwohl der Professor schon längere Zeit gekränkelt und immer häufiger zu seinen Pillen gegriffen hatte, kam sein Tod doch überraschend. Flo war nicht die Einzige, die Behr vermisste, obwohl sein Nachfolger fachlich über jeden Zweifel erhaben war. Was fortan fehlte, war der Wilbrand'sche und Behr'sche Geist, der durch die Zimmer und Flure geweht hatte. Er war durch professionelle Sachlichkeit ersetzt worden.

Doch Siegert behandelte Flo mit großem Respekt und band sie in viele Entscheidungen mit ein. Das glich so manches aus.

In der Folgezeit traf Flo sich zwei, drei Mal mit Hille in der *Hölle*, wo Schatzi dafür sorgte, dass beide ungestört miteinander reden konnten. Hille berichtete, Heinz Lord und Friedrich Geussenhainer gehe es in Fuhlsbüttel den Umständen entsprechend gut. Degkwitz hingegen sei in die Strafanstalt Berlin-Tegel gebracht worden. Eine Verbindung dorthin habe sie allerdings nicht.

Im Dezember hatte Hille weitere Nachrichten, die zu dem kalten, trüben Wetter des Monats passten: Felix Jud, dazu Degkwitz junior, Ursula de Boor und weitere *Candidates* waren ebenfalls verhaftet worden, ihr Schicksal ungewiss.

»Ich will versuchen, mehr über sie zu erfahren«, versprach Hille.

»Sei vorsichtig«, bat Flo.

»Du auch«, sagte Hille. »Es grenzt an ein Wunder, dass du noch frei herumläufst.«

Sehr nachdenklich fuhr Flo im nasskalten Regen nach Hause. Sie hoffte inständig, dass sie nach Schädebas Tod durch die Maschen der Häscher gefallen war.

Stille Nacht, heilige Nacht,
Alles schläft, einsam wacht
Nur das traute, hochheilige Paar …

Heiligabend 1943. Flo, Vicki, Annerose und die kleine Lucie sangen im Lichterglanz des geschmückten Tannenbaums. Götz summte leise mit. Er war aus dem Keller dazugekommen, nachdem Flo die Verdunkelungsrollos heruntergelassen hatte.

Mit dem Baum, um den sich alle versammelten, hatte es eine besondere Bewandtnis: Er war von Annerose heimlich im Klövensteen geschlagen und von Götz am unteren Ende bearbeitet worden, damit er in den Tannenbaumfuß passte. Lametta, Kugeln und die goldene Spitze, die an die Spitze einer Pickelhaube erinnerte, stammten noch von Lucies Urgroßeltern. Die Kleine war nach ungeduldiger Wartezeit ins Wohnzimmer gelassen worden und hatte mit großen Kinderaugen den prächtigen Baum bestaunt.

Auch ein Geschenk durfte sie auspacken, nachdem sie das Gedicht *Lieber guter Weihnachtsmann …* aufgesagt hatte. Es war ein Tuschkasten von Pelikan mit einigen Pinseln.

Die Erwachsenen hatten sich in diesem Jahr nichts geschenkt. Es war ohnehin schwer gewesen, den Heiligen Abend zu einem weihnachtlichen Fest zu machen, weil überall Knappheit herrschte, und wenn Bennos Dollars nicht gewesen wären, hätte es trotz Aufsparens vieler Lebensmittelmarken nicht zu einer fetten Gans gereicht.

Annerose und Flo hatten sie gemeinsam unten im Backofen des Elektroherds zubereitet und mithilfe des wieder in Betrieb genommenen Speiseaufzugs nach oben ins Wohnzimmer befördert.

»Eigentlich gibt es im Hause zur Haiden an Heiligabend traditionell Würstchen mit Kartoffelsalat«, sagte Vicki, als alle um die festlich gedeckte Tafel saßen, »doch zur Not tut es auch eine Gans.«

Schmunzeln am Tisch.

»Die Kartoffeln und die eingelegten Bohnen sind auch nicht zu verachten«, meinte Annerose, die über einen gesunden Appetit verfügte.

Flo legte ihre Hand auf Götz' Arm und fragte leise: »Fehlen dir die *Sufganiyah*, die es zum Chanukka-Fest gibt, Liebster?«

Götz grinste ein wenig mühsam. »Heute Abend fehlt mir nichts. Ich bin dem Reich des Hades entstiegen und im Kreise meiner Familie.«

»Wer ist Hades?«, krähte Lucie.

Flo gab Lucie einen Schubs. »Du darfst schon aufstehen und deinen Tuschkasten ausprobieren.«

Lucie verschwand hüpfend mit Wuff, und Flo sagte, ihr nachblickend: »Hamburg liegt in Trümmern, das Wetter ist nasskalt, viele Menschen sind obdachlos. Wir sollten dankbar sein, dass es uns gutgeht: Immerhin haben wir ein Dach über dem Kopf und genügend zu essen.«

»Und wir haben uns«, sagte Vicki.

»Wann wohl der Krieg vorüber ist?«, fragte Annerose.

»Ich schätze, nächstes Jahr«, antwortete Götz. »So lange müssen wir noch aushalten. Die Wehrmacht befindet sich an allen Fronten auf dem Rückzug, und Italien, unser Verbündeter, hat Deutschland am dreizehnten Oktober den Krieg erklärt. Einer gegen alle, das kann nicht gutgehen.«

»Armes Deutschland«, sagte Flo.

»Trinken wir auf den Frieden«, schlug Vicki vor.

Sie tranken.

Annerose faltete die Hände. »Wir müssen nur fest dran glauben. In der Weihnachtsgeschichte, die Vicki vorhin vorgelesen hat, heißt es auch: *Ehre sei Gott in der Höhe und Friede auf Erden …*«

»Frieden«, sinnierte Flo. »Ob wir in einem Jahr wieder hier sitzen, gesund und ohne Krieg?«

»Beten wir darum«, sagte Annerose.

KAPITEL 50

Es war der neunte Mai, und Schatzi hatte Geburtstag. Er wurde neununddreißig. Zur Feier des Tages waren von Aale-Edith ein paar leckere Maischollen unter der Hand besorgt worden, die sie zusammen mit Vira und Flo zubereitet hatte. Bevor im kleinen Kreis in der *Hölle* gegessen wurde, überreichte Tütchen seinem Freund ein besonderes Geschenk, für das alle zusammengelegt hatten: eine Flasche Danziger Goldwasser. Der würzig-süße Likör war mithilfe von Christian Warlich organisiert worden, der die kostbare Flasche Siggi, dem Betreiber des *Mon Bijou*, für ein kleines Vermögen abgeluchst hatte.

»Nu, trink ein bisschen Gold, alles Liebe, mein Gutster!«, sagte Tütchen mit Tränen in den Augen, denn er hatte nahe am Wasser gebaut. Dann nahm er Benno fest in die Arme.

Alle anderen sangen im Chor: »*Er lebe hoch, er lebe hoch, er lebe hoch, er lebe drei Mal hoch!* Herzlichen Glückwunsch!«

Daraufhin war Schatzi sichtlich gerührt. »Tja, äh, guten Appetit, Leute, es geht doch nichts über eine Finkenwerder Scholle.«

Während sie aßen, sprachen sie von alten Zeiten, von Willi, dessen Ansitz noch immer hinter dem Tresen stand, und von Benno, dessen Gemälde an der Wand schon weitgehend verblasst waren. Es tat gut, mal nicht über den Krieg zu reden, der seit bald fünf Jahren tobte und kein Ende zu nehmen schien.

Es klopfte.

»Wer kann das sein?«, fragte Aale-Edith.

»Ich hab das Schild *Geschlossene Gesellschaft* draußen vorgehängt«, piepste Vira.

»Ich seh mal nach.« Schatzi ging zur Tür und öffnete. Er wechselte ein paar Worte und sagte dann zu Flo: »Eine Frau Hertz ist da. Sie will dich sprechen. Es sei sehr dringend.«

»Lass sie rein.« Flo begrüßte Frau Hertz und fragte, was sie herführe.

»Können wir irgendwo ungestört reden?«

»Sicher. Setzen wir uns an den Zweiertisch neben der Tür. Da sind wir weit vom Schuss.«

Als sie saßen, sagte Frau Hertz: »Ich habe den Teppich reinigen lassen.«

Flo sah ihr in die Augen und lächelte. »Ich sehe es. Also war der Gabbeh der Verursacher Ihrer Hausstauballergie?«

»Ja, meine Beschwerden sind seitdem wie weggeblasen.«

»Das freut mich. Woher wussten Sie, wo Sie mich finden würden?«

Frau Hertz senkte die Stimme. »Ich habe bei Ihnen zu Hause angerufen. Dort sagte man mir, Sie seien hier. Aber ich hätte Sie auch so gefunden. Erinnern Sie sich? Die Fotos, die ich Ihnen beim letzten Mal gab, habe ich nach Schädebas Tod aus seinem Schreibtisch genommen. Bei der Gelegenheit habe ich mehrere Akten gefunden und durchgesehen, auch Ihre, denn ich dachte, es könne nicht schaden, sie anschließend verschwinden zu lassen. Aus Ihrer Akte ging hervor, dass Sie eine Reihe von Freunden auf St. Pauli haben – hier in der Kneipe, aber auch im Chinesenviertel.«

Flo schwieg. Worauf wollte die Sekretärin hinaus?

»Sie brauchen keine Angst zu haben. Ich bin auf Ihrer Seite. Sie haben mir einmal geholfen, jetzt helfe ich Ihnen. Im Übrigen ist die Situation für mich mindestens so gefährlich wie für Sie.«

»Nun gut. Was wollen Sie mir sagen?«

»Ich bitte Sie, meine Worte streng vertraulich zu behandeln. Versprechen Sie mir das?«

»Sie haben mein Wort.«

Frau Hertz beugte sich vor. »Am kommenden Sonnabend

wird das Chinesenviertel von der Gestapo hermetisch abgesperrt werden. Eine Falle, aus der niemand herauskommt! Alle Chinesen sollen verhaftet und ins Lager abtransportiert werden.«

»Was sagen Sie da?« Flo erstarrte. Sie dachte an JinJin, Chang und deren Familien. Der Druck auf sie und ihre Landsleute war in den letzten Jahren immer mehr gewachsen – besonders, nachdem China Deutschland im Dezember 41 den Krieg erklärt hatte. Sollten sie dafür jetzt ins KZ wandern? »Sind Sie sicher, Frau Hertz?«

»Ganz sicher!«

»Nun, ich danke Ihnen für die Information. Darf ich Ihnen etwas zu trinken anbieten?«

»Nein, nicht nötig. Ich kann ohnehin nicht länger bleiben.« Frau Hertz stand auf, grüßte kurz in Richtung Schatzi und seine Freunde und verabschiedete sich. Augenblicke später war sie verschwunden.

»Wer war das denn?«, fragte Schatzi.

»Nun, äh, eine Nachbarin, die sich erboten hat, den Garten in der Großen Elbstraße für den Sommer herzurichten.«

Schatzi grinste. »Du warst noch nie eine gute Lügnerin. Aber wir sind nicht neugierig, nicht wahr, Leute?«

Allgemeines Nicken.

»Dann lasst uns noch einen Absacker trinken. Schnäpschen für die Damen, Bier für Christian, Danziger Goldwasser für mich.«

Man trank. Schatzi legte *In the Mood* von Glenn Miller auf, eines von Flos Lieblingsstücken, doch sie war nicht mehr in der Stimmung, Swing zu hören. Sie war mit ihren Gedanken ganz woanders. Bald darauf verabschiedete sie sich.

Auf dem Weg nach Hause hielt sie mit Brennabor an einer Telefonzelle. Sie war besetzt. Flo wartete. Der Mann darin wandte ihr den Rücken zu, sprach lange. Schließlich wurde Flo ungeduldig. Sie klopfte gegen die Scheibe. Der Mann fuhr herum, das Gesicht vor Schreck geweitet. Er trug einen Judenstern auf der Brust. Juden war es seit fast drei Jahren verboten, Telefonzellen zu benutzen, ebenso wie ihnen untersagt war, mit öffentlichen Verkehrsmitteln zu fahren. »Bitte, verzeihen Sie …«, stotterte er und hängte hastig den Hörer auf. »Das Gespräch war sehr wichtig. Bitte, zeigen Sie mich nicht an.«

»Unsinn.« Flo mühte sich ein Lächeln ab. »Aber mein Telefonat ist mindestens ebenso wichtig.«

Der Mann eilte davon.

Sie nahm den Hörer ab und steckte die Groschen in den Schlitz. Das Rufzeichen ertönte. Dann meldete sich eine Stimme: »Ja bitte?«

»Bist du es, Hille? Hier ist Flo.«

Drei Tage später, am Freitagabend, betrat eine Frau die Wäscherei von Herrn Huang in der Talstraße. Ihr Gesicht war von einem Kopftuch fast verhüllt. JinJin stand hinter der Kasse, es war kurz vor Ladenschluss. »Was kann ich für Sie tun?«, fragte JinJin freundlich. Doch die Frau bedeutete ihr, zunächst eine andere Kundin zu bedienen.

Als die Kundin fort war, nahm die Frau das Kopftuch ab.

»Frau Doktor!«, rief JinJin erstaunt.

»Können Sie den Laden zumachen?«, fragte Flo.

»Gewiss.« JinJin schloss ab.

Flo hob einen Wäschebeutel auf den Ladentisch. »Der ist für Sie.«

JinJin schaute hinein. »Da ist ja gar keine Wäsche drin?«

»Sie sollen den Inhalt auch nicht reinigen. Hören Sie mir bitte ganz genau zu.« Flo erzählte mit knappen Worten von der bevorstehenden Aktion der Gestapo und endete: »Fragen Sie mich nicht, woher ich das alles weiß, aber es ist die bittere Wahrheit. Es wird eine Massenverhaftung stattfinden, wahrscheinlich in den frühen Morgenstunden. Wenn Sie sich und ihre Familie retten wollen, sollten Sie nur das Nötigste einpacken und auf Ihren Opel Blitz verladen. Bewahren Sie Ruhe und handeln Sie überlegt. Fahren Sie noch in dieser Nacht los.«

»Du lieber Himmel!« JinJin war leichenblass geworden. Sie ging zur Hintertür und rief: »Chang, bitte, komm mal schnell!«

Chang kam und war genauso fassungslos über das, was Flo ihm eröffnete. »Aber wohin sollen wir denn fahren? Die Gestapo ist doch überall?«, fragte er. »Außerdem ist der Tank fast leer, Benzin ist kaum noch zu bekommen!«

»Sie fahren nach Flensburg.« Flo entnahm dem Wäschebeutel eine Bierflasche. »Darin ist Benzin, das mindestens bis zur Aral-Tankstelle in der Kieler Straße reicht. Fahren Sie auf den Parkplatz, dort werden Sie den Tankwart Pagel treffen. Der Mann trägt ein Namensschild am Overall und weiß Bescheid. Er wird Ihnen zwei 25-Liter-Kanister mit Benzin übergeben. Fahren Sie dann nach Norden aus der Stadt und halten Sie an einem unbeobachteten Ort. Füllen Sie den Tank mit einem der Kanister. Der andere ist als Reserve gedacht.«

Flo holte mehrere Karten hervor. Es waren Messtischblätter im Maßstab 1:25 000, die sie in Felix Juds Buchhandlung von seiner Frau Elisabeth schnell und ohne lange Fragen bekommen hatte. »Hier ist die Route. Ich habe sie eingezeichnet. Ebenso wie die Adresse einer vertrauenswürdigen Werkstatt in Neumünster, falls Sie Schwierigkeiten mit dem Opel haben. Prägen Sie sich den Weg gut ein, denn ich möchte, dass Sie die Karten anschließend vernichten. Gleiches gilt für den Merkzettel mit den wichtigsten schwedischen Redewendungen.«

»Schwedische Redewendungen?«

Flo nickte. »Sie fahren zunächst bis Flensburg. Im Führerhaus des Opels sollten nur Sie und JinJin sitzen, das fällt am wenigsten auf. Die Zwillinge, ihre Eltern und gegebenenfalls weitere Verwandte fahren unter der Plane auf der Ladefläche mit.«

»Ich weiß nicht, ob Vater dazu bereit sein wird.« JinJin runzelte die Stirn. »Er kann sehr starrköpfig sein.«

Flo ging nicht darauf ein. »Wenn Sie in Flensburg sind, orientieren Sie sich nach Nordosten, immer am Ufer der Ostsee entlang, bis Sie zu einem Ort namens Glücksburg kommen. Es sind rund zehn Kilometer. Am Ufer gibt es einen Anleger mit einer Bank. Auf dieser Bank wird morgen nach Anbruch der Dunkelheit ein Mann sitzen. Sie gehen zu ihm und fragen ihn wörtlich: ›Entschuldigung, wo ist hier die nächste Tankstelle?‹ Dann wird er wissen, mit wem er es zu tun hat und Sie zu einem vor Anker liegenden dänischen Kutter führen, der *Sigrid Undset*. Der Kutter wird Sie nach Schweden bringen, dort sind Sie in Sicherheit.«

»Mir schwirrt der Kopf«, sagte Chang.

JinJin begann zu weinen.

Flo ergriff ihre Hand. »Ich weiß, es ist schrecklich, wenn man von heute auf morgen seine Heimat verliert, aber glauben Sie mir, es ist die einzige Möglichkeit, die Sie haben. Sehen Sie her, hier sind noch ein paar weitere Dinge im Beutel, die wichtig sein könnten: ein Feldstecher, ein Kompass, ein bisschen schwedisches Geld. Ich hoffe, Sie werden es nicht brauchen, denn das Schwedische Rote Kreuz ist über Ihre Ankunft informiert.«

JinJin und Chang standen eine Weile schweigend da. »Das kann doch alles nicht wahr sein«, flüsterte JinJin.

»Doch, es ist leider so«, antwortete Flo.

»Warum tun Sie das alles für uns?«

Flo lächelte. »Weil Freunde einander helfen müssen. Und weil ich die Möglichkeit dazu habe. Ich wünsche Ihnen von Herzen Glück. Wenn es mit Ihrer Flucht geklappt hat, wird man es mich wissen lassen.«

»Und was wird aus unserem Opel Blitz?«, fragte Chang.

»Er muss spurlos verschwinden. Der Mann vom Anleger wird ihn in der Ostsee versenken.«

»Natürlich«, murmelte Chang.

Flo umarmte ihre chinesischen Freunde kurz und heftig. »Leben Sie wohl.«

KAPITEL 51

Im Sommer 44, genauer gesagt, am zwanzigsten Juli, nahmen Schatzi und Vira die *Rent Parties* wieder auf. Tütchen unterstützte sie dabei, indem er Swing-Platten auflegte. Er mochte nach wie vor lieber deutsche Schlager, aber er tat sein Bestes, um Günter zu ersetzen. Von Günter, dem plietschen Bengel, hörte man, er sei ins Polizeiliche Jugendschutzlager Moringen gekommen, und von Jo, der die eigentliche Idee zu den *Rent Parties* gehabt hatte, hieß es, er sei für Führer, Volk und Vaterland an der Ostfront gefallen.

Traurige Nachrichten. Doch das Leben ging weiter, und der Laden musste laufen. Die Gelegenheit, neue Stammkunden zu gewinnen, musste genutzt werden, allein schon, weil viele andere Kneipen und Etablissements auf der Reeperbahn während der *Operation Gomorrha* zerstört worden waren: das *Grenzfass*, das *Hippodrom*, das *Nobiskino*, das *Kap Norte* … Das Publikum war nicht mehr so gemischt wie früher, weniger Männer als Frauen, die nach einer langen Nachtschicht vorbeischauten: Schweißerinnen bei Blohm & Voss, Bäckerinnen, Prostituierte, Busfahrerinnen. Sie alle sehnten sich nach Ablenkung wie Ertrinkende nach Luft und wollten den Krieg für ein paar Stunden vergessen.

Dabei half ihnen auch Aale-Edith.

Sie saß am Morgen dieses heiteren Tages vor der *Hölle* und baggerte singend die Passanten an: *»Alle meine Aale schwimmen in der See, schwimmen in der See, Köpfchen in das Wasser, Schwänzchen in die Höh'.«*

Da zu dieser Zeit noch wenige Leute auf der Straße waren

und kaum einer Aale-Edith beachtete, stimmte sie die zweite Strophe an: *Alle meine Aale schwimmen auf dem Dach, schwimmen auf dem Dach, fällt der eine runter, fall'n die andern nach.*«

Der Erfolg war wieder gleich null. Aale-Edith musste zu mutigeren Texten greifen: »*Alle meine Aale schwimmen zur Partei, schwimmen zur Partei, hängen dort am Haken, alles ist vorbei.*«

Endlich näherten sich ein paar junge Werftarbeiter, die von Steinwerder mit der Barkasse herübergekommen waren. Sie wurden begleitet von einigen Damen, die kaum ihre Ehefrauen sein konnten, doch danach fragte keiner auf St. Pauli. Aale-Edith ergriff die Gelegenheit und rief: »Fremdlinge, sagt, wer seid ihr? Von wannen trägt euch die Woge?«

Die Arbeiter blieben stehen, blickten irritiert. Die Damen kicherten. Niemand von ihnen kannte den Dritten Gesang der *Odyssee.*

»Habt ihr wo ein Gewerb', oder schweift ihr ohne Bestimmung?«

Plötzlich lachte einer über die skurrile, nicht ernst zu nehmende Alte. Flugs deutete Aale-Edith auf ihre Ware: »Ob Kopf, ob Mitte oder Schwanz, der Genuss ist immer ganz! Das Stück 'ne Mark, Freunde, das Schnäpschen dazu gibt's in der *Hölle!*«

Der Lacher sagte: »Ein Lütter aus der Buddel wär jetzt nicht schlecht. So jung kommen wir nicht wieder zusammen. Was meint ihr Süßen, ich denke, wir stürmen die Bude.«

Dem wurde nicht widersprochen.

Die Stimmung in der *Hölle* war großartig, die wenigen Gäste klatschten im Takt des *Royal Garden Blues*, den Louis Armstrong mit vollen Backen trompetete. Natürlich war es nicht Louis Armstrong, der spielte, sondern Schatzi, der sich im ausgebrannten *Panoptikum* unter den achtundzwanzig geretteten Wachsfiguren die Kleider und die Trompete von Louis Armstrong ausgeliehen hatte. Schwarz geschminkt tat er so, als blase er die Melodie.

Nach dem letzten Ton wollte Schatzi das Instrument aus der Hand legen, denn ihn verlangte es nach einem Bier, doch die

Gäste verharrten auf der Tanzfläche und brüllten: »Zu-ga-be, Zu-ga-be!«

Tütchen legte eine weitere Schellackplatte auf. Den *St. Louis Blues.*

Schatzi spielte weiter. Hinter ihm an der Wand, wo früher die Seespinne mit ihren zehn Schreitbeinen und den freizügigen Liebesakten an den Enden verblasste, wo die australischen Jagdbumerangs hingen und die strammen Ärsche der Seychellenpalme herübergrüßten, waren nun Plakate von Artie Shaw, Benny Goodman und anderen Jazz-Größen angebracht. Dessen ungeachtet baumelten das Haigebiss, der Kugelfisch und die zwei Schildkrötenpanzer noch immer unerschütterlich an der Decke.

Die wenigen Herren hatten Mühe, sämtliche Damen zu betanzen. Sie schwitzten, lachten, drehten sich im Kreis. Die Luft war zum Schneiden dick. Vira schleppte Biere, Kurze und Terrinen mit Steckrübeneintopf an die Tische.

Nach drei weiteren Stücken gab Schatzi Tütchen ein Zeichen. »Ich kann nicht mehr. Pause!«

Die Gäste zogen sich an die Tische zurück. Irgendjemand stellte den Volksempfänger an. Es war gegen ein Uhr mittags. Heiser und abgehackt ertönte plötzlich die Stimme Hitlers:

> *»Deutsche Volksgenossen und -genossinnen!*
> *Ich weiß nicht, zum wievielten Male ein Attentat auf mich geplant und zur Ausführung gekommen ist. Wenn ich heute zu Ihnen spreche, dann geschieht es aus zwei Gründen:*
> *Erstens, damit Sie meine Stimme hören und wissen, dass ich unverletzt und gesund bin …«*

Jemand im Hintergrund rief: »Schade!«

> *»… Zweitens, damit Sie auch das Nähere erfahren über ein Verbrechen, das in der deutschen Geschichte seines-*

gleichen sucht. Eine ganz kleine Clique ehrgeiziger, gewissenloser und zugleich unvernünftiger verbrecherisch-dummer Offiziere hat ein Komplott geschmiedet…«

Die Gäste, eben noch bester Laune, lauschten starr vor Staunen, Schrecken oder Bedauern. Schatzi, immer noch die Trompete in der Hand, fing sich als Erster und sagte: »Da ist der Führer ja noch mal davongekommen.«

Vira schaltete den Empfänger ab. Politik war schlecht fürs Geschäft.

Tütchen legte *Begin the Beguine* von Artie Shaw auf. Der spielte Klarinette, so dass Schatzi eine kleine Pause vergönnt war. Doch mit dem Tanzen schien es vorbei zu sein. Die Gäste widmeten sich ihrem Bier oder löffelten ihren Eintopf. Die Gespräche drehten sich um das Attentat auf Hitler und um die Frage: »Was wäre passiert, wenn…?«

Schatzi sagte Tütchen, er solle den *Tiger Rag* von Louis Armstrong auflegen, damit wieder Schwung in die Bude käme, doch die alte Stimmung wollte sich nicht mehr einstellen. Hitler hatte allen die Laune verdorben.

Kurz danach lichteten sich die Reihen. Am Nachmittag war nur noch der eingeschworene Kreis der Kiez-Freunde übrig geblieben.

»Wenigstens die Einnahmen stimmen«, verkündete Schatzi. »Ein Jammer, dass Günter und Jo das nicht mehr mitkriegen können. Wisst Ihr was? Wir spielen jetzt noch mal den *Colonel Bogey March.* Ich singe den Text speziell für Günter – und als Antwort auf die Radiorede des Führers. Leg los, Tütchen, lauteste Nadel!

Hitler has only got one ball
Göring has two but very small
Himmler is rather sim'lar
But poor old Goebbels has no balls at all.«

Die Melodie war wirklich schmissig, und Tütchen fragte: »Nu, was heißt eigentlich *balls?*«

»Eier«, antwortete Schatzi.

»Meine Verbindung zum Roten Kreuz in Schweden war zeitweilig abgerissen«, sagte Hille an einem Abend im September zu Flo. Beide saßen in einer abgeschiedenen Ecke der *Hölle*, wo sie sich ungestört unterhalten konnten. Vira kam dazu und fragte: »Braucht ihr noch was anderes außer Tee?«

»Nein, danke«, sagten beide.

»Dann lass ich euch in Ruhe.«

Hille sprach leise weiter: »Der Kontakt nach Schweden ist wiederhergestellt. Ich habe gute Nachrichten, denn JinJin und Chang haben es mit ihren Zwillingen tatsächlich geschafft. Sie kamen schon vor Wochen in die Obhut des Schwedischen Roten Kreuzes. Sie sind in Sicherheit.«

»Gott sei Dank! Ich habe oft an beide gedacht. Ging bei ihrer Flucht alles glatt?«

»Im Großen und Ganzen, ja. Allerdings mussten sie in Neumünster die Werkstatt aufsuchen, weil ihnen der Auspuff fast abgefallen wäre. Und sie waren gezwungen, noch einen Tag auf der *Sigrid Undset* auszuharren, weil die Flensburger Förde von Patrouillenbooten der Marine bewacht wurde. Doch dann konnten sie hindurchschlüpfen.«

»Was ist mit den anderen Familienangehörigen?«, fragte Flo.

Hille zuckte mit den Schultern. »JinJin ließ ausrichten, dass ihre Eltern nicht an die tödliche Gefahr durch die Gestapo glauben mochten. Sie dachten wohl, es käme eine der üblichen Razzien auf sie zu. Ich nehme an, sie sind wie alle anderen ins Untersuchungsgefängnis am Holstenglacis gekommen und später ins Polizeigefängnis Fuhlsbüttel. Wo sie jetzt sind, weiß ich nicht, obwohl ich es JinJin und Chang gern übermitteln würde. Vielleicht sind Herr Huang und seine Frau Kaiwen in das Arbeitserziehungslager *Langer Morgen* verschleppt worden, vielleicht auch nicht. Hoffen wir einfach, dass sie überleben und eines Tages ihre Kinder wiedersehen können.«

»Ja, das wollen wir hoffen«, sagte Flo.

»Und ist bei dir zu Hause alles in Ordnung?«

»Ja, alle sind so weit gesund, wenn man davon absieht, dass meine Tante mit ihrer Multiplen Sklerose manchmal unter Schmerzen leidet.« Flo trank den letzten Schluck ihres Tees und setzte die Tasse ab. »Du bist wirklich zu einer guten Freundin geworden, Hille.«

»Ach, halb so wild.« Hille stand auf. »Es ist besser, wenn wir nicht zusammen die Kneipe verlassen. Bis zum nächsten Mal, mach's gut.« Sie umarmte Flo und verließ die *Hölle* mit schnellen Schritten.

Flo blickte ihr nach. »Bis zum nächsten Mal.«

KAPITEL 52

Wuffs wütendes Bellen klang durch das nächtliche Haus und schreckte alle auf. Stand die Gestapo wieder vor der Tür? Götz sprang aus Flos Bett und eilte hinunter in sein Kellerversteck. Er hatte sich angewöhnt, bei ihr und Lucie zu schlafen, weil es in der Behausung unter der Erde auf die Dauer einfach zu kalt war. Ende Januar 1945 hatte der Winter Hamburg fest im Griff. Minus 6 Grad zeigte das Thermometer, da nützten auch keine angewärmten Ziegelsteine unter der Bettdecke mehr. In Flos und Lucies Zimmer hingegen war es leidlich warm dank des alten Kohleofens, den die Frauen mit Finns Hilfe aus dem Anbau im Garten hereingeschafft hatten.

»Du bleibst hier«, sagte Flo hastig zu Lucie. »Falls Daddy etwas liegen gelassen hat, das ihn verraten könnte, stopf es unter die Matratze. Ich sehe nach, was an der Tür los ist.«

»Ja, Mom.« Lucie konnte sehr vernünftig sein, wenn es drauf ankam.

Flo warf sich einen Morgenmantel über und lief zur Eingangstür. Wuff kam ihr schwanzwedelnd entgegen und leckte ihr die Hand. Flo beachtete ihn nicht. Sie lauschte an der Tür.

Nichts.

Annerose erschien Sekunden später im Nachthemd. »Ist da jemand?«, fragte sie.

Flo legte den Finger an die Lippen. »Pst.« Wieder lauschte sie.

Auch Annerose legte ein Ohr an die Tür. Sie hörte ebenfalls nichts.

Flo ging hinüber in den linken Flügel und spähte aus einem der dortigen Fenster. In der Großen Elbstraße war weit und breit niemand zu sehen. Nur die Trümmer der zerstörten Fischauktionshalle, in der Wuff sich früher herumgetrieben hatte, wirkten im fahlen Licht wie drohende Schatten. »Ich glaube, Wuff hat sich geirrt.«

»Irgendetwas muss er aber gesehen haben«, sagte Vicki, die im Rollstuhl herangefahren war.

»Vielleicht einen Autoscheinwerfer, dessen Licht über die Decke wanderte?«, rätselte Flo.

Annerose seufzte. »Viel öfter halte ich solche Fehlalarme nicht aus. Meine Nerven waren früher besser. Wie viel Uhr ist es eigentlich?«

»Kurz vor fünf«, antwortete Vicki. »Trinkt ihr einen Tee mit mir? Ich kann sowieso nicht mehr schlafen.«

»Ich auch nicht«, sagte Annerose.

»Mir geht's genauso. Ich hole Lucie noch dazu«, sagte Flo.

Kurz darauf summte der Teekessel auf der Kochplatte im Wohnzimmer. Es war der Raum, in dem Vicki und Annerose seit einiger Zeit gemeinsam schliefen, um Feuerung zu sparen. Der Kohleofen, den die Chinesen seinerzeit organisiert hatten, lieferte zwar wohlige Wärme, doch für die anderen Zimmer im linken Flügel reichte es nicht. »Setzt euch.« Vicki goss das heiße Wasser in die Kanne. Obwohl sie im Rollstuhl saß, waren ihre Bewegungen flink und sicher. Sie kannte jeden Quadratzentimeter ihrer Umgebung.

Auch Götz war in der Zwischenzeit wieder aufgetaucht. Er hustete und setzte sich dazu.

»Der Tee wird dir guttun, Liebster«, sagte Flo fürsorglich. »Du musst aufpassen, dass du dich nicht erkältest.«

Götz nippte vorsichtig an seiner Tasse. »Soll ich raten, was für ein Tee das ist? So wie in alten Zeiten?«

Flo strich ihm über die Stirn. Er sah blass und abgespannt aus. In den letzten Monaten war er abgemagert. Das lag an den knappen, oftmals gestreckten Mahlzeiten, die notwendig geworden waren, weil die Lebensmittelmarken für ihn mit ausreichen mussten. »Das rätst du nicht. Es ist Brennnesseltee.«

»Sehr gesund.« Götz grinste gequält.

»Und ob.« Annerose trank einen Schluck. »So hat es doch seinen Nutzen, dass der Garten in den Ecken mehr und mehr verwildert.«

»Will noch jemand einen Teelöffel Zucker?«, fragte Vicki in die Runde.

»Ja, ich.« Lucie hielt ihre Tasse hin. »Zwei Löffel!«

»Wie heißt das Zauberwort?«

»Bitte!«

Die Kleine bekam ihren Zucker, und Vicki sagte: »Ich wäre froh, wenn wir noch so viel Kohlen und so viel Eingemachtes wie Zucker hätten. Ich schätze, unsere Vorräte reichen vielleicht noch vier, höchstens fünf Wochen.«

»Wir haben noch fünfzig Dollar«, überlegte Flo. »Dafür kriegen wir auf dem Schwarzmarkt sicher genug Feuerung. Für zusätzliche Lebensmittel dürfte es aber nicht reichen. Wir haben also die Wahl, ob wir lieber hungern oder frieren wollen, bis der Krieg vorbei ist.«

»Wann ist er denn vorbei?«, fragte Annerose bitter. »Alle Welt redet jetzt von riesigen Ersatzheeren, von gewaltigen Rüstungsanstrengungen, von Vergeltungsraketen, die den Endsieg herbeibomben sollen, und was weiß ich noch alles.«

»Du meinst die V 2«, erklärte Götz. »Sie trifft laut BBC London und andere englische Städte und richtet dort sicher Schäden an. Doch ich denke, es sind nur Nadelstiche, die den Alliierten nicht Einhalt gebieten können. Die Schlinge um Deutschland zieht sich von allen Seiten zu. Der Krieg wird in diesem Frühjahr zu Ende gehen. Darauf wette ich meinen Kopf.«

»Besser nicht«, sagte Flo liebevoll. »Deine Stirn ist heiß, und vorhin hast du gehustet. Hast du Kopfschmerzen?«

Götz winkte ab. »Nicht der Rede wert. Mir geht's gut.«

»Dann nimm wenigstens eine Aspirin-Tablette.«

»Wenn du meinst.«

Flo gab ihm die Arznei. »Wir müssen überlegen, wie wir in den kommenden Nächten verfahren«, sagte sie zu den anderen. »Der Februar ist der kälteste Monat in Hamburg. Einerseits kann Götz nicht wieder in seinem eisigen Versteck schlafen, andererseits müssen wir damit rechnen, dass Wuff jederzeit wieder bellt und uns einen Heidenschreck einjagt. Was sollen wir tun?«

»Wir könnten den Kaminofen in der Bibliothek anmachen. Der Abzug dort würde Wärme in Götz' Kellerversteck abstrahlen«, schlug Annerose vor.

Vicki schüttelte den Kopf. »Der Abzug ist verstopft.«

»Mach doch die Küchenhexe an!«, krähte Lucie.

Flo runzelte die Stirn. »Das wäre eine Idee – wenn wir genug Kohlen hätten. Wir können nicht drei Öfen beheizen, selbst wenn wir unsere restlichen Dollars für Feuerung ausgeben würden.«

»Ich hab's«, sagte Götz.

Alle schauten ihn gespannt an.

»Lucie, mein kleiner Engel, du hast mich drauf gebracht: Neben der Küchenhexe steht doch der Elektroherd. Wir schalten den Backofen auf Stufe 3 und öffnen die Klappe. Dann wird Wärme in den Raum strömen. Ich werde mir ein Lager vor dem Herd einrichten und wie in Abrahams Schoß schlafen.«

»Und wenn der Strom ausfällt, wie es schon öfter vorgekommen ist?«, fragte Annerose zweifelnd.

Götz lächelte. »Das verschlafe ich einfach.«

Vicki goss von dem Tee nach. »Die Stromrechnung wird astronomisch sein, aber wer weiß, was morgen ist. Ich finde Götz' Idee gut.«

»Ich auch«, sagte Flo. »Liebster, du würdest zwar nicht mehr bei Lucie und mir schlafen, aber du wärst unten viel näher an deinem Versteck, wenn wirklich jemand kommt. Und warm hättest du es auch.«

Annerose meinte: »Das hört sich gut an. Jetzt müssen wir Wuff nur noch beibringen, dass er nicht bei jeder unpassenden Gelegenheit bellt.«

An einem Abend Mitte Februar schob Flo Brennabor in den Geräteschuppen hinter dem Haus. Sie hatte einen langen Arbeitstag hinter sich und war erschöpft. Dennoch freute sie sich. Der Grund befand sich in ihrer Aktentasche, die im Gepäckträger klemmte: zwei Kochgeschirre der Wehrmacht. Sie enthielten Kartoffelsuppe mit Speckstückchen, eine Mahlzeit aus der Krankenhausküche, die dank Finns Beziehung zu Nelli abgezweigt worden war. »Suppe kann man immer ganz gut mitgehen lassen, da fällt es nicht auf, wenn ein paar Schöpflöffel fehlen«, hatte Nelli zu Finn gesagt und ihm die Kochgeschirre gefüllt. »Du hast mir verraten, die Suppe ist für Lucies leiblichen Vater und die Frau Doktor mit ihren Leuten, magst du mir nicht endlich sagen, wie der richtige Vater heißt? Du weißt, ich bin schrecklich neugierig.«

»Das bist du«, hatte Finn geantwortet. »Ich sag's dir nach dem Krieg. Bis dahin musst du noch ein paar Mal Suppe klauen. Versprichst du mir das?«

»Ich kann dir einfach nichts abschlagen«, hatte Nelli geantwortet und ihn an ihren Busen gedrückt.

Flo musste schmunzeln, als sie daran dachte, wie Finn ihr augenzwinkernd das Gespräch mit Nelli geschildert hatte. Er war wirklich ein feiner Kerl, ein guter Freund und verschwiegen wie ein Grab. Während sie die Aktentasche an sich nahm und ins Haus ging, summte sie vor sich hin. Es war die Melodie des Schlagers *Davon geht die Welt nicht unter* von Zarah Leander, der sich für viele wie ein Stück Galgenhumor anhörte.

»Du kommst spät«, begrüßte Annerose sie im Haus.

»Aber nicht mit leeren Händen«, entgegnete Flo. »Sieh mal.« Sie präsentierte die beiden Wehrmachtsgeschirre und ließ Annerose an der Suppe schnuppern.

»Das ist ja ein Festmahl! Die anderen werden Augen machen.« Und das machten sie tatsächlich, als sie kurz darauf um den großen Tisch in der Küche saßen und das Essen genossen. Flo musste erzählen, wer die Quelle der willkommenen Speise war, und Vicki fragte: »Glaubst du, dass Finn so eine Suppe noch einmal für uns besorgen könnte?«

»Das hängt in erster Linie von Nelli ab«, antwortete Flo, »doch Finn meinte, es könnte klappen. Was wir essen, fällt ja wirklich nicht ins Gewicht, wenn für mehrere hundert Patienten gekocht wird. Immer wenn Suppe auf dem Speiseplan steht, steigen unsere Chancen. Kulinarische Gipfelwerke werden es nicht sein, wenn der Grundbestandteil Graupen, Erbsen, Bohnen oder Steckrüben sind, aber sie werden uns helfen zu überleben.«

»Das stim…«, wollte Götz sagen, doch ein Hustenanfall unterbrach ihn.

Lucie sprang hoch und klopfte ihm den Rücken. »Hast du dich verschluckt, Daddy?«

»Das habe ich.« Götz klang noch heiser. Er nahm die Brille ab und wischte sich die Tränen aus den Augen. »Es ist schon vorbei.«

Flo musterte ihn kritisch, sagte aber nichts.

Annerose fragte Vicki: »Weißt du noch, wie ich neulich versucht habe, eine Suppe aus Kastanien und Bucheckern zu kochen? Sie war so dünn, dass du sagtest: ›In diese Suppe schauen mehr Augen rein als raus.‹«

»Aber sie war besser als nichts. Und sie wärmte.«

Lucie rief: »Daddy, ich zeig dir, was ich vorhin geschrieben hab.«

»Erst musst du deine Suppe aufessen, und dann fragst du, ob du aufstehen darfst.«

Hastig löffelte Lucie ihren Teller leer. »Kommst du?«

Götz erhob sich und ging mit seiner Tochter hinauf in den anderen Flügel. »Da«, sagte Lucie und präsentierte ein Blatt Papier. Darauf stand groß und bunt: DADDY.

Götz war überrascht und ein bisschen stolz. »Hast du das ganz allein geschrieben?«

»Hm ... ja.«

»Darf man schwindeln?«

Lucie zupfte an ihrem Kleid. »Tante Annerose hat mir geholfen. MOM kann ich auch schon schreiben, soll ich?«

Götz lächelte. »DADDY genügt für heute. Du hast es großartig gemacht. Nun marsch mit dir ins Bett, aber vorher werden Zähne geputzt. Mom und ich kommen gleich und sagen dir gute Nacht.«

Götz lief hinunter zu den Frauen und klarte mit ihnen die Küche auf. Anschließend half Annerose Vicki die Stufen hinauf ins Parterre. Sie wollten schlafen gehen. Flo und Götz sahen nach Lucie und lasen ihr abwechselnd ein Kapitel aus *Heidi's Lehr- und Wanderjahre* vor, bis sie eingeschlummert war.

Götz küsste Flo. »Ich gehe dann runter und schlage mein Lager in der Küche vor dem Backofen auf.«

Flo lächelte. »Ich komme mit. Ich will dich noch nicht allein lassen.«

Als sie später nebeneinanderlagen, sagte Götz: »Wusstest du, dass unsere Kleine schon DADDY schreiben kann? Sie hat es mir vorhin gezeigt.«

Flo schmiegte sich in seine Armbeuge. »Sie ist eine wissbegierige junge Dame. Die Zahlen von eins bis zehn kennt sie auch schon.«

»Sie müsste am ersten April in die Schule kommen.«

»Daran habe ich auch schon gedacht. Am liebsten wäre mir, sie ginge aufs Christianeum, aber die nehmen nur Jungen. Ich denke, wir sollten sie in der ›Schule für Mädchen‹ in der Klopstockstraße anmelden. Allerdings dürfte auch dort der Unterricht nur reduziert stattfinden.« Flo richtete sich auf. »Eine Schwester in der Klinik hat mir heute erzählt, dass man Tausende Hamburger Schüler mit der Kinderlandverschickung evakuiert und in den Gau Bayreuth gebracht hat.«

Götz zog Flo wieder an sich. »Ja, die Zerstörung der Städte

hält immer noch an. Deutschland ist von den Alliierten weitgehend besetzt. Gestern, so hört man, wurde Dresden in Schutt und Asche gelegt, die berühmte Frauenkirche, deren Architektur ich so bewundere, ist ausgebrannt und nur noch eine Ruine. Der Russe steht schon an der Oder. Der Führer harrt in Berlin in seinem Bunker aus. Täglich gibt es Meldungen und Durchhalteparolen im Großdeutschen Rundfunk. Hoffentlich hat das alles bald ein Ende.«

»Damit wir einen neuen Anfang machen können.« Flo küsste Götz. »Aber vorher musst du wieder ganz gesund werden. Vorhin am Tisch, als Lucie dir den Rücken klopfte, hattest du dich nicht verschluckt, sondern gehustet. Du trägst die Erkältung immer noch in dir.«

»Ich habe nur ein wenig Fieber und huste manchmal. Ich bin gesund wie ein Fisch im Wasser. Soll ich es dir beweisen?«

»Lenk nicht ab, Liebster! Ich werde morgen ein gutes Hustenmittel in der Klinik besorgen.«

»Du kannst sehr streng sein, kleine Seemannsbraut.«

»Ja, das kann ich, du Vogelscheuche …«

Kurz darauf war Götz eingeschlafen. Sein Atem rasselte. Flo lag neben ihm und dachte, dass er seit Jahren gefangen war wie ein Tier. Ein Mann in den besten Jahren. Gezwungen, ein so unwürdiges Leben führen, weil die verdammten Nazis mit ihrem Rassenwahn sich noch immer an die Macht klammerten. Aber es würde wohl nicht mehr lange dauern. Das tausendjährige Reich lag heute schon in Trümmern. Wie sie den Frieden herbeisehnte! Dann würde alles besser werden. Sie dachte an jenen Tag auf Finkenwerder, als sie picknickten, sich zum ersten Mal liebten und die weiße Hochzeitskutsche vor St. Nikolai sahen. Welch wunderschöner Gedanke, dort selbst einmal mit Götz vorzufahren, vielleicht schon im Sommer …

Erst spät in der Nacht verließ sie Götz und ging hinauf zu Lucie, die friedlich in ihrem Bett schlief.

KAPITEL 53

Im März traf ein Brief von Benno ein. Er hoffe, schrieb er, es gehe allen gut. Nach dem Krieg, der nicht mehr lange dauern könne, freue er sich auf ein Wiedersehen bei ihm in Genf. Er sei gespannt auf seine kleine Enkelin. Den Fotos zufolge sehe sie ja reizend aus. Ganz die Mutter. Die tausend Dollar, die er per Auslandsüberweisung geschickt habe, seien sicher mittlerweile eingetroffen. Er vermute, sie könnten sehr hilfreich sein …

Flo ließ den Brief sinken. »Tausend Dollar?«, fragte sie irritiert. »Hier ist kein einziger Cent angekommen.«

»Drei Mal darfst du raten, wer sich die einverleibt hat«, sagte Annerose empört.

Vicki seufzte: »Dabei könnten wir jeden Cent gebrauchen, weil wir heute Morgen die letzte Schaufel Kohlen verfeuert haben. Ich fürchte, wir müssen alle nach unten in die Küche ziehen. Der Raum ist groß genug, und der Backofen hat Wärme für alle.«

»Schön, wenn er auch gebratene Tauben hätte, die uns in den Mund fliegen«, meinte Annerose bitter. »Wir können nicht von Luft und Liebe leben. Ganze eintausendsiebenhundertachtundsiebzig Gramm Brot, zweihundertzweiundzwanzig Gramm Fleisch und hundertneun Gramm Fett pro Woche und Nase haben die Nazis für unsereins noch übrig. Das ist zu wenig zum Leben und zu viel zum Sterben. Kein Wunder, dass wir Götz mit den paar Häppchen nicht wieder auf die Beine kriegen.«

In der Tat quälte Götz sich noch immer mit der Erkältung herum. Sein Husten war mal besser, mal schlechter, trotz des

Hustensaftes, den Flo ihm aus dem Krankenhaus mitgebracht hatte. Seine Körpertemperatur schwankte ebenfalls, doch sie lag nie über 38,5 Grad, weshalb die Frauen nicht allzu sehr beunruhigt waren und auf die wärmere Jahreszeit hofften. Dann würden die Symptome sicher abklingen.

»Für diese Woche reicht es an Essen noch«, meinte Flo sorgenvoll, »aber in der nächsten Woche ist auch das Eingemachte alle, dann bleiben nur noch die Lebensmittelkarten und die Suppe, die Nelli manchmal für uns abzweigen kann. Das ist zu wenig für fünf Personen. Was nun?«

Vicki dachte nach. »Es ist vielleicht pietätlos«, sagte sie, »doch ich fürchte, wir haben keine andere Wahl: Wir müssen das Silberbesteck Lewinskys, das er uns bei seinem Abschied überließ, gegen Nahrungsmittel eintauschen.«

»Aber das Besteck war seit Generationen in Familienbesitz«, wandte Flo ein. »Ich dachte immer, wir würden es ihm irgendwann nach dem Krieg wiedergeben.«

»Wir können auch das Silber der zur Haidens nehmen«, entgegnete Vicki. »Willst du das lieber?«

Flo schwieg.

Annerose sagte entschlossen: »Ich mache es. Ich fahre mit Lewinskys Silber nach Amelinghausen. Da sitzen ein paar Heidebauern, die ich noch von früher kenne. Mal sehen, was die dafür herausrücken.«

»Einverstanden«, sagte Vicki.

»Viel Glück«, sagte Flo.

Annerose war zwei Tage unterwegs, bevor sie nach Hamburg zurückkehrte. Ihre Mission war nicht leicht gewesen. Auf die Idee, Wertvolles gegen Essbares einzutauschen, waren vor ihr schon viele andere gekommen. *»Sülver?«* Die Bauern hatten geringschätzig gelacht. *»Kiek mol in min Wohnstuuv!«* In den Wohnstuben lagen Perserteppiche, hingen alte Meister, standen kostbare Dielenuhren. Gegenstände, die in normalen Zeiten Tausende von Reichsmark wert gewesen waren, nun aber buchstäblich für 'n Appel und 'n Ei den Besitzer gewechselt hatten. Wenn Annerose nicht zufällig auf einen ehemaligen Freund ihres verstorbenen Vaters gestoßen wäre, hätte sie wahrscheinlich nicht das Huhn und die drei Würste ergattert, mit denen sie nach einer Fahrt im überfüllten Vorortszug wieder in Hamburg ankam.

Sie fand Vicki und Flo sehr beunruhigt in der Küche vor, die inzwischen einem Feldlager glich, da alle Betten dort aufgestellt waren. Götz ruhte auf seiner Matratze und starrte teilnahmslos gegen die Decke. Flo klagte: »Der Arme hat 39 Grad Fieber. Seine Stirn glüht, sein Atem pfeift, und er hustet Schleim. Letzte Nacht hatte er Schüttelfrost. Alles deutet auf eine Bronchitis hin.«

»Wir machen ihm eine kräftige Hühnersuppe!« Annerose hielt das mitgebrachte Huhn hoch. »Nichts hilft besser gegen Fieber. Er muss viel trinken und gut abhusten.«

»Und wir lassen ihn mit Kamille inhalieren«, setzte Vicki hinzu. »Dann wird er rasch wieder gesund.«

»Wenn ich euch nicht hätte.« Flo, die bei ihren Patienten stets kühlen Kopf bewahrte, wirkte überaus nervös. Es war ein himmelweiter Unterschied, wenn es sich bei dem Kranken um den eigenen, geliebten Mann handelte.

»Fangen wir an.« Annerose begann, das Huhn auszunehmen und zu zerlegen.

»Ich helfe dir«, sagte Vicki.

Flo ging zu Götz. »Es wird bald wieder gut, Liebster.«

Götz hustete. »Alles halb so wild.«

»Du bist sehr tapfer. Hast du gehört? Wir machen eine Hühnersuppe, die wird Wunder wirken. Wo ist eigentlich Lucie?«

»Sie malt oben. Wuff ist bei ihr.«

»Das Huhn muss lange köcheln, damit das Fleisch gut von den Knochen abgeht. In der Zwischenzeit könntest du inhalieren, um den Schleim besser zu lösen. Kannst du dich an den Küchentisch setzen?«

Während Götz mit wackligen Beinen aufstand, setzte Flo einen weiteren Topf mit Wasser auf den Herd. Als sie die Platte einschaltete, gab es einen lauten Knall. Das Licht ging aus. »Was war das?«, rief Vicki erschrocken.

»Ein Kurzschluss«, antwortete Götz in der Dunkelheit. »Die Sicherung ist durchgebrannt. Zwei große Töpfe auf dem Herd und der Backofen auf Stufe 3, das war zu viel.«

Annerose tastete nach den Welthölzern und zündete eine Kerze an. Götz nahm sie und sagte: »Es darf nur eine Platte in Betrieb sein.« Dann tastete er sich durch den Heizungsraum zum Sicherungskasten.

Plötzlich war das Licht wieder da. Götz stand in der Tür und schwankte vor Schwäche. Flo stürzte zu ihm. »Um Gottes willen!« Sie nahm ihn am Arm und führte ihn zu seinem Bett. »Das war zu viel dich. Ruh dich erst mal aus. Inhalieren kannst du später noch.«

Götz zitterte. »Ja«, murmelte er, »mir ist ziemlich mies.«

Vicki und Annerose schauten besorgt. »Die Suppe ist bald fertig«, sagte Annerose. »Wir füllen eine Schnabeltasse für Götz, damit er nicht aufstehen muss.«

»Macht nicht so viel Trara um mich …«

Flo küsste ihn. »Still, Liebster.«

Die Suppe auf dem Herd begann, verführerisch zu duften. Vicki fuhr mit dem Rollstuhl zur Treppe und rief nach Lucie, Annerose füllte die Teller, und Flo holte zur Feier des Tages die Servietten mit dem eingestickten Wappen der zur Haidens aus dem Schrank. Als sie zurückkam, sah sie zu ihrer Überraschung Götz am Tisch sitzen.

»Ich trinke nicht aus der Schnabeltasse«, krächzte er.

Die Suppe hielt bis zum nächsten Tag vor, und Götz ging es etwas besser. Dann zwang das Fieber ihn wieder ins Bett. Das Wurstbrot, das Flo ihm mit viel Liebe geschmiert hatte, ließ er unberührt. Seine Temperatur stieg auf 39,7. »Das Fieber muss unbedingt runter!«, rief Flo, bevor sie am Morgen darauf mit Brennabor in die Augenklinik fuhr. »Bitte, macht Wadenwickel und lasst ihn inhalieren. Und er muss viel trinken.«

Vicki und Annerose versprachen es. Lucie winkte Flo zum Abschied hinterher. »Daddy meint, er wär nicht richtig krank!«

»Hoffen wir es, meine Kleine!«

Am Abend brachte Flo zwei Ampullen *Metamizol* mit nach Hause, ein schmerzstillendes, fiebersenkendes Analgetikum, das die Firma Höchst unter dem Markennamen Novalgin verkaufte. Sie zog damit eine Spritze auf und verabreichte sie Götz. Wie durch ein Wunder ging das Fieber zurück. Götz fühlte sich deutlich besser. Die Nacht hindurch schlief er gut.

Doch einen Tag später kletterte das Fieber wieder. Es war wie eine Flamme, die man nicht austreten kann. Wieder versuchte Flo es mit einer Spritze *Metamizol*. Und wieder sank die Temperatur. Flo wich mittlerweile nicht mehr von Götz' Seite. Sie hatte sich in der Klinik freigenommen und horchte Götz mit dem Stethoskop ab, nicht zum ersten Mal in diesen Tagen. Doch heute wurde ihr Gesicht noch sorgenvoller. Lucie und Wuff standen daneben. »Ist es schlimm, Mom?«, fragte Lucie.

»Es ist eine Pneumonie«, antwortete Vicki. »Lass Daddy jetzt ein wenig schlafen. Du kannst mit Wuff oben in der Eingangshalle spielen.«

»Ich habe also eine Lungenentzündung?«, krächzte Götz, als Lucie fort war.

»Ja, nur eine einseitige, aber immerhin«, antwortete Flo und nahm seine fieberheiße Hand. »Wir müssen weitermachen wie bisher, dann wirst du gesund. Ich gebe dir jetzt ein Schlafmittel. Schlaf ist die beste Medizin.«

Später sagte Flo zu Vicki und Annerose: »Wir können nicht weitermachen wie bisher. Der Sekretstau in den Bronchien hat zu einer Lungenentzündung geführt. Das ist lebensgefährlich. Fiebersenkende Mittel wie *Metamizol* allein helfen nicht mehr.«

»Das habe ich befürchtet«, sagte Vicki.

»Ich wüsste nicht, was wir noch tun könnten außer dem, was wir schon versucht haben«, überlegte Annerose. »Das Einzige, was mir einfällt, ist die Einweisung in ein Krankenhaus.«

Flo fuhr hoch. »Das meinst du nicht ernst!«

Annerose zuckte mit den Schultern.

Vicki sagte: »Die Gestapo ist sicher noch immer hinter ihm her, auch wenn die werten Herren uns in letzter Zeit in Ruhe gelassen haben.«

»Die Einweisung käme einem Todesurteil gleich«, stellte Flo klar. »Der Name Vahrenfeld steht auf jeder Liste der Nazis. Man würde Götz noch im Krankenbett verhaften und ins nächste KZ abtransportieren!«

»Und wenn wir ihn unter seinem richtigen Namen einliefern ließen: Aron von Stolten?«

»Unmöglich! Allein der jüdische Vorname würde ihm schon zum Verhängnis werden. Ja, wenn Professor Behr noch leben würde, gäbe es vielleicht eine Möglichkeit, ihn isoliert behandeln zu lassen, vielleicht auch, wenn Rudolf, ich meine Professor Degkwitz, nicht verhaftet worden wäre, doch das ist reine Theorie.«

»Wir haben also die Wahl zwischen Pest und Cholera«, fasste Annerose zusammen. »Wenn Götz hierbleibt, wird er sterben, und wenn er ins Krankenhaus geht, auch.«

»So sieht es aus«, sagte Flo düster. »Aber es muss einen Ausweg geben. Wir müssen kämpfen! Wir haben Willi damals durch eine Lungenentzündung verloren, das war schon schlimm genug. Wenn jetzt auch noch Götz daran stirbt, würde ich es nicht überleben. Lasst uns eine Nacht darüber schlafen. Vielleicht fällt uns bis morgen früh etwas ein.«

Am nächsten Morgen sagte Flo: »Wie ihr wisst, bin ich Augenärztin und keine Pneumologin, aber ich habe mich in den letzten Stunden etwas belesen. Es gibt ein modernes, hochwirksames Sulfonamid von Bayer, das eine ausgezeichnete antibakterielle Wirkung entfaltet, unter anderem gegen Staphylokokken. Sein Name ist *Prontosil*. Ich werde versuchen, das Medikament in der Klinik zu besorgen.«

Vicki und Annerose schöpften etwas Hoffnung. Götz röchelte und litt jedoch weiter unter Atembeschwerden. Er war so matt, dass er kaum noch einen Arm heben konnte.

»Gebe Gott, dass *Prontosil* hilft«, sagte Vicki.

Als Flo am Abend heimkam, sahen die Frauen schon an ihrem Gesicht, dass sie nicht erfolgreich gewesen war.

»Im gesamten Krankenhaus ist kein *Prontosil* aufzutreiben«, erzählte sie resigniert. »In keiner Abteilung. Ich bin zu Finn gegangen und habe ihn gefragt, ob er eine Idee hätte. Er antwortete, es seien Kriegszeiten, das Medikament sei hochbegehrt an allen Fronten. Ich bat ihn daraufhin, seine Beziehungen zu anderen Hamburger Krankenhäusern spielen zu lassen. Er tat mir den Gefallen, rief in drei oder vier Instituten an, doch nirgendwo ist das verdammte Zeug zurzeit aufzutreiben.«

»Dann gute Nacht«, sagte Annerose.

»Wir dürfen nicht aufgeben!«, rief Vicki. »Solange Götz atmet, ist noch Hoffnung.«

Flo fing an zu weinen.

Lucie kam zu ihr und versuchte, sie zu trösten.

»Gut. Wir wollen nichts unversucht lassen. Ich mache ihm neue Wadenwickel«, meinte Annerose. »Ihr beide müsst ihn aufrichten, damit er besser von dem heißen Tee trinken kann. Er hatte den ganzen Tag Atembeschwerden und hat auch phantasiert. Hast du noch eine *Metamizol*-Ampulle, Flo? Wir sollten damit das Fieber senken. Das wäre immerhin etwas.«

Gemeinsam nahmen die Frauen den Kampf um Götz' Leben auf. Und Lucie half ihnen dabei. Sie klagte nicht und weinte nicht, nur in der Nacht, wenn die Erwachsenen abwechselnd an Götz' Bett wachten, die Wickel austauschten und ihm die Stirn kühlten, schlummerte sie manchmal ein.

Götz überstand die Nacht. Und auch die nächste. Sein Überlebenswille war stark. Doch in der darauffolgenden Nacht hatte Flo das Gefühl, es ginge zu Ende. Sie begann hemmungslos zu weinen und konnte nur mit Mühe beruhigt werden. »Ich habe mich damit abgefunden, dass er sterben wird«, schluchzte sie. »Oh, mein Gott, Schuld an allem ist nur dieser verdammte Hitler mit seinem Krieg!«

In diesem Augenblick klopfte es an der Tür. »Ich sehe mal nach«, sagte Annerose grimmig. »Gebe Gott, dass es nicht die Gestapo ist!«

Draußen stand Finn und lächelte.

»Ich habe das *Prontosil*«, sagte er.

KAPITEL 54

Das *Prontosil*, das Finn im Krankenhaus St. Georg besorgen konnte, erwies sich als wahrer Segen: Mit Götz ging es deutlich aufwärts. Das Fieber wich, und die Atembeschwerden ließen nach. Am dritten Tag nach Beginn der Behandlung stellte Flo eine Kerze auf den Tisch und half Götz, sich davor zu setzen. Der Abstand zwischen ihm und der Kerze betrug ungefähr dreißig Zentimeter. »Kannst du sie ausblasen?«, fragte Flo.

Götz machte mehrere Anläufe, doch seine Lunge war zu schwach.

Auch die nächsten Versuche an den folgenden Tagen scheiterten.

Erst am fünften Tag gelang es ihm, die Kerze auszublasen. Flo strahlte. »Du hast es geschafft!«

Lucie stand dabei und klatschte vor Freude in die Hände. Auch Vicki und Annerose waren froh.

Götz lächelte. Sein Gesicht hatte wieder eine gesunde Farbe angenommen. »Bäume ausreißen kann ich noch nicht.«

»Sollst du auch nicht! Weißt du, warum ich das Experiment mit dem Ausblasen gemacht habe? Weil ich denke, wer eine Kerze auspusten kann, der schafft auch die Hintertreppe hinauf zum Garten. Es wird höchste Zeit, dass du mal frische Luft schnappst. Wenn du dich draußen zwischen Anbau und Geräteschuppen aufhältst, wird dich niemand sehen können.«

Flo half Götz beim Erklimmen der Stufen und öffnete die Tür zum Garten. Es war ein windiger, wolkiger Apriltag, an dem die Sonne sich nur dann und wann zeigte. »Atme tief durch, meinst du, ich kann dich allein lassen?«

»Allein ohne dich? Unmöglich.«

Flo lachte. »Ich will wieder hinunter in die Küche und das Essen mit Vicki und Annerose vorbereiten. Lucie kommt nachher aus der Schule. Nelli hat gestern für uns etwas organisiert, das einem Festessen gleichkommt: falschen Hasen.«

»Ich dachte, Ostern wäre schon vorbei?«

Flo küsste ihn. Sie war unendlich froh, dass er schon wieder scherzen konnte. »Der verspätete Osterhase ist ein Hackbraten, der noch einmal warm gemacht und mit ein paar Kräutern verfeinert werden will. Hast du auch Hunger?«

»Wie ein Wolf.«

»Bis gleich, Liebster, und achte darauf, dass keiner dich sieht.« Flo verschwand.

Götz blieb zurück und ließ den Blick über den verwilderten Garten schweifen. Das Hochbeet, das in der wärmeren Jahreszeit so schmackhafte Kräuter hervorbrachte, war noch kahl. Im Meisenkasten an der alten Eiche hinter dem Anbau regte sich noch nichts, und die Brennnesseln, die sich in den letzten Jahren stark vermehrt hatten, wuchsen noch nicht. Nur an den Zweigen der Holundersträucher zeigte sich das erste Grün. Darin steckte Leben, denn sie bewegten sich. Ob das nur am Wind lag? Götz sah näher hin und erkannte zwischen dem Geäst einen Kopf, der an den Kopf eines Römers erinnerte. Er war kahl geschoren in einer Art, die Götz sehr vertraut vorkam. Er selbst hatte einmal so ausgesehen. Er winkte die Gestalt heran. Die Zweige des Busches teilten sich. Der Mann trat heraus. Er sah verhärmt und abgerissen aus und hob die Hände, um zu zeigen, dass von ihm keine Gefahr ausging.

»Wer bist du?«, fragte Götz.

»Rudolf Degkwitz«, sagte der Mann.

»Welchen Tag haben wir heute?«, fragte Professor Degkwitz, während er mit Heißhunger von dem falschen Hasen aß.

»Den elften April«, antwortete Flo. Sie saß mit den anderen

am großen Küchentisch und ließ es sich ebenfalls schmecken. Die Portionen waren durch den überraschenden Gast etwas kleiner geraten, aber die Freude über das Wiedersehen machte das mehr als wett. Vicki und Annerose kannten den Professor nur aus Flos Erzählungen über die *Candidates of Humanity*, doch auch sie waren froh, »Rudolf«, wie er von Anfang an genannt werden wollte, auf freiem Fuß zu sehen.

»Ich konnte am achten April fliehen, als das Zuchthaus Celle geräumt wurde«, erzählte Rudolf. »Da ging alles drunter und drüber. Seitdem bin ich unterwegs, fast immer zu Fuß, mir ist schon jegliches Zeitgefühl abhandengekommen. Gott sei Dank verlieren die Nazis langsam den Überblick, jeder versucht, die eigene Haut zu retten. Das hat die Flucht nach Hamburg etwas einfacher gemacht.«

»Willst du noch von dem Kartoffelmus?«, fragte Vicki.

»Ich will euch nichts wegessen.«

»Das tust du nicht«, sagte Annerose, obwohl das nicht stimmte. Sie füllte ihm noch einen Klacks auf den Teller.

»Danke.« Rudolf lächelte flüchtig. »Ich kann mir nicht leisten, bescheiden zu sein. Aber nach der Mahlzeit verschwinde ich wieder, das verspreche ich euch.«

»Und wo willst du hin?«, fragte Flo.

»Nun …« Rudolf zögerte.

»Du bleibst hier«, entschied Flo. »Sofern Vicki einverstanden ist.«

»Bin ich«, sagte Vicki.

»Ich denke, du hast gar keine andere Möglichkeit, als hier zu bleiben, denn was läge für die Nazis näher, als dich in deinem Haus zu suchen.«

»Stimmt«, murmelte Rudolf.

»Wie kam es überhaupt zu deiner Verhaftung?«, fragte Flo, um das Thema zu wechseln. »Hat Ofterdinger dich denunziert?«

»Vielleicht, ich weiß es nicht genau. In jedem Fall war es Mulzer, der Dermatologe. Der hat mich wegen Defätismus angezeigt. Vermutlich wollte er sich rächen, weil ich seine wirren Forschungsbemühungen an der Pigmentbildung zur *Erkennung von Rassen und rassischem Einschlag* offen kritisiert habe. Ende Februar 44 fand in Berlin die Hauptverhandlung gegen mich wegen Wehrkraftzersetzung statt. Freisler, dieser Teufel, verurteilte mich nur deshalb nicht zum Tode, weil ich, wie er betonte, durch meine Masernprophylaxe vierzigtausend deutschen Kindern das Leben gerettet hätte.«

»Roland Freisler wird niemanden mehr zum Tode verurteilen«, erklärte Götz voller Genugtuung. »Das weiß ich durch die Nachrichten in der BBC. Er kam im Februar bei einem Bombenangriff auf Berlin ums Leben.«

»Dem weine ich keine Träne nach«, antwortete Rudolf.

»Deutschland ist dadurch ein Stückchen besser geworden«, meinte Vicki.

Flo nickte. »Hoffen wir, dass es so weitergeht.«

Seit zwei Monaten tobte die Schlacht um die Hauptstadt Berlin, die, wie die Nazi-Propaganda unermüdlich trommelte, heldenhaft bis zur letzten Patrone verteidigt werden würde, um danach den Endsieg einzuleiten. Trotz der vielen Opfer war es in mancher Hinsicht ein guter Tag, im Großen wie im Kleinen. Im Großen, weil der fanatischste Verbrecher aller Zeiten bald in seinem Führerbunker gestellt werden würde. Im Kleinen, weil es immer mehr Leute gab, die ihm nicht mehr blind folgten. Oder ihm nie gefolgt waren. Leute wie Schatzi, der an diesem Abend in die Große Elbstraße kam und Flo einen verschlossenen Umschlag übergab. »Der ist für dich«, sagte er.

»Wer ist der Absender?«, fragte Flo.

»Hille«, antwortete Schatzi. »Sie sagte, sie wäre gern selbst vorbeigekommen, aber sie hatte es eilig, musste gleich weiter zum Hauptbahnhof. Deshalb spiele ich den Postillon. Ich soll dich schön grüßen.«

»Oh, danke.« Flo öffnete das Kuvert und las die wenigen Zeilen.

> *In Abstimmung mit Himmler hat Graf Bernadotte, der Präsident des Schwedischen Roten Kreuzes, veranlasst, dass alle skandinavischen Gefangenen aus Zuchthäusern, Gefängnissen und Lagern mithilfe von Autobussen in das neutrale Schweden gebracht werden. Frederik R. ist frei! Alles Liebe für Dich und die Deinen.*
> *H.*

Flo ließ das Blatt sinken. »Frederik Rosen ist frei«, sagte sie glücklich. »Himmler hat befohlen, dass alle gefangenen Skandinavier entlassen werden. Das heißt, die Nazis kriegen kalte Füße!«

»Das ist eine gute Nachricht«, sagte Götz zu Schatzi. »Was trinkst du?«

»Danziger Goldwasser.«

»Haben wir zufällig nicht da.«

Alle schmunzelten.

»Darf's auch ein Tee sein?«

Schatzi grinste. »Wollt ihr mich vergiften?«

»Ja.«

»Dann ist es gut.« Schatzi setzte sich.

Während Vicki ihm Tee einschenkte, fragte Götz: »Wie steht es in der *Hölle?* Finden immer noch *Rent Parties* statt? Flo erzählte, es ginge da hoch her.«

»Schön wär's.« Schatzi schlürfte den Tee. »Die Nazis haben mir und Vira die Konzession für den Betrieb der *Hölle* entzogen, natürlich unter fadenscheinigen Begründungen. Wehrkraftzersetzung, Feindbegünstigung durch falsche Gäste und ähnlicher Schwachsinn. Reine Schikane. Die wollen statt Benny Goodman lieber Heinz Rühmann hören: *Wozu ist die Straße da? Zum Marschieren …«*

»Und nun?«, fragte Rudolf.

»Seid ihr pleite?«, fragte Annerose.

»Nee.« Schatzi grinste. »Erst war ich fuchsteufelswild auf die Bonzen, doch dann hab ich mir einen Ruck gegeben und bin zu den Herren hin. Ich hab denen einen vorgejammert: Ich sei Kriegsveteran. Rommel, Afrikafeldzug, steifes Bein. Verwundetenabzeichen, gekämpft für Volk und Vaterland, Luftschutzwart und so weiter. Am Ende vom Lied hat sich die Katzbuckelei gelohnt, ich hab den verdammten Schein wieder. Auf die Nachkriegszeit freue ich mich jetzt schon, dann werden diese Herren allesamt kleine Brötchen backen. Na, genug gesabbelt. Bier und Alkohol fließen jedenfalls wieder in der *Hölle* und werden auch weiter fließen. Das sind wir Willi schuldig.«

»Ich denke häufig an ihn«, sagte Vicki. »Ich kannte ihn schon, als ich noch ein junges Mädchen war.«

»Solange es St. Pauli gibt, wird es auch die *Hölle* geben. Trotzdem: Wenn uns das Haus nicht gehören würde, wäre es jetzt zappenduster, aber so geht's irgendwie weiter. Macht's gut, ihr Lieben, ich muss zurück zu meinen Mädels und zu meinem Tütchen.«

»Mach's gut, Schatzi.«

»Bis nach dem Krieg. Kann ja nicht mehr lange dauern.«

Am ersten Mai saßen die Freunde abends versammelt in der Küche und hörten im Reichssender Hamburg Anton Bruckners Siebte Symphonie in E-Dur. Es war schwere, ernste Musik. Hatte das etwas zu bedeuten? Die ganzen letzten Tage schon schwirrten Gerüchte herum … Plötzlich brach die Musik ab, es war fast halb elf. Ein Trommelwirbel erklang. Eine männliche Stimme sprach:

> »*Aus dem Führerhauptquartier wird gemeldet, dass unser Führer Adolf Hitler heute Nachmittag in seinem Befehlsstand in der Reichskanzlei bis zum letzten Atemzuge gegen den Bolschewismus kämpfend für Deutschland gefallen ist.*

Am dreißigsten April hat der Führer den Großadmiral Dönitz zu seinem Nachfolger ernannt. Der Großadmiral und Nachfolger des Führers spricht zum deutschen Volk …«

Götz fand als Erster die Sprache wieder. Er sagte bitter: »Welch ein Stuss. Das hätte ich sehen mögen, wie dieser Wahnsinnige bis zum letzten Atemzug gekämpft hat. Ich wette, der hat sich feige selbst gerichtet.«

Rudolf nickte ernst: »Das hätte er schon viel früher tun sollen. Er hätte Deutschland viel Leid erspart.«

Götz drehte das Radio ab.

Am dritten Mai, nach fünf Jahren und acht Monaten, war es endlich so weit: Der Kampfkommandant Hamburgs, Generalmajor Alwin Wolz, unterschrieb im britischen Hauptquartier in der Lüneburger Heide die Bedingungen zur Übergabe Hamburgs. Der vom Führer befohlene Kampf bis zur letzten Patrone wurde ignoriert. Noch am selben Tag marschierten britische Truppen in die Stadt ein. Alles atmete auf.

Rudolf wollte als Erstes nachsehen, ob sein Haus noch stand. Er verabschiedete sich herzlich und ging.

Annerose fütterte Wuff mit den Kartoffelschalen der letzten Mahlzeit. »Ich glaube«, sagte sie, »er ist immer ganz froh, wenn er Kartoffeln kriegt. Fischabfälle hat er in seinem Leben ja schon genug gehabt.« Dann kochte sie mit Vicki aus Surrogat-Extrakt einen Ersatzkaffee, in den zur Feier des Tages ein Rest vom guten Pott-Rum kam. Beides sollte später draußen im verwilderten Garten getrunken werden.

Flo trat hinaus auf die Große Elbstraße, Lucie an der Hand, Götz an ihrer Seite. Ein blauer Nachmittagshimmel wölbte sich über der geschundenen Stadt. Die Elbe glitzerte, als wäre nie ein Bomber über sie hinweggeflogen.

»Der Frieden ist da, Ari«, sagte sie.

EINIGE NACHBEMERKUNGEN

Es muss in den sechziger Jahren gewesen sein, als vor Karstadt Wandsbek häufig ein winziges Männchen saß. Es hatte einen Buckel, war schwarz gekleidet und trug eine Melone mit bunten Papierblumen auf dem Kopf. Sein Gesicht bestand aus tausend Fältchen und schien wie aus Wachs geformt. Es hielt geräucherten Aal feil, den es in einem Korb verwahrte, doch niemand der vorbeihastenden Fußgänger beachtete es. Schlief es? Träumte es? Jedes Mal, wenn man glaubte, man habe es mit einer Puppe zu tun, hob es unverhofft den Kopf und sang mit fistelnder Stimme: *»Alle Vögel sind schon da, Aale, Aale, Aale ...!«* Danach verfiel es wieder in Teilnahmslosigkeit.

Dieses namenlose Männchen, an das sich ältere Wandsbeker gewiss erinnern, war die Vorlage für Aale-Edith, die in diesem Roman vorkommt. Allerdings singt Aale-Edith nicht nur von Zeit zu Zeit, sie spricht die Passanten auch an, etwa mit folgenden Worten: *»Seid mir gegrüßt, befreund'te Scharen, die mir zur See Begleiter waren!«* Es sind Verse aus Schillers *Die Kraniche des Ibykus* und mir wohlvertraut, weil ich sie oftmals aus dem Munde meiner Mutter hörte, wenn sie Gäste oder Freunde willkommen hieß. Sie war ein fröhlicher Mensch, der voller Sprüche steckte und das »Dritte Reich« von Anfang bis Ende miterlebte. Von ihr kenne ich auch noch – sozusagen live überliefert – den Spottvers auf die Körperfülle des in Orden verliebten Hermann Göring: *Links Lametta, rechts Lametta, in der Mitte immer fetter.*

Ebenso wie die Erklärung, was die Abkürzungen BDM, KdF bedeuten: *Bin dauernd müde, könnt dauernd fressen.*

Oder das ironische Versprechen: *Der Dank des Vaterlandes ist dir gewiss.*

Inspiriert hat mich auch der englische Augenarzt Sir Harold Ridley, wenngleich auf ganz andere Art: Sein Verdienst ist es, die erste künstliche Augenlinse (Intraokularlinse) implantiert zu haben, und zwar am neunundzwanzigsten Januar 1949 an einer Patientin mit Grauem Star. Für die Linse verwendete er Akrylglas. Dieses Material erschien ihm geeignet, nachdem er festgestellt hatte, dass Splitter aus zerstörten Cockpitfenstern in die Augen der Piloten ohne Fremdkörperreaktion einheilten. Die Operation war seinerzeit eine Sensation. In der Folgezeit jedoch traten immer wieder Probleme auf, weshalb das Einsetzen der »Ridley-Linse« wegen zu hoher Komplikationsraten im Jahre 1959 aufgegeben wurde.

Im vorliegenden Roman kommt Flo genauso auf die Idee, eine Linse zu implantieren, muss ihr Projekt jedoch aufgeben, weil das von ihr verwendete Material zu unverträglich ist. Vor ihr träumten schon andere davon, geschliffene Linsen in die Kapsel des Auges einzusetzen, zum Beispiel der italienische Arzt Felice Tadini und nach ihm, um 1795, der sächsische Hof-Okulist Giovanni Casaamata. Doch es sollte – wie oben erwähnt – noch bis in die Mitte des zwanzigsten Jahrhunderts dauern, bis die Medizin in der Lage war, diesen Eingriff erfolgreich durchzuführen.

Vicki, Flos Tante, dagegen ist sehr wohl in der Lage, den SA-Mann Torben Timm vor dem Erstickungstod zu retten, denn sie führt bei ihm das sogenannte Heimlich-Manöver durch – eine nach dem amerikanischen Arzt Henry J. Heimlich benannte Methode. Da diese jedoch erstmals 1974 von Heimlich beschrieben wurde und die betreffende Szene im Jahre 1935 spielt, kann Vicki sie nicht gekannt haben. Nehmen wir an, Intuition und ärztliche Kunst führten ihr die Hand …

Das Stichwort Kunst bringt mich auf die tschechische Malerin Paula Gans, die im Jahre 1933 wegen ihrer jüdischen Abstammung aus der *Hamburger Künstlerschaft* ausgeschlossen wurde. In dieser Geschichte gehört sie zusammen mit Benno Haiden, Ignaz Litterfas, Ralf Diener und Heinrich Stegemann zum Zirkel des Buchhändlers Felix Jud. Vermutlich setzte sich der Kreis in Wahrheit anders zusammen, doch die Genannten hätten gut dazugehören können, denn alle lebten tatsächlich zur infrage kommenden Zeit in Hamburg und verachteten die Nazis. (Außer Ignaz Litterfas, den habe ich erfunden. Und natürlich Benno.)

Dass Brechts Ballade *Von des Cortez Leuten* in Juds *Hamburger Bücherstube* deklamiert wurde, ist dagegen Fakt, siehe Seite 30 des Buches *Die Fütterung der Schlangen geschah vor Ladenöffnung* von Rainer Moritz.

Dort findet sich auch die Schilderung über die Schaufenstergestaltung Felix Juds anlässlich des Führer-Geburtstags am zwanzigsten April 1935: *Heitere Stunden mit braunen Menschen.*

Authentisch ist auch die Fotografie, die Goebbels im Staubmantel beim Betreten der Wanderausstellung *Entartete Kunst* zeigt, die im Juli 1937 in München eröffnet wurde. Allerdings entstand das Foto nicht dort, sondern in Berlin und zeigt im Hintergrund auch nicht Bennos Werk *Hades' Erde*, sondern zwei Gemälde von Emil Nolde.

Doch unabhängig davon: Dass in Nazi-Deutschland Kunst als entartet eingestuft und beschlagnahmt werden konnte, ist in der heutigen Zeit kaum noch vorstellbar – genauso wie das, was dem armen Tütchen in diesem Roman passiert: die Verurteilung wegen »widernatürlicher Unzucht« nach Paragraf 175. Tütchens Schicksal liegt ein ähnlicher Fall zugrunde, der am zweiundzwanzigsten Januar 1943 am Amtsgericht Hamburg verhandelt wurde. Der Angeklagte war ein Kraftfahrer namens Karl Erich Arthur J. Quelle: *»Von Gewohnheitsverbrechern, Volksschädlingen und Asozialen …« Hamburger Strafurteile im Nationalsozialismus.* Herausgegeben von der Justizbehörde Hamburg. Seite 284.

Übrigens: Der Paragraf 175, nach dem männliche Homosexuelle als »Hundertfünfundsiebziger« kriminalisiert wurden, verschwand erst am elften Juni 1994 aus dem Strafgesetzbuch der Bundesrepublik Deutschland (!).

Unvorstellbar auch, was Günter Discher, dem »plietschen« Bengel, passierte: Von ihm wissen wir, dass er schon in sehr jungen Jahren eine beachtliche Sammlung an Swing-Platten besaß. Die Swing-Musik war im Dritten Reich nicht gesetzlich verboten, doch die Nazis bezeichneten sie als »undeutsch« und »entartet«. Mitglieder der Swing-Jugend wurden von der Gestapo beobachtet und verfolgt. Günter kümmerte das nicht. Er ging seiner Leidenschaft nach und sammelte Schellackplatten aller großen Musiker dieses Genres und belieferte damit Klubs und Privatpersonen auf St. Pauli. 1942 wurde er denunziert, von der Gestapo festgenommen und ins niedersächsische Jugendkonzentrationslager Moringen gebracht, wo er bis Kriegsende einsaß. Er galt zeitlebens als großer Swing-Experte und besaß rund zehntausend CDs und fünfundzwanzigtausend LPs. 2012, mit siebenundachtzig Jahren, starb er friedlich im Schlaf, nachdem er noch am Abend zuvor als DJ Platten in einem Altersheim aufgelegt hatte. In diesem Roman besitzt Günter schon im Jahre 1935, also im zarten Alter von zehn, eine umfangreiche Schellackplattensammlung, die er in der *Hölle* zu Gehör bringt – wahrscheinlich ein wenig früher, als er das an anderer Stelle in Wirklichkeit tat.

Zurück zu den Paragrafen: Den Vorgang zur Erlangung von Flos deutscher Staatsangehörigkeit habe ich vereinfacht dargestellt. Tatsächlich verhielt es sich in der Regel so, dass eine unverheiratete US-Amerikanerin ihre Staatsbürgerschaft nur durch die Heirat mit einem Mann anderer Nation abgeben konnte. (Präsident Franklin D. Roosevelt unterschrieb nach der Konvention von Montevideo den *Citizenship Act of 1934*, in dem diese Vorschrift geregelt ist.) Das heißt, Flo hätte eigentlich zwei Staatsbürgerschaften während des Krieges haben müssen, die amerikanische und die deutsche, und wäre damit zu einer Feindin des Deutschen Reiches geworden – mit allen Konsequenzen. Das jedoch ließ die Handlung nicht zu.

Bei der sogenannten Chinesenaktion am dreizehnten Mai 1944 wurden im Chinesenviertel auf St. Pauli hundertdreißig Personen wegen »Feindbegünstigung« verhaftet und ins Untersuchungsgefängnis am Holstenglacis gebracht. Ungefähr die Hälfte von ihnen verlegte man später in das Arbeitserziehungslager *Langer Morgen*, wo sie unter unmenschlichen Bedingungen Zwangsarbeit verrichten mussten. Mindestens siebzehn Menschen starben an den ihnen zugefügten Torturen. Hoffen wir, dass Herr Huang und seine Frau Kaiwen, die hier stellvertretend für die Opfer stehen, nicht zu ihnen gehörten.

Wie rücksichtlos die Nazis vorgingen, zeigt auch die »Arisierung« des Warenhauses *Tietz* am Jungfernstieg, deren jüdische Besitzer zu einem (für sie sehr unvorteilhaften) Verkauf gezwungen wurden. Die Hamburger, die zuvor zwei Jahrzehnte zu *Tietz* gegangen waren, wenn sie hochwertige Waren kaufen wollten, gingen fortan ins *Alsterhaus*, das noch heute so heißt.

Ein weiteres Beispiel für die Skrupellosigkeit der Nazis ist das Budge-Palais an der Außenalster, in dem das jüdische Ehepaar Henry und Emma Budge ab 1903 wohnte. 1937 wurde das Gebäude durch die Stadt auf zweifelhafte Weise angekauft, die Möbel und Kunstsammlungen wurden versteigert, die letzten Bewohner der Familie Budge vertrieben. Die von den Nationalsozialisten veranlassten Umbauten, die in diesem Buch bereits im Juli 1937 stattfinden, dürften in Wahrheit am Ende des Jahres begonnen haben, da das Gebäude erst am elften Dezember in das Eigentum der Stadt Hamburg überging. Die Umbauten waren am ersten April 1938 vollzogen, aus dem ehemaligen Palais war eine »Reichsstatthalterei« mit Karl Kaufmann an der Spitze geworden. Heute dient das Gebäude einem weitaus erfreulicheren Zweck: Es beherbergt die *Hochschule für Musik und Theater*. Die kleine zeitliche Unschärfe war handlungsbedingt notwendig.

Ebenso notwendig war es, die Verwandtschaftsverhältnisse von Ursula de Boor und Professor Carl Behr etwas zu »erweitern«. Tatsächlich hatte de Boor keinen Bruder, der ein hohes

Amt in der Leipziger Stadtverwaltung bekleidete, demzufolge gab es auch keine jüdische Ehefrau namens Gertrud »Sara«.

Professor Behr wiederum, der Leiter der Augenklinik am Universitätskrankenhaus Eppendorf, zählte zu seiner entfernten Verwandtschaft sicher keinen Juden namens Gregor »Israel« Friedek. Er dürfte auch keinen jüdischen Patienten namens Grünthal behandelt haben. Doch ich halte es durchaus für möglich, dass er – ähnlich wie Professor Sauerbruch es in der Berliner Charité tat – den einen oder anderen Juden behandelte. Mag sein, dass Behr seine Stimme gegen das Nazi-Regime nicht so laut erhob wie Professor Johannes Brodersen oder Professor Rudolf Degkwitz, die ebenfalls in Eppendorf wirkten, doch für mich gehört er zu den Aufrechten.

Professor Brodersen, der 1941 zwangsemeritiert wurde, kam 1951 an der Universität Hamburg wieder in Amt und Würden – als ordentlicher Professor. Er starb hochbetagt im Alter von zweiundneunzig Jahren.

Professor Degkwitz, der in diesem Roman der Kopf der *Candidates of Humanity* ist, konnte, wie in Kapitel 54 beschrieben, kurz vor Kriegsende aus dem Zuchthaus Celle fliehen. 1948 ging er in die USA. Er starb 1973 in Deutschland.

Von den anderen hier auftretenden *Candidates* überlebte Friedrich Geussenhainer als Einziger die Kriegszeit nicht. Er starb vermutlich 1945 im KZ Mauthausen.

Heinz Lord, Albert Suhr, Rudolf Degkwitz jun. und auch Ursula de Boor wirkten nach dem Krieg als Ärzte bzw. Ärztin. Ihr Leben verlief in sehr unterschiedlichen Bahnen.

Die Dolmetscherin Hiltgunt Zassenhaus, die ich »Hille« nenne, gehörte nicht zum Kreis der *Candidates*, doch ihre selbstlose Hilfe für skandinavische Häftlinge, ihr Mut und ihre Verbindungen zum schwedischen Roten Kreuz passten sehr gut zu den Zielen der Widerständler um Rudolf Degkwitz. Nach 1945 vollendete sie ihr Medizinstudium und arbeitete als Ärztin in Baltimore/USA, wo sie 2004 starb.

Felix Jud, der Menschen- und Bücherfreund, überlebte die

Haft im Polizeigefängnis Fuhlsbüttel und auch die Zeit im KZ Neuengamme. Selbst die Anklage »Vorbereitung zum Hochverrat« wegen seiner Beziehungen zur *Weissen Rose* konnte seinen angeborenen Optimismus nicht erschüttern. Bei Eintreffen der britischen Truppen in Hamburg wurde er befreit und eröffnete bald darauf eine Bücherstube am Neuen Wall 39, später am Neuen Wall 13, wo die Geschäftsräume sich noch heute befinden. Jud machte sich um den Kulturbetrieb in der Hansestadt verdient, kannte Künstler und Literaten wie Karl Lagerfeld, Horst Janssen, Thomas Mann und Siegfried Lenz und starb hochgeachtet 1985 in Hamburg.

Kenneth J. Alford, ein britischer Militärmusiker, wird in diesem Buch nicht erwähnt, doch er ist es, der im Jahre 1914 den *Colonel Bogey March* schrieb, zu dem Schatzi so anstößige Verse singt. Heute ist der Marsch weltbekannt, denn er war 1957 die Titelmelodie in dem Film *March from the River Kwai*, der bei uns als *Die Brücke am Kwai* in die Kinos kam. Der *River-Kwai-Marsch*, wie er vereinfacht genannt wird, war 1958 drei Monate lang ein Nummer-eins-Hit in Deutschland.

Abschließend noch eine Bemerkung zum Inhalt meines neuen Romans: Die Zeiten, in denen diese Geschichte spielt, waren dunkel. Aber es sollte keine traurige Geschichte werden. Deshalb siegen in vielen Szenen Witz, Anstand und gesunder Menschenverstand über Brutalität und Unterdrückung. Am Ende bleibt die Hoffnung auf das Gute, der Trost, dass die geschlagenen Wunden wieder heilen. Denn es gab immer Menschen, die Mensch blieben, die sich zu helfen wussten, die den Humor bewahrten. Sie sind der Wald in Brechts Ballade *Von des Cortez Leuten*. Sie sind es, die den Kahlschlag der Schänder, die nur zerstörte Wiesen hinterlassen, ungeschehen machen. Sie werden, so hoffe ich, immer die Oberhand behalten.

... Langsam fraß der Wald
In leichtem Wind, bei guter Sonne, still
Die Wiesen in den nächsten Wochen auf.

DIE WICHTIGSTEN PERSONEN DER HANDLUNG

Im Haus Große Elbstraße 7

Benno Haiden, Kunstmaler in New York; kommt zurück in seine Heimatstadt Hamburg

Doktor Florence »Flo« Haiden, Augenärztin; die Tochter von Benno

Lucie, Flos kleine uneheliche Tochter

Doktor Viktoria »Vicki« Dreyer, geborene zur Haiden; Bennos Schwester; leidet an Multipler Sklerose

Dörthe, Haushaltshilfe aus Barmbek; vom nationalsozialistischen Geist durchdrungen

Agnes, Köchin; bereitet deftige Hamburger Gerichte zu

Götz Vahrenfeld alias Aron von Stolten, Agent der *Jewish Agency for Israel*; Flos Geliebter und Vater der kleinen Lucie

Moshe Lewinsky, Steinmetz; findet nach der Kristallnacht mit seiner Familie Unterschlupf im Haus Große Elbstraße 7

Judith, Lewinskys Frau; Mutter von Samuel, Tirzah und Alisa

Annerose, ehemalige Erika-Schwester; Vickis Freundin aus alten Zeiten

Im Universitätskrankenhaus Eppendorf

Carl Behr*, Professor und Leiter der Augenklinik; Flos Vorgesetzter

Hölzchen, eigentlich Frau Berkholz; Behrs Sekretärin

Finn Flögl, Aufseher im Laboratorium; hat gute Beziehungen zu allen Abteilungen

Nelli, Köchin in der Krankenhausküche; eifersüchtige Freundin von Finn

Johannes Brodersen*, Professor der Anatomie; Gegner des Nationalsozialismus

Georg Konjetzny*, Professor der Chirurgie; überzeugter Nationalsozialist

Doktor Praetorius, HNO-Arzt aus Poppenbüttel

Auf St. Pauli und im Chinesenviertel

Willi Höller, St.-Pauli-Urgestein. Kneipenbesitzer der *Hölle*; Freund von Benno, Flo, Vicki und Finn

Vira, ehemalige »Losverkäuferin« im *Glückskeller* neben der *Hölle*; schmeißt den Laden für Willi

Schatzi, Kellner in der *Hölle* und Viras Sohn; hat eine Schwäche für das starke Geschlecht.

Günter Discher*, Swing-Boy; legt in der *Hölle* heiße Jazz- und Swingplatten auf.

Christian Warlich*, der Gentleman unter den Kneipenwirten; unerreichter Tätowierkünstler

Tütchen, eigentlich Harald; alleiniger Besitzer von *Haarald's Frisiersalon*. Traut sich nicht, Schatzi zu lieben

Herr Huang, Besitzer einer Wäscherei in der Talstraße

JinJin, seine reizende Tochter

Chang, JinJins Mann; arbeitet bei einem Schiffsausrüster

Kaiwen, Herrn Huangs Frau

In der *Hamburger Bücherstube*

Felix Jud*, Buchhändler und furchtloser Gegner der Nazis; versammelt einen Zirkel Gleichgesinnter um sich

Paula Gans*, eine tschechische Malerin

Ignaz Litterfas, Jude. Deklamiert Bertolt Brecht

Ralf Diener*, Maler; muss seit der Machtergreifung als Werkzeugmacher arbeiten

Heinrich Stegemann*, Maler und Bennos Freund; Ausstellungsleiter vom *Kunstverein in Hamburg*

Im Privathaus von Professor Degkwitz

Rudolf Degkwitz*, Professor; Leiter der Kinderklinik im Universitätskrankenhaus. Kopf der *Candidates of Humanity.*

Rudolf Degkwitz junior*, Medizinstudent und Mitglied der *Candidates*

Ebenso wie:

Heinz Lord*, Medizinstudent

Albert Suhr*, Medizinstudent

Friedrich Geussenhainer*, Medizinstudent

Ursula de Boor*, Ärztin an der Kinderklinik

Außerdem:

Hiltgunt »Hille« Zassenhaus*, Dolmetscherin; nutzt ihren Status, um skandinavischen Häftlingen heimlich zu helfen

Sonstige

Hans Demme*, Professor; Neurologe und Vertrauensmann der NSDAP in der medizinischen Fakultät Hamburg

Klaus-Hinrich Schädeba, Kriminaldirektor der Gestapo; jagt Götz Vahrenfeld und lässt Flo observieren

Frau Hertz, Sekretärin von Schädeba; leidet unter Hausstauballergie und ist Flo gewogen

Karl Kaufmann*, Reichsstatthalter und Gauleiter Hamburgs

Die mit einem * gekennzeichneten Personen haben tatsächlich gelebt.

DANK

Dieser Roman hat mich sehr viel Recherche gekostet. Doch ich war zum Glück nicht allein, ich hatte wertvolle Unterstützung. Mein Dank geht wie immer zunächst an meine Frau. Als Juristin und Technikerin in unserer Familie half sie mir, mich im Paragrafendschungel von Strafrecht und Staatsrecht zurechtzufinden und bändigte meinen Laptop immer dann, wenn er wieder einmal aus mir unerfindlichen Gründen verrückt spielte.

Überdies an Reinhard Rohn, meinen Verleger, der das Exposé für den zweiten Band der *Großen Elbstraße 7* vielversprechend fand, und an Dirk Meynecke, meinen Agenten, der stets an meiner Seite war.

Außerdem an Franziska Grieß vom Medizinhistorischen Museum des UKE Hamburg, die mir freundlich, schnell und unbürokratisch eine Vielzahl an Fotos, Fotokopien und Unterlagen über die Augenklinik des Universitätskrankenhauses Eppendorf zur Verfügung stellte – und das am heißesten Tag des Jahres 2019 in Hamburg (37 Grad!). Ohne sie hätten mir essenzielle Informationen gefehlt.

Ferner an meinen Freund Georg Haller, Jurist und Hobby-Eisenbahner, dessen Nachforschungen mich davor bewahrten, Benno auf dem falschen Gleis zur falschen Zeit in den falschen Zug nach Genf zu setzen.

Und an Merete und Jørgen 1 sowie an Sanne und Jørgen 2, meine dänischen Freunde, die darauf bestanden, dass in diesem Roman ein Däne vorkommt, und die mir halfen, mit »Frederik« einen in dänischen Ohren respektablen Vornamen für den Epithetiker Rosen aus Hirthals zu finden.

Nicht zuletzt an Olli und Magda, unsere Möpse, die vom ersten bis zum letzten Wort schnarchend an meiner Seite lagen und auf diese Weise selbst bei den aufregendsten Szenen höchst beruhigend wirkten.

Danke!

Wolf Serno, im August 2020